[美] 斯蒂芬妮·梅尔 著
龚 萍 译

接力出版社
Publishing House

桂图登字：20-2007-173

图书在版编目（CIP）数据

月食 /（美）斯蒂芬妮·梅尔著；龚萍译 .—2 版 .—南宁：接力出版社，2021.3
（暮光之城）
书名原文：Eclipse
ISBN 978-7-5448-6997-3

Ⅰ.①月…　Ⅱ.①斯…②龚…　Ⅲ.①长篇小说 - 美国 - 现代　Ⅳ.① I712.45

中国版本图书馆 CIP 数据核字（2021）第 030129 号

总策划：白　冰　黄　俭　黄集伟　郭树坤
责任编辑：马　婕　陈　楠　郭　城　美术编辑：周才琳　高春雷
责任校对：刘会乔　责任监印：刘　冬
版权联络：金贤玲　营销主理：贾毅奎
社长：黄　俭　总编辑：白　冰
出版发行：接力出版社　社址：广西南宁市园湖南路 9 号　邮编：530022
电话：010-65546561（发行部）　传真：010-65545210（发行部）
http: //www.jielibj.com　E-mail: jieli@jielibook.com
经销：新华书店　印制：北京中科印刷有限公司
开本：890 毫米 ×1240 毫米　1/32　印张：15　字数：450 千字
版次：2008 年 12 月第 1 版　2021 年 3 月第 2 版　印次：2021 年 3 月第 32 次印刷
印数：801 001—821 000 册　定价：59.80 元

谨以此书献给我的丈夫——潘乔
感谢你的耐心、关爱、友谊和幽默感
以及心甘情愿地在外就餐

也感谢我的孩子们，加布、塞斯及艾利
感谢你们使我体验了那种
人们甘愿随时为之付出生命的爱

CONTENTS

目 录

就是大笑。他对我的请求信的答复——那封信通过查理带给比利，然后由比利再给他，这样的送信方式在他看来只不过是像二年级学生一样，正如他所指出的—— 一点儿也不奇怪，还没打开信笺我就知道上面写的是什么了。

令我惊讶的倒是被他划掉的一行行文字竟会令我如此受伤——仿佛这些字母上长了刀子似的。不仅如此，雅各布每一行生气的文字后面隐藏着的汪洋般巨大的痛苦，比我自己把自己伤得更深。

我正在思考这些的时候，闻到了一阵浓浓的烟熏味儿正从厨房飘过来。另一个房间里，除了有人在做饭之外，不会有什么事让我惊慌失措。

我把皱皱巴巴的纸塞进裤子后袋，匆匆忙忙地朝楼下跑去。

查理扔进微波炉的一罐意大利面酱刚刚转动第一圈，我猛地一把拉开门，把它拖了出来。

“我做错什么了？”查理问道。

“您应该先把盖子揭开的，爸爸，金属不能放在微波炉里转。”我边说边把盖子揭开，接着把半罐酱倒进碗里，然后把碗放进微波炉，把罐子放回冰箱，调整好时间，按下启动键。

查理嘟着嘴巴看着我调整时间，问道：“我的面条做得对吗？”

我看了看炉子上的平底锅——令我警惕的烟熏味儿的源头就在这里。“翻一翻会更好。”我语气温和地说道。我找了一把调羹，用力把烤焦在锅底的厚厚的糊状面条刮下来。

查理叹了叹气。

“那么，您为什么要做这些？”我问他。

他双臂抱在胸口，怒视着后窗外的雨帘。“我不知道你在说什么。”他咕哝道。

我迷惑不解起来。查理做饭？他又为什么要板着脸孔？爱德华还没来这里呢。通常我爸爸会因为我男朋友而摆出这样的架势，竭尽全力地表现出一副“你不受欢迎”的模样，他所说的每个字、所摆出的每个姿势都表达出这层含义。查理的努力毫无必要——爱德华不用看这些表演就对我爸爸正在想什么了如指掌。

我翻动锅里的面条时想到“男朋友”三个字，这个词使我感到一阵熟悉的紧张感，我一不小心咬到了自己的嘴巴。这个词语不合适，一点儿都不合适。我需要某种更能表达永恒承诺的词语……但是像“宿命”和“命运”这样的词语用在平时的交谈中显得很做作。

爱德华心中有另一个词语，那个词正是我感到紧张的来源，我只要想一想都会让自己紧张得直咬牙。

未婚夫——哟！一想到这一点我就浑身发抖。

“我错过什么了吗？从何时起您开始做晚饭了？”我问查理，意大利面团在开水里上下移动的时候，我戳了戳，“或者是您**在试着**做晚饭？”

查理耸了耸肩：“没有哪条法律规定我不能在自己家做饭。”

“您知道得再清楚不过了。”我一边看着他别在皮夹克上的徽章，一边笑着回答。

“哈！说得不错。”他扭动身体，把皮夹克脱了下来，仿佛我的眼神是在提醒他衣服还穿在他身上一样，然后他把皮夹克挂在那个他专用的挂衣钩上。他的枪带已经挂在那里了—— 一连几个星期，他都觉得去警察局没必要带手枪。华盛顿州福克斯小镇不再笼罩在令人困扰的失踪事件之中了，也不再有人在曾经阴雨绵绵的树林里看见神秘且体形庞大的狼了。

我静静地戳着面条，猜想着查理会讲出到底是什么事情令他心烦意乱。我父亲不是个话很多的人，他努力让自己配合着我坐下来一起吃晚饭，这表明他脑海里一定有非常多的话要说。

我习惯性地看了看钟——每天大约这个时候，每隔几分钟我就会这么做——还有不到半个小时的时间。

下午对我而言是一天中最难熬的时光。自从我以前最好的朋友（和狼人）雅各布·布莱克告诉查理我偷偷摸摸骑过那辆摩托车以来——他事先就计划好这么出卖我的，这样一来我就会被关禁闭，进而不能与我的男朋友（和吸血鬼）爱德华·卡伦在一起了——爱德华只获许在晚上七点到九点半之间来看我，而且通常只能在我家里，还要在我爸爸从不困倦的怒目监控下。

这次是上次不那么严格的禁闭令的升级。我无法自圆其说为什么会一连失踪三天，而且还敢去悬崖跳水，这是我因此而得到的惩罚。

当然啦，我在学校还是会见到爱德华，因为查理对此无能为力。此外，爱德华几乎每天晚上都在我的房间里，不过查理对此事并不是很清楚。爱德华轻而易举就能一声不响地从二楼的窗户爬进我的房间，这种本事几乎和他能读懂查理的心思一样有用。

尽管爱德华只有下午不在我身边，但这却足以令我心神不安，其间的几个小时如此漫长。尽管如此，我还是毫无怨言地忍受着这种惩罚：一来，我知道这是我自找的；二来，我不忍现在就搬出去而伤害我父亲，特别是当更加永久的分别就摆在我眼前，就近在咫尺的时候，查理却对此一无所知。

我爸爸哼哼唧唧地坐在餐桌前，然后打开了潮湿的报纸；不一会儿，他就从喉咙里发出不满的声音。

“爸爸，我不知道您为什么读报纸，这只不过会让您更生气罢了。”

他对我的话充耳不闻，对着手中的报纸发牢骚：“这就是每个人都想要住在小镇上的原因！无稽之谈。”

“大城市哪儿错了？”

“西雅图快成杀人之都了。两周五起不明杀人案，你能想象在那儿怎么住吗？”

“我想凤凰城在杀人榜上的排名更靠前，爸爸，我**曾经**就这么住着。”我从未与谋杀案受害者的身份如此靠近，直到我搬到他居住的这座安全的小镇。实际上，我仍然在几个热门的名单之上……我手中的调羹颤抖了一下，里面的水也颤抖起来。

“好吧，你就是对我说个没完。”查理说道。

我放弃省掉晚餐的打算，准备吃饭；我得用牛排刀割开一片意大利面，先给查理，然后给我自己，而他则用驯服的眼神注视着我。查理把酱倒在他的面条上，然后把它们搅拌在一起。我按照他的方式尽可能地装饰着我自己的面条，打不起丝毫的精神，我们一言不发地吃了一会儿饭。查理仍然在浏览新闻，我一边等他开口说话，一边拿起已经被我翻烂了的《呼啸山庄》，从我早上吃早餐时看到的地方读起，努力让自己沉浸在世纪之交的英格兰。

我刚刚看到希斯克里夫返回英格兰的那一段，这时查理清了清嗓子，把报纸扔在了地上。

“你说得对，”查理说，“我的确有理由那么做。”他朝着黏糊糊的面团挥舞着叉子，说道，“我想和你谈一谈。”

我把书放到一边，书脊已经破败不堪，整本书都摊平在餐桌上：“您只需要问我一下就可以啊。”

他点了点头，眉毛紧蹙在一起：“是的，我下次会记得的。我以为接过你手中做饭的活儿会使你温顺一些。”

我大笑起来：“这很奏效——您的烹饪技艺使我温顺得像块果汁软糖。您要谈什么，爸爸？”

“嗯，是关于雅各布的。”

我感到我的脸一下子僵在那里。“他怎么啦？”我嘴唇僵硬地问道。

“放松，贝儿，我知道你还在因为他出卖了你而生气，但是他做得对。他那样做是负责任的表现。”

“负责任，”我挖苦地重复道，转了转眼睛，“对，那么，雅各布怎么啦？”

这个漫不经心的问题一直在我脑海里回荡，根本不是无关紧要的小事。**雅各布怎么啦**？我能拿他怎么样呢？我以前最好的朋友，现在……是什么？我的敌人？我畏缩了。

查理的脸突然变得小心翼翼起来：“别生我的气，好吗？”

“生气？”

“好吧，也和爱德华有关。”

我眯起眼睛看着他。

查理的声音变得更生硬了：“我还是让他进了家门的，是不是？”

“是啊，”我承认道，“只不过是很短的一段时间罢了。当然啦，您也可以时不时地让我**出门**一小会儿，”我继续说道——只不过是开开玩笑的，我知道在余下的学年里我都要被关禁闭，“我最近表现还是很好的。”

“好吧，那有点接近我正准备和你讨论的话题了……”接着，查理的表情和缓了些，出乎意料地露齿一笑，眼角都是皱纹。有那么一会儿，他看起来好像年轻了二十岁。

我看出那个微笑中暗含着某种可能性，不过我慢条斯理地继续问道：“我给弄糊涂了，爸爸，您在说的是雅各布、爱德华，或者是我被关禁闭吧？”

那个笑容又一闪而过：“和三者都有那么一点点关系。”

“那么它们是怎么联系到一起的？”我谨慎地追问。

“好吧，”他叹了口气，抬起手臂，好像投降一样，“我在考虑也许你会因为表现良好获得假释。对于一个青少年而言，你忍气吞声、不发牢骚的程度真的令人惊讶。”

我的声音和眉毛一下子抬高了：“您是认真的？我自由了？”

这到底因何而起？我一直确信在我真正搬出去以前会一直被关禁闭，而爱德华也没有找到让查理动摇的念头……

查理举起一根手指头，说道：“是有条件的。”

突如其来的热情消失殆尽。“好极了。”我呻吟道。

“贝拉，这与其说是命令还不如说是请求，好吗？你自由了，但是我希望你能……理智地利用这种自由。”

“这是什么意思？”

他又叹了口气：“我知道你整天和爱德华待在一起，心满意足……”

“我也和爱丽丝一起玩的。”我插话道。爱德华的妹妹来我们家是没有时间限制的，她高兴什么时候来就什么时候来，查理在她能干的双手中就像软面团似的。

“那倒是，”他说，“但是除了卡伦家的人以外，贝拉，你还有其他的朋友。或者说，你**曾经**有过。”

我们彼此凝视着，看了好久。

“你上次和安吉拉·韦伯说话是什么时候？”他突然把这个问题抛给我。

“星期五吃午饭的时候。”我立即回答道。

在爱德华回来以前，我学校的朋友们分成了截然相反的两群。我喜欢把那两群分成**好的**对**坏的**，或者分成**我们**和**他们**也行。好的是安吉拉、她忠心耿耿的男朋友本·切尼和迈克·牛顿，他们三个人都很慷慨地原谅了我在爱德华离我而去之后的种种疯狂举动。劳伦·马洛里是“他们”那一边的邪恶核心成员，几乎其他每个人，包括我在福克斯最早的朋友杰西卡·斯坦利好像也对遵守她那抵制贝拉的安排感到很满意。

随着爱德华重新回到学校，那条分界线变得更加明显了。

爱德华的归来破坏了迈克的友谊，而安吉拉却毫不动摇、坚贞不渝地忠于我们的友谊，本也亦步亦趋。尽管大多数人自然而然地避开卡伦家的人，但安吉拉每天中午吃饭的时候都会恪尽职守地坐在爱丽丝旁边。几个星期后，安吉拉看上去似乎已经感到怡然自得了。不被卡伦家的人迷倒并非易事——只要人们给他们机会让其释放魅力的话。

“在学校之外呢？”查理问道，把我的思绪引了回来。

“爸爸，我在学校之外没见过**任何人**。禁闭，还记得吗？而且安吉拉也有男朋友。她总是和本在一起。**如果**我真的自由了，”我补充道，语气中带有很浓厚的怀疑口吻，“也许我们可以四个人一起出去玩。”

“好吧，但是那么……”他吞吞吐吐地说道，“你和杰克以前交情很深厚的，而现在……”

我打断他说道：“您就不能直截了当一点儿吗，爸爸？您的条件——到底是什么？”

“我认为你不应该为了男朋友抛弃所有其他的朋友，贝拉，”他严厉地说道，“这样做很不好，而且我觉得如果你对其他人也敞开心胸，让他们走进来的话，你的生活会更加平衡的。去年九月发生的事情……”

我不禁畏缩起来。

“好吧，”他防卫性地说道，“要是你和爱德华·卡伦在一起的时间少一些，多一些别的生活，那样的事情也许就不会发生。”

“那样的事情照样会发生。”我轻声咕哝道。

“或许是，或许不是。”

“您的意思是？”我提示他。

“利用你重新获得的自由也去看看你的其他朋友，让自己的生活保持平衡。”

我慢慢地点了点头："平衡是好事情。那么，我要填满指定的配额吗？"

他做了个鬼脸，但是摇了摇头："我可不想把事情弄复杂了，只是不要忘记你的朋友们……"

我的朋友们，这也是我一直在挣扎、不知道如何是好的两难处境。在我毕业之后，为了他们自身的安全，那些人是我再也不能见到的。

那什么才算是更好的做法呢？在我能够做到的时候和他们一起度过？或者是现在就开始分离，渐渐适应？对于第二个选择我感到恐惧万分。

"……特别是雅各布。"在我理清其他的头绪之前，查理又补充了一句。

这个处境比头一个更让人左右为难，我花了好一会儿才找到适当的话："雅各布可能……有些困难。"

"布莱克一家实际上是我们的家人，贝拉，"他说道，又变得严厉而有父亲的威严起来，"而且雅各布对你而言是非常、**非常**好的朋友。"

"我知道。"

"难道你一点儿也不想念他？"查理问道，露出无可奈何的表情。

我的喉咙突然哽噎住了，在我回答之前我清了两次喉咙。"是的，我的确想念他，"我承认，不过我还是低着头，"我很想念他。"

"那么为什么会很难？"

这不是我能随意解释的事情，违背像我和查理这样的**人类**的常规——了解这个神秘世界，这里充满各种各样的神话，还有许多偷偷地生活在我们周遭的魔鬼——这种事情违背了人之常情。我非常清楚地了解那个世界，而且结果我招来的麻烦也不少。我不能让查理也卷入同样的麻烦。

"和雅各布在一起会有……冲突，"我慢慢地说出来，"我的意思是，这是有关友谊的冲突。对杰克而言，友谊似乎远远不够。"我缓缓地道出事情的原委，那些细节是真实的，且不重要，与雅各布的狼人团体对爱德华的吸血鬼家族——也是对我，因为我全心全意加入他的家族——深恶痛绝的事实相比，这些都是无关紧要的。这不是我在一张便条上就能说清楚的事情，他也不愿意接我的电话，但是我亲自和狼人处理此问题的计划肯定不会得到吸血鬼们的认同。

“难道爱德华没有准备好面对良性竞争吗？”现在查理的语调变得讽刺起来。

我抬头白了他一眼，说道：“根本没有竞争。”

“像这样逃避雅各布，你在伤害他的感情。他只不过想做你的朋友，除此之外别无他求。”

噢，现在变成**我**逃避**他**了？

“我很确信杰克一点儿也不愿意再和我做朋友了。”这些滚烫的话语使我难以启齿，“到底是什么让您这样想的呢？”

查理现在看起来有些尴尬了：“这个话题可能是今天我和比利在一起的时候提起来的。”

“你和比利像老妇人那样说东道西。”我一边抱怨，一边恶狠狠地把叉子叉进盘子里凝结在一起的意大利面团里。

“比利很担心雅各布，”查理说，“杰克现在心情很糟糕……他垂头丧气。”

我退缩了，但是眼睛却紧紧盯着面团。

“而且那个时候你和杰克一起玩之后总是很开心。”查理唉声叹气地说道。

“我**现在**也很开心。”我激动地从牙缝中吼出这样的话来。

我的言辞和语气之间的对比打破了紧张感，查理大笑起来，我也笑了起来。

“好吧，好吧，”我答应道，“平衡。”

“还有雅各布。”他坚持道。

“我会努力的。”

“好极啦，找到平衡，贝拉。而且，噢，是的，你有一些信，”查理说道，轻松巧妙地结束了这个话题，“在炉子边上。”

我没有动，我的思绪都纠结在雅各布的名字上。这很可能是些垃圾邮件，我昨天已经收到了妈妈寄来的包裹，我没有期待还会有什么。

查理把椅子从桌边推开，起身的时候伸了伸腿。他把他的餐盘放进水池里，但是在打开水龙头洗盘子之前，他停了下来，把一个厚厚的信封抛给我。信封越过桌面，咚的一声飞到我的胳膊下面。

“呃，谢谢。”我咕哝了一声，他如此热心令我迷惑不解，接着我看到了回信地址——信是从阿拉斯加东南大学寄过来的，“那倒是很快，我猜我也错过这个截止日期了。”

查理轻声地笑了笑。

我翻过信封，接着愤怒地仰望着他：“打开过的。”

“我只是很好奇。”

“我太震惊了，警长，这可是违反了联邦法律。”

“哦，读一读吧。”

我把信抽出来，折叠起来的是课程安排。

“祝贺你，”我还没来得及读他就说道，“你的第一封录取通知书。”

“谢谢，爸爸。”

“我们应该讨论学费的事情，我存了一些钱……”

“嘿，嘿，想都别想。我才不要碰您的退休金，爸爸，我有自己的大学基金。”还剩下的基金——并没剩下多少可以开始我的大学生活了。

查理皱起了眉头：“这些地方有的很贵，贝儿，我想帮你一把。你没必要因为那里便宜些就要跑到阿拉斯加那么远的地方去。”

那里可不会更便宜，一点儿也不，但是那里很遥远，而且朱诺[①]平均每年有三百二十一天多云的天气。第一项是我的条件，而第二项则是爱德华的。

“我自己能付学费，此外，那里还有许多经济援助，很容易贷款。”我希望我的虚张声势不是太明显，实际上我还没怎么研究过这个问题。

---

① 朱诺（Juneau），阿拉斯加首府，位于阿拉斯加东南部及努特卡（Sitka，美国阿拉斯加东南部一城市）东北部的狭长地带，该城由淘金者于1880年建成，于1900年被定为阿拉斯加领地首府（1906年生效），并于1959年成为阿拉斯加首府。

“那……”查理开始说话了，接着他嘟起嘴巴，目光看向一边。

“那什么？”

“没什么，我只是……”他皱了皱眉，“只是想知道爱德华明年的计划……是什么？”

“哦。”

“那？”

三下敲门的声音挽救了我，查理转了转眼睛，我则跳了起来。

“进来！”我叫的时候听见查理嘴巴里咕咕哝哝地说了什么，听起来像“滚开”一样。我没管他，跑过去给爱德华开门。

我猛地一把拉开面前的门——迫不及待得有些滑稽——他就站在那里，只是属于我个人的奇迹。

时间并没有让我对他完美无瑕的脸庞产生免疫力，我肯定我决不会对他的任何方面有所免疫。我的眼睛扫过他苍白的脸庞：坚硬的方下巴，厚实的嘴唇曲线柔和——现在变成了一抹微笑，鼻子的线条很笔直，颧骨棱角分明，额头光洁白皙，像大理石一般—— 一缕被雨水淋湿的铜色头发挡在额角上。

我最后才看着他的眼睛，要是我一直凝视着他的双眸，我极有可能会无法思考的。他有一双大大的金黄色眼睛，双眸流淌着暖意，周围是又浓又长的黑睫毛。凝视着他的双眼总会令我感到非比寻常——我的骨头就像酥了一样。我也有点头昏眼花，不过那可能是因为我忘记了要保持呼吸。这可不是第一次。

这是一张世界上任何男模特都愿意拿灵魂去交换的脸，当然啦，这可能就是准确的索价：一个灵魂。

不，我不信。哪怕想一想我都会感到内疚，也很高兴——正如我经常感到高兴一样——我是那个对爱德华而言神秘莫测的人。

我拉起他的手，当他冰冷的手指碰到我的手指时，我叹了口气。他的触碰给我带来一阵最陌生的解脱感——好像我痛苦万分时感受到的那种痛苦突然停止了一般。

“嗨。”我不禁对自己兴趣突减的打招呼方式笑了笑。

他举起我们手指交错在一起的手，用他的手背轻轻地抚摸了一下我的脸颊："下午过得怎么样？"

"很漫长。"

"对我也是如此。"

他把我的手腕举到脸旁，我们的手还是挽在一起。他在鼻子轻轻地滑过我的皮肤时闭起了眼睛，然后没有睁开眼就温柔地微笑起来。抵抗美酒的诱惑，品尝美酒的芳香，他曾经如是说。

我知道我的血液的味道——与其他人的血相比对他而言更加甜美，的确就像嗜酒如命的人面前的美酒和水一样——由此而产生灼烧的干渴实际上会令他痛苦不堪，但是他好像不再像以前那样逃避它了。我只能模模糊糊地想象出在这个简单的动作背后，他所付出的力量就像赫尔克里斯[①]那样巨大。

他不得不那么努力地控制自己，这使我感到伤心不已。我知道我带给他痛苦的时间不会太久了，想到这一点会让我好过一些。

接着我听见查理向我们走过来的声音，他的脚重重地踩在地上，用以表达他对我们的客人一贯的不悦之情。爱德华的眼睛突然睁开了，他放下我们的手，却仍然紧紧地握着我的手。

"晚上好，查理。"爱德华的彬彬有礼总是完美无缺的，尽管没必要对查理如此。

查理冲他哼了一声，接着双臂交叉环抱在胸前站在那里，最近他行使父亲监护权的想法有些过头了。

"我带来一些申请表格。"爱德华接着告诉我，手中举起一个塞得满满的牛皮信封。一卷邮票套在他的小手指上，像戴着戒指一样。

我呻吟起来，怎么还剩那么多他没强迫我申请的大学啊？他又是怎么找到这些还有空缺的学校的啊？今年已经太迟了。

---

① 赫尔克里斯（Hercules），是希腊神话英雄赫拉克勒斯（Heracles）的罗马名字，赫尔克里斯是宙斯（Zeus）与凡人阿尔克墨涅（Alcmena）所生的儿子。当赫拉（Hera）发现宙斯的私生子时，她在他的床上放了两条蛇，企图杀死他，但是赫拉没成功，因为赫尔克里斯天生力大无比，他发现蛇的时候就杀死了它们。赫尔克里斯神勇无比，完成了12项英雄伟绩，被升为武仙座，也是他解救了普罗米修斯（Prometheus）。

他微笑起来，仿佛能看穿我的心思一样，我的想法肯定清楚地写在我脸上了。“仍然还有几个学校没到截止日期。还有些地方愿意网开一面。”

我能想象出这些例外背后的动机，当然是因为钱的关系。

爱德华看着我的表情大笑起来。

“我们开始吗？”他询问道，拖着我来到厨房的餐桌边上。

查理气急败坏地跟在后面，尽管他几乎没法抱怨今晚的活动安排。他每天都催我赶快做决定上哪所大学，这令我烦恼不已。

我迅速地整理了餐桌，而爱德华则整理好了一沓令人望而生畏的表格。当我把《呼啸山庄》挪到料理台上去的时候，爱德华的眉毛挑了起来。我知道他在想什么，但是爱德华还没来得及评论就被查理打断了。

“说到大学申请，爱德华，”查理说，他的语气甚至更加愠怒了——他试图避免直接与爱德华说话，当他不得不说话的时候，就使他本来就很恶劣的心情变得更加糟糕了，“贝拉和我刚才正在讨论明年的事情，你决定到哪里去上学了吗？”

爱德华抬起头微笑着看着查理，然后语气友善地说：“还没有，我已经收到几份录取通知书，但是我还在考虑我的选择。”

“哪些学校录取你了？”查理追问道。

“锡拉丘兹[1]……哈佛……达特茅斯[2]，我今天刚刚收到阿拉斯加东南大学的录取通知书。”爱德华把脸稍稍地转向旁边，这样他就可以对我眨眨眼睛了，我抑制住咯咯笑起来的冲动。

“哈佛？达特茅斯？”查理咕哝道，无法掩饰他的崇敬之情，“噢，

---

① 锡拉丘兹（Syracuse），美国纽约州中部城市，位于纽约东南部靠东边的罗切斯特（Rochester），起初这里是商栈和盐厂，现在这里已经成为制造业和教育产业的中心。

② 指达特茅斯学院（Dartmouth College），建于1769年，是美国第九所历史最悠久的学院，也是闻名遐迩的常春藤联盟学院之一，坐落于新罕布什尔州（New Hampshire）的汉诺威（Hanover）小镇。该校科研教学设备先进、设施齐全、科研力量雄厚，是一所有着优良文化传统的现代化综合性私立大学。

那倒是……倒是很了不起。是的，但是阿拉斯加大学……你能上常春藤联盟学院[①]时，不会考虑这个吧，我的意思是，你父亲肯定希望你……”

“卡莱尔一直都很尊重我的决定。”爱德华严肃地告诉他。

“嗯。”

“猜猜是什么，爱德华？”我和他开起玩笑来，高兴地问道。

“是什么，贝拉？”

我指着台子上厚厚的信封说道：“我刚刚收到阿拉斯加东南大学的录取通知书。”

“祝贺你！”爱德华露齿而笑，“真是巧合啊！”

查理眯起眼睛，来回地盯着我俩。“好极了，”一会儿之后他才低声说道，“贝拉，我要去看球赛了，九点半。”

那是他通常送客的时间。

“呃，爸爸？您还记得我们刚刚谈过的我的自由……”

他叹气道：“是的，好吧，十点半。上学的晚上你还是要宵禁的。”

“贝拉不再关禁闭了？”爱德华问道。尽管我知道他并不是真的惊讶，但是对于这突如其来的兴奋，我无法从他的声音里找出任何虚假的蛛丝马迹。

“是有条件的。”查理咬着牙纠正道，“这跟你有什么关系？”

我对着我爸爸皱了皱眉头，但是他没看见。

“就是觉得挺开心的，”爱德华说，“爱丽丝心痒痒地一直想要有人陪她去购物呢，我肯定贝拉一定想去看看城里的灯光。”他对我笑着说。

但是查理咆哮起来：“不行！”他的脸都气绿了。

---

① 常春藤联盟学院（Ivy League），是指美国东部八所高学术水平、历史悠久的大学。这些大学多成立很早：哈佛（Harvard）成立于 1636 年，耶鲁（Yale）成立于 1701 年，宾夕法尼亚（Pennsylvania）成立于 1740 年，普林斯顿（Princeton）成立于 1746 年，哥伦比亚（Columbia）成立于 1754 年，布朗（Brown）成立于 1764 年，达特茅斯（Dartmouth）成立于 1769 年，康奈尔（Cornell）成立于 1865 年。

“爸爸！到底怎么啦？”

他努力松开牙齿：“现在我不准你去西雅图。”

“嗯？”

“我跟你讲过报纸上的报道——西雅图现在有暴徒正在疯狂地杀人，我要你离那里远一点儿，知道吗？”

我转了转眼睛，说道：“爸爸，我被雷电击死的可能性都要比有一天我在西雅图……的可能性大。”

“别说了，没关系，查理，”爱德华打断我说道，“我不是说西雅图，实际上我想的是波特兰①，我也不会让贝拉到西雅图去的，当然不会。”

我难以置信地看着他，但是他手中拿着查理的报纸，正专心地看着头版新闻呢。

他准是为了让我爸爸息怒才这样说的。想到我和爱丽丝或爱德华在一起时正身处对人类而言最致命的危险之中，这让人感到趣味十足。

这很奏效，查理又盯着爱德华好一会儿之后才耸耸肩说道：“好吧。”他悻悻地踱进了起居室，现在倒有一点儿着急了——或许他不想错过中圈跳球②。

我等他打开电视机，这样查理就不会听见我说话了。

“讲了些什么……”我开始问。

“等等，”爱德华说话的时候继续看着报纸，没有抬头，他把第一份申请推到桌子这边给我的时候眼睛仍然注视着报纸头版，“我想这一份可以重复利用你的论文，都是一样的问题。”

---

① 波特兰（Portland），在美国有两个波特兰，一个在缅因州（Maine），这里指的是美国俄勒冈州（Oregon）最大的城市波特兰，同时它也是默尔特诺马郡的郡府，位于威拉麦狄河（Willamette River）汇入哥伦比亚河（Columbia River）的入河口以南不远的地方。它是美国西北太平洋地区仅次于西雅图的第二大城市。波特兰的别称是“玫瑰之城”（这个名字最早出自1905年的刘易斯和克拉克远征百年纪念博览会），这是因为波特兰的气候特别适宜种植玫瑰，市内有许多玫瑰园，比如波特兰华盛顿公园里的国际玫瑰试验园。

② 中圈跳球（Tip-off），在一节比赛时用跳球开始比赛的动作，也作 tap-off。

查理肯定还在听我们讲话。我叹了口气，开始填这些重复的信息：姓名、地址、社会关系……几分钟后我抬头望了一眼，不过爱德华现在正若有所思地凝视着窗外。当我低下头重新填写表格的时候，我第一次注意到学校的名字。

我哼了一声，一把推开他在看的报纸。

“贝拉？”

“认真一点儿，爱德华，你要我申请**达特茅斯**？”

爱德华拿起被我丢弃的申请表，轻轻地把它放回到我面前。“我想你会喜欢新罕布什尔的，”他说，“那里有许多适合我的晚间课程，附近的森林对贪婪的徒步旅行者而言也很方便。那里有丰富的野生生物。”他知道我对此无法抗拒，就立即恢复了脸上狡黠的微笑。

我从鼻孔里深深地吸了一口气。

“我会让你偿还的，要是那样让你开心的话，”他允诺说，“如果你想要的话，我会收你利息的。”

“好像我不用大笔贿赂就可以进去一样，或者那是贷款的一部分？还是图书馆又在卡伦家的势力之内了？呃，为什么我们又讨论起这个话题了？”

“请你填写好这份申请，好吗？求你了，贝拉，填写申请不会让你受伤害的。”

我收紧下巴：“你知道吗？我认为我不会填的。”

我伸手去拿申请表格，打算把它们揉成适合扔进垃圾桶的形状，但是它们已经不见了。我盯着空空如也的桌面看了好一会儿，接着又看看爱德华。他似乎并没有移动过，但是申请表很可能已经藏在他的夹克里了。

“你在做什么？”我责问道。

“我签你的名字比你自己签得还要好，你已经写好文章了。”

“你做得过分了，你知道的。”我轻声地说道，查理完全沉迷在球赛中的可能性极小，“我真的不想申请其他学校，我已经被阿拉斯加录取了。我几乎能负担起第一学期的学费，做那里的校友和做其他学校的校友都一样。没有必要扔一大笔钱在这上面，不管是谁的钱。”

痛苦的神情使他的脸庞紧绷起来：“贝拉——”

“别开始争论，我同意，为了查理，我需要仔细地思考这些提议，但是我们俩都知道明年秋天无论如何我都不会上学了，也不会去任何离人群很近的地方。”

我对新生吸血鬼头几年的生活知之不多。爱德华从来都没跟我讲得很具体——他不怎么喜欢这个话题——但是我知道这段经历肯定不会好到哪里去。自制显而易见是一项后天习得的技能，除了函授学校以外的任何学校都是不可能的。

“我以为时间尚未确定，”爱德华温柔地提醒我说，“你可能会开心地度过一两个学期的大学生活，你还有许多人类的经历没有体验过呢。”

“之后我会接触到的。”

“之后就不会是**人类**经历了，你不会再有第二次机会成为人类的，贝拉。”

我叹气道：“你在确定时间上要讲道理，爱德华，浪费时间简直太危险了。”

“才没有危险呢。”爱德华坚持道。

我怒视着他。没有危险？当然啦。我不过是面临着被一个暴虐成性的吸血鬼报复的危险罢了，她想要用我的命换她的同伴的命，而且最好是采用某种慢慢折磨的方法置我于死地。谁会担心维多利亚吗？噢，是的，还有沃尔图里家族——吸血鬼中的皇室，他们还有一小支吸血鬼军队——他们坚持要求在不久的未来让我的心脏以这样或那样的方式停止跳动，因为他们不允许人类知道他们的存在。对，完全没有理由感到惊慌失措。

即使爱丽丝一直在密切地监视——爱德华现在正依靠她对未来神秘而精准的预测力提前给我们警示呢——冒一冒险也是疯狂的举动。

此外，我已经赢得了这场辩论，我转化的日期已经初步拟定在我高中毕业后不久了，离现在只不过几周的时间了。

当我意识到余下的时间是如此短暂之时，一记刺骨的重击穿透我的胃。当然这种改变是必要的——把世界上所有其他的东西都放在一起也比不过我最想要的东西，而这就是通向它的钥匙——但是我深深地意识到查理还坐在另一个房间看球赛，就像其他夜晚一样，而我的母亲蕾妮在遥远的阳光灿烂的佛罗里达，仍然在请求我与她和她的新婚丈夫一起共度夏天呢。还有雅各布，他不像我的父母那样，要是我消失到某个遥远的学校，他一定会知道到底发生了什么事。即使我父母在很长一段时间不起疑心，即使我找到借口推辞去看望他们，如昂贵的旅费或功课紧或生病了，雅各布还是会知道真相的。

有一会儿，雅各布必定会对那时的我感到厌恶的念头超过了其他的痛苦。

“贝拉，”爱德华小声叫道，当他看见我脸上的痛苦表情时，他的脸上也露出痛苦的神色，“不用着急，我不会让任何人伤害你的，你可以根据自己的需要慢慢来。”

“我想要快一点儿，”我小声说道，虚弱地微笑起来，想要开个玩笑，“我也想当魔鬼。”

他咬牙切齿地说道：“你根本不知道自己在说什么。”突然，他把潮湿的报纸摔在我们两人之间的桌子上，手指指着头版上的大标题：

死亡人数攀升

警察认为可能是团伙行凶

“这和别的事情又有什么关系？”

“魔鬼可不是笑话，贝拉。”

我盯着标题又看了看，接着望着他僵硬的表情，“是……是个**吸血鬼**做的？”我轻声问道。

他心情全无地笑了笑，声音低沉而冷淡地说道：“在这些让人们恐惧万分的消息背后，你会惊讶地发现我的同类才是真正的罪魁祸首，贝拉。当你知道该看哪些内容时，就很容易辨认了。这里的信息表明一个新生吸血鬼正在西雅图胡作非为，无人管束。他嗜血成性，狂躁不安，不受控制，这也是我们以前经历过的。”

我让自己的视线再次回到报纸上，避开他的眼睛。

“我们几个星期以来一直都在监视情况。所有的迹象都有——莫名其妙的失踪，总是在晚上，随处乱抛的尸体，缺少其他证据……是的，他刚刚诞生。似乎还没有人对这个新手负责……”他深吸了一口气，“好吧，那不是我们的问题。要是这件事离我们家没那么近的话，我们根本不会注意这些消息。正如我所说的，这样的事情一直都在发生，魔鬼的存在导致狰狞恐怖的后果。”

我努力让自己别去看页面上的名字，但是它们仿佛是粗体字一样从报纸里面跳了出来。五个人已经失去生命，他们的家人现在正悲伤不已，读这些名字并不同于想到那些理论上的谋杀。莫林·加迪勒、杰弗里·坎贝尔、格雷斯·拉茨、米歇尔·欧康内尔、罗纳德·阿尔布鲁克，这些人有自己的父母、孩子、朋友、宠物、工作、希望、计划、回忆，还有未来……

“我会不一样的，”我小声说道，多半是说给自己听的，“你不会让我成为这个样子的，我们会住在南极。”

爱德华吸了吸鼻子，缓解了紧张的气氛：“企鹅，很可爱。”

我局促不安地大笑起来，然后把报纸塞到桌子下面去，这样我就不必看见那些名字了；报纸嘭的一声掉在亚麻油毡上。当然，爱德华要考虑狩猎的可能性，他和他的“素食主义”家庭都致力于保护人类，宁愿用大型食肉动物的味道来满足他们饮食的需要。“那么，按计划就选阿拉斯加吧，只是在比朱诺更偏僻的地方——那里才有大量的灰熊。”

“还不止，”他同意道，“那里还有北极熊，非常凶猛，而且狼也很大。”

我张开嘴巴，猛地吐出一口气。

“怎么啦？”他问道。在我恢复之前，他迷惑不解的表情就已经消失了，整个身体似乎也僵硬起来。“哦，那么，别担心狼，要是这个主意冒犯到你的话。”他的声音很生硬，也很正式，而且他的肩膀僵硬。

“他曾是我最好的朋友，爱德华。”我喃喃道，用过去时刺痛了我，“这个想法当然会冒犯到我。”

“请原谅我考虑不周，”他说道，语气很正式，“我不该提出这样的建议。”

“别担心。”我盯着自己的双手，握成拳放在桌子上。

我们都沉默了一会儿，接着他把冰冷的手指放在我的下巴下面，诱惑我抬起头来，现在他的表情柔和多了。

“对不起，真的。”

“我知道，我知道这不是同一件事，我不应该有这样的反应的。只不过……好吧，在你来之前我就在想雅各布了，”我吞吞吐吐地说出来，无论何时我提到雅各布的名字，他黄褐色的眼眸似乎都会变得更黑，我的声音条件反射般地变成了请求，“查理说杰克现在很难过，他现在很受伤，而且……这是我的错。”

“你没做错什么，贝拉。”

我深吸了一口气，说道：“我需要让情况好转，爱德华，我欠他的。这也是查理的条件之一，不管怎样——”

我说话的时候他的脸色变了，又变得僵硬起来，像雕像一样。

“你知道让你一个人不受任何保护地待在狼人的身边是绝不可能的，贝拉。而且，要是我们当中任何一个越界跑到他们的领地上都会打破条约，你想要我们开战吗？”

“当然不！”

“那么，再谈论此事就没有意义了。”他放下手，把脸转过去，想转变话题。他的眼神停留在我身后的什么东西上，然后他微笑起来，尽管他的眼睛还是很警觉。

“我很高兴查理决定让你出门了——你不可救药地急需到书店看一看了。我不敢相信你又在看《呼啸山庄》了，难道你还没有背下来吗？”

“并不是所有人都有精确持久的记忆。”我敷衍了事地回答道。

“不管是不是精确持久的记忆，我不了解你为什么喜欢这本书，书中的人物都是那种毁灭彼此生活的人。我不知道希斯克里夫和凯茜怎么会成为和罗密欧与朱丽叶，或伊丽莎白·班纳特与达西先生[1]那样齐名的一对的。这不是爱情故事，而是仇恨故事。”

“你对于经典作品颇有些看法。”我快速说道。

“或许是因为我不会被古老的东西打动吧，”他微笑着说，显然他很满意于分散了我的注意力，“不过，老实说，你为什么要一遍又一遍地读呢？”现在他的眼睛又流露出饶有兴趣的眼神，试图——又一次——分散盘旋在我脑海中的思绪，他把手伸过桌子这边，用手捧住我的脸，“是什么吸引着你？”

他真诚的好奇心消除了我的疑虑。“我也不确定，”我说，当他的凝视不经意地分散我的思绪的时候，我勉强保持着前后一致，“我想是某种不可避免的东西吧。任何东西也不能拆散他们——她的自私自利，或者是他的邪恶，甚至是死亡，最后……”

当他思考我所说的话的时候，脸色变得深沉起来。过了一会儿，他又打趣地冲我笑了笑：“我还是认为要是他们当中任何一个有点救赎精神的话，这个故事会更好。”

“可能吧，”我反对道，“他们的爱就是他们唯一的救赎精神。”

“我希望你能对此有更好的理解——爱上一个如此……恶毒的人。”

“对我而言，担心和谁相恋已经太晚了，”我指出，“但是，即使没有警告，我看我也做得还不错。”

他平静地大笑起来：“我很高兴你这样认为。”

“好吧，我希望你会聪明些，离这么自私的人远一些。凯瑟琳，

---

① 伊丽莎白·班纳特与达西先生（Elizabeth Bennet and Mr.Darcy），是英国著名作家简·奥斯汀（Jane Austen，1775—1817）的代表作《傲慢与偏见》（*Pride and Prejudice*）中的女主角和男主角。奥斯汀在这部小说中通过班纳特五个女儿对待终身大事的不同处理，表现出乡镇中产阶级家庭出身的少女对婚姻爱情问题的不同态度，从而也反映了作者本人对爱情对婚姻的想法：单单为了财产、金钱和地位而结婚是错误的，而结婚不考虑上述因素也是愚蠢的。因此，她既反对以金钱为目的的结婚，也反对把婚姻当儿戏。她强调理想婚姻的重要性，并把男女双方感情作为缔结理想婚姻的基石。这部作品生动地反映了18世纪末到19世纪初处于保守和闭塞状态下的英国乡镇生活和世态人情。

才是所有麻烦的真正源泉，而不是希斯克里夫。”

“我会警惕的。”他答应道。

我叹了口气。他如此擅长于转移我的注意力。

我把手放在他的手上面，然后握住他的手抚摸我的脸：“我需要见一见雅各布。”

他闭上双眼：“不行！”

“真的一点儿也不危险，”我再次恳请他道，“我以前常常在拉普西和他们大家一待就是一整天，什么也没发生过。”

但是我漏掉了一点，最后我的声音有些颤，因为我意识到我所说的话都是谎言。**什么**都不曾发生过，这不是真的。一闪而过的回忆—— 一匹巨大的灰狼蹲伏着准备起跳，龇着匕首般的牙齿冲着我狂叫——紧张得我手心流汗，应和着我记忆中的痛苦。

爱德华听见我心跳加速的声音，点了点头，仿佛我大声地承认自己在撒谎一样：“狼人很不稳定，有时候，靠近它们的人会受伤，有时候，会被它们杀死。”

我想要否认这一点，但是另一个影像使我的反驳放慢下来。我脑海中浮现出艾米莉·杨曾经美丽的脸庞，现在却有三个深色的伤疤，向下拉扯着她的右眼角，使她的嘴唇变成永远不对称的怒容。

他等待着我能开口说话，他那胜利的表情让人感到残忍。

“你不认识他们。”我小声说道。

“我比你认为的更了解他们，贝拉，上次我就在那里。”

“上一次？”

“我们大概在七十年前开始和狼人们划分疆界……那时候我们刚刚在霍奎厄姆附近安顿下来。那还是在爱丽丝和贾斯帕来到我们家以前，我们比他们人多，但是，要不是卡莱尔的话，人数多也不可能阻止事情演变成一场战争。他成功地使伊弗列姆·布莱克相信共存是可能的，而且最终我们缔结了休战协定。”

雅各布曾祖父的名字令我惊呆了。

“我们原本以为这条血脉在伊弗列姆这里就断绝了，”爱德华小声地咕哝道，听起来他现在好像是在自言自语，“那种由于奇怪的遗传因素导致突变的事情已经很久没有发生过了……”他停顿了一下，责备地盯着我说，“你的霉运似乎每天都在变得更加强大。你意识到你那种把所有事情牵扯到一起的致命引力有多么强大吗？它竟然大得足以让已经灭绝的变异狼群恢复突变。如果我们能够用瓶子装满你的霉运，我们手中就掌握了造成大规模毁灭的武器。”

我对他的玩笑置若罔闻，倒是我的注意力被他的假设吸引了——他是认真的吗？“但是**我**并没有让他们回来啊，难道你不知道？”

“知道什么？”

“我的霉运与此无关，狼人们回来是因为吸血鬼们回来了。”

爱德华盯着我，他吃惊得一动不动。

“雅各布告诉我你们住在这里使情况发生了变化，我以为你已经知道了……”

他眯起眼睛：“那是他们所认为的吗？”

“爱德华，看看事实，七十年前，你们来到这里，狼人们就出现了，现在你们回来了，狼人们又出现了，你认为这只是巧合？”

他眨了眨眼睛，目光放松了一些：“卡莱尔会对这个理论感兴趣的。”

“理论。”我不屑地说。

他沉默了一会儿，凝视着窗外的雨，我想他是在思考他家人的存在促使土著人变成大狼狗的事实。

“很有趣，但并不十分相关，”他过了一会儿小声说道，“情况还是一样。”

我能毫不费力地听懂他的言外之意：狼人们不是朋友。

我知道我必须对爱德华保有耐心，并不是他不讲道理，只是因为他不**了解**。他不知道我欠雅各布・布莱克的有多么多——有许多次，我的人生都要结束了，很可能我的理智也结束了。

我不愿意和任何人谈起那一段行尸走肉般的日子，尤其是和爱德华。他离开我只是为了挽救我，挽救我的灵魂。我不会将他不在的时候我所做的蠢事怪罪到他头上，也不能把我所承受的痛苦归咎于他。

而他却这样认为。

因此，我解释的时候措辞必须小心谨慎。

我站了起来，绕过去，他朝我张开双臂，我则坐在他的腿上，依偎在他如石头般冰冷的怀抱里，我说话的时候看着他的手。

“请你听我说一下，这件事情非常重要，比某种突然想看看老朋友的冲动要重要得多。雅各布现在很**痛苦**，”我说这个词的时候声音有些变调了，“我不能不帮他——我现在不能抛弃他，当他需要我的时候。因为他并不总是人类……好吧，当我……当我自己不那么像人类的时候，他在我身边。你不知道这意味着什么……”我犹豫不决地说道，爱德华的手臂在我身边变得僵硬起来，现在他双手握拳，青筋暴露，“如果雅各布没有帮助我的话……我不确信你回到家看到的会是什么。我欠他的太多，不该让他承受这些，爱德华。”

我谨慎地仰望着他的脸，他双眼紧闭，下巴紧收。

“我永远都不会原谅自己离开你，”他轻声呢喃道，“即使我活十万年，也不会。”

我用手轻轻抚摸着他冰冷的脸，等待着，直到他叹了口气，睁开双眼。

“你只不过是想要做正确的事情罢了，我肯定这样做对不像我这么愚蠢的任何人都会奏效的。另外，你现在就在我身边，这才是重要的。”

“要是我没有离开过你，你就不会感到有必要冒着生命危险去安慰一条**狗**。”

我心里一阵畏惧，我已经习惯了雅各布和他恶意的侮辱——**吸血鬼、寄生虫、食客**①……不知道为什么，类似的话语由爱德华天鹅绒般的声音说出来时听起来更加刺耳。

“我不知道如何措辞才合适，”爱德华说，他的声音有些苍凉，“听起来会有些残忍，我想，但是过去只差一点点我就会失去你。我知道，想到我已经失去你会是什么样的感觉，我不打算容忍任何危险的事情。”

“你在这件事情上得相信我，我会好好的。”

---

① 吸血鬼、寄生虫、食客（Bloodsuker，leech，parasite），这三个词都有“吸血鬼”的意思，但在此为了表现词汇的多样性，特取其本义，暗示其比喻义。

他的脸又流露出痛苦的表情。“求你啦，贝拉！”他轻声请求道。

我凝视着他突然燃烧起来的金色的眼睛：“求我什么？”

“求你，为了我，请你有意识地努力让自己保持安全，我会尽我所能的，但是我所能提供的帮助有限。”

“我会努力的。”我轻声低语道。

“你真的了解你对我有多么重要吗？你到底知不知道我有多么爱你？”他把我抱得更紧了，紧紧地贴着他冰冷而坚硬的胸口，把我的头藏在他的颈窝里。

我的嘴唇吻着他雪一般冰冷的颈项。“我知道我有多么爱**你**。”我回答说。

“你只见树木，不见森林。”

我转了转眼睛，但是他看不见：“那是不可能的。”

他吻了吻我的头顶，叹气道：“不要有狼人。”

“我可不赞同这一点，我得见雅各布。”

“那么我不得不制止你。”

听他的语气那么自信，好像这根本不会是个难题。

我肯定他是对的。

“咱们走着瞧，”我敷衍道，“他还是我的朋友。”

我能感觉到口袋里雅各布给我的便条，好像它一下子有十磅那么重一样。我能听到他说出这些话的声音，他似乎同意爱德华的观点——那是在现实生活中不可能发生的事情。

什么都不会改变。对不起。

逃　避

西班牙语课结束之后，我走在去食堂的路上，心中感到出奇的愉快，并不是因为我和这个星球上最完美的人手牵着手，尽管这肯定也是部分原因。

或许是因为我获悉自己的刑期已经结束，我又是个自由人了。

抑或是，跟我没什么特别的关系。或许是因为自由的氛围萦绕着整个校园，课业慢慢地放缓下来，特别是对于高年级学生而言，空气中洋溢着一种可以感知得到的兴奋。

自由如此接近，到处都是它的信号，简直可以触摸得到了，品尝得到了。食堂的墙壁上贴满了海报，垃圾桶上披着一层漫溢出来的广告传单：买年鉴、班级戒指和毕业通知的提示；预订毕业礼服、帽子和流苏的截止日期；霓虹般闪亮的传单——二年级学生竞争班委会；散发着不祥预兆的今年正式舞会的玫瑰花环广告。大舞会就在这个周末，但是我跟爱德华约定好决不再参加了。毕竟，我已经有过**这样**的人类经验了。

不，一定是因为我个人的自由让我今天心情轻松了。本学年结束并没有带给我和其他学生一样的快乐，实际上，不管什么时候想到这一点，都会让我紧张得快要呕吐，我努力**不**要去想它。

由于毕业临近，要逃避这个无处不在的话题并非易事。

“你发出通知了吗？”我和爱德华在餐桌边坐下来的时候，安吉拉问道。她把淡棕色的头发梳到脑后扎成一个马尾辫了，一改她平时的发型，而且她的眼中闪烁着些许焦急的神色。

爱丽丝和本也已经坐在那里了，他们分别坐在安吉拉的两侧。本专注地读着一本漫画，他的眼镜从窄窄的鼻梁上滑落下来。而爱丽丝则打量着我令人厌倦的牛仔裤与T恤的搭配，她的眼神让我感到有些神经过敏。或许她正在构思另一个改头换面的计划呢，我叹了口气。我对时尚的漠然态度在她看来就像一根刺儿一样，要是我允许的话，她会每天为我打扮——说不定每天好几次——就像我是超大的立体纸玩偶一样。

“没有，”我回答安吉拉道，“没什么意义，真的。蕾妮知道我什么时候毕业，还有谁？”

“你呢，爱丽丝？”

爱丽丝微笑道：“都发出去了。”

“你真幸运。”安吉拉叹气道，“我妈妈有上千个表兄妹，她希望我给每个人手写地址，我会得腕隧道综合征①的，我不能再拖延了，我只是感到害怕。”

“我会帮你忙的，”我自告奋勇地说，“如果你不介意我糟糕的字。”

我从眼角可以看见爱德华在微笑。查理肯定也会高兴的——我满足了他的条件，而且不必牵连狼人。

安吉拉看来很放心了：“你太好了，只要你想，我随时都可以过来。”

“实际上，我宁愿到你家，如果那样可以的话——我厌倦了我自己家里，查理昨天晚上解除禁令了。”我宣布自己的好消息时不禁露齿而笑起来。

“真的吗？”安吉拉问道，一丝恰如其分的兴奋在她那向来温柔的褐色眼睛里闪闪发光，“我以为你说你会终身关禁闭呢。”

“我比你还要惊讶。我原本肯定我至少要等到高中毕业之后，他才会释放我的。”

---

① 腕隧道综合征（carpal tunnel syndrome），正中神经穿过手腕隧道时，神经受到压迫所造成的症状。而所谓手腕隧道是位于手腕部的通道，它是由腕骨及横腕韧带所构成的一条隧道，而正中神经从此通过然后直到手指及大拇指内侧的肌肉。这是一种常见的疾病，主要和以手部动作为主的职业有关，如电脑操作者、厨师、书法家、画家、音乐指挥家，以及提琴手、钢琴师、雕刻家等。其基本症状有手指麻木、电刺样感觉、活动不灵活等，晚期可出现手掌鱼际肌肉萎缩。近年来由于生活方式的改变，这种疾病的发病率有所上升。

“啊，太好了，贝拉！我们得出去庆祝一下。”

“你知道这个点子真的很棒！”

“我们应该做什么呢？”爱丽丝沉思道，她的脸因为想到种种可能而容光焕发。爱丽丝的想法对我而言通常都有些夸张，我现在从她眼中就看得出——大张旗鼓的趋势已经呼之欲出了。

“不管你在想什么，爱丽丝，我怀疑我还没**那么**自由。”

“自由就是自由，对不对？”她强词夺理。

“我确信我还是受限制的——譬如，美国国界。”

安吉拉和本大笑起来，但是爱丽丝真的感到很失望，做了个鬼脸。

“那么我们今晚做什么呢？”她还是不肯罢休。

“什么也不做，瞧，我们在确定他的确不是开玩笑之前，还得先观察几天。不管怎么说，今天还是上课的日子。”

“那么，我们这个周末要庆祝一下啰。”根本无法击退爱丽丝的热情。

“当然。”我说道，希望能够安抚一下她。我知道我不打算做任何过于怪异的事情，应付查理慢慢来会更好。在我向他提出要求之前，我得让他有机会欣赏一下我多么值得信赖，多么成熟。

安吉拉和爱丽丝开始讨论起她的选择了；本把书放在一边，也加入了她们的谈话。我的注意力则飘到了别处，我惊讶地发现我重获自由的话题突然没有刚才那么令人满足了。当他们在讨论去天使港或者霍奎厄姆庆祝的时候，我则开始感到不高兴了。

没过多久我就确定自己无精打采的情绪源于何处了。

自从我在我家外面的森林里和雅各布·布莱克道别之后，一幅详细的心理画面就侵占了我的脑海，并且萦绕着我的思绪，久久挥之不去。它定时地跳进我的脑海，就好像惹人心烦的闹钟每隔半小时就响一次一样，让我的脑海中充斥着雅各布因为痛苦而眉头紧锁的脸庞的画面。这是我对他最后的记忆。

随着令人不安的幻景再次袭来，我很清楚为什么我的自由让我不满了，因为这个自由是不完整的。

当然啦，我可以自由地去任何我想去的地方——除了拉普西；我可以自由地做任何事情——除了见雅各布。我对着餐桌皱眉头，**得有**

某种中间路线。

“爱丽丝？爱丽丝！”

安吉拉的声音把我从白日梦中拉回来，她的手在爱丽丝空洞凝视的面孔前面来回地挥舞。爱丽丝的表情我能了解——这种表情令我浑身不自觉地惊恐万分起来。她眼中的空洞神色告诉我，她看见了某种完全不同于我们周遭平凡的午餐室的情景，但是那种东西自身的方式又是那么真实。某种东西快要来临，某个事件马上就要发生了，我感到血液都要从我的脸上溜走了。

接着爱德华大笑起来，他的声音非常自然而且很放松。安吉拉和本望着他，但是我的眼睛还是盯着爱丽丝，她突然跳了起来，仿佛某人在桌子底下踢了她一脚似的。

“已经到午睡时间了吗，爱丽丝？”爱德华打趣道。

爱丽丝又恢复常态了：“不好意思，我在做白日梦，我想。”

“做白日梦总比再面对两个小时的课好。”本说。

爱丽丝更加兴致盎然地重新加入到他们的谈话之中去了——只是有点太过了。有一次我注意到她的眼睛注视着爱德华的眼睛，只是一小会儿，然后在有人注意到之前就又看着安吉拉了。爱德华很安静，心不在焉地把玩着我的一缕头发。

我焦急地伺机问爱德华，爱丽丝在她的预见中看到了什么，但是整个下午都没有我们两个人单独相处的时间。

我感到好生奇怪，甚至几乎可以说他是故意的。午餐后，爱德华放慢脚步以配合本的步伐，和本讨论我知道他已经完成了的作业。接着课堂之间总是有其他人，尽管我们通常有几分钟属于我们自己的时间。最后一节课的铃声终于响起后，爱德华又和人群中的迈克·牛顿开始聊天了，然后又追上迈克，和他一起走到停车场。我跟在他们身后，一路上让爱德华牵着我的手。

我听着他们说话，感到迷惑不解，而迈克则回答着爱德华少见的友善的询问。好像迈克的车出了故障。

“……但是我刚刚换过电池。”迈克说，他的眼睛突然看着前面，接着又小心翼翼地看着爱德华，他百思不得其解，就和我一样。

“很可能是线圈？”爱德华提到。

“可能吧。我真的不了解汽车，”迈克承认道，“我需要请人看看，但是我负担不起把它送到道灵汽修的修理费用。”

我张开嘴巴准备提议送到我的机械师那里去，接着我又突然闭嘴了。我的机械师这些天很忙——他已然变成巨大的狼四处奔跑。

“我懂一些——我可以看一看，如果你允许的话，”爱德华主动提出来，“不过要等我把爱丽丝和贝拉送回家。”

迈克和我目瞪口呆地盯着爱德华。

“呃……谢谢，”迈克恢复平静后说道，“但是我得去上班，要不改天吧。”

“没问题。”

“再见。”迈克爬进车里，难以置信地摇着头。

爱德华的沃尔沃在和我们隔着两部车的地方停着，爱丽丝已经坐在里面了。

“这到底是怎么回事？”爱德华为我开门的时候我低声问道。

“只是想帮帮忙而已。”爱德华回答道。

爱丽丝等在后座上，含混不清地飞快地说道：

“你真不是**那么**好的机械师，爱德华，或许你应该让罗莎莉今晚去看一看，这样的话，要是迈克决定请你帮忙的话，你就可以表现得精通机械了，你知道。不过，要是**罗莎莉**出手帮忙的话，迈克脸上的表情可就没那么有意思啦，但是既然罗莎莉就要到别处去上大学了，我想那可不是什么好点子。太糟糕了。尽管我猜你对迈克的车也只能做到这样了，你甚至搞不懂怎么调好一辆性能优良的意大利跑车的音量呢。对，说到意大利和我在那里偷的跑车，你还欠我一辆黄色的保时捷呢。我不知道我还能不能等到圣诞节……”

一会儿之后我就不想去听了，在我调整到耐心模式之后，我就让她活泼的声音变成嗡嗡的背景音了。

在我看来爱德华好像在回避我的问题一样。好极了，他很快就会和我单独在一起了，这只不过是时间的问题。

爱德华似乎也意识到了这一点。他和往常一样让爱丽丝在通往卡伦家的车道入口处下车，尽管此时我将信将疑地以为他会送她到门口，然后陪她走进去呢。

爱丽丝一下车就凶狠地看了他一眼。爱德华似乎十分自然。

“待会儿见。”他说，接着他动作非常微妙地点了点头。

爱丽丝转身消失在树林中。

他掉转车头朝福克斯开去，一路上一言不发。我等待着，想知道他是否会自己提出来。他没有，这让我感到很紧张。吃午饭的时候爱丽丝**看见**什么啦？是他不愿意告诉我的事情，我努力想出他不肯告诉我的理由。或许在开口问之前我先准备好会更好。我不想被吓到，让他认为我不能应付，不管是什么事情。

我们一直默不作声，直到我们回到查理的屋子。

“今晚家庭作业不多。”他小声咕哝道。

“噢。”我应声道。

“你觉得我会被允许进屋吗？”

“你接送我上学查理是不会挥拳相向的。”

但是我确定查理回到家看到爱德华在马上就会脸色紧绷起来的，或许我晚餐得额外做点什么。

进屋后，我朝楼梯走去，爱德华则跟着我。他懒洋洋地躺在我的床上，注视着窗外，好像无视我的急躁不安。

我收起书包，打开电脑。有一封我妈妈发过来的邮件，我还没来得及回复，要是我很久不回信的话，她会惊慌失措的。在等待着我那老态龙钟的电脑慢慢喘息着醒过来的时候，我在桌上不停地敲打着手指头，断断续续的，有些焦急不安。

接着他的手指按在我的手上面，让我停下来。

“我们今天是不是有些烦躁？”他小声问道。

我抬头看着他，打算挖苦一番，但是他的脸离我比想象的要近。他金色的眼眸在缓慢地燃烧，和我只隔几英寸，而他的呼吸令我张开的双唇感到冰凉，我的舌尖能够尝到他的气息。

我想不起来我要说的机智话语，甚至想不起自己的名字。

他没给我恢复平静的机会。

如果我有办法的话，我愿意一生中大部分时间都用来亲吻爱德华。在我的人生中所经历的事情中，没有哪一件能比得上他冰冷的双唇的感觉，它们宛如大理石般坚硬，但是却又总是那么温柔，和我的双唇一起移动。

我通常都无路可逃。

因此，当他的手指穿过我的发丝，让我的脸紧贴着他的时候，我有些惊讶。我的手臂紧箍着他的脖子，我希望我能更坚强一些——坚强到能让他永远成为我这里的囚徒。有一只手滑落到我的后背，把我抱得更紧了，紧靠着他冰冷的胸口。即使隔着一层毛衣，他的皮肤还是那么冷得足以令我颤抖——这是快乐的颤抖，幸福的颤抖，但是他的双手相应地开始松开我了。

我知道他在叹气，灵巧地躲开我，说一些我们整个下午如何冒着生命危险的话之前，我大概有三秒钟的时间，为了最大限度地利用我最后一秒钟的时间，我把他抱得更紧了，紧紧地和他贴在一起。我的舌尖顺着他下嘴唇的曲线，他的唇光滑圆润，完美无瑕，好像打磨过一样，而且他的**味道**——

他把我的脸从他的脸上推开，轻松地挣脱了我的拥抱——他可能根本没有意识到我正用尽全力。

他轻轻地笑了笑，发出一阵低沉、嘶哑的声音。他的双眼闪烁着兴奋的光芒，他一直都那么死板地自我克制。

“啊，贝拉。”他叹息道。

“我得说对不起，但是我不觉得对不起。”

“我应该为你不觉得对不起而感到抱歉，但是我也不。或许，我该坐在床上。”

我呼了口气，稍微有点眩晕：“如果你觉得有必要……”

他狡黠地微笑着抽开身。

我摇了几次头，试图清清脑袋，转身面对电脑。现在它已经发起热来，发出嗡嗡的声音。好吧，与其说是嗡嗡声，还不如说是呻吟声。

“代我向蕾妮问好。”

“没问题。”

我扫视着蕾妮的电子邮件，不时地对她的疯狂举动摇头。我每次读到这些邮件的时候，都和第一次读到的时候一样既开心又恐惧。我妈妈一贯如此，她总是忘记自己恐高，在和跳伞教练一起被绑在降落伞上之前，她在高处会一动不动。我对菲尔也感到无计可施，现在他们结婚已经快两年了，居然会让她做这样的事情。换成是我的话，我会把她照顾得更好的，我更了解她。

你终究要放手让他们自己生活的，我提醒自己，你得让他们有自己的生活……

我人生中大部分时间都在照顾蕾妮，耐心地引导她远离那些疯狂的计划，好脾气地忍受着那些我没法说服她不要做的事情。我总是宠着我妈妈，被她逗乐，甚至带着那么一点儿优越感关心着她。我看过她一堆堆的错误，就像哺乳宙斯的羊角①一样多，然后暗自大笑。莽撞而又轻率的蕾妮。

我和我母亲截然不同，我是深思熟虑、小心谨慎的人，责任心重，成熟。那是我眼中的自己，那是我了解的自己。

爱德华的吻使我的血液还在脑海中怦怦跳动，我不得不想到我妈妈所犯的错误中给她的人生带来最大改变的错误。愚蠢而浪漫，高中刚毕业就嫁给了她还不怎么了解的男人，接着一年后就生下了我。她总是向我保证她没有后悔，我是生活赋予她的最好的礼物。然而，她一再向我灌输——聪明人对待婚姻的态度应该很严肃。成熟的人要上大学，在深深地陷入一段感情之前要有自己的事业。她知道我永远不会像她过去那样凡事欠考虑、愚蠢、**土里土气的**……

我咬紧牙关，给她回信的时候尽量全神贯注。

---

① 羊角（Cornucopia），是食物和物产丰富的象征，可追溯到公元前5世纪，也指富有之角（horn of plenty）、阿玛耳忒亚羊角（Horn of Amalthea）、丰收的羊角。在古希腊神话中，阿玛耳忒亚（Amalthea）是个仙女，她用一只山羊的奶养育了宙斯。为了报答她，神赠与阿玛耳忒亚山羊角，它具有使拥有它的人获得想要的一切的力量，这就是哺乳宙斯的羊角之神话的起源。起初描述的是山羊角里装满了水果和花朵；仙女们，特别是福耳图那（Fortuna，命运女神）据说拥有富有之角，它也是女性生育能力的象征。

接着我突然发现她道别的话，想起为什么我没有更快地回复她了。

你很久都没有提到雅各布了，她写道，**这些天发生了什么事**？

查理提醒她了，我确定。

我叹息着飞快地打字，把答案藏在两段不是那么敏感的话语里。

雅各布很好，我想，我不常见他。这些天他大多数时间和他的一群朋友在拉普西玩。

我自嘲地笑了笑，加上爱德华的问候之后，按下了“发送”键。

直到我关闭电脑、从书桌边起身之前，我都没有注意到爱德华已经默默地站在我身后了。我正要责备他在我身后读我写的东西，这时，我才意识到他根本就没有注意我。他正在打量随便地塞在屋角的用电线胡乱缠绕的扁平黑盒子，不管那是什么，它的样子都让人觉得不正常。不一会儿，我就认出来那是去年我过生日时，埃美特、罗莎莉和贾斯帕送给我的生日礼物——车载立体声音响。我已经忘记了我的生日礼物藏在我衣橱底下布满灰尘的角落里。

“你对它**做**过什么？”他惊恐万分地问。

“它不愿意从仪表板里出来。”

“所以你感到有必要折磨它？”

“你知道我用工具的本事，我可没故意给它们造成什么痛苦。”

他摇了摇头，脸上戴着伪装的悲剧面具：“你杀了它。”

我耸耸肩，不以为意地说：“哦，好。”

“要是他们看到这些会伤害他们的感情的，”他说，“我想你关禁闭倒是件好事情。在他们注意到之前，我要给你再装一个。”

“谢谢，我不需要花哨的立体声音响。”

“我不是因为你才要换一个的。”

我叹了口气。

“去年你的生日没有得到什么好礼物。”他不悦地说道。突然，他用一张硬的方纸片扇起风来。

我没有回答，唯恐我的声音会颤抖。我灾难性的十八岁生日——

和那些影响深远的结果一起——不是我有心要记住的东西，我很惊讶他会提到这件事情，他甚至比我对此更敏感。

“你意识到这个快要过期了吗？”他问道，递给我那张纸。这是另外一份礼物——埃斯梅和卡莱尔送给我的机票，这样我就可以飞到佛罗里达去看蕾妮了。

我深吸了一口气，单调地回答道：“没有，我其实把它彻底忘记了。”

他的表情明朗而积极，他继续说话的时候没有流露出什么隐藏的情绪，“哦，我们还有一点儿时间，你已经获得自由了……我们这个周末也没有计划，既然你拒绝和我一起参加舞会。”他露齿一笑，问道，“为什么不这样来庆祝你的自由呢？”

我张大嘴巴，喘着气说：“去佛罗里达？”

“你说过有关美国国境范围内的地方是可以的话。”

我怒视着他，心存怀疑，试图弄明白这到底是怎么回事。

“好吗？”他追问道，“我们要不要去看蕾妮？”

“查理肯定不会答应的。”

“查理不能阻止你去看你妈妈，她还拥有主要的监护权。”

“没有人对我有监护权，我已经成年了。”

一抹灿烂的笑容闪过他的脸颊：“千真万确。”

我想了一会儿才确定是否值得和查理吵架。查理会大发雷霆的——不是因为我去看蕾妮，而是因为我和爱德华一起去。查理会几个月不理我，最终很可能我又会被关禁闭，不提这件事情肯定会更好。或许再过几个星期，作为毕业礼物或诸如此类的。

不过，我很难拒绝**现在**就去看我妈妈的提议，而不必等到几个星期之后。我已经很久没有见过蕾妮了，在更令人高兴的情形下见过她是更久以前的事情了。上一次我和她在凤凰城的时候，我一天到晚都躺在医院的病床上。上一次她来到这里，我或多或少有些神经紧张，留给她的回忆并不是那么美好。

或许，要是她看见我和爱德华在一起有多么开心，她就会告诉查理放松一些的。

我在思考这些的时候，爱德华打量着我的脸。

我叹了口气，说："这个周末不行。"

"为什么不行？"

"我不想和查理吵架。他刚刚原谅我没多久，我不想。"

他的眼睛眯成一条缝。"我觉得这个周末好极了。"他低声说。

我摇摇头，说："改天吧。"

"你并不是被困在这个屋子里的唯一的人，你知道。"他对我皱着眉头说。

怀疑又回来了，这种行为举止不像他，他总是难以置信地无私。我知道这会宠坏我的。

"你可以去你想去的任何地方。"我指出。

"没有你，外面的世界对我没有任何吸引力。"

听见他夸大其词，我骨碌碌地转了转眼珠子。

"我是认真的。"他说。

"我们慢慢来考虑外面的世界，好吗？比如，我们可以在天使港看部电影……"

他呻吟着说："没关系，我们以后再谈。"

"没什么好谈的。"

他耸了耸肩。

"好吧，那么，换个话题，"我说，我几乎忘记了今天下午我担心的事情——难道这才是他的目的？"吃午饭的时候爱丽丝看见什么了？"

我说话的时候紧盯着他的脸，想观察一下他的反应。

他的表情很平静，只不过他琥珀色的眼神稍微变得有些坚硬："她看见贾斯帕在一个奇怪的地方，在西南部的某个地方，她认为，是在他以前……的家人附近，但是他没有回去的意图，"他叹气道，"这令她忧心忡忡。"

"哦。"这和我所期待的相去甚远，不过，爱丽丝当然会关注贾斯帕的未来。他是她的精神伴侣，她真实的另一半，尽管他们俩并没有像罗莎莉和埃美特那样炫耀他们的关系。"为什么你不早些告诉我？"

"我没意识到你注意到了，"他说，"不管怎么样，或许没什么重要的。"

令人悲伤的是，我的想象力失去控制了，我和平常完全一样，思前想后地考虑了整个下午，最后终于得出结论，爱德华似乎有什么事情瞒着我。我需要心理治疗了。

我们下楼去做作业，以防查理早回来。爱德华没几分钟就做完了，我缓慢艰难地做着微积分作业，直到我决定要给查理做晚餐了。爱德华在一边帮忙，过于频繁地看着我的原材料做鬼脸——人类的食物对他而言有些恶心。我照着斯旺祖母的秘方做了一道酸奶油蘑菇肉汤，因为我要拍马屁了。这不是我最喜欢的菜，但是这会令查理高兴的。

查理到家的时候心情已经很不错了，他甚至对爱德华也没有无礼之处，爱德华和往常一样推托，不和我们一起吃晚饭。晚间新闻的声音从前屋飘过来，但是我怀疑爱德华是不是真的在看。

在狼吞虎咽地吃下三份菜之后，查理抬起脚，放在另一张凳子上，双手心满意足地交叉放在胀大的肚皮上。

“好极了，贝儿。”

“我很高兴你喜欢吃，工作怎么样？”他先前吃饭的时候太专注了，根本没容我和他说话。

“有点慢，哦，实际上慢得要死。马克和我打了一下午的牌，”他咧开嘴巴笑着承认说，“我赢了，十九手对七手，接着我和比利通了会儿电话。”

我努力保持相同的神情：“他怎么样？”

“很好，很好，他的关节让他有些不舒服。”

“哦，那太糟糕了。”

“是啊，他邀请我们这个周末到他们家去。他也想邀请克力尔沃特家和乌利家的人过去呢，有点像最后的派对一样……”

“咻！”是我天才的反应，但是我能说什么呢？我知道我不会被允许参加狼人派对的，即使有父亲监护也不行。我不知道爱德华是否会对查理在拉普西玩有意见，或者既然查理大多数时间都和比利在一起，而他只是个人类，我的父亲不会有危险，他会不会这么认为呢？

我起身把盘子收在一起，没有看查理。我把它们扔在水池里，打开水龙头。爱德华静悄悄地出现了，手里拿着一条擦碟巾。

查理叹了口气，不一会儿就放弃了，尽管我想他会在我们单独在一起之后重提话题的。和每天晚上一样，他迈着沉重的步子朝电视机走去。

“查理。”爱德华用交谈的口吻叫道。

查理在小厨房的中央停了下来：“有事吗？”

“贝拉有没有跟您提过去年她过生日时，我父母送给她机票让她去看蕾妮？”

我正在擦拭的盘子突然跌落下去，它擦过料理台，哐啷一声掉在地上。盘子没有打破，但是溅落的洗涤剂水打湿了房间和我们三个人，查理甚至没有注意到这些。

“贝拉？”他惊讶地问道。

我盯着拾起来的盘子说：“是的，他们是送过我机票。”

查理咽口水的时候声音很大，接着他的目光落在爱德华身上，眼睛眯了起来：“没有，她从来没提过。”

“嗯。”爱德华咕哝了一声。

“你提到此事有什么原因吗？”查理不友善地问道。

爱德华耸耸肩，说：“票快过期了，我觉得要是贝拉不用她的礼物的话，埃斯梅会伤心的，虽然她不会说什么。”

我难以置信地盯着爱德华。

查理想了一会儿，说：“贝拉，去看看你妈妈倒是个不错的主意，她会高兴的。不过，我倒是很惊讶你对此只字未提。”

“我忘记了。”我承认。

他皱了皱眉头：“你忘记有人给你送过机票？”

“嗯。”我含糊地应道，转身面向水槽。

“我听到你说票快要过期了，爱德华，”查理继续说，“你父母给了她几张机票？”

“只是一张给她的……一张给我的。”

我刚刚弄掉在地上的盘子现在跌落在水槽里，所以没发出那么大的声音。我能清楚地听见我爸爸呼出的怒气，血液涌上了我的脸颊，因为生气和委屈而恼怒。爱德华为什么要这么做？我盯着水池里的泡泡，惊慌失措。

“那不可能。”查理突然暴跳如雷地吼出这些话。

“为什么？”爱德华问道，他的声音充满了无辜的惊讶，“您刚刚说过，去看看她妈妈是个不错的主意。”

查理根本没理他：“你不许跟他一起到任何地方，年轻的女士！”他叫道。我转过身来，他正用一个手指头指着我。

愤怒无意识地爆发出来，这是对他的语气的自然反应。

“我不是个小孩子了，爸爸。我也不再被关禁闭了，您还记得吗？”

“哦，不是，你还在禁闭，现在就开始。”

“为什么？”

“因为我说的。”

“我需要提醒您我是合法的成年人了吗，查理？”

“这是我的屋子——你得按我的规矩办事。”

我的怒火变成了冰：“要是你想要这么做的话，你要我今晚就搬出去吗？或者我还有几天的时间收拾行李？”

查理的脸涨得通红，我突然感到打“搬出去”这张牌很恐怖。

我深吸了一口气，努力用讲道理的语气跟他说：“我做错事情，您这么惩罚我我毫无怨言。爸爸，但是我不打算容忍您的偏见。”

他气急败坏，但是没说出一句连贯的话。

“现在，我知道**您**明白我有权周末去看妈妈。您无法老实地告诉我，要是我跟爱丽丝或者安吉拉一起去的话，您会反对这个计划。”

“都是女孩子。”他哼了一声，点了点头。

“要是我跟雅各布一起去，你会不高兴吗？”

我挑了这个名字是因为我知道我父亲更喜欢雅各布，但是我很快就希望我没有。爱德华的牙齿紧咬在一起，发出听得见的噼啪声。

我父亲努力恢复平静之后才回答。“会，”他说话的语气一点儿也不令人信服，“那会让我不高兴。”

“你是个糟糕的骗子，爸爸。”

“贝拉——”

“又不是我跑到拉斯维加斯去当歌舞女郎或诸如此类的。我只是去看**妈妈**，”我提醒他，“她和你一样享有做父母的权利。”

他抛给我一个干巴巴的眼神。

“你在暗示我妈妈照顾我的能力吗？”

查理对我的问题中隐藏的威胁退避三舍。

“你最好希望我别对她提起此事。”我说。

“你最好不要，”他警告说，“我为此很不高兴，贝拉。”

“你没有理由不高兴。”

他转了转眼珠，但是我敢说暴风雨已经结束了。

我转过身把水槽里的塞子拉出来：“既然我的家庭作业做完了，你也吃完晚饭了，盘子也洗干净了，我已解除禁闭了，我现在要出去，十点半回来。”

“你要去哪里？”他的脸几乎恢复正常了，现在猛地又涨红了。

“我不知道，”我承认，“不过，我会在十英里之内，这样好了吗？”

他哼出一些听起来不像是同意了的话，然后就踱出厨房了。自然啦，我一赢了这场架就开始感到内疚了。

“我们要出去吗？”爱德华问，他的声音低沉但充满热情。

我转过身凶巴巴地看着他：“是的，我想我要和你单独谈一谈。”

他看起来没有我想象中的那样诚惶诚恐。

直到我们上了车，我才开口说话。

“你干吗要**那么**做？”我追问道。

“我知道你想见你妈妈，贝拉——你睡觉的时候一直在说她，实际上是担心。”

“我有吗？”

他点点头：“不过，很显然，你在查理面前是个胆小鬼，所以我代你求情了。”

“代我求情？你把我抛给鲨鱼算了！”

他转了转眼睛：“我认为你不会遇到危险。”

“我跟你说过我不想跟查理吵架。”

“没人说过你非要跟他吵。”

我愤怒地看着他：“他变得那么颐指气使，我根本无法控制自己——与生俱来的青春期的逆反心理占了上风。”

他轻声笑了起来：“哦，那可不是我的错。”

我盯着他，思考着。他似乎根本没注意，他的眼睛凝视着挡风玻璃之外时表情很平静。什么东西一闪而逝，但是我没法用手指抓住它。或许只是我的想象，就和今天下午一样胡思乱想。

“突然要去佛罗里达跟比利家的派对有关吗？”

他的下巴紧绷起来：“一点儿关系也没有。你在这里还是世界的另一头，都无所谓，你还是不会去的。”

这就和跟查理在一起一样——就好像是对待一个做错事的小孩一样。我咬紧牙关，这样就不会喊出来，我不想也和爱德华吵架。

爱德华叹了口气，当他开始说话的时候声音又变得温暖起来，像天鹅绒一样了。“那么你今晚想干什么？”他问道。

“我们能去你家吗？我好久没见埃斯梅了。”

他微笑着说：“她会很高兴的，特别是当她听说我们周末要干什么之后。”

我挫败地呻吟着。

我们没有在外面待到很晚，正如我保证的一样。当我们在屋前停下来的时候，我并不惊讶屋里的灯还亮着——我知道查理会等着我对我再教训一番的。

“你最好别进来，”我说，“这只会让事情变得更糟糕。”

“他的思绪还算平静。”爱德华故意说，他的表情令我觉得我是否错过了其他的玩笑。他的嘴角扯动，挤出一个微笑。

“我们待会儿见。”我闷闷不乐地咕哝道。

他大笑起来，吻着我的头顶说：“查理打鼾的时候我就回来。”

我进屋的时候电视机的声音很大，有那么一会儿，我想偷偷地从他面前走开。

“你能进来吗，贝拉？”查理的叫声让那个计划也搁浅了。

要进家门得走五步，我慢悠悠地迈出这几步。

“有事吗，爸爸？”

“你今晚玩得开心吗？”他问道。他似乎有些不安，在我回答之前，我寻找着他话中隐藏的其他意思。

“是的。”我犹豫不决地说道。

“你们做了什么？”

我耸耸肩：“和爱丽丝、贾斯帕一起玩。爱德华和爱丽丝下象棋，爱丽丝输了，然后我和贾斯帕下，结果我输了。”

我笑了，爱德华和爱丽丝下象棋是我看到过的最有趣的事情之一。他们坐在那里，盯着棋盘，几乎一动不动，而爱丽丝能预见爱德华的下一步棋，而他则能抓准爱丽丝脑海想要走的棋。他们下棋大部分都是在脑海里进行的，我想他们两个人都走了两次卒，这时爱丽丝不经意地抛掉她的王牌，然后就投降了。总共才花了三分钟。

查理按了静音键——这可不常见。

“瞧，有些话我得说。”他皱了皱眉头，看起来非常不安。

我坐在那里一动不动，等待着。他看了一会儿我的眼神，然后眼睛看着地面，也没说什么其他的话。

“您要说什么，爸爸？”

他叹了口气：“我不擅长这种事情，我不知道怎么开口……”

我只好再等。

“好吧，贝拉，是这样的，”他从沙发上站了起来，一直看着他的脚，在屋子里走来走去，“你和爱德华看来非常认真，有些事情你得谨慎一些，我知道你现在是大人了，但是你还是很年轻，贝拉，你还需要知道许多重要的事情，当你……哦，当你们身体上接触的时候——”

“哦，求你了，**求**你别说了！”我跳起来祈求道，“求你告诉我，你可不是要跟我讨论性，查理。”

他盯着地板：“我是你父亲，我有责任，要记住，我和你一样尴尬。”

“我认为那样的事情不可能发生。不管怎么样，妈妈大概在十年前就跟我说过了，你可以脱身了。”

“十年前你没有男朋友。”他不情愿地咕哝道，我敢说他自己也在和自己放弃这个话题的欲望做斗争。我们两个人都站立着，看着地面，不看彼此。

“我认为问题的关键并没有发生多少改变。”我轻声说道，我的脸和他的一样红。这根本超越了哈迪斯的第七狱①，更糟糕的是爱德华预料到查理会跟我谈这些，难怪他在车里会沾沾自喜呢。

“只要告诉我你们俩会认真负责就行了。”查理祈求道，很显然他希望地板上破一个洞他就可以钻进去了。

“别担心，爸爸，不是你想的那样。”

“不是我不相信你，贝拉，但是我知道你不愿意告诉我这方面的事情，你知道我也不是真的想听，不过，我会努力态度开明的，我知道时代不同了。”

我笨拙地大笑起来：“或许时代是不同了，但是爱德华是非常守旧的，你没什么好担心的。”

查理叹了口气。“他当然是。”他低声咕哝道。

“咻！”我叹息着说，“我真的希望你别逼着我说出这样的话来，爸爸，**真的**。但是……我是……处女，而且我近期也没有计划要改变这一状态。”

我们俩都畏缩了，不过接着查理的脸就舒展开了，他好像相信我了。

“我现在可以去睡觉了吗？**求**你了。”

“等一下。”他说。

“哇，求你了，还有什么事，爸爸？我求你了。”

---

① 哈迪斯的第七狱（The seventh circle of Hades）。哈迪斯，希腊神话中的冥界之王。在古希腊神话中，哈迪斯和他的哥哥宇宙之神宙斯、海神波塞冬（Poseidon）一起打败了泰坦神（Titans），并宣布他们主宰宇宙，而他们分别主宰冥界、天空和海洋。由于哈迪斯和冥界的关系，人们通常认为他阴森恐怖。在古希腊神话中，地狱分为十狱，进入地狱之门后，第一狱为无信仰的人或未受洗礼的婴儿；第二狱为黑色的疾风（色欲者/饕餮者），即犯贪欲的罪人要被重而冷的雨吹打；第三狱为滚落的岩石（贪婪者和挥霍者），即小气而奢侈的罪人会永远地不断把岩石转动；第四狱为黑暗的沼泽（愤怒者），即不满及愤怒的罪人在这里沉沦；第五狱为燃烧的坟墓（异端者），即不遵守神的教导的罪人，堕落在无数的墓碑之中受火焰烧灼的痛苦；第六狱为冤魂界火焰之河（Phlegethon），音译弗莱格桑河，系冥界五河之一；第七狱为恶魂界；第八狱为炼魂界；第九狱为叛国者；第十狱为背叛恩人的人，是地狱的最底层。

“尴尬的部分已经结束了，我保证。”他安慰我说。

我扫了他一眼，而且心存感激地看见他的脸色现在好多了，也恢复到本来的颜色。他坐进沙发里，欣慰地叹着气，讨论终于结束了。

“现在又是怎么回事？”

“我只是想知道平衡的事情进展如何了。”

“哦，很好，我想。我和安吉拉今天约好了，我打算帮她写毕业通知书，只是我们女孩子一起。”

“那很好，那么杰克呢？”

我叹气：“我还没有想到什么好办法呢，爸爸。”

“继续努力，贝拉，我知道你会做正确的事情的，你是个好人。”

好。那么要是我想不出办法让雅各布感到开心，我就是个**坏人**啰？那可真不公平。

“当然，当然。”我应和道，机械般的反应几乎使我笑起来——这是我从雅各布那里学来的，我甚至说话时那副俨然恩人般的语气都和雅各布与他父亲说话时的一模一样。

“晚安，贝儿。”

“早上见！”我急匆匆地向楼梯跑去。

爱德华已经去了很久，他等查理睡着了才会回来——他可能出去狩猎了，或者去消磨时光——那么我不必急着脱衣服上床睡觉。我现在的心情不适合一个人待着，但是我肯定不能重新下楼和我爸爸一起玩，以防他又想到一些他还没有谈到的关于性教育的话题。想到这儿，让我不寒而栗。

那么，多亏了查理，我精神紧张而焦躁不安。我的作业已经做完了，我的心情也没有缓和到可以阅读，或听音乐。我想给蕾妮打电话告诉她我要去看她的消息，但是接着我就意识到这里和佛罗里达相差三小时，她现在可能在睡觉。

我也可以给安吉拉打电话，我想。

但是我突然意识到，我并不是想和安吉拉讲话，而是需要和人说说话。

我咬着嘴唇，目不转睛地盯着窗外空洞、黑黢黢的一片。我站在那里权衡着利弊，不知道时间过了有多久—— 一方面是为雅各布做正确的事情、再次见一见我最亲密的朋友、做一个好人，与之相对的则是爱德华生我的气。大概有十分钟吧，这段时间久到足以让我确定前一方面是合情合理的，而后一方面则有些站不住脚。爱德华只不过是担心我的安全，我知道这方面不会有什么真正的问题。

打电话不会起什么作用，雅各布自从爱德华回来后就不再接我的电话。此外，我需要**见**他——见到他和以前一样微笑。我需要替代他留在我记忆中扭曲的痛苦的脸，如果我还想得到内心的宁静的话。

我大概有一个小时的时间，我可以快速地赶到拉普西，然后在爱德华意识到我出去了之前赶回来。已经过了我宵禁的时间，但是，查理会真的介意爱德华没有参与其中的事情吗？有个办法可以弄清楚。

我拉下我的夹克，一边朝楼下跑，一边把胳膊伸进袖子里。

查理在看球，他望了我一眼，立即就起疑心了。

“您介意我今晚去看雅各布吗？”我气喘吁吁地问道，“我不会待很久的。”

我一说杰克的名字，查理的表情就软化成自鸣得意的微笑了，他好像一点儿也不惊讶他的说教这么快就奏效了。“当然不，孩子，没问题。你想待多久，就待多久。”

“谢谢，爸爸。”我冲出门的时候说道。

和其他逃犯一样，当我朝我的卡车小跑过去的时候，我禁不住往身后看了好几次，但是夜那么黑，这样做根本就没有意义，我得用手去摸卡车侧门的把手。

当我插进钥匙点火的时候，我的眼睛就开始校准了。我用力地朝左拧钥匙，但是，发动机没有发出震耳欲聋的吼叫声，相反，它只是咔嗒响了一声。我又试了一次，结果还是一样。

接着我眼角余光瞥到的动静使我跳了起来。

“嗨！”当我看到我不是一个人在驾驶室的时候，我吓得大声喘息起来。

爱德华坐在那里一动不动，他在黑暗中像一个微弱的光斑一样，不过，他在转动一个神秘的黑色物品时双手在移动。他的双眼盯着那个物品时开口说话了。“爱丽丝给我打电话了。”他低声说。

爱丽丝！该死的。我忘记把她考虑进我的计划了，他准是让她监视我了。

“五分钟前你的未来非常突然地消失不见了，她感到紧张不安。”

我的眼睛已经因为吃惊瞪得很大了，现在瞪得更大了。

“因为她看不见狼，你知道，”他用同样小的声音低声解释着，“你忘记这一点了吗？当你决定把自己的命运与他们的混合在一起的时候，你也消失了。你不可能知道这一点，我意识到了。但是你难道不能理解为什么那会让我感到有些……不安吗？爱丽丝看见你消失了，她甚至看不见你是否会回家。你的未来也消失了，就和他们的一样。”

“我们也不确定为什么会这样，也许是某种他们天生的防御？”他说话的时候仿佛是对自己说的，他看着在他手里拿着的我卡车上的发动机零件，“那似乎并不可能，既然我毫不困难地就能读懂他们的想法，至少能读懂布莱克家的。卡莱尔的理论是因为他们的生活受到其转化的控制，这与其说是一种决定还不如说是一种不情愿的反应。完全不可预测，这改变了他们所有的一切。在他们从一种形式转变成另一种形式的一瞬间，他们并不是真的存在。未来无法容纳他们……”

我像石头一样默不作声地聆听着他沉思自语。

“我会及时修好你的车，好让你能开着它去上学，假如你想自己开车的话。”他一会儿之后安抚我说道。

我的嘴唇好像粘在一起，我抽回钥匙，僵硬地从卡车里爬出来。

“如果今晚你希望我离你远一点儿的话，关上你的窗户，我会理解的。”在我嘭的一声关上车门之前，他轻声地说。

我跺着脚走进屋子里，也嘭的一声关上了门。

“发生了什么事？”查理坐在沙发上追问道。

“车发动不了。”我大声吼道。

“要我去看一看吗？”

“不用了，我明天早上再试一试。”

“想要用我的车吗？”

我不应该开他的巡逻车，查理肯定不顾一切地想让我去拉普西，差不多和我一样不顾一切。

“不用了，我累了，”我嘟囔着说，“晚安。”

我跺着脚爬上楼梯，径直走向我的窗户。我用力猛地一把拉上金属框——它哐当一声关上了，上面的玻璃都在颤抖。

我凝视着颤抖的黑玻璃，看了很久，直到它静止不动了。接着我叹了口气，然后推开窗户，把窗尽量地敞开。

动　机

太阳深埋在滚滚的乌云之中，分不清是否已经日落西山了。经过长时间的飞行之后——我们一路朝西追赶着太阳，让人觉得我们在空中根本就没有移动一样——特别容易让人迷失方向；时间似乎出奇地善变，令我感到意外的是森林逐渐变成了建筑群，这提示着我们就快到家了。

“你一路上非常安静，”爱德华察觉道，“是不是晕机？”

“不，我很好。”

“离开很难过吗？”

“我觉得与其说是难过，还不如说是解脱。”

他挑起一边眉毛看着我。我知道这无济于事，而且我也同样讨厌承认这一事实——没有必要提醒他注意前方的路。

“蕾妮在某些方面比查理更加……**敏锐**，这让我有些神经质。”

爱德华大笑起来：“你妈妈的思维很有趣，差不多像小孩子一样，但是又非常有洞察力，她看问题不同于别人。”

有洞察力，这样描述我妈妈很恰如其分——当她集中注意力的时候。大多数时候蕾妮对自己的生活已经稀里糊涂了，根本无暇他顾，但是这个周末，她一直都在密切注意着我。

菲尔很忙——他当教练的高中棒球队就要打决赛了——单独与我和爱德华相处只会让蕾妮的观察力更加敏锐。欣喜快乐的拥抱和尖叫一结束，蕾妮就开始观察我们了。她观察的时候，大大的蓝眼睛起初是迷惑不解，而后又变得忧心忡忡。

今天早上我们一起沿着海滩散步，她想要炫耀她的新家所有的迷人之处，仍然希望这里的明媚阳光会把我从福克斯诱惑过来，我是这么想的。她也想要和我单独说说话，这很好办，爱德华编了个要写学期论文的借口待在家里。

在我脑海里，我再次仔细思索着我们的谈话……

蕾妮和我沿着人行道漫无目的地散步，努力躲在稀稀拉拉的棕榈树的树荫下。尽管天色还早，热气却让人透不过气来。空气中的湿气很重，连简单的呼吸都是对我的肺部的考验。

“贝拉？”我妈妈问道，她说话的时候，眼睛看着沙滩那边轻轻碰撞的海浪。

“什么事，妈妈？”

她叹了叹气，没有看我凝视着她的双眸：“我有点担心……”

“出了什么事？”我立即焦急地问道，“我能做什么？”

“不是我的事情，”她摇头说，“我很担心你……和爱德华。”

蕾妮说着他的名字时终于看着我了，她脸上写满抱歉的表情。

“哦。”我咕哝道，眼睛注视着从我们身边经过的一对在慢跑的人，他们浑身都被汗浸湿了。

“你们俩比我想象的要认真得多。”她继续说。

我皱起眉头，迅速地在脑海中回顾过去的两天。爱德华和我几乎没有接触过——至少，在她面前。我不知道蕾妮是否也会给我上一堂有关责任的课。我不介意我和查理那样的谈话，跟妈妈说起来不会令人尴尬。毕竟，在过去十年中，我一直是那个时不时说她的人。

“你们俩在一起的时候，有些……奇怪，”她低声说道，眼神忧郁，前额微皱，“他看你的眼神——是那么……充满保护，好像他要冲到你面前为你挡子弹来救你或者怎么样一样。”

我大笑起来，尽管我还不能看着她的眼神：“这是坏事吗？”

“不。”她想找到合适的词语的时候皱起了眉头，“只是**不一样**。他很关注你……非常小心翼翼。我觉得我并不十分了解你们的关系，好像我错过了什么秘密一样……”

“我想这都是您的想象，妈妈。”我马上说，努力保持轻松的语气。我心里有些焦急，我不知道我妈妈**看透**了多少。她看待世界简单的方式使她看穿了许多细枝末节，直接洞悉到事物的本质。这以前从来都不会有问题，直到现在，我什么秘密都不能告诉她。

“也不仅仅是他，”她双唇紧绷，防御性地说，“我希望你能看见自己是怎样绕着他转的。”

“您是什么意思？”

“你的行为方式——你甚至想都没想就围绕着他转。他动的时候，哪怕只动一点点，你同时也会调整自己的位置，好像磁铁……或地球引力一样。你就像……卫星，或类似的事物一样，我从未见过这样的事情。”

她嘟起嘴巴，盯着地面。

“别告诉我，”我挤出一个微笑，打趣道，“您又读神话故事了，是不是？或者这回是科幻小说？”

蕾妮的脸上涌现出一抹柔和的粉红色：“那和此事无关。”

“找到什么好书没？”

“噢，有那么一本——但是那无关紧要，我们现在在讨论你的事情。”

“妈妈，您应该继续看言情小说，您知道您吓坏自己了。”

她扬起嘴角说道：“我很蠢，是不是？”

有半秒钟我无言以对，蕾妮很容易被动摇。有时候这是好事，因为并不是她所有的想法都是切合实际的，但是她那么快就被我提到的无关痛痒的琐事打败了，特别是因为这一次她又极其正确，看见她这样让我心痛不已。

她抬起头看着我，我则控制住自己的表情。

“并不傻——只是在尽做妈妈的责任。”

她大笑起来，然后骄傲地指向延伸到蓝色的海水边上的白色沙滩。“难道这一切都不足以使你搬回来和你的蠢妈妈一起住吗？”她问。

我夸张地用手擦了一把额头，接着假装揪住头发。

“你习惯了潮湿的环境。”她断言道。

“您也会习惯雨水的。”我反驳道。

她开玩笑地用胳膊肘顶了顶我，接着牵着我的手向她的车走去。

她不再担心，现在看起来心情足够好，而且心满意足。她仍然含情脉脉地看着菲尔，这让人感到欣慰。她的生活当然很充实，也很令人满意。她当然不会那么想念我，即使是现在……

爱德华冰冷的手指划过我的脸颊。我抬头看着他，眨了眨眼睛，回到了现在。他倾身吻我的额头。

“我们到家了，睡美人，该醒了。”

我们在查理的房子前面停了下来。走廊的灯还亮着，巡逻车停在车道上。我仔细查看房子的时候，看见起居室窗户上的窗帘猛地拉了一下，映出一缕淡黄色的光，照在黑黢黢的草坪上。

我叹了叹气，查理当然在翘首以待了。

爱德华肯定和我想的一样，因为他过去帮我开门的时候，表情僵硬，眼神冷漠。

“情况有多么糟？”我问道。

“查理不会为难你的，”爱德华保证道，他的音调没有幽默的迹象，“他想你了。”

我犹疑地眯起双眼，如果是这样的话，那么为什么爱德华紧张得好像要奔赴战场一般？

我的行李袋很小，但是他坚持要帮我拿到屋里去。查理把门打开，撑着门让我们进来。

“欢迎回家，孩子！”查理叫喊的样子好像他确实是这么想的一样，“杰克逊维尔怎么样？”

“很潮湿，也有很多臭虫。”

“那么蕾妮没有怂恿你去上佛罗里达大学？”

“她试过，但是我宁愿喝水而不是吸水。”

查理的眼神很不情愿地瞟到爱德华身上：“你玩得开心吗？”

“很开心，”爱德华平静地回答道，“蕾妮非常好客。”

“那样……哦，很好，很高兴你玩得开心。”查理转过身背对着爱德华，把我拖进来，出其不意地拥抱了我一下。

“真感动。”我在他耳边低语道。

他低沉地笑了一声：“我真的很想你，贝儿，你不在的时候这里的食物简直糟糕透顶。”

“我马上做饭。”我说话的时候他放开了我。

“你要不要先给雅各布打个电话？今天早上六点钟以后他每五分钟就打电话来烦我，我答应他在你放好行装之前我就会让你给他回电话。”

我没必要看爱德华就知道他在我身边一动不动，冷冰冰的，那么这才是他紧张的原因。

“雅各布想跟我说话吗？”

“非常想，我不得不这么说。他不愿意告诉我是什么事——只是说很重要。”

就在这时电话铃响了起来，发出的声音让人颤动，似乎也很紧急。

“又是他，我愿意拿我下个月的工资打赌。”查理低声说道。

“我知道了。”我边说边匆匆忙忙地跑进厨房。

爱德华跟在我身后，而查理则进了起居室。

铃声响了一半我就一把抓起电话，然后转过身面对着墙，说：“喂？”

“你回来了。”雅各布说。

他那熟悉而沙哑的声音让我心中涌起一股思念的感觉，涌遍我的全身。数不清的记忆在我脑海里旋转，乱作一团——布满鹅卵石的沙滩上，零零星星地漂着的浮木，塑料棚搭成的车库，纸袋里面温暖的汽水，一间微型房间里的小得可怜的破烂情人椅。他深邃的黑色眼眸里满含着笑意，环绕在我身边的热得发烫的大手，洁白的牙齿和黝黑的皮肤形成鲜明的对比，他的脸上总是挂着一抹开心的笑容，好像是通往神秘之门的钥匙一样，而那扇门只有同类的灵魂才能进入。

感觉就像思乡一样，这种对某个地方、某个人的想念保护着我不必害怕漆黑的深夜。

我清了清嗓子，“是的。”我回答说。

“你为什么不给我打电话？”雅各布追问道。

他生气的语气立即让我望而却步了，我赶忙解释道：“因为我刚踏进家门不到四秒钟，查理还没来得及说完你打过电话，你的电话就打断了他。”

“噢，对不起。”

“没事，那么，你为什么要骚扰查理？”

“我要和你谈一谈。”

“是的，我自己也想到这一点了，说吧。”

他暂停了片刻，问道：“明天你去上学吗？”

我皱了皱眉头，没法弄清楚他问这个问题是什么意思：“当然去啦，为什么不去呢？”

“我不知道，只是好奇。”

然后又是停顿。

“那么你到底想要说什么，雅各布？”

他有些犹豫：“没什么，真的，我想，我……想听听你的声音。”

“是的，我知道。我很高兴你打电话给我，杰克，我……”但是我不知道我还能说什么。我想告诉他我现在在去拉普西的路上，但是我不能这么说。

“我得挂电话了。”他突然说道。

“什么？”

“我很快就会给你打电话的，好吗？”

“但是杰克……”

他已经挂了，我难以置信地听着挂断的声音。

“真短。”我不满地嘀咕道。

“一切都好吗？”爱德华问道。他的声音很低，也很小心。

我慢慢地转身面对他，他的表情十分坦然——难以读懂。

“我不知道，我想知道他有什么事。”雅各布骚扰查理一整天就是为了问我去不去上学，这讲不通。如果他想听到我的声音，那么他为什么这么快挂电话？

“你的猜测可能比我的要准确。”爱德华说道，他的嘴角隐隐约约闪过一抹苦笑。

“哦。”我咕哝了一声，这倒是真的。我对杰克了如指掌，要弄清楚他的动机并不是件复杂的事情。

我的思绪飘到几英里之外——大概离这里十五英里的地方，在往拉普西去的路上——我开始在冰箱里翻来翻去，找到一些给查理做晚饭的材料。爱德华斜靠着料理台，我远远地就知道他的眼睛注视着我的脸，但是他看得如此入神，根本顾不上担心他在我脸上所看到的一切。

关于学校的话题对我而言就好像一把钥匙一样。那是杰克问我的唯一的问题，而且他在寻找某种东西的答案，否则他不会如此锲而不舍地骚扰查理。

那么，为什么他会关心我的出勤记录呢？

我努力合乎逻辑地思考这个问题。那么，要是我明天不去学校，对雅各布而言会有什么问题呢？期末考试临近，我却逃了一天课，查理已经让我很难应付了，但是我说服了他，一个星期五不会让我的学习脱轨的，杰克基本上就不会在乎这些。

我的大脑想不出有见地的点子，或许我错过了一些至关重要的信息。

过去三天里究竟发生了什么样的改变，这个改变是那么重要，居然会让雅各布打破长期以来拒绝接听我的电话与我联系的僵局呢？三天又会有什么样的不同呢？

我笔直地站在厨房中央，手中的一包冰冻汉堡包从麻木的指缝中滑了下去。我过了好一会儿才反应过来，来不及阻止它砰的一声落在地上。

爱德华一把接住了它，然后把它扔在料理台上，此时他的双臂已经环抱着我，嘴唇贴近我的耳朵呢喃道："怎么啦？"

我摇了摇头，有些晕头转向。

三天可以改变一切。

难道刚才我不是一直在想上大学是多么不可能的事情吗？如果刚刚发生使我的生命得以永恒的转变，这样我就可以与爱德华永远厮守在一起了，同时还要经历痛苦不堪的头三天，在这之后，我又怎么可能到任何靠近人群的地方呢？这种转变会使我永远成为饥渴的囚徒……

查理跟比利说过我消失了三天吗？比利得出结论了吗？雅各布实际上是在问我还是不是人类吗？他是在确认没有人违背狼人的条约——卡伦家族没有人敢咬人……只是咬，而不是杀人……

但是他真的认为假如那样的话，我会回家见查理吗?

爱德华摇了摇我的身体。“贝拉？”他问道，现在他真的有些焦急。

“我想……我想他是在查看，”我低声说道，“查看以确认——我的意思是，我还是人类。”

爱德华的身体变得僵硬起来，我的耳边响起一阵低沉的吸气声。

“我们得离开，”我轻声说道，“在此之前，那样的话就不会违背条约。我们再也不能回来了。”

他用双臂紧紧地抱着我，说道：“我知道。”

“啊哼！”查理在我们身后大声地清理嗓子。

我跳了起来，一把推开爱德华的胳膊，脸涨得发热。爱德华靠在料理台上，流露出严厉的眼色。我能看见他眼中的担忧，还有愤怒。

“如果你不想做晚饭，我可以叫个比萨。”查理提醒说。

“不，没关系，我已经开始做了。”

“好吧。”查理说道。他双手抱胸，让自己倚靠在门框上。

我叹了口气，开始做饭，试图忽略我的观众。

“如果我要你做什么，你会信任我吗？”爱德华问道，他温柔的声音里有些热切。

我们差不多快要到学校了。爱德华刚才还很放松，一路上和我开着玩笑呢，现在他的双手突然紧紧地抓住方向盘，手关节捏得很紧，竭力避免把它撕成碎片。

我注视着他焦虑的神情——他的目光看得很遥远，就好像他在倾听远方的声音一样。

他的紧张令我的脉搏条件反射般地加速跳动起来，不过，我还是小心翼翼地回答道：“那要看是什么事了。”

我们把车开到了学校停车场。

“我就担心你会这么说。”

“你想要我做什么，爱德华？”

“我想要你待在车里，”他把车停在了老地方，一边熄火一边说道，“我想要你在我回来找你之前一直待在这里等我。”

“但是……**为什么**？”

就在那时我看见了他。即使他没有靠在黑色的摩托车上，违规地把车停在人行道上，人们也很难忽视他，因为他的个头比其他学生高出一大截。

“哦。”

雅各布的脸上戴着一张平静的面具，这我一眼就能看穿。这种表情是他下定决心控制住自己的感情，控制住自己的时候才有的。这让他看起来和山姆——最年长的那个狼人，也是奎鲁特狼人帮的酋长—— 一样，但是雅各布从来都没做到山姆身上散发出来的从容不迫。

我已经忘记了这张脸曾让我多么困扰。尽管我在卡伦一家回来之前已经开始了解山姆了——即使，当雅各布装出他的表情时，我会不由自主地讨厌山姆，这使我永远无法完全动摇对他的厌恶之情——但我还是开始逐渐喜欢他了。那是一张陌生人的脸庞，一旦他戴上这副面具后，就不是我的雅各布了。

“昨天晚上你过早地做出了错误的结论，”爱德华低声说道，“他询问学校的事情是因为他知道我会在你所在的地方。他在寻找一个有目击证人的安全的地方和我谈一谈。”

那么昨天晚上我对雅各布的动机判断失误，错过了某些信息，这才是问题所在。比如，雅各布到底为什么想要和爱德华谈一谈。

“我不会待在车里的。”我说道。

爱德华轻轻地呻吟道：“当然不会了，好吧，让我们去面对这一切吧。”

我们手挽手朝他走去的时候，雅各布的脸变得僵硬起来。

我也注意到其他人的脸——我那些同学的脸。我注意到当他们注视着雅各布时——他的身躯长达六英尺七英寸，肌肉发达的程度不是正常的十六岁半的少年应该有的——个个都瞪大了双眼。我看见那些眼睛打量着他身上的黑色紧身T恤衫——还是短袖的，尽管现在天气一反常态的凉爽——还有那条全是窟窿、沾满油渍的牛仔裤，以及那台他斜靠在上面的闪闪发亮的摩托车。他们的眼睛没有停留在他的脸上——他的表情流露出来的信息令他们飞快地把眼神移到别处去了。我也注意到每个人和他保持着足够的安全距离，没有人敢侵犯这个幻想出来的空间。

我突然感到震惊不已，我意识到雅各布在他们看来是个**危险分子**，这是多么奇怪的事情啊！

爱德华在离雅各布几码远的地方停了下来，我敢说让我离狼人那么近，他感到非常不安。他不着痕迹地把手朝后移了移，把我拉到略微靠在他身后的地方。

“你本来可以给我们打电话的。”爱德华说话时的语气犹如钢铁那么生硬。

“不好意思，”雅各布回答说，他的脸此刻变成了讥讽的表情，“我的快速拨号簿里没有蚂蟥。”

“你本来可以在贝拉家找到我的，那是当然的。”

雅各布收紧下巴，眉毛拧到一块儿，没有回答。

“这个地方根本就不合适，雅各布，我们可以稍后再谈吗？”

“当然，当然。放学后我会在你家的地穴里等你，”雅各布不屑地说，“现在有什么问题吗？”

爱德华严厉地看了看周围，他的眼睛停留在那些几乎不在听力范围之内的目击证人身上。有几个人在人行道上不知道如何是好，他们的眼睛闪闪发光，充满期待，就好像他们希望一场斗殴能够缓解星期一早上沉闷乏味的气氛一样。我看到泰勒·克劳雷用肘轻轻地推了推奥斯汀·马克斯，他们两个都在去上课的路上停了下来。

“我已经知道你来这儿要说什么了。”爱德华提醒雅各布的声音非常小，**我**几乎听不见，“信息已经收到了，想要警告我们。”

爱德华眼神忧虑，飞快地向下扫了我一眼。

“警告？”我茫然地问道，“你们在说什么？”

“你没有告诉她？”雅各布问道，他瞪大双眼，露出难以置信的表情，“什么，你害怕她会站在我们这一边？”

“请你放弃这个提议，雅各布。”爱德华声音平静地说道。

“为什么？”雅各布质问道。

我疑惑不解地皱起眉头，问道：“我不知道什么，爱德华？”

爱德华只是愤怒地盯着雅各布，好像他没听见我的话一样。

“杰克？”

雅各布朝我挑起眉毛。“他难道没有告诉你他的兄……**兄弟**星期六晚上越界了？”他问道，语气中充满浓厚的讽刺意味。接着他的眼神忽地转回到爱德华身上。“保罗完全有理由在——”

“那是一片无人之地！”爱德华嘘声说道。

“那不是！”

雅各布的愤怒一目了然，他的双手颤抖起来。他摇了摇头，深深地吸了满满两口气。

“埃美特和保罗？”我低声问道。保罗是雅各布的狼人兄弟中最冲动的一个。他是那天在树林里失控的那个——咆哮着的灰熊的记忆突然自己栩栩如生地出现在我的脑海中。“发生了什么事？他们打架了吗？”我的声音由于惊慌不由得变得尖锐起来，“为什么？保罗受伤了吗？”

“没有人打架，”爱德华只是对着我，平静地说道，“没有人受伤，别着急。”

雅各布用怀疑的眼神盯着我说：“你根本什么都没告诉她，是不是？那就是你把她带走的原因吗？这样她就不会知道那——”

“现在就走吧。”爱德华只等他说了一半就打断了他，他的脸突然间变得非常吓人——真的很吓人。有那么一会儿，他看起来就像……就像**吸血鬼**。他毫不掩饰心中的邪恶，怒气冲冲地盯着雅各布。

雅各布挑起眉毛，却一动不动：“为什么你不告诉她？”

他们一言不发地对视着彼此，看了很久很久。越来越多的学生聚集到泰勒和奥斯汀身后，我看见迈克站在本的旁边——迈克的一只手搭在本的肩膀上，好像要抓紧他让他待在原地一样。

在这死一般的沉寂里，所有的细节随着我直觉的迸发，突然一一浮现了——

一些爱德华不想让我知道的事情。

一些雅各布不会隐瞒我的事情。

一些卡伦家族和狼人都出现在树林里危险地彼此靠近的事情。

一些令爱德华无论如何也坚持让我飞越这个国度的事情。

一些爱丽丝上个星期就预见到的事情——爱德华为此对我撒谎了。

一些我无论如何都在等待的事情。一些我知道会再次发生的事情，其程度不亚于我可能希望它们不要发生。这永远都不会结束，不是吗？

我听见我的嘴唇呼出的空气，急促地发出“**呵，呵，呵，呵**”的声音，但是我无法停下来，就好像学校在震动一般，好像发生了地震一样，但是我知道是我自己在颤抖才造成了这种错觉的。

“她回来找我了。”我咽下一口气才挤出这几个字。

维多利亚在我死之前决不会收手的。她会使同样的事情一再发生——佯攻，逃跑，佯攻，逃跑——直到发现我的保护者防护中的缺口。

或许我会很走运，或许沃尔图里家族会先来找我——至少，他们杀死我的速度会更快。

爱德华紧紧地把我搂在他身侧，身体弯曲着，这样他就正好挡在我和雅各布之间，他双手焦虑地轻抚我的脸。“没事的，”他轻声对我说，“没事的。我决不会让她靠近你的，没事的。”

接着他愤怒地瞪着雅各布，说道：“这回答了你的问题吗，杂种狗？”

“你认为贝拉没有权利知道此事？”雅各布争辩道，“这是她的生活。”

爱德华压低了声音，即使泰勒朝前走了几英寸，还是听不见他所说的话：“在她绝不会有危险的情况下，为什么要她担惊受怕？”

“与其被人欺骗，不如担惊受怕。”

我努力让自己振作起来，但是泪水在我的眼中打转，在我的眼睑后面我能看见——我能看见维多利亚的脸，她的嘴唇拉扯到牙齿后面，深红色的眼睛里闪烁着挥之不去的深仇大恨——她把她的情人詹姆斯的死归咎于爱德华。不把他心爱的人也从他身边抢走的话，她是绝不会罢休的。

爱德华用指尖擦干我脸颊上的眼泪。

“你真的认为让她受伤害比保护她更好？”爱德华低声问道。

“她比你想象的要坚强，”雅各布说，“而且她经历过比这更糟糕的事情。”

突然，雅各布的表情发生了变化，他心怀叵测、奇怪地盯着爱德华。他眯着眼睛，好像他在脑中解答数学难题一样。

我感到爱德华退却了。我朝上瞟了他一眼，他的脸因为痛苦而扭曲了。在宛如死亡般的瞬间里，我想起我们在意大利的那个下午，沃尔图里那令人毛骨悚然、高塔中的房间里，就是在那里简用她的致命天赋折磨着爱德华，只是用她的思想使他痛苦不堪……

记忆让我立即从近乎歇斯底里的状态中清醒过来，令所有的一切都在我脑海中清晰明了起来。因为我宁愿维多利亚杀死我一百次，也不愿意看见爱德华再受那样的罪。

“这倒是很有趣。”雅各布一边说着，一边大笑着看着爱德华的脸。

爱德华突然一惊，不过他费了些力气使自己的表情平复下来，他无法完全掩饰眼中的痛苦。

我瞪大眼睛，眼神从爱德华的痛苦不堪扫视到雅各布的冷嘲热讽。

“你对他做了什么？”我问道。

“没什么，贝拉，”爱德华平静地告诉我，“只不过雅各布的记忆力很好罢了，没关系。”

雅各布咧开嘴巴笑了起来，爱德华又突然警觉起来。

“快停下来！不管你在做什么！”

“当然啦，只要你想的话，”雅各布耸了耸肩膀，“不过，要是他不喜欢我记得的事情的话，那是他自己的错。”

我瞪着他，他则顽童似的对我笑了笑——就好像小孩子在做他明白不应该做的事情，而被那个他知道不会惩罚他的人发现了一样。

“校长在路上，他要规劝大家别在校园里闲逛，”爱德华轻声对我说道，“我们去上英语课吧，贝拉，这样你就不会牵连进来。”

“他保护得有些过头了，是不是这样？”雅各布问道，正对着我，“小麻烦会让生活更有趣。让我猜一猜，他让你不开心了，对不对？”

爱德华怒目而视，咧开嘴微露出牙齿。

“闭嘴，杰克！”我说道。

雅各布大笑起来：“那听起来像是在说‘**是的**’。嘿，要是你还想生活中有些乐趣的话，你可以来见我，我的车库里还放着你的摩托车呢。”

这个消息分散了我的注意力：“你应该卖掉它的，你答应过查理会卖的。”要是我没代表雅各布求情的话——毕竟，他为了两辆摩托车花费了好几个星期的精力，他也应该得到回报——查理肯定会把我那辆摩托车扔进邓普斯特尔垃圾车[①]的，或许他还会一把火烧掉垃圾车呢。

“是的，对。好像我会那样做一样，它属于你而不是我。不管怎么样，我会一直留着它，直到你想把它要回去。”

我记忆中的一抹微笑突然在他的嘴角闪动起来。

“杰克……”

他身体向前倾，神情变得真诚起来，挖苦嘲讽悄然隐退：“我想以前我可能做错了，你知道，就是关于不能做朋友的事情。或许，我们能够做到，在我这一边，过来见我吧。”

我清楚地意识到爱德华就在眼前，他的胳膊仍然保护性地环抱着我，像石头一样一动不动。我朝他看了一眼——他表情平静，耐心地等待着。

“我，呃，不知道，杰克。”

雅各布一下子放下了他那种对抗性的伪装，好像爱德华根本不在场一样，或者至少假装他不在：“我每天都很想念你，贝拉。没有你，

---

① Dumpster，是接收、运输和倾倒废物的容器的商标，该商标在印刷品中一般以小写体出现。

生活完全不一样。”

“我知道，而且我很抱歉，杰克，我只是……”

他摇了摇头，叹气道：“我知道。没关系，对吗？我想我会熬过去，差不多吧。谁需要朋友？”他扮了个鬼脸，有些故作勇敢地想掩饰住自己的痛苦。

雅各布的痛苦总是激起我的保护欲。这并不完全合理——雅各布几乎不需要我提供任何身体上的保护。但是，我的胳膊夹在爱德华的胳膊下面，急切地想伸向他，环抱住他宽大、温暖的腰，在默默无言中表示接纳与安慰。

爱德华护着我的手臂变成了一种束缚。

“好了，去上课吧，”一个严厉的声音在我们身后响起，“赶快走，克劳利先生。”

“去上学，杰克。”我轻声说道，一听出那是校长的声音我就焦急不安起来。雅各布上的是奎鲁特学校，但是仍然可能会因为违纪或类似的事情而卷入麻烦。

爱德华松开了我，只是牵着我的手，又把我拉到他的身后。

格林先生从围观的人群中挤了过来，他的眉间愁云密布，仿佛他那双小眼睛已经预见到不祥的暴风雨。

“我是认真的，”他威胁着说，“我再转身过来发现谁还留在这里的话，就关那个人的禁闭。”

他话还没说完人群就散开了。

“啊，卡伦先生，你在这儿还有事情吗？”

“没有，格林先生，我们只是在去上课的路上。”

“很好。我好像不认识你的朋友。”格林先生把严厉的目光转到雅各布身上，“你是这里的新生吗？”

格林先生的眼睛打量着雅各布，我能明白他得出的结论和其他人一样：危险。制造麻烦的人。

“不是。”雅各布回答道，一抹假笑浮现在他宽厚的嘴唇上。

“那么，我建议你，在我叫警察之前，马上从校园里离开，年轻人。”

雅各布的假笑变成了露齿而笑，而且我知道他正想象着查理出现在这里逮捕他呢。这样的笑容苦不堪言，太戏谑而无法让我感到开心，这不是我一直等待着想要见到的笑。

雅各布说道："是的，先生。"接着快速地敬了个军礼，然后爬上车，在人行道上发动了摩托车。引擎咆哮起来，接着当他猛地掉头时轮胎发出一阵刺耳的声音，几秒钟之后，雅各布就消失不见了。

格林先生看到这一幕时咬牙切齿地说道："卡伦先生，我希望你让你的朋友不要再出现在这里了。"

"他不是我的朋友，格林先生，但是我会把您的警告转告给他的。"

格林先生嘟起嘴巴，很显然，爱德华十全十美的成绩以及完美无瑕的记录是格林先生评估此事的因素之一："我明白了。如果你担心任何麻烦，我会很乐意——"

"没有什么好担心的，格林先生，不会有任何麻烦。"

"我希望你是对的。那么，好吧，上课去吧，你也是，斯旺小姐。"

爱德华点点头，迅速地把我拉向英语楼。

"你身体还好吧，可以去上课吗？"我们从校长身边走过后，他低声问我。

"是的。"我小声回答说，并不十分确定我是否在说谎。

我感觉舒不舒服并不是最重要的考量，我需要立即和爱德华谈一谈，而英语课堂绝不是我心中谈话的理想之地。

但是格林先生就在我们身后，没有其他的选择。

我们到教室的时候，稍微有些迟到，所以马上坐了下来。贝尔蒂先生正在背诵弗罗斯特的诗。他对我们的晚到视而不见，不让我们打断他的节奏。

我从笔记本上扯下一页纸，开始写起来，由于急躁，我的字迹比正常情况下更加难以辨认。

发生了什么事？告诉我一切。说说保护我的事情，求你了。

我把纸条推到爱德华面前。他叹了口气，开始接着写。他花的时间没有我多，尽管如此，在他把纸片推到我面前之前，他已经用自己独特的书法写了整整一段。

爱丽丝看见维多利亚回来了。我把你带出小镇只不过是为安全起见——她根本没有机会在任何地方接近你。埃美特和贾斯帕差不多都已经抓住她了，但是维多利亚似乎有某种躲避的本能。她径直逃到奎鲁特的边界上去了，好像她从地图上读到这一点一样。爱丽丝的预见力由于奎鲁特的卷入起不了作用。公平地说，奎鲁特人可能也会抓到她的，要是我们没有妨碍他们的话。那个大灰熊以为埃美特越界了，就开始防御了。当然，罗莎莉对此做出了反应，结果每个人都丢开追赶的对象，保护自己的同伴了。卡莱尔和贾斯帕在局面失控之前让事情平息下来，但是，在那之前，维多利亚就已经逃跑了。这就是全部。

我看着纸面上的字皱了皱眉头。所有的人都在上面——埃美特、贾斯帕、罗莎莉，还有卡莱尔。或许还有埃斯梅，尽管他没有提到她。还有保罗以及其他的奎鲁特狼人。要演变成一场战争，使我未来的家人和老朋友们互相为敌，很可能是一件极其容易的事情，他们当中的任何一个都可能会受伤。我想象着狼人可能遭遇到最大的危险，而一想到娇小的爱丽丝与巨大的狼人搏斗……

我感到浑身战栗。

小心翼翼地，我用橡皮擦掉整段话，接着在上面写道：

查理呢？她很可能也找过他。

爱德华在我写完之前就开始摇头了，很显然他想要弱化查理所面临的危险。他伸出一只手，但是我对此视而不见，又开始写道：

你不可能知道她没有想到这一点，因为你不在这里，去佛罗里达不是个好点子。

他从我手底下把字条拉过去。

我没打算把你一个人送走。但因为你的霉运，连黑匣子都无法幸存。

那根本就不是我的本意，我从来都没有想过不让他和我一起去。我的意思是我们本应该一起待在这儿的。但是我的注意力被他的反应转移了，还有些恼羞成怒，好像我不让飞机坠毁就不能飞越祖国一样。搞笑。

就算是我的霉运让飞机坠毁了吧，那么你又能怎么办呢？

为什么飞机要坠毁？

他现在正试图掩饰自己的微笑呢。

飞行员醉得不省人事。

那很简单，我来开飞机。

当然了。我嘟起嘴巴，不打算就此作罢。

两个引擎都爆炸了，我们一起飞快地朝地球坠落。

我会一直等到我们就要落地之时再紧紧地抓住你，然后踢开机舱，往下跳。接着我会带着你跑回事发地点，踉踉跄跄地走出来，就好像我们是历史上最幸运的两个幸存者一样。

我无言以对地盯着他。

“怎么啦？”他小声问道。

我害怕地摇了摇头，说了声“没什么”。

我擦掉这段令人惊惶不已的对话，又写了一行：

下次你再告诉我。

我知道还会有下一次的，这种规律一直会持续直到失去某个人。

爱德华久久地凝视着我的双眼，我想知道我的脸色看起来怎么样——感觉很冰冷，那么血液还没有回到我的脸颊上来，我的眉毛仍然是湿的。

他叹了口气，点了点头。

谢谢。

纸条突然从我手下消失了。我抬起头，惊讶地眨了眨眼睛，贝尔蒂先生正好走到过道这里。“有什么事情你想要和大家分享吗，卡伦先生？”

爱德华无辜地抬起头，伸手拿过文件夹上面的一沓纸。“我的笔记？”他问道，听起来有些迷惑不解。

贝尔蒂先生扫了一眼笔记——毫无疑问，上面一字不漏地记下了他讲的课——然后，皱着眉头走开了。

稍晚些的时候，上微积分课时——唯一一堂爱德华不和我一起上的课——我听到了流言飞语。

“我把钱押在那个大个子印第安人身上。”有人如是说。

我抬头匆匆地瞥了一眼，看见泰勒、迈克、奥斯汀和本的头簇拥在一起，他们沉浸在谈论之中。

“是的，”迈克小声说道，“你看见那个叫雅各布的小孩子的个头了吗？我想他可以扳倒卡伦。”听起来迈克对这想法感到很高兴。

“我不这么看，”本不认可他的看法，说道，“爱德华身上有种力量。他总是那么……自信，我感觉他会保护好自己的。”

“我站在本这边，”泰勒认同道，“此外，要是那个小孩狠狠地揍了爱德华，你知道他的那些兄弟肯定会帮忙的。”

“你最近去过拉普西吗？”迈克问道，“劳伦和我一两个星期前去海滩边，相信我，雅各布的朋友们和他一样高大。”

“哈，”泰勒说道，“这事没闹大，真是糟糕。瞧，我们永远没法弄清楚到底结局会怎样。”

“在我看来，这事还没结束，”奥斯汀说道，“或许，我们得等着瞧。”

迈克张开嘴巴笑着说：“有人有兴趣打赌吗？”

“我赌雅各布，十美元。”奥斯汀马上应和道。

“我赌卡伦，十美元。”泰勒也跟着说。

“我赌爱德华，十美元。”本附和说。

“雅各布。”迈克说道。

“嘿，你们知道这是什么原因吗？”奥斯汀好奇地问，“那可能会影响双方的机会。”

“我猜得到。”迈克说道，接着他和本、泰勒同时朝我看了一眼。

从他们的表情判断，他们当中没有人意识到我听得见他们所说的话，他们全部迅速地看向别处，煞有介事地在课桌上胡乱地翻课本。

“我还是赌雅各布。”迈克压低声音咕哝道。

本　能

我这个星期都很倒霉。

我知道本质上什么都没改变。好吧，维多利亚没有放弃，不过我何时幻想过她会放弃呢？她再次出现只不过再次确定了我已经知道的事，没有理由再次惊慌失措。

不过那是理论上的，不惊慌失措说起来容易，做起来难。

现在离毕业只有几个星期了，但是我不知道无所作为地等待即将来临的灾难，坐以待毙是不是有些愚蠢。当人类似乎太危险了——简直就是引火烧身。像我这样的人不应该**是**人类，像我这样运气好的人应该不会感到那么无助。

但是没有人会听我的。

卡莱尔说过："我们共有七个人，贝拉，而且爱丽丝和我们在一起，维多利亚不会让我们措手不及的。为了查理，我认为我们必须坚持原计划，这很重要。"

埃斯梅也说过："我们决不让任何事情发生在你身上，甜心。你知道这点，请别担心。"接着她吻了吻我的额头。

埃美特也说："我真的很高兴爱德华没有杀死你，你在我们身边的时候一切都变得更加有趣了。"

罗莎莉则怒火中烧地盯着他。

爱丽丝骨碌碌地转了转眼睛，说道："你让我感到不舒服。你并不是真的**担心**此事，对吗？"

"要是这件事情没什么大不了的话，为什么爱德华把我拽到佛罗里达去了？"我追问道。

"爱德华只是有那么一丁点儿反应过激了，难道你还没注意到吗，贝拉？”

贾斯帕悄悄地消除了我体内所有的惶恐和紧张，他那种控制气氛的天赋让人备感好奇。我感到安心了，任凭他们说服我放弃没完没了的争辩。

当然啦，爱德华和我一走出屋子，那种平静就支离破碎了。

结果，达成的共识是我只需要忘记有个疯狂的吸血鬼跟踪着我，企图杀死我，只管做好自己的事情就行了。

我的确试过了，但是令人惊讶的是，除了我在濒临灭绝物种清单上的等级之外，仔细想想，还**有**其他的事情差不多一样令人紧张不安……

因为爱德华的反应是这些事情当中最令人感到泄气的。

“那是你和卡莱尔之间的事，”他说，“当然，你知道在你我之间任何时候只要你愿意，我都愿意做那件事，你知道我的条件。”然后他就像天使般地笑了起来。

啊。我确实知道他的条件。爱德华答应过我无论何时我想要的话他都会改变我……只要我先答应**嫁**给他。

有时候我怀疑他是不是假装没法读懂我的心思。不然的话，他怎么会正好开出我难以接受的条件呢？这是会令我放慢做决定的速度的一个条件。

总而言之，这个星期非常不走运，而今天又是这个星期里最倒霉的一天。

爱德华不在已经够糟糕的了，爱丽丝预见到这个星期不会有什么不同寻常的事情发生，因此我坚持让他趁机和兄弟们一起去狩猎。我知道让他在附近轻而易举地狩猎令他感到厌倦。

“去玩一玩，”我告诉他，“替我打包几头美洲狮回来。”

我决不会告诉他，他不在的时候我有多么难过——这会重新勾起被我遗忘的梦魇。要是他知道此事的话会感到非常难过，而且会过于担心而不会离开我的，哪怕是由于迫不得已的原因，他也会这么想的。就好像刚开始一样，那时他刚从意大利回来。他的金色眼睛变黑了，他所遭受的饥渴已经超越了他必须承受的程度。所以我故作坚强，只要看到埃美特和贾斯帕要去狩猎我都会把他踢出门。

不过，我想他看穿了我的心思，有那么一点儿。今天早上我枕边有一张便条，上面写着：

> 我会在你还来不及想我的时候就回来的。
>
> 看好我的心——我把它留在你身边了。

就这样，除了星期六早上我要在牛顿奥林匹克运动用品商店值早班，借此转移我的注意力之外，现在我感到无所事事，百无聊赖。当然啦，哦，还有爱丽丝告诉我的如此令人欣慰的约定。

“我会在家附近狩猎，要是你需要我的话，我十五分钟内就能赶到，我会密切注视周遭的一切动静的。”

此话可理解为：不要因为爱德华不在就尝试可笑的事情。

爱丽丝当然和爱德华一样能干，她会破坏我的卡车。

我努力积极地看待问题。下班后，我和安吉拉约好帮她写毕业典礼通知书，这也会分散我的注意力。查理因为爱德华不在心情好极了，那么我不妨享受一下这段时光。要是我悲惨到要爱丽丝陪我过夜的话，她也会陪我的。到了第二天，爱德华回家，我就获救了。

由于不想过早地去上班，我悠闲地吃着早餐，一次一个保健麦圈①。接着，洗好碗之后，我把冰箱上的冰箱贴都整理成了一条直线。或许，我得了强迫症。

最后两个冰箱贴——圆圆的，黑色的，很实用，这两个是我最喜欢的，因为它们轻而易举地就能将十页厚的纸固定在冰箱上——它们现在不愿意跟我合作，不愿意被固定在上面。它们两极对立，每次当

① Cheerio，保健麦圈的品牌之一，创建于1941年7月19日，由位于明尼苏达州（Minnesota）金峡谷的通用磨坊食品公司（General Mills cereal company）推出上市，是世界上第一个由燕麦制成、即食型的冷藏麦片。该品牌最初名为Cheeri Oats（Cheeri牌燕麦），后来因为商标名纠纷而更名为Cheerio。包括英国在内的其他国家，该品牌作为雀巢（Nestlé）旗下的品牌由全球谷物联盟有限公司（Cereal Partners）代理销售。

我要把最后一个摆成一条线的时候，另外一个就会脱位。

由于某种原因——或许是即将来临的狂热——这可真的令我很恼火。为什么它们就不能表现好一些呢？我愚蠢而顽固，一直要把它们拼在一起，就好像我期待着它们突然会放弃不合作一样。我本来可以抽掉其中一个，但是那样感觉就像被打败了一样。最后，与其说是被冰箱贴激怒了，还不如说是被我自己激怒了，我把它们从冰箱上一把拉了下来，捏在两只手里。这需要些力气——它们强得足以承受殴打——但是我硬是把它们两个拼凑到了一起。

“瞧，”我大声叫了出来——对这两个没有生命的物体说道——这可不是什么好兆头，“这没什么可怕的，难道不是吗？”

我像白痴一样杵在那里，不愿承认我根本无法继续对抗科学规律。接着，我叹息着，将两块冰箱贴重新贴在了冰箱上，两个之间隔了足足有一英尺。

“没必要如此顽固。”我咕哝道。

时间仍然很早，但是我决定最好在这两个没生命的东西对我说话之前走出家门。

我到牛顿商店的时候，迈克有模有样地用干拖布打扫走道，他妈妈则在整理新的收银台显示器。我到的时候他俩正在争论，根本不知道我来了。

“但是这是泰勒能去的唯一的时间，”迈克抱怨道，“你说过毕业后——”

“你还得等一等，”牛顿夫人打断他说道，“你和泰勒可以想想做点别的，直到警察制止了西雅图那里正在发生的事情之后，你们才可以去。我知道贝丝·克劳利和泰勒说了同样的话，所以别觉得我是坏蛋——噢，早上好，贝拉，”她一看到我就跟我打了个招呼，声音立即变得温和起来，“你来得很早。”

凯伦·牛顿是我在户外运动装备商店里最不愿意求助的人。她那十分突出的金发总是一丝不乱，在脑后梳成一个发髻，她的指甲是由专业人士修剪的，脚指甲也一样——露在襻带高跟鞋外面，这双鞋与牛顿商店里面一长溜低矮的徒步旅行靴格格不入。

"路况很好。"我开玩笑地说道，一边从柜台下面拉出那件很丑的橘红色荧光马甲。牛顿太太和查理一样对西雅图的事情很关注，这一点令我很惊讶，我还以为查理过激了呢。

"噢，呃……"牛顿太太犹豫了一会儿，不安地整理着收银台边上的一堆广告传单。

我停了下来，一只胳膊还在马甲里，我明白那种脸色代表什么。

当我让牛顿一家知道这个暑假我不会在此工作的时候——实际上是在他们最忙的季节里抛弃他们——他们开始培训凯蒂·马歇尔来代替我。他们无法同时负担起我们两个人的工资，那么看起来今天会很漫长……

"我本打算打电话……"牛顿太太继续说道，"我想今天我们的生意不会那么多，迈克和我恐怕应付得过来，我很抱歉你这么早起床，还开车出来……"

若是在平时，我会为这突如其来的转变雀跃不已，但是今天……并不是如此。

"好吧。"我叹气道。我的肩膀耷拉下来，那么现在我要做什么呢？

"那不公平，妈妈，"迈克说道，"如果贝拉想上班——"

"不，没关系，牛顿太太。真的，迈克，我需要温习功课，准备期末，还有其他事情……"我不想在他们争吵的时候成为家庭不和的根源。

"谢谢，贝拉。迈克，你第四个走道还没打扫呢。嗯，贝拉，你介意出去的时候帮我把这些广告传单扔在垃圾箱里吗？我告诉过那个把这些东西留在这里的女孩我会把它们放在柜台上的，但是我真的没有地方。"

"当然不介意，没问题。"我收好马甲，接着把广告传单塞在腋下，朝蒙蒙细雨中走去。

垃圾箱就在牛顿商店这一侧，靠近我们员工停车的地方。我慢腾腾地走着，一路上气急败坏地踢着小石头。我正准备把这堆鲜黄色的传单扔进垃圾桶的时候，最上端粗体印刷的标题正好映入我的眼帘，特别是其中的一个字引起了我的注意。

我用双手紧紧抓住这些纸张，盯着标题下的图片，喉咙里一阵哽咽：

救救奥林匹克狼

就在这些大字下面，有一幅图片详细地勾勒出一匹狼，它站在一棵冷杉前面，头部朝后，正对着月亮嗥叫。这是一幅令人不安的图画，与狼哀伤的姿势相关的某种东西使它看起来孤独无助，就好像它被遗弃后在痛苦地哀嚎一样。

接着我就朝我的卡车奔去，传单仍紧紧地握在我的手中。

十五分钟——这是我拥有的全部时间，但是这应该足够长了。到拉普西只要十五分钟，当然我会在赶到小镇之前就穿过那条边界线的。

我毫不费力地就把卡车发动起来了。

爱丽丝不可能看见我做这些，因为我根本没有事先计划。完全是突然的决定，这才是关键！只要我开得足够快，我应该能利用这一点。

匆忙中我把湿漉漉的传单扔在一边，鲜艳的纸张散落在乘客座上，乱作一团—— 一百个粗体印刷的标题，一百头黑色的狼在黄色的背景中哀嚎。

我高速行驶在湿淋淋的高速公路上，将雨刷调到高挡，完全没有注意到老旧的发动机在呻吟。五十五迈是我能“诱骗”我的卡车达到的最高车速，我祈祷这就够了。

我不知道边界线在哪里，但是当我穿过拉普西之外第一排房子的时候，我就开始感到安全一些了，这一定已经超过了爱丽丝被允许跟过来的界线。

今天下午我到安吉拉家之后会打电话给她，我推断这样她就会知道我很好。她没有道理紧张起来，她也没有必要生我的气——爱德华两点钟回来的时候一定会非常生气。

我的卡车吱的一声停在那座熟悉的褪了色的红房子前面，彻底地开始扑哧扑哧地喘息起来。盯着这个曾经是我的避难所的小地方，我的喉咙又哽咽了起来，我已经很久很久没来这里了。

我还没来得及熄火，雅各布就满脸惊讶地站在门边了。

在卡车的咆哮声停止之后的突如其来的沉默中，我听见他喘着粗气叫道：“贝拉？”

“嗨，杰克！”

“贝拉！”他大声叫喊着，我一直在翘首以待的微笑像挣破乌云的太阳一样在他的嘴角舒展开来，牙齿与他那赤褐色的皮肤对比显得格外亮洁，“简直不敢相信！”

他朝卡车跑了过来，把我从打开的门里半拖了出来，接着我们孩子般地又蹦又跳。

“你怎么来这儿了？”

“我偷偷摸摸地跑出来的！”

“了不起！”

“嗨，贝拉！”比利已经摇着轮椅朝门口走过来，想看看这番喧闹究竟是怎么回事。

“嗨，比——”

就在这时我送出来的空气被阻塞了——雅各布一把抓住我，给了我一个大熊般的拥抱，他紧紧地抱着我，令我难以呼吸，还拽着我转起了圈。

“哇，在这儿看见你真是太好了！”

“喘不……过气了。”我大口喘着气说道。

他大笑着把我放了下来。

“欢迎回来，贝拉。”他咧开嘴巴笑着说道，而他说这些话的方式使其听起来像是“欢迎回家”一样。

我们开始散步，因为过于兴奋了，完全没办法待在家里一动不动。雅各布活动的时候其实是在跳，而我好几次都不得不提醒他我的腿可没他的那么长。

我们散步的时候，我感到自己好像变成了另外一个自己，那个与雅各布在一起的自己。年纪要小一些，责任心没有那么强，那种偶尔可能会毫无缘由地做些傻事的人。

我们一开始就热火朝天地一个话题接一个话题地聊了起来，比如：我们过得怎么样，我们在做些什么，我这样过了多久，为什么我会来这里。当我吞吞吐吐地告诉他那幅画着狼的广告传单时，他大笑起来的声音在树林里回荡。

但是，当我们徐步经过商店后面，穿过围在第一海滩边际的茂密的灌木丛时，谈话陷入了困境。一切来得太快了，我们不得不谈论我们长久分别的原因，我注视着我的朋友的脸变得僵硬起来，流露出我再熟悉不过的悲伤表情。

“不管怎么讲，这到底是怎么回事？”雅各布问我，用力过猛地踢开一片挡在他面前的浮木，它划过沙砾，咣当一声撞在石头上，“我的意思是，自从上次我们……呃，之前，你知道……”他有些语无伦次，深深吸了一口气之后，他又努力说道，“我问的……一切都变回到**他**离开之前的样子了？你原谅了他所做的一切？”

我深吸了一口气说道：“没有什么需要原谅的。”

我想要跳过背叛、指责这部分内容，但是我知道在我们讨论其他事情之前不得不谈明白这一点。

雅各布的脸皱了起来，就好像他刚刚舔了一下柠檬一样：“我希望山姆去年九月找到你的时候拍过照片，那会成为A级展览品。”

“没有人需要接受审讯。”

“或许有人应该要。”

“要是你知道他为什么会那么做的话，连你都不会责备他。”

他愤怒地盯着我看了几秒钟，说道：“好吧。”然后酸溜溜地争辩道，“真是令我惊讶不已啊！”

他的敌意令我烦躁不安——刺痛了我的伤处，令他生我的气让我受伤。这使我想起了那个阴冷的下午，很久以前，那时——在山姆的命令下——他告诉我，我们不能再做朋友了。过了好一会儿我才恢复平静。

“爱德华去年秋天离开我是因为他认为我不应该和吸血鬼交往，他认为他离开对我会更好。”

雅各布吸了两口气，不得不花一点儿时间搜肠刮肚。不管他打算说什么，很显然都不适用了。我很高兴他不知道爱德华的决定的诱因，我只能想象如果他知道贾斯帕企图杀死我的话他会怎么想。

“不过，他回来了，是不是？”雅各布低声说道，“真糟糕他不能坚持那个决定。”

“要是你还记得的话，是**我**去找**他**的。”

雅各布盯着我看了好一会儿，接着后退了几步。他脸色缓和下来，说话的时候声音平静了一些：“那是事实，那么我就不明白了，发生了什么事？”

我咬住嘴唇，有些迟疑。

“这是秘密吗？”他的声音带着嘲讽，“有人不允许你告诉我吗？”

“不是的，”我打断道，“只不过真的说来话长。”

雅各布笑了起来，态度有些傲慢，然后转身朝海滩走去，希望我也跟着他。

如果他是这种态度的话，就没什么意思了。我机械地跟在他后面，不确定自己是否应该转身离去。毕竟回到家后，我还要面对爱丽丝……我想我没必要着急。

雅各布朝一块巨大的熟悉的浮木走去——那是一整棵树，还有根等等，被海水冲刷得发白，深深地陷在沙子里，从某种意义上而言，那是**我们**的树。

雅各布在这张天然的凳子上坐了下来，拍了拍他身边的位置。

“我不介意长故事，有没有惊险动作？”

我转转眼睛，坐在他旁边。“有一些。”我承认。

“要是没惊险动作就不恐怖了。”

“真恐怖！”我嘲笑道，“你会听，或者你会打断我，粗鲁地评论我的朋友们吗？”

他假装锁上嘴巴，然后把钥匙扔到身后。我努力不要笑，但没做到。

“我得从你知道的那部分讲起。”我决定告诉他，在开始之前我在脑海中理了理思路。

雅各布举起手。

“说吧。”

“很好，”他说道，“我不明白那时候发生了什么事。”

“是的，好，事情有些复杂，你要注意。你知道爱丽丝怎么**预见**事情吗？”

他立即板起了脸——不管那些有关吸血鬼拥有超自然的天赋的传说是真是假，狼人都不会害怕的——我得到了肯定的答案后，继续讲述我如何赶到意大利去救爱德华的经过了。

我尽可能地简洁明了——去掉一些不重要的细节。我试图读懂雅各布的反应，但是当我解释爱丽丝看见爱德华听说我死了以后，如何计划要杀死自己的时候，雅各布的表情变得高深莫测了。有时候，他似乎陷入深思，我不确定他是否在听，而且他只打断了我一次。

“那个算命的吸血鬼看不见我们？”他应和道，脸上流露出既凶猛又愉快的表情，“真的吗？那简直**棒极**了！”

我咬紧牙齿，坐在那里沉默不语，他满脸期待地等我继续讲下去。我愤怒地盯着他，直到他意识到自己的错误。

“哎哟，”他说道，“对不起。”然后又闭上嘴巴。

当我讲到沃尔图里时，他的反应比较容易理解了。他牙关紧咬，胳膊上鸡皮疙瘩都起来了，鼻孔气得冒烟。我没有讲得很详细，只是告诉他爱德华通过谈判使我们免于麻烦，没有透露我们不得不做的承诺，或者说我们正在等待的来访，雅各布没必要分担我的梦魇。

“那么你知道了全部，”我结束了自己的故事，“现在轮到你说了。这个周末我和我妈妈在一起的时候发生了什么事？”我知道雅各布透露的信息会比爱德华透露给我的多。他才不害怕吓到我。

雅各布倾身向前，突然变得活跃起来：“星期六晚上，我、安布里和奎尔在巡逻，都是些常规动作，不知道在哪儿，突然——砰的一声！”他伸出双臂，摆出爆发的样子，“就那样——我们发现一个新的踪迹，不到十五分钟。山姆要我们等他，但是我不知道你去哪儿了，而且我也不知道你的吸血鬼们是否在保护你。接着我们就全速追踪她，但是在我们赶上她之前她就越过了边界线。我们沿着这条线分散开，希望她会再跨过来。真让人挫败，让我告诉你吧。”他摆了摆头，他的头发——现在比他刚加入这个团体之时留的平头要长一些了——落在他的眼睛里了，“结果我们跑到最南边去了。卡伦一家正好把她追赶到北边离我们只有几英里远的地方，要是我们知道在哪里等待的话，这会是个绝妙的伏击！”

他摇了摇头，做了个鬼脸，说道：“就在那时情况变得危急了，山姆和其他人在我们赶到之前就追上了她，但是她只是沿着这条界线跑来跑去，而卡伦那伙人只能在边界线的另一侧追赶他，那个大个子，他叫什么来着——”

“埃美特。”

“对，是他。他朝她冲了过去，但是那个红头发的身手敏捷！他正好跳在她身后，几乎撞倒保罗。结果，保罗……呃，你知道保罗。”

“是的。”

“失去了他的目标。不能怪我责备他——那个大个子吸血鬼正好压在他身上。他一跃而起——嘿，别那样看着我。吸血鬼在我们的地盘上。”

我努力摆出平静的表情，这样他才好继续。尽管我知道故事的结果不坏，但随着故事越来越紧张，我握紧了拳头，指甲戳进了掌心。

“不管怎么样，保罗错过了目标，接着那个大个子退回到他们那边。但是就在那时，呃，那，哦，那个金发……”雅各布努力想出描绘爱德华的妹妹的时候，流露出滑稽的表情，里面夹杂着厌恶与不情愿的欣赏。

“罗莎莉。”

“管她叫什么。她坚守着地盘，所以山姆和我就跳到保罗的两侧，接着那个领袖和另一个金色头发的男的……”

“卡莱尔和贾斯帕。”

他怒气冲冲地看了我一眼，说道：“你知道我根本不在乎这些。算了，**卡莱尔**跟山姆说，试图让事端平静下来，接着很奇怪，因为每个人真的很快就平静下来了，就是你告诉我的那个家伙糊弄了我们的头脑。不过，即使我们知道他在做什么，我们也不能不平静下来。”

“是的，我知道那感觉。”

“真的很烦人，就是那种感觉，而且你要过好一阵子才能消除它。”他生气地摇了摇头，“接着山姆和那个吸血鬼的头头同意维多利亚才是我们优先考虑的目标，于是我们分头去追她。卡莱尔给我们提供了线索，这样我们可以正确地跟踪她的气味，但是那时候她已经朝马卡村北部的悬崖逃跑了，就在边界线与海滨交界的几英里的地方。那个大个子和那个让人冷静的家伙想获准越界追赶她，不过，我们当然会说不啦。”

“很好。我的意思是，你们不算聪明，但是我很高兴。埃美特从来都不是那么小心谨慎，他本来可能受伤的。”

雅各布不屑一顾地说：“那么，你的吸血鬼有没有告诉你我们毫无理由地就进攻了，攻击他那些完全无辜的同伙？”

“没有，”我打断道，“爱德华告诉我的和你讲的一样，只不过没讲这么多细节。”

“哈。”雅各布低声说道，他弯下腰从我们脚下成千上万个鹅卵石中拾起一块小石头，然后随意地一抛，把它扔到几百米开外的海湾里去了，“好，她还会回来的，我猜，我们会抓住她的。”

我颤抖起来，她当然会回来。下回爱德华真的会告诉我吗？我不确定。我得盯紧爱丽丝，找到那些显示会重复出现的状况的迹象来……

雅各布似乎没有注意到我的反应，他嘟着宽宽的嘴巴若有所思地凝望着海浪。

“你在想什么？”就这样沉默着过了很久，我才开口问道。

“我在想你告诉我的事情。关于当那个会预言的吸血鬼看见你从悬崖上跳下去的时候，想到你是在自杀的时候，这些事情是怎么失控的……你意识到如果你按照你应该做的那样等我的话，那么那个吸——**爱丽丝**就不会看见你跳下去？什么都不会改变，而我们现在很可能就在我的车库里，就像其他的星期六一样。福克斯也不会有吸血鬼，而你和我……”他的声音逐渐减弱了，陷入了沉思。

他说这些的方式令人不安，就好像福克斯没有吸血鬼会是件好事一样。一想到他所描绘的这幅图景，我的心就怦怦怦地跳个不停。

“爱德华不管怎样还是会回来的。”

“你确定吗？”他问道，我一说到爱德华的名字他又激动起来。

“分开……对我们两个人都不那么起作用。”

他准备说什么，从他的表情可以判断是些很气愤的话，但是他停了下来，深吸了一口气，开始说道：“你知道山姆很生你的气吗？”

“我？”我有些惊讶，“噢，我明白了。他认为如果我不在这里的话，他们就会远离这里吧。”

“不是，不是那样的。”

“那么究竟是怎么回事？”

雅各布弯下腰去抄起另一块石头。他在手指间把玩着石头，低声开口说话的时候，眼睛一直紧紧地盯着一块黑色的石头：“当山姆看见……刚开始你那个样子的时候，当比利告诉他们因为你一直没有好转，查理是多么担心的时候，接着你又开始悬崖跳水……”

我扮了个鬼脸，没人打算让我忘记那件事。

雅各布的目光突然转到我身上：“他以为你是这个世界上和他一样有理由憎恨卡伦家族的人。你让他们回到你的生活中，就好像他们从来不曾伤害过你一样，这让山姆感到有些……背叛。”

起初我不相信山姆是唯一一个这么认为的人，而我现在说话的口吻中的尖刻意味是针对他们俩的：“你可以告诉山姆直接去——”

“看那里——”雅各布打断我，指着一只从难以置信的高度向大海俯冲下来的鹰。最后一刻它控制住自己，只有它的爪子划过海平面，就一瞬间的事情。接着它就拍打着翅膀飞走了，它的翅膀拉得笔直以承受它刚刚从海里捕起来的那条大鱼。

“你在哪里都能看见它，”雅各布说，他的声音突然变得很遥远，“自然有其自身的轨迹——猎人和猎物，还有无尽的生死轮回。”

我不明白这番关于自然的演讲目的何在，我猜他只是想换个话题。不过就在那时他低头看着我，眼中充满黑色幽默。

“然而，你没看见那条鱼想去亲吻那只鹰，你永远都看不到**那一幕**。”他嘲弄地大笑着说。

我紧张地冲他笑了笑，尽管口中还有挖苦的意味：“或许那条鱼也在尝试呢，”我暗示道，“很难说清楚鱼在想什么。雄鹰看起来很漂亮，你知道。”

“归根到底是为什么呢？”他的声音突然变得更加尖刻起来，“好看的外表？”

“别傻了，雅各布。”

“那么是为钱啰？”他紧追不舍。

“你真是会说，”我从树上站了起来，低声咕哝说道，“你对我评价如此之高，你真是抬举我了。”我转身背对着他，快速地跑开了。

“啊，别生气。”他立即跟在我身后喊道，他抓住我的手腕，使我转过身来，“我是认真的！我努力想弄明白这是怎么回事，我完全想不通。”

他的眉毛生气地紧蹙在一起，两眼在深深的黑眼圈下变得更加黝黑。

“我爱**他**，不是因为他很好看，也不是因为他很**有钱**！”我对着雅各布吼道，“我宁愿他两样都没有。这样才会让我们俩之间的差距小一些，哪怕只有一点点——因为即便如此，他也是我所遇见的最可爱、最慷慨、最聪明、最**正派**的人。我当然爱他，这有那么难以理解吗？”

“这根本就不可能让人理解。”

“那么，雅各布，就请你点明难在哪里了。”我让语气中的讽刺意味更加浓厚了一些，“既然我显然做得不对，那么一个人爱上另一个人**需要**什么样的理由才算合理呢？”

“我想开始一段恋情最好应该是在你自己的族类中寻找，通常那样才可以。”

“好吧，那样只会更糟糕！”我打断他，“如果我说得没错的话，毕竟我还是被迈克·牛顿追求过。”

雅各布后退一步，咬住嘴唇。我能看见我的话伤害了他，但是我太生气了，根本顾不上这些。他放开我的手腕，双臂环抱在胸口，转身背对着我，愤怒地望着海洋。

“我是人。”他低声说道，声音小得几乎听不见。

“你不是像迈克那样的人类，”我无情地继续说，“你仍然认为那是最重要的考量吗？”

“这不是一回事，”雅各布的眼神没有从灰色的海浪上移开，“这不是我自己选择的。”

我立刻难以置信地大笑起来：“你认为爱德华是自己选择的？他根本不知道发生在自己身上的事情，就和你一样，他实际上并不是自己要加入的。”

雅各布来回地摇着头，幅度虽小，速度却很快。

“你知道，雅各布，你简直太自以为是了——认为自己是狼人就了不起了。”

“这不一样。”雅各布愤怒地盯着我，重复说道。

“我不明白为什么不一样，你可以**稍微**了解一下卡伦一家。你根本不知道他们真的很善良——彻头彻尾的，雅各布。”

他的眉头皱得更紧了：“他们不应该存在，他们的存在违背了自然法则。”

我挑起眉毛盯着他看了很久，简直不敢相信他所说的话，过了好久他才注意到。

“什么？”

“谈到不符合自然……”我暗示道。

“贝拉，”他说道，说话的声音很慢，也不一样，有些苍老，我意识到他的声音听起来突然比我老了起来——就好像家长或老师一样，“我之所以成为我是与生俱来的，部分取决于我自己，部分取决于我的家族，部分取决于我的部落——这就是我们还在这里的原因。”

“除此之外，”他俯首看着我，黑眼睛变得深不可测，“我仍然**是**人。”

他拉起我的手，把它按在他那像高烧般滚烫的胸脯上，透过他的T恤衫，我能感觉到那颗心在我的掌心下稳稳地跳动着。

“正常的人类不能像你那样乱扔摩托车。”

他做了个似笑非笑的表情：“贝拉，正常的人类见到恶魔会跑得远远的，而且我从来没有说我很正常。只是人类而已。”

一直生雅各布的气是很费劲儿的事，我把手从他的胸脯上抽回来的时候就开始笑了起来。“你对我而言似乎太像人类了，”我承认道，“就眼下而言。”

“我感觉起来就是人类。”他的眼神穿过我凝视着远方，神情飘忽到遥远的地方。他的下嘴唇颤抖了，他用力地咬着它。

“噢，杰克。”我轻声低语道，伸手去拉他的手。

这就是我在这里的原因，这就是我回去后会接受任何待遇的原因。因为，在所有的愤怒与讽刺背后，雅各布很受伤。现在，这一切都清楚地呈现在他的眼中。我不知道如何帮助他，但是我知道我得试一试。这不仅仅是因为我欠他的，还因为他的痛苦也令我很受伤。雅各布已经成为我生命的一部分，即使是现在，这一点也没有改变。

烙　印

“你还好吗，杰克？查理说你很痛苦……你好一些了吗？”

他用一只温暖的手握着我的手。“没那么糟糕。”他说，但是他不愿意看着我的眼睛。

他慢慢朝那块浮木长凳走回去，眼睛盯着那些五彩斑斓的鹅卵石，把我拉到他身边。我又坐回到我们的树上，但是他坐在一片潮湿的岩石地面上，没有坐在我旁边。我不知道，是不是这样可以更好地掩饰他的表情。他还是握着我的手。

我开始喋喋不休地来填补这片沉默的空白。“我上次来这里是很久很久以前。我很可能错过了许许多多的事情。山姆和艾米莉过得怎么样？还有安布里。奎尔他……”我话只说了一半就打住了，想起来雅各布的朋友奎尔一直以来都是个非常敏感的话题。

“啊，奎尔。”雅各布叹气道。

那样的事情肯定发生了——奎尔一定已经加入那个团体了。

“我很抱歉。”我低声说道。

令我惊讶的是，雅各布哼着鼻子说道：“别对**他**说这些。”

“你是什么意思？”

“奎尔不想得到别人的同情。正好相反——他精神抖擞得很，完全是兴奋不已呢。”

我根本听不懂他在说什么，其他的狼人都因为他们的朋友和他们的命运一样而悲伤不已：“嗯？”

雅各布歪过头看着我，他微笑起来，转动眼睛说道：“奎尔觉得这是发生在他身上最酷的事情，部分原因在于知道这究竟是怎么回事了，而且朋友们失而复得这令他非常兴奋——成为‘群内’的一分子，”雅各布又哼着鼻子继续说，“不该感到惊讶的，我猜，这才是**奎尔**啊！”

“他很**喜欢**这样？”

“老实说……他们大多数人都很喜欢。”雅各布不疾不徐地说道，“这样绝对有好的一面——速度、自由、力量……还有**家**一般的——归属感……山姆和我是真正感到很伤心的两个，而且山姆很早以前就经历过这一切了，而我现在则是那个软弱、爱哭的小孩。”雅各布自我解嘲地大笑起来。

有那么多我想知道的事情：“为什么你和山姆不一样呢？在山姆身上到底发生了什么事？他遇到什么问题了？”我一个接一个地抛出这些问题，根本容不得人家来回答，不过雅各布又大笑起来了：“说来话长。”

“我给你讲了个长长的故事，此外，我也不急着回去。”我说道，当想到可能会遇到的麻烦时我做了个鬼脸。

他敏捷地抬头看了看我，听出我话中有话：“他会生你的气吗？”

“是的，”我承认道，“他很不喜欢我做那些他认为……很冒险的事情。”

“比如和狼人们一起玩？”

“是的。”

雅各布耸了耸肩：“那么就别回去了，我睡在沙发上。”

“那倒是个不错的主意，”我嘟囔着说，“因为那样的话他就会来找我了。”

雅各布僵在那里，接着沮丧地笑着说：“他会来吗？”

“如果他担心我受伤了，或者诸如此类的——那是很可能的。”

“我的点子向来就不赖。”

“求你了，杰克，这真的让我很为难。”

“什么让你为难？”

“你们两个人随时准备杀死对方！”我抱怨道，“这使我快疯了，为什么你们两个就不能彼此彬彬有礼一些呢？”

“他真的准备好杀死我吗？”雅各布脸色凝重地笑着问道，对我的愤怒漠不关心。

“和你想象的不一样！”我意识到我在大声叫嚷，“至少，在这一点上**他**是个大人的样子。他知道伤害你会伤害到我，所以他永远都不会，而你根本对此毫不在意！”

“是的，对，”雅各布低声说道，“我确信他倒是个爱好和平的人。”

“哈！”我把手从他的手中抽了回来，推开他的头。接着我把膝盖抱在胸口，双臂紧紧地环抱着它们。

我气愤地盯着地平线，心中满腔怒火。

雅各布沉默了几分钟。最后，他终于从地上站了起来，坐在我身旁，然后把胳膊搭在我肩上。我用力地把它抖落了。

“对不起，”他平静地说道，“我会努力克制自己的。”

我没有回答。

“你还想听听有关山姆的消息吗？”他主动提议道。

我耸了耸肩，不置可否。

“和我说的一样，说来话长，而且非常……奇怪。这种新生活中充满如此多的奇奇怪怪的事情，我给你讲的还不到一半。这件发生在山姆身上的事情——哦，我不知道我能否准确地说明白。”

尽管我很恼火，但他的话还是激起了我的好奇心。

“我在听。”我硬生生地说道。

从眼角我看见他的脸上展开一抹微笑：“山姆所经历的要比我们其他人困难得多。因为他是第一个，而且他是独自一人，没有一个人能听他倾诉发生在他身上的事情。山姆的祖父在他出生之前就已经去世了，而他的父亲从来就没出现过，他身边没有人认出这些迹象。第一次发生这样的事情时——第一次他改变的时候——他以为他发疯了，他花了两个星期的时间平静下来后才变回来。

“这是在你来福克斯之前，所以你不会知道。山姆的母亲和里尔·克里尔沃特请护林员和警察帮忙寻找他，人们都以为发生了什么事故或类似的事情……”

“里尔？”我问道，心中一惊。里尔是哈里的女儿。听见她的名字，一股同情之情油然而生。哈里·克里尔沃特是查理的至交，在刚过去的这个春天里因为心脏病突发逝世了。

他的声音有些变化，变得更加沉重了：“是的，里尔和山姆在高中时就是一对恋人。他们在她还刚上高一的时候就开始约会了，山姆失踪后她都快发疯了。”

“但是他和艾米莉——”

“我就要讲到这里了——是这个故事的一部分。”他说道。他慢慢地吸了一口气，接着猛地呼出来。

我以为山姆在艾米莉之前不曾爱上其他人，这个想法有些愚蠢。大多数人在一生中会恋爱、失恋很多次。只是因为我看见过山姆和艾米莉在一起的情景，我无法想象他和别人在一起的样子。他看着她的眼神……好吧，这让我想起有时候我在爱德华眼中看见的眼神——当他注视着我时。

“山姆回来了，”雅各布说，“但是他不愿意跟任何人谈起他去了哪里。流言飞语四起——大多数人都是说他肯定没干什么好事情。接着，一天下午老奎尔·阿提拉——奎尔的祖父来拜访乌利太太，山姆碰巧遇到他。山姆和他握手，老奎尔差点儿没心脏病发作。”雅各布停下来，大笑起来。

“为什么？”

雅各布把手放在我的脸颊上，把我的脸转过来看着他——他正向我倾身过来，脸离我只有几英寸远。他的手掌烫到我的皮肤，好像他发烧了一样。

“哦，好了。”我说道，我的脸离他的脸那么近，他的手在我的皮肤上灼烧，这让人感到不自在，“山姆的体温很高。”

雅各布又大笑起来：“山姆的手让他觉得好像在炉子上烤一样。”

他离我那么近，我能感觉到他温暖的气息。我漫不经心地伸出手，本想把他的手从我脸上推开，但是最后我还是让他和我十指交错以免伤害他的感情。他微笑着退了回去，没有被我试图冷漠的努力所欺骗。

“就这样，阿提拉先生径直去找其他的长老了，”雅各布继续说道，“现在只有他们仍然知道、记得这种事情了。阿提拉先生、比利和哈里实际上看见过他们的祖父们发生改变的情景。当老奎尔告诉他们这些时，他们秘密地会见了山姆，并给他解释了这一切。”

“他了解之后就更容易面对了——当他不再孤立无援之后。他们知道他不是唯一一个受到卡伦家族归来影响的人。”他说出这个名字的时候，声音里掺杂着无意识的苦涩，“但是，其他人都还没有达到这个年龄，所以山姆等着我们大家和他一起……”

“卡伦家族的人不知道，”我耳语般地说道，“他们根本不知道这里还有狼人，他们不知道他们来到这里会让你们发生改变。”

“但这并不能改变已经发生了的事实。”

“别提醒我认清你坏的一面。”

“你认为我应该像你一样宽容吗？我们不可能是圣人或殉道者。”

“成熟一点儿，雅各布。”

“我希望我能。”他平静地咕哝道。

我盯着他，想弄明白他的反应：“什么意思？”

雅各布轻声笑了起来：“我提到的那些奇怪的事情之一。”

“你……不能……长大成人啦？”我茫然地说道，“你是什么？不会……**变老**？是开玩笑的吗？”

“不是。”他的话音砰地落在字母P①上面。

我感觉到血液涌上我的脸颊，泪水——愤怒的泪水——充满了我的眼眶。我的牙齿紧紧地咬在一起，发出清晰可辨的摩擦声。

“贝拉？我说错什么了？”

我又站了起来，双手握成拳，整个人都在颤抖。

“你——不——会——变老。”我从牙缝里吼出这几个字。

雅各布温柔地拖住我的手，想让我坐下来：“我们谁都不会，你到底怎么啦？”

“我是那个唯一会变**老**的人啰？该死的，每天我都在变老！”我几乎尖叫起来，两只手在空气中挥舞，我体内的某个部分意识到这种挥舞拳头的方式非常像查理，但是我的理智已经为烦躁所淹没了，“**该**

---

① Nope，英文中表示“不”等否定之意，在这里指雅各布的话音落在了字母P上。

死！这究竟是什么样的世界？哪里才有**公正**？”

“放松点，贝拉。”

“闭嘴，雅各布，闭上你的嘴！这实在**太**不公平了！”

“你真的跺脚了吗？我以为只有在电视上女孩子们才那样呢！”

我咆哮着，声音不再那么明显。

“没有你想的那样糟糕。坐下来，我会解释给你听的。”

“我要站着！”

他转了转眼睛：“好吧，随你，但是听好了，我会变老的……总有一天。”

“说来听听。”

他拍了拍树，我瞪了他一会儿，还是坐了下去；我的脾气来得快去得也快，我平静下来之后意识到自己出了洋相。

“当我们足以控制自己，放弃之后……”雅各布说道，“当我们在相当长的一段时间内不再变异，我们又会变老。这并不容易。”他摇了摇头，突然有些怀疑，“要掌握那种自制力真的需要很长时间，我想，就连山姆都还没有达到那个境界。因为马路上有一大群吸血鬼根本无法令人克制。部落需要守护者之时我们根本没有想过要放弃，但是你真的没有必要为此判若两人啊，因为不管怎么样，我已经比你老了，至少在身体上是这样。”

“你在说什么？”

“看着我，贝儿，我看起来像十六岁吗？”

我上下打量着他那猛犸一样的身躯，努力不要有偏见：“不太像，我猜。”

“完全不像。因为在狼人基因被激活后的几个月内，我身体内部就已经完全长成熟了，这简直就是飞速成长。”他扮了个鬼脸，“身体上，我可能已经有二十五岁左右了。因此，你没有必要为此大惊失色，你对我而言要显得太老至少还有七年的时间呢。”

二十五岁左右。这个念头在我脑海里搅和，但是我记得那种飞速成长——我记得他在我眼前突然长高、长大。我记得他每天都不一样……我摇摇头，感到一阵眩晕。

“那么，你想听山姆的故事，还是想再为我没法控制的事情冲我尖叫呢？”

我深吸了一口气，说道：“对不起，年龄对我来说是个敏感话题，这触动了我的神经。”

雅各布的眼睛变得紧张起来，看起来他好像是在斟酌该如何措辞。

由于我不想谈论这件的确很敏感的事情——我将来的计划，或者是上述计划有可能会打破的条约，我提示他说：“那么一旦山姆了解了发生的事情，一旦他有比利、哈里和阿提拉先生在他身边，你说过事情就没那么艰难了。那么，你也说过，也有很酷的地方……”我略微迟疑了一下，“为什么山姆那么恨他们？为什么他希望我恨他们？”

雅各布叹了叹气：“这才是最奇怪的地方。”

“我倒是认为奇怪的事情还不错呢。”

“是啊，我知道，”他露齿一笑，而后继续娓娓道来，“实际上你是对的。山姆知道正在发生的事情，一切差不多都很顺利。在绝大多数地方，他的生活变得，呃，不正常了，但是更好了。”接着雅各布的表情变得紧张起来，好像有什么痛苦的事情就要发生了一样，“山姆没法告诉里尔。我们不应该告诉不必知道此事的任何人，而且他待在她身边对她也不安全——但是他撒了谎，就像我对你一样。里尔因为他不肯告诉她发生了什么事而勃然大怒——他去过哪里，他晚上去哪里了，为什么他总是如此筋疲力尽——但是他们还是努力解决这些矛盾。他们一直在努力，他们真的很爱对方。”

“她发现了吗？这就是发生的事情吗？”

他摇了摇头：“没有，这不是问题所在，她的表妹艾米莉·杨有个周末从马卡保留地南下来看望她。”

我惊诧地问道：“艾米莉是里尔的表妹？”

“远房表妹，不过她们很亲近，小时候她们就像亲姐妹一样。”

“那……很可怕，山姆怎么能……”我摇着头，话音逐渐变得小了。

“现在别妄加评论，有没有人曾经告诉过你……你听说过**烙印**的事情吗？”

“烙印？”我重复着这个不熟悉的词语，“没有，是什么意思？”

“这是我们必须面对的稀奇古怪的事情之一，并不是每个人都会有这样的经历。实际上，这种例外也很少见，不是一般的规律。山姆那个时候已经听说了所有的事情，那些我们过去一直以为是传说的事情，他也听说过烙印，但是他从来没想过……”

“这到底是什么？”我追问道。

雅各布的眼睛又望向了海洋：“山姆的确很爱里尔，但是当他见到艾米莉时，这一点已经不重要了。有时候……我们并不确切地知道为什么……我们是那样遇见自己的伴侣的。”他的视线迅速飘回到我身上，脸涨得通红，“我的意思是……我们的精神伴侣。”

“什么方式？一见钟情？”我窃笑道。

雅各布没有笑，他的黑眼睛流露出对我的反应的批评：“这比那来得更强烈一些，更加绝对。”

“对不起，”我低声说道，“你是认真的，对不对？”

“是的，我是认真的。”

“一见钟情？但是更强烈？”我还是带着怀疑的语气问，他能听出来。

“要解释清楚并非易事，不管怎么样，也没什么关系。”他冷漠地耸了耸肩，“你只是想知道在山姆身上发生了什么事，他因为吸血鬼的存在而发生改变，这使他憎恨他们，这就是所发生的事情。他伤了里尔的心，他背弃了他曾经对她许下的所有诺言，每天他都得面对她眼中的责备，而且知道她完全有理由这么做。”

他突然停下不说话了，好像他所说的并不是他想要表达的那样。

“艾米莉又如何面对此事呢？如果她和里尔如此亲密的话……”山姆和艾米莉在一起倒是**天生一对**，就好像拼图的两块，形状完全吻合。不过……艾米莉又是如何克服他曾经属于别人的事实的呢？而那个别人差不多就是她的姐姐。

“刚开始的时候，她真的很生气，但是真的很难抗拒这种程度的承诺和爱慕。”雅各布叹气道，“接着，山姆能够向她坦白一切，当你找到另一半的时候就没有什么条条框框可以束缚你了。你知道她是怎么受伤的吗？”

“是的。”福克斯流传的故事说她遭到一只熊的袭击，但是我知道其中的秘密。

狼人情绪不稳定，爱德华说过，**靠近他们的人会受伤**。

“啊，令人感到够奇怪的是，他们差不多就是这样解决问题的，山姆太害怕，因为自己感到难过不已，他对自己所做的一切满心憎恨……他宁愿自己被车轧死，如果那样会让她好受一点儿的话。不过他本可以用任何方法逃避他所做的一切。他吓坏了……接着，不知怎的，**她**成了那个安慰他的人，在那之后……”

雅各布没有说完他的思绪，我感觉到故事到这里开始带有太个人的东西，因而不能说了。

“可怜的艾米莉，”我轻声说道，“可怜的山姆，可怜的里尔……”

“是啊，里尔是最痛苦的那个，”他也认同我的想法，“她故作坚强，打算做伴娘。”

我凝视着远方那些突兀嶙峋的礁石，它们像断裂的手指一样高耸出海港南边的海平面，我想理出头绪。我能感觉到他的眼睛注视着我的脸，等待着我开口说话。

“这种事发生在你身上了吗？”我最后终于问道，眼睛仍然看着别处，“这种一见钟情的事情？”

“没有，”他轻快地回答道，“只有山姆和杰莱德。”

“哦。”我说道，努力只表现出礼貌性的兴趣。我很放心了，试图在内心解释自己的反应。觉得我高兴只是因为我俩之间没有那种神秘的、和狼人有关的联系。我们的关系现在已经混乱了，我没有必要再面对一些超自然的东西。

他也安静下来，这种沉默有些尴尬，直觉告诉我，我不想听见他在想的事情。

“杰莱德的事情是怎么发生的？”我开口问道，以打破沉默。

“没什么戏剧化。只是一个他一年来每天都坐在她旁边的女孩，他从来不会多看她一眼。接着就在他发生改变后，他再次看见她，从此他的眼神再也没有离开过。琪姆兴奋不已，沉醉其中。她一直迷恋着他，在她的日记里，她把他的姓放在她名字后面。”他嘲笑地大笑起来。

我皱了皱眉头："杰莱德对你说的这些吗？他本不应该告诉你的。"

雅各布咬住嘴唇，说道："我猜我不该笑的，不过，这的确很有意思。"

"某个精神伴侣。"

他叹了口气："杰莱德并不是故意告诉我们的，我已经告诉过你这部分的，还记得吗？"

"噢，是的，你们能听见彼此的思想，但是只是当你们变成狼的时候，对吗？"

"是的，就和你的吸血鬼一样。"他气愤地说道。

"爱德华。"我纠正他道。

"当然啦，当然啦，这就是我究竟是如何了解山姆的感觉的。如果他有选择的话，他大概不会告诉我们所有的一切。实际上，这是我们所有人都讨厌的事情。"他语气中的恨意突然变得更加犀利了，"这很讨厌，没有隐私，没有秘密。你感到耻辱的一切事情都摆在别人面前，一目了然。"他颤抖着说。

"听起来很恐怖。"我轻声说道。

"有时候，在我们需要通力协作的时候，这**也很有**帮助。"他不情愿地说道，"很久以前，有一次当有吸血鬼越界跑到我们的领地上，劳伦特让我们很开心。如果卡伦家族上个星期六没有挡住我们的道儿的话……哈！"他呻吟着说，"我们本来可以抓住她的！"他的拳头因为生气紧紧地握成了一团。

我退缩了，我为贾斯帕或埃美特可能受伤已经够担心的了，但这种担心根本无法与想到雅各布要对抗维多利亚时使我感觉到的恐慌程度相提并论。埃美特和贾斯帕是我能够想象到的最坚不可摧的人了，雅各布还是温暖的，相比之下他还是人类，会死亡。我想到雅各布面对维多利亚，她那鲜艳的头发飞扬在她那猫一般的脸孔上……我感到一阵战栗。

雅各布表情好奇地仰视着我的脸："不过，难道这不是你一直所处的状态吗？你的头脑里一直有**他**？"

“噢，不，爱德华从来都没法进入我的头脑，这只是他的希望而已。”

雅各布露出迷惑不解的表情。

“他听不见我的思想，”我解释道，我的声音在旧习惯的驱使下变得有些沾沾自喜，“对他而言，我是唯一的例外，我们不知道**为什么**他不能。”

“真奇怪。”雅各布说。

“是的，”我的沾沾自喜渐渐消失了，“这可能意味着我的大脑有些问题。”我承认道。

“我已经知道你的脑子有问题了。”雅各布咕哝道。

“真是多谢啊！”

太阳突然从乌云中蹦了出来，这倒是意外的惊喜，水面上波光粼粼，我不得不眯起眼睛。周遭所有的一切都改变了颜色——海浪从灰色变成了蓝色，树木从深橄榄色变成了明亮的碧玉色，彩虹般绚烂的鹅卵石像珠宝一样熠熠生辉。

我们斜视了一会儿，调节一下眼睛。这里只有海浪发出的低沉的咆哮声在避风港四周回荡，海水拍打使石头互相摩擦发出轻柔的碾动的声音，以及海鸥在高空盘旋发出的叫声。这里非常宁静。

雅各布坐得离我更近了，他差不多斜靠在我的胳膊上，他是那么温暖。过了一会儿，我抖落身上的风雨夹克，他在喉咙深处发出一丝心满意足的声音，把脸靠在我的头上。我能感觉到太阳晒热了我的皮肤——还以为这不会有雅各布那么温暖——我懒散地想到要过多久我才会晒伤。

我心不在焉地把右手扭到身体侧面，注视着在阳光下发出淡淡的光芒的伤疤，那是詹姆斯留下的。

“你在想什么？”他轻轻地问道。

“太阳。”

“嗯，真好。”

“你在想什么？”我问道。

他自顾自地哧哧笑了起来：“我想起你带我去看的那部白痴电影，

迈克·牛顿差不多什么都吐出来了。”

我也大笑起来，很惊讶时间是如何改变我们的记忆的。以前这一直是令人压抑，令人迷惑的。那夜之后许多事情都变了……而现在我能大笑了。那是在雅各布知道自己传承的真相之前他和我一起度过的最后一个夜晚，最后一个人类记忆。现在回忆起来，却变得不可思议地令人愉悦了。

“我想念那一切，”雅各布说道，“以前我们相处是那么容易……一点儿也不复杂，我很开心我的记忆不错。”他叹了口气。

当他的话激起我的记忆时，我的身体突然紧张起来，他也感觉到了。

“怎么啦？”他问道。

“和你那不错的记忆有关……”我离他稍远一些以便看清他的脸，一时间，有些令人迷惑不解，“你介意告诉我星期一早上你做了什么吗？你想的东西令爱德华心烦意乱。”**心烦意乱**不足以确切地描述那时的情景，但是我想要个答案，所以我想最好不要一开始就把事情讲得那么严重。

雅各布的脸露出豁然开朗的表情，他大笑起来：“我只是想着你，他不是很喜欢这样，是不是？”

“**我**？关于我什么的？”

雅各布大笑着，这会儿声音更加尖刻了：“我想起山姆那天夜里发现你的时候的样子——我在他的大脑里看见了这一切，就好像我身临其境一样；你知道，那个记忆一直困扰着山姆。接着我记起第一次你到我家来的时候的样子，我敢打赌你根本没意识到那个时候你的状态简直一团糟，贝拉，过了好几个星期你看起来才有点人样。我也记得你总是双臂环抱在胸前，努力使自己振作一点儿的样子……”雅各布不自觉地退缩了，接着他摇了摇头，“对我而言很难记清楚你到底有多么伤心，这不是**我的**错。所以我猜这对他而言更难，而且我想他应该看一看他所做的一切。”

我拍打着他的肩膀，手都打疼了：“雅各布·布莱克，再也不要干这样的事情了！答应我你不会了。”

“没门儿。几个月来我可没做过比这更有意思的事情了。”

“那么就当帮帮我，杰克——”

“嗨，得了吧，贝拉。我什么时候会再见到他？别担心。”

我站了起来，正准备走开的时候，他一把抓住我的手，我想挣脱他：

“我要走了，雅各布。”

“不要，现在别走，”他反对道，他的手紧紧地握着我的，“对不起，而且……好吧，我再也不做了。我保证。”

我叹气道：“谢谢，杰克。”

“走吧，我们回我家去吧。”他迫不及待地说。

“实际上，我想我真的要回去了。安吉拉·韦伯在等我，我知道爱丽丝担心我，我不想让她太着急。”

“但是你才刚刚来这里。”

“我也这么觉得。”我有同感。我抬头看着刺眼的太阳，不知不觉已经红日当头了，时间怎么过得这么快啊？

他的眉头紧蹙：“我不知道什么时候才能再见到你。”他带着很受伤的语气说道。

“下回他不在的时候我会回来的。”我冲动地允诺道。

“**不在**？”雅各布眼睛骨碌碌地转了转，说道，“这可是美化了他在做的事情，恶心的寄生虫！”

“如果你做不到友善的话，我再也不会回来了！”我威胁他，想抽出我的手，但他紧抓着我的手不放。

“哟，别生气啊，”他说着，还露齿一笑，“不过是条件反射嘛。”

“如果想我再回来的话，你得弄明白某些事，怎么样？”

他等待着。

“瞧，”我解释道，“我不在乎谁是吸血鬼，谁是狼人，这些都不重要。你是雅各布，而他是爱德华，我是贝拉，其他的一切都无关紧要。”

他眼睛略眯着，言不由衷地说：“但是我**是**狼人，而他**是**吸血鬼。”说后面一句话时，他的语气里明显充满着厌恶。

“我还是处女座呢！”我愤怒地大叫道。

他挑起眉毛，用好奇的眼神忖度着我的表情，最后，他耸了耸肩。

“如果真的能这样看待这件事……”

“我能，我真的能。”

“好吧，只是贝拉和雅各布，别再提什么奇怪的处女座了。”他笑着对我说，那是我非常怀念的温暖的熟悉的微笑啊，我感觉到回应的微笑在我的脸庞上荡漾开来。

“我真的很想念你，杰克。”我冲动地坦白道。

“我也是，”他的笑容更灿烂了，清澈明亮的眼睛洋溢着快乐，不再充斥着愤怒的挖苦，“比你知道的还要想你，你很快就会回来吗？”

“我尽快。”我答应他。

瑞士

开车回家的时候，我没太注意潮湿的公路在阳光下散发出微光。我在想雅各布告诉我的海量信息，想把它们梳理清楚，使它们之间相互关联、合乎逻辑。尽管信息超载，我的心情却轻松了许多。看见雅各布微笑，充分讨论我们之间的诸多秘密……虽然这不能使一切变得完美无缺，却使其向好的方向发展了。我这么做是正确的，雅各布需要我。很明显，当我斜睨着耀眼的阳光时，我想根本没有危险。

不知何故，刚刚除了观后镜中明亮的高速公路以外，什么也没有，一会儿一辆在阳光中闪闪发光的银色沃尔沃汽车跟在我后面。

“噢，糟糕！”我悲哀地说道。

我想开到路边停下来，但是我做贼心虚，现在根本无法面对他。我计算着准备的时间……查理在的话就可以缓冲一下了。至少那样会迫使他压低音量，不至于显得那么怒不可遏。

沃尔沃在我车后不过几英寸远，我的眼睛一直盯着前方的路。

我慢慢地失去勇气，径直把车开向安吉拉家里，不敢正视观后镜里炙热的凝视，我感觉到它几乎要在镜子上烧出一个洞了。

他一直跟着我开到韦伯家门口的马路边，他没有停下来，他开过去的时候我也没有抬头看一眼，我不想看见他脸上的表情。他一消失在我眼前，我就跑向通往安吉拉家的那条短短的水泥路。

本在我停止敲门之前就给我开门了，好像他一直等在门后似的。

“嘿，贝拉！”他喊道，有些惊讶。

“嗨，本，安吉拉在吗？”我不知道安吉拉是否忘记了我们的计划，想到有可能要早回家就感到害怕不已。

“当然在啦，”本说的时候安吉拉正好喊道，“贝拉！”她出现在楼梯顶上。

本眯着眼睛看了看我周围，因为我们都听见路上有车在鸣笛；这个声音没有让我感到害怕——发动机突突地熄火了，接着是逆火时嘭的一声响起，和沃尔沃的呜呜声一点儿也不像，这肯定是本一直在等待的访客。

“奥斯汀到了。”安吉拉来到他身边时，本说。

街上响起一声鸣笛。

“待会儿见！”本允诺道，“我已经开始想你了。”

他一把抱住安吉拉的脖子，把她的脸拉低以便他能热情地拥吻她。这样过了一会儿，奥斯汀又鸣笛了。

“拜拜，安！爱你！”本从我身边冲过去的时候喊道。

安吉拉转过身体，面若桃花，然后恢复过来后一直向本挥手，直到他和奥斯汀消失在眼前。接着她转身面对着我，哀伤地朝我笑了笑。

“谢谢你为我做这些，贝拉！”她说道，“发自我内心的。你不仅仅使我的双手免于永久性的伤害，还使我免于观看长达两个小时的毫无情节、混音糟糕至极的功夫片。”她如释重负地松了口气。

“很高兴为你效劳。”我不再感到那么惶恐不安，能够更加均匀地呼吸了。这里感觉是那么平常，安吉拉轻松的人间喜剧奇怪地让人觉得心里舒坦，知道生活在**某些地方**还是正常的真好。

我跟着安吉拉上楼来到她的房间。她边走边用脚踢开散在地上的玩具，房间里不同寻常的安静。

“你的家人去哪里了？”

“我父母带着双胞胎到天使港参加生日晚会去了，我不敢相信你真的来帮我做这些了，本假装得了肌腱炎。”她做了个鬼脸。

“我一点儿也不在意。”我说道，接着走进安吉拉的卧室，看见一堆堆的信封等着我们。

“哦！”我惊呼道，安吉拉转过身看着我，眼里流露出抱歉的神情。我终于明白她为什么迟迟不肯做这件事，为什么本躲开了。

“我还以为你是夸大其词的呢！”我承认道。

“但愿如此，你确信要帮我吗？”

“让我干活吧，我今天一整天都有空。”

安吉拉把一堆信笺对半分开，然后把她妈妈的地址簿摊开放在我和她之间的书桌上。不一会儿我们就聚精会神地干活了，房间里静寂一片，除了笔在纸上划过时发出的轻轻的沙沙声。

“今天晚上爱德华做什么？”几分钟后她问我。

我的笔戳穿了我正在写的信封：“埃美特这个周末在家，他们应该去徒步旅行。”

“听你说话的语气好像不太确定嘛。”

我耸了耸肩。

“你真幸运，爱德华有兄弟可以一起徒步宿营。我不知道如果本没有奥斯汀一起做做男孩子们喜欢做的事情的话，我该怎么办。”

“是的，户外活动不太适合我，而且我根本不可能跟上他们。”

安吉拉大笑起来：“我个人倒是更喜欢室内活动。”

她不一会儿又专心地写她那堆信封了。我又写完了四个地址，安吉拉从来不为了填补空白而毫无意义地瞎聊。和查理一样，默默无语令她怡然自得。

但是，和查理一样，她有时候又明察秋毫。

“出了什么问题吗？”现在她低声地问道，“你好像……很焦虑。”

我窘迫地笑道：“有那么明显吗？”

“并没有。”

她很可能是在说谎，从而让我感到好过一些。

“如果你不想说的话，就不要说。”她安慰我说，“如果你觉得这对你有帮助的话，我愿意听。”

我正准备说“谢谢，不必，谢谢”，毕竟我有太多秘密不得不守口如瓶。我真的不能与某个人类谈论我遇到的问题，这是违背原则的。

然而，一阵奇怪的紧张突如其来，那正是我所想要的，我想要和正常的人类女性朋友说说话，我想要抱怨片刻，就像其他少女一样。

我想让我的问题只是那么简单，让一个完全不属于吸血鬼－狼人世界的某个人——某个没有偏见的人——正确地判断问题也很不错。

“我会管好我自己的事情的。”安吉拉一边允诺，一边低头笑着看她正在写的地址。

“没事，”我说道，“你是对的，我是很焦虑，都是因为……因为爱德华。”

“出了什么事？”

和安吉拉说心里话就是这么简单。她问诸如此类的问题时，我能保证她不是因为病态的好奇心驱使，也不像杰西卡那样想要说三道四。她只是担心我难过了。

“哦，他在生我的气。”

“那倒是很难想象，”她说道，“他为什么生气呢？”

我叹了口气：“你还记得雅各布·布莱克吗？”

“啊。”她说道。

“是的。”

“他嫉妒了。”

“不，不是**嫉妒**……”我本应该闭嘴的，根本无法把此事解释清楚，但是我也不知道为什么就是想一直说话，我没有意识到我是那么如饥似渴地想要和人类谈话，“爱德华认为雅各布……对我有不良影响，我猜。有一点儿……危险。你知道几个月前我经历了多少麻烦事……尽管一切都很荒谬。”

我惊讶地看着安吉拉摇头。

“什么？”我问。

“贝拉，我看见过雅各布·布莱克看着你的模样，我敢打赌真正的问题是嫉妒。”

“雅各布不会那样。”

“对你而言或许是，但是对雅各布……”

我皱了皱眉：“雅各布知道我对他的感觉，我跟他坦白了一切。”

“爱德华只是人，贝拉，他的反应会与其他男生一样的。”

我扮了个鬼脸，对此没有作答。

她拍了拍我的手："他会克服的。"

"希望如此，杰克正难受着呢，他需要我。"

"你和雅各布关系很亲密，对吗？"

"就像家人一样。"我认可道。

"而爱德华不喜欢他……你一定很为难。不知道本会如何处理这样的事情。"她打趣着说。

我半笑着说："可能和其他男生一样吧。"

她露齿一笑说道："可能吧。"

接着她改变了话题。安吉拉不是个爱打听的人，她似乎感觉到我不会——不能——再多说什么了。

"我昨天收到宿舍分配通知了，离校园最远的一幢楼，这是再自然不过的了。"

"本知道他住在哪里了吗？"

"离校园最近的宿舍，他一直都很幸运。你呢？你决定到哪儿上学了吗？"

我低着头紧紧盯着我潦草笨拙的字迹。有一会儿，我的注意力转移到安吉拉和本上华盛顿大学[①]的念头上去了。他们再过几个月就要去西雅图了，那时候那里会安全吗？那里年轻狂野且危险的吸血鬼会转移到其他地方去吗？到那时还会有其他的地方，其他的城市在犹如恐怖电影般的新闻头条上让人望而生畏吗？

那些新的新闻头条会是**我的**错吗？

---

① 华盛顿大学（University of Washington），简称UW，是一所四年制公立大学，成立于1861年，被《美国新闻与世界报道》评为一级国家级大学，全美学术排名（Academic Reputation Ranking）第26位，《纽约时报大学指南》则给予四颗星学术评分。华盛顿大学在诸多学术领域，比如医学、植物学、环保、社会学、计算机与网络通信技术和人类基因领域都有很强的实力，其中最突出的是医学。华盛顿大学位于太平洋岸边的华盛顿州，是美国最西北边的一个州。华盛顿州最大的城市是西雅图，那里有迷人的海景和夜景。西雅图是个港口城市，位于太平洋航线及欧洲往来贸易的海陆交通中心，加上西雅图拥有美国西北区最大、最繁忙的国际机场，因而成为美国太平洋西北部的商业、文化及先进的科技中心。

我想把它挤出脑外，过了一会儿才回答她的问题：“阿拉斯加，我想，在朱诺的那所大学。”

我能听见她声音中的惊诧：“阿拉斯加？哦，真的吗？我的意思是，那棒极了，我还以为你会去个……温和点的地方呢。”

我大笑了几声，仍然盯着信封：“是啊，福克斯真的改变了我的人生观。”

“爱德华呢？”

尽管他的名字使我胃里涌起一阵难受，我还是抬起头看着她笑道：“阿拉斯加对爱德华而言也不会太冷。”

她也冲我一笑，“当然不。”接着她叹息道，“那么远，你不会经常回家了，我会想念你的，你会给我发邮件吗？”

一阵静静的悲伤向我袭来，或许现在和安吉拉太亲近是个错误，但是如果错过这些最后的机会会不会更加悲哀呢？我抖落这些不愉快的念头，这样我就能打趣着回答她了：“要是在做好这些之后我还能打字的话。”我朝着我已经写完的一摞信封点点头。

我们大笑起来，这时一切都变得轻松起来，我们一边开心地谈论上课、专业，一边完成剩余的信封——我所要做的就是不去想它。不管怎么样，今天我有更加紧急的事情需要担忧。

我也帮她贴上邮票，我害怕离开。

“你的手怎么样？”她问道。

我弯了弯手指头：“我想哪天它的功能会完全恢复的……”

楼下发出嘭嘭的敲门声，我们不约而同地抬起头。

“安？”本喊道。

我想笑，但是我的嘴唇在颤抖：“我想那是暗示我该离开了。”

“你不必走的，不过他很可能打算给我描述那部电影……详详细细的。”

“查理会担心我到哪里去了。”

“谢谢你帮我忙。”

“我玩得很开心，真的。我们应该再做做这样的事情，过一段女孩时光真的很美好。”

“当然啦。”

卧室的门上传来一下轻轻的敲门声。

“进来，本。”安吉拉说。

我站了起来，舒展了一下手脚。

“嘿，贝拉！你还活着。”本迅速地和我打了个招呼，走过来把我从安吉拉坐的位置旁边挤开，他看着我们的劳动成果说道，“干得不赖，真糟糕没留下什么活儿让我来做，我本来……”他故意迷糊起来，接着又兴奋地开口说道，“安，我简直不敢相信你没看这部电影！棒极了，最后一幕武打场景——武术设计简直难以置信！有个家伙——哦，你要自己看了才知道我在说什么——”

安吉拉朝我转了转眼珠。

“学校见。”我局促地大笑着说。

她叹着气说：“再见。”

朝卡车走去的路上我一直战战兢兢的，但是街上空无一人。一路上我焦躁不安，在车上所有的观后镜里看来看去，不过没有发现银色汽车的踪迹。

他的车也没停在我家门前，尽管这一点并没什么意义。

“贝拉？”我打开前门的时候查理叫道。

“嘿，爸爸。”

我看见他在起居室，坐在电视机前。

“嗯，你今天过得怎么样？”

“好极了，”我说，不妨告诉他一切——他不久就会从比利那里得知的，此外，这也会让他开心，“他们不需要我上班，所以我去了拉普西。”

他脸上没有出现很惊讶的表情，比利已经跟他说过了。

“雅各布怎么样？”查理问，他努力使语气显得很无所谓。

“很好。”我漫不经心地说道。

“你去过韦伯家了？”

“是的，我们写完了所有的信封地址。”

“那很好，”查理开怀一笑，由于正在播放比赛，他的专注显得有些古怪，“我很开心今天你和你的朋友们聚了一聚。”

“我也是。”

我缓步走到厨房，想找些事情让自己忙起来。很不幸的是，查理已经洗好了他午餐时用过的盘子。我在那里站了几分钟，凝视着明亮的阳光照射在地面上的斑纹，但是我知道我没法永远不去面对此事。

“我去学习了。”朝楼梯走去的时候我闷闷不乐地告诉他。

“待会儿见。”查理在我身后喊道。

要是我能幸免于难的话，我独自思忖着。

在我转身面对卧室之前，我小心翼翼地关上门。

当然他已经在那里等我了，他靠着我对面的墙站在敞开的窗户边的阴影里。他脸庞坚硬，姿势紧绷，一言不发地盯着我。

我畏缩不已，等待着暴风雨的来临，但是并没有发生。他只是继续愤怒地盯着我，很可能气得说不出话来了。

“嗨。”最后我开口说道。

他的脸原本可能是用石头雕刻出来的，我在脑海中数到一百，但是他的脸色没有发生任何改变。

“呃……那个，我还活着。”我首先开口了。

一阵低沉的咆哮在他的胸腔里隆隆作响，但是他的表情还是没有改变。

“没有发生什么伤害。”我耸了耸肩继续说道。

他动了动，双眼紧闭，用右手的手指头捏了捏鼻梁。“贝拉，”他轻声说道，“你知不知道今天我差一点点就要越过那条界线了？差一点违背协约去找你？你知道那会意味着什么吗？”

我大吃一惊，他的眼睛睁开了，它们犹如黑夜一样冰冷而坚硬。

“你不能！”我说话的声音太响了，我努力控制我的音量，这样查理就听不见，但是我想吼出这些话，“爱德华，他们会利用一切借口打起仗来的，他们喜欢那么做，你想都别想违背协定！”

“或许他们不是唯一喜欢打架的人。”

“你千万别挑起事端，”我打断他，“你们缔结了协定——你得遵守。”

“要是他伤害到你——”

“够了！”我没等他说完，“没什么好担心的，雅各布一点儿也不危险。”

“贝拉，”他眼珠子转动着说，“你无法准确地判断什么危险，什么不危险。”

“我知道我不必担心杰克，而且你也不用担心。”

他紧紧地咬住牙齿，双手握拳放在身侧，他仍然靠着墙站着，我讨厌我俩之间的距离。

我深吸一口气，走到房间那头，我双臂拥抱着他的时候他还是没有动。旁边就是从窗口涌进来的午后温暖的阳光，他的皮肤却显得特别的冰冷。他似乎也像冰一样，僵硬地站在那里。

“我很抱歉使你担心。”我喃喃地说。

他叹了口气，放松了一点儿，用双臂环抱着我的腰。“**担心**有些太轻描淡写了，”他含糊地说道，“今天好漫长。”

“你不该知道的，”我提醒他，“我以为你要多花点时间狩猎。”

我仰望着他的脸，看着他那防御的眼神。我之前太紧张没有注意到这一点，但是他的双眸太黑了，眼睛下面的一圈呈深紫色。我皱了皱眉头以示我的不悦。

“当爱丽丝看见你消失的时候，我就回来了。”他解释道。

“你不应该那样做的，现在你又得走了。”我的眉头皱得更紧了。

“我可以等。”

“那样太荒唐了，我的意思是我知道我和雅各布在一起的时候她看不见，但是你应该知道……”

“但是我不知道，”他没等我说完，“而且你也不能期望我让你——”

“噢，不，我能，”我打断他，“那正是我所期望——”

“这样的事情不会再发生了。”

“对极了！因为下次你不会反应过激了。”

“不会再有下一次。”

“我理解当你不得不离开的时候，即使我不喜欢这样——”

“那不一样，我没有冒生命危险。”

“我也没有。”

“狼人会带来危险。”

“我不同意。”

“我并不是在为此跟你谈判，贝拉。”

“我也没有。”

他的双手又握成了拳，它们就在我的背上，我能感觉到。

我想也没想就冒出这样的话来：“这真的只是关乎我的安全吗？”

“你是什么意思？”他追问道。

“你不是……”安吉拉的理论现在比之前显得更加愚蠢了，很难把这种想法说出口，“我的意思是，你很清醒，不至于会嫉妒，对吧？”

他挑起眉毛，反问道：“我真的很清楚吗？”

“严肃一点儿。”

“毫无疑问——这一点没什么幽默可言。”

我满腹狐疑地皱着眉头：“或者……这和其他一切都有关？某种吸血鬼与狼人是夙敌的无稽之谈？还是性激素被激发起来的……”

他的眼睛突然冒起火来：“这**只**是因为你，我所在乎的就是你的安全。”

他眼中的黑色火焰让人无法怀疑。

“好吧，”我叹着气说，“我相信这一点，但是我想要你知道这一点——讨论到这种**夙敌**之类的无稽之谈，我不参与其中。我当中立国，我是瑞士，我拒绝受到神秘生物之间的领土纠纷的影响。雅各布是家人，你是……好吧，并不完全是我一生中的最爱，因为我期望爱你的时间比我的一生更久远，你是我存在中的最爱。我不在乎谁是狼人，谁是吸血鬼，如果安吉拉变成了巫婆，她也可以加入。”

他眯着眼睛默不作声地盯着我。

“瑞士。”我重复着强调。

他对我皱着眉头，然后叹气道：“贝拉……”他欲言又止，不过停顿片刻之后，他的鼻子因为厌恶而皱了起来。

“现在又怎么啦？”

“好吧……不要觉得我冒犯你了，不过你身上有狗的气味。”他告诉我。

接着他又狡黠地笑了起来，我知道吵架结束了，到此为止。

爱德华得补上他错过的那次狩猎之旅，所以他星期五晚上与贾斯帕、埃美特、卡莱尔一起动身到北加利福尼亚州[1]的某个保护区解决一头美洲狮。

我们在狼人这一问题上没有达成共识，但是我不会因为给杰克打电话而感到内疚——我抓住爱德华把沃尔沃汽车开回家，然后再从窗户爬进来的片刻机会，给雅各布打了电话，让他知道我星期六会再过去，这不是偷偷地溜出去。爱德华知道我的感觉，而且如果他要是再弄坏我的卡车，我就叫雅各布来接我。福克斯是中立的，就像瑞士一样——就像我一样。

因此星期四我下班后，是爱丽丝而不是爱德华在沃尔沃汽车里面等我，起初我并没有起疑心。乘客座的门敞开着，车里播放着一支我不知道的曲子，声音低沉，车窗也颤动起来。

“嘿，爱丽丝，”我爬进车的时候在哀怨的音乐声中喊道，“你哥哥去哪里了？”

她正跟着音乐唱歌，声音比旋律高了八度，两种声音交织在一起奏出的音乐复杂而和谐。她对我点了点头，由于全神贯注地在唱歌她没注意到我的问题。

我关上门，双手捂住耳朵。她露齿一笑，把音量调低使其成为背景音乐，接着她同时拧开钥匙和踩下油门。

“发生了什么事？”我问，开始感到有些不对劲儿，“爱德华呢？”

---

① 北加利福尼亚州（Northern California），位于美国加利福尼亚州北部，覆盖旧金山湾地区（San Francisco Bay Area）和加州首府萨克拉门托（Sacramento）以及美丽的天然红杉林，北加利福尼亚沿海，内华达山脉（the Sierra Nevada），约塞米蒂山谷（Yosemite Valley）和太浩湖（Lake Tahoe），喀斯喀特山脉（the Cascade Range）中第二高的山峰——夏士达山（Mount Shasta）以及中央谷（the Central Valley）。美国土著人可能早在一万九千年前就来到北加利福尼亚，陆陆续续的移民使该地区成为在哥伦布之前的北美人口密度最高的地区。

她耸耸肩：“他们动身很早。”

“哦。”我努力控制住自己荒唐的失望之感。如果他动身很早的话，那就意味着他会早一些回来，我提醒自己。

“所有的男生都走了，我们可以开睡衣晚会[①]！”她大声说道，声音有些颤抖且单调。

“睡衣晚会？”我重复道，怀疑最终渐渐地涌上心头。

“难道你不兴奋吗？”她咯咯地笑起来。

我盯着她那生机盎然的眼神看了好久。

“你在绑架我，对吧？”

她大笑起来，点点头：“直到星期六，埃斯梅已经跟查理说好了，你和我在一起过两夜，我明天会开车接送你上下学。”

我把脸转向车窗，把牙齿咬得紧紧的。

“对不起，”爱丽丝说道，声音里没有一丝悔过的语气，“他付给我报酬了。”

“怎么付的？”我从牙缝中挤出来。

“那辆保时捷，和我在意大利偷的那辆一模一样。”她兴高采烈地叹气道，“他们认为我不应该在福克斯开这样的车，不过如果你想的话，我们可以看看开上它从这里到洛杉矶要多久——我敢打赌午夜之前我一定能带你回来。”

我深深地吸了一口气：“我想我会克服的。”我叹了口气，控制住一阵战栗。

我们沿着长长的车道蜿蜒盘旋，车速总是很快。爱丽丝把车停在车库里，我迅速地看了一下周围的车辆。埃美特的大吉普车还在，在他的车和罗莎莉的红色敞篷车之间停着一辆淡黄色的保时捷。

爱丽丝优雅地跳了出来，走过去用手轻轻地抚摸她得到的贿赂物：“很漂亮，是不是？”

“漂亮得过头了，”我嘟囔着说，有些不敢相信，“就为了让我当

---

① 睡衣晚会（Slumber party），十几岁的女孩子们于晚间聚集在一个朋友家里，穿着睡衣一直聊天，玩到天亮。

两天人质，他就给了你**这个**？”

爱丽丝扮了个鬼脸。

过了一会儿，我恍然大悟，因为恐惧喘着气大叫道：“他买这个给你是因为每次他不在都让你这么做，对不对？”

她点了点头。

我砰的一声关上车门，跺着脚朝房子走去。她则在我身边又蹦又跳，还是毫无悔过之意。

“爱丽丝，难道你不认为这有些太专断了吗？或许，还有些精神错乱？”

“并不是，”她嗤之以鼻，“你似乎并不理解年轻的狼人有多么危险。特别是当我不能预见他们的时候，爱德华无法知道你是否安全，你不应该这么粗心大意。”

我的音调变得酸溜溜的：“是的，因为吸血鬼的睡衣晚会是安全意识至高的行为。”

爱丽丝大笑起来。“我会给你修脚，修指甲，等等。”她答应我。

那倒不坏，除了我是被迫的。埃斯梅买回来意大利食品——这可是好东西，她赶到天使港买的——而爱丽丝也准备了我最喜欢的电影。就连罗莎莉在家，也静静地待在幕后。爱丽丝的确要求给我修脚，但是我怀疑她安排的这些活动是不是从某个目录上找来的，或许她编辑了某些东西来避免看糟糕透顶的情景剧。

“你想熬夜到多晚？”当我的脚指头闪烁着血红色时她问我，她的热情根本不受我的情绪影响。

“我不想熬夜，我早上还要上学呢。”

她噘起嘴巴。

“那么，我应该睡在哪里呢？”我用眼睛打量着睡椅，有些短，“难道你不能在我家里监视我吗？”

“那还像什么睡衣晚会啊？”爱丽丝恼怒地摇着头，“你睡在爱德华的房间。”

我叹了口气，他的黑色皮沙发**的确**要比这个长一些。实际上，他房间里的金色地毯很可能也够厚，足以使睡在地板上的难受滋味减少一半。

“至少，能让我回家拿些东西吗？”

她笑了起来，露出牙齿：“已经办好了。”

“我能用你的电话吗？”

“查理知道你在哪里。”

“我不打算打给查理，”我皱起眉头，“很显然，我要取消一些计划。”

“噢，”她斟酌道，“我对此不确定。”

“爱丽丝！”我大声地呜咽道，“好不好嘛？”

“好的，好的，”她说道，飞也似的离开了房间，不到半秒钟又回来了，手里拿着手机。“他并没有**特意**禁止这……”她递给我的时候自言自语地说道。

我拨通了雅各布的电话，希望他今天晚上没有和朋友们出去巡逻。幸运眷顾于我——是雅各布接的电话：“喂？”

“嘿，杰克，是我。”爱丽丝毫无表情地看了我一会儿，然后转身朝沙发走去，坐在罗莎莉和埃斯梅之间。

“嗨，贝拉，”雅各布说道，突然间变得谨慎起来，“有事吗？”

“没什么好事，我星期六没办法去了。”

沉默了片刻。“愚蠢的吸血鬼，”他最后嘟哝道，“我以为他不在。难道他不在的时候你就不能过自己的生活吗？或者他把你锁在棺材里了？”

我大笑起来。

“我可不认为这很好笑。”

“我笑只是因为你已经猜得接近了，”我告诉他，“但是他星期六才回来，所以没关系。”

“那么，他会在福克斯进食啰？”雅各布尖刻地反问。

“不是，”我不想让自己被他惹烦了，我的愤怒并不比他少，“他动身很早。”

“噢，好吧。嘿，那么，现在过来，”他突然热情地说道，“现在没那么晚，或者我来查理家。”

“我也希望这样，但是我不在查理家，”我酸溜溜地说，“从某种程度上来说，我被囚禁了。”

他逐渐领会到我的意思之后沉默了，接着他咆哮道：“我们会过来接你的。”他干巴巴地说道，自然而然地用了复数“我们”。

我脊背上一阵战栗，但是我语气轻松，打趣地回答道：“很有诱惑力啊，我一直饱受折磨——爱丽丝给我涂了脚指甲油。”

“我是认真的。”

“不要这样，他们只是想要保护我。”

他又咆哮起来。

“我知道这很傻，但是他们用心良苦，出发点是好的。”

“他们的心！”他挖苦说。

“星期六的事情真抱歉，”我道歉道，“我要睡了。”睡椅，我在心里纠正道，“不过我很快就会再给你打电话的。”

“你确定他们会让你打吗？”他语气严厉地问道。

“并不完全确定，”我叹了叹气，“晚安，杰克。”

“回见。”

爱丽丝突然来到我身边，伸出手要电话，但是我已经开始拨号了，她看见了我拨的电话号码。

“我认为他不会把手机带在身上。”她说。

“我会给他留言的。”

电话铃响了四下，接着是嘟嘟的声音。没有接电话的声音。

“你有麻烦了，”我慢条斯理地说，强调每个词，“大大的麻烦。生气的大灰熊们会很驯服地出现在你家门口，等着你呢。”

我啪的一声关掉手机，把它放在爱丽丝伸过来的手里：“我打完了。”

她露齿一笑：“这种人质游戏倒是很好玩。”

“我现在打算睡觉了。”我大声说道，径直朝楼梯走去。爱丽丝紧随其后。

“爱丽丝，”我叹了口气，“我不会溜出去的，要是我这么计划你会知道的，要是我企图这么做，你也会抓住我的。”

“我只是打算告诉你，你的东西在哪里。”她满脸无辜地说。

爱德华的房间在三楼走廊的尽头，哪怕对这座大房子不像现在这么熟悉，也很难弄错。但是当我打开灯，我迷惑不解地停在那里，我走错了房间吗？

爱丽丝咯咯地笑了起来。

这是同一个房间，我很快就认出来了，不过这些家具是重新摆放的。睡椅靠在北面的墙上，立体声音响顶着巨大的 CD 架——以留出空间摆放那张巨大无比的床，它占据了房间的中央。

南面的玻璃墙像镜子一样反射着房间的样子，使其看起来令人不舒服的感觉增加了一倍。

不过一切都很协调。床罩是淡金色的，比墙壁的颜色要浅一些，床框是黑色的，由锻铁制成，上面镶嵌着精美绝伦的图案。雕刻的金属玫瑰像葡萄藤一样绕着高高的床柱攀爬上去，形成一个像亭子一样的格子华盖。我的睡衣整齐地叠在一起放在床脚，化妆包放在另一侧。

“这一切到底是怎么回事？”我语无伦次地问道。

“你不是真的以为他会让你睡在睡椅上，对吧？”

我含混不清地咕哝着，僵硬地走过去一把从床上拉下我的东西。

“我回避一下，”爱丽丝大笑起来，“明天早上见。”

刷完牙，换好睡衣之后，我从大床上抓过一个蓬松的皮枕头，把金色的床罩拖到睡椅上。我知道我现在很傻，但是我才不在乎。用保时捷贿赂，家里没人会睡在上面的超大号床——这简直让人烦躁透顶。我关掉灯，蜷缩在睡椅里，不知道我是否会太恼火而不能入睡。

在黑暗中，玻璃墙不再是黑色的镜子，令房间有两个那么大了。月光照亮了窗外的云朵，等我眼睛适应过来，就看见散播开来的光照亮了树梢，河面上波光粼粼。我注视着这银色的光，等待着我的眼皮沉重起来。

一个轻轻的敲门声响了起来。

“什么事，爱丽丝？”我嘘声问道。我采取防御的态度，想象着当她看见我凑合着躺在这张“床”上感到好笑的样子。

“是我，”罗莎莉轻轻地说道，她把门推开到足够大，我已经能看见银色的光芒在她完美无瑕的脸上闪耀，“我能进来吗？”

不幸的结局

罗莎莉在门口犹豫了片刻，她美艳绝伦的脸上流露出不确定的表情。

“当然可以，”我回答道，音量因为惊讶提高了八度，“请进。”

我坐起身来，挪到睡椅的另一端给她腾地方。我的胃紧张得一阵痉挛，因为这个不喜欢我的卡伦家的人默默地朝我走过来，在空位上坐了下来。我努力想要弄明白她为什么想要见我，但是我的大脑一片空白。

“你介意和我说一会儿话吗？”她问道，“我没吵醒你或打扰你吧，有没有？”她的眼睛在扯掉床罩的床上和我的睡椅之间来回扫视了一下。

“没有，我本来就醒着，当然，我们可以说会儿话。”我不知道她是否能像我听得那么清楚一样听见我声音中的警觉。

她轻声地大笑起来，听起来像银铃在合奏。“他让你一个人独处的时候稀罕得很，”她说，“我猜我会最好最大限度地利用这个机会。”

她有些什么不能当着爱德华的面说呢？我的手在床罩边缘揉来揉去。

“请别觉得我讨厌至极，令人害怕，”罗莎莉说，她的声音很温柔，几乎是在祈求，她双手交叉放在膝盖上，说话的时候低着头看着它们，“我肯定过去没少伤害你的感情，而我不想再这样做了。”

“别担心，罗莎莉。我感觉很好，怎么啦？”

她又笑了起来，听起来尴尬得有些奇怪：“我想要告诉你为什么我觉得你应该继续做人类——要是我是你的话，为什么我会继续做人类。”

“哦。”

她因为我震惊的语气微微一笑，接着又叹气。

“爱德华有没有告诉你什么导致这样的结果？”她问，用手指向自己光彩照人，永生不死的身体。

我慢慢地点了点头，突然忧郁起来：“他说和我上次在天使港遇到的事情很相似，只是当时没有人来救你。”想起那一幕就令我心惊胆战。

“他真的就告诉你这些吗？”她问道。

“是的，”我说，语调由于迷惑不解显得苍白而空洞，“还有更多吗？”

她抬头看着我，微笑起来。这个表情严厉而刻薄，但是仍然美得令人赞叹。

“是的，”她说，“还多着呢。”

她望着窗外时，我等待着她娓娓道来，她似乎正努力使自己平静下来。

“你想听听我的故事吗，贝拉？没有皆大欢喜的结局，但是我们当中谁又有呢？如果我们的结局都很圆满，我们大家现在都会在坟墓里了。”

我点点头，尽管她尖锐的语气令人害怕。

“我曾经生活在一个不同于你现在所生活的世界，贝拉，那时候的人类世界比现在简单得多。那是在一九三三年，我十八岁，而且长得很漂亮，我的生活十全十美。”

她凝视着窗外银色的云团，思绪飘向遥远的地方。

“我的父母是彻头彻尾的中产阶级，我父亲在银行有份稳定的工作，还有我现在才意识到他引以为傲的事——他把自己的富裕生活当成是对天赋与辛勤工作的回报，而不是承认其中也有运气的成分。那时候我也认为理所当然。在我家好像大萧条[1]只不过是令人烦恼的流言飞语一样。当然我也看见过穷苦的人们，那些不是那么幸运的人。我的父亲让我觉得他们的麻烦是自找的。

“我母亲的工作就是操持家务——照顾我和两个弟弟——使房屋一尘不染，一切井然有序。显然我不仅是她最优先考虑的对象，也是她最喜欢的。那时候我并不完全明白，但是我一直模糊地意识到我的父母对他们已经拥有的并不满足，哪怕他们已经比大多数人拥有的都要多得多。他们还想要更多，他们的社交野心——想方设法挤进上流社会的人，我猜你会这样称呼他们。我的美丽对他们像是一种恩赐，他们认为美丽具有更多的潜力，比我看见的要多得多。

“他们毫不满足，但是**我**很心满意足。成为我自己——成为罗莎莉·黑尔令我感到兴奋不已。男人们的目光追随着我的步伐，从我十二岁那年就开始这样了，我为此感到高兴万分。当我的女性朋友们触碰一下我的头发都要发出嫉妒的叹息的时候，我也会感到欣喜。我母亲为我感到自豪，我父亲喜欢给我买漂亮的衣服，这都让我备感快乐。

“我知道我想要什么，似乎也没什么阻止我得到我想要的东西。我想要被人宠爱，被人爱慕。我想要有一场盛大的、到处都是鲜花的婚礼，镇上所有人都注视着我挽扶着父亲的胳膊走在红毯上，认为我是他们见过的最美丽的新娘。羡慕对我而言就像空气一样，贝拉。我很愚蠢，也很肤浅，但是我很满足。”她微笑着，被对自己的评判逗乐了。

---

① 大萧条（Great Depression），经济大萧条（1929—1933），1929年10月29日是美国历史上最黑暗的一天，“黑色星期二”是股票市场崩盘的日子，经济大萧条也正式开始。失业率攀升到最高点，1933年，有四分之一的劳工失业，许多人因此无家可归。赫伯特·胡佛（Hebert Hoover）总统企图控制危机，但是却无能为力。1933年，富兰克林·德雷诺·罗斯福（Franklin Delano Roosevelt）当选美国总统，并采取新政措施（New Deal）以解决美国的经济危机。国会（Congress）也配合通过设立工作改进组织（Works Progress Administration，WPA）负责为美国人民提供工作机会。许多人认为美国走出经济危机的阴影得益于罗斯福新政，实际上，美国真正摆脱经济危机是从1945年参加第二次世界大战开始的。

“我父母对我的影响如此之大，我只想要富足的物质生活。我想要一座大房子，里面摆放着典雅的家具，由别人来整理打扫，有一个现代化的厨房，由别人为我们烹饪。正如我所言，我很肤浅。年轻，而且非常肤浅，我找不到任何我得不到这些东西的理由。

“我还想要几样更有意义的东西，特别是其中一个。我最亲密的朋友是一个名叫维拉的女孩，她很早就结婚了，当时只有十七岁。她嫁给了一个我父母绝对不会考虑的男人—— 一个木匠。一年后她生了一个儿子，一个漂亮的小男孩，有一对酒窝，长着一头乌黑的鬈发。在我的整个人生中，这是第一次我真的嫉妒别人。”

她抬着头用那双深不可测的眼睛看着我：“那个时候和现在不一样。我和你现在一样大，但是我已经对生活中的一切做好了准备。我渴望有个自己的小孩，我想要自己的房子，想要有个下班回来就亲吻我的丈夫——就和维拉一样，只是我心中的房子和他们的不一样……”

对我而言想象罗莎莉所熟悉的世界很难。她的故事对我而言更像童话，而不是真实的世界。但我微微吃惊地意识到这很接近爱德华还是人类的时候所经历的那个世界，那个他出生成长的世界。我不知道——当罗莎莉默默地坐在这里的时候——我的世界对他而言是否会像罗莎莉的世界对我而言那样令人迷惑不解？

罗莎莉叹了口气，她再次开口说话的时候语气有些不同，其中的渴望消失不见了。

“在罗切斯特[1] 有个皇室家族——金氏家族，尽管听起来很讽刺。

---

① 罗切斯特（Rochester），是纽约州（New York）第三大城市，在纽约州的西部，是全世界的摄影中心，是美国最大的光学产品的生产基地，在绘画艺术、电子设备和精密仪器等方面在国际上都享有盛誉；罗切斯特是全美第四大出口城市，市内还有许多文化景点，如国际摄影术博物馆、罗切斯特科学博物中心等。是柯达（Kodak）及施乐（Xerox）公司所在地，拥有以科技为基础的强大经济背景，也是全美前十名的出口城市。大多数本地的工业、企业等都与学校有着很紧密的合作关系。该地区是全美国人均收入最高的城市区域之一，在这里有很多国际知名的公司、企业。附近园林和娱乐设施包括尼加拉瓜瀑布（Niagara Falls）、爱丽运河（Erie Canal）、莱奇沃思州立公园（Letchworth State Park）等。

罗伊斯·金拥有我父亲效力的那家银行，以及镇上所有其他赚钱的产业。那就是他的儿子，罗伊斯·金二世——”说这个名字的时候她的嘴巴扭曲在一起，话从她的牙缝中挤了出来，“第一次见到我时的情形。他就要接管银行了，所以开始视察不同的职位。两天后，我妈妈故意忘记给我父亲带午餐便当。我还记得当时令我迷惑不解的是她坚持让我穿上白色的欧根纱[①]长裙，盘起头发送饭到银行去。”说到这里，罗莎莉毫不风趣地大笑起来。

“我并没有注意到罗伊斯注视我的眼神有什么特别之处。每个人都关注我，但是那天晚上，首先送来的是玫瑰花，每天晚上我们卿卿我我的时候，他都会送给我一束玫瑰。我的房间里到处都插着这样的花儿，我走出房间，身上几乎都要散发出玫瑰花的香味了。

“罗伊斯也很英俊，他的头发比我的要淡一些，有一双淡蓝色的眼睛。他说我的眼睛像紫罗兰，这样它们就在玫瑰丛中显得更加出众，更加超凡脱俗了。

“我父母同意了——这种说法还是很婉转的。这就是他们梦寐以求的一切，而罗伊斯似乎也拥有**我**所梦想的一切，童话中的王子的出现会使我变成王妃。这就是我想要的一切，然而这还是没有超出我所期望的，我们认识不到两个月就订婚了。

“我们两个人相处的时间并不长。罗伊斯告诉我他工作上的担子很重，而且，当我们在一起的时候，他喜欢别人看着我们，看着我挽着他的胳膊，我也喜欢那样的感觉。总是有很多晚宴、舞会，还有很多漂亮的衣服。当你是国王的时候，每扇门都向你敞开了，每一卷红地毯都铺开了迎接你。

“我们订婚的时间并不长。各种计划都是为了举办一场最盛大的婚礼，这也将成为我想要的一切，我完全沉浸在幸福之中。当我拜访维拉家的时候，我不再感到嫉妒。我在脑中想象着自己那些金发的孩

---

① 欧根纱（Organza），也叫柯根纱，欧亘纱，较名贵，轻盈而飘逸，透明或半透明的轻纱，多覆盖于缎布或丝绸上面。法国人设计的婚纱多用欧根纱为主要原料。

子在金氏家族那巨大的草坪上玩耍时的情景，我为此同情她。”

罗莎莉突然停了下来，咬紧牙齿。她的反应把我从她的故事中拉了出来，我意识到恐怖的事情就在不远处了。不会有皆大欢喜的结局，正如她先前所说的。我不知道是否这才是她比其他人心中有更多怨恨的原因——因为当她的人类生命戛然而止的时候，她离自己想要的一切已经触手可及了。

“那天晚上我在维拉家里，”罗莎莉轻声说着，她的脸庞像大理石一样光洁、坚硬，“她的小亨利真的很惹人喜爱，一直笑个不停，露出两个小酒窝——他刚刚学会坐。我走的时候维拉送我到门口，怀里抱着小孩，她丈夫手搂着她的腰站在她身边。当他以为我没注意的时候吻了她的脸颊，这令我心烦意乱。当罗伊斯吻我的时候，这种感觉不一样——不知道为什么不是这么甜蜜……我没理会这种想法。罗伊斯是我的王子，某天，我会成为王后。”

在月光下很难说清楚，但是她的白皙的脸变得更加苍白了。

“街上很黑，路灯已经亮了起来，我没有意识到已经这么晚了。”她用几乎听不见的声音继续娓娓道来，“也很冷，对四月底来说那是非常冷的。我们的婚礼就在一个星期之后，我急匆匆地赶回家的时候一直担心天气变化——我清清楚楚地记得这一点。我记得那晚的所有细节。我光注意这一点了……刚开始的时候，我从没想过其他的事情。我也记得这一点，当如此多美好的回忆完全黯然褪色的时候……”

她叹息着，又开始低声诉说起来：“是的，我很担心天气变化……我不想婚礼挪到室内……

“当我听见他们的声音的时候离我家只有几条街了。一群男人站在一根坏了的街灯下，笑声雷动，醉醺醺的。我真希望我叫父亲来接我回家，但是离家的路那么近，好像太傻了。接着他叫了我的名字。

“‘罗斯！’他大叫着，其他人愚蠢地大笑着。

“我没意识到这群酒鬼穿得那么好。那是罗伊斯和他的一些朋友，那些有钱人的儿子。

“‘这是我的罗斯！’罗伊斯大叫着和他们一起狂笑，听起来一样愚蠢，‘你迟到了，我们很冷，你让我们等了那么久。’

“我从来没见他喝醉过。他只是偶尔在晚宴上喝杯酒。他告诉我他不喜欢香槟，我没意识到他原来喜欢烈酒。

“他交了个新朋友——一个朋友的朋友，从亚特兰大[①]来。

“‘我跟你说过什么，约翰？’罗伊斯吹嘘道，一把抓住我的胳膊把我拉到他身边，‘她比你们佐治亚州[②]的漂亮妞儿们好看吧？’

“叫约翰的那个人是黑头发，皮肤晒得黝黑，他打量着我，就像我是他要买的马一样。

---

① 亚特兰大（Atlanta），是美国佐治亚州（Georgia）的首府，也是美国东南方的商业、工业及金融中心。亚特兰大有着交错的快速道路（Expressway）及工业区，但还是保留着高贵的南方气息。市内茂盛的树木及绿地让市容充满了绿意，所以亚特兰大又被称为“树城”（City of Trees）。亚特兰大在1837年时是一个铁路测量工人在松树林中的一个地标，几年后此地急速地发展成为重要的铁路和工业中心，后来在南北战争中又成为南方军队（Confederate）的军火库。亚特兰大在1864年南北战争期间在威廉·雪曼将军（Gen.William Tecumseh Sherman）的占领下被焚毁。从那时开始，亚特兰大用了一百多年的时间重新建立成为新南方的首都，浴火重生后的亚特兰大成为新一代的世界大城。亚特兰大举办了1996年的奥林匹克运动会、1994年的超级杯美式足球赛（Super Bowl XXVIII）及1988年的美国民主党全国代表大会。亚特兰大是现代商业世界的重镇，有上百家包括可口可乐（Coca Cola）、达美航空（Delta Airlines）、联邦快递（UPS）、假日酒店（Holiday Inn）及南方贝尔等大公司的总部设在这里，其中可口可乐公司于1886年在亚特兰大成立。亚特兰大是一个会议大城，也是美国公共卫生服务部（U.S.Public Health Service）东南部的总部所在地，国家疾病防预中心（Center for Disease Control，CDC）也设在这里。有三条洲际公路在此交会，也有美国第二忙碌的机场。

② 佐治亚州（Georgia），为纪念英王乔治二世（King George II of England）而得名。1733年成为第十三殖民地。1788年1月2日成为美国第四州。以“查拉几玫瑰花”（Cherokee Rose）为州花（查拉几是印第安人一个族名）。佐治亚州的别名是“桃州”（Peach State）。本州箴言为“智慧、公平、温和”（Wisdom，Justice and Moderation），州府是亚特兰大。佐治亚州的飞机工业很发达。佐治亚大学（University of Georgia）创建于1785年，在佐治亚州东北部雅典（Athens），学生两万多。设在中部美昆（Macon）的惠斯阳学院（Wesleyan College）是全世界首先颁给女性学位的女子学院。佐治亚州是美国密西西比河以东面积最大的州，同时也是独立之时十三个州中最偏南的一个州。佐治亚州也是美国花生和大核桃（Pecan）产量最丰富的州，还是美国首先使用轧棉机的州。

"'很难讲,'他慢腾腾地说道，一副懒洋洋的模样，'她裹得紧紧的。'

"他们都大笑起来，罗伊斯和其他人一样。

"突然，罗伊斯一把从我肩上撕下夹克——这是他送给我的礼物——砰的一声铜纽扣全部掉了下来，撒落在街上，满地都是。

"'让他看看你长得怎么样，罗斯！'他又大笑起来，接着把我头上的帽子撕破了。扎在我发根上的别针刺痛了我，我痛苦地大叫起来。他们似乎乐此不疲——听见我痛苦的声音……"

罗莎莉突然看着我，好像她忘记了我的存在一样。我确信我的脸和她的一样白，除非我的脸吓得变绿了。

"我不会逼你听接下来发生的事情的，"她平静地说道，"他们把我扔在街上，踉踉跄跄走开的时候仍然在得意扬扬地大笑。他们以为我死了，他们还讥笑罗伊斯说他得再找个新娘了，他哈哈大笑着说他得首先学会有耐心一点儿。"

"我躺在马路上等待着死亡的到来，天很冷，尽管我疼痛难忍，让我惊讶的是这种痛居然还能让我感到不舒服。开始下雪了，我不知道为什么我没有死，我急不可耐地等待着死亡快来结束我的痛苦。已经那么久了……

"就在那时，卡莱尔发现了我。他闻到血腥味，就过来查看了。我模模糊糊地记得他检查我的状况，想救我的时候让我有些烦躁不安。我一直都不喜欢卡伦医生、他的妻子及兄弟——那个时候爱德华假扮成他的弟弟。他们都比我漂亮，特别是这些男人也是这么好看，这令我非常不高兴。但是他们没有融入社会，不和人打交道，所以我只见过他们一两次。

"我以为我已经死了，当他把我从地上拉起来背着我一起跑的时候——因为他的速度——感觉就像我在飞一样。我记得我感到惊恐万状的是痛苦还没有停止……

"接着我来到一个明亮的房间，那里很温暖。我慢慢地奄奄一息了，我很感激痛苦开始变得越来越不明显了，但是突然某个尖锐的东西刺痛了我，我的喉咙，我的手腕，还有我的脚踝。我惊恐地尖叫起来，想他把我带到这里来是为了带给我更多的伤害。接着我全身像火一样燃烧起来，我已经对其他的一切都不在意了。我开始求他杀死我。当埃斯梅和爱德华回到家的时候，我也求他们杀死我。卡莱尔坐在我旁边，他握着我的手说他很抱歉，并且答应我就快结束了。他告诉了我一切，有时候我在听。他告诉我他的真实身份，还告诉我我在变成什么，我不相信他的话。每次我尖叫的时候他都会向我道歉。

“爱德华一点儿也不高兴。我记得他们在讨论我，有时候我会停止尖叫，尖叫根本不起作用。”

“‘你在想什么，卡莱尔？’爱德华说，‘罗莎莉·黑尔？’”罗莎莉学爱德华不耐烦的音调，模仿得惟妙惟肖，“我不喜欢他说我名字时的态度，就好像我有毛病一样。”

“‘我不能让她死，’卡莱尔平静地说，‘这太……太可怕，太可惜了。’

“‘我知道。’爱德华说，我想他的话听起来有些瞧不起人，这令我很生气。那时候我不知道他真的可以看见卡莱尔所看见的一切。

“‘是非常可惜，我不能让她那样留在那里。’卡莱尔轻声地重复道。

“‘你当然不能。’埃斯梅也同意道。

“‘人总是要死的，’爱德华生硬地提醒他，‘难道你不认为她太惹人注目了？金氏家族会到处寻找她的——没有人会怀疑谁才是真正的魔鬼的。’他咆哮道。

“令我开心的是他们似乎知道罗伊斯所犯下的罪行。我没有意识到这一切就要结束了——我正变得更加强壮，那也是我能够注意到他们在说什么的原因。疼痛开始从我的指甲缝中逐渐消失。

“‘我们该拿她怎么办？’爱德华厌烦地说——或者，至少在我听来是这样。

“卡莱尔叹着气说：‘那当然取决于她了，她或许希望按照自己的方式生活。’

“我已经足够相信他之前告诉我的话了，他这样说令我感到恐惧。我知道我的人生已经结束了，对我而言已经没有回头路。我无法忍受独自一人的想法……

“疼痛终于结束了，他们又向我解释了我是什么，这一次我相信了。我感觉到我的饥渴，我坚硬的皮肤；我看见我闪闪发光的红眼睛。”

“如我这么肤浅，当我第一次看见镜子里的自己时我感到好多了。尽管我的眼睛是红色的，但我是自己曾见过的最美丽的人。”她自我解嘲地笑了一会儿，“过了一段时间我才开始把发生在我身上的一切归咎于我的美丽——让我看清其中的诅咒。希望我以前……好吧，不是很丑，但是很正常，就像维拉一样。这样那时就有可能嫁给爱我的某个人，生几个漂亮的小孩子，那真的是我想要的一切，一直如此，到现在这都不算要求太多。”

她若有所思地过了片刻，我不知道是否她又忘记了我的存在。不过就在那时她对我微微一笑，表情突然变得兴高采烈起来。“你知道我的记录差不多和卡莱尔一样干净，”她告诉我，“比埃斯梅的都要好，比爱德华的要好一千倍，我从未尝过人类的血。”她骄傲地宣布道。

她明白了我脸上露出的迷惑不解的表情，因为我弄不清楚她的记录为什么只是“差不多”干净。

“我确实杀过五个人，”她沾沾自喜地告诉我，“如果你真的能把他们称为**人类**的话，但是我非常小心翼翼以免他们的血洒落出来——我知道我无法抗拒这种诱惑——而且我才不要他们身上的任何东西流淌在我身体**里**，你知道的。”

“我把罗伊斯留在了最后。我希望他听到了他的朋友们死亡的消息，而且清楚地了解、知道他将要面临的是什么。我希望恐惧会令他余下的生命更加糟糕，我想这一招奏效了。当我找到他的时候，他躲在一个没有窗户的房间里，外面有一扇像银行的拱顶一样厚的门，门口还守着全副武装的守卫。哎哟——杀了七个人，”她自我纠正道，“我忘了还有他的守卫。不过只用了几秒钟。”

“我的行为造作得极为引人注目，真的有些小孩子气。我穿着那件我在婚礼上要穿的婚纱，我偷来就是为了这次，他看见我的时候尖叫起来。那一夜他尖叫了很多次，把他留在最后是个好主意——这使我更容易控制自己，使这一切来得更加不疾不徐——”

她突然停顿下来，朝下瞟了我一眼。“我很抱歉，”她窘迫地说道，“我吓到你了，是不是？”

“我很好。”我撒谎说。

“我有些得意忘形了。”

“别担心。”

“我很惊讶爱德华没告诉你更多这样的事情。”

“他不喜欢谈论别人的故事——他觉得那样好像是泄露别人的秘密，因为他听见的内容比他们想要让他听见的要多得多。”

她微笑着摇摇头:“我或许应该赞扬他。他的确非常正派，不是吗？”

“我想是的。”

“我敢这么说。”接着她叹着气说，“我对你一直也不公平，贝拉。他有没有告诉你原因？或许那是太隐私的事情？”

“他说那是因为我是人类。他说对你而言，让你们圈子以外的人知道此事会让你不好受。”

罗莎莉悦耳的笑声打断了我:“现在我真的要感到内疚了。他真的对我非常非常友善，比我应得的要多得多。”她笑起来的时候似乎要温暖一些，就好像她放下了她以前在我面前从未放下过的警惕一样，“这个男孩子简直是个骗子！”她又大笑起来。

“他撒谎了？”我问道，突然变得机警起来。

“噢，这样说或许太言过其实了，他只不过没有告诉你事情的来龙去脉。他告诉你的是真的，现在甚至比以前更加真实。然而，那时候……”她停了下来，神经兮兮地咯咯地笑起来，“真的令人很难堪。你瞧，起初，我嫉妒多半是因为他喜欢你而不是我。”

她的话令我喉咙里一阵战栗。坐在银色的月光里，她比我能想象出的任何东西都美丽，我无法与罗莎莉媲美。

“但是你爱埃美特……”我小声咕哝道。

她来回地摇着头，好笑地说道:“我并不是想要爱德华那样对我，贝拉。我从来都没这么想过——我把他当哥哥一样来爱，但是从第一次我听见他说话起他就让我很不舒服。不过，你得了解——我那时太习惯别人喜欢我了。而爱德华对我毫无兴趣，这令我很挫败，刚开始的时候甚至令我非常不快。但是他从来没喜欢过任何人，因此这没让我烦恼多久。甚至当我们第一次在德纳利峰遇见坦尼娅家族时——那么多女性！爱德华从来没有表现出对谁情有独钟。后来他遇见了你。”她看着我，流露出迷惑不解的眼神。我并没有完全注意。我在想爱德华和坦尼娅，还有**所有的那些女性**。我闭紧嘴唇，绷成一条线。

“并不是你不漂亮，贝拉，”她说，对我的表情会错了意，“但是这意味着他觉得你比我更有吸引力。我太爱慕虚荣了，所以那时我很介意。”

“但是你说了‘起初’。这不再……令你烦恼了，是不是？我的意思是，我们都知道你是这个星球上最漂亮的人。”

我因为不得不说这些话大笑起来——这太明显了。罗莎莉需要这样的抚慰真的太奇怪了。

罗莎莉也大笑起来：“谢谢，贝拉。不，这不再令我烦恼。爱德华一直有些奇怪。”她又大笑起来。

“但是你还是不喜欢我。”我低语道。

她的微笑逐渐消失了：“对此我很抱歉。”

我们坐着沉默了一会儿，她似乎并不想继续说话。

“你会告诉我为什么吗？我做了什么……”她很生气我使她的家人——她的埃美特——身处险境吗？一次又一次。先是詹姆斯，现在又是维多利亚……

“没有，你没有做什么，”她低声说，“到目前为止还没有。”

我盯着她，一脸迷惑。

“难道你不明白吗，贝拉？”她的声音突然比之前更加激动了，甚至比她讲述自己不幸的结局时都要激动，“你已经拥有了**一切**。你还有整个人生就在你眼前——我所想要的一切，而你却打算把它**抛弃**。难道你不明白我宁愿用我所拥有的一切来换取你现在所拥有的吗？你有我没有的选择，而你却要做出**错误**的选择！”

她可怕的表情令我畏惧，我意识到我的嘴巴吓得张开了，我猛地闭上了嘴。

她凝视着我看了好久，慢慢地，她眼中的炽热渐渐隐退了，倏地一下她的脸红了。

“我之前很确定我能平静地说这些话呢。”她摇摇头，似乎因为刚才的情感喷发而有些眩晕，“只是现在比那时候更加困难，当不再虚荣之后。”

她默默地看着月亮。过了好久，我才有足够的勇气打断她的沉思：

“如果我选择继续当人类，你会更喜欢我一些吗？”

她的思绪又转回到我身上，双唇颤动着变成了一抹淡淡的微笑：“或许吧。”

“不过，你还是得到了一些幸福啊，”我提醒她，“你得到了埃美特。”

“我得到了一半，”她露齿一笑，“你知道我从一头正在抓伤他的熊爪下救回了他，然后把他带回家让卡莱尔救他，不过你能猜到为什么我会阻止熊吃掉他吗？”

我摇摇头。

“他有一头黑色的鬈发……还有一对酒窝，哪怕是在他痛苦地扭曲着脸的时候都会露出来……那种不相称的纯真，似乎在成年人的脸上显得极为不和谐……他使我想起维拉的小亨利，我不想他死——非常不想，尽管我憎恨这样的生活，我还是自私到让卡莱尔为我改变他。

“我比我应得的要幸运一些。埃美特就是我想要的一切，如果那个时候我足够了解自己，知道该要什么的话。而且，够奇怪的是，他也需要我，这方面发展得比我能够希望的还要好。但是除了彼此之外，我们不会拥有更多的人了。我再也不可能坐在某个地方的走廊上，他头发灰白地坐在我身边，子孙满堂，享受天伦之乐了。”

她的微笑现在很友善：“这听起来很超乎寻常，是不是？在某方面，你比我在十八岁的时候要成熟得多。但是在其他方面……有很多事情你很可能从未认真地考虑过。你太年轻了，不知道十年后，十五年后你想要什么——太年轻了因而能够不假思索地放弃一切。我不想你轻率行事，有些事一旦做了就没法回头了，贝拉。”她拍了拍我的头，但是这个动作感觉并不高傲。

我叹了口气。

“只要你稍微考虑一下，一旦这样做了，就没法回到从前了。埃斯梅努力把我们当成替代品……爱丽丝不记得她还是人类时的事情，所以她不会想念……不过，你会记得的，你要放弃许多。”

但是我会因此得到更多。我没有大声说出来。“谢谢，罗莎莉。真高兴能了解……更好地了解你。”

“我抱歉一直像个魔鬼一样，”她露齿一笑，“从现在开始我会注意自己的行为的。”

我也冲她露齿一笑。

我们虽然还不是朋友，但是我很确定她不会再那么讨厌我了。

“我现在要让你睡觉了，”罗莎莉的眼神一下飘到床上，她的嘴唇抽动了一下，“我知道他这样把你锁在这里让你有失败感，但是他回来的时候别让他为难。他爱你比你知道的还要深，不在你身边令他惶恐不安。”她默默地起身，像鬼魅一样悄无声息地移到门边。“晚安，贝拉。”她随手关上身后的门的时候轻声说道。

“晚安，罗莎莉。”我低声说道，不过已经晚了。

在那之后过了很久我才睡着。

当我真的睡着后，做了个噩梦。我爬过一条并不熟悉的街道，那里漆黑一片，路面上的石头冷冰冰的，雪花轻轻飘落，身后留下一条血迹，一个身穿白色长裙的天使像影子一样满眼憎恨地注视着我往前爬。

第二天早上，爱丽丝开车送我去学校的时候，我脾气暴躁地盯着挡风玻璃。我觉得自己睡眠不足，这使我因为囚禁而产生的烦躁更加强烈了。

“今天晚上我们要去奥林匹亚那边，”她答应我，“那会很好玩的，对不对？”

“为什么你不直接把我锁在地下室？”我建议，“少来冠冕堂皇的理由吧！”

爱丽丝皱着眉头：“他会把保时捷收回去的，我没做好工作，你应该玩得开心。”

“不是你的错，”我低声说道，我不能相信我实际上感到很内疚，“午餐的时候见。”

我拖着沉重的步伐去上英语课。没有爱德华在身边，一天铁定是非常难以忍受的。第一节课我心里一直不高兴，非常明白我的态度无济于事。

下课铃响的时候，我毫无兴致地站了起来。迈克就站在门口，为我打开门。

“这个周末爱德华去徒步了？”我们走出教室来到毛毛细雨之中时，他礼貌性地问道。

“是的。”

“今晚你想做什么？”

他怎么听起来还心存希望呢？

“不行，我已经安排睡衣晚会了。”我不满地说。他揣测我的心情的时候，奇怪地看了我一眼。

“你和谁——”

迈克的提问被我们身后停车场那边突然爆发的咆哮声打断了。人行道上的所有人都转过身来看，当聒噪的黑色摩托车哧的一声在水泥路边上突然停下来，发动机还在咆哮的时候，他们都难以置信地盯着眼前的一切。

雅各布急切地向我挥手。

“快跑，贝拉！”他在发动机的咆哮声中大声叫嚷。

我僵立在那里，好一会儿没弄明白怎么回事。

我迅速地看了一眼迈克，知道我只有几秒钟的时间。

爱丽丝在公共场合能在多远的范围内控制我呢？

“就说我真的很难受，回家了，好吗？”我对迈克说，我的声音里充满突如其来的兴奋。

“好吧。”他咕哝道。

我飞快地啄了一下迈克的脸颊。“谢谢，迈克，我欠你一个人情！”我拔腿跑开的时候叫道。

雅各布大笑着加大马力。我跳上他的摩托车，双臂紧紧地抱住他的腰。

我看见爱丽丝了，她僵硬地站立在食堂的边缘，双眼冒着怒火，牙齿紧紧地咬住嘴唇。

我朝她投去一个祈求的眼神。

我们在柏油路上飞驰，速度让我的胃很不舒服。

“抓紧。”雅各布大声叫道。

他在高速公路上减速的时候，我把脸藏在他的背后。我知道当我们到达奎鲁特边界的时候他就会减速，我只需要坚持到那里。我在心中默默而热诚地祷告爱丽丝不会跟过来，查理不会碰巧看见我……

我们已经明显到达安全地带时，摩托车慢了下来，雅各布也坐直了狂笑起来。我睁开眼睛。

“我们成功了，”他大声叫道，“越狱也不错，嗯？”

“想得好，杰克。”

“我记得你说过那个精神病一样的吸血鬼不能预测到**我要**干什么，我很高兴**你**没有想到这一点——不然她就不会让你上学了。”

“那就是我没有考虑的原因。”

他满怀胜利地大笑起来：“今天你想做什么？”

“什么都可以！”我也大笑着回应他，获得自由真是好极了！

脾　气

我们最后又来到沙滩上，漫无目的地走来走去，雅各布仍然为设计让我逃脱出来而得意扬扬。

“你认为他们会来找你吗？”他问道，听起来满怀希望。

“不会，”我对这一点确信不疑，“不过，他们今晚会对我勃然大怒。”

他拾起一块石头，抛掷到海浪里去了。“那么，别回去了。”他又建议道。

“查理倒是会很高兴的。”我讽刺地说道。

“我打赌他不会介意的。”

我没有回答，雅各布或许是对的，这令我恨得牙痒痒的。查理对我的奎鲁特朋友们的盲目偏爱太不公平，我不知道如果他知道是要在吸血鬼和狼人之间做选择的话，他是否会和我感觉一样。

“那么最近你们小团体又有什么丑事了？”我轻描淡写地问。

雅各布猛地停了下来，他双眼惊讶地俯视着我。

“怎么啦？我是开玩笑的。”

“哦。”他又看着别处了。

我等他再走动起来，但是他似乎陷入了沉思。

“真的**有**什么丑事吗？”我好奇起来。

雅各布咯咯地一笑：“我忘记是什么了，我们不要所有的时候都让每一个人知道一切，在我的大脑中有一个安静私密的空间。”

我们安静地在布满卵石的沙滩上走了几分钟。

“那么是怎么回事呢？”我最后开口问道，“你头脑里所有人都知道的是什么？”

他迟疑了片刻，仿佛他不确定该告诉我多少一样。接着他叹气道："奎尔也经历了烙印。现在已经有三个了，我们剩下的几个人开始担心了。或许这种事比传说中的要普遍……"他皱着眉头，接着转身凝视着我。他注视着我没有说话，眉毛因为聚精会神而紧蹙在一起。

"你在看什么？"我问道，感到有些不好意思。

他叹了口气："没什么。"

雅各布又开始走动了，他似乎想也没想就伸出手牵住我的手，我们默默无语地穿过岩石。

我想到我们手牵手地走向沙滩看起来会是怎样的——像一对情侣，当然啦——我不知道自己是否应该反对，但是这是雅各布一贯的作风……现在没有理由因此闹情绪。

"为什么奎尔经历了烙印是这么大的新闻？"看见他不像要继续说的样子，我问道，"是不是因为他刚刚加入？"

"跟这毫无关系。"

"那么到底是什么问题？"

"这是另一个传说，我不知道我们何时才会对此习以为常。"他自言自语地嘀咕道。

"你打算告诉我吗？还是我得自己猜呢？"

"你永远都猜不对的。瞧，奎尔一直都没有和我们一起玩，你知道的，直到最近，所以他并没有经常到艾米莉家里去。"

"奎尔也烙印在了艾米莉身上？"我大吃一惊。

"不！我告诉过你别乱猜。艾米莉带两个侄女来她家……奎尔遇见了克莱尔。"

他没有继续讲。我想了一会儿才说道：

"艾米莉不想她侄女跟狼人交往？那有点虚伪。"

但是我能理解在所有人当中她为什么会这么想，我又想起毁掉她容颜的那条长长的伤疤一直延伸到右胳膊上。山姆有一次离她很近的时候失控了，只要一次就会……我看见过山姆看着自己对艾米莉造成的伤害时他眼中的痛苦，我能理解艾米莉可能想要保护她的侄女不受到这样的伤害。

“能别猜了吗？你扯得太远了。艾米莉不在乎这一点，只是，好吧，只是太早了一点儿。”

“你说‘太早了’是什么意思？”

雅各布眯着眼睛打量着我：“尽量不要发表个人观点，好吗？”

我小心翼翼地点点头。

“克莱尔才两岁。”雅各布告诉我。

雨开始滴落下来，雨滴拍打在我脸上，让我猛眨眼睛。

雅各布默不作声地等待着。他和往常一样没有穿夹克，雨水在他黑色的 T 恤衫上留下了黑色的水滴，从他蓬松的头发上流淌下来，他面无表情地看着我的脸。

“奎尔……烙印……在**一个两岁的小孩**身上？”我终于能够开口提问了。

“这种事会发生，”雅各布耸耸肩，他弯下腰一把抓起另一块石头，把它抛向远处的海湾，“传说是这么讲的。”

“但是她还是个小孩。”我抗议道。

他看着我，既深沉又觉得好笑。“奎尔不会再长大了，”他提醒我，语气里有些酸酸的，“他只需要再耐心地等待十几年。”

“我……不知道该说什么。”

我尽最大努力不要评论此事，但是，实际上，我感到很恐怖。直到现在，自从那一天我弄清楚他们没有做过我怀疑的谋杀案，狼人们的事情还没这么令我烦恼不安。

“你在做评论，”雅各布指责道，“我在你脸上看得出来。”

“对不起，”我低声说，“但是这听起来真的很恐怖。”

“并不是那样的，你完全理解错了。”雅各布维护他的朋友，突然变得激动起来，“透过他的眼神，我明白那是什么样子。完全没有什么**浪漫之处**，对奎尔不是，现在不是这样。”他深深地吸了一口气，感到很沮丧，“要描述清楚真的很困难。这和一见钟情不一样，真的，更像……引力作用。当你看见**她**的时候，突然不再是地球吸引你了，而是她吸引你。其他一切对她而言都不重要了，而且你会为她做任何事，成为她想要的一切……你变成她需要你做任何事你都会做的那种人，无论是保护者，还是情人，或者是朋友，抑或是兄弟。”

“奎尔会成为任何小孩曾拥有过的最好、最善良的大哥哥。在这个星球上，不会再有另一个蹒跚学步的小孩会比这个小姑娘得到更好的照顾。当她慢慢长大，需要朋友的话，他会成为在她认识的人当中最善解人意、最值得信赖、最靠得住的朋友。到她成年的时候，他们就会和艾米莉与山姆一样幸福。”讲到最后当他说起山姆时，他的语气变得尖锐起来，夹杂着一种奇怪而怨恨的愤怒。

“难道克莱尔就没有选择了吗？”

“当然没有，但是到最后为什么她不会选择他？他会是她最完美的对象，就像他是专门为她自己量身定做的一样。”

我们一言不发地走了一会儿，我停下来把一块石头向大海掷过去，不过它落在了离大海几米远的地方，雅各布嘲笑我。

“我们大家不可能都那么坚强。”我低声说。

他叹了口气。

“你认为这种事什么时候会发生在你身上？”我平静地问道。

他随即断然地回答我：“永远不会。”

“这不是你能控制的事情，是不是？”

他沉默了一会儿，我们俩不知不觉地慢了下来，差不多停了下来。

“不应该那样，”他承认，“但是你不得不**遇见**她——那个注定是你的另一半的人。”

“那么你认为如果你还没遇见她，那么她就不会出现吗？”我怀疑地问道，“雅各布，很多事情你真的还没有经历过，甚至比我都还要少。”

“是，我没有，”他小声说道，他突然目光炽热地看着我的脸，“但是我再也不会遇见别人了，贝拉。我的眼里只有你，甚至当我闭上眼睛，想要看看别人的时候。问一问奎尔或者是安布里，这都让他们发疯了。”

我的视线落到岩石上。

我们不再散步了，唯一的声音是海浪拍打海岸的声音，海浪的咆哮声中根本听不见雨声。

“或许我最好回家。”我轻声低语道。

“不要！”他抗议道，听到这样的结论令他惊讶不已。

我又抬头看着他，现在他的眼睛变得忧虑起来。

“你有一整天时间，不是吗？那个吸血鬼还没有回家呢。”

我愤怒地盯着他。

“不是故意冒犯的。”他飞快地说道。

“是的，我有一整天时间，但是，杰克……”

他举起双手。“对不起，”他道歉说，“我不会再这样了，我只当雅各布。”

我无可奈何地叹气说：“要是你真这么**想**……”

“不要担心我，”他坚持说，故作开心地笑起来，笑得太过灿烂了，“我知道我在做什么。你只需要告诉我，我是不是让你不高兴了。”

“我不知道……”

“来吧，贝拉。我们回到家里，然后开我们的摩托车。你得定期地骑摩托车，这样才能使它性能良好。”

“我真的不认为我会被允许骑。”

“谁不让？查理还是吸血——还是**他**？”

“两个人都不让。”

雅各布看着**我**笑起来，突然间他又变成了我最想念、最阳光、最温暖的雅各布。

我也情不自禁地对他莞尔一笑。

雨小了，变成蒙蒙细雨了。

“我不会告诉别人的。”他保证。

“除了你所有的朋友。”

他严肃地摇摇头，举起右手说：“我保证不去想这件事。”

我大笑着说：“要是我受伤了，是因为我摔跤了。”

“随你怎么说。”

我们在拉普西附近偏僻的公路上骑摩托车，直到某些太泥泞的路段。雅各布一再说他要是不赶紧吃点东西的话就要饿死了。我们到家的时候比利轻松地和我打招呼，好像我突然再次出现只不过是想和我的朋友一起玩一天一样简单。吃完雅各布做的三明治之后，我们来到车库，我帮助他擦干净摩托车。我有好几个月都没来这里了——自从爱德华回来后——但是这没什么大不了的，这不过是我在车库里度过的另一个下午罢了。

“真好，”他从食品袋里拿出温暖的汽水的时候，我发表看法说，“我很想念这个地方。”

他微笑着，环顾了一下我们头顶上铆在一起的塑料雨篷：“是啊，我了解。这里有泰姬陵[1]的金碧辉煌，但是却不需要大费周折地花钱跑到印度去。”

“为华盛顿州的小泰姬陵干杯。”我举起罐子敬酒。

他用他的罐子碰了碰我的。

“你还记得去年的情人节吗？我想那是你最后一次在这里——我的意思是最后一次当一切都还……正常的时候。”

我大笑起来：“我当然记得啦。我用一生的奴役换得了一盒亲近的心。那可不是什么我可能忘记的东西。”

他和我一起大笑起来。“对极了，嗯，奴役。我得想想好的一面。”接着他叹气道，“感觉就像几年前一样，另一个时代，一个更开心的时代。”

我无法赞同他的观点。现在看来那时候是我开心的时代，但是我惊讶地意识到在我个人的黑暗时代里我错过了多少东西。我透过那片空地凝视着烟雾弥漫的森林，雨又下大了，不过，坐在雅各布旁边，这个小小的车库却很温暖，他和火炉一样棒。

他用手指摩挲着我的手：“一切真的都变了。”

“是啊，”我说，接着我伸出手，拍了拍我的摩托车的后轮胎，“查理**以前一直**很喜欢我。我希望比利不要对他说起今天的事情……”我咬住嘴唇。

---

① 泰姬陵（Taj Mahal），坐落于印度古都阿格拉（Agra），是世界八大奇迹之一，由17世纪莫卧儿帝国皇帝沙贾汗（Mughal Emperor Shah Jahan）为纪念其爱妃蒙泰姬而修建，他动用了数万名工人，以宝石镶饰修建陵寝，图案之细致令人叫绝，这就是举世闻名的泰姬陵。

“他不会，他不会像查理一样容易激动。嘿，我从没正式地为摩托车所干的蠢事道过歉，我真的很抱歉向查理出卖你，真希望我从来都没做过这件事。”

我骨碌碌地转了转眼睛：“我也希望你没有。”

“我真的，真的很抱歉。”

他满心希望地看着我，湿漉漉的黑头发凌乱地沾在他的脸上，到处都是。

“噢，好吧！我原谅你。”

“谢谢，贝儿！”

我们两个人看着彼此笑了一会儿，接着他的脸又布满了愁云。

“你知道那天，当我把车拖回来的时候……我一直想要问你一些事情，”他缓慢地说着，“但是我又……不想问。”

我一动不动……一紧张我就这样，这是我从爱德华那里学来的习惯。

“你不会还在跟我赌气吧，你是真正认真的吗？”

“关于什么事？”我小声地回应他，尽管我确定我知道他的意思。

他瞪着我：“你知道。当你说不关我的事的时候……如果……如果他咬了你。”说到最后他明显有些害怕了。

“杰克……”我的喉咙像塞了什么东西一样，没法继续说下去。

他闭上眼睛，深深地吸了一口气：“你是认真的吗？”

他稍微有些颤抖，一直紧闭双眼。

“是的。”我低声说。

雅各布慢慢地，深深地吸了一口气：“我猜你会这样回答。”

我盯着他的脸，等待着他张开眼睛。

“你知道那将意味着什么？”他突然责问道，“你确实了解，是不是？要是他们打破协约，会发生什么事？”

“我们会先离开的。”我声若蚊蝇地说道。

他倏地睁开眼睛，深邃的黑眸充满愤怒与痛苦：“协约是没有地域限制的，贝拉。我们的曾祖父们同意和平共处，只是因为卡伦家族发誓他们不一样，人类靠近他们不会有危险，他们保证永远不会再杀死或改变任何人。如果他们违背誓言，协约就毫无意义了，他们与其他的吸血鬼就没什么两样了。一旦这一条成立，当我们再发现他们——”

“但是，杰克，难道你们没有打破协约吗？”我抓住救命稻草问道，“协约中不是有一条是你们不能告诉别人有关吸血鬼的事情吗？而你告诉了我。所以，不管怎么样，协约不是还有讨论的余地吗？”

雅各布不喜欢提起此事，他眼里的痛苦坚硬起来，变成了仇恨：“是的，我打破了协约——在我相信这些事情之前，而且我确定他们也知道这一点。”他厌恶地盯着我的额头，没有正视我羞愧的眼神，“但是这并不是买东西的赠品，不能错上加错。他们只有一个选择，要是他们反对我所做过的事情的话。他们若打破协约我们同样只有一个选择：攻击，发动战争。”

他说得听起来好像完全不可避免，我畏惧了。

“杰克，没必要这么做。”

他咬牙切齿地说道：“就是这样。”

在他这番宣言之后，随之而来的沉默变得非常明显。

“你永远都不会原谅我吗，雅各布？”我轻声问道。这些话一说出口，我就希望我没说，我不想听见他的答案。

“你就不再是贝拉了，”他告诉我，“我的朋友就不存在了，就没有人需要原谅了。”

“这听起来像个‘不’字。”我低语。

我们直视着对方，默不作声，过了很久很久。

“那么这是再见吗，杰克？”

他迅速地眨了眨眼睛，激动的表情融化成惊讶：“为什么？我们还有几年的时间。难道我们在那之前不能做朋友吗？”

“几年？不，杰克，不是几年。”我摇摇头，毫无幽默感地笑了一笑，“**几个星期**倒是更准确。”

我没有想到他的反应。

他突然站了起来，汽水罐在他手中爆裂时发出嘭的一声巨响。汽水溅得到处都是，浸湿了我的衣服，就好像水从水管里喷涌出来一样。

“杰克！”我开始抱怨，但是当我意识到他整个身体都气得开始颤抖时，我马上沉默不语了。他激动地瞪着我，胸腔里升腾起一阵咆哮。

我呆呆地僵在那里，惊诧得动不了。

他全身颤抖，抖得越来越快，直到看起来他就在摇摆一样，模糊了身形……

接着雅各布咬紧牙关，咆哮停了下来。他努力紧紧地眯起眼睛，颤抖逐渐放慢了，只剩下双手还在抖动。

“几个星期。”雅各布干巴巴地说。

我无法回答，仍然僵直地立在那里。

他睁开眼睛，已经不再狂怒了。

“他打算在**几个星期**内把你变成肮脏的吸血鬼！”雅各布从牙缝中吐出这句话。

我只是木讷地点点头，不知所措，无法反驳。

他的脸在赤褐色的皮肤下都气绿了。

“当然了，杰克，”沉默了许久之后我低语道，“他永远只有十七岁，雅各布，而我每天都在向十九岁靠近。此外，为什么还要等待呢？他就是我想要的全部，难道我还能做其他的什么吗？”我反问道。

他的话语噼里啪啦地响起来，就像抽鞭子一样：“任何事，任何其他的事情。你死掉会更好，我宁愿你死了。”

我后退一步，就好像被他掴了一掌一样，这比他打我还受伤。

接着，当痛苦涌遍我的全身，我自己的脾气也爆发了。

“或许你会很走运，”我阴郁地说道，东倒西歪地站了起来，“或许我在回去的路上就会被卡车撞死。”

我抓住摩托车，推进了雨里，我从他身边经过时他动也没动。我一走上狭窄泥泞的小道，就爬上摩托车发动了引擎。车后轮往车库的方向溅出一阵泥巴，我真希望泥巴溅在他身上了。

我穿越平坦的高速公路，加速开往卡伦家的时候全身湿透了。风就像要把雨水冷冻在我的皮肤上一样，我还没走一半路就冻得牙齿直打战了。

摩托车在华盛顿州太不实用了，有机会我一定把这个蠢东西卖掉。

我把摩托车推到卡伦家的洞穴似的车库里，一点儿也不奇怪爱丽丝在那里等我，她轻松自如地坐在保时捷的引擎罩上，抚摸着车身闪闪发光的黄色油漆。

“我甚至都没有机会开这辆车。”她叹着气说。

“对不起。”我从嘎吱作响的牙缝中吐出这句话来。

“你似乎应该冲个热水澡。”她说着立即轻松地站了起来。

“是的。”

她嘟起嘴巴，端详我的脸色：“你想谈谈这是怎么回事吗？”

“不想。”

她默认地点了点头，但是她的眼睛里充满好奇的火焰。

“今晚你想去奥林匹亚吗？”

“不太想，我能回家吗？”

她做了个鬼脸。

“别担心，爱丽丝，”我说，“如果这让你更好做人的话，我会留下来的。”

“谢谢。”她放松地叹气说。

那天晚上我很早就上床了，又蜷缩在他的睡椅上。

我醒来的时候天仍然是黑的，我头昏眼花，但是我知道还没到早上。我双眼紧闭，伸展四肢，翻了个身。过了好一会儿我才意识到刚才那一动差点儿就让我掉在地上，而我也太舒服了。

我又翻了个身，想看清楚。比昨天晚上还要黑——云层太厚了，月光无法穿透。

“对不起，”他的声音轻柔得仿佛融入了这片漆黑，“我没想吵醒你。”

我一阵紧张，等待着怒火——他的和我的——但漆黑一片的房间里只有安详和平静。我几乎能够品尝到空气里重逢的甜蜜，从他呼出的香气中闻到一缕分别的芬芳；当我们分开时那种空洞的感觉留下了它的余味，那是一种直到它被抹去之后我才有意识地留意到的东西。

我们两人之间没有摩擦，这种静止是宁静的——不像暴风雨来临前的平静，而像就算梦到暴风雨也不会改变的清澈的夜晚。

平心而论，我本应该生他的气，我本应该生所有人的气，可是现在我管不了那么多了，我向他伸出手，在黑暗中找到他的手，让自己靠他更近一些。他双臂环抱着我，把我揽入怀中。我的嘴唇顺着他的喉咙、下巴一路寻找，直到最后我找到他的唇。

爱德华温柔地吻了我一会儿，接着他轻轻地笑了起来。

“我准备接受你的愤怒然后向大灰熊发泄的，这就是我所得到的吗？我应该多惹你生气。”

“给我一点儿时间酝酿一下。”我捉弄道，又开始吻他。

“不管你想要多久我都会等着的。”他在我的嘴唇边呢喃，手指头穿过了我的发丝。

我的呼吸变得不均匀起来：“或许等到早上。”

“只要你喜欢，什么都可以。”

“欢迎回家，”他冰冷的嘴唇压在我的下巴上的时候我说道，“我很高兴你回来了。”

“这是件好事。”

“哦。”我认同他的看法，双臂紧紧地搂住他的脖子。

他的手握住我的胳膊肘，慢慢地向我的手臂移动，划过我的肋骨，我的腰，沿着臀部一直滑到腿上，在我的膝盖上游移。他在那儿停了下来，用手握住我的小腿，突然往上一拉我的腿，搭在他的臀部上。

我停止了呼吸，这可不是他平时允许做的事情。尽管他的手很冰冷，我突然感到热血沸腾起来，他的嘴唇在我咽喉根部移动。

“别生气太早，”他私语着，“不过你介意告诉我为什么反感那张床吗？”

在我能回答之前，在我甚至能集中足够的精力弄明白他的话之前，他翻了个身侧躺着，一把把我拉到他身上。他双手捧住我的脸，这样他的嘴巴就能够到我的喉咙了。我的喘息声太大了——简直难为情，不过我根本顾不上在乎这一点，更别说难为情了。

“那张床？”他又问道，“**我**觉得很不错。”

“没有必要。”我总算气喘吁吁地说出来。

他把我的脸拉过来靠近他的脸，我的嘴唇自然而然地吻住了他的唇。这一次他慢慢地滚动着身体直到悬在我上方。他小心翼翼地支撑着自己，这样我就感觉不到他的体重，但是我仍然能感觉到压在我身上的他那冰冷得像大理石一样的身体。我的心怦怦地跳动着，声音大到让我听不见他轻轻的笑声。

“那可以讨论，”他不这么认为，“在睡椅上可不舒服噢。”

他像冰一样冷的舌头轻轻地沿着我的嘴唇的形状一一吻过。

我的头一阵眩晕——空气消耗得太快，也太薄了。

“你改变主意了吗？”我问他，几乎喘不过气来，或许他已经重新考虑了他那些谨慎的规则了。或许这张床的意义比我原先想的要多呢。等待他的回答时，我的心几乎蹦得疼痛起来了。

爱德华叹了口气，翻身回到原处，这样我们又都侧躺着了。

“别傻了，贝拉，”他说，声音里充满强烈的不认同——显然，他明白了我的意思，“我只不过是在努力向你展示这张你似乎不太喜欢的床的好处，不要太激动了。”

“太迟了，”我低声说，“其实我喜欢这张床。”我补充道。

“好极了，”他吻我的额头时我能听见他声音中的微笑，“我也喜欢。”

“但是我还是觉得没必要，”我继续说，“如果我们不打算太兴奋，有什么意义呢？”

他又叹气道：“我要说第一百次，贝拉——这太危险了。”

“我喜欢危险。”我坚持。

“我知道。”他的语气有些酸意，我意识到他可能已经看见车库里的摩托车了。

“我会告诉你什么是危险的，”在他还没来得及转换话题时，我飞快地说道，“这些天说不定哪天我就自燃了——而你就只能责怪自己而不是别人了。”

他开始把我推开。

“你在干什么？”我反对道，紧紧地抓住他。

“保护你以防止你失去理智啊，要是这对你而言太过了的话……”

“我做得到。”我坚持。

他让我自己慢悠悠地蹭进他的怀抱。

“很抱歉我让你产生错误的印象，”他说道，“我没想让你不高兴，那样可不好。”

“实际上，那样非常、非常好。”

他深深地吸了一口气：“难道你不累吗？我应该让你睡觉。”

“不，我不累，我不介意你让我再产生错误的印象。”

“那很可能是个坏主意，你不是唯一一个会失去控制的人。”

“是，我是。”我嘟囔着说。

他咯咯地笑了起来：“你不知道，贝拉，你那么迫不及待地想要摧毁我的自制力，这样做不会有什么好处的。”

“我不打算为此道歉。”

“**我**能道歉吗？”

“为什么？”

“你之前生我的气，还记得吗？”

“噢，那件事啊。”

“我很抱歉，我错了。你安全地待在**这里**的时候，妥当地看待问题就容易多了。”他的胳膊紧紧地抱着我，“我想离开你的时候就会有些发狂，我想我不会再那么夸张了，不值得那样。”

我微笑着说：“难道你没有找到美洲狮吗？”

“不，我找到了，实际上，还是不值得忧心忡忡。不过，很抱歉我让爱丽丝囚禁你，那是个坏主意。”

“是啊。”我也这么觉得。

“我不会再这么做了。”

“好的，”我轻松地说道，他已经被宽恕了，“但是睡衣晚会的确有好处……”我蜷缩起来向他靠近，把嘴唇压在他的锁骨窝上，“**你**任何时候都可以囚禁我。”

“哦，”他叹了口气，“我可能会接受你这个提议的哦。”

“那么现在轮到我了吗？”

“轮到你？”他的语气中充满迷惑不解。

“道歉。”

“你为什么要道歉？”

“难道你不生我的气吗？”我一脸茫然地问。

“不。”

听起来他真的是认真的。

我感到我的眉毛紧蹙在一起：“难道你回家的时候没看见爱丽丝？”

“看见了——怎么了？”

“你打算收回她的保时捷吗？”

“当然不会，这是给她的礼物。”

我希望我能看见他的表情，他的声音听起来好像我侮辱了他一样。

“难道你不想知道我做过什么吗？”我问道，开始被他漠不关心的样子弄糊涂了。

我感觉他耸了耸肩：“我一直对你所做的一切事情都很感兴趣——但是你不必告诉我，除非你想说的话。”

“但是我到拉普西去了。”

“我知道。”

“而且我逃学了。”

“我也逃了。”

我盯着他的声音传来的方向，用手指抚摸他的脸的轮廓，想弄清楚他的心情。“这种宽容从何而来啊？”我追问道。

他叹了口气：

“我确定你是正确的。我之前的问题更多地在于我……对狼人的偏见。我打算努力做到更加理智，相信你的判断。如果你说那样很安全，我就相信你。”

“哇噢。”

“而且……更重要的是……我不愿意让这件事造成我们之间的裂痕。”

我把头靠在他的胸膛上，闭上眼睛，感到完完全全地心满意足了。

“那么，”他漫不经心地轻声问道，“你有很快再去拉普西的打算吗？”

我没有回答，他的问题使我想起了雅各布的话，我的喉咙突然一紧。

他对我的沉默和身体上的紧张会错了意。“我只是想自己做些安排，”他迅速解释道，“我不想你觉得自己得赶紧回来是因为我在这里等着你。”

“不，”我用一种我自己都感到陌生的语气说道，“我没有再去的计划。”

“噢，你没必要为我那么做。”

“我想我不再受欢迎了。”我轻声低语道。

“你碾了别人的猫？”他轻松地问道。我知道他不想逼我说出口，但是我能听见他话里的好奇。

“没有，”我深深地吸了一口气，接着仓促而含糊地解释道，“我本以为雅各布已经意识到……没想到让他那么惊讶。”

我犹豫不决的时候，爱德华等待着。

“他没有想到……这会那么快。”

“啊。”爱德华平静地说。

“他说他宁愿看见我死。”说最后一个字的时候，我的声音哽咽了。

爱德华一动不动地待了一会儿，努力控制住不想让我看见的任何反应。

接着他温柔地把我揽入怀中：“我非常抱歉。”

“我还以为你会高兴呢。”我轻声说道。

“因为某些让你受伤的事情而高兴？”他对着我的头发低声说，“我不这么认为，贝拉。”

我叹了口气，松弛下来，调整姿势靠在他那石头一样的身体上，但是他又一动不动了，身体僵硬起来。

“怎么啦？”我问道。

“没什么。”

“你可以告诉我。”

他停顿了片刻说：“这可能会让你生气的。”

“我还是想知道。”

他叹气道：“我很可能因为他对你说那样的话而杀了他，我想那么做。”

我毫无兴趣地大笑起来："我猜你的自制力那么好真是件好事。"

"我也可能会失控的。"他的语气若有所思。

"如果你打算失控，我能想到一个更好的地方。"我伸出手摸他的脸，想让自己直起身子吻他。他的胳膊把我抱得更紧了，尽量克制自己。

他叹气道："难道我一定要一直当那个负责任的人吗？"

我在黑暗中露齿一笑："不，要我负几分钟的责任……或者几个小时。"

"晚安，贝拉。"

"等等——我还有事情想要问你呢。"

"什么事？"

"昨天晚上我和罗莎莉谈话了……"

他的身体又僵硬起来："是的，我进来的时候她正在想这件事。她给你透露了很多信息，让你仔细考虑，是不是？"

他的声音很焦急，我意识到他认为我想讨论罗莎莉让我考虑继续当人类的原因，但是我对更加紧迫的事情感兴趣。

"她告诉我一点点……你们家族住在德纳利的时候。"

短暂停顿了一下，这个开场白令他措手不及："是吗？"

"她提到一些关于一群女吸血鬼的事情……和你。"

他没有回答，尽管我等了很久。

"别担心，"在沉默变得令人不舒服之后，我开口说，"她告诉我你没有……没有对任何人表示好感，但是我只是想知道，你知道，**她们**当中是否有……我的意思是，是否有人对你表示好感。"

他又什么都没说。

"哪一个？"我问道，努力保持漫不经心的口吻，不是那么做作，"或者不止一个？"

没有回答，我希望我能看见他的脸，这样我就能猜出这种沉默是什么意思。

"爱丽丝会告诉我的，"我说，"我现在就去问她。"

他的双臂抱得更紧了，我根本是寸步难行。

“很晚了，”他说，他的声音有些尖锐，透露出新的信息，有种紧张，或许有些尴尬，“另外，我想爱丽丝出门了……”

“真糟糕，”我猜，“真的很糟糕，是不是？”我开始感到恐慌，当我想象着那个美艳动人、永恒不死的情敌时，我的心跳加速了，我从来没有意识到有这样的一个人存在。

“镇定，贝拉，”他吻着我的鼻尖说道，“你现在有些胡闹。”

“是吗？那么为什么你不告诉我呢？”

“因为没有什么好告诉你的，你现在想的根本是毫无根据的。”

“哪一个？”我坚持追问。

他叹气道：“坦尼娅表示过一点点的兴趣，我让她知道，当然是非常礼貌、非常绅士的方式，我不能回应那种兴趣，故事就这样结束了。”

我尽量保持平静的音调：“告诉我——坦尼娅长什么样子？”

“就像我们其他人一样——白皙的皮肤，金色的眼睛。”他回答得太快了。

“然后，当然啦，美丽得超乎寻常。”

我感到他耸了耸肩。

“我觉得，那是对人类而言，”他说道，流露出漠不关心的语气，“不过，你知道什么？”

“什么？”我自己的声音有些无礼。

他把嘴唇靠近我的耳朵，冰冷的呼吸逗得我直痒痒：“我更喜欢黑头发的女孩。”

“她是金发美女，这样看来。”

“红发女郎——根本不是我喜欢的类型。”

我想了一会儿，努力集中精神。他的嘴唇慢慢地沿着我的脸颊移动，接着上下来回地吻我的喉咙，在我开口说话之前，他这样来回吻了我两三次。

“不用说了。”我斩钉截铁地说。

“哦，”他对着我的皮肤轻声说道，“你嫉妒的时候可爱极了，真让人开心。”

我对着漆黑一片板着脸孔。

“很晚了，”他又说道，咕咕哝哝地，差不多要轻轻地哼起来，声音如丝般柔和，“睡觉，我的贝拉。做个美梦。你是唯一打动我的心的人，我的心永远属于你。睡吧，我唯一的爱。”

他开始哼唱我的摇篮曲，我知道我撑不了太久，所以我闭上眼睛，更加亲密地依偎在他的胸口。

目　标

清晨，爱丽丝送我回家，以便与睡衣晚会的借口保持一致。过不了多久爱德华就会出现了，正式从他的“徒步”之旅返回。所有的伪装都开始令我烦躁不安，我不会怀念作为人类的这段经历的。

查理听见我砰地关上车门的声音时从前门的窗户朝外看着我们，他向爱丽丝挥挥手，接着走过去给我开门。

“你玩得开心吗？”查理问道。

“当然，棒极了。非常……很女孩。”

我把我的东西拎进来统统扔在楼梯下，然后不紧不慢地走进厨房找吃的。

“你有一条留言。”查理在我身后叫道。

在厨房的料理台上，电话留言簿很明显地靠在炖锅上。

查理写道：

> 雅各布打过电话，他说他不是那个意思，而且他很抱歉，他要你给他回电话。友善一点儿，给他点时间，他听起来很难过。

我做了个鬼脸，查理不经常在我的留言里发表评论。

雅各布可以继续这样难过，我不想和他说话。最后我听到的是，他们没有慷慨到允许敌方打电话给他们。如果雅各布宁愿我死的话，那么或许他应该习惯这种沉默。

我的胃口全无，转头去把我的东西收拾起来。

“难道你不打算给雅各布打电话吗？”查理问道。他靠在起居室的墙壁上，看着我拾起东西。

“不。”

我开始爬楼梯。

“那么做可不漂亮，贝拉，”他说，“宽恕才是大善[①]。”

“不关你的事。”我低声地嘀咕道，声音很低，他根本听不见。

我知道该洗的衣服又积攒了起来，所以我把牙膏收拾好，把我的脏衣服扔进了洗衣篮之后，过去扯下查理的床单，把它们堆成一团，放在楼梯顶部，然后去拿我的。

我在床边停了下来，抬起头看着另一侧。

我的枕头去哪里了？我转了一圈，环视着房间，没有枕头，我注意到我的房间整齐得有些古怪。我的灰色运动衫没有挂在踏脚板上的低床柱上面吗？而且我可以发誓摇椅后面有一对脏袜子，还有两天前我试穿过的红衬衣，我觉得上学穿红衬衣太招摇了，所以挂在把手上了……我又转了一圈。我的洗衣篮不是空的，但也没有塞得满满的，我原本以为会有满满一篮子的。

是不是查理正在洗衣服？那可不像他的性格。

“爸爸，您开洗衣机了吗？”我从我的房门口大声叫道。

“嗯，没有，”他叫着回答，听起来有些内疚，“你要我开吗？”

“不用，我来吧，您在我房间里找过东西吗？”

“没有，怎么啦？”

“我找不到……一件衬衣……”

“我没进去过。”

接着我想起来爱丽丝到这里来拿过我的睡衣，我没注意到她也借用了我的枕头——或许是这样，因为我一直没睡在床上。看起来好像她经过的时候还打扫了一番，我为自己懒散的作风感到羞愧。

但是那件红色的衬衣真的不脏，所以我走到洗衣篮那边去找。

---

① 宽恕才是大善（Forgiveness is divine），此句由英国著名诗人 Alexander Pope（亚历山大·蒲柏）的名言“To err is human，to forgive divine”演变而来，此句类似于汉语中的“人无完人，孰能无过”之意。

我期望在里面的一堆衣服顶上找到它，但是没有，我再扒开一整堆衣服，还是没有找到。我知道现在我可能有点太偏执，但是好像还有什么东西不见了，或许不止一件，这里要洗的东西还不到半篮子。

我扯下我的床单，径直走向洗衣机，路上能顺手拿上查理的床单。洗衣机是空的，我也检查了甩干机，有些期望能发现一堆已经洗好的衣服，爱丽丝想得很周到，但空无一物。我皱紧眉头，迷惑不解。

“你找到你在找的东西了吗？”查理大声喊道。

“还没有。”

我又折回楼上在床底下搜索，除了一堆布满灰尘的小兔子什么都没有，我开始翻遍梳妆台。或许我把红衬衣收起来了，但我自己却忘记了。

门铃响的时候我停了下来，应该是爱德华。

“开门。”我从他身边跳过去的时候，他在睡椅上告诉我。

“别让自己太紧张，爸爸。”

我拉开门，脸上挂着一个大大的微笑。

爱德华的金色眼睛睁得很大，鼻孔张开，嘴角向后缩，露出牙齿。

“爱德华？”我揣摸着他的表情，音调因为恐惧变得尖锐起来，“怎么——”

他把手指放在我的嘴唇上。“给我几秒钟的时间，”他轻声说道，“不要动。”

我僵立在门阶上，而他……消失不见了。他跑得很快，查理根本没看见他经过。

我还没来得及数到二让自己镇定下来，他就回来了。他搂着我的腰，迅速地把我拉进厨房。他的眼睛在屋子里扫视，紧紧地抱住我，好像正保护我免受什么东西的攻击一样。我瞟了一眼睡椅上的查理，但是他故意对我们视而不见。

“有人来过这里。”他把我拉到厨房之后轻声在我耳边说。他的声音很紧张，洗衣机发出嘈杂的轰轰声，很难听清楚他在说什么。

“我发誓没有狼人——”我开口说道。

“不是他们中的人，”他迅速地打断我，摇着头说，“是我们当中的。”

他的语气表明他指的不是他的家人。

我大惊失色。

“是维多利亚吗？”我像喉咙被卡住了似的挤出她的名字。

“不是我认识的气味。”

“是沃尔图里来的人。”我猜。

“很可能。”

“什么时候？”

“那就是为什么我想一定是他们——时间不长，清晨查理还在睡觉的时候。无论是谁，他都没有碰过查理，那么一定别有用心。”

“寻找我。”

他没有回答，身体定在那里，像一座雕像。

“你们两个人在那里嘀咕什么啊？”查理怀疑地问道，他手里拿着一个空了的爆米花碗站在角落里。

我惊慌失措，查理在睡觉的时候有个吸血鬼跑到我家里寻找我。恐慌淹没了我，堵住了我的喉咙。我无法回答，只是惊恐万分地盯着他。

查理的表情发生了改变，突然，他又笑着说：“如果你们两个人正在吵架……好吧，别让我掺和进来。”

他还是满脸笑容地把碗放进水槽，从容不迫地走了出去。

“我们走吧。”爱德华说道，声音低沉而坚定。

“但是查理呢？”恐惧涌进我的心房，使我难以呼吸。

他思考了片刻，接着手里拿出了电话。

“埃美特。”他对着听筒低声说道。他开始说得很快，我根本无法理解他的话，不到半分钟通话就结束了，他牵着我朝门口走去。

“埃美特和贾斯帕已经在来的路上了，”感觉到我在抗拒的时候他低声说，“他们会巡视森林，查理会很安全的。”

我就让他拖着我，我慌了，根本无法清楚地思考。查理带着沾沾自喜的笑容，看见我恐惧的眼神，突然变得迷惑不解起来。查理还没来得及说什么，爱德华就把我拖出了门外。

“我们要去哪儿？”我不禁低声问道，即使现在我们已经上了车。

“我们要和爱丽丝谈一谈。”他告诉我，他的音量很正常，但是语气却很忧郁。

“你认为她或许看见什么了？”

他眯着眼睛盯着前方的路：“或许。”

他们在等我们，爱德华打过电话后他们都很警觉。就好像走进博物馆一样，每个人都一动不动地站在那里，身体摆出各式各样紧张的姿势。

“发生了什么事？”爱德华一走进门就询问道。我惊恐地看见他愤怒地盯着爱丽丝，手生气地握成了拳头。

爱丽丝站立着，双臂交叉地放在胸前，只有她的嘴唇在动：“我不知道。我没看见任何东西。”

“那怎么**可能**？”他嘘声说道。

“爱德华。”我说道，语气中带着些微的不满，我不喜欢他这样跟爱丽丝说话。

卡莱尔镇定自若地打断我们：“这并不是精确的科学，爱德华。”

“他到过她的**房间**，爱丽丝，他可能还在那里——等她。”

“要是还在的话，我会看得见的。”

爱德华气急败坏地猛地挥动手臂：“真的吗？你确定吗？”

爱丽丝回答的时候语气很冷漠：“你已经让我留心沃尔图里家族的决定，维多利亚家族什么时候会来，注意贝拉的一举一动。你还想再加一个？我是不是还要注意查理，或者贝拉的房间，或者他们的房子，或者整条街道？爱德华，如果我一下子做太多，有些事情就会从缝隙中漏掉的。”

“看起来已经这样了。”爱德华打断她。

“她从来就没有危险，没什么要看的。”

“如果你在关注意大利，那么你为什么没看见他们派……”

“我认为不是他们，”爱丽丝坚持道，“我看得见这一点。”

“那么谁又会让查理活着呢？”

我战栗了。

“我不知道。”爱丽丝说。

"真有帮助。"

"别说了，爱德华。"我轻声说道。

他转身看着我，脸色还是铁青的，牙齿咬得咯吱咯吱地响。他瞪着我看了一会儿，接着突然长呼一口气，眼睛睁得大大的，下巴也松弛了。

"你是对的，贝拉，对不起，"他看着爱丽丝说道，"原谅我，爱丽丝。我不应该因此冲你发脾气的，这简直不可原谅。"

"我理解，"爱丽丝安慰他说，"我也因此不开心。"

爱德华深深地吸了一口气："好吧，我们来符合逻辑地分析一下，有哪些可能性。"

每个人立刻解冻了，爱丽丝放松下来，靠在睡椅背上。卡莱尔慢慢地朝她走过来，他的眼睛凝视着远处。埃斯梅坐在爱丽丝前面的沙发上，盘着腿。只有罗莎莉没有动，她背对着我们，凝视着玻璃墙的外面。

爱德华把我拉到沙发上，我坐在埃斯梅旁边，她把手臂放在我肩上。爱德华双手握着我的一只手。

"是不是维多利亚？"卡莱尔问道。

爱德华摇摇头："不是，我不认识这个味道。这个人很可能从沃尔图里来，某个我从未见过的人……"

爱丽丝摇摇头："阿罗还没有派人来找她，我会看见这一点的，我正在等。"

爱德华猛地抬起头："你注意的是正式的命令。"

"你认为某个人单独行动了？为什么？"

"凯厄斯的主意。"爱德华暗示道，他的脸又紧绷起来。

"或者是简的主意……"爱丽丝说，"他们两个人都有办法派遣不熟悉的面孔过来……"

爱德华板着脸说："动机呢？"

"不过，这没有意义，"埃斯梅说道，"不管是谁在等待贝拉，爱丽丝都看得见的。他——或者是她——到目前为止还没有伤害贝拉或查理的意图。"

听见我父亲的名字我不寒而栗。

“会没事的，贝拉。”埃斯梅抚摸着我的头发轻声说道。

“那么这究竟是为什么呢？”卡莱尔沉思道。

“查一查我是不是还是人类？”我猜测。

“可能。”卡莱尔说。

罗莎莉舒了口气，声音大得我都听见了。她现在没有僵立在那里，满心期望地看着厨房，爱德华则看起来很沮丧。

埃美特突然从厨房的门钻了进来，贾斯帕就在他身后。

“几个小时以前，”埃美特失望地大声宣布道，“踪迹朝东，接着朝南，然后在一条支路上消失了，有一辆车在那儿等着。”

“真不走运，”爱德华咕哝道，“如果他往西边去了……好吧，那倒是会让那些狗派上用场。”

我不禁退缩了，埃斯梅拍拍我的肩膀。

贾斯帕看着卡莱尔：“我们两个人都不认识他，但是这里——”他拿出一个绿色的、皱皱巴巴的东西来。卡莱尔从他手中接过来，凑近他的脸，那个东西在不同人手里传递的时候我看见那是片破碎的蕨类叶子。“或许你认识这个气味。”

“不认识，”卡莱尔说，“不熟悉，不是我见过的人。”

“或许我们分析的角度不对，或许这只是个巧合……”埃斯梅开始说，但是当她看见其他人不相信的表情时就打住了，“我不是说碰巧有个陌生人选择了贝拉家，我的意思是或许有人只是很好奇。我们的气味一直围绕着她，他会不会想知道是什么把我们吸引到那里去的？”

“那么他为什么不到这里来呢？如果他只是好奇的话？”埃美特追问道。

“你会，”埃斯梅突然露出一个可爱的笑容说道，“我们其他人不会总是这么直接，我们的家族很大——他或是她可能感到害怕，但是查理没有受到伤害，这不一定是敌人。”

只是好奇，就像詹姆斯和维多利亚他们开始那样？一想到维多利亚就让我颤抖起来，尽管有一件事情他们似乎很确定——那个人不是她，这一次不是，她会坚持她一贯的迷惑招式的。这次是别人，一个陌生人。

我逐渐意识到吸血鬼在这个世界上为数众多，比我曾经以为的还要多得多。多少次普通人从他们身边经过而完全不自知呢？多少死亡被不知情地报道为死于犯罪和事故，实际上都归结于他们的饥渴？当我最终加入其中之后这个新世界会变得多么拥挤？

这种不得不靠掩饰而生存的前景令我后背一阵战栗。

卡伦家族的人表情各异地思考着埃斯梅的话，我看得出爱德华没有接受她的观点，而卡莱尔则非常想相信。

爱丽丝嘟起嘴巴说：“我不这么认为，时间掐算得太完美了……这个来访者如此谨慎而没有留下任何痕迹，差不多就像他或她知道我能看见……”

“他很可能有其他不留下痕迹的理由。”埃斯梅提醒她说。

“这个人是谁真的很重要吗？”我问道，“只不过可能有人寻找过我，这难道不是充分的理由吗？我们不应该等到毕业。”

“不，贝拉，”爱德华迅速地说道，“事情还没那么糟糕。如果你真的有危险，我们会知道的。”

“想一想查理，”卡莱尔提醒我，“想一想如果你消失不见了他会多么伤心。”

“我**现在**考虑的正是查理！他才是那个我担心的人！要是那个客人昨晚正好很饥渴会发生什么样的事情？只要我和查理在一起，他也会成为目标的。如果他发生了什么事，全都是我的错！”

“不太可能，贝拉，”埃斯梅说，她又拍了拍我的头发，“查理不会有事的。我们只是要更加小心一点儿。”

“**更加**小心？”我不信任地重复道。

“一切都会好起来的，贝拉。”爱丽丝保证。爱德华则捏了捏我的手。

我依次看着这些美丽的脸庞，我看得出，我能说的话根本无法改变他们的决心。

开车回家的路上很安静，我很沮丧，尽管我自己有更好的见解，我依然还是人类。

“你不会单独待一秒钟的，”爱德华把车开到查理家的时候向我保证，“有人一直都在四周的，埃美特、爱丽丝、贾斯帕……”

我叹气说：“这很滑稽，他们会很无聊，非得亲手杀了我，为的就是找些事情做。”

爱德华苦恼地看了我一眼：“别胡闹，贝拉。”

我们回来的时候查理心情不错。他看得出爱德华和我之间的紧张气氛，不过他会错了意。他脸上带着沾沾自喜的表情看着我把他的晚饭摆在一起，爱德华则失陪了一会儿，我猜他是去侦察了。但是查理一直等他回来之后，才把留言转达给我。

“雅各布又打电话了。”爱德华一进门，查理就说道。在把盘子放在他面前的时候，我保持着一脸茫然的样子。

“真的？”

查理皱了皱眉头：“别小心眼儿，贝拉，他听起来真的很没精神。”

“雅各布给您付了做公关的钱了吗？或者您是自愿的？”

查理断断续续地对我咕哝了一会儿，直到食物打断了他那含混不清的抱怨。

尽管他没意识到这一点，他还是一语道破了天机。

我的生命现在很像游戏用的骰子——下一圈会是两点吗？要是我**真的**出事了呢？就这样小心眼儿地让雅各布为他所说的话感到内疚似乎更糟。

但是我不想查理在旁边的时候跟他讲话，我得注意我的一字一句以免说漏了嘴，一想到这儿就让我嫉妒雅各布和比利之间的关系。当你和朝夕相处的人之间没有秘密时，那是多么舒服的事情啊。

所以我要等到早上。我今天晚上不大可能会死，毕竟，让他再内疚十二个小时不会让他受伤，甚至对他有好处。

爱德华晚上假装离开时，我不知道倾盆大雨中的那个人到底是谁，他一直监视着查理和我。不管是爱丽丝或是其他人，我都感到很难受，不过还是觉得很欣慰。我不得不承认这种感觉很好，知道我并不是孤立无援的。爱德华很快就回来了，他的速度可以破纪录。

他又唱着歌哄我入睡——哪怕在无意识之中我也知道他就在我身边——我睡着了，没做噩梦。

早上查理在我起床之前就和马克副警长出去钓鱼了，我决定利用这段没有监视的时间做做大善事。

“我打算让雅各布解脱。”吃完早餐后我提醒爱德华。

“我知道你会原谅他的，”他轻松地笑道，“耿耿于怀可不是你诸多才能之一。”

我眼睛骨碌碌一转，不过很开心，爱德华似乎真的克服了对狼人的反感。

直到拨了电话号码我才看了一下钟，打电话略显过早，我担心会吵醒比利或杰克，但是电话铃还没响完第二声，就有人接电话了，他不可能离电话机太远。

“喂？”一个沙哑的声音说道。

“雅各布吗？”

“贝拉！”他欢呼道，“噢，贝拉，我非常抱歉！”他急于说出这些话的时候有些结巴，“我发誓我不是那个意思，我只是太愚蠢了。我很生气——但是那不是借口。这是我一生中说过的最愚蠢的话，对不起。不要生我的气，好吗？求你了。我一辈子供你使唤——你要是原谅我。”

“我没有生气，我原谅你。”

“谢谢你，”他猛烈地吸着气，“我简直不敢相信我是这么个大笨蛋！”

“别担心——我习惯了。”

他大笑起来，烦恼解除后就变得兴高采烈了。“过来看看我吧，”他乞求道，“我想补偿你。”

我皱了皱眉头：“怎么补偿？”

“你想要什么都可以，比如说悬崖跳水。”他建议道，又哈哈大笑起来。

“噢，**那**可是个聪明的主意啊。”

“我会保证你的安全的，”他保证道，“不管你想做什么。”

我瞟了一眼爱德华，他的脸很平静，但是我知道现在不是时候。

“现在不行。”

“他会因为我不高兴，是不是？”这一次，雅各布的声音有些羞愧，而不是怀恨在心。

“这不是问题所在。有……好吧，有其他的问题比乳臭未干的狼人更令人担忧……”我努力保持开玩笑的口吻，但是我没骗他。

“出什么事了？”他追问道。

“呃。”我不确定是否应该告诉他。

爱德华伸手要电话，我端详着他的脸，他**看起来**平静得很。

“贝拉？”雅各布问道。

爱德华叹了口气，手伸得更近了。

“你介意跟爱德华说话吗？”我担心地问道，“他想跟你说话。”

停顿了很久。

“好吧，”雅各布终于同意了，“这应该很有趣。”

我把电话递给爱德华，我希望他能读懂我眼中的警告。

“你好，雅各布。”爱德华说道，他非常有礼貌。

沉默了片刻。我咬紧嘴唇，想猜猜雅各布会怎么回答。

“有人来过这里——不是我认识的气味，”爱德华解释道，“你们的狼人团有没有遇见新东西？”

又停顿了，爱德华自顾自地点点头，一点儿也不惊讶。

“这才是关键，雅各布。我不想让贝拉离开我的视线，直到我处理妥当这一切。这根本无关个人——”

雅各布打断了他，我能听见从听筒那里传来他说话的嗡嗡声。不管他说的是什么，他比之前更加紧张了。我想弄清楚他们在讲什么，但是没成功。

“你可能是对的——”爱德华开始说，但是雅各布又争论起来。他们两个人听起来都没生气，至少是这样。

“这个建议挺有意思，我们非常愿意重新谈判，如果山姆愿意服从的话。”

雅各布的声音现在轻点了，我一边努力参透爱德华的表情，一边开始咬大拇指的指甲。

“谢谢。”爱德华回答道。

接着雅各布说了些什么，使一抹惊讶的表情在爱德华的脸上掠过。

“实际上我本打算自己去的，”爱德华回答这个意料之外的问题，“然后让其他人看着她。”

雅各布的音调升高了，我听起来觉得他在努力更具有说服力。

“我会尽量客观地考虑此事的，”爱德华保证道，“尽我所能地客观。”

这一次停顿的时间要短一些。

“这倒不太坏，什么时候？……不，很好。我想利用这个机会自己跟踪，不管怎样。十分钟……当然。”爱德华说，他把电话递给我，“贝拉？”

我缓慢地接过电话，感到迷惑不解。

“这到底是怎么回事？”我问雅各布，声音有些懊恼，我知道这很幼稚，但是我感觉自己被排斥了。

“休战协定，我想。嘿，帮我个忙，”雅各布提议道，“尽量说服你的吸血鬼，你要去的最安全的地方——特别是他不在的时候——就是在保留地，我们足以应付一切。”

“这就是你想要和他交易的东西？”

“是的，这是有道理的。查理在这里也可能会更好，再好不过了。”

“让比利也来，”我同意，我讨厌自己老是让查理身陷险境，而事情似乎都是因我而起的，“还有什么？”

“只是重新圈定边界，这样我们就可以抓住离福克斯太近的任何人。我不确定山姆是否赞同，但在他过来前，我会密切关注一切的。”

“‘密切关注一切’是什么意思？”

“我的意思是，如果你看见有狼在你家周围转悠，不要朝他开枪。”

“当然不会，不过你真的不应该做任何……冒险的事。”

他嗤之以鼻：“别傻了，我会照顾好自己的。”

我叹了口气。

“我也试着说服他让你过来，他有偏见，所以别听他对你说起安全之类的事情，他和我一样清楚你在这里会很安全。”

“我会记住这一点的。”

“待会儿见。”雅各布说。

“你要过来？”

“是的，我要取得你的拜访者的气味，这样要是他来了的话，我们就能追踪他。”

“杰克，我真的不喜欢你追踪的主意……”

“哦，拜托，贝拉。”他打断我。雅各布大笑起来，接着挂了电话。

气　味

这一切非常孩子气。究竟为什么爱德华因为雅各布要过来而离开？我们不是早就过了这种不成熟的阶段吗？

“并不是我个人对他反感，贝拉，只不过这样对我们两个人都更舒服一些。”爱德华在门口告诉我，“我不会走很远，你会很安全的。”

“我担心的不是**那个**。”

他微微一笑，接着眼中闪过狡黠的神情。他把我拉过去，把脸埋进我的头发里。我能感觉到他呼出的冰冷空气弥漫了我的发丝，脖子上起了鸡皮疙瘩。

“我马上就回来。”他说，接着大声笑了起来，就好像我刚刚讲过笑话似的。

“什么这么好笑？”

但是爱德华只是露齿一笑，没有回答我的问题就轻松地朝树丛大步跑去。

我自言自语地嘟囔着去整理厨房，我还没来得及把水槽装满水，门铃就响了。很难习惯雅各布现在**没有**车的速度也这么快，怎么大家似乎都比我要快……

“进来，杰克！”我大声喊道。

我全神贯注地把盘子堆在满是洗涤剂泡泡的水里，已经忘记了如今雅各布的动作就像幽灵一样，因此当他的声音突然在我身后响起时我吓了一大跳。

“你真的就这样不锁门吗？噢，对不起。”

他吓了我一跳，我手上的盘子跌落在水里，溅了我一身。

“锁能难倒的人我才不用担心。”我一边用擦碟干布擦拭衣襟，一边说道。

“说得好。”他认同道。

我转过身看着他，挑剔地打量着他：“穿衣服真的就这么难吗，雅各布？”我问道。雅各布又赤裸着上身，只穿了一条剪短的牛仔裤。我暗想，不知道他是不是因为他那新长出来的肌肉而自鸣得意，所以才不遮起来。我不得不承认，让人印象深刻——但是我从来没想过他也虚荣。“我的意思是，我知道你不会再觉得冷，不过还是……”

他用手捋了捋湿淋淋的头发，头发已经垂下来挡住眼睛了。

“这样只不过更容易一些。”他解释道。

“什么更容易一些？”

他故意屈尊地笑道：“带着短裤已经够痛苦的了，更别说整套行头。我看起来像什么，一头驮骡？”

我皱了皱眉头：“你在说什么，雅各布？”

他的表情高傲极了，好像我错过了什么显而易见的东西一样。“我变形的时候衣服没有办法变大变小——我跑的时候不得不驮着它们。我得使我的负担少一些，请原谅我这一点。”

我变了脸色。“我不这么认为。”我低声咕哝道。

他指着一条黑色的皮绳索大笑起来，它细得像根线一样在他的左小腿上缠绕了三圈，就像脚镯一样。我之前没有注意到他也是赤脚的。“这远非流行宣言——用嘴巴衔着牛仔裤糟糕透顶。”

我对此不知说什么好。

他露齿一笑：“我半裸着让你感到不舒服吗？”

“没有。”

雅各布又大笑起来，我背对着他集中精力洗盘子。我希望他意识到我因为自己的愚蠢而感到尴尬万分，羞红了脸，和他毫无关系。

“好吧，我想我得开始干活了，”他叹气道，“我不想让他有说我怠工的借口。”

“雅各布，那不关你的事……”

他举起一只手打断我说：“我是自愿来到这里的。现在，哪个地方闯入者的气味最重？”

“我的卧室，我想。”

他的眼睛眯了起来，他对此讨厌的程度不亚于爱德华。

“我一会儿就好。”

我有条不紊地把手中的盘子擦干净，唯一的声音就是刷子上的塑料毛擦在陶器上发出的声音。我听见楼上有声音传过来，是地板发出的咯吱咯吱的声音和门发出的咔嗒声。什么都没有，我意识到我擦同一个盘子的时间长得过头了，我努力把注意力集中在正在做的事情上面。

“哟！”雅各布在我身后几英寸的地方说道，又吓了我一大跳。

“好……好了，杰克，别闹了！”

“对不起，这儿——”雅各布拿起擦碟布，擦干溅在我身上的水，“我会补偿你的，你洗盘子，我来漂净，然后擦干。”

“好。”我把盘子递给他。

“好吧，气味很容易就嗅出来了，顺便说一下，你的房间乌烟瘴气。”

“我会买空气清新剂的。”

他大笑起来。

我洗盘子，他擦干，一直这样颇像同伴似的默默无语地过了几分钟。

“我可以问你些事情吗？”

我递给他另一个盘子：“那取决于你想要知道什么。”

“我不是犯傻——我真的只是很好奇。”雅各布向我保证。

“好的，问吧。”

他停顿了片刻：“有个吸血鬼当男朋友——怎么样？”

我转了转眼睛：“这是天底下最好的事情。”

“我是认真的，这就从没令你苦恼过——没有吓到你？”

“从来没有。”

他伸手接过我手中的碗的时候沉默了，我偷偷地看着他的脸——他皱起了眉头，下嘴唇都突出来了。

“还有其他的问题吗？”我问道。

他又皱起鼻子说道："好吧……我想知道……你……吻过他吗？"

我大笑着说："有啊。"

他耸耸肩："啊！"

"得自己来。"我低声说道。

"难道你不担心尖牙吗？"

我拍了拍他的胳膊，把洗碗水洒到他身上："闭嘴，雅各布！你知道他没有尖牙！"

"差不多就是了。"他咕哝着说。

我咬紧牙齿，很用力地擦拭一把剔肉刀。

"我能再问一个吗？"我把刀递给他的时候他轻轻地问道，"只是又好奇了。"

"好吧。"我急促地说道。

他把刀放在水柱下不断地旋转着，他说话的时候声音小得就像窃窃私语一样。"你说过几个星期……确切在什么时候……"他说不下去了。

"毕业。"我轻声回答他，警觉地注视着他的脸，这会不会又让他发火啊？

"那么快。"他闭着眼睛小声说道。听起来不像个问题，倒像个悲叹。他胳膊上的肌肉紧绷起来，肩膀也变得僵硬了。

"哎哟！"他大声叫道。房间里变得一片寂静，他突如其来的叫声吓得我差不多跳到半空中去了。

他的右手在刀刃边缘弯曲起来，紧紧地握成拳——他松开手，刀哐当一声落在料理台上。一条长长的深深的伤口横穿过他的手掌心，血顺着他的手指流淌下来，滴落在地板上。

"该死！好痛！"他抱怨道。

我的头眩晕起来，胃开始翻腾。我一只手抓紧料理台，深深地呼了一口气，设法让自己抓牢，这样才能帮他处理伤口。

"哦，不要，雅各布！哦，笨蛋！拿着，用这个包扎伤口！"我把擦碟布塞到他手里，他耸耸肩，走到离我远一点儿的地方。

"没什么，贝拉，别担心。"

房间四周开始冒起金星。

我又深吸了一口气：“别担心？！你把手划开了！”

他没注意我塞给他的擦碟布，把手放在水龙头下面，用水冲洗伤口。水变红了，我的头开始眩晕起来。

“贝拉。”他说道。

我侧着脸抬头看着他的脸，不敢看伤口。他皱着眉头，但是他的表情很镇静。

“怎么啦？”

“你看起来就像要死了一样，你要咬掉嘴唇了，别咬了，放松。呼吸，我很好。”

我用嘴巴吸气，让嘴唇上的牙齿放松：“别逞强。”

他转了转眼睛。

“我们走吧，我开车送你去急诊室。”我确定我现在很好，还能开车。至少，现在墙壁稳住不晃了。

“没必要。”雅各布关掉水龙头，从我手中接过擦碟布，把它松松地裹在手掌上。

“等等，”我不满地说，“让我看一看。”我把料理台抓得更紧以支撑住自己，要是伤口又让我眩晕的话。

“你是不是有医学学位，但从来没告诉过我？”

“只是给我机会看看，是不是要为了送你去医院而大发脾气？”

他假装恐惧地做了个鬼脸：“求你，不要发作！”

“如果你不让我看你的手，发作是肯定的。”

他深深地吸了一口气，接着又猛地呼出一声叹息：“好吧。”

他解开擦碟布，当我伸出手要拿布的时候，他把手放在我的手中。

过了好一会儿我都没弄明白，我甚至把他的手掌翻过去，尽管我肯定他的伤口在手掌上。我又把他的手背翻回去，最后才意识到那个令人气愤的粉红色褶皱线是那道伤口留下的唯一痕迹。

“但是……你刚才流血……流得很多。”

他把手抽出来，眼睛坚定而严肃地看着我：“我愈合得很快。”

“怪不得。”我喃喃地说道。

我之前清楚地看见那条长长的伤口，看见血流进水槽去了的，那股生锈的气味几乎令我晕厥。伤口本应该需要缝合的，需要好几天才能结痂，然后再过几个星期才能逐渐褪色成现在突显在他皮肤上的发亮的粉红色疤痕。

他噘起嘴巴露出半个笑容，用拳头又重重地捶了捶胸口："狼人，还记得吗？"

他凝视着我的眼睛，不知道看了多久。

"好吧。"我终于开口说道。

他看着我的表情大笑起来："我告诉过你的，你看见过保罗的伤疤的。"

我摇着头想澄清："亲眼看见还是有些不一样。"

我跪了下来，从水槽下的柜子里扒出一瓶漂白剂，接着我倒了一些在抹布上开始擦地板。漂白剂刺鼻的气味使我大脑里最后一丝眩晕的感觉消散殆尽了。

"让我来打扫干净吧。"雅各布说。

"我已经在做了，把擦碟布扔进洗衣机里，好吗？"

我确定地板上除了漂白剂的味道外没有其他异味时，又站起身用漂白剂擦水槽的右侧。接着我走到餐具室旁边的洗衣机，在开洗衣机之前往里面倒了一杯漂白剂。雅各布满脸不赞同地看着我。

"你有强迫症吗？"我做好之后他问道。

哈，或许吧，但是至少这一次我有个好借口："我们这里对血有些敏感，你肯定了解这一点。"

"噢。"他又皱了皱鼻头。

"为什么不尽可能地让他舒服一些？他现在做的已经够难的了。"

"当然，当然。为什么不呢？"

我拔掉塞子，让污水从水槽中流走。

"我能问你些事情吗，贝拉？"

我叹了口气。

"有个狼人做你最好的朋友——怎么样？"

这个问题有些令我不知所措，我大声地笑了起来。

“这吓到你了吗？”我还没回答他就追问道。

“没有，当狼人很友善的时候，”我形容道，“就最好了。”

他咧着嘴巴大笑起来，牙齿在褐色的皮肤下显得格外明亮。“谢谢，贝拉。”他说，接着抓住我的手，把我紧紧地揽入他那几乎能碾碎人家骨头的怀抱之中。

我还没来得及反应，他就放下胳膊，退了几步。

“呃，”他说道，鼻子皱了起来，“你的头发比你的房间还难闻。”

“对不起。”我小声说道。我突然意识到爱德华先前把脸埋在我的头发上呼气时为什么会大笑了。

“这是与吸血鬼交往所面临的诸多危害之一，”雅各布耸耸肩说道，“这让你不好闻，比较而言，这不过是个小危害而已。”

我瞪他：“只有你觉得我难闻，杰克。”

他笑着说：“回头见，贝儿。”

“你要走了吗？”

“他在等我离开呢，我能听见他就在外面。”

“哦。”

“我从后门出去，”他说道，接着又停顿了片刻，“等一会儿——嘿，今晚来拉普西，怎么样？我们要举行篝火晚会。艾米莉会参加，你也会遇见琪姆……我知道奎尔也想见你，他很恼火你比他还早知道一切。”

我莞尔一笑，我能想象出那会令奎尔多么恼火——雅各布小小的人类女伴与狼人们一起玩耍，而他那时候还一无所知。接着我叹气道：“噢，杰克，我不清楚。瞧，现在这里有些紧张……”

“得啦，你认为有人会从我们——我们六个人眼皮底下溜走？”

他结巴的问句最后几个字停顿得有些蹊跷，我不知道他说出**狼人**这个词是否有困难，就和我经常难以说出**吸血鬼**这个词一样。

他大大的黑眼睛充满乞求，没有丝毫的羞愧之意。

“我会问问看的。”我含糊地说道。

他不满地在喉咙里叽咕道：“现在，他也是你的监护人吗？你知道，我上个星期看过一篇有关控制的报道，虐待青少年的关系和……”

“好啦！”我打断他，拽着他的胳膊把他往外推，“狼人出去的时间到了！”

他笑着说：“再见，贝儿，保证要请求许可。”

没等我找到东西朝他扔过去，他就低着头从后门溜了出去，我语无伦次地在空空荡荡的房间里发牢骚。

他走了没多久，爱德华就慢条斯理地走进厨房，雨水像钻石一样在他铜色的头发里闪闪发光，他的眼睛很警觉。

“你们两个人吵架了吗？”他问道。

“爱德华！”我冲向他的怀抱。

“嗨，好啦，”他大笑起来，双臂拥抱着我说道，“你是不是想要分散我的注意力啊？这很奏效。”

“没有，我没和雅各布吵架。真的，为什么这么问？”

“我只是想知道你为什么刺伤他，我可不是反对。”他用下巴指了指灶台上的刀。

“该死！我以为我都收拾好了呢。”

我从他身边跑开，把刀放在水槽里，然后用漂白剂浸泡。

“我没有刺伤他，”我一边做事一边解释，“他忘记手里拿着刀了。”

爱德华咯咯地笑了起来：“这可没我想得那么有趣了。”

“友善一点儿。”

他从夹克衫的口袋里取出一个大信封，把它抛在料理台上：“我帮你取信了。”

“有什么好消息吗？”

“我**想**是的。”

我眯着眼睛，怀疑他说话的语气，走过去自己看看是什么。

他把标准尺寸的信封对折起来，我把它抚平拆开，这种贵重纸张有那么重，真令人惊讶，接着我就看到了回邮地址。

“达特茅斯？这是开玩笑的吗？”

“我确信这是录取信，这和我的一模一样。”

“真悲惨，爱德华——你**做**过什么？”

“我只是寄了你的申请，就这些。”

“我可能不是读达特茅斯的料，但是我也没傻到相信这个。”

“达特茅斯似乎认为你是读达特茅斯的料。”

我深吸了一口气，慢慢地平静下来。“他们倒是很慷慨，”我最后说道，“不过，不管承认不承认，还有学费这么个不大不小的问题。我负担不起，我也不会让你把足够给你自己买辆跑车的钱就这样砸掉，而这仅仅为了让我明年能假装上达特茅斯大学。”

“我不需要另外一辆跑车，而你也不必假装什么，”他轻声说道，“读一年大学不会杀了你的，或许你甚至还会喜欢的。考虑一下嘛，贝拉，想一想查理和蕾妮会多么兴奋……”

他用天鹅绒般的嗓音在我没来得及屏蔽之前就在我的脑海中勾勒出一幅图景。当然查理会满心骄傲——福克斯镇上的任何人都会感受到他的兴奋。而蕾妮也会为我的胜利而欣喜若狂——尽管她可能发誓一点儿也不会惊讶……

我试图把这幅景象摇晃出我的脑袋：“爱德华，我很担心能不能活到毕业，更别说这个夏天或秋天了。”

他又拥抱着我说道：“没有人会伤害到你，你在这个世界上有的是时间。”

我叹气道：“我明天就把银行账户资料寄到阿拉斯加，这些证明材料就够了，而且那里够远的，查理不会指望我回家，至少在圣诞节前。我肯定到那时我会想出借口的，你知道，”我心不在焉地说，“既要保密，又要欺骗，这简直是种痛苦。”

爱德华的表情严肃起来：“事情会变得容易起来的，再过几十年，你所认识的人都会死去，问题就解决了。”

我畏缩了。

“对不起，那样说很刺耳。”

我低头盯着那个白色的大信封，却看不清它：“不过却是事实。”

“如果我能解决这一切，不管我们要面对什么，你是否愿意**考虑**等待？”

“不。”

“总是那么固执。”

“对。”

洗衣机轰隆一声之后慢慢停了下来。

“傻东西。”我从他身边抽身离开的时候低声嘀咕道。我动了动那条使洗衣机失去平衡，一边倒置的小毛巾，然后又按了启动键。

“这倒提醒我了，”我说，“你能问问爱丽丝她打扫我房间的时候动了我的东西吗？我到处都找不到。”

他迷惑不解地看着我：“爱丽丝打扫过你的房间？”

“是的，我猜是她做的。她回来取我的睡衣、枕头，还有其他东西，然后把我囚禁起来。”我愤怒地看着他，简洁地说道，“她捡起散落在我房间里的所有东西，我的衬衣、袜子，我不知道她把它们放在哪儿了。”

爱德华仍然迷惑不解，过了片刻他突然僵立在那里：

“你什么时候注意到东西不见了？”

“我从那个伪睡衣晚会回来的时候。怎么啦？”

“我觉得不是爱丽丝拿了你的东西，她没拿你的衣服或枕头。这些东西是被人偷走的，这些东西是你……穿过……用过……睡在上面的？”

“是的，怎么回事，爱德华？”

他的表情很紧张：“有你的气味的东西。”

“哦！”

我们盯着对方的眼睛看了好久。

“我的拜访者。”我低声说道。

“他在搜集痕迹……证据，来证明他找到你了？”

“为什么？”我轻声问道。

“我不知道，但是，贝拉，我发誓我**会**弄清楚的，我一定会。”

“我知道你会的。”我说，把头靠在他的胸口，靠在那里，我感觉到手机在他的口袋里振动。

他拿出电话，瞟了一眼号码。“我正好和他谈一谈，”他低声说道，接着他啪的一声打开手机，“卡莱尔，我——”他话没说完就停下来听了，他的脸因为聚精会神而绷紧了好几分钟，“我会查清楚的，听我说……”

他说明了我丢失的东西，但是在我这边听来，好像卡莱尔也不能为我们提供什么高见。

“或许我该去……”爱德华说道，他的眼睛向我瞟过来的时候，声音变得似有若无了，“或许不。不要让埃美特一个人去，你知道他会怎么干的。至少让爱丽丝密切监视，之后我们再弄清楚是怎么回事。”

他啪的一声挂掉手机。“报纸在哪里？”他问我。

“呃，我不知道，怎么啦？”

“我要看点东西，查理会不会已经扔掉了？”

“或许吧……”

爱德华已经不见踪影了。

不一会儿他就回来了，现在他的头发上闪烁着像钻石一样的新水珠，手里拿着一份湿报纸。他把报纸摊在桌上，双眼迅速地扫视着新闻标题。他倾身向前，全神贯注地在读报纸上的内容，用一根手指划过他最感兴趣的文章。

“卡莱尔是对的……是的……非常草率，年轻而又疯狂？或者是求死之心？”他自言自语地咕哝着。

我走过去越过他的肩头偷看。

《西雅图时报》的头条新闻是：“连环谋杀还在继续——警察尚无新线索。”

这几乎和查理几个星期前抱怨不已的故事如出一辙——大城市的暴力事件正使西雅图在全国谋杀高发排行榜上的位置不断攀升。不过，这又不完全相同，现在的数字大了很多。

“事情在恶化。”我轻声说道。

他皱起眉头：“简直失控了，这不可能是一个新生儿干的。发生什么事了？好像他们从来没听说过沃尔图里家族。这一点是可能的，我猜，没有人向他们解释过规则……那么是谁创造了他们呢？”

“沃尔图里家族？”我重复道，感到全身不寒而栗。

“这正是他们一直要清除的那种事情——不死之物有暴露我们的危险。他们会清除这样的混乱局面，就像他们几年前在亚特兰大所做的一样，而且那时候事情还没现在这么糟糕。他们不久就会介入了，很快，除非我们采取措施平息事态。我真的希望他们现在不要来西雅图。要是他们离我们这么近……他们就可能决定来查看一下你的情况。”

我又颤抖起来：“我们能做什么？”

“在我们决定怎么做之前，需要知道更多事。或许我们可以和这些年轻的吸血鬼谈一谈，解释规则，事情可能会和平解决。”他皱着眉头，似乎他认为这种可能性不大，“我们要等到爱丽丝知道发生了什么事……不到万不得已我们不想插手。毕竟，这不是我们的职责。不过幸运的是我们有贾斯帕，”他补充道，几乎是对自己说的，“如果我们要处理新生的家伙们，他会大有帮助的。”

“贾斯帕？为什么？”

爱德华心情沉重地笑笑：“贾斯帕是那种新生儿专家。”

“说到专家，你指的是什么啊？”

“你得问他了——故事很复杂。”

“真乱。”我嘀咕道。

“感觉的确是这样，不是吗？就好像这段时间以来事情从四面八方向我们涌来。”他叹着气说，“你有没有想过如果你没有和我相爱，你的生活可能会简单一些？”

“或许吧，不过那就不算真正的生活啦。”

“对我而言也一样，”他平静地更正道，“而现在，我猜想，”他捉弄人地一笑，继续说道，“你有事情要问我吗？”

我茫然地盯着他：“我有？”

“或许没有，”他露齿一笑，“我好像有印象，你答应过问我是否允许你今晚参加狼人的篝火晚会。”

“又偷听了？”

他笑了笑：“只是一点儿，最后一点点。”

“好吧，不过我不会问你的，我猜现在已经有够多的事情让你烦恼了。”

他用手托起我的下巴，捧着我的脸，这样他就能读到我的眼神：

“你想去吗？”

“没什么大不了的事情，别担心。”

“你没必要得到我的允许，贝拉。我不是你父亲——为此我要谢天谢地。不过，或许你应该问一问查理。”

“但是你知道查理会同意的。”

“我的确比大多数人更能洞察到他可能的答案，这是真的。”

我只是盯着他，想理解他想要干什么，想要熄灭我脑海中想要去拉普西的强烈火焰，这样我就不会被我自己的愿望出卖。现在当有那么多可怕得难以解释的事情发生时，我却想要和一群愚蠢的狼人大男孩出去玩，这很愚蠢。当然，这确实就是我想去的原因，我想逃脱死亡的威胁，哪怕只有几个小时……当那个不那么成熟、更加莽撞、会跟雅各布一起一笑了之的贝拉，哪怕只有一小会儿，但是那没什么关系。

“贝拉，”爱德华说，“我告诉过你我会讲道理，信任你的判断，我是认真的。如果你信任狼人们，那么我也不会担心他们的。”

“哇。”我说，就和我昨天晚上的反应一样。

“而且雅各布是对的——不管怎么说，有一件事情—— 一群狼人应该足以保护你一个晚上。”

“你确定吗？”

“当然啦，只是……”

我振奋起来。

“我希望你不介意采取一些预防措施吧？允许我送你到边界线那边，就这个。还要带上手机，这样我就会知道什么时候来接你啊！”

“那听起来……很有道理。”

“好极啦。”

他对着我微笑起来，我看得出来他珠宝似的眼睛里没有一丝恐惧。

不出大家所料，查理对我今晚要去拉普西参加篝火晚会的事情一点儿疑虑都没有。当我打电话告诉他这个消息时，雅各布不假掩饰、兴高采烈地欢呼起来，他似乎迫不及待地赞同爱德华的安全措施，他答应我六点钟在边界线那里等我们。

在内心挣扎了一会儿之后，我就下定决心不卖摩托车了。当我不再需要它的时候，我会把它送回拉普西，它本来就属于那里……好吧，不管怎么样，我坚持要让雅各布从他的努力中有所收益。他可以卖掉它……或者送给朋友，对我而言已经无所谓了。

今晚好像是把车还给雅各布的好机会，最近我对事情的看法很悲观，每一天就像是最后一次机会一样。我没有时间推迟任何事情，不管它们有多么不重要。

当我解释我要干什么的时候爱德华只是点了点头，但是我看见他眼里闪过一丝惊愕，我知道他想到我骑摩托车比查理的态度好不到哪里去。

我跟着他回到他家里，来到我放摩托车的车库。直到我把卡车开进来，下车后，我才意识到这一次他惊愕并不完全是因为我的安全。

在我那台老掉牙的摩托车旁边，使其黯然失色的是另一辆车。把这辆车称为摩托车几乎有点太委屈它了，它看起来跟我那辆突然间破旧不堪的摩托车根本不是一类东西。

那辆车很大，色泽银白光滑——即便是在完全不动的情况下——速度似乎也是飞快。

“**那**是什么？”

“没什么。”爱德华低声说道。

“可**看起来**不像没什么。”

爱德华的表情很随意，他好像下定决心要蒙混过关：“好吧，我不知道你是否打算原谅你的朋友，或者他会原谅你，我不知道你是否还想骑自己的摩托车。听起来好像你还挺喜欢的，我以为我可以跟你一起骑，如果你希望的话。”他耸了耸肩。

我目不转睛地盯着那台漂亮的机器，在它旁边，我的车相形见绌，简直就是辆破车。一阵悲伤油然而生，我意识到这足以类比我可能在爱德华身边看起来的样子。

“我赶不上你的。”我轻声说道。

爱德华用手托起我的下巴，向他拉近，这样他就能直视着我的脸了，他用一根手指想要推开我的嘴。

“我会跟在你后面的，贝拉。”

“那样你就没什么乐趣了。”

“当然会有乐趣，如果我们一起的话。”

我咬紧嘴唇，想了想这种情景：“爱德华，如果你认为我骑得太快，或者控制不了车之类的话，你会怎么做？”

他迟疑了，显然想找到正确的答案，我知道事实：他在我撞倒之前会想办法救我的。

接着他笑了，心情似乎轻松了，除了眼睛里流露出略带防备的紧张。

“这是你和雅各布在一起做的事情，现在我明白了。”

“就是那样，好吧，我很少让他减速，你知道。我可以尝试，我猜……”

我怀疑地看着那辆银色的摩托车。

“别担心，”爱德华说，接着他轻松地大笑起来，“我看见贾斯帕喜欢这个，或许是他寻找新的旅行途径的时候了。毕竟，爱丽丝现在已经有了保时捷。”

“爱德华，我——”

他迅速地吻住我，打断了我的话：“我说过别担心，不过你能帮我个忙吗？”

“无论是什么都可以。”我飞快地答应道。

他把手从我脸上拿开，斜靠在大摩托车的另一侧，摸索着他藏在那里的某个东西。

他拿出来一个看不出形状的黑色物体，另一个是红色的，而且很容易辨认。

“请！”他邀请道，脸上闪现出那抹摧毁我所有抵抗力的狡黠的笑容。

我接过红色的头盔，用手掂量了一下它的重量：“我看起来会很傻的。”

“不，你看起来会很棒，棒到不会让自己受伤。”他把黑色的东西，不管那是什么，挂在胳膊上，然后用手捧着我的脸，“现在我双手之间握着我不能没有的东西，你答应我要好好照顾它们的。”

“好的，很好，另外一个是什么？”我怀疑地问。

他大笑起来，抖开一件有垫肩的夹克：“这是骑士夹克，我听说山脊飙车非常不舒服，那种感觉我体会不到。”

他递给我，我深深地叹了口气，把头发轻轻地掠到耳后，把头盔戴在头上。接着我把胳膊伸进夹克的袖子，他帮我拉上拉链，嘴角露出玩味的笑容，接着他后退一步。

我感觉很笨重。

“老实说，我看起来有多么可怕？”

他又后退了一步，嘟起嘴巴。

“那么糟糕啊？”我低声问。

“不，不，贝拉，实际上……”他好像在斟酌用什么词才合适，“你看起来……很性感。”

我开怀大笑起来：“好极了。”

“非常性感，真的。”

“你这样说只是让我穿上它而已，”我说道，“不过没关系，你是对的，这样帅多了。”

他用胳膊把我揽入怀中：“你很傻，我想这也是你的迷人之处。不过，我得承认，这个头盔的确有不好的地方。”

接着他把头盔取下来，这样他就可以吻我了。

爱德华开车送我到拉普西稍微晚了一些，我意识到这种前所未有的情形熟悉得有些奇怪。过了好一会儿，我才弄明白这种似曾相识的感觉源于何处。

“你知道这让我想起什么了？”我问道，“这就好像孩提时蕾妮把我送到查理那里过暑假，我感觉自己就像七岁的小孩一样。”

爱德华大笑起来。

我没有大声地提起这一点，但是两种情形之间最大的不同就是蕾妮和查理的关系更融洽一些。

在离拉普西差不多还有一半路的时候我们转了个弯，发现雅各布斜靠在他用破铜烂铁修理出来的那辆红色大众车上。我从前座上向他招手，雅各布小心翼翼、不偏不倚的表情融化成了一个微笑。

爱德华在离他三十码的地方把沃尔沃停了下来。

“无论何时你准备好回家了，马上就给我打电话，”他说，“我会在这儿等你的。”

“我不会在外面待到很晚的。”我向他保证。

爱德华把摩托车和我的新装备从他的后备厢里拉出来——令我印象非常深刻的是他显得轻松自如。不过当你强大到足以把整个货车抛来抛去的时候，小小的摩托车就更不在话下了。

雅各布注视着这一切，没有走过来，他的微笑消失不见了，黑色的眼睛让人捉摸不透。

我把头盔夹在腋下，把夹克扔在椅子上。

“东西都拿好了吗？”爱德华问道。

“没问题。”我宽慰他道。

他叹了口气，向我靠近。我仰起脸轻轻地跟他吻别，但是爱德华出其不意地紧紧地抱住我，热情似火地吻我，和他在车库里的时候一样——不用很长，我就要挣扎着呼吸了。

爱德华轻轻地冲着什么东西笑了笑，然后放开我。

“再见，”他说，“我真的很喜欢这件夹克。”

当我转身离开他的时候，我想我看见他眼中闪过我不该看见的东西。我说不清楚那到底是什么。担忧，或许吧，有一会儿我认为是恐慌。不过，很可能是我多心了，和平常一样。

我推着车朝那条看不见的吸血鬼－狼人的协约界线走去，和雅各布会合，我能感觉到我背后他凝视我的眼神。

“那是怎么了？”雅各布向我叫道，他的声音很警惕，仔细打量着摩托车，脸上带着深不可测的表情。

“我想我应该把它放在属于它的地方。”我告诉他。

他想了一会儿，接着大大的笑容在他脸上荡漾开来。

我清楚地知道已经到达狼人领地了，因为雅各布顶着车起身迅速地朝我慢跑过来，只迈了三大步就来到我面前。他从我手中接过摩托车，用支架支好，又用一个不那么紧的拥抱抓紧我。

我听见沃尔沃引擎在愤愤不平地低吼，挣扎着摆脱出来。

“停下，杰克！”我气喘吁吁地大叫道。

他大笑起来，让我坐下，我转过身挥手告别，但是那辆银色的汽车已经消失在公路的拐弯处了。

“好极了。”我发表意见说，一股酸酸的味道从我的语气里泄露出来。

他故作纯真地睁大眼睛说：“什么？”

“他对此真的是非常乐意的，你可不要得寸进尺了。”

他又大笑起来，声音比之前还要大——他发现我所说的话其实非常滑稽。我尝试着弄明白有什么好笑的，他则绕到兔牌车的另一侧为我开门。

“贝拉，”他终于说道——还是在咯咯地笑——在我身后关上门的时候他说道，“你没法为那些本来就不属于你的东西得寸进尺。”

传　说

“你还要吃那个热狗？”保罗问雅各布，他的眼睛盯着所剩无几的残羹冷炙，狼人们已经吃掉一大堆东西了。

雅各布靠在我的膝盖上，拨弄着他穿在一根拉直了的铁丝衣架上的热狗；篝火边上的火焰吞噬着冒泡的表皮。他重重地叹了口气，拍了拍肚皮，还有些平，尽管我已经数不清楚第十个热狗之后他又吃过多少个了，还不算超大包装的薯片和两升的瓶装根汁汽水。

“我想是的，”雅各布慢条斯理地说道，“我饱得都要吐出来了，但是我**想**我还是能够撑下去的。不过，我可不会享受它的美味了。”他又悲伤地叹了口气。

实际上至少保罗吃得和雅各布一样多，但他还是怒气冲冲，双手握成了拳头。

“嘘。”雅各布大笑起来，“开玩笑的，保罗，给你。”

他把自制的穿肉扦抛到篝火对面，我以为穿肉扦的另一端会先掉在沙子上，但是保罗毫不费力巧妙地把它接住了。

一直只与那些身手敏捷的人玩会让我产生某种情结。

“谢谢，哥们儿。”保罗说道，他的怒火不一会儿就烟消云散了。

火焰发出噼里啪啦的声音，慢慢地向沙子靠近。在黑色的苍穹下，闪烁着的火花突然爆发出一阵璀璨的橘红色。有意思的是，我没注意到已经日落西山了。有生以来第一次我不知道天已经那么晚了，我完全忘记了时间在流逝。

和奎鲁特的朋友们相处比预期的要容易一些。

雅各布和我把摩托车放在车库的时候，他懊恼地承认戴上头盔是个好主意，他应该自己想到这一点的。从那时起，我就开始担心在篝火晚会上和他一起出现了，我不知道狼人们现在会不会把我当成叛徒。他们会不会因为雅各布邀请我来而生他的气？我会不会扫了大家在晚会上的兴致？

但是当雅各布拖着我走出森林来到峭壁顶，他们在这里会合——这里的篝火已经比被乌云遮住的太阳更加耀眼了——气氛非常随意、轻松。

“嘿，吸血鬼女孩！”安布里大声地跟我打招呼。奎尔跳了起来和我击掌，还吻了我的脸颊。我们在艾米莉和山姆旁边凉爽的石头地面上坐下来，艾米莉捏了一下我的手。

除了偶尔开玩笑似的抱怨之外——大多数都是保罗，他抱怨一直让吸血鬼逍遥自在，散布恶臭，我受到的礼遇就像这里的成员一样。

参加的也不仅仅是孩子们。比利也在，他坐在轮椅上，别的人围在他周围坐成一圈，这似乎是自然而然的事情。奎尔的祖父、白发苍苍的爷爷老奎尔坐在比利旁边的一张折叠式户外小椅子上，他看起来十分冷漠。苏·克里尔沃特——查理的朋友哈里的遗孀，坐在他另一侧的椅子上。她的两个孩子里尔和塞思也都在那里，和我们其他人一样席地而坐。这令我感到惊讶不已，不过这三个人现在显然已经知道了秘密。从比利和老奎尔与苏说话的方式中，我听来好像她已经取代了哈里在长老会的位置。这使她的孩子们自动地成为拉普西最秘密组织的成员了吗？

我不知道对里尔来说坐在山姆和艾米莉对面是多么难过的事情。她可爱的脸庞没有流露出任何感情，不过她的目光从未从火焰上移走过。看着里尔完美的身材与容颜，我禁不住拿她与艾米莉被毁容的脸相比较。里尔会怎样看待艾米莉的伤疤呢，既然现在她已经知道了背后的秘密？在她眼中会是公平的吗？

小塞思·克里尔沃特不那么小了。他脸上挂着满心欢喜的笑容，体形修长，他让我想起年纪稍小时的雅各布。这种相似令我会心一笑，接着又叹了口气。塞思命中注定要和其他的男孩子一样经历生活的剧变吗？是不是正是因为这样的未来，他和他的家人才来到这里呢？

整个狼人群体都到了：山姆和他的艾米莉、保罗、安布里、奎尔、杰莱德与琪姆。琪姆就是那个杰莱德烙印上的小姑娘。

我对琪姆的第一印象是她是个很善良的女孩子，有些害羞，有些平凡。她的脸庞较宽，主要是颧骨，而眼睛又很小，整个脸不太匀称。她的鼻子和嘴巴都太大了，不符合传统的审美标准。而她那平整服帖的黑头发在风中显得太薄、太稀疏，似乎永远无法在头顶上绾成发髻。

那是我的第一印象。有好几个小时，我一直在观察杰莱德注视琪姆的眼神，几个小时之后，我再也无法找到这个小姑娘身上任何平凡之处了。

瞧他凝视她的样子！就好像盲人第一次看见太阳，好像收藏家发现了一幅无人知晓的达·芬奇① 作品一样，仿佛母亲注视着她刚出生的孩子的脸一样。

他惊叹的眼神使我在她身上看到新的东西——她的皮肤在火光下看起来就像褐色的丝绸一样，她嘴唇的形状简直就是完美的双曲线，牙齿在嘴唇的映衬下那么洁白无瑕，她低下头的时候睫毛那么长，几乎都要擦到脸颊了。

---

① 达·芬奇（Da Vinci，1452—1519），诞生在意大利芬奇镇（Vinci）附近的安基亚诺村，芬奇镇靠近佛罗伦萨（Florence）。达·芬奇是非婚生子，他的童年是在祖父的田庄里度过的。孩提时代的达·芬奇聪明伶俐，勤奋好学，兴趣广泛。他歌唱得很好，很早就学会弹琵琶，他的即兴演唱，不论歌词还是曲调，都让人惊叹。他尤其喜爱绘画，常为邻里们作画，有“绘画神童”的美称。达·芬奇是意大利文艺复兴（Renaissance）时期第一位画家，也是整个欧洲文艺复兴时期最杰出的代表人物之一。壁画《最后的晚餐》（*The Last Supper*）、祭坛画《岩间圣母》（*Madonna of the Rocks*）和肖像画《蒙娜丽莎》（*Mona Lisa*）是他一生的三大杰作。这三幅作品是达·芬奇为世界艺术宝库留下的珍品中的珍品，是欧洲艺术的拱顶之石。达·芬奇无论是在艺术领域，还是在自然科学领域，都取得了惊人的成就。他的眼光与科学知识水平超越了他的时代。他是一位思想深邃、学识渊博、多才多艺的艺术大师、科学巨匠、文艺理论家、大哲学家、诗人、音乐家、工程师和发明家。他在几乎每个领域都做出了巨大的贡献。后代的学者称他是“文艺复兴时代最完美的代表”，是“第一流的学者”，是一位“旷世奇才”。

琪姆遇到杰莱德敬畏的凝视时皮肤有时会变暗，眼睛会低垂下来，仿佛备感尴尬一样，但是她难以把眼神从他身上移开，似乎忘记了时间的存在。

注视着他们我感到自己能更好地理解雅各布以前告诉过我的有关烙印的事情——*那种程度的专心与宠爱真的很难抗拒。*

琪姆靠在杰莱德的胸前打起盹来，他用胳膊环抱着她，我想她在那儿会很温暖。

“很晚了。”我对雅各布低声说道。

“别再提**这个**了，”雅各布轻声地回应我——尽管这群人当中，有一半人听觉敏锐得足以听见我们在说什么，“就快到最精彩的地方了。”

“最精彩的地方是什么？你要吞下一整头牛了？”

雅各布乐呵呵地笑了笑，声音低沉而沙哑：“不是，那是结局，我们并不是为了吃掉一个星期的食物才聚到一起的。说得专业一点儿，这叫长老会议。奎尔第一次参加，而且他还没听说过那些传说。噢，他曾**听说**过，但是这会是他第一次知道那些都是真实的。那个家伙会全神贯注地听这些传说的，琪姆、塞思和里尔也都是第一次来。”

“传说吗？”

雅各布飞快地向我靠近，我则靠在低矮的岩石上。他把胳膊搭在我的肩膀上，压低音量，轻声地在我耳边说道：

“那些历史我们一直以为是传说，”他说道，“那些关于我们是怎么形成的故事，最初是圣灵战士的故事。”

雅各布的轻声低语几乎就像是开场白一样。篝火微微燃烧着，周遭的气氛突然改变了，保罗和安布里坐得更笔直了。杰莱德轻轻地推醒琪姆，接着温柔地让她坐正。

艾米莉拿出一个活页笔记本和一支笔，看起来简直就像学生准备好要听一堂重要的课。山姆只是在她身边稍稍挪动了一下——这样他就可以和坐在他另一边的老奎尔面向同样的方向——我忽然意识到这里长老会的长老们不是三个，而是四个。

里尔·克里尔沃特脸上依然戴着美丽却毫无表情的面具，她闭上眼睛——不像是累了的样子，而是这样似乎有助于她集中注意力。她弟弟迫不及待地朝年长的人靠近。

篝火发出噼里啪啦的声音，又爆出一阵火花，在夜色下闪闪发光。

比利清了清嗓子，他的开场白不会比他儿子的窃窃私语多，他富于感情、深沉的嗓音娓娓道来。他滔滔不绝，语言准确无误，仿佛都镌刻在他心里一样，而且他讲故事的时候，感情丰富，富于节奏，就好像诗人在吟唱自己创作的诗歌一样。

“奎鲁特从一开始起人就很少，”比利说，“我们现在人也不多，但是我们从未消失，这是因为我们的血液中蕴藏着魔力。这并不总是变形的魔力——它出现得更晚一些。首先，我们是圣灵战士。”

以前我从未认识到比利·布莱克声音中隐藏着庄严、权威的色彩，尽管我意识到现在权威们都已经来了。

艾米莉的笔飞快地在活页纸上划过，努力跟上他的节奏。

“最初，部落定居在这个港湾并成为熟练的造船者和渔夫，但是部落很小，而海港水产丰富。有其他部落对我们的土地觊觎垂涎，我们太弱小无法守住它。一个比我们大的部落来打我们，我们只好登上船逃离了。

“卡赫勒哈不是第一位圣灵战士，但是我们不记得在他之前的传说了。我们不记得谁是第一个发现这种能力的人，在这次危机之前也不知道它的使用方法。卡赫勒哈是我们历史上的第一位伟大的圣灵酋长。在紧要关头，卡赫勒哈使用这种魔法捍卫了我们的领土。

“他和他的战士们离开了船——不是他们的身体，而是他们的灵魂。他们的女人看守着肉身，注视着海浪，男人们则跟随着他们的灵魂回到我们的港湾。

“他们不能用肉身与敌对部落正面交锋，但是他们有其他的办法。传说告诉我们，他们能够使猛烈的风吹到敌人的营帐，他们能在风中制造可怕的尖叫声来震慑敌人。传说也告诉我们，动物看得见圣灵战士，并且能够理解他们；动物会听命于他们。

“卡赫勒哈带领着他的圣灵部队，狠狠地反击了那些侵略者。这个侵略部落养了一群群体形硕大、皮毛浓密的狗，他们用这些狗在冰天雪地的北方拉雪橇。圣灵战士使这些狗与它们的主人为敌，接着又从悬崖上的洞穴中呼唤出气势汹汹、成群而来的蝙蝠。他们利用呼啸而来的风帮助狗群迷惑敌人，狗和蝙蝠赢了。幸存下来的人逃散，他们叫我们的海港诅咒之地。圣灵战士们解除了对狗的命令之后，它们就四处逃窜了。奎鲁特人凯旋，回到他们的肉身里，回到他们妻子的身边。

“其他邻近的部落，霍哈族和马卡族与奎鲁特人缔结了协约。他们不想与我们的魔法有任何瓜葛，我们与他们则和平共处。当敌人进攻我们的时候，圣灵战士会把他们赶走。

“许多代人过去了，接着出现了最后一位伟大的圣灵酋长——塔哈·阿基。他以他的智慧以及爱好和平而著名。人们在他的呵护下安居乐业，怡然自得。

“但是有个人——乌特拉帕，并不满足。”

一阵轻轻的嘘声围绕着篝火响了起来，我反应太慢了，没注意到是从何处开始的。比利对此视而不见，继续讲述这个传说。

“乌特拉帕是塔哈·阿基最强大的圣灵战士之一 ——他是个非常强大的人，也是个贪婪的人。他认为可以利用他们的魔力扩张领土，奴役霍哈族和马卡族，并建立一个帝国。

“现在，当战士们以灵魂的形式出现时，他们就会知道彼此的心声。塔哈·阿基看见了乌特拉帕所梦想的一切，所以很生他的气。乌特拉帕被命令离开部落，再也不得使用其灵魂。乌特拉帕很强大，但是酋长的战士们人多势众，他别无选择，唯有离开。这个愤怒的被驱逐的人躲在附近的森林里，伺机报复酋长。

“即使在和平时代，圣灵酋长也很警觉地保护着他的人民，他常常去山里一个神圣而秘密的地方。他会离开他的身躯，在森林里和海岸线巡逻，以确保没有危险临近。

“一天，当塔哈·阿基离开他的肉身执行任务的时候，被乌特拉帕跟踪了。起初，乌特拉帕只是想杀死酋长，但是这个计划有缺陷。圣灵战士们当然会想方设法毁灭他，他逃跑的速度远远不及圣灵战士们追踪他的速度。当他躲在岩石中，注视着酋长准备离开身躯的时候，另一个计划在他脑中形成了。

“塔哈·阿基把肉身留在那个秘密的地方，随风而行，守卫着他的人民。乌特拉帕等待着，直到他确定酋长的灵魂已经走得有些远了。

“乌特拉帕一进入到灵魂世界塔哈·阿基就知道了，他也知道了乌特拉帕的谋杀计划。他疾驰着赶回那个秘密的地方，然而就连风也来不及挽救他，他回来时肉身已经不见了。乌特拉帕的肉身被抛在一边，但是乌特拉帕根本没给塔哈·阿基留下任何逃生的机会——他用塔哈·阿基的手切断了自己肉身的喉咙。

“塔哈·阿基跟着他的肉身来到山下。他朝乌特拉帕尖叫，但是乌特拉帕根本就对他熟视无睹，就好像他不过是一阵风而已。

“塔哈·阿基绝望地看着乌特拉帕取代他当上了奎鲁特人的酋长。几个星期过去了，为了确保大家相信他是塔哈·阿基，乌特拉帕没有采取任何行动。接着事情开始改变了——乌特拉帕颁布的第一项法令就是禁止任何战士进入灵魂世界。他声称他预见到危险，但是实际上他是感到害怕，他知道塔哈·阿基会等待时机说明真相。乌特拉帕也很害怕自己进入到灵魂世界，他知道塔哈·阿基会迅速地夺回自己的肉身。妄想征服圣灵战士军队是绝不可能的，所以，他以统治部落来满足他的野心。他变成了一种负担——追求塔哈·阿基从未要求过的特权，拒绝与他的战士们一起工作，而且还娶了另一个年轻的妻子，接着又娶了第二个，虽然塔哈·阿基的妻子仍然健在——这是以前部落里闻所未闻的事情。塔哈·阿基双眼充满怒火，眼睁睁地看着这一切，却无能为力。

“最终，塔哈·阿基试图杀死他自己的肉身来把部落从乌特拉帕的暴行中解救出来。他从山上带来一头凶猛的狼，但是乌特拉帕躲在战士们的后面。狼杀死一个保护假酋长的年轻战士时，塔哈·阿基感到悲痛万分，他下令让狼离开。

“所有的传说告诉我们，当圣灵战士并非易事。从身躯的束缚中解脱出来，与其说会令人兴奋不已，还不如说会让人恐惧万分，这就是为什么他们只是在万不得已的情况下才使用这种魔力。酋长巡视的孤独旅程是种负累，也是种奉献。脱离肉体就会使人失去方向，感到局促不安，惊恐不已。塔哈·阿基离开肉体的时间太久了，他已经备感煎熬了。他感到自己就要死了——永远无法跨越到那片他的祖先们守候的终极之地，他会永远陷入这种折磨人的虚无缥缈之中。

“在塔哈·阿基痛苦地翻来覆去的时候，那头大狼跟随着他的灵魂在树林里游荡。它在狼群中也算是体形硕大的，而且很漂亮，塔哈·阿基突然嫉妒起这头哑巴动物了。至少它还有肉身，至少它还有生命，即使当动物也比这种可怕的虚无感要好。

“接着塔哈·阿基产生了一个改变我们所有人的念头，他要大狼为他腾个地方，和它一起共用一个肉身。狼遵从了他的命令，塔哈·阿基满怀欣慰、心存感激地进入狼的身体里面。这虽然不是他的人类肉身，但是这比灵魂世界的虚无要好。

“人和狼合一，回到港湾边的村庄里。人们吓得四处乱跑，大声地呼喊着战士们，战士们手持长矛跑出来应付狼。当然，乌特拉帕仍然安全地躲在幕后。

“塔哈·阿基没有袭击他的战士，他慢慢地撤退，用眼睛说话，想要大声唱出他们族人的歌曲。战士们开始意识到这头狼根本不是寻常之物，它受到某种灵魂的感召。一个名叫亚特的老战士决定不再听从假酋长的命令，他尝试着跟狼交流。

“亚特一进入灵魂世界，塔哈·阿基就离开了狼的肉身和他说话——这头动物驯服地等待着他的归来。亚特立刻了解了真相，欢迎他的真酋长回家。

“就在此时，乌特拉帕过来察看狼是否被打败了。当他看见亚特站在地上一动不动，被战士们包围着保护起来时，他意识到发生了什么事。他抽出一把刀，冲上前去想要在亚特回到身体之前杀死他。

“‘叛徒。’他叫道，而他的战士们不知道该怎么办。酋长禁止他们进入灵魂世界，而且由酋长决定该如何惩罚不遵守规定的人。

“亚特倏地跳回到自己的身体里，但是乌特拉帕已经用刀刺穿了他的喉咙，并且用另一只手捂住了他的嘴巴。塔哈·阿基身体强壮，而亚特则年老力衰。亚特根本无法说一句话来警告其他人，乌特拉帕就使他永远无法开口了。

“塔哈·阿基注视着亚特的灵魂悄悄地回到那片他自己永远被阻隔在外的终极之地。他感到怒不可遏，这种强烈的愤怒是他以前从未经历过的。他又回到大狼的身体里，想要撕裂乌特拉帕的喉咙。但是，他一回到狼的身体里面，最令人不可思议的奇迹发生了。

“塔哈·阿基的愤怒是人的愤怒。他对族人的爱，对他们的压迫者的仇恨来得太猛烈了，太具有人性了，狼根本无法负载。它颤抖起来，接着——在惊慌失措的战士和乌特拉帕眼前——变成了人。

“这个新人不像塔哈·阿基的身体，他要伟岸得多，他是塔哈·阿基灵魂的肉体化身。不过，战士们立刻认出了他，因为他们以前与塔哈·阿基的灵魂一起飞奔过。

“乌特拉帕企图逃跑，但是塔哈·阿基在新的肉身里拥有狼的力量。他抓住这个贼，在他还未逃出偷来的肉身之前就摧毁了他的灵魂。

“人们明白发生了什么事情之后都感到欣喜若狂。塔哈·阿基迅速地整顿了一切，又和他的族人们一起工作起来，还把年轻的妻子送回到她们家里。唯一没有变的是他继续禁止灵魂之旅，他知道由于有偷窃生命的可能存在，这种旅途太危险了，从此再也没有圣灵战士了。

“从那时开始，塔哈·阿基就远非狼或者人了。他们称他为大狼人塔哈·阿基，或圣灵人塔哈·阿基。他领导部落很多很多年，因为他不会变老。当威胁临近时，他会变回狼形战斗或威慑敌人，人们生活在和平之中。塔哈·阿基有很多儿子，当中的一些发现当他们成年之后也会变成狼。这些狼人都不一样，因为他们是有灵魂的狼，反映的是他们寄居的人的性格。”

“那就是为什么山姆是黑色的，”奎尔低声说道，笑着露出了牙齿，“黑色的心脏，黑色的皮毛。”

我完全沉浸在故事里面，回到现在，回到围坐在行将熄灭的篝火四周的人当中，感觉很惊诧。另一件让我感到惊诧的事就是，我意识到围坐在这里的人是由塔哈·阿基的——不管多少代的——曾孙们构成的。

一阵火星飞溅到空中，它们颤抖着、飞舞着，形成几乎无法辨认的图案。

“那么你的巧克力色的皮毛又反映了什么呢？”山姆小声回敬奎尔说道，“你有多么甜？”

比利没理会他们的互相揶揄：“有些子孙变成了战士与塔哈·阿基一起战斗，他们从此再也不会变老。其他一些，他们不喜欢这种变形，拒绝加入狼人的队伍。这些人又开始变老，部落的人发现，如果他们放弃狼的灵魂的话，狼人们也会像其他人一样变老。塔哈·阿基的寿命相当于三个人的那么长，他的头两个妻子死后他又娶了第三个妻子，发现她才是自己真正的精神伴侣。尽管他也爱其他两个，但是这一个有些不同。他决定放弃自己狼的灵魂，这样他就会在她死后也死去。

“这就是奇迹在我们身上发生的来龙去脉，但是这个故事远未结束……”

他看着老奎尔·阿提拉在椅子上移动了一下，挺直了虚弱的肩膀。比利喝了一口瓶里的水，擦了擦额头。艾米莉奋笔疾书，笔从未停顿。

“这就是圣灵战士的传说，”老奎尔用单薄的高音开始慢慢道来，“接着就是第三个妻子牺牲的传说。”

“塔哈·阿基放弃狼人的灵魂过了很多年，那时候他已经是一位老者，北方的马卡部落开始遇到麻烦。他们部落的几个年轻女人失踪了，而他们把她们的失踪归咎于附近部落的狼，马卡人对狼既害怕又不信任。狼人们在保持狼形的时候仍然能够读懂彼此的思想，就好像他们的祖先在灵魂出窍的时候一样。他们知道他们当中没有人做过这样的事。塔哈·阿基试图安抚马卡酋长，但恐惧的情绪太深了。塔哈·阿基不想在他做酋长时发生战争，他不再是领导他的族人的战士了。他下令让他最年长的狼人儿子塔哈·韦，一定要抢在事态引起双方互相敌视之前查明真相。

“塔哈·韦带领着五个狼人在山里搜寻，寻找失踪的马卡人的踪迹。他们遇到了以前从未遇到过的东西——森林里一阵奇怪而又甜蜜的味道使他们的鼻子辣得难受，疼痛不已。”

我畏惧地朝雅各布靠近了一些。我看见他的嘴角突然幽默地抽动了一下，胳膊把我搂得更紧了。

“他们不知道什么样的动物会留下这样的气味，但是他们顺着气味追踪下去。”老奎尔继续说着。他颤抖的声音没有比利的威严，但是却有着一种奇特而猛烈的紧迫感。他的语速更快了，我的脉搏不禁一跳。

“一路上，他们发现一些微弱的人类气味，还有人血，他们确定这就是他们在找的敌人。

“搜寻的道路很远，他们已经走到最北边了，塔哈·韦派出一半人马，较年轻的那些回到港湾向塔哈·阿基报告。

“塔哈·韦和他的两个兄弟没有回来。

“较年轻的兄弟们搜寻着他们的兄长，但一无所获。塔哈·阿基为他的儿子们感到悲痛不已。他想为儿子报仇，但他已经老了。他穿着丧服去见马卡酋长，并告诉他所发生的一切。马卡酋长相信他的悲伤，两个部落之间的紧张局势就此结束了。

“一年以后，两个马卡少女在同一个晚上从家里失踪了。马卡人立刻叫来了奎鲁特狼人，他们发现村子里到处都是同样的甜甜的恶臭，狼人们又继续开始追捕。

“只有一个人回来了。他就是雅哈·尤塔，塔哈·阿基第三个妻子的大儿子，狼群中最年轻的那个。他带回奎鲁特历史上从未见过的东西—— 一具奇怪的、冰冷的石头一样的尸体，他把尸体扛在肩上带了回来。拥有塔哈·阿基血脉的所有人，甚至那些从来都不是狼人的人都能闻到这个死尸身上散发出来的刺鼻气味。这就是马卡部落的敌人。

“雅哈·尤塔描述了事情的经过：他和他的兄长们找到了这个东西，还有两个马卡少女，它看上去和人一样，但是却像花岗岩一样坚硬。一个女孩已经死了。另一个则在这个东西的胳膊里，它的嘴巴咬在女孩的喉咙上。他们发现这股令人讨厌的气味时，她可能还活着，但是，当他们向它逼近时，这个东西飞快地结束了她的生命，它惨白的嘴唇上还残留着她的血，而它的眼睛发出红光。

“雅哈·尤塔描述了这个东西力大无比、速度飞快的情形。他的一个哥哥低估了他的力量，很快便遇害了。他的哥哥在这个家伙面前，就像个洋娃娃一样脆弱。雅哈·尤塔和他的兄弟们离得比较远，他们从侧翼一起向它进攻，好不容易占了上风。他们得用尽狼的全力全速进攻才能做到，这是以前从未发生过的事情。这个东西和石头一样坚硬，和冰一样冷。他们发现只有他们才能摧毁它。

“不过，这个东西学得很快，不久它就能跟他们势均力敌了，它抓住了雅哈·尤塔的哥哥。雅哈·尤塔发现它的喉咙上有一条口子，接着他纵身一跃，用牙齿攻击它的头，但是它的手却继续杀害了他的哥哥。

“雅哈·尤塔把这个东西撕成根本无法辨别的碎片，绝望地想要救出他哥哥。他还是晚了，不过，最后，这个东西被摧毁了。

“或者说他们以为是这样。雅哈·尤塔把这些散发着臭气的碎片放在一起让长老们检查。一只伤势严重的手摆放在一块花岗岩一般坚硬的胳膊碎片旁边，当长老们用棍子戳的时候，这两片连在了一块儿，那只手伸向胳膊碎片，试图重新组装起来。

“惊恐万分的长老们放火烧了这些残骸，一阵浓烟散发着令人窒息的恶臭。当所有的碎片燃烧成灰烬后，他们把这些灰分别装在许多小袋子里，把它们撒在相隔很远的不同的地方——有的在海洋里，有的在森林里，有的在悬崖峭壁的洞窟之中。塔哈·阿基脖子上挂着一袋，这样他就能在这个东西想要再次拼凑起来的时候获得警示。”

老奎尔停了下来，看着比利。比利拉出一根绕在他脖子上的皮带，悬挂在末梢的是个小袋子，袋子的颜色因为岁月的流逝而变黑了。几个人惊得倒吸一口凉气，我很可能是其中之一。

“他们称之为冰冷的人，就是吸血鬼，并担心这种东西绝非一个。而他们只剩下一个狼人——年轻的雅哈·尤塔来保护他们了。

“他们没有等多久。这个东西有一个吸血鬼配偶，她来到奎鲁特部落伺机报复。

“传说中讲到这个冰冷的女人是人类眼睛所见到过的最美丽的东

西。当她在早晨进入村子的时候，看起来就像曙光女神[1]一样；这时候太阳闪闪发光，阳光在她雪白的皮肤上熠熠生辉，也让她那垂到膝盖以下的金色长发散发出光芒。她的脸美丽得有魔力，眼睛在苍白的脸上显得更加黝黑，有些人拜倒下来向她表示敬畏。

“她声调高亢而尖锐地问了些什么，没有人听过那种语言。所有人都目瞪口呆，不知道该如何回答她。在亲眼见过她的人们当中，只有一个小男孩是塔哈·阿基的后代。小男孩紧紧地抓住他母亲，叫嚷着说这种气味让他的鼻子难受。其中一个长老正在去长老会的路上，听见男孩的话，他意识到发生了什么事。他大叫着让人们赶快逃跑，而她则首先杀死了这个长老。

“有二十个人亲眼见到过这个冰冷的女人到来。两个人幸存下来，只是因为血分散了她的注意力，她停下来满足自己的饥渴。他们跑到塔哈·阿基那里，塔哈·阿基与长老会的其他长老、他的儿子以及第三任妻子坐在一起。

“雅哈·尤塔一听到这个消息就变成了狼人，他独自一人赶去打败那个吸血鬼。塔哈·阿基的第三个妻子、他的儿子以及长老们紧跟其后。

“起初他们找不到那个东西，只发现她袭击过的痕迹。尸体横七竖八地躺在她所到之处。接着他们听见尖叫声，就急匆匆地朝海湾赶去。

“少数几个奎鲁特人跑到船上避难，她像鲨鱼一样跟在他们后面，她的力量大得惊人，在船头击破了一个大洞。就在船下沉的当口，她抓住那些企图游走的人，也把他们杀害了。

“她看见岸上的大狼，忘记了那些在水里逃亡的人。她游得非常

---

① 曙光女神（The goddess of the dawn），即厄俄斯（Eos），希腊神话中的曙光女神（也译成黎明女神），赫利俄斯（Heios）的妹妹。厄俄斯住在俄刻阿诺斯的东方，早晨她驾上马车，或鼓起白色的翅膀，宣告她的兄弟赫利俄斯的到来。厄俄斯出现时，只有金星迎接她，其他的星辰则隐去。在希腊并没有专门信奉厄俄斯的地方，厄俄斯的形象在各时期的艺术作品中都极为常见。在古代艺术中，厄俄斯多是乘车或骑马，手里拿着火炬。诗人们把厄俄斯描写为一位少妇，披着波浪式的长发，在玫瑰色的长裙下透出粉红色的身体。这种描写是同朝霞的形象联系在一起。

快，就像一阵旋风一样来到岸边，站在雅哈·尤塔面前，满身都是水珠，但仍然光辉夺目。她用一根苍白的手指指着雅哈·尤塔，又问了一个难以理解的问题。雅哈·尤塔等待着。

“这是一场殊死搏斗。她不及她的配偶，但是雅哈·尤塔此时只是只身一人——没有人能帮助他分散她的愤怒。

“当雅哈·尤塔战败之后，塔哈·阿基大叫着应战。他踉踉跄跄地走向前，变成了一头毛发苍白的老狼。这头狼虽然很苍老了，但是他是圣灵人塔哈·阿基，愤怒使他变得强大起来。战斗又开始了。

“塔哈·阿基的第三个妻子眼睁睁地看着自己的儿子在她面前死去。现在她的丈夫也在战斗，她对他能克敌制胜不抱希望。她听说了看见过这个刽子手的人们对长老们所说的每一句话，她也听说过雅哈·尤塔第一次获胜的故事，所以她知道他哥哥分散了吸血鬼的注意力才救了他。

“第三个妻子从站在她身边的一个儿子的腰带上抽出一把刀，他们都还是孩子，还没有长大成人，她知道他们的父亲战死后他们全部都要死。

“第三个妻子把刀举得高高地向那个冰冷的女人跑去，冰冷的女人笑了，几乎没有从与老狼人的搏斗中分散注意力。她一点儿也不怕这个虚弱的人类妇女，那把刀根本不会在她身上留下半点伤痕。她要向塔哈·阿基发出致命的一击。

“第三个妻子做了一件让这个冰冷的女人始料未及的事情。她在吸血鬼的脚下跪了下来，把刀刺向了自己的心脏。

“血从第三个妻子的指缝中喷涌出来，飞溅到冰冷的女人身上。这个吸血鬼无法抵抗从第三个妻子身体里流淌出来的鲜血的诱惑。出于本能，她扑向这个奄奄一息的女人，不到一会儿就完全被饥渴控制了。

“塔哈·阿基趁机用牙齿咬住她的脖子。

“战斗还没结束，但是塔哈·阿基现在不是孤身一人奋战了。看着他们的母亲死去，两个小儿子感到愤怒无比，他们突然变成狼人，尽管他们还未成年，他们与自己的父亲一道结果了这个东西。

“塔哈·阿基再也没有回到部落，再也没有变回人形。他一天天地趴在第三个妻子的尸体旁边，无论谁想要去碰她他都会咆哮起来，接着他跑进了森林，再也没有回来过。

“从那时候起，吸血鬼的问题就不常有了。塔哈·阿基的儿子们守护着部落，直到他们的儿子长大成人足以接管这项使命。同一时间狼人的数量从来都没有超过三个，这就足够了。吸血鬼偶尔也会来到这片土地，不过他们会遭到突袭，因为他们没有想到会有狼人。有时候狼人也会战死，但是他们再也没有像第一次那样大批地遭到杀害。他们学会了如何与吸血鬼作战，并且将知识流传下来，通过狼人对狼人、灵魂对灵魂、父亲对儿子的方式，一代一代地传下来。

“时间荏苒，塔哈·阿基的后代们成年后就不再变成狼人。只有情况紧急，比如说吸血鬼临近时，狼人们才会变回来。吸血鬼通常是三三两两地出现，狼人的数量一直很少。

“后来，来了一群人数较多的吸血鬼，你们自己的曾祖父准备赶走他们，但是他们的头领跟伊弗列姆·布莱克谈话，好像他是人一样，并且保证不会伤害奎鲁特人。他说他们不同于其他的吸血鬼，他那奇怪的黄眼睛使他的主张有些可信。狼人在数量上占下风，吸血鬼没有必要在他们肯定会赢的情况下提出休战协议。伊弗列姆同意了。他们坚守着承诺，虽然他们的存在的确招引来了其他吸血鬼。”

“他们的数量比部落历史上所见过的都要多。”老奎尔说，有一会儿他的黑眼睛都深深地陷入了皱巴巴的皮肤之中，眼神似乎停留在我身上，“当然，除了在塔哈·阿基时代，”他说着又叹了一口气，“所以我们部落的子孙们又肩负起了重担，扛起他们的父辈之前的重任。”

所有人都沉默下来，好久好久。活着的魔法与传说的子孙们眼中饱含悲伤地凝视着篝火对面的人。所有人，除了一个。

“重担，”奎尔语带嘲讽地低声说道，“我觉得这很酷。”他整个下嘴唇都有些翘了起来。

在行将熄灭的篝火对面，塞思·克里尔沃特眼睛睁得大大的，满含着对这些部落保护者兄弟们的艳羡之情，也点头同意他的说法。

比利轻轻地笑了笑，声音低沉而绵长，魔力似乎已逐渐燃尽。突然，这群人又变成了围坐在篝火周围的朋友。杰莱德向奎尔弹了一块小石头，他跳起来闪躲，每个人都笑了起来。我们身边都是轻轻聊天的声音，有些戏谑，也有些随意。

里尔·克里尔沃特的眼睛还是没有睁开，我想我看见她脸上闪烁着什么，好像眼泪一样，但是过了一会儿我再看的时候已经不见了。

我和雅各布都没有说话。他在我身边一动不动，他的呼吸深长而平稳，以至于我以为他可能差不多要睡着了。

我的思绪则回到一千年以前。我没有想雅哈·尤塔或其他的狼人，也没有想那个美丽的冰冷的女人——我能轻而易举地勾勒出**她**的模样。不，我想的是魔力之外的一个人。我努力想象着那个挽救了整个部落的无名女人的脸，第三个妻子。

只是一个人类妇女，没有特别的天赋或能力。身体羸弱、行动迟缓，比不上这个传说中的任何魔鬼，但是她起到了关键性的作用。她拯救了她的丈夫，年幼的儿子，还有她的部落。

我希望他们能记得她的名字……

什么东西摇了摇我的胳膊。

“醒醒，贝拉，”雅各布在我耳边说道，“我们到了。”

我眨了眨眼睛，感到迷惑不解，因为篝火似乎消失不见了。我盯着意料之外的黑黢黢一片，想弄清楚我身在何方。我过了好一会儿才意识到我们已经不在悬崖上了。雅各布和我单独在一起，我仍然在他的臂弯中，但是我已经不再坐在地上了。

我是怎么上了雅各布的车的？

“哦，糟糕！”我大呼一声，意识到我刚才睡着了，“多晚了？该死，白痴手机在哪儿？”我拍拍口袋，紧张万分，它们是空的。

“放松点，还不到午夜呢。我已经替你给他打过电话了，瞧——他就在那儿等着呢。”

“午夜？”我傻傻地重复道，还是有些摸不着头脑。我凝视着漆黑的一片，眼睛里逐渐显现出沃尔沃的形状来，就停在三十码以外的地方，我的心情不自禁地跳得越来越快。我伸手拉住门把手。

“拿着。”雅各布说，然后把一个小小的东西塞到我手里，那是手机。

“你替我给爱德华打电话了？”

我的眼睛逐渐适应过来，看见了雅各布脸上灿烂的笑容，他说：“我猜要是我表现友善的话，就会有更多的时间和你在一起。”

“谢谢，杰克，”我说道，心中一阵感动，“真的，谢谢你，也谢谢你今晚邀请我来。那真是……”语言不足以表达我的意思，“哇哦，那和平常不一样的东西。”

“而你甚至没坚持看我吃掉整头牛，”他大笑着说，“不客气，我很高兴你喜欢。有你在身旁，这对……对我是件很开心的事。”

远处黑暗的地方有动静——某个苍白的东西像幽灵一样在黑黢黢的树林中穿行。他在暴走？

“哈，他没什么耐心，是不是？”雅各布说，注意到我的分神，“去吧，不过快点再回来，好吗？”

“当然啦，杰克。”我答应他，嘎吱一声推开了门。凉风习习，钻进我的裤管，令我不禁打了个冷战。

“好好睡觉，贝拉，别担心其他事情——今晚我会守护着你的。”

我停了下来，一只脚放在地上：“不用了，杰克，你好好休息，我会没事的。”

“当然，当然。”他说道，听起来更像是施恩于人，而不是认同我的看法的样子。

“晚安，杰克，谢谢。”

“晚安，贝拉。”我匆忙地跑进黑暗里的时候，他低语道。

爱德华在边界线抓住我。

“贝拉。”他说道，深深地松了一口气，胳膊紧紧地把我圈住。

“嗨，这么晚了，对不起我睡着了——”

“我知道，雅各布说过了，”他开始朝车子走去，我在他身旁呆板地慢慢地挪着步子，“你累了吗？我可以背你的。”

“我很好。”

“我们回家睡觉吧，今晚过得开心吗？”

“开心——真的令人惊叹不已，爱德华。我希望你也能来，我根本没法解释清楚。杰克的爸爸给我们讲了那些古老的传说，就像……就像魔法。”

“你得告诉我，在你睡醒之后。”

“我没法说清楚。”我说，接着打了个大大的哈欠。

爱德华轻声地笑了笑。他为我打开门，把我扶了上去，替我系好安全带。

明亮的灯唰地一下亮了起来，灯光扫过我们身边。我朝雅各布的前灯挥挥手，但是我不知道他是否看见我的动作了。

那一夜——我从查理身边经过时，他没有如我预料的那样刨根问底，因为雅各布也给他打过电话了——我没有立刻躺在床上，而是把身子探出窗外，等候着爱德华回来。天气出奇的冷，差不多像冬天一样，我在悬崖上根本没注意到这一点；我猜这与篝火的关系不是那么大，而是因为坐在雅各布旁边。

雨开始飘落下来，冰冷的雨滴拍打在我的脸上。

夜太黑了，除了云杉形成的黑色三角形在风中摇曳之外，什么都无法看清楚，但是我还是拼命睁着眼睛寻找暴风雨中的人影。一个苍白的轮廓像幽灵一样穿过黑夜……或许是巨大的狼在阴影中的轮廓……我的眼力太差了。

接着黑暗中有动静，马上到了我身边。爱德华从敞开的窗户溜了进来，他的手比雨还要冰冷。

“雅各布在外面吗？”我问道，爱德华把我拉进他的怀抱时我不禁打了个冷战。

“是的……在某个地方。埃斯梅在回家的路上。”

我叹气道：“天这么冷，还雨淋淋的，这样做很傻。”我又打了个冷战。

他哧哧一笑：“只有**你**才会冷，贝拉。”

那一夜在我的梦境里也很冷，或许是因为我睡在爱德华的怀抱里吧，但是我梦见自己在暴风雨之中，风把我的头发吹到脸上，模糊了我的视线。我站在布满鹅卵石的月牙形第一沙滩上，想弄明白沙滩边际快速移动的影子是谁，在黑暗中我只能模模糊糊地看见它。起初，什么都没有，除了一个黑影子和一个白影子一闪而过，它们向彼此飞奔过去，然后又手舞足蹈地跑开了。接着，仿佛月亮突然冲破云层，我可以看清楚一切了。

罗莎莉头发湿淋淋的，金色的发丝一直垂到膝盖那里，正纵身一跃冲向一头巨大的狼——它的皮毛很短，通身银灰——我本能地认出那是比利·布莱克。

我突然开始奔跑，却发现自己只是在梦境中沮丧地慢慢地移动。我想要冲着他们大叫，让他们停下来，但是风带走了我的声音，我发不出任何声音。我挥舞双臂，希望能引起他们的注意。什么东西出现在我的手里，我才注意到我的右手不是空的。

我手里拿着一把长而锋利的剑，古老且呈银色，上面沾满的黑色血迹已经干了。

我看着剑退缩了，我的眼睛猛地一下睁开，看着我卧室中静静的一片漆黑。我意识到的第一件事情是我不是孤单一人，我翻身把脸埋在爱德华的胸膛里，知道他皮肤的甜美味道比任何东西都能更有效地驱走噩梦。

“我吵醒你了吗？”他轻轻地问道，有纸张的声音，翻页时的嚓嚓声，以及某个较轻的东西掉在木地板上发出的一声微弱的砰的声音。

“没有，”我低声咕哝道，他的胳膊紧紧地抱着我的时候我心满意足地叹气道，“我做了个不好的梦。”

“你想告诉我吗？”

我摇了摇头：“太累了，或许早上吧，如果我还记得的话。”

我感到一阵无声的笑传遍他的全身。

“早上。”他同意道。

“你在读什么？”我含混不清地问道，不是很清醒。

“《呼啸山庄》。”他说。

我睡眼惺忪地皱了皱眉：“我以为你不喜欢那本书的。”

“你很会揣度别人的嘛，”他低声说，轻柔的嗓音诱惑着我陷入睡梦之中去，“不过……我和你相处的时间越久，我就越能理解人类的情感。我发现我能以从前我认为不可能的方式来同情希斯克里夫。”

“哦。”我叹气道。

他说了些别的消沉的东西，但是我已经睡着了。

第二天清晨迎接我们的是珍珠般的灰色天空，以及一片静寂。爱德华问起我的梦，但是我记不清楚了。我只记得我很冷，我很高兴我醒来的时候他在我身边。他吻了我，吻了很久，足以让我的脉搏跳动加速，接着他赶回家去换衣服并取他的车了。

我迅速地穿好衣服，为该穿什么而闷闷不乐。不管是谁洗劫了我的装备，都严重地削弱了我的衣橱的功能。就算不是那么令人恐惧的话，也足以令人非常懊恼。

我正要下楼吃早饭的时候，注意到那本皱皱巴巴的《呼啸山庄》摊开着躺在爱德华晚上掉落的地方，破了的封皮夹在他最后看过的那页，就和平时我做的那样。

我好奇地拾了起来，想记起他说过的话，和同情希斯克里夫有关的东西，和人类有关的东西。那不可能是真的，那一定是我梦见的。

摊开的那一页上面的几个字引起了我的注意，我低下头更认真地读这一段。这是希斯克里夫的一段话，我对这一段再熟悉不过了。

> 你这就看得出我们两人情感中间的区别了：如果他处在我的地位，而我处在他的地位，当然我恨他恨得要命，我绝不会向他抬一只手。你要是不信，那就对不起了！只要她还要他做伴，我就绝不会把他从她身边赶走。她对他的关心一旦停止，我就要挖出他的心，喝他的血！可是，不到那时候——你要是不相信我，那你是不了解我——不到那时候，我宁可寸磔而死，也不会碰他一根头发！

引起我注意的那几个字是“喝他的血”。

我感到不寒而栗。

是的，我肯定是梦见爱德华说了一些肯定希斯克里夫的话，而这一页很可能不是他读过的那一页。书很可能掉在地上，翻开任何一页。

时　间

“我预见到……”爱丽丝的语气中带着不祥的征兆。

爱德华用胳膊肘捅向她，她巧妙地就躲过了。

“好吧，”她满腹牢骚地说，“是爱德华强迫我做这事的，但是我**的确**看见你会更执拗，要是我给你个惊喜的话。”

放学后我们朝车库走去，而我对她所说的完全是一头雾水。

“你说的是英语吗？”我问道。

“别因为这事太孩子气，别发脾气。”

“现在我倒有些害怕了。”

“那么你——我的意思是**我们**——要开毕业派对。不是什么大事。没什么好害怕的，但是我看见你**会**吓一跳，如果我试图使其变成一个惊喜派对的话。”爱德华伸手揉她的头发时，她跳着跑开了，“而且爱德华说过我得告诉你，但是真的没什么，我保证。”

我深深地叹气道：“狡辩有什么意义吗？”

“一点儿都没有。”

“好吧，爱丽丝，我会来的，而且我在那里每时每刻都会讨厌这样的。我保证。”

“那才是我要的精神！顺便说一下，我喜欢你送给我的礼物，你没必要特地买的。”

“爱丽丝，我没有买。”

“噢，我知道，不过你会买的。”

我惊慌失措，搜肠刮肚试图想起来我曾决定给她买什么，她可能看见我决定买什么给她当毕业礼物了。

“真是叹为观止了，”爱德华低声说道，“怎会有这么小却让人如此烦恼的人呢？”

爱丽丝大笑着说：“这是天赋！”

“难道你就不能等几个星期再告诉我这件事？”我使性子地说道，“现在我只会一直感到惴惴不安，直到那一刻。”

爱丽丝对我皱了皱眉头。

“贝拉，”她慢条斯理地说，“你知道今天星期几吗？”

“星期一？”

她眼睛骨碌碌转了转：“是的，是星期一……四号。”她抓住我的胳膊，让我转了半圈儿，指向张贴在体育馆门上的一张黄色大海报。就在那里用醒目的黑体字显示毕业典礼的日期，离今天正好一个星期。

“是四号吗？**六月**？你确定吗？”

他们都没有回答。爱丽丝只是悲伤地摇着头，装出一副失望的模样，而爱德华则扬起了眉毛。

“不可能！这怎么可能？”我试图在脑海中往回倒算，但是我弄不清楚日子一天天跑到哪里去了。

我感到就像什么人在我脚下朝我的腿踢了一脚。几个星期以来的紧张忧虑，但又……莫名其妙地在我对时间的困扰中，我的时间却消失不见了。我解决所有的问题，做好计划的空间都化为乌有了，我一点儿都不合拍。

而且我还没准备好。

我不知道该怎么办：怎么和查理与蕾妮……还有雅各布……说再见，跟当人类说再见。

我确切地知道我要什么，但是当它触手可及之时我又感到害怕。

理论上，我急切地，甚至迫不及待地想要用必死的命运换取永生不灭。毕竟，这是永远与爱德华长相厮守的唯一途径，而且事实上我正遭遇到已知组织与未知组织的追捕。我宁愿不要袖手旁观，无能为力，脆弱不堪，等待着他们中的某个人来抓我。

理论上，这才有意义。

实际上……我只知道如何当人类。在人类以外的未来是一个巨大而漆黑的深渊，直到我纵身跃下才能了解其中的奥妙。

这层简单的认知，今天的日期——是那么明显，我一定是有意识地抵制了——使我一直烦躁不安地倒计时的最后期限，感觉起来就像是与行刑队的约定一样。

朦朦胧胧地，我意识到爱德华正为我打开车门，意识到爱丽丝在后排座位上叽叽喳喳个不停，意识到雨水击打着挡风玻璃。爱德华似乎意识到我只是人在心不在；他没有想要把我从心不在焉中拉回来，或者他可能这么做了，但是我没注意到。

我们最后来到我家门口，爱德华领着我来到沙发跟前，让我坐在他身边。我盯着窗外，看着潮湿的灰色雾霭，想要找到我的决心跑到哪儿去了。为什么我此刻却惊慌失措了呢？我老早就知道最后期限就要来了，为什么现在到了这一刻却让我感到如此恐惧呢？

我不知道他让我这样默不作声地盯着窗外看了多久，但是雨慢慢地消失在夜色中，终于他再也受不了这样了。

他用冰冷的双手捧住我的脸，金色的眼眸注视着我。

“你想要告诉我你在想什么吗？**在我发疯之前**？”

我能对他说什么呢？告诉他我是个胆小鬼？我一时语塞。

“你嘴唇苍白，说说话，贝拉。”

我长嘘一声，我屏住呼吸有多久了？

“日期让我猝不及防，”我低声说道，“就是这样。”

他等待着，脸上布满担忧与怀疑。

我想要解释：“我不确定该怎么做……该告诉查理什么……该说什么……该怎么……”我声若蚊蝇，声音慢慢地消失了。

“不是跟派对有关吧？”

我皱着眉头说：“没关系，不过谢谢你提醒我。”

他端详着我的脸时，外面的雨下得更大了。

“你还没准备好。”他低声说。

“我准备好了。”我立即撒谎道，这是条件反射，我敢说他看穿了我的谎言，所以我深深地吸了一口气，告诉他事实，“我必须准备好。”

“你没必要做什么。”

我说出原因时，我能感觉到我眼里浮现出惊慌失措的神色：“维多利亚、简、凯厄斯，不管是谁到过我的房间……”

“这就是为什么要等一等。”

“这没有意义，爱德华！”

他的手捧得更紧些了，然后小心斟酌着说道：“贝拉，并不是我们当中的任何人选择这样的。你已经明白这样会有什么样的后果……特别是对罗莎莉而言。想要使自己与我们根本无法控制的事情协调起来，我们都备受煎熬。我不会让你也这样的，你**会**有选择的。”

“我已经做出选择了。”

“不要因为生命受到了威胁就做出这样的决定。我们会处理好这些问题的，我会保护你的。”他发誓说，“当我们度过这一切之后，就不会有任何因素左右你了，那么你就能决定是否加入我们，如果你还是这么想的话，但是不是因为你害怕，你不是被迫做出选择。”

“卡莱尔答应过的，”我低声咕哝道，这完全不同于我的习惯，“毕业之后。”

“直到你准备好了，”他坚定地说道，“而且肯定不是在你感到受到威胁的时候。”

我没有回答，我心里找不到跟他争辩的说辞，我此刻似乎找不到我的责任感了。

“那么，”他吻了吻我的额头，“没什么好担心的。”

我虚弱地笑了笑：“没什么，除了即将到来的厄运。”

“相信我。”

“我相信。”

他仍然注视着我的脸，在等我放松下来。

“我能问你个问题吗？”我说。

“什么都可以问。”

我犹豫了，咬着嘴唇，然后问了一个不同于我所担心的问题：“我要给爱丽丝买什么当毕业礼物？”

他窃笑道：“好像你要给我们俩买音乐会的票——”

“那就对了！”我如释重负，几乎笑着说道，“塔科马① 的音乐会。上个星期我看见报纸上的广告，我想你会喜欢，你说过那是张不错的CD。”

“这个主意不错，谢谢你。”

“我希望还没卖完。”

“心意最重要，我应该了解的。”

我叹了口气。

“你本来是想问别的。”他说。

我皱着眉头说：“你真不赖。”

“我可受过不少训练来读懂你的表情，问吧。”

我闭上眼睛，靠在他身上，把脸埋在他的胸口：“你不想我成为吸血鬼？”

“不，我不想。”他温柔地说道，接着等我继续说下去。“这不是个问题。”过了一会儿他提醒我说道。

“好吧……我担心……**为什么**你那样觉得。”

“担心？”他惊讶地指出这个词语。

“你会告诉我为什么吗？全部的真相，别管我的感情。”

他迟疑了片刻：“如果我回答你的问题，那么你会**解释**你的问题吗？”

我点点头，隐藏住我的表情。

他回答之前深深地吸了一口气：“你可以做得比现在好得多的，贝拉。我知道你相信我有灵魂，但是我自己都还没有完全信服这一点，让你冒着丧失自己灵魂的危险……”他慢慢地摇着头说，“对我而言，允许你这样——让你变成我这样只是为了让我不会失去你——是我所能想象的最自私的行为。对**我自己**而言，我最渴望的就是这样，别无他求；但是对你而言，我还想要的更多。屈服——感觉就像是种犯罪。这是我会做的最自私的事情，即使我会永远活下去。”

---

① 塔科马（Tacoma），指华盛顿塔科马音乐厅（Tacoma Panteges Therter in Washington）。塔科马是美国华盛顿州普吉特（Puget Sound）海湾南端的一个港口城市，约在西雅图和州府奥林匹亚之间。

“如果有什么办法让我为你变成人类——无论代价是什么，我都愿意付出的。”

我一动不动地坐在那里，专心领会着他的这番肺腑之言。

爱德华认为他**这样做很自私**。

我感到微笑徐徐地在我脸上绽放开来。

“那么……并不是因为你担心你不会……那么喜欢我，当我不再与现在一样时——当我不再柔软、温暖，不再有同样的气味？不管我变成什么样子，你真的还愿与我长相厮守吗？”

他大声地呼气，追问道：“你担心我会不**喜欢**你？”接着，我还没来得及回答他就大笑起来，“贝拉，对于一个完全凭直觉行事的人而言，你真迟钝！”

我知道他会认为这样很傻，但是我感到如释重负。如果他真的要我，我会做好其他的事情……不管怎样，“自私”突然变成了一个美好的词语。

“我认为你没意识到这样对我而言会容易多少，贝拉，”他说，声音中仍然回荡着幽默的语气，“当我不用再时时刻刻关注不要杀死你的时候。诚然，我也会错过一些东西，这是为了一个……”

他轻轻抚摸我的脸的时候凝视着我的双眼，我感到血涌到了我的脸颊上，他平静地大笑起来。

“你心跳的声音，”他继续说道，语气更加严肃，但仍然面带微笑，“这是我的世界中最有意义的声音。现在我已经完全适应了这种声音，我发誓我在几英里以外都能辨认出来，但是这些都不重要。”他用手捧住我的脸说道，“**你**，才是我要呵护的，你永远都是我的贝拉，而你只是需要更加有耐心一些。”

我舒了一口气，眼睛心满意足地合了起来，静静地在他的手中休憩。

“现在你愿意回答我的一个问题吗？所有的真相，别管我的感情。”他问道。

“当然啦。”我立刻回答道，惊讶地睁大眼睛。他会想知道什么呢？

他一字一句地说道：“你不想成为我的妻子？”

我的心脏停了下来，接着突然剧烈跳动起来。后颈项上冒出一阵冷汗，双手突然变得冰冷。

他等待着，注视着，倾听着我的反应。

“这不是个问题。”我终于轻声细语地说出来。

他低下头，睫毛在脸颊上留下长长的影子，他把手从我脸上放下来握住我冰冷的手，一边说话一边摆弄着我的手指头：“我很担心你为什么会有这样的感觉。”

我努力克制自己。“这也不是个问题。”我轻声说道。

“求你了，贝拉。”

“真相？”我问道，只说出这两个字。

“当然，我会接受的，不管是什么。”

我深深地吸了口气：“你会嘲笑我的。”

他抬起眼睛扫了我一眼，有些惊讶：“嘲笑？我无法想象。”

“你会明白的，”我低声咕哝道，接着又叹了口气，因为窘迫不安我苍白的脸涨得通红，“好吧，真是的！我肯定这在你看来就像是个大笑话一样，不过是真的！只是那么……那么……**尴尬！**”我坦白道，把脸又藏进他的胸口里。

停顿了片刻。

“我没明白你的意思。”

我斜着抬起头，瞪着他，尴尬让我激动起来，变得好争吵。

“我不是**那样的女孩**，爱德华。那种高中一毕业就立马结婚，像被男朋友弄得怀孕了的小城镇里的乡巴佬一样！你知道人们会怎么想吗？你意识到这是什么世纪了吗？人们不会在十八岁的时候就结婚的！聪明人不会！有责任心的、成熟的人不会！我不要成为那样的女孩！那不是我自己……”我的声音逐渐消失不见了。

爱德华思考着我的回答，他的脸色难以捉摸。

“就这些？”他终于开口问道。

我眨了眨眼睛：“难道那还不够吗？”

“你不是那样的人……只是比起仅仅是为了我来，你是不是更迫不及待地想得到永生？”

接着，虽然我已经预见到**他**会大笑的，但是我突然变成了歇斯底里大笑起来的那一个。

“爱德华！”我在突然发作的哈哈大笑中挤出几句话，“这样……我以前总是……认为……你比我……**聪明**……得多！”

他把我揽入怀中，我能感觉到他和我一起大笑起来。

“爱德华，”我说道，吃力地想要吐词更清楚些，“没有你就算得到永生也没有意义，哪怕一天没有你我也不愿意。”

“噢，这可真让人感到欣慰啊。”他说道。

“但是……这仍然改变不了什么。”

“不过，了解这一切真的很好。我的确理解你的观点，贝拉，我了解，真的。但是如果你试着考虑我的想法的话，我会非常高兴的。”

这时候我已经镇静下来，所以我点点头，挣扎着不让愁云爬上我的脸庞。

他清澈的金色眼眸凝视着我的眼睛的时候似乎有催眠作用一样。

“你瞧，贝拉，我一直都是**那样的男孩**。在我的世界里，我已经是个男人了。我没有寻找过爱情——不，我太迫不及待地想当兵，根本没想过恋爱；我什么都没想过，除了想象着理想化了的战争的荣耀，他们那时候向应征入伍的人兜售这种观点——但是要是我发现……”他停顿了片刻，把头偏向一边，“我本打算说如果我遇到**某个人**，但是不会有这样的事。如果我遇见你，我脑海中不会有丝毫怀疑我会如何前进。我是**那样的男孩**—— 一旦发现你就是我在寻找的对象——我就会单膝下跪，努力紧紧握住你的手——我就是那种男孩。我会永远要你，就算这个词语所包含的意义不是完全相同。”

他冲我狡黠地一笑。

我眼睛瞪得大大的，一动不动地看着他。

“呼吸，贝拉。”他提醒我，脸上还挂着笑容。

我照做了。

“你能明白我的立场吗，贝拉，哪怕只有一点点？”

过了片刻我才明白，我看见自己穿着长长的裙子和高领蕾丝罩衣，头发高高地盘起。我看见爱德华看起来光芒四射，身穿浅色西装，手中握着一束野花，和我一起坐在秋千椅上。

我摇了摇头，咽了一下唾液。我脑海中正在重现《绿山墙的安妮》[1] 的情景呢。

“问题是，爱德华，”我声音颤抖着，回避问题说道，“在我心里，婚姻和永恒是既不互相排斥也不互相包含的概念。既然我们暂时生活在我的世界，或许我们应该顺应时代的潮流，如果你明白我的意思的话。”

“但是另一方面，”他反驳道，“不久你就会将时间完全抛在身后了，那么为什么某个本土文化的暂时性习俗会如此影响决定呢？”

我嘟着嘴巴说道：“那么入乡随俗呢？”

他对我笑道：“你今天不必说愿意或者不愿意，贝拉，不过了解双方的想法真的很好，你觉得呢？”

“那么你的条件是……”

“仍然有效。我的确明白你的意思，贝拉，但是如果你想要我亲自来改变你……”

“当……当……当当！”我低声哼着。我哼着婚礼进行曲，但是

---

① 《绿山墙的安妮》（*Anne of Green Gables*），也译作《清秀佳人》，1908 年出版，作者为加拿大的露西·默德·蒙哥马利（Lucy Maud Montgomery），是世界文学名著，有多个系列。故事开始于住在爱德华王子岛（Prince Edward Island）的马修（Matthew Cuthbert）和玛丽亚（Marilla Cuthbert）想要收养一个男孩好帮忙做农事，但是孤儿院弄错了，送来的是一个叫安妮·雪莉（Anne Shirley）的红发小女孩。安妮是个充满幻想但是常常闯祸的顽皮小孩，最糟的是她总是有说不完的话，严厉的玛丽亚想送安妮回孤儿院，但是随着时间的流逝，安妮成为他们生活中不可或缺的一部分。安妮渐渐长成一个少女，她立志要当作家，安妮为了家计而在学校教书，她小时候的玩伴吉尔伯特（Gilbert Blythe）向安妮求婚，但是安妮因为还有许多梦想要追求而拒绝了他。后来，安妮和吉尔伯特经过重重波折之后终于复合，两人努力想一同建立一个未来，但是这时欧洲爆发战争，身为医生的吉尔伯特想要自愿到前线服务，让两人的婚事增添变数。该小说被多次搬上银幕，获得广大观众的一致好评。

听起来就像是哀悼曲一样。

时间继续飞快地流逝。

那一晚无梦，接着就是早上，毕业已经对我虎视眈眈了。我有一堆东西要复习以应付期末考试，我知道在余下的几天时间里我是不会半途而废的。

我下楼吃早餐的时候，查理已经出门了。他把报纸落在桌上，它提醒我需要买东西了。我希望音乐会的广告还在登出，我需要电话号码去订那愚蠢的门票。由于所有的惊喜都没有了，这看起来根本就不是什么礼物了。当然，努力让爱丽丝感到惊喜一开始就不是最明智的计划。

我本打算直接翻到娱乐版的，但是粗体的黑色标题引起了我的注意，我靠近去读头版新闻的时候感到一阵恐惧。

西雅图陷入谋杀恐慌

西雅图城曾是美国历史上连环谋杀案最多的案发地，距今不到十年。加里·里奇韦——格林河杀手被判谋杀四十八名妇女罪名成立。

现在四面楚歌的西雅图必须面对这种可能性：此刻这里可能逗留着一个更加恐怖的魔鬼。

警方认为，目前突然爆发的死亡案和失踪案并不是连环杀手所为。至少，目前他们还不这么认为，他们不愿意相信如此大的屠杀会是个人所为。这个凶手——如果，实际上是一个人的话——那么将会涉嫌三十九宗连环谋杀案和失踪案，这一切仅仅发生在过去三个月之内。相比之下，里奇韦所犯下的四十八宗疯狂命案是分散在二十一年的时间里进行的。如果这些死亡确系一人所为，那么这将成为美国历史上所爆发的最凶狠的连环谋杀案件。

相反，警方更倾向于团伙作案，证据来源于触目惊心的受害者人数及选择受害者的无规律性的事实。

从开膛手杰克① 到泰德·邦迪②，连环杀手的目标通常都与年龄、性别、种族或者这三者的组合的相似性有关。这次罪行的受害者年龄范围从十五岁的优等生阿曼达·里德，到六十七岁的退休邮递员奥马·扬科斯。相关的死亡者还包括十八名妇女和二十一名男子。受害者的种族背景呈多样性：高加索裔，非裔美国人，西班牙裔，亚裔。

受害者是随意选择的，犯罪动机似乎只是为了杀人而杀人，而不是为了特别的原因而大开杀戒。

但为何会被认为是连环谋杀？

在惯用手法中的众多相似之处，足以排除不相关的犯罪行为。每个被发现的受害者都被烧毁到需要对牙齿记录进行鉴别的程度。在燃烧物中发现的物质如汽油或酒精显示罪犯使用了某种催化剂，然而目前尚未发现任何催化剂的痕迹，所有尸体未经过任何掩藏就被随便丢弃。

然而更可怕的是，大多数残骸表明曾经受过激烈的暴力对待，法医鉴定认为是在死亡时间之前发生的，尽管限于目前的证据，这些结论尚不能完全确定。

另一个指向连环谋杀案的可能性的相似之处在于除了这些残骸之外，没有留下任何证据。没有指纹，没有车胎痕迹，就连不同的头发也没留下。失踪人口当中也没有任何足

---

① 开膛手杰克（Jack The Ripper），1888 年 8 月到 11 月间，于伦敦东区的白教堂（Whitechapel）一带，以残忍手法连续杀害至少五名妓女的凶手代称。犯案期间，凶手多次寄信到相关单位挑衅，却始终未落入法网。其大胆的犯案手法，经媒体一再渲染，引起当时英国社会的恐慌。至今他依然是欧美文化中最恶名昭彰的杀手之一。虽然案件距今已逾百年，但有关该案的书籍出版与相关研究从未间断。由于缺乏证据，真凶的身份仍然众说纷纭，使案情更加扑朔迷离。可是，开膛手杰克的身影却透过媒体、摇滚乐、玩具等物品，不断出现在当今的流行文化之中。

② 泰德·邦迪（Ted Bundy），对于多数美国妇女来说，这个名字就是谋杀的同义词。他凶残地折磨妇女，杀人手法狠毒。这个长相英俊的男人在其一生当中，一共夺走了 28 条生命，而这仅仅是他自己记得起来的数目。在警方的档案中，他的外号是“漂亮的诱惑”（the nice seductor）。

以引发怀疑的迹象。

还有那些失踪人口本身——无论怎么说，他们都并非易下手的目标。没有人是离家出走的或无家可归的，这些人很容易消失不见，而且很少会有人报警失踪。受害者有的从家中消失，有的从四层楼的公寓，有的从健身俱乐部，有的则从婚礼接待处。或许最令人惊骇不已的是三十岁的业余拳击手罗伯特·沃尔什与约会对象一起进入电影院，电影开始几分钟后，这个妇女意识到他已经不在座位上。只过了三小时，消防队被派往二十英里以外的一个燃烧着的垃圾桶扑火时，发现了他的尸体。

另一个规律在于杀戮本身：所有的受害者都是在夜晚失踪的。

那么最令人担忧的规律是什么呢？谋杀的速度在加快。有六个人是在第一个月里被谋杀的，十一个人是在第二个月。仅仅在过去十天里就有二十二个人被杀害。警方目前进展不多，就和他们发现第一具烧焦的尸体之时找到的相差无几。

证据互相矛盾，残骸狰狞恐怖，是一个新的邪恶团伙还是疯狂的连环杀手？或者是警方尚未想到的其他东西？

只有一个结论是毫无争议的：某种骇人听闻的东西正威胁着西雅图。

我读了三遍才读懂最后一句话，我意识到问题在于我的手在颤抖。

“贝拉？”

我太专注了，虽然爱德华的声音很轻，也并不是完全出乎意料的，但还是令我头脑眩晕，吓了我一大跳。

他靠在门口，眉毛拧成一团。突然间就来到我身边，抓起我的手。

“我吓到你了吗？对不起，我敲过门……”

“没有，没有，”我急促地说道，“你看过这个吗？”我指着报纸说道。

他的眉头紧蹙起来。

“我还没读今天的报纸，但是我知道事情越来越糟糕了。我们得采取行动了……要快。”

我不喜欢这样。我讨厌他们中的任何人去冒险，不管西雅图那里出现的是什么东西或是什么人，真的开始令我感到恐惧了。但是一想到沃尔图里就要来了，我也会感到同样害怕。

“爱丽丝怎么说？”

“这就是问题，”他的眉头皱得更紧了，“她什么都看不见……虽然我们已经好多次下定决心去查明情况了。她开始失去信心了，她觉得这些天好像错过了很多东西一样，发生了什么事情，这使她的预见力逐渐消失了。”

我瞪大眼睛：“会发生这样的事情吗？”

“谁知道？没有人做过研究……但是我真的怀疑此事，这些事情随着时间的推移变得更加严峻了。看看阿罗和简。”

“那就是问题所在吗？”

“自我实现的预言，我想。我们一直在等爱丽丝看见什么，这样我们就能去……因为我们实际上在她看见以前不会去，所以她看不见什么。她看不见我们在哪里，或许我们得盲目地做这件事情了。”

我战栗了：“不。”

“你今天很想去上课吗？我们只有几天就要期末考试了，他们不会让我们考新内容的。”

“我想一天不上学没什么问题，我们做什么呢？”

“我想和贾斯帕谈一谈。”

又是贾斯帕，真奇怪。在卡伦家里，贾斯帕总是有点像处在边缘一样，是事情的一部分，却又不是核心。我自己未说出口的猜想是他是为了爱丽丝才留下的，我有这样的感觉，他会跟着爱丽丝到任何地方，但是这种生活方式不是他的首选。他跟其他人比起来并没有那么忠于这样的生活方式，这很可能就是他更难坚持下去的原因。

不管怎样，我从未看见过爱德华如此依赖贾斯帕，我又不禁想知道他说贾斯帕的专家意见指的是什么。我真的对贾斯帕的过去了解不多，只知道爱丽丝发现他以前，他来自南方的某个地方。出于某种原因，爱德华总是回避他最小的弟弟的问题，而且这个高个子金发吸血鬼看起来就像一个忧郁的电影明星一样，我总是非常害怕，不敢直接问他。

我们到达他家的时候看见卡莱尔、埃斯梅和贾斯帕正聚精会神地看新闻，声音很低，我听不清楚在说什么。爱丽丝坐在奢华的楼梯最下一级台阶上，手托着腮，神情沮丧。我们走进来的时候，埃美特从厨房不紧不慢地走了出来，似乎十分轻松，没什么事情能让埃美特心烦意乱的。

“嘿，爱德华。逃课了，贝拉？”他笑着对我说道。

“我们俩都逃课了。”爱德华提醒他。

埃美特大笑着说：“是的，但这是**她**高中以来第一次，她可能会错过什么内容的。”

爱德华转了转眼睛，没理睬他最喜欢的弟弟。他把报纸抛给卡莱尔，问道：“他们现在认为这是连环杀手，你看过这个吗？”

卡莱尔叹气道：“整个早上有线电视新闻网[①]的两个专家就一直在对这种可能性进行辩论呢。”

“我们不能让这样的事情继续下去。”

“我们现在就去吧，”埃美特说道，语气中饱含着突如其来的热情，“我快无聊死了。”

楼上的楼梯上传来一阵嘘声。

“她太悲观。”埃美特自言自语地咕哝道。

爱德华也同意埃美特的观点：“我们总归要去的。”

罗莎莉慢慢走下楼梯，脸上毫无表情。

卡莱尔摇着头说：“我很担心，我们以前从未涉足这样的事情。这

---

① 有线电视新闻网（Cable News Network）简称CNN，是美国的有线电视频道，由泰德·特纳（Ted Turner）于1980年创办，目前为华纳传媒所有。CNN被认为是第一个全天候24小时的新闻频道。公司总部和演播室位于美国亚特兰大，截至2008年底，在全美8600万个家庭和89万个宾馆房间可以收看到CNN。全球212个国家和地区的大约10亿人可以收看到CNN。

不关我们的事，我们不是沃尔图里家族。”

“我不想沃尔图里家族的人非来这里不可，”爱德华说，“这样会使我们采取应对措施的时间大大减少的。”

“还有西雅图无辜的人们，”埃斯梅低声说，“让他们这么死去是不对的。”

“我知道。”卡莱尔叹气道。

“哦，”爱德华尖刻地说道，他稍稍偏了一下头，看着贾斯帕，“我没想到那一点。我明白了，你是对的，不得不这样。好吧，这就改变了一切。”

我不是唯一一个迷惑不解地盯着他的人，但是我很可能是唯一一个看起来一点儿也不恼火的人。

“我认为你最好解释给其他人听，”爱德华对贾斯帕说，“这一切的目的是什么？”爱德华开始踱来踱去，眼睛盯着地板，陷入了沉思。

我没看见爱丽丝站起来，但是她已经来到我旁边了。“他在胡说什么啊？”她问贾斯帕，“你在想什么？”

贾斯帕似乎不喜欢成为焦点。他犹豫了一下，端详着圈子里的每个人——因为每个人都向他靠近，想听听他要说的话——接着他的视线停留在我的身上。

“你很迷惑。”他对我说，他的声音深沉而平静。

他的猜测中不含任何疑问。贾斯帕知道我的感受，大家的感受。

“我们都很迷惑。”埃美特抱怨道。

“要耐心一点儿，你付得起这个时间，”贾斯帕对他说，“贝拉也应该了解这一点，她现在是我们中的一员。”

他的话令我大吃一惊。像我这样和贾斯帕没什么关系，特别是自从去年我生日那天他想杀我之后，我就没想过他会这样看待我。

“你对我了解多少，贝拉？”贾斯帕问道。

埃美特夸张地叹了口气，让身体重重地倒在沙发上，一脸夸张的不耐烦等在那里。

“不多。”我承认道。

贾斯帕盯着爱德华，正好爱德华也抬起头看着他。

“不,”爱德华回答了他心中的疑问,“我确信你能理解为什么我没告诉她那个故事，不过我猜她现在需要听一听了。”

贾斯帕若有所思地点点头，接着开始卷起他象牙白运动衫的袖子。

我仔细地看着，既好奇又迷惑，想要弄清楚他在干什么。他把手腕放在他身旁的灯罩边上，靠近裸露的灯光，用手指顺着苍白皮肤上突出的月牙形伤疤划过去。

我过了好一会儿才明白为什么这个形状看起来熟悉得有些奇怪。

“哦,”我恍然大悟地吸了口气,“贾斯帕，你有一道和我一模一样的疤痕。”

我伸出手臂，在我奶油色皮肤的映衬下，那条银色的月牙形伤疤比在他那石膏色的皮肤的映衬下显得更加突出。

贾斯帕微微一笑:“我有许多跟你一样的伤疤，贝拉。”

当贾斯帕把薄薄的运动衫的袖子往胳膊上方捋起来的时候，他露出难以捉摸的脸色。起初，我的眼睛看不出那些厚厚地叠加在他皮肤上的组织。交叉的半月形构成羽毛的形状，只有在白色的映衬下才看得出来，因为他身旁的灯散发出的明亮灯光使稍稍突起的形状像浮雕一样，浅浅的影子勾勒出它们的轮廓。我恍然大悟，明白了这些形状是由单独的疤痕构成的，就像他手腕上的一样……像我胳膊上的一样。

我又看了看自己的伤疤，它小小的，单独一个——想起我是如何受伤的情景，我盯着詹姆斯的牙齿永远地印在我皮肤上的痕迹。

然后我大吃一惊，抬头盯着他问道:“贾斯帕，在你身上发生过什么？”

新 生 儿

“发生在你手上的事情，”贾斯帕语气平静地回答道，“在我身上重复了千百次。”他大笑起来，声音中略带悲伤，轻拂了一下胳膊，“我们的毒液是唯一能在我们身体上留下伤疤的物质。”

“**为什么**？”我惊恐不已地吐出这个词，尽管感到有些粗鲁，但还是无法停止盯着他那布满细微疤痕的皮肤。

“我所受到的……教养与我这里的兄妹不是那么像，我最初的时光完全不同于此。”他的语气变得冷酷起来了。

我瞠目结舌地看着他，心惊胆战。

“在我告诉你我的故事之前，”贾斯帕说道，“你必须了解在**我们**的世界上有一些地方，贝拉，这种不老之人的寿命是用几个星期而不是用几个世纪来衡量的。”

其他人以前听说过，卡莱尔和埃美特又把注意力转到电视机上去了。爱丽丝默默地走过去坐到埃斯梅的膝下。但是爱德华还是和我一样聚精会神，我能感觉到他的眼睛注视着我的脸，揣摩着我脸上闪过的任何一丝表情。

“要真的理解为什么，你得换个角度看世界。你得按照那些强有力的人，那些贪婪的人……那些永远饥渴的人看待世界的角度来想象。

“你瞧，这个世界上有些地方是我们更想去的。在那里我们会受到更少的约束，而且不会被发觉。

“比如，想象一下西半球的地图，上面将每一条人类生命标示成红色的小圆点。红色越浓厚，我们——哦，那些按照这种方式存在的人——就更容易猎食而不引起人们的注意。”

脑海中想象着这样的情景，“猎食”这个词令我不寒而栗，但是贾斯帕不担心吓到我，不会像爱德华那样总是对我呵护备至。他一刻不停地继续讲道：

“并不是南方的吸血鬼团体多么在乎人类注意到与否。是沃尔图里家族制约着他们，他们是南方团体唯一惧怕的势力。要是没有沃尔图里家族，我们其余人会很快暴露。”

我有些不满他说这个名字的方式——怀着敬畏，几乎是感激。把沃尔图里当成好人的想法在任何方面都是难以接受的。

“相比之下，北方就很文明。我们大多数人都是流浪者，享受着白天黑夜，允许人类毫无怀疑地与我们交往——隐姓埋名对我们所有人都很重要。

“南方是个截然不同的世界，那里的不死之人只在夜间出来。他们白天计划下一步如何行动，或者预计敌人的下一步计划，因为南方一直战争不断，几个世纪以来无休止地在战斗，没有一刻休战。那里的团体很少注意到人类的存在，就像士兵们注意到路旁的一群牛——可捕获的食物。他们因为沃尔图里而躲藏起来，从而避免引起牛群的注意。”

“但是他们为了什么而打仗呢？”我问道。

贾斯帕微微一笑：“还记得有红色圆点的地图吗？”

他等待着，我点点头。

“他们为控制最浓厚的红色圆点而打仗。

“你瞧，曾经某个人心里想过，如果他是那里唯一的吸血鬼，让我们以墨西哥城[①]为例，那么，他就可以每天晚上猎食两次乃至三次都

① 墨西哥城（Mexico City），墨西哥位于北美洲的西南部。北部与美国接壤，东南接危地马拉（Guatemala）和伯利兹（Belize），东临墨西哥湾（the Mexican Bay）和加勒比海（the Caribian Sea），西、南临太平洋（the Pacific Ocean）。面积196万多平方公里，是北美的第三大国，人口1亿多。墨西哥城是墨西哥的首都，位于墨西哥中南部高原的山谷中，海拔2240米，面积达1500平方公里，人口多达1800多万。它集中了全国约1/2的工业、商业、服务业和银行金融机构，是全国的政治、经济、文化和交通中心。墨西哥城的古老历史可以追溯到印第安人时期，它的前身是1325年建立的特诺奇提特兰城（Tenochtitlan），在它的创建者阿兹特克人（Aztec）的语言中，“墨西哥”是由“墨西特里”演变而来，意为“太阳和月亮之子”，阿兹特克人在这里创造了辉煌的文明。

不会有人注意到。他精心布局要除掉竞争对手。

“其他人也有相同的想法，一些人想出的策略比另一些人更有效。

“但是最有效的策略是被一个名叫本尼托的很年轻的吸血鬼想出来的。人们第一次听说他是他从达拉斯[①]北部的某个地方南下，屠杀了共同拥有休斯敦[②]附近的一片区域的两个小团体。两夜之后，他又与占领墨西哥北部蒙特雷[③]的一个更强大的联盟组织展开较量，他又一次获胜了。”

“他是怎么赢的？”出于好奇心，我小心翼翼地问道。

“本尼托创造了一支新生吸血鬼军队。他是第一个想到这个方法的吸血鬼，起初，他所向披靡。非常年幼的吸血鬼不稳定，而且很狂野，几乎不可能控制。一个新生儿可以晓之以理，被教化学会自我克制，但是十个、十五个一起就是噩梦一场了。就像你指使他们对付敌人一样，他们会互相残杀。由于他们不断地自相残杀，本尼托不得不一直创造更多的吸血鬼，而且那些被他大批杀害的吸血鬼团体在失败之前会歼灭他一半以上的军队。

“你瞧，尽管新生儿很危险，但是他们仍然是可以被打败的，如果你知道他们在干什么的话。他们在身体上强大得难以置信，大概在第一年左右，如果他们能够持续保持这样的力量，可以轻而易举地粉碎较年长的吸血鬼，但是他们是自己本能的奴隶，因此可以预见他们的行为。通

---

① 达拉斯（Dallas），达拉斯县首府，是得克萨斯州第三大城市。

② 休斯敦（Houston），美国得克萨斯州最大的城市，全美国第四大城市，墨西哥湾沿岸最大的经济中心，得名于当年得克萨斯共和国总统山姆·休斯敦（Sam Houston）。休斯敦创建于1836年，合并于1837年，是美国成长最迅速的大城市之一。休斯敦以其能源（特别是石油）、航天工业和运河闻名世界。财富500强总部的数量仅次于纽约市。休斯敦的官方绰号为太空城（Space City），因为它是约翰逊航天中心的所在地。

③ 蒙特雷（Monterrey），墨西哥东北部城市，新莱昂州（Nuevo León）首府。位于肥沃的圣卡塔琳娜谷地（Santa Catarina River），海拔538米，气候干燥，冬凉夏热。原为印第安人的重要居民点，1579年建城。1882年通向美国拉雷多（Laredo）的铁路建成后，逐渐形成以大型冶金业为主的工业中心。生产全国半数以上的钢铁、极大部分的铅以及铜、银、铋、锑等金属，并有玻璃、水泥、化学、纺织、烟草、食品等工业。附近开采铅、金、银等矿。北郊和东郊是灌溉农业区，盛产棉花和柑橘。北部地区是陆空交通中心。郊区有温泉和岩洞，为旅游胜地。

常，他们没有作战技巧，只有蛮力和凶残。还有一点，压倒一切的人数。

“墨西哥南部的吸血鬼意识到来袭击他们的是什么，他们做了唯一能想到的事情来对抗本尼托。他们创立了自己的军队……

“一团糟——我的意思比你可能想象到的还要糟。我们这些不死之人也有自己的历史，这场特别的战争永远不会被遗忘。当然，那个时候对墨西哥、对人类来说也不是什么好时候。”

我毛骨悚然。

“当人数达到瘟疫般的数量时——实际上，你们的历史将人口锐减归咎于疾病——沃尔图里最后插手了。整个卫队一起赶来，在北美洲一半的地底下搜寻每一个新生儿。本尼托盘踞在柏布拉[①]，为了获得战利品——墨西哥城，他以最快的速度建立自己的军队。沃尔图里家族从他开始，接着向其他人进军。

“任何被发现是新生吸血鬼的都会被就地处决，由于大家都想逃脱本尼托，墨西哥城曾经一度没有吸血鬼了。

“沃尔图里家族差不多用了一年的时间清理门户，这又是我们历史上会被永远铭记的另一章，尽管只有少之又少的几个亲眼见过的人还健在，能够讲清楚这场战争的真实场面。有一次我和一个人说话，他曾从远处观察沃尔图里家族来到库利亚坎[②]的时候所发生的一切。”

贾斯帕一阵颤抖，我意识到我从前从未看见他恐惧过，这是第一次。

---

① 柏布拉（Puebla），墨西哥中东部的州，面积3.39万平方公里，首府柏布拉（也译作普埃布拉）。西北为东马德雷山（Sierra Madre Oriental mountain range），中部为火山带，海拔1500—2400米，只有南部巴尔萨斯谷地和东北部比较平坦。山脉东坡和巴尔萨斯谷地气候湿热，内地气候干燥温凉。农业盛产甘蔗、咖啡、玉米、苜蓿等。工业以纺织、汽车制造、制糖、水泥等为主，并有金、铅、锌、银等矿产。铁路和公路交通发达。

② 库利亚坎（Culiacán），墨西哥西北部锡那罗亚州（Sinaloa）的州府，是该州重要的经济、文化、商业和旅游中心，墨西哥最重要、城市化程度最高的城市之一。库市地形复杂，气候多样，夏季潮湿多雨，高山、海岸、河谷提供了丰富多样的自然资源。库利亚坎河流经市内，两岸的建筑与自然风景浑然一体，十分美丽。库利亚坎市的工业在锡那罗亚州占有重要地位，四大工业园区面积达百余公顷。在库利亚坎落户的工厂占全州的32%，有纺织、塑料、木材、五金等行业。由于库利亚坎自然资源丰富，食品加工和饮料业尤为发达。

“征服热没有蔓延到北部，这就足够了。世界上其他的地方仍然很理智，我们要为我们现在的生活方式感谢沃尔图里家族。

“但是当沃尔图里家族回到意大利之后，幸存下来的吸血鬼很快就在南部安营扎寨了。

“没过多久不同团体之间又开始争端四起。很多仇恨，请原谅我用这样的字眼儿，到处都是家族之间的宿仇。新生吸血鬼的意念已经存在了，但是有一些则无法存活下来。然而，沃尔图里家族并没有被人遗忘，南部族群这一次谨慎多了。他们更加小心地在人群中挑选新生的吸血鬼，并给他们更多的训练。他们被慎重地利用起来，人类几乎对此毫无察觉，他们的创造者没让沃尔图里有回来的把柄。

“战争又重新开始了，但是规模要小一些。时不时地，有人会做得太过头了，调查开始见诸报端，沃尔图里会回来清理这座城市，但是他们让其他那些更谨慎的族群继续……”

贾斯帕仰望着天空。

“这就是你是如何被改变的。”我明白了，低声说。

“是的，”他认同道，“当我还是人的时候，我住在得克萨斯[①]的休斯敦。当我在一八六一年参加南方军队的时候差不多十七岁，我对招募的人撒了谎，告诉他们我二十岁了。我长得够高，足以骗过他们。”

“我的军旅生涯非常短暂，但是非常有前途。人们总是……很喜

① 得克萨斯（Texas），简称得州，是美国南方最大的州，也是全美第二大州，仅次于阿拉斯加州。州名来自印第安哈西奈族中的喀多语（Caddoan）中的“tejas”，意味着“朋友”或是“盟友”。西班牙的探险家在给得州命名时将这个词误认为是地名，便由此沿用下来。得克萨斯州东南临墨西哥湾，南邻墨西哥，面积69.1万平方公里。首府奥斯汀（Austin），最大城市休斯敦。原属墨西哥，1836年脱离墨西哥独立，建立得克萨斯共和国。1845年并入美国，成为美国的一州。经济长期以农牧业为主。大型牧场和牧童是该州代表性特征之一。牛（多为肉牛）约1700万头，居全国第一位，沃思堡和阿马利略是著名的家畜市场。羊、火鸡、鸡等饲养极盛。耕作主要靠灌溉，主产棉花，次为稻米、花生、水果、蔬菜等。1901年在东南部博蒙特附近发现石油以后，成为全美第一位的石油产地，从沿岸到墨西哥湾海面油井林立，发展了以炼油和石油化工为中心的各种工业。近年开发了旅游点，并发展了尖端产业，休斯敦以美国国家航空航天局进行的宇宙开发事业闻名。

欢我，听我说的话，我父亲说这是种魅力。当然啦，我现在知道可能远不止这样，但是，不管是什么原因，我的军衔上升得很快，军阶高于那些年长的有经验的人。南方军队是一支崭新的军队，还在整顿秩序，这样也为我提供了机会。在加尔维斯敦[1]的第一场战斗中——其实比小冲突大不了多少——我是得州最年轻的少校，更不用说我的真实年龄。

“北方军队的追击船到达海湾的时候，我负责从城里转移妇女和儿童。让他们准备就绪花了一天时间，接着我让士兵第一纵队负责将他们转移到休斯敦。

“我清楚地记得那天晚上。

“黄昏之后我们抵达休斯敦。我只在那里稍作停留，以确保所有人都安全地扎营了。做完这些之后，我就弄来一匹新马赶回加尔维斯敦。没有时间休息。

“在城外一英里开外的地方，我发现三个步行的妇女。我猜想她们掉了队，所以立即下马向她们提供帮助。但是，当我在昏暗的月光中能看清她们的脸的时候，我惊呆了。她们，毫无疑问，是我曾经见过的最美丽的女人。

“她们皮肤苍白，我记得对此惊叹不已。就连那个黑头发的姑娘，她带着鲜明的墨西哥人的特征，在月光中就像瓷器一般晶莹剔透。她们看起来很年轻，所有人都很年轻，足以称其为姑娘。我知道她们不是从我们队伍中掉队的，否则我肯定会记得见过她们的。

“‘他说不出话来了。’个子最高的那个女孩说道，她的声音优雅动听——就像风铃一样。她头发金黄，皮肤像雪一样白。

“其他两个有些偏黄色，她的皮肤则像粉笔一样白。她的脸像天使一样，她双眼微闭倾身在我身上闻了闻。‘哦，’她感叹道，‘好极了。’

---

① 加尔维斯敦（Galveston），美国得克萨斯州东南部的一座港口城市，位于休斯敦东南偏南，在加尔维斯敦岛上的加尔维斯敦湾的入口处。加尔维斯敦岛为一大型沙洲，内侧潟湖成为天然良港，是棉花、小麦、石油、硫黄、大米等的输出港。休斯敦航道开启后，港口作用已大为降低。有造船、石油加工、铁钉、面粉等工业。亚热带气候宜人，海滨宽广，是著名的旅游地。

“那个小个子，小小的黑发女孩把手放在她的胳膊上，飞快地说着话。她的声音非常轻，像音乐一样，一点儿也不尖锐，但是好像这是她故意装出来的样子。

“‘注意，内蒂。’她说道。

“我一直都能很好地判断出人们之间的关系，我立即明白了这个黑发女孩不知什么原因是她们的负责人。要是她们是军人的话，我会说她的军衔要在其他人之上。

“‘他看起来很合适——年轻，强壮，还是军官……’黑头发女孩停顿了一下，我努力想说话，但是没成功。‘而且远不止这些，你感觉到了吗？’她问另外两个人，‘他……令人信服。’

“‘哦，是的。’内蒂立即同意道，又向我靠近了。

“‘耐心一点儿，’黑发女孩警告她说，‘我想要保留这个人。’

“内蒂皱了皱眉头，似乎很恼火。

“‘你最好这么做，玛丽亚，’个子较高的那个金发姑娘又说道，‘如果他对你很重要，我保留一个就要杀两个。’

“‘好，我做，’玛丽亚同意道，‘我真的喜欢这个人。把内蒂带走，好吗？我不想在努力集中精力的时候还要防备偷袭。’

“我脖子后面的汗毛都吓得竖起来了，尽管我不理解这些美丽的生物所说的是什么意思。我的本能告诉我很危险，那个天使说到杀人时是认真的，但是我的判断力控制了我的本能，我受过的教育是要保护女人而不是惧怕她们。

“‘我们捕猎吧。’内蒂热心地同意道，一把抓住高个子女孩的手。她们转身——她们是那么优雅！——朝城里全速跑去。她们看起来差不多就像是在飞翔一样，她们那么快——白色的裙子飘在身后就像翅膀一样。我惊叹地眨了眨眼睛，她们就不见了。

“我把目光转向玛丽亚，盯着她，她也好奇地看着我。

“我一生中从来没迷信过，直到那一刻，我都不相信有幽灵之类的无稽之谈。突然，我变得不确定了。

“‘你叫什么名字，士兵？’玛丽亚问我。

“‘贾斯帕·维特洛克少校，女士。’我有些结巴，不能对妇女无礼，即使她是个幽灵。

“‘我真的希望你活下来，贾斯帕，’她温柔地说道，‘我对你有好感。’

“她又朝我走近一步，头向我靠过来好像要吻我一样，我僵在那里，尽管本能在大叫快跑。”

贾斯帕停顿下来，脸上露出若有所思的表情。“几天后，”他终于说道，我不确定他是否因为我的缘故改编了故事，或者是他在回应那种紧张感，连我都能感觉到从爱德华身上流露出来的紧张感，“我被引入了新的生活。”

“她们的名字叫玛丽亚、内蒂和露西。她们在一起的时间不长——玛丽亚召集了其他两个人——她们三个都在最近一场失败的战役中幸存下来，她们是一种相互利用的伙伴关系。玛丽亚想要报仇雪恨，她想要夺回自己的领地。另外两个则迫不及待地想要增加她们的……牧区土地，我猜你会这么说。她们纠集了一支军队，行事比平时更加小心谨慎，这是玛丽亚的主意。她想要一支优质军队，所以她寻找到一些有潜力的特殊的人。接下来她比其他人费的心思都要多，给了我们更多的关注和训练。她教我们打仗，她教我们不被人类发现，当我们表现很好时会得到奖赏。”

他停顿下来，又开始斟酌措辞了。

“不过，她很着急。玛丽亚知道新生儿的巨大力量在一年左右就开始衰退了，她想在我们还很强大的时候采取行动。

“我加入玛丽亚的帮派时一共有六个人，两个星期里又增加了四个。我们都是男性——玛丽亚需要士兵——这就使我们之间的互相打斗更难控制了，我第一次战斗就是与我那些武装起来的新战友搏斗。玛丽亚对我很满意，尽管她得一直努力给被我摧毁的那些找替代品。我经常得到奖励，那样使我变得更加强大。

“玛丽亚对性格的判断力很强，她决定让我负责其他人——好像我得到提拔一样，这完全符合我的天性。死伤人数急剧下降，我们的人数一度增加，总是停留在二十个左右。

“这在我们生存的那种保守时代是相当惊人的。我的能力，尽管还没有被界定，但控制我身边情绪氛围的能力非常奏效。我们很快就开始一起合作，那种合作方式是新生儿从来没有过的，就连玛丽亚、内蒂和露西都能更加轻松地一起合作了。

“玛丽亚非常喜欢我——她开始依赖我。在某种程度上，我崇拜着她走过的道路。我不知道另一种生活方式是可能的。玛丽亚告诉我们事情本来就是这样，我们相信她。

“她要我告诉她我和兄弟们何时准备好去战斗，而我也急于证明自己。最后我带领一支二十三人的军队——二十三个强壮得难以置信的新生儿，他们秩序井然，技术娴熟，这是之前其他人都没有过的，玛丽亚欣喜若狂。

“我们向蒙特雷潜伏进发，那是她以前的家，她恣意释放我们攻击她的敌人。那时候他们只有九个新生儿，两个年纪较长的吸血鬼控制他们。我们轻而易举地就歼灭了他们，这令玛丽亚难以置信，在战斗中我们只阵亡了四个，这场胜利的悬殊是前所未闻的。

“而且我们训练有素，我们获胜却未引起别人的注意。这座城市在人们根本没有意识到的情况下就易主了。

“成功令玛丽亚变得贪婪起来，不久之后她就开始觊觎其他城市。第一年，她的势力范围覆盖了得克萨斯州和墨西哥北部的大多数地区。接着其他吸血鬼从南方赶来驱逐她。”

他用两个手指轻轻地抚摸着胳膊上的模糊不清的疤痕。

“战斗非常激烈，许多人开始担心沃尔图里家族会回来。在原来的二十三个新生儿当中，我是唯一一个活过头十八个月的，我们有赢有输。内蒂和露西最终向玛丽亚宣战——但是那场战争我们赢了。

“玛丽亚和我能够坚守住蒙特雷了。那里平静了一些，虽然战争仍在继续。征服的念头慢慢地熄灭了，现在基本上只剩下复仇和宿仇了。那么多人都失去了他们的伴侣，那是我们的族类不会原谅的事情……

“玛丽亚和我总是保留十一二个新生儿，使其随时待命。他们对我们几乎没什么意义——他们是爪牙，是可以任意处置的。当他们的利用价值被用尽之后，我们**就**会处置他们。我的生活一直以这种相同的残暴方式继续着，许多年过去了。我已经完全厌倦了这样的生活，直到事情发生变化。

“几十年后，我和一个新生的吸血鬼之间产生了友谊，他一直很有利用价值，而且经过头三年他出乎意料地幸存了下来，他的名字叫彼得。我喜欢彼得，他……很文明——我觉得这是个合适的词语。他不喜欢战斗，尽管他很擅长。

“他的任务是管理新生儿——照料他们，你可以这么说，这份工作需要付出所有的精力。

“后来又到了多事之秋。新生儿的力量周期到了，他们终究要被取代。彼得本应该帮助我处置他们的，我们各自把他们干掉，你知道，一个一个地……这样的夜晚通常非常漫长。这一次，他试图让我相信有几个是有潜力的，但是玛丽亚下令我们必须除掉所有人。我告诉他不行。

“我们快进行到一半的时候，我能感觉到这对彼得的身心造成很大伤害。当我叫来下一个受害者的时候，我不知道是否应该让他走，由我自己来完成剩下的。令我惊讶的是，他突然生气了，变得勃然大怒。我准备好应对他的情绪可能带来的一切后果——他是个不错的战士，但是他从来都不是我的对手。

“我叫来的新生儿是个女的，刚刚过了一年大限，她名叫夏洛特。她出现的时候他的情绪改变了，这出卖了他，他大叫着让她快跑，他则跑在她后面。我本来可以追赶他们的，但是我没有。我感到……不愿意毁灭他。

“玛丽亚为此很生我的气。

“五年后，彼得溜回来找我，他挑了一个好日子到来。

“玛丽亚被我日益衰退的精神状态搞糊涂了。她从未感到片刻的消沉，我不知道为什么我会不一样。当她靠近我的时候，我开始注意到她情绪中的变化——有时候有恐惧……和狠毒——同样的情绪让我提前得到内蒂和露西要袭击我们的警告。当彼得回来的时候，我正准备着摧毁我唯一的盟友，我存在的中心。

“彼得告诉我他和夏洛特的新生活，告诉我那些我从未想过的其他选择。五年来，他们从未打斗过，尽管他们在北部遇到其他人。他们和另外一些人远离永无休止的战斗，相安无事地共同生活在那里。

“在一次谈话中，我相信了他的话。我准备要离开了，不知何故感到欣慰的是，我不必杀死玛丽亚。我陪伴她的时间有卡莱尔与爱德华在一起的时间那么久，然而联系我们之间的纽带根本不像他们之间那么强大。当你为战斗、为鲜血而生的时候，你所形成的关系是非常脆弱无力的，非常容易破裂。我头也不回地走开了。

“我与彼得和夏洛特一起四处游走了几年，逐渐感受到这种新的更加平静的世界，但是消沉的感觉还是没有消退。我不知道我出了什么问题，直到彼得注意到在我狩猎之后这种状况会恶化。

“我也思考着这一点。经过那么多年的杀戮与流血之后，我几乎已经丧失了所有的人性。不可否认我就是噩梦，最令人毛骨悚然的那类恶魔，然而每次当我发现另一个人类受害者，就会感到另一种生活的回忆带给我的微弱刺痛。看着他们睁大眼睛惊叹于我的美丽，我在脑海中会看见玛丽亚和其他人，看见当我还是贾斯帕·维特洛克时的最后一个夜晚她们在我眼中的模样。跟其他人相比，这对我而言更强烈——这种借来的记忆——因为我能**感受**到猎物的感受，而且当我杀死他们的时候我经历了他们的感情。

“你曾经体验过我操控身边人的情绪的方式，贝拉，但是我不知道你是否意识到房间里的情绪是如何影响**我**的，我每天都生活在变化无常的情绪之中，在我生命中的第一个一百年，我每天都生活在嗜血的报复中。仇恨是我不变的伙伴。我离开玛丽亚后，这种仇恨减轻了一些，但是我仍然不得不感受猎物的恐惧。

“这开始变得难以承受了。

“我变得愈来愈消沉，最后我慢慢地疏远了彼得和夏洛特。他们那么文明，无法感受到我逐渐开始感觉到的厌恶。他们只希望远离战争的和平。而我却那么厌倦杀戮——杀害任何人，哪怕只是人类。

“然而，我不得不杀戮。我有什么选择呢？我努力减少猎杀的频率，但是我会变得非常饥渴，我会屈服。经过一个世纪的心满意足之后，我发现自律……是很有挑战性的，这方面我仍然做得不够好。”

贾斯帕沉浸在故事之中，我也一样。当他凄凉的表情褪尽，变成一抹平静的微笑时，我感到惊讶不已。

“我那时在费城[①]。那天狂风暴雨，我白天就出来了——那是我还不太习惯的事情。我知道站在雨中会引起注意，所以我就躲进了一个小餐馆，那里几乎没什么人。我的眼睛已经够黑了，没有人会注意到这一点，尽管这也意味着我很饥渴，这也令我有些担忧。”

“她就在那儿——等待我的到来，很自然地。”他轻声笑了笑，“当我一走进来，她就从吧台边上的高脚凳上跳下来，径直走向我。”

“这令我震惊不已。我不确定她是不是要袭击我，这是我的过去提供给我的对她行为的唯一解释，但是她在微笑，从她身上散发出来的感情好像是我以前从未经历过的。”

“‘你让我等了很久。’她说道。”

我没意识到爱丽丝早已又站在我身后了。

“你低着头，像个南方的绅士，然后说道：‘对不起，女士。’”爱丽丝想到这里大笑起来。

贾斯帕颔首对她笑道：“你伸出手，我握住了，也没停下来想一想我到底在干什么。差不多一个世纪里我第一次感受到希望。”

贾斯帕一边说一边牵起爱丽丝的手。

爱丽丝露齿一笑：“我只是感到一块石头落地了，我以为你永远都不会出现了呢。”

他们微笑着看着彼此过了很久，接着贾斯帕又望向我，脸上还挂

---

① 费城（Philadelphia），有时也有人称“友爱之市”（City of Brotherly Love），为美国第五大城，并且是宾夕法尼亚州人口最多、面积最大的城市。从1854年起，费城市和费城郡（Philadelphia County）为两个并行的地方政府，而从1952年起，市与郡共有一个政府组织，但费城郡仍属宾州州政府下的一个独立的郡。费城中心的居住人口数在全美国排名第三，仅次于纽约（New York）与芝加哥（Chicago）。费城是德拉瓦山谷（Delaware Valley）都会区的中心城市。费城是美国最老、最具历史意义的城市，它在美国史上有非常重要的地位。在18世纪时，费城是美国第二大城与人口最多的城市，在当时，它的政治与社会重要性超过纽约与波士顿，本杰明·富兰克林（Benjamin Franklin）对费城的兴起贡献良多。

着温柔的表情。

“爱丽丝告诉我她看见的有关卡莱尔和他家人的事情。我几乎不敢相信这样的存在是可能的，但是爱丽丝使我感到乐观，所以我们就过来寻找他们。”

“也把他们吓得够呛。”爱德华说道，眼珠子冲贾斯帕转了转，然后转而向我解释道，“埃美特和我出去狩猎了，贾斯帕出现了，满身都是战争留下的疤痕，还拖着这个小怪物。”他开玩笑地推了推爱丽丝，“她一开口就叫出了大家的名字，而且知道他们的一切，还想知道她应该搬进哪间卧室。”

爱丽丝和贾斯帕异口同声地笑了起来，一个是女高音，一个是男低音。

“回到家的时候，我所有的东西都到车库里去了。”爱德华继续说道。

爱丽丝耸了耸肩：“你房间的视野最好。”

他们都一起大笑起来。

“真是个不错的故事。”我说道。

三双眼睛同时质疑我是不是疯了。

“我指的是最后一部分，”我为自己辩护道，“与爱丽丝的幸福结局。”

“爱丽丝使一切都变得不一样了，”贾斯帕同意道，“这是我喜欢的环境。”

但是紧张中的短暂停顿无法持久。

“一支军队，”爱丽丝轻声低语道，“为什么你没告诉我？”

其他人又变得聚精会神了，他们的眼睛都锁定在贾斯帕的脸上。

“我以为我对这些迹象的解释准是错的。因为动机从哪儿来？为什么有人想要在西雅图创建一支军队？那里没有历史，没有族间仇杀。从侵略的立场来看，这也没有意义，没有人宣布那里属于他们。流浪的吸血鬼会经过，但是没有人为之而战，没有什么东西需要捍卫。

“不过我以前看见过这样的事情，没有其他的解释。西雅图有一群新生的吸血鬼，不超过二十个，我猜。困难的地方在于他们完全未经训练，不管是谁创造的，只不过对他们放任自流罢了。事态只会变得越来越糟糕，过不了多久沃尔图里家族就会插手了。实际上，他们让这种事情继续这么久已经让我惊讶了。”

“我们能做什么？”卡莱尔问道。

“如果我们想要避免沃尔图里家族牵涉进来，我们就得摧毁这些新生儿，而且我们要迅速采取行动。”贾斯帕一脸坚定。因为已经知道了他的故事，我就能猜到这样的估计一定会令他感到不安的。“我会教你们怎么办，在城市里不是很容易。这些年幼的吸血鬼不在乎隐匿性，但是我们不得不在乎。这会让我们束手束脚，而他们则不会。或许我们可以把他们引诱出来。”

“或许我们没必要。”爱德华的声音非常阴暗，“有没有人想过这一地区唯一可能的威胁、需要创造一支军队来应付的只有……我们？”

贾斯帕眯起了眼睛；卡莱尔则瞪大眼睛，惊讶不已。

“坦尼娅的家族也很近。”埃斯梅慢条斯理地说道，不愿意接受爱德华的话。

“新生儿不会抢夺安克雷奇[①]，埃斯梅，我想我们得考虑一下**我们**是目标这件事。”

“他们不是追踪我们而来的，”爱丽丝坚持道，接着停顿了一会儿，“或者……他们不**知道**自己在做这样的事情，至少目前还没有。”

“这是什么意思？”爱德华问道，既好奇又紧张，“你想起了什么？”

“忽明忽暗，”爱丽丝说道，“我试着看清楚发生的事情时无法看清楚画面，没有什么具体的事情，但是我现在却能看见这些东西奇怪

---

① 安克雷奇（Anchorage），美国阿拉斯加州最大港市，美国空运中心。位于州境中南部库克湾顶端。大市区面积4486平方公里。1914年作为铺设阿拉斯加铁路的铺设总部所在地始建，1920年设市。第二次世界大战期间为重要航空港和防空基地，战后为欧美至远东航空线中途站。20世纪50年代库克湾油田的发现和开发推动了城市的迅速发展。1964年遭遇强烈地震，后重建。这里也是北极圈航空线路中心，连接北美、北欧至日本的许多航空线。经济以国防工程和石油等自然资源开采为主，建筑业较发达。阿拉斯加油田地带供给和外运职能突出，有木材和水产加工工业，是州渔业中心。1961年开始辟为港口，港口终年不冻，以转运库克湾地区所产石油为主。旅游业发达，为滑雪等冬季运动胜地。市内有著名的艺术博物馆，附近有丘加奇国家森林、冰河和胡德湖等风景区。

地闪现出来，不过不足以判断是什么。就好像有人改变了主意，从一个行动迅速地改变到另一个行动，速度快得我根本无法看清楚……”

“悬而未决？”贾斯帕难以置信地问道。

“我不知道……”

“不是悬而未决，”爱德华吼道，“**知识**，有人知道在他们做出决定之前你是无法预见的。有人在躲避我们，钻你的预见力的空子。”

“谁会知道这一点呢？”爱丽丝轻声问道。

爱德华的眼睛像冰一样冷酷：“阿罗知道得很清楚，就像你自己了解的一样。”

“但是如果他们决定过来我会看见……”

“除非他们不想弄脏自己的手。”

“那是特许，”罗莎莉暗示道，这是她第一次开口说话，“南方的一个人……已经违背了规则。如果再有机会的话，那个人早应该被消灭掉了——如果他们会管这个小问题的话……这就解释了沃尔图里家族为什么反应迟缓。”

“为什么？”卡莱尔问道，仍然很惊讶，“沃尔图里家族没有理由……”

“原因很显然，”爱德华平静地反驳道，“我很惊讶这一切来得这么快，因为其他的想法来得更强烈一些。在阿罗的头脑中，他看见我在他的一侧，而爱丽丝则在他另一侧。现在和将来，爱丽丝是实际上的全知全能者。这种想法的力量令他沉醉。我曾想到过让他放弃这样的计划需要很长时间——他非常想要这种力量。但是也考虑到了你，卡莱尔，我们的家族日益壮大。他嫉妒与恐惧你拥有的……不会**多**于他所拥有的，但是，你拥有更多他想要的东西。他努力不去考虑这些，但是他无法完全隐藏起来。这种要将竞争对手连根拔起的念头一直就存在；除了他们自己的团体外，我们的家族是他们发现的最大的团体……”

我惊恐万状地盯着他的脸，他从未跟我说过这些，不过我猜我知道为什么。现在我能在脑海中看见这些，看见阿罗的梦想。爱德华和爱丽丝身着黑衣跟在阿罗的左右，他们的长袍在风中飘舞，双眼冰冷而血红……

卡莱尔打断了我的白日噩梦："他们非常忠于自己的使命，决不会自己违背规则的，这与他们一直致力于的事情背道而驰。"

"他们之后会清理干净，不留痕迹的。这是双重背叛，"爱德华残酷地说道，"没造成任何伤害。"

贾斯帕身体向前倾，摇头说道："不，卡莱尔是对的，沃尔图里家族不会违背规则的。此外，这太草率了。这个……人，这种威胁——他们不知道自己在干什么。他是新手，我发誓是这样。我不能相信沃尔图里家族与此有关，但是他们很快就会插手的。"

所有人都面面相觑，紧张地僵立在那里。

"那么我们**去**吧，"埃美特几乎咆哮着说道，"我们还等什么呢？"

卡莱尔和爱德华交换了一个长长的眼神，爱德华立刻点点头。

"我们需要你教我们，贾斯帕，"卡莱尔终于说道，"怎么摧毁他们。"卡莱尔的下巴绷得很紧，但是我看见他说这些话的时候眼里充满痛苦，没有人比卡莱尔更憎恨暴力。

有些事令我不安，我不能参与此事。我精神麻木，恐惧万分。然而，在这背后我能感觉到我错过了某些重要的事情，某些能够帮助我们理清这团混乱的东西，那会解释清楚这一切。

"我们需要帮助，"贾斯帕说道，"你认为坦尼娅家族会愿意……吗？另外五个成熟的吸血鬼会有很大帮助，而且那时凯特和以利亚撒站在我们这边会特别有利于我们的。有他们的援助的话，这件事差不多就很好办了。"

"我们会问的。"卡莱尔回答。

贾斯帕拿出手机："我们要快一点儿。"

我从来没有见过卡莱尔天生的镇定如此动摇。他接过电话，快速地朝窗户走去。他拨了个电话号码，把电话放在耳边，另外一只手放在玻璃上。他凝视着窗外雾蒙蒙的早晨，脸上流露出痛苦又矛盾的表情。

爱德华牵起我的手，把我拉到那张白色的情人椅上。我坐在他身旁，看着他的脸，而他则盯着卡莱尔。

卡莱尔的声音很轻，语速很快，难以听清。我听见他问候坦尼娅，接着快速地描述了目前的形势，他说得非常快，我无法明白其中的内容，尽管我敢说阿拉斯加的吸血鬼对发生在西雅图的事情并不是一无所知。

接着卡莱尔的声音有些变化。

“哦，”他说道，声音因为惊讶变得有些尖锐了，“我们没有意识到……艾瑞娜是这么想的。”

爱德华在我身旁含混不清地说道：“该死。该死的劳伦特该下十八层地狱，他就该去那里。”

“劳伦特？”我轻声问道，血色在我脸上消失了，但是爱德华没有回答，仍然聚精会神地听卡莱尔的想法。

我今年初春与劳伦特的短暂遭遇是不会从我脑海中褪色或模糊的。我仍然记得在雅各布和他的同伴打断他之前，他对我所说的每一个字。

我实际上过来是帮她个忙……

维多利亚。劳伦特是她操纵的第一个对象——她派他过来观察，看一看接近我会有多么困难。他没在狼人的袭击中幸免，因而也就无法回去报告。

尽管他在詹姆斯死后保持着与维多利亚的老关系，但他也形成了新纽带、新关系。他跑到阿拉斯加与坦尼娅家族生活在一起——坦尼娅一头金红色的头发——卡伦家族在吸血鬼世界里最亲密的朋友，实际上是个大家庭，劳伦特在死之前与他们一起生活了差不多一年的时间。

卡莱尔还在说话，他的声音不是那么恳切。虽然很有说服力，但有些尖锐，接着这层尖锐突然超过了说服力。

“那不可能，”卡莱尔严厉地说道，“我们有条约的，他们没有违背，我们也不会。听到这我很抱歉……当然，我们会竭尽所能单独行动的。”

卡莱尔没听回答就关掉了手机，他继续盯着窗外的雾。

“出什么问题了？”埃美特小声问爱德华。

“艾瑞娜深深地眷念着我们的朋友劳伦特，比我们知道的还要深。

她对狼人们为了救贝拉而杀死劳伦特耿耿于怀，她想要——”他停顿了一下，颔首看着我。

“继续。”我尽可能平静地说道。

他眉头皱得更紧了：“她想要报仇，要挫一挫狼群的锐气，他们要我们同意以换取他们的援助。”

“不！”我吃力地叫道。

“别担心，”他平静地告诉我，“卡莱尔不会答应。”他犹豫了一下，叹了口气，“我也不会答应。劳伦特罪有应得，”这几乎是在咆哮，“我仍然为此欠狼人的情。”

“这可不是很妙，”贾斯帕说道，“这会是场势均力敌的战斗。我们在技能方面更胜一筹，但人数上不及他们。我们会赢，但是会付出什么样的代价？”无论怎样，他紧张的眼睛扫视到了爱丽丝的脸上又转开了。

我领会到贾斯帕的意思时已经想要大声叫出来。

我们会赢，但是我们也会输，有些人活不下来。

我环顾着屋内的脸孔——贾斯帕、爱丽丝、埃美特、罗斯、埃斯梅、卡莱尔……爱德华——他们都是我家人的脸庞。

宣　言

“你不是认真的吧？”我星期三下午说道，“你完全昏了头！”

“随便你说我什么，”爱丽丝说道，“派对还是要办的。”

我盯着她，满腹狐疑地睁大眼睛，仿佛它们就要掉出来，落在我的餐盘里一样。

“噢，冷静一点儿，贝拉！没有理由不经历这一遭啊，此外，邀请信已经发出去了。”

“但是……这……你……我……疯了！”我语无伦次。

“你已经为我买好礼物了，”她提醒我，“你什么都不必做，只要出场就行。”

我努力想使自己平静下来：“考虑到现在发生的一切，派对太不合时宜。”

“毕业才是现在正在发生的事情，派对再合适不过了，再不办就过期了。”

“爱丽丝！”

她叹了口气，努力严肃地说道：“现在我们有几件事情要办好，那会花一点儿工夫。反正我们还在这里等待，不妨做一些值得纪念的好事情。你只有一次高中毕业的机会——第一次，也是唯一的一次。你不会再当人类了，贝拉，这可是一生一次的机会啊。”

爱德华在我们短暂的争辩中一直没有说话，他飞快地瞟了她一眼以示警告。她对他吐了吐舌头，她是对的——她轻柔的声音从来都不会被食堂里叽叽咕咕的声音所掩盖。不管怎么样，没有人会理解她话里的含义。

“我们需要办好的是哪几件事情？”我问道，不想让她转换话题。

爱德华低声地说道：“贾斯帕认为我们可以利用一些帮助，坦尼娅的家人并不是我们唯一的选择。卡莱尔正在努力寻找几个老朋友，贾斯帕也在寻找彼得和夏洛特。他也考虑与玛丽亚谈一谈……但是没有人愿意搅和到南方人的事情之中。”

爱丽丝稍稍一惊。

“说服他们来帮忙不应该是很难的事情，”他继续说道，“没有人希望意大利那边有人来。”

“但是这些朋友——他们不打算当……素食主义者，是不是？”我用了卡伦家族对自己半开玩笑的昵称表示自己的不满。

“是的。”爱德华回答说，突然变得面无表情。

“在这里？福克斯？”

“他们是朋友，”爱丽丝宽慰我说，“一切都会好起来的。别担心，接下来，贾斯帕得给我上几节如何铲除新生儿的课了……”

爱德华听到这里表情绷得更紧了，短促的微笑从他脸上一扫而过，我肚子里突然感到就像充满了尖锐的冰碴一样。

“你什么时候去？”我语气空洞地问道。我无法忍受某个人可能不会回来的想法。如果是埃美特呢？他那么勇敢，那么粗心大意，从来不会多一点点谨慎。或者是埃斯梅？她那么和蔼，就像母亲一样，我甚至无法想象她打仗的样子。或者是爱丽丝？那么娇小玲珑，一副弱不禁风的样子。或者……但是我根本不敢去想他的名字，考虑那种可能性。

“再过一个星期，”爱德华漫不经心地说道，“那样应该会让我们有充裕的时间。”

我胃里的冰碴纠结在一起很难受，我突然感到恶心。

“你看起来有些不舒服，贝拉。”爱丽丝关心道。

爱德华揽住我，把我紧紧地搂在他身边：“不会有事的，贝拉，相信我。”

当然，我独自思忖道，相信他。他不会袖手旁观、枉费心机地只顾自己，去思忖是否该打道回府。

接着我想到了什么。或许我不必袖手旁观，一个星期的时间足够了。

“你们在寻求帮助。”我慢腾腾地说道。

“是的。”爱丽丝斟酌着我语气中的变化时侧着抬起了头。

我回答的时候只是看着她。我的声音只不过比耳语稍微大了一点儿：“**我**能帮忙的。”

爱德华的身体突然僵了，胳膊把我搂得太紧了，他呼了一口气，发出咝咝的声音。

但是爱丽丝仍然很冷静地回答了我的话：“那可真的没**用处**。”

“为什么没用？”我争辩道，我能听见我声音里的绝望，“八个要比七个好，那不仅仅是有足够的时间啊。”

“不会有足够的时间让你对我们有所帮助，贝拉。”她冷冷地否定道，“你还记得贾斯帕是怎么给你描述那些新生的吸血鬼的吗？打仗的时候你可不会起什么作用。你将不能控制自己的本能，那会使你成为轻而易举就能打倒的靶子，到那时爱德华为了保护你就会受伤。”她双臂环抱在胸前，言语中的逻辑无可争辩。

而我知道她是正确的，当她那么说的时候，我一蹶不振地坐在座位上，油然而生的希望被击溃了。在我身旁的爱德华则松了一口气。

他在我耳边低语着提醒我：“可不是说你害怕。”

“噢，”爱丽丝说道，空洞的表情划过她的脸庞，接着她板着脸说道，“我讨厌最后一分钟取消计划，那样就会使参加派对的名单减少到六十五……”

“**六十五！**”我的眼珠子都快瞪出来了，我没有那么多朋友。我怎么会认识那么多人呢？

“谁取消了？”爱德华好奇地问，没注意到我。

“蕾妮。”

“什么？”我惊呼道。

“她本打算在你毕业典礼时给你个惊喜的，但是出了问题，你回家的时候会收到一条留言。”

有那么一会儿，我为这种欣慰高兴不已。不管我妈妈那边发生了什么事情，我永远都会对此感激不尽。要是她**现在**来到福克斯的话……我想都不敢去想，我的头会爆炸的。

我回家的时候留言提示灯在闪烁。欣慰再一次油然而生，我听着妈妈描述菲尔在棒球场上发生了事故——当他示范滑垒时与接球手撞作一团，摔断了大腿；现在他完全依靠她，她根本无法离开他。留言快结束的时候，我妈妈还在道歉。

“好吧，那是一个。”我感叹道。

“一个什么？”爱德华问道。

“一个我不必担心这个星期会遇害的人。”

他转了转眼睛。

“为什么你和爱丽丝都不认真地看待此事呢？”我追问道，“事情很**严重**。”

他微笑道：“这是信心。”

“好极了。”我不满地说道。我拿起电话，拨了蕾妮的电话。我知道这次谈话会很长，但我也知道我不会说太多话。

我只是听着，每次我能插话的时候都在宽慰她：我没失望，我没生气，我没受伤。她应该集中精力帮助菲尔康复，我让她转告菲尔“早日康复”，答应打电话一字不漏地告诉她福克斯高中一年一度毕业典礼的点点滴滴。最后，我不得不用急于期末复习的借口才挂断电话。

爱德华的耐心永无止境。他礼貌地等待着我们谈完话，只是把玩着我的头发，每次当我抬头的时候都看见他在微笑。或许当我还有那么多更重要的事情需要考虑的时候注意到这样的事情很肤浅，但是他的微笑总能让我喘不过气。他美丽得让我有时难以思考其他事情，难以专注于菲尔的问题，或蕾妮的歉意，还有心怀敌意的吸血鬼军队，我只是个凡人。

我一挂机就踮起脚去吻他。他的手揽住我的腰，把我抱到厨房的料理台上，这样我就不必踮着脚了，那对我很奏效。我用胳膊环住他的脖子，融化在他那冰冷的怀抱里。

太快了，和平常一样，他松开了我。

我感到自己马上噘起了嘴巴。他挣脱我的胳膊和腿的时候看着我的表情大笑起来，然后在我旁边斜靠在料理台上，轻轻地用一只胳膊搂着我的肩膀。

“我知道你认为我的自制力完美至极，从不妥协，但是实际上并不是那样。”

“我倒希望如此。”我感叹道。

他也叹了口气。

“明天放学后，”他换了个话题说道，“我会和卡莱尔、埃斯梅、罗莎莉一起去狩猎，只是去几个小时——我们就在附近。爱丽丝、贾斯帕和埃美特应该能够保证你的安全。”

“啊。”我咕哝道。明天是期末考试的第一天，只有半天的时间。我要考微积分和历史——是我唯一的两个挑战项目——那么我差不多一整天都没有他的陪伴，除了担心什么都做不了。“我讨厌被当成小孩子保护起来。”

“只是暂时的。”他答应道。

“贾斯帕会很无聊的，埃美特则会捉弄我。”

“他们会尽量表现良好的。”

“好吧。”我抱怨道。

接着我突然想到除了保护之外我的确还有个选择：“你知道……自从上次篝火晚会后我就再也没去过拉普西。”

我端详着他的脸以发现上面的表情变化，他的眼睛有些许紧张。

“我在那里会很安全的。”我提醒他。

他考虑了一会儿：“你可能是对的。”

他的脸很平静，只不过有些过于安详了。我差不多就要问他是不是宁愿我待在这里，但是我一想到埃美特肯定会捉弄我，我就换了个话题。“你饥渴了吗？”我问道，伸出手抚摸他眼睛下方淡淡的阴影，他的瞳孔仍然是深金色的。

“并不是。”他似乎不愿意回答，这令我很惊讶，我等待着他的解释。

“我们想尽可能地强壮一些，”他解释道，还是有些不情愿，“我们可能在路上还会再狩猎，寻找一些更大的猎物。”

“这会使你们更强壮？”

他想在我脸上找到什么，但是除了满脸好奇，上面什么也没有。

“是的，”他终于开口说道，“人类血液使我们变得最为强壮，尽管程度有限。贾斯帕在考虑瞒天过海——尽管他也讨厌这样，他只不过是考虑到实际情况而已——不过他不会提出这样的建议，他知道卡莱尔会怎么说。”

“那样会有所帮助吗？”我平静地问道。

“没关系，我们不会改变自身。”

我皱着眉头。如果有什么真的可以帮上忙，哪怕只是可能……接着我害怕起来，意识到自己为了保护他愿意让一个陌生人受害。我觉得自己很可怕，但是却不能完全否认这一点。

他又换了个话题：“当然啦，那就是他们为什么这么强大。新生儿体内充满了人类血液——他们自己的血液对变化的反应，这些血液残留在他们的组织里，使他们变得强大起来。他们的身体会慢慢地耗尽自己的血液，正如贾斯帕所说，大概在一年左右这种力量开始衰退。”

“**我**会有多么强壮呢？”

他露齿一笑：“比我要强壮一些。”

“比埃美特要强壮一些吗？”

笑容绽放得更大了：“是的，到时候帮我个忙，向他挑战一场腕力比赛，这对他会是一次不错的体验。”

我笑了起来，听起来那么荒谬。

接着我叹了口气，从料理台上跳了下来，因为我真的不想再推迟了。我得临时抱佛脚了，而且还要抱得紧紧的。幸亏我有爱德华帮忙，他是个优秀的辅导老师——因为他绝对是无所不知。我想我最大的问题只是把注意力放在考试上面，如果我稍不留心，说不定我会在历史考试的论文中写出南方的吸血鬼战争呢。

我抽空给雅各布打了个电话，爱德华似乎和我跟蕾妮讲电话的时候一样自在，他又把玩起我的头发了。

尽管已经是下午两三点钟，我的电话还是吵醒了雅各布，他起初还满腹牢骚。当我问他第二天我是否可以拜访他的时候，他立即高兴起来。奎鲁特学校已经放暑假了，所以他让我尽早过去。我很高兴除了被当小孩子保护起来以外，我还有别的选择，与雅各布玩一天会稍微有一点儿尊严。

这种尊严还少了一点儿，因为爱德华又坚持要送我到边界线，就像小孩子在监护人之间交换一样。

“那你觉得考试考得怎样？”在去的路上爱德华问道，想跟我聊聊天。

“历史很简单，但是我不知道微积分怎么样。好像还有些难度，那样的话很可能意味着我会不及格。”

他大笑起来：“我相信你考得不错。要是你真担心的话，我可以贿赂瓦纳先生给你个A。”

“呃，谢谢，不过不必了，多谢。”

他又大笑起来，不过当我们转过最后一道弯，看见一辆红色的车等在那里的时候，他的笑声戛然而止。他皱着眉头仔细看了看，接着停下车叹了口气。

“怎么啦？”我用手推门的时候问道。

他摇了摇头：“没什么。”他眯起眼睛透过挡风玻璃盯着那辆车，我以前见过这种表情。

“你不是在**听**雅各布心里在想什么吧，是不是？”我责备道。

“有人在大喊大叫的时候是很难被忽视的。”

“哦，”我想了一会儿，“他在大叫什么？”我轻声问道。

“我绝对相信他会自己提到的。”爱德华说话的时候语气中充满警惕。

我本来可以追问这个问题的，不过就在那时雅各布按了按汽笛——急不可耐地迅速地按了两下汽笛。

“那可不礼貌。”爱德华吼道。

“雅各布就是这样。”我感叹道，在雅各布没做什么事情让爱德华真的恨得牙痒痒之前，我赶紧跑过去。

在坐进兔牌汽车之前，我向爱德华挥了挥手，从远处看，看起来他真的因为鸣笛的事情而闷闷不乐……或者是因为雅各布在想的任何事情，但是我的视力很差，而且总犯错。

我想爱德华和我一起来，我想让他们两个下车，握手言和，成为朋友——是爱德华和雅各布，而不是**吸血鬼**和**狼人**。这就好像我又一次手里握着两片顽固的冰箱贴一样，我把它们握在一起，想强制改变自然……

我叹了口气，爬进了雅各布的汽车。

“嘿，贝儿。”杰克的语调很欢快，但是他的声音拖得很长。我审视着他的脸，他发动引擎返回拉普西。他开得比我快，但是比爱德华慢。

雅各布看起来有些不一样，甚至有些病恹恹的。他眼皮低垂，脸拉得很长，蓬松的头发凌乱不堪，有些头发差不多都长到下巴了。

“你还好吗，杰克？”

“只是有些累，”他挤出这几个字，然后打了个大大的哈欠，打完后他问我，“你今天想干什么？”

我看了他一会儿。“现在我们还是到你家玩吧，”我建议道，他看起来不像有心情做其他的事情，“我们待会儿可以骑摩托车。”

“当然，当然。”他说道，又打了个哈欠。

雅各布家里空荡荡的，这让人感到有些古怪。我意识到我以为比利差不多会永远定在这里。

“你爸爸呢？”

“在克里尔沃特家里，自从哈里去世后他经常过去玩，苏很孤单。”

雅各布坐在那张不比情人椅大多少的旧睡椅上，咯吱咯吱地挪动身子给我腾地方。

“噢，那很好，可怜的苏。”

“是啊……她现在遇到一些问题……”他犹豫了一会儿，“跟她的孩子们有关。”

“当然啦，失去父亲对塞思和里尔来说很难接受……”

“嗯哼。”他若有所思地同意道，拿起遥控器想也没想一下就打开了电视，然后打了个哈欠。

“你怎么啦，杰克？你看起来像具僵尸。”

“昨天晚上我只睡了两个小时，前天晚上只睡了四个小时。”他告诉我，他慢悠悠地伸展开他那长长的胳膊，我能听见他弯曲关节时发出的嘎巴声，他把胳膊放在我身后的沙发靠背上，懒洋洋地把头靠在墙上休息，“我已经筋疲力尽了。”

“为什么你不睡觉呢？”我问道。

他做了个鬼脸：“山姆现在很担心，他不相信你那些吸血鬼。我已经连续两个星期两班倒了，还没有人碰过我，但是他还是不相信，所以现在我独自行动了。”

“两班倒？这都是因为你想要守护**我**？杰克，这样不对！你需要睡觉，我不会有事的。”

“这没什么了不起的。”他的眼睛突然警觉起来，“嘿，你们弄清楚是谁到过你房间了吗？有什么新进展？”

我没理会第二个问题：“没有，我们没发现任何关于我，呃，我的造访者的线索。”

“那么我就会在附近。”他边说边闭上了眼睛。

“杰克……”我开始带着哭腔了。

“嘿，这至少是我能做的——我永远为你效劳，还记得吗？我永远都是你的奴隶。”

“我不要奴隶！”

他还是没睁开眼睛：“你**想**要什么，贝拉？”

“我想要我的朋友，雅各布——我不想他半死不活的，因为被误导而不惜伤害到自己——”

他打断我说道：“这么看这件事情吧——我希望我能追踪到一个我能杀的吸血鬼，可以吗？”

我没有回答。他突然看着我，偷看我的反应。

“开玩笑的，贝拉。”

我盯着电视。

“那么，下个星期有什么特别的计划吗？你要毕业了。哇，那可是件大事呢。”他的声音变得单调起来了，他的脸已经拉长了，眼睛又闭上了，面容憔悴地耷拉着头——这一次不是因为筋疲力尽，而是拒绝承认。我意识到毕业对他而言仍然具有可怕的含义，尽管我的意图现在已经被打断了。

“没有**特别**的计划。”我小心翼翼地说道，希望他在没有详细解释的情况下也能听出我话中的宽慰，我不想现在就那样做。首先，他不想招来任何为难的谈话。此外，我知道他对我的疑虑的解读会很过头的。“啊，我的确不得不参加一个毕业派对。为我开的。”我说话的时候声音有些厌烦，“爱丽丝**爱**开派对，她已经邀请了镇上所有的人去她家。肯定会很可怕的。”

我说话的时候他睁开了眼睛，欣慰的微笑使他的脸看起来不那么憔悴了。“我没受到邀请，我很受伤。”他开玩笑道。

“就当你自己受到邀请了吧，这本来就是**我的**派对，所以我应该能邀请我想邀请的人。”

“谢谢。”他挖苦道，眼睛又倏地闭上了。

“我希望你能来，”我说道，语气中不带任何希望，“那样会更有趣的。我的意思是对我而言。”

“当然，当然，”他咕哝道，“那会非常……明智……”他的声音渐渐消失了。

过了几秒钟他就开始打鼾了。

可怜的雅各布。我端详着他做着梦的脸，很喜欢我所看到的一切。他睡觉的时候，防御和尖酸的痕迹荡然无存，顷刻间又变成了在狼人之类的无稽之谈阻碍在我们之间以前的那个男孩，他看起来年轻了很多，看起来像我的雅各布。

我舒服地窝在睡椅上等他醒来，希望他会睡一会儿，补一下觉。我翻了许多频道，但是没什么电视节目。最后我锁定在一个烹饪节目上，看的时候我才发现，在给查理做饭时我从来没下过这么多功夫。雅各布继续打着鼾，而且声音越来越大，我则调高了电视机的音量。

我感到格外放松，差不多也有些困倦了。这座房子比我自己家里要安全多了，或许是因为没有人到这里找过我吧。我蜷缩在沙发上，想着不如自己也小睡片刻。但是雅各布的鼾声根本无法变小，所以，我没睡觉，而是任凭我的思绪信马由缰。

期末考试已经考完了，大多数都轻轻松松地就能过关。不过，微积分是个例外，及不及格都已经被我抛在脑后了。我的高中教育已经结束了，而我真的不知道自己对此作何感想。我无法客观地看待此事，因为我把这与我人类生命的结束联系在一起了。

我不知道爱德华打算利用“不是说你怕了”这个借口多长时间，我打算某个时候要坚决果断一些了。

要是我务实一点儿想的话，我知道一走完毕业的流程就让卡莱尔改变我会更有效，福克斯已经变得与战争地带差不多一样危险了。不，福克斯就**是**战争地带。更别提……这会是不去参加毕业派对的一个不错的借口。我想到那些改变的原因当中最不重要的一个时自顾自地笑了起来，很傻……然而仍然很吸引人。

但是爱德华是对的——我还没有准备好。

而且我不想很务实，我想爱德华是那个人，这不是一个理性的要求。我确定——在某个人实际上咬了我大概两秒钟之后，毒液开始在我的血管里燃烧、流淌——我真的不会在意是谁做的，所以不应该有什么不同。

为什么这很重要，甚至对我自己而言都很难说清楚。这只是与他是那个做选择的人有关——他想要守护着我，这足以让他不许我被改变，他会采取行动维持我的现状的。这很孩子气，但是**他的**嘴唇是我会感觉到的最后一件美好的事情，我喜欢这个想法。甚至更令人难为情的是，有些事我永远都不会说出来，我希望**他的**毒液毒化我的肌体。这样会使我以某种看得见、摸得着的量化方式属于他。

但是我知道他会像胶水一样坚持结婚计划——因为延期显然就是他所追求的目标，到目前为止还是很有效的。我试图想象着告诉父母这个夏天我就要结婚了，告诉安吉拉、本，还有迈克。我不能，我想不出该说什么话，这不会比告诉他们我要成为吸血鬼更容易些。而且我确定至少我母亲——要是我告诉她事情的来龙去脉的话——会比反对我变成吸血鬼更极力地反对我结婚，我一想到她那惊恐万状的表情就独自苦笑起来。

就在那时，只过了一会儿，我就看见同样古怪的幻影——爱德华和我坐在秋千椅子上，身上穿着另一个世界的服饰。在那个世界里，如果我的手指上戴着他的戒指，没有人会惊讶。在一个更简单的地方，爱情的定义要简单许多。一加一等于二……

雅各布打着鼾翻了个身。他的胳膊从睡椅靠背上滑落下来，把我紧紧地扣牢在他的身体上。

老天，他真的很重！而且很烫。没过多久我就开始闷热起来。

我试图从他的胳膊下面溜出来但不吵醒他，但是我得挪动一点点。他的胳膊从我身上落下来的时候，他的眼睛倏地一下睁开了。他猛地跳起来，焦急不安地环顾着四周。

“怎么啦？怎么啦？”他迷惑地问道。

“是我，杰克，对不起我吵醒你了。”

他转身看着我，眨了眨眼睛，还是很迷糊：“贝拉？”

“嘿，睡觉的家伙。”

“噢，老兄！我睡着了吗？对不起！我睡了多久？”

“只是过了几个《艾梅里尔美食秀》[①]，我没数。”

他又嘭的一声重重地坐在我旁边的睡椅上：“哇，我真不好意思，真的。”

我拍了拍他的头发，想要理顺这片凌乱：“别感到不安，我很高兴你睡了一会儿。”

他打了个哈欠，伸伸懒腰：“这些天我没什么精神。难怪比利老是不在家，我真是无聊。”

“你很好。”我安慰他道。

“呃，我们出去吧，我需要四处走走，否则我又要昏睡过去了。”

---

① 《艾梅里尔美食秀》（*Emeril*），这里指的是美国的一个美食节目，该节目以大厨师艾梅里尔·拉加西（Emeril Lagasse）命名。艾梅里尔是新奥尔良（New Orleans）最著名的厨师，他在本地开设了艾梅里尔高档餐厅（Emeril’s）。他有多个自己的烹饪节目，风格轻松随意，还有那句著名的大喊：“Bam！”艾梅里尔不仅是著名厨师，更建立了自己的烹饪王国，出售菜谱与厨房用具。除了新奥尔良的多家餐馆之外，更在美国最繁华的旅游城市，比如奥兰多（Orlando）、拉斯维加斯（Las Vegas）、迈阿密（Miami）等地开设了一系列艾梅里尔餐厅分店。

“杰克，再睡一会儿，我很好，我会叫爱德华过来接我的。”我边说边拍拍口袋，结果发现我的口袋空荡荡的，“糟了，我得借你的电话了，我想我准是落在他车上了。”我开始自我解释道。

“不！”雅各布抓住我的手，坚持说道，“别这样，留下来。你还没坐多久呢，我不敢相信我浪费了所有的时间！”

他一边说话一边把我拖下睡椅，接着把我往屋外拉，经过门框的时候他低着头走了出去。雅各布睡着的时候外面变得凉爽一些了；空气冷得不合时令——肯定有暴风雨要来了，感觉就像在二月一样，而不是在五月。

冬天般寒冷的空气似乎让雅各布更加警觉了。他拉着我在屋前踱来踱去，走了好一会儿。

“我是个笨蛋。”他自言自语地咕哝道。

“怎么啦，杰克？你只不过是睡着了而已。”我不以为意地耸了耸肩。

“我本想和你谈一谈的，我不敢相信会这样。”

“现在跟我谈吧。”我说道。

雅各布直视着我的眼神，看了一会儿，接着匆忙地看向树林。看起来他差不多羞红了脸，但是因为他皮肤黝黑很难说清楚。

我突然想起来爱德华离开我的时候说过的话——雅各布会跟我说在他脑海里大嚷大叫的内容，不管是什么，我开始抿住嘴唇。

“瞧，”雅各布说，“我本计划做得有些不大一样的。”他大笑起来，听起来好像他在嘲笑自己一样。“更顺利些，”他补充道，“我本打算慢慢来的，但是，”他看着乌云，随着时间流逝天变得更加昏暗了，“我没有时间慢慢来了。”

他又大笑起来，有些紧张。我们仍然慢慢地踱着步。

“你在说什么啊？”我追问道。

他深吸了一口气：“我想告诉你一件事，而且你已经知道了……但是我想不管怎么样我应该说出来。这样的话，这个问题就不会那么令人困惑不解了。”

我站稳脚跟，他停下脚步。我抽出手，胳膊交叉环抱在胸前。我突然确定自己不想知道他拐弯抹角想要告诉我的事情了。

雅各布眉毛倒竖，深邃的眼睛像阴影一样黑黢黢的，凝望着我。

“我爱上你了，贝拉，”雅各布说话时声音有力而笃定，“贝拉，我爱你，而且我希望你选择我而不是他。我知道你不是这么想的，但是我需要你知道事实，这样你就知道你还是有选择的，我不想错误的信息妨碍我们。”

打　赌

我默默无语地盯着他看了好久，一时不知道对他说什么好。

他注视着我目瞪口呆的表情，脸上严肃认真的表情消失不见了。

“好吧，”他笑着说道，“就这些。”

“杰克——”我觉得喉咙里好像卡了一根大刺一样，我尽力清理掉阻碍，“我不能——我的意思是我不……我得走了。”

我转过身，但是他一把抓住我的肩膀，让我面对他。

“别这样，等等，我知道这一点，贝拉。但是，瞧，回答我，好吗？你想要我离开，不想再见到我了吗？老实地告诉我。”

我心乱如麻，无法思考他的问题，过了好一会儿我回答道：“不，我不想那样。”我终于承认了。

雅各布又笑了：“瞧。”

“但是我想要你在我身边的原因跟你想要我在你身边的原因不一样。”我反驳道。

“那么，告诉我你希望我在你身边的确切原因。”

我仔细想了想。“你不在的时候我会想念你。当你开心的时候，”我小心翼翼地解释道，“我也感到开心，但是我可以跟查理说相同的话，雅各布。你是我的家人，我爱你，但是我没有**爱上**你。”

他点了点头，平静下来说道：“但是你的确希望我在你身边。”

“是的。”我感叹道，要劝阻他是不可能的。

“那么我就会守在你身边的。”

“你是个该受到惩罚的贪心鬼。”我抱怨道。

“对。”他用指尖轻轻碰了一下我的右脸颊，我把他的手推开了。

“你觉得自己至少能乖一点儿吗？”我问道，有些烦躁。

“不，我不会。你决定，贝拉。你可以按照我的方式拥有我——也包括不良表现——否则就免谈。”

我生气地盯着他，感到有些挫败：“那样很卑鄙。”

“你也一样。”

这句话令我突然停了下来，我不情愿地后退一步。他是正确的，如果我不卑鄙的话——也不贪婪的话——我就会告诉他我不想和他做朋友了，然后走开。如果做朋友会让他受伤的话，试图继续让他留下来就是错误的，我不知道我在这儿干什么，但是我突然确定这样做非常不妥。

“你是对的。”我低声说道。

他大笑着说：“我原谅你了，只要尽力别**太**生我的气就行了，因为我最近下定决心不放弃了。越是得不到就越想得到，这是一种让人无法抗拒的东西。”

“雅各布，”我盯着他那双乌黑的眼睛，想要让他认真地对待我的问题，“我爱**他**，雅各布，他是我生命的全部。”

“你也爱我，”他提醒我道，我正准备反驳，他一把拉起我的手，“不是一样的方式，我知道，但是他也不是你生命的全部，不再是。或许他曾经是，但是他离开过，而现在他必须应付那种选择带来的后果——**我**。”

我摇摇头：“你真不可理喻。”

突然，他变得严肃起来。他用手顶住我的下巴，牢牢地抓住它，这样我就不能避开他专注的视线。

“直到你的心脏停止跳动，贝拉，”他说道，“我都会在这里——战斗。别忘了你还有选择。”

“我不想有选择，”我不同意他所说的，想挪开我的下巴，但是没成功，“而且我的心能跳动的时候已经屈指可数了，雅各布，时间差不多要用完了。”

他眯起眼睛。“这恰恰是促使我战斗的更重要的原因——不仅如此，在我还能够的时候，现在我还要战斗得更顽强。”他轻声说道。

他还是抓住我的下巴——他的手指头捏得很紧，直到把我弄痛了——我看见他眼里闪现出坚定不移的决心。

“不——”我开始反对，但是太迟了。

他的嘴唇重重地压在我的上面，阻止了我的抗议。他生气而粗暴地吻着我，另一只手紧紧地抓住我的后颈项，我根本无处逃遁。我用尽全力推他的胸口，但是他根本就没注意到。尽管非常生气，但他的嘴唇却很柔软，和我的吻合在一起的感觉温暖而陌生。

我抓住他的脸，想把它推开，但是又失败了。不过，这一次他似乎注意到了，这激怒了他。他用嘴唇迫使我张开嘴巴，我能感觉到口腔里充满他的气息。

出于本能，我的双手垂落在身体的两侧，紧闭双唇。我睁开眼睛，没有反抗，也没有感觉……只是等待着他停下来。

这次起作用了。他的怒火似乎消失不见了，他后退一步看着我，然后又轻轻地把嘴唇压在我的上面，一次，两次……三次。我假装自己是尊雕像，等待着。

终于，他放开我的脸，别开身体。

“做完了？”我面无表情地问道。

“是。”他叹气，闭上眼睛微笑。

我抽出胳膊，然后很快向前推去，用尽身体里所有的力量狠狠地打在他的嘴巴上。

一阵嘎吱嘎吱的声音。

“嗷！**嗷**！”我尖叫起来，抓住自己的手放在胸口，疼得狂乱地上蹿下跳起来。我的手骨折了，我能感觉到。

雅各布惊讶地盯着我：“你没事吧？”

“不，该死！**你弄断我的手了！**”

“贝拉，你弄断了你的手。别跳来跳去了，让我看一看。”

“别碰我！我现在就回家！”

“我去开车。”他平静地说道。他甚至没像电影里那些人通常所演的那样擦一擦下巴，真是卑鄙。

“不，谢谢，”我嘘声说道，“我宁愿走路。”我转身朝公路走去。到边界线只有几英里，我一离开他，爱丽丝就会看见我，她会派人来接我的。

“还是让我送你到家吧。”雅各布坚持说道。难以置信的是，他居然还胆敢用胳膊搂住我的腰。

我猛地推开他。

“好极啦！”我咆哮道，“**好吧**！我等不及要看看爱德华会怎么教训你。我希望他拧断你的脖子，你这个强人所难，可恶的低能**狗**！”

雅各布转了转眼睛。他陪我走到副驾那侧，扶我上了车。他坐进驾驶座那侧时还吹着口哨。

“难道你一点儿都不疼吗？”我问道，既愤怒又恼火。

“你在开玩笑吗？要不是你开始尖叫，我可能根本没弄明白原来你是准备打我的。我可能不是石头做的，但是我也没**那么**柔弱。”

“我恨你，雅各布·布莱克。”

“那样很好，恨是一种激烈的感情。”

“我会更激烈的，”我低声抱怨道，“谋杀，那是激情的终极犯罪。”

“噢，来吧，”他说道，满脸欢喜，看起来好像又准备吹口哨了，“那总归比吻一块石头好一些。”

“风马牛不相及。”我冷淡地告诉他。

他嘟起嘴巴：“你只是说说。”

“但我不是。”

那似乎让他感到片刻的不安，但是他又振作起精神：“你只是很生气，我在这方面一点儿经验都没有，但是我认为我自己还是相当不可思议的。”

“啊。”我痛苦地呻吟道。

“你今天晚上会想起这件事的，当他认为你睡着了的时候，你会考虑你的选择的。”

“如果我今晚想到你，肯定是因为我现在在做**噩梦**。”

他减慢车速，徐徐而行，侧着脸盯着我，黑色的眼睛睁得大大的，露出诚恳的神情。“只是想一想事情会怎样，贝拉，”他温柔而热切地敦促道，“你不必为我做任何改变，你知道如果你选择我的话，查理会很开心的。我也能像你的吸血鬼那样好好地保护你——或许会更好，而且我会让你开心，贝拉，有那么多我可以而他不能给你的东西。我敢打赌他甚至没那样吻过你——因为他会伤害到你。我永远，永远都不会伤害你，贝拉。”

我举起受伤的手。

他感叹道：“那可不是我的错，你早该知道会这样的。”

“雅各布，没有他我不会**过得**开心。”

“你从未试过。”他不同意地说道，“当他离开的时候，你用尽全身的力气想要抓住他。如果你放手的话，你会开心的，你跟我在一起会开心的。”

“除了他我不想和任何人开心地在一起。”我执拗地说道。

“你永远都无法像信任我这样信任他。他曾经离开过你，他也有可能再这么做。”

“不，他不会。”我从牙缝里挤出这几个字，记忆中的痛苦吞噬着我，就像鞭子抽打在我身上一样，这使我想要以牙还牙，“你也离开过我。”我生硬地提醒他，想到几个星期前他躲着我，在他家附近的森林里对我说过的话……

“我从来都没这么做过，”他生气地争辩道，“他们要我不要告诉你——如果我们在一起的话，**对你**不安全，但是我从未离开过，从来都没有！我以前总是晚上在你家附近转悠——就像我现在所做的一样，只是为了确定你一切都好。”

我现在才不会感到亏欠他的！

“送我回家，我的手很痛。”

他叹了口气，开始以正常的车速开车，眼睛注视着前方的路。

“只是考虑一下，贝拉。”

“不。”我固执地说道。

“你会的，今晚，当你想我的时候我也会想着你的。”

“诚如我所言，噩梦。”

他冲我露齿一笑：“你也回吻了我。”

我大吃一惊，想都没想就举起手握紧拳头，受伤的手又疼了起来，我痛得直抽气。

“你还好吗？”他问道。

“我没吻。”

“我想我能说明其中的差别。”

“你明显不能——那可不是回吻，那是为了让你放开我，你这个**白痴**。”

他声音低沉而沙哑地大笑起来：“真暴躁，我得说这差不多是欲盖弥彰了。”

我深深地吸了口气，跟他争论没意义，他会曲解我说的任何话。我注意着自己的手，试着伸展手指头以确定伤的是哪部分。我的关节处传来一阵钻心的刺痛，我呻吟起来。

“对你的手，我真的感到很抱歉，”雅各布说道，听起来差不多算是很真诚了，“下一次，你想要打我的时候，用棒球棍或撬棍，好吗？”

“我不会忘的。”我低声咕哝道。

直到来到开往我家的路上，我才意识到我们到哪儿了。

“为什么你送我来这里？”我逼问道。

他一脸茫然地看着我：“我还以为你说的是你要回家呢。”

“呃，我猜你不会把我送到爱德华家，对吧？”我挫败不已地咬牙切齿道。

他的脸痛苦地扭曲起来，我看得出来这比我所说的任何话都能触动他，影响他的情绪。

“这是你家，贝拉。”他平静地说道。

“是的，但是这里住着医生吗？”我问道，又把手举了起来。

“噢，”他思忖了一会儿，“我送你去医院，或许查理可以。”

“我不想去医院，这很难堪，也没必要。”

兔牌汽车在屋前空转，他脸上露出不确定的表情。查理的巡逻车停在车道上。

我叹气道：“回家吧，雅各布。”

我笨拙地爬出汽车，朝房子走去。引擎在我身后停了下来，然后我发现雅各布忽然又出现在我身旁，我的愠怒更胜于惊讶。

“你打算怎么办？”他问道。

“我打算用冰敷手，接着我会叫爱德华，告诉他过来接我去卡莱尔那里处理我手上的伤。接着，如果你还在的话，我打算去找一根撬棍。”

他没回答，打开前门撑着让我进去。

我们默默无语地走过前厅，查理躺在屋里的沙发上。

“嘿，孩子们，”他坐直身体说道，“很高兴在这里见到你，雅各布。”

“嘿，查理。”雅各布随意地回答着停了下来。我则大步走进厨房。

“她怎么啦？”查理好奇地问道。

“她认为她的手骨折了。”我听见雅各布告诉他。我走到冰箱前面，抽出一盒冰块。

“她是怎么弄伤的？”作为父亲，我认为查理的声音应该多一些关心，少一些逗乐。

雅各布大笑起来：“她打我的时候。”

查理也大笑起来，我板着脸用冰盒敲打水槽的边缘。冰块散落在水槽里，我用没受伤的手抓起一把，用料理台上的餐布包起冰块。

“她为什么要打你？”

“因为我吻了她。”雅各布恬不知耻地说道。

“真有你的，孩子。”查理祝贺他。

我咬牙切齿地走到电话旁，拨通了爱德华的手机。

“贝拉？”只响了一声他就接听了，听起来不仅仅是放心了——他很高兴。我能听见背后沃尔沃引擎的声音；他已经坐进车里了——真好。“你把电话落下了——真抱歉，雅各布送你回家的吗？”

“是的，”我嘟囔着说，“你现在过来接我，好吗？”

“我已经在路上了，”他立刻说道，“怎么啦？”

“我想让卡莱尔看一看我的手，我估计骨折了。”

前厅里顿时安静下来，不知道雅各布会不会逃跑。我笑了笑，露出冷酷的表情，想象着他浑身不自在的样子。

“发生了什么事？”爱德华追问道，他的声音变得平板。

“我揍了雅各布。”我承认道。

“好极了，”爱德华冷冷地说道，“尽管我很抱歉你受伤了。”

我大笑了一下，因为他听起来和查理一样高兴。

“我真希望能打伤**他**，”我沮丧地叹气道，“可我对他根本没造成什么伤害。”

“我来处理吧。”他提议道。

“我一直希望你会这么说。”

稍微停顿了一会儿。“这听起来不像你，”他说道，现在声音里多了一丝警觉，“他**做**了什么？”

“他强吻了我。”我低声吼道。

我只听见电话那头传来引擎加速的声音。

在另一个房间里，查理又说话了。“或许你该离开了，杰克。”他建议道。

“我想我会在这儿玩一会儿，如果你不介意的话。”

“你死定了。”查理低声说道。

“那只狗还在那里吗？”爱德华终于又开口说道。

“是的。”

“我马上就到。”他威胁着说完就挂断电话了。

我面带笑容地挂上电话，接着听见他的车在街上加速飞驰的声音。他猛地在屋前停下来，刹车时发出哧哧的抗议声。

“你的手怎么样？”我经过时查理问道，他看起来有些不安。雅各布懒洋洋地靠在沙发上，坐在他旁边，一副怡然自得的模样。

我提起冰袋给他看：“肿了。”

“或许你应该选择跟你体形差不多大小的人。”查理建议道。

“或许。”我同意，然后走过去开门，爱德华已经等在那儿了。

“让我看看。”他低声说道。

他温柔地检查我的手，非常小心翼翼，一点儿也没弄痛我。他的手几乎和冰块一样冷，贴着我的皮肤很舒服。

“我认为你是对的，手是骨折了，”他说道，“我为你感到自豪，你肯定用了不少力气。”

“用尽我所有的力气，”我感叹道，“很显然，还不够。”

他轻轻地吻着我的手。“让我来。”他允诺道，接着他叫道，“雅各布。”他的声音仍然很平静，也很平和。

“当心，当心。”查理提醒道。

我看见查理从沙发上站了起来，雅各布先走到客厅，他的动作则要安静得多，但是查理跟在他后面，离他只有一步之遥。雅各布的表情警觉而迫切。

“我不希望发生斗殴，你明白吗？”查理说话的时候只是看着爱德华，“我可以戴上我的警徽，如果那样让我的要求显得更加正式的话。”

“没必要。”爱德华克制地说道。

“为什么你不逮捕我，爸爸？”我暗示道，“我才是那个挥拳头的人。”

查理挑起眉毛说道：“你想要提出指控吗，杰克？”

“不，”雅各布露齿一笑，简直有些无可救药，“我哪天都可以。”

爱德华扮了个鬼脸。

“爸爸，你房间里有没有棒球棍？我想借用一下。”

查理心平气和地看着我：“够了，贝拉。”

“我们去找卡莱尔，在你锒铛入狱之前让他看一看你的手。”爱德华说道，他揽着我的肩膀拉着我走向门口。

“好吧。”我斜倚在他身上说道。既然现在我和爱德华在一起，我就不再那么生气了，我感到很欣慰，我的手也没那么难受了。

我们朝人行道走过去，这时我听见查理忧心忡忡地在我身后轻声说道：“你在做什么？你疯了吗？”

“就一会儿，查理，”雅各布回答道，“别担心，我马上回来。”

我回头一看，雅各布跟着我们，当着查理的面把门关上，只留下他一脸惊讶不安的表情。

爱德华起初没理会他，领着我朝他的车走过去。他搀扶着我上了车，关上门，转过身面对人行道上的雅各布。

我焦急地从敞开的窗户探出身子。还看得见查理在屋子里，透过前厅的窗帘偷偷地看着我们。

雅各布的站姿很随意，双臂交叉放在胸口，但是他下巴上的肌肉绷得很紧。

爱德华说话的时候声音那么平静，那么温柔，奇怪的是，这使他所说的话更加充满威胁：“我现在不打算杀你，因为这会令贝拉难过。”

“嗯哼。”我不以为然地说道。

爱德华的脸稍稍转向我，飞快地冲我一笑，他的脸依然很平静。“早上会让你难受的。”他说道，手指轻轻抚摸了一下我的脸。

接着他又转向雅各布：“要是你送她回来的时候，还让她带着伤的话——我才不管到底是谁的错；不管她是不是摔跤了，还是流星飞过天空砸在她头上——要是你把她送回到我这里的时候，比我把她送到你那里去的时候又多了一丝一毫的损伤的话，你就会三条腿跑路。明白吗，杂种？”

雅各布转了转眼睛。

“谁要到他那里去？”我低声说道。

爱德华似乎没听见我说话，他继续说道，“如果你再吻她的话，我会为她打断你的下巴。”他信誓旦旦地说道，不过他说话的声音还是那么温柔，像天鹅绒一样，但是也很致命。

“要是她想要我吻她呢？”雅各布拖着长调傲慢地说道。

“哈！”我嗤之以鼻。

“如果她想，那我也不反对，”爱德华耸耸肩，一点儿也不担心，“你可能想等着她这么说，而不会相信自己对肢体语言的理解——不过，小心你的脸。”

雅各布露齿一笑。

“你想都别想。”我嘟囔着说。

“是，他就是这么想的。”爱德华低声说道。

“好吧，如果有时间搜寻我脑子里在想什么，”雅各布急躁地说道，“为什么你不处理一下她的手？”

“还有一件事，”爱德华慢条斯理地说道，“我也会为她而战，你应该知道这一点。我决不会对任何事情想当然，我会付出双倍的努力为她而战的。”

“好极了，”雅各布吼道，“打败违规的人可没什么乐趣。”

“她是我的，”爱德华低沉的声音突然变得阴森起来，没有之前那么镇定自若了，“我也没说过我会公平竞争。”

“我也不会。”

“祈求好运吧。”

雅各布点点头：“好，但愿最好的人胜出。”

“这听起来很合适……小狗。”

雅各布扮了一下鬼脸，接着让自己的脸色镇静下来，斜着身子探过爱德华对我微微一笑，我则对他怒目而视。

“我希望你的手很快就好，我真的很抱歉你受伤了。”

我孩子气地把脸别开，不去看他。

爱德华绕过车头钻进驾驶座的时候我也没抬头看一看，所以我不知道雅各布是回到屋里去了，还是继续站在那里看着我。

“你感觉怎么样？”我们开车走的时候爱德华问我。

“很烦。”

他轻声笑道：“我的意思是你的手。”

我耸耸肩：“我经历过比这更糟糕的。”

“那倒是。”他认同道，然后皱着眉头。

爱德华绕过房子开进车库。埃美特和罗莎莉都在那里，罗莎莉完美的腿——即使套在牛仔裤里也很显眼——正好从埃美特巨大的吉普车底部伸出来。埃美特坐在她旁边，一只手在吉普车下面伸向她，我过了好一会儿才意识到他在当千斤顶。

爱德华小心翼翼地扶我下车的时候，埃美特好奇地看着我们，他的眼睛瞄准我护在胸口上的手。

埃美特露齿一笑：“又摔跤了，贝拉？”

我恶狠狠地盯着他：“不是，埃美特，我打了狼人的脸。”

埃美特眨了眨眼，爆发出一阵大笑。

爱德华领着我从他们身边经过时，罗莎莉在车下说道：“贾斯帕要赌赢了。”声音里有些自鸣得意。

埃美特的笑声立刻停了下来，双眼上下来回地打量着我。

“**打什么赌**？”我停下来追问道。

“我们带你去卡莱尔那里吧。”爱德华催促道。他盯着埃美特，略微摇了摇头，动作幅度小得几乎看不出来。

“爱德华……”我嘟囔道。

“幼稚，”他耸耸肩，“埃美特和贾斯帕喜欢打赌。”

“埃美特会告诉我的。”我想转身，但是他的胳膊像铁钳一样紧紧地箍着我。

他叹气道：“他们在打赌你……第一年会摔倒多少次。”

“噢，”我一脸苦相，当我会意过来时想要掩饰这突如其来的恐惧，“他们有没有赌我会杀多少人？”

“有，”他不情愿地承认道，“罗莎莉认为你的脾气会使贾斯帕的胜算更大一些。”

我感到有些兴奋：“贾斯帕赌得很高。”

“如果你适应有困难，贾斯帕会很高兴的，他厌倦了自己是最薄弱的那一环。”

“当然，肯定会是这样。我猜我会额外多杀几个人，如果那样会令贾斯帕开心的话。为什么不呢？”我胡言乱语着，声音空洞而单调。在我脑海中，我看见报纸头条标题，一连串的名单……

他掐了我一下：“你现在没必要担心，实际上，你永远都不必担心，如果你不想的话。”

我不满地哼唧着，爱德华还以为是我的手痛得难受起来了，他牵着我的手朝屋子那边走得更快了。

我的手**是**骨折了，但是没什么大碍，只是关节上有裂缝。我不想打石膏，卡莱尔说如果我答应一直戴着，只要矫形套就可以了。

卡莱尔小心翼翼地把矫形套套在我手上的时候，爱德华看得出我痛得快不行了。他好几次因为我很痛苦都担心地叫起来，不过我宽慰他那没什么。

仿佛我需要——或者有空间——担心另外一件事一样。

自从贾斯帕解释了他的过去之后，他所讲的新生儿故事就一直在我的脑海里翻来覆去。现在，知道他和埃美特就此打赌，那些故事又突然变得历历在目了。我毫无目标地猜测着他们在赌什么。当你拥有一切后最能激励你的又是什么呢?

一直以来，我都知道我会不一样的。我希望我会像爱德华所说的那样，变得那么强大有力，迅速敏捷；最重要的是，美丽绝伦。变成某个能够站在爱德华的身边，感觉她命中注定就属于他的那个人。

我一直尝试不去想我可能会成为的另一种生物，狂野，嗜血，或许我无法让自己停止杀戮。陌生人，那些从未伤害过我的人，那些和在西雅图不断攀升的遇害者一样的人，他们曾经拥有家人、朋友和前途。人们曾经有**生命**，而我会成为夺走那些东西的魔鬼。

但是，实际上，我能处理好——因为我信任爱德华，绝对信任他，他会阻止我做令自己后悔的事情。我知道他会带我到南极捕杀企鹅，只要我要求，而且我愿意做一切能让我成为好人的事情。一个好吸血鬼，如果没有平添这层担忧的话，这个想法本来可能会令我咯咯直笑的。

因为，不管怎样，如果真的像那样的话——像贾斯帕在我脑海描绘出的新生儿梦魇似的情景的话——我还可能是**我**吗？如果我想要做的事情只是杀人，**现在**我想要的事情上会产生什么样的变化呢?

爱德华过于沉迷于让我不要错过做人类时的任何事情，在通常情况下，这似乎有些傻。在我的人生中，并没有许多让我担心会错过的经历，只要我能和爱德华在一起，我还奢求什么呢?

卡莱尔替我的手包扎伤口时我凝视着爱德华的脸。这个世界上除了他之外，我别无所求。那会，那**能**改变吗?

会有我**不**愿意放弃的人类经历吗?

大 日 子

“我没什么可穿的啦！”我独自呜咽道。

我拥有的每一件衣服都摊在床上了，我的抽屉和衣橱都空了。我盯着空荡荡的壁橱，希望出现合适的衣服。

我的卡其布裙挂在摇椅的椅背上，等待我发现能与之正好搭配的物件，那种让我看起来既美丽又成熟的物件，那种称得上**特殊场合**才穿的衣物，我什么也没找到。

差不多要出发了，我还是穿着我最喜欢的旧运动衫。除非我在这儿能找到更合适的东西——目前来看这种可能性不大——我就打算穿着它们毕业了。

我对着床上的一堆衣服大叫起来。

我抱怨的是我本来知道我该穿哪件衣服的，如果它还在的话——那件被绑架的红色衬衣，我用没受伤的那只手狠狠地揍了一下墙。

“愚蠢，爱偷东西，讨厌的吸血鬼！”我吼道。

“我做过什么？”爱丽丝追问道。

她轻松自得地靠在敞开的窗户旁边，好像她一直都在一样。

“敲门，敲门。”她笑着补充道。

“等我去开门就真的这么难吗？”

她往我床上扔来一个扁平的白色盒子：“我只是正好经过，我想你可能需要合适的衣服穿。”

我看着躺在那些令人不满的衣服上的大包装盒，苦笑了一下。

“承认吧，”爱丽丝说道，“我是救命恩人。”

“你是救命恩人，”我低声说道，“谢谢。”

“噢，能找到合适的衣服换真是好极了。你不知道这有多么烦人——我总是丢三落四的。我感到自己那么没用，那么……平凡。”听见这个词她恐惧地畏缩了。

“我无法想象那样的感觉，肯定非常不好，很平凡？哈？”

她大笑着说：“好吧，至少这样可以弥补那个讨厌的小偷所做的事情——现在我得弄清楚我在西雅图看不见的东西了。”

当她这样说这些话的时候——用一句话将两种情形放在一起——就在那时一切就吻合起来了。那件许多天来令我迷惑不解、心烦意乱的事情，那种我无法拼凑在一起的联系，突然变得清晰可见了。我盯着她，脸上的表情定格了，不管那是什么样的表情。

“你不打算打开吗？”她问道。看见我没有马上行动她叹了口气，自己用力拉开了盒盖，然后拉出什么，把它举起来，但是我无法注意到那是什么。“很漂亮，难道你不这样认为吗？我挑了蓝色的，因为我知道那是爱德华最喜欢你穿的颜色。”

我没在听。

“都一样。”我轻声说道。

“什么一样？”她追问道，“你没有这样的衣服。我的老天爷，你只有一条裙子！”

“不，爱丽丝！先别管衣服，听我说！”

“你不喜欢？”爱丽丝的脸上布满失望的愁云。

“听着，爱丽丝，难道你没发现？**一样**的！那个闯进来偷走我东西的家伙和西雅图的新生儿，他们是一伙的！”

衣服从她的指缝中滑落下来，掉回到盒子里。

爱丽丝现在集中注意力了，她的音调突然提高了：“你为什么那么认为？”

“还记得爱德华说的吗？有人利用你预见力的漏洞使你看不见新生儿？而且你以前也曾说过，这个时间安排实在太完美了——小偷非常小心，没有留下任何线索，就好像他知道你会看见一样。我想你是对的，爱丽丝，我想他的确知道，我想他也是在利用那些漏洞。**两个**不同的人，他们不仅对你足够了解，而且还决定在完全相同的时间里下手，你认为可能吗？绝对不可能。是一个人，是同一个人，那个正在制造军队的人也就是那个偷走我气味的人。”

爱丽丝不习惯出其不意。她僵住了，一动不动好久，我等待的时候不由自主地开始在脑子里数数了。整整有两分钟她动都没动一下，接着她的眼睛重新看着我。

“你是对的，”她语气低沉地说道，“当然，你是对的，你这样说的话……”

“爱德华理解错了，”我轻声说，“这是试探……看看会不会奏效。如果他能安全地进退自如，只要不做任何你会密切注意的事情，比如想杀我……他偷走我的东西不是为了证明他找到我了，他偷走我的气味……这样**其他人**就会找到我。”

她惊讶得瞪大了眼睛，我是正确的，我看得出她也这么认为。

“哦，不。”她费力地挤出这几个字来。

我已经不指望我的情绪再有理性可言了。想到有人创造了一支吸血鬼军队——这支军队在西雅图令人发指地谋杀了几十个人——就是为了明确表示他们的目标是摧毁**我**，此时我感到一阵如释重负。

部分原因在于：丢失了重要的东西使我感到心烦意乱，这个问题终于得到解决了。

但是更重要的在于截然不同的事情。

“好啦，”我低声说，“大家可以放松了，毕竟没有人打算摧毁卡伦家族了。”

“如果你认为这件事发生了改变，你就大错特错了，”爱丽丝从牙缝里挤出来，“如果有人想要除掉我们当中的一个，他们必须除掉我们大家才能达到目的。”

“谢谢，爱丽丝，不过至少我们知道他们到底想要干什么了，这会有所帮助的。”

“或许。”她咕哝道，然后开始在我房间里来回踱步。

砰，砰——一只拳头敲打在我的房门上。

我吓了一跳，爱丽丝似乎没注意。

“难道你还没准备好吗？我们要迟到了！”查理抱怨道，听起来很恼火。查理差不多和我一样讨厌特殊场合，对他来说穿衣打扮是非常麻烦的事情。

“就快好了，再等我一会儿。”我沙哑地说道。

他安静了一会儿：“你在哭吗？”

“没有，我很紧张，请您离开一会儿。”

我听见他下楼时沉重的脚步声。

“我得走了。”爱丽丝轻声说。

“为什么？”

“爱德华要来了，如果他听见这……”

“去吧，去吧！”我立即催促她。爱德华知道后会变得狂暴不安的。我不能总瞒着他，不过，或许毕业典礼并不是他做出这样的反应的最佳时机。

“穿上。”爱丽丝从窗口一跃而下时命令道。

我照做了，晕头转向地穿好衣服。

我本来打算在我的头发上做些更复杂的花样的，但是时间来不及了，所以，它就和平时一样笔直地垂下来，看起来无精打采的。没关系，我没工夫照镜子，所以我不知道爱丽丝的衬衫和裙子是不是合身，那也不重要。我把丑陋的黄色涤纶毕业长袍搭在胳膊上，急匆匆地跑下楼。

“你看起来很漂亮，”查理说道，他克制着情绪，脸上露出生硬的表情，“是新的吗？”

“是的，”我咕哝道，努力想要集中注意力，“爱丽丝送给我的，谢谢。”

爱德华在他妹妹走了几分钟之后就到了，我没有足够的时间戴上一副平静的面具。但是，既然我们和查理一起坐他的巡逻车去，他就不会有机会问我怎么了。

查理上个星期得知我打算搭乘爱德华的车去参加毕业典礼的时候，表现得很顽固不化。我明白他的意思——父母应该有权参加毕业日。我友好地让步了，爱德华高兴地建议我们一起去。由于卡莱尔和埃斯梅对此毫无异议，查理就想不出什么更体面的借口反对了，他非常不友好地同意了。现在爱德华坐在我爸爸警车的后排座位上，隔着纤维玻璃露出一副开心的表情——很可能是因为我爸爸的表情很好玩吧，查理从观后镜里偷偷瞟着爱德华的时候，脸上露出更加得意的笑容。这差不多肯定地表示查理正在想一些让他和我为难的事情，如果他说出口的话。

我们的车在学校停车场上停了下来。“你还好吗？”爱德华扶着我从前排座位上下来的时候轻声问道。

“很紧张。”我回答道，这甚至不是在撒谎。

“你好美。”他说道。

看起来他还有话要说，但是查理明摆着故意使坏，抬高肩膀插在我俩之间，然后揽住我的肩膀。

“你很兴奋吗？”他问我。

“并没有。”我承认。

“贝拉，这可是件大事，你要从高中毕业了，现在你就要步入社会了。上大学，独自生活……你不再是我的小姑娘了。”查理最后有些哽咽地说道。

“爸爸，”我哀叹道，“求您别在我面前眼泪汪汪的啦。”

“谁眼泪汪汪的啦？”他吼道，“那么，为什么你不兴奋呢？”

“我不知道，爸爸。我猜还没到时候，诸如此类的原因吧。”

“爱丽丝要办这个派对真好，你需要做些事情让自己振作精神。”

“当然，派对恰恰是我需要的。”

查理嘲笑着我的语气，掐了一下我的肩膀。爱德华看着乌云，脸上若有所思。

我父亲不得不把我们留在体育馆后门口，绕过去从主入口处和其他家长一起进场。

这里简直是一片混乱，校办公室的柯普女士和数学老师瓦纳先生试图让大家按照字母顺序排队。

“往前面来，卡伦先生。”瓦纳先生冲着爱德华大声叫道。

“嘿，贝拉。”

我抬头看见杰西卡·斯坦利在队伍后面笑着向我挥手。

爱德华飞快地吻了我一下，叹口气，走过去站在C开头的队伍里。爱丽丝不在那儿，她要干什么？不参加毕业典礼？我安排时间多么差劲啊！我应该等到这一切都结束后再弄清楚的。

“到这儿来，贝拉！”杰西卡又叫道。

我走到队伍的后面，站在杰西卡后面，她突然如此友好令我有些好奇。我走近的时候看见安吉拉和她之间隔了五个人，她同样好奇地看着杰西卡。

我还没走到听力范围之内，杰西卡就开始滔滔不绝地说起来了。

“……真的很惊讶。我的意思是，好像我们刚刚遇见，现在我们就要一起毕业了，”她过度热情地说道，“你能相信就这样结束了吗？我想要尖叫！”

“我也是。”我咕哝道。

“这一切都是那么不可思议。你还记得你第一天来这儿的情景吗？我们那时候好像马上就成了朋友，从我们第一次看见对方开始。不可思议，现在我要去加利福尼亚了，而你会去阿拉斯加，我会非常想念你的！你得答应我们时不时地聚一聚！我很高兴你要开派对，简直太完美了。因为我们有一段时间没在一起玩了，现在我们就要分别了……”

她叽叽喳喳个不停，我肯定我们之间的友谊突然恢复了，得归功于毕业在即的离愁别绪，还有派对的邀请，跟我没有任何关系。我扭动肩膀穿好毕业长袍的时候尽量注意听她在说什么，我发现我很高兴能与杰西卡好聚好散。

因为这是结束，不管埃里克——致告别词的学生代表，说到正式开始的时候的意思是“开始”还是其他的陈词滥调。较之其他人，这对我而言或许有更加深刻的意义吧，不过我们今天都会抛下些什么。

时间过得那么快，我感到好像按下了快进键一样。我们应该向前走得那么快吗？接着埃里克因为紧张开始讲得飞快了，词句短语一个挨一个，再也听不懂他在讲什么了。格林校长开始一个接一个地点名，中间没多少停顿；体育馆前排的学生则匆忙跟上。可怜的柯普女士笨手笨脚地把正确的毕业证递给校长，然后由他颁发给对应的学生。

我看见爱丽丝突然出现，轻快地走过舞台接受她的毕业证，她脸上的表情非常专注。爱德华紧随其后，他脸上流露出迷惑不解的表情，但是并不难过。只有他们两个穿上这种可怕的黄色长袍之后看上去还是那么迷人。他们鹤立鸡群，那种美丽与优雅属于另一个世界，我不知道我会如何为他们所冒充的人类而倾倒。就连一对天使，羽翼丰满地站在那里，都不会那么惹人注意。

一听见格林校长叫到我的名字，我就从椅子上站了起来，等待着我前面的队伍往前走。我听到体育馆后面的欢呼声，我环顾着四周，看见雅各布拉着查理站了起来，两个人都大叫着鼓励我。我只辨认出雅各布胳膊旁边是比利的头顶，我勉强朝他们做了个还算是微笑的表情。

格林先生念完名单后，接着继续给我们颁发毕业证，我们鱼贯而过的时候他脸上露出腼腆的笑容。

“恭喜你，斯坦利小姐。”杰西卡接过她自己的证书之后，他低声说道。

“恭喜你，斯旺小姐。”他对我说道，并把毕业证塞在我没受伤的手上。

“谢谢。”我低声说道。

就这样了。

我朝聚集在一起的毕业生走过去，站在杰西卡旁边。杰西卡的眼睛红了，她不停地用长袍的袖子遮住自己的脸，过了好一会儿我才明白她在哭。

格林先生说了些什么，我没听见，我周围的所有人都在大喊大叫，黄色的帽子像雨点般落了下来。我也把我的拉下来，但是为时已晚，只好让它掉在地板上。

“噢，贝拉，”杰西卡在突然爆发的嘈杂的交谈声中哭着说道，“我简直不敢相信就这样结束了。”

她突然用胳膊抱住我的脖子：“你得保证我们不会失去联系的。”

我也拥抱她，回避她的问题时感到有些笨拙：“认识你我非常高兴，杰西卡，这两年真的很有意义。”

“就是。”她感叹道，吸了吸鼻子，接着她放下胳膊。“劳伦！”她尖声喊道，把手举过脑袋挥动起来，然后从一堆黄色的袍子中挤过去。家人们开始聚集到一起，把我们挤得更紧了。

我看见安吉拉和本了，但是他们被包围在家人中间，我可以稍后再祝贺他们。

我伸长脖子寻找爱丽丝。

“祝贺你。”爱德华在我耳边轻声说道，他的胳膊搂着我的腰，声音被淹没了，他一点儿也不急着让我到达这个特别的里程碑。

“呃，谢谢。”

“看起来你的紧张还没过去。”他强调道。

“还没有。”

“还有什么要担心的？派对？没那么可怕。”

“你可能说对了。”

“你在找谁？”

我的搜寻工作没我想的那么不明显：“爱丽丝——她去哪儿了？”

“她一拿到证书就跑出去了。”

他的声音里多了另一种语气。我抬起头看着他那迷惑不解的表情，他凝视着体育馆的后面，我做出一个冲动的决定——那种我真的需要再三思考之后再做，但又很少这么做的决定。

“担心爱丽丝？”我问道。

“呃……”他不想回答。

“不过她到底在想什么呢？我的意思是，瞒着你。”

他的眼神飘回来，怀疑地眯起眼睛低头看着我：“实际上，她刚把《共和国战歌》[1] 翻译成阿拉伯语。她完成后接着又去研究朝鲜符号

---

① 《共和国战歌》（*Battle Hymn of the Republic*），朱莉娅·沃德·豪（Julia Ward Howe，1819—1910）于 1861 年 11 月 18 日凌晨写出《共和国战歌》。她是一位著名的废奴论者、诗人、妇女参政主义者和人道主义者。那天，她和她的丈夫、著名的马萨诸塞（Massachusetts）改革家塞缪尔·格里德利·豪博士（Dr Samuel Gridley Howe）到华盛顿特区访问。而在前一天，夫妇俩看到波托马克河（Potomac River）南面军队的调遣，并和士兵们一起唱流行的歌曲《约翰·布朗的遗体》（*John Brown's Body*）。一个朋友建议她为这支行军歌写新歌词。据她自己说，她在黎明前起床，找到笔和纸，就写下了《共和国战歌》，而这时她的幼小的女儿还在旁边酣睡。1862 年 2 月，这支歌发表（没有署她的名字）在《大西洋月刊》（*The Atlantic Monthly*）上，赢得了高度赞扬，但更重要的是，联邦军立即把它作为自己的行军歌。

语言了。”

我紧张兮兮地大笑道：“我猜那样会让她的脑袋忙得不可开交。”

“你知道她在隐瞒我什么。”他责备道。

“当然，”我懦弱地笑了笑，“我才是想到这件事的人。”

他等待着，一头雾水。

我看了看周围，查理现在要穿过人群了。

“我知道爱丽丝，”我匆忙地轻声说道，“她可能会试着瞒到晚上派对结束后再告诉你，但是既然我一直赞成取消派对——好吧，不管怎么样，别火冒三丈，好吗？知道尽可能多的信息总好些。无论如何，总会有所帮助的。”

“你在说什么？”

我看见查理寻找我的时候在别人头上转来转去地看，他终于看见我了，然后向我挥挥手。

“镇定点，好吗？”

他点了点头，嘴巴抿成一条阴沉的线。

我急忙轻声地跟他解释我的推断：“我认为你觉得有东西从四面八方冲着我们而来的想法是错误的，我想他们几乎是从一个方向冲我们而来的……我想他们的目标是我，真的。所有的一切都有关联，一定是这样，只有一个人在迷惑爱丽丝的预见力。我房间里出现的陌生人不过是试探，想看看是不是有人能躲过她。不停地改变主意的那个人，那些新生儿，偷走我的衣服的那个家伙——他们都是一伙的。我的气味是为他们准备的。”

他的脸唰的一下变得惨白，这让我难以把话讲完。

“但是，没有人来找你，难道你没发现吗？这很好——埃斯梅、爱丽丝、卡莱尔，没有人想要伤害他们！”

他的眼睛瞪得大大的，既恐慌，又茫然，还很惊骇。他看得出来我是正确的，爱丽丝也一样。

我把手放在他的脸颊上。“镇定。”我恳求道。

“贝拉！”查理欢叫道，从紧紧围绕着我们的其他人之中穿了过来。

“祝贺你，宝贝！”他还在叫，虽然现在他就在我耳边说话了。

他一把抱住我，顺便狡猾地把爱德华从我身边推开了。

“谢谢。”我咕哝道，一直关注着爱德华脸上的表情，他仍然没能恢复自控力。他的双手半伸向我，好像要一把抓住我一起逃跑一样。因为我只不过比他多了那么一点点自控力，逃跑对我而言似乎并不是那么可怕的主意。

“雅各布和比利得先离开——你看见他们在这儿了吗？”查理后退一步问道，手还是搭在我肩膀上。他背对着爱德华——很可能是想要排挤他，但是此刻这样也没关系。爱德华现在仍然目瞪口呆。

“看见了，”我让父亲放心，努力集中精神，“也听见他们的声音了。”

“他们能出现真好。”查理说道。

“嗯哼。”

好吧，事实证明告诉爱德华真的是个坏主意，爱丽丝掩饰自己的想法是正确的。我本应该等到我们到了某个独处的地方，或许和他的家人在一起的时候再告诉他的。周围没有易碎的东西——像窗户……汽车……教学楼之类的。他脸上的表情让我回想起自己所有的恐惧。随着他的脸色很快恢复平静，我的恐惧也随之减轻了。

“那么你想到哪儿吃饭？”查理问道，“哪儿都可以，只要不是上天就行了。”

“我可以做饭的。”

“别傻了，你想去洛基小屋吗？”他脸上带着急切的微笑问道。

我并没有特别喜欢查理最喜欢的餐馆，但是，在现在这种情况下，这有什么区别呢？不管怎么说我以后都不能再吃东西了。

“当然，洛基小屋，酷。”我说道。

查理笑得更灿烂了，接着叹了口气。他把头稍稍偏向爱德华，并没有真的看着他。

“你也来吗，爱德华？”查理问。

我盯着他，向他抛出个恳求的眼神。爱德华在查理就要觉出为什么他不回答之前恢复了镇定。

“不，谢谢您。”爱德华生硬地说道，脸色坚硬而冷漠。

“你和你父母有安排吗？”查理问道，声音里有些不赞成。爱德华总是比查理的礼貌更彬彬有礼一些，突如其来的敌意令他很惊讶。

“是的，如果我能失陪……”爱德华突然转身，昂首阔步地穿过越来越少的人群。他走得太快了一些，太心烦意乱了一些，和他往常的完美伪装很不一样。

“我说了什么吗？”查理面带内疚的表情问道。

“别担心，爸爸，”我安慰他道，“我想不是因为你。”

“你们两个又吵架了吗？”

“没有人吵架，管好自己的事情。”

“你就**是**我的事情。”

我转动眼睛说道：“我们吃饭去吧。”

洛基小屋的人很多。这个地方在我看来收费既高又俗气，但是这是镇上唯一一家比较正式一点儿的餐厅，所以每逢有活动的时候这里总是很受欢迎。我愁眉苦脸地盯着一个让人沮丧，塞得满满的麋鹿头，查理则在吃上肋，同时和后面座位上的泰勒·克劳利的父母聊天。这里很吵——每个人都是从毕业典礼上过来的，大多数人都像查理一样隔着过道，探过隔板聊天。

我背对着前面的窗户，抵抗着转过身直视此刻正在搜寻我的那双眼睛的冲动，我知道我不会看见什么。只是我知道他不会让我有失去保护的时候，哪怕只有一秒钟，发生这样的事情之后更不会。

饭吃得拖拖拉拉的，查理忙于交际，吃得太慢了。我挑了一个汉堡包，确定他的注意力在别处的时候一块块塞进我的餐巾里。整个过程似乎花了很长时间，但是当我看钟的时候——我看钟的频率实在是太高了——指针根本没怎么走动。

终于，查理拿了找回的零钱，把小费放在桌上，我站了起来。

“很着急？”他问我。

“我想帮爱丽丝准备东西去。”我声称。

“好吧。”他转身背对着我跟大家道晚安，我则走出去在巡逻车旁等他。

我靠在副驾的门上，等待查理从临时的派对上慢腾腾地脱身出来。停车场里几乎黑了下来，乌云那么厚，根本无从辨别太阳是否下山了。空气很闷，好像要下雨一样。

阴影中有东西在移动。

看见爱德华从黑暗中走了出来，我原本在大口喘气的，现在却变成了一声放松的叹息。

他一把拉住我，一句话都没说，紧紧地把我抱在怀里。一只冰凉的手摸到了我的下巴，使我抬起头，这样他就可以用他那坚硬的嘴唇吻我的双唇了，我能感觉到他下巴的紧张。

“你怎么样？”他一松开我我就问道。

“不太好，”他低声说道，“不过我已经稳定自己的情绪了，很抱歉刚才我失控了。”

“是我的错，我本应该等一等再告诉你的。”

“不，”他不同意，“这是我需要知道的事情，我简直不敢相信我没看出来！”

“你要想很多事。”

“你不需要想吗？”

他突然又开始吻我了，不让我回答。不一会儿他就抽开身：“查理来了。”

“我会让他送我到你家的。”

“我跟着你过去。”

“实在没那个必要。”我想要说，但是他已经不见了。

“贝拉？”查理从餐厅的门口喊道，眯起眼睛在黑暗中寻找我。

“我出来了，在这儿。”

查理慢悠悠地朝汽车走来，不耐烦地喃喃自语。

“你感觉如何？”我们沿着高速公路一路朝北开的时候，他问我，“今天可是个大日子啊。”

“我感觉很好。”我撒谎道。

他大笑起来，一眼就看穿了。“很担心派对？”他猜测道。

“是啊。”我又撒谎道。

这一次他没注意到。“你从来都不喜欢派对。”

“不知道我从哪里遗传的。”我低声咕哝道。

查理轻声地笑着说："好吧，你看起来真的很漂亮。我希望我早想到给你买点什么，对不起。"

"别傻了，爸爸。"

"不是傻，我感觉自己总是没有做我应该为你做的事情。"

"这很可笑，你做得棒极了，世界上最好的爸爸……"和查理谈感情不是件容易的事情，不过在我清好嗓子之后我有些保留地说道，"而且我真的很高兴过来和你一起生活，爸爸。这是我想到过的最好的主意，所以别担心——你只不过正在经历毕业后的悲观情绪罢了。"

他嗤之以鼻："或许吧，但是我确定有些地方我做得不够好。我的意思是，瞧瞧你的手。"

我茫然地低头看自己的手。我的左手轻轻地靠在黑色的矫形套上，我几乎都忘了有这么回事了。我骨折的关节不那么痛了。

"我从来都没想过有必要教你如何挥拳头，我猜这一点我想错了。"

"我以为你总是站在雅各布那边的呢。"

"不管我站在哪边，如果有人没经过你的同意而吻你，你就应该在不伤害到自己的情况下，让对方明白你的感受。你没有把大拇指塞在拳头里，对吗？"

"没有，爸爸。真是种奇怪的甜蜜，但是我认为给我上课起不了什么作用，雅各布的头**真的**很硬。"

查理大笑着说："下一次打在他的肚子上。"

"还有下一次？"我难以置信地问道。

"啊，别太难为这孩子，他还小。"

"他活该。"

"他还是你的朋友。"

"我知道，"我感叹道，"我真的不知道该怎么做才算对，爸爸。"

查理慢慢地点点头："是的，正确的事情并不总是那么明显的。有时候对一个人正确的事情，对其他人却是错误的。所以……希望你弄明白。"

"谢谢。"我淡淡地低声说道。

查理又大笑起来，接着皱着眉头说："如果派对变得太狂热……"

“对此您不用担心，爸爸，卡莱尔和埃斯梅都会来的。我确定您也可以过来，如果您想的话。”

查理摆出一副苦相，眯着眼睛看着挡风玻璃前的夜色。查理喜欢派对的程度差不多跟我一样。

“岔道在哪儿？”他问道，“他们应该清理车道——黑黢黢的根本找不到。”

“我想就在下一个拐弯的地方。”我嘟起嘴巴，“您知道，您是对的——很难找到。爱丽丝说过她在请柬上画了地图的，但是即便如此，或许大家还是会迷路的。”想到这里我稍微开心了一点儿。

“或许吧，”查理说道，路弯向了东面，“或许不会。”

黑色天鹅绒般的黑夜在前面就被打破了，那里应该就是卡伦家的车道。有人在马路两边的树上裹上了成千上万小灯泡，这样就不会错过了。

“爱丽丝。”我愠怒地说道。

“哇哦。”我们开上车道的时候查理说道。入口处的两棵树并不是唯一被点亮的树。差不多每隔二十英尺，另一个闪闪发光的灯塔就引领着我们开往那座大白房子。一路上都是——足足有三英里。

“她不会做事半途而废吧，是不是？”查理敬畏地咕哝道。

“当然不是，您不想进来吗？”

“相当确定，玩得开心，孩子。”

“非常感谢，爸爸。”

我下车关上门的时候他自嘲地笑了起来。我注视着他开走时，脸上还挂着笑容。我舒了一口气，开始朝台阶走过去，熬过我的派对。

结　盟

“贝拉？”

爱德华温柔的声音从我身后传来。我转过身看见他敏捷地从门廊台阶上一跃而下，他的头发迎风飘扬起来。他立刻把我揽入怀中，就像他在停车场那样，再次亲吻我。

这个吻令我感到害怕。他的唇与我的吻合在一起的时候太紧张，太用力了——就好像他很害怕我们只剩下这么一点儿时间一样。

我无法让自己思考那些，不去想我是否只剩下几个小时当人类了。我挣脱他。“让我们熬过这个愚蠢的派对吧。”我咕哝着道，没看他的眼睛。

他双手捧着我的脸，一直等到我抬起头看着他：“我不会让任何事发生在你身上的。”

我用没受伤的那只手的手指抚摸着他的嘴唇：“我并不是那么担心自己。”

“为什么我对此没那么吃惊呢？”他自言自语地咕哝道，深深吸了一口气，然后轻松地笑了起来。“准备好庆祝了吗？”他问道。

我呻吟起来。

他为我打开门，牢牢地搂住我的腰。我呆呆地站在那里许久，然后才慢慢地摇头：“简直不敢相信。”

爱德华耸耸肩：“爱丽丝就是爱丽丝。”

卡伦家的内部被改装成了夜总会——在现实世界里不常见，只有电视里才有的那种。

“爱德华！”爱丽丝在巨型的扬声器旁边叫道，“我需要你的建议。”她指着堆集如山的 CD，“我们应该让他们听一些熟悉的、舒缓的？还是——”她指着另外一堆，“提高一下他们的音乐品位？”

“放一些舒缓的吧，”爱德华建议道，“牵马到河易，强马饮水难。”

爱丽丝认真地点点头，开始把教育型的 CD 装进盒子里。我注意到她换上一条装饰着小圆金属片的上衣，红色的皮裤。裸露在外面的皮肤在跳动的红紫灯影下产生一种奇特的效果。

“我想我穿得有些不太得体。”

“你好极了。”爱德华不认同地说道。

“是非常美。”爱丽丝更正道。

“谢谢，”我叹气道，“你真的认为人们会来吗？”谁都可以听出我语气中的希望。爱丽丝冲我扮了个鬼脸。

“每个人都会来，”爱德华回答道，“他们都迫不及待地想要看一看隐居的卡伦家神秘房子的内部呢。”

“棒极了！”我呻吟道。

没有什么事情我帮得上忙的。我怀疑——即使在我不需要睡眠，也能以更快的速度行动之后——我是否能像爱丽丝那样把事情打理得井井有条。

爱德华一刻也不让我离开，把我拖在他身边和他一起去找贾斯帕，然后是卡莱尔，告诉他们我的想法。我听他们讨论如何袭击西雅图的军队时，暗自感到害怕。我敢说贾斯帕对人数方面不是很满意，但是他们联系不上不愿意帮忙的坦尼娅家族以外的其他人。贾斯帕并没有试图掩饰他的绝望，爱德华之前也有过这样的反应。很容易看出来他不喜欢下风险如此高的赌注。

我不能袖手旁观，等待着，希望他们回家。我不会，我会疯掉的。

这时候门铃响了。

顷刻间，所有的一切都变得出奇的正常，完美的微笑、真诚而温暖的态度取代了卡莱尔脸上的紧张。爱丽丝调高了音乐的音量，接着轻快地跑去开门。

是一群我熟悉的朋友，他们要么是因为紧张，要么是因为害怕不敢单独过来。杰西卡第一个出现在门口，迈克站在她右边，泰勒、康纳、奥斯汀、李、萨曼塔……就连劳伦也跟在最后面，她挑剔的眼睛里绽放着好奇的目光。他们全都很好奇，接着当装扮别致的巨大房间尽收眼底时，他们全都感叹起来。房子并不空旷，所有卡伦家的人都各就各位，准备戴上他们平时就伪装得尽善尽美的面具。今夜，我感觉自己也和他们一样在演戏。

我走过去欢迎杰西卡和迈克，希望我声音中的热情听起来是恰如其分的兴奋。我还没招呼好其他人，门铃又响了。我请安吉拉和本进来，让门敞开着，因为埃里克和凯蒂正好在上台阶。

我根本没有机会感到恐慌。我得跟大家说话，全身心地保持欢乐的心情，像女主人一样。尽管这场派对宣传的时候是说爱丽丝、爱德华和我一起开的，不可否认，大家都纷纷向我表示祝贺和感谢，一时间我成了众人瞩目的焦点。或许是因为卡伦家的人在爱丽丝准备的派对灯光下显得略微有些不对劲儿吧。可能灯光让房间感觉幽暗而神秘。这种灯光使得普通人站在像埃美特这样的人身旁时很难感到放松。我看见埃美特在餐桌对面朝迈克露齿一笑，红色的灯光在他的牙齿上闪烁，我注意到迈克不假思索地往后退了一步。

可能爱丽丝是故意这么做的，逼我成为大家注意的中心——她以为我会更加享受这个位置的。她总是乐此不疲地使我成为她眼中的人类的样子。

派对显然很成功，尽管他们因为卡伦家的人在场本能地感到不安——或许那恰恰使气氛变得更加刺激了。音乐很有感染力，灯光也差不多产生了催眠的效果。从食物消失的速度来看，那肯定也不错。整个房间都人头攒动，不过，一点儿也不会因为挤在这封闭的空间里感到不舒服。整个毕业班似乎都到了，还有一些二年级的学生。他们伴随着脚下音乐的节拍摆动着身体，派对一直处在一种就要开始翩翩起舞的气氛之中。

一切并没有我想的那样难以应付，我按照爱丽丝的指导，和大家聊天。让他们感到高兴似乎很容易，我确定这场派对比福克斯镇上所举办的任何派对都要酷得多。爱丽丝几乎得意扬扬起来——没有人会忘记今晚的。

我已经绕着屋子走了一圈，又回到杰西卡这里了。她兴奋地叽叽喳喳说个不停，没有必要特别注意，因为最可能的是她不需要我马上做出什么反应。爱德华一直陪在我身边——还是不愿意放开我。他一只手紧紧地搂住我的腰，当我可能不想听见别人的想法的时候，他会时不时地把我拉得离他更近一些。

所以当他松开胳膊，从我身边缓缓走开的时候我立即心生疑窦。

“待在这儿，”他在我耳边低语道，“我马上就回来。”

他优雅地穿过人群，似乎没有碰到拥挤人群中的任何一个，他离开得很快，我根本来不及问他为什么离开。我眯着眼睛盯着他，而杰西卡则和着音乐热切地大声嚷嚷着，她紧紧抓住我的胳膊，没注意到我走神。

我看着他走进厨房门口的黑色阴影里，那里只是断断续续地闪烁着灯光。他斜倚在谁身上，但是中间挡着很多人头，我看不清楚。

我踮起脚，伸长脖子。就在那时，一道红色的光线掠过他身后，从爱丽丝衬衫上的红色金属片上闪过。灯光只在她脸上停了半秒钟，但是这就足够了。

“失陪一会儿，杰西卡。”我低声说道，推开她走过去。我也没停下来看她的反应，甚至不知道我唐突的反应是否伤害到她的感情。

我弯着腰穿过人群，还得时不时地推一下他们。现在有几个人开始跳起舞来，我匆忙地赶到厨房门口。

爱德华已经不在那儿了，但是爱丽丝还藏在黑暗中，她一脸茫然——那种面无表情的神色常常出现在刚刚目睹过一场可怕的事故的人脸上。她一只手抓紧门框，好像她需要支撑一样。

“怎么啦，爱丽丝？怎么啦？你看见什么啦？”我双手握在胸前，哀求她。

她没有看我，眼睛盯着别的地方。我跟随她的目光，注意到她看见爱德华的眼睛扫过房间。他的脸像石头一样空洞，他转过身，消失在楼梯下面的阴影里。

就在那时门铃响了，离上次门铃响已经过了几个小时了，爱丽丝满脸疑惑地抬起头，忽然她的脸色变成了讨厌的神情。

“谁邀请了狼人？”她向我抱怨道。

我低声吼道："很抱歉。"

我以为我已经收回了邀请——不管怎样，我怎么也没想到雅各布会来**这儿**。

"好吧，你去处理，我得跟卡莱尔谈一谈。"

"不，爱丽丝，等一等！"我想拉住她的胳膊，但是她已经走了，我的手只抓住一团空气。

"该死！"我嘟囔着说。

我知道就是这样。爱丽丝看见了她一直在等待的事情，老实说我并不觉得自己能忍受这样的悬念，才去开门。门铃又响了起来，响了很久，有人一直按住按钮。我坚决地转过身朝门口走去，在黑屋子里扫视着爱丽丝的身影。

我什么也看不见，开始摸索楼梯。

"嘿，贝拉！"

雅各布深沉的声音使音乐顿时停顿下来，听见有人喊我的名字我不由自主地抬起了头。

我扮了个鬼脸。

可不只是一个狼人，有三个。雅各布让自己进来，左右两边分别是奎尔和安布里，他们两个人看起来都非常紧张，他们的眼睛在屋子里扫来扫去，就好像他们刚刚走进一座闹鬼的地下室一样。安布里颤抖的手仍然放在门上，他半转过身去拉住门。

雅各布朝我挥挥手，比其他人要平静一些，尽管他的鼻子因为厌恶皱了起来。我也向他挥挥手——向他挥手道别——然后转身去找爱丽丝。我在康纳和劳伦背后的空间里眯着眼睛四处寻找。

他不知道从哪里冒出来的，一把拉住我的肩膀把我拖回到厨房旁边的阴影里。我被他拉着弯下腰，但是他把我的手腕拉得紧紧的，一把把我拖出人群。

"真是友好的接待啊。"他强调道。

我抽出我的手，对他吼道："你到这里来干**什么**？"

"你邀请我了，还记得吗？"

"在你无法理解我的本意的情况下，容我解释一下：那是我不邀请你的意思。”

“别那么不讨人喜欢，我给你带来了毕业礼物，就是为这个才来的。”

我双臂抱在胸前，现在不想和雅各布吵架。我想知道爱丽丝看见了什么，爱德华和卡莱尔对此会说些什么。我从雅各布旁边探出头，寻找他们。

“退给商店，杰克，我现在有事要做……”

他挡住我的视线，逼着我看着他。

“我才不拿回去。我不是从商店里买的——我自己做的，而且也花了很长时间。”

我又从他旁边探出身子，但是没看见卡伦家的人。他们去哪里了？我的眼睛在暗下来的房间里搜寻。

“噢，别这样，贝拉，别假装我不在这儿！”

“我没有，”我哪儿都没看见他们，“瞧，杰克，现在我脑子里千头万绪。”

他用一只手托住我的下巴，抬起我的头。“我能请你不要走神，集中注意力一会儿吗，斯旺小姐？”

我猛地挣脱他的触碰。“手离我远一点儿，雅各布。”我嘘声道。

“对不起！”他立即举起手投降道，“我真的很抱歉。我的意思是，为前几天的事情。我不应该像那样吻你，那样不对。我以为……好吧，我自欺欺人地以为是你想要我那么做的。”

“自欺欺人——多么完美的描述啊！”

“友好一点儿，你知道，你可以接受我的道歉。”

“好吧，接受道歉。现在，如果我可以失陪一下的话……”

“好吧。”他嘟哝道，他的声音跟之前完全不一样，我停止寻找爱丽丝，端详他的脸。他盯着地板，掩饰自己的眼神，他的下嘴唇有些突了出来。

“我猜你宁愿和你**真正**的朋友们在一起，”他用同样挫败的口吻说道，“我明白了。”

我呻吟道：“啊，杰克，你知道这样说不公平。”

“我有吗？”

“你**有**。”我探身过去，眯着眼睛想要看透他的眼神。他在我上方抬起头，躲避我的眼神。

“杰克？”

他不想看我。

“嘿，你说你给我做了个东西，是不是？”我问道，“是不是只是随便说说的？我的礼物在哪里？”我非常不快地努力假装热情，但是却很有用。他转动一下眼睛，接着冲我扮了个鬼脸。

我继续笨拙地假装，伸出手：“我等着呢。”

“好吧。”他挖苦地嘟囔道，但是他也伸出手在牛仔裤的后口袋里拉出一个小袋子，编织得很松散，但却五彩斑斓，用一根细皮绳扎紧。他把它放在我的手掌上。

“嗨，很漂亮，杰克，谢谢！”

他叹气道：“礼物**在里面**，贝拉。”

“哦。”

我解不开绳子，他又叹了口气，从我手中拿过来，轻松地拉下右边的绳子解开了袋子。我伸出手要他给我，但是他让袋子口朝下，摇晃一下，一个银色的东西落在我手上，金属链子轻轻地彼此碰撞，发出清脆的叮当声。

“手链不是我做的，”他承认道，“我只做了装饰品。”

一个小小的木雕紧紧地系在银色手链的一节上。我用两个手指头捏住，靠近一点儿看。这个小雕像上浮现出诸多细节，让人惊叹不已——这个小型的狼十分逼真，它甚至是用跟它的肤色相匹配的红棕色木头雕刻而成的。

“很漂亮，”我轻声说，“你**做的**这个？怎么做的？”

他耸耸肩：“是比利教给我的，他比我更擅长这种活计。”

“难以置信。”我低声咕哝道，用手指转动着这只微型狼。

“你真的很喜欢？”

“是的！这简直不可思议，杰克。”

他微笑起来，刚开始很开心，但接着他的表情又变得酸溜溜的：

“好吧，我以为或许这会让你偶尔想起我。你知道这是怎么回事，眼不见，心不烦。”

我对他的态度视而不见：“过来，帮我戴上。”

我伸出左手腕，因为右手已经戴上矫形套了。他轻松地系上搭扣，尽管它看起来那么精致，他那大大的手指很难做到。

“你会戴吗？”他问道。

“我当然会戴。”

他朝我露齿一笑——我喜欢看见他脸上挂着的开心笑容。

我也冲他笑了笑，但是接着我的眼睛又条件反射地看向房间，焦急不安地在人群中寻找爱德华或爱丽丝的踪影。

“你为什么注意力这么不集中啊？”雅各布好奇地问道。

“没什么，”我撒谎道，努力集中注意力，“谢谢你的礼物，真的，我很喜欢。”

“贝拉？”他的眉毛紧蹙在一起，眼睛深深地藏在眼窝里，“发生了什么事，是不是？”

“杰克，我……不，没什么。”

“不要对我撒谎，你不擅长说谎。你应该告诉我发生了什么事，我们想要知道这些事情。”他说道，最后“我”变成了“我们”。

他或许是对的，狼人们肯定也会对正在发生的事情感兴趣的。我只是还不确定到底发生了什么事，在我找到爱丽丝之前我肯定是无法得知的。

“雅各布，我会告诉你的。只不过让**我**弄清楚发生了什么事，好吗？我得跟爱丽丝谈一谈。”

他显出了然的表情：“那个神经病看见了什么。”

“是的，正好在你出现的时候。”

“是不是与到过你房间的那个吸血鬼有关？”他低声说道，他在音乐声中压低音量。

“有关系。”我承认道。

他思考了一会儿，头偏向一边，读着我的表情：“你知道但没告诉我的事情……是**非常重要**的事情。”

撒谎又有什么意义呢？他太了解我了："是的。"

雅各布盯着我看了一会儿，接着转身直视他的狼人兄弟们的眼睛，他们站在门口既尴尬又不安。当他们领会了他的表情后就开始行动起来，他们动作敏捷，迂回地穿过参加派对的人群，就像他们也在跳舞一样。半分钟后，他们又站在雅各布的两旁，矗立在我面前。

"现在，解释一下。"雅各布追问道。

安布里和奎尔来回看了看我们俩的脸，既迷惑又警惕。

"雅各布，我知道的不完整。"我继续搜索房间，现在则是为了找救援。在各种意义上而言，他们现在都把我逼进了死角。

"那么，你**确实**知道什么。"

他们三个同时把胳膊抱在了胸前，这有些有趣，不过更具威胁性。

接着我看见爱丽丝从楼梯上走下来，白皙的皮肤在紫色的灯光下闪闪发光。

"爱丽丝！"我如释重负地尖叫道。

我叫她的名字时她正好看见了我，尽管雷鸣般的低音本应该淹没我的声音。我急切地挥挥手，注视着她的脸，她看见三个狼人挡在我面前时，眯起了眼睛。

但是，在此之前，她的脸紧张而害怕，她跳到我身旁的时候我咬住嘴唇。

看到她脸上不安的表情，雅各布、奎尔、安布里都和她保持一定距离，她伸出手搂住我的腰。

"我要跟你谈一谈。"她在我耳边轻声说道。

"呃，杰克，我们待会儿见……"我边说边从他们身边轻松地经过。

雅各布伸出长长的胳膊挡住我们的路，用手臂撑着墙壁："嘿，别那么快。"

爱丽丝抬头盯着他，眼睛瞪得大大的，眼里充满难以置信的表情："怎么了？"

"告诉我们发生了什么事！"他低吼着逼问道。

突然，贾斯帕不知从哪里冒了出来。一瞬间，只剩我和爱丽丝靠在墙上，雅各布拦住了我们的去路，接着贾斯帕站在杰克胳膊的另一边，表情恐怖。

雅各布慢慢地抽回胳膊。他要还想留住那条胳膊，似乎这才是最佳策略。

“我们有权知道。”雅各布低声说，仍然怒气冲冲地看着爱丽丝。

贾斯帕插进他们中间，三个狼人立即振作起精神来。

“嘿，嘿，”我说道，笑声中多了些许歇斯底里，“这是个派对，还记得吗？”

没有人注意我说的话，雅各布瞪着爱丽丝，贾斯帕则瞪着雅各布。爱丽丝的脸突然变得若有所思起来。

“好了，贾斯帕，其实他说得有道理。”

贾斯帕一点儿也没放松。

我很确定，这种悬念会让我的头顷刻间爆炸的：“你看见什么了，爱丽丝？”

她盯着雅各布看了一会儿，接着看着我，很明显她选择让他们听见。

“决定已经做好了。”

“你们要去西雅图吗？”

“不。”

我感到我顿时变得面无血色，心中一阵难受。“他们正往这里来。”我哽咽着挤出这几个字。

奎鲁特男孩们默默地注视着我们，想读懂我们脸上不自觉的情绪变化。他们立在原地，并没有完全一动不动，三双手都在颤抖。

“对。”

“往福克斯。”我轻声说道。

“对。”

“为什么？”

她点点头，明白我的问题：“有个人拿着你的红色衬衫。”

我努力咽下口水。

贾斯帕脸上满是不赞成的表情。我敢说他不喜欢在狼人面前讨论此事，但是他有事情必须要说：“我们不能让他们肆无忌惮，我们没有那么多人保护镇子。”

“我知道，”爱丽丝说道，她的脸色突然变得很难看，“但是我们在哪里阻止他们并不重要。我们还是人手不够，他们当中的一些会来这里搜索的。”

“不！”我轻声喊道。

派对的噪声盖过了我否定的声音。我们周围所有人，我的朋友、邻居、小对头们吃着东西，大笑着，和着音乐摇摆，不知道他们将要面对恐惧、危险，或许还有死亡，因为我。

“爱丽丝，”我吃力地说出她的名字，“我得走，我得离开这里。”

“那不起作用。这和我们面对一个跟踪者不一样，他们还是会首先来这里的。”

“那么我得去面对他们！”如果我的声音没有这么沙哑，这么紧张，肯定会尖叫的，“如果他们找到他们在寻找的东西，或许他们会离开，不会伤害其他人！”

“贝拉！”爱丽丝反对道。

“等等，”雅各布低沉有力地命令道，“**什么**东西来了？”

爱丽丝冷冰冰地盯着他：“我们的族类，很多。”

“为什么？”

“为了贝拉，这是我们知道的一切。”

“对你们来说数目太多了？”他问道。

贾斯帕怒斥道：“我们有自己的优势，狗，这会是一场势均力敌的战斗。”

“不，”雅各布说道，一抹似笑非笑、奇怪而激烈的表情在他脸上舒展开来，“不会**势均力敌**。”

“好极了！”爱丽丝嘘声道。

我盯着爱丽丝的新表情，仍然惊恐得动弹不得。她的脸因为欣喜若狂而容光焕发起来，所有的绝望从她那完美的面容上一扫而空。

她对雅各布露齿一笑，他也回她一个笑容。

“一切都消失了，当然，”她沾沾自喜地告诉他，“那不方便，但是，考虑到所有的事情，我会接受的。”

“我们得互相协作，”雅各布说，“对我们不会很容易。不过，这更是我们的责任，而不是你们的。”

“我们不会想那么多，但是我们需要帮助，我们不打算挑剔。”

“等等，等等。”我打断他们。

爱丽丝踮着脚，雅各布则弯着腰向她靠近，两个人的脸都兴奋得容光焕发，两个人的鼻子都因为闻到彼此的气味皱了起来，他们不耐烦地看着我。

“协作？”我从牙缝中挤出这个词。

“你们并不是真的打算把我们排斥在外吧？”雅各布问道。

“你们别插手此事！”

“你家的神经病可不这么认为。”

“爱丽丝——告诉他们不行！”我坚持说道，“他们会被杀的！”

雅各布、奎尔还有安布里都大声地笑了起来。

“贝拉，”爱丽丝语气缓和地宽慰我道，“分开的话，我们都会被杀。一起的话——”

“就不会有问题。”雅各布接着说完了她的话，奎尔又大笑起来。

“有多少？”奎尔急切地问道。

“不！”我大叫道。

爱丽丝甚至看都没看我一眼：“事情有所改变——今天有二十一个，但是数量会下降。”

“为什么？”雅各布好奇地问道。

“说来话长，”爱丽丝说道，突然环顾了一下房间，“此地不宜谈话。”

“今晚晚些时候？”雅各布催促道。

“好，”贾斯帕回答了他们的问题，“我们已经打算……开个战略会议。如果你们要和我们一起战斗，你们就需要指导。”

狼人们对最后一部分露出不屑一顾的表情。

“不要！”我呜咽着说。

“这会很别扭，”贾斯帕若有所思地说道，“我从来没考虑过和你们一起合作，这可是头一遭。”

“毫无疑问是这样。”雅各布也这么认为，他现在着急地说道，“我们得赶回去与山姆会合。几点钟？”

“几点对你们而言会太晚？”

三个人都转动了一下眼珠子。“几点？”雅各布又问道。

“三点钟？”

“哪里？”

“离霍哈森林巡逻站正北方大约十英里的地方。从西边过来，你们能跟随我们的气味找到我们的。”

“我们会到的。”

他们转身离开了。

“等等，杰克！”我在他身后喊道，“**求你**！别这么做！”

他停了下来，转过身对我笑了笑，奎尔和安布里则急不可耐地朝门口走去：“别胡闹，贝儿，你给我的礼物比我给你的要好得多。”

“不！”我又大声叫道，我的声音淹没在电吉他的声音里。

他没有回应，急忙跑过去赶上他的朋友，他们已经不见了。我眼睁睁地看着雅各布在我的视线中消失。

训　练

“这是世界历史上最漫长的派对！”我在回家的路上抱怨道。

爱德华似乎没有反对。“现在已经结束了。”他说道，抚慰地摸摸我的胳膊。

因为我是唯一一个需要安抚的人，爱德华现在好了——卡伦家的所有人都好了。

他们都安慰着我：我走的时候爱丽丝跑过来拍拍我的头，意味深长地看着贾斯帕，直到我被一阵平静的旋涡包围了；埃斯梅吻了我的额头，并且保证不会有事的；埃美特兴高采烈地大笑着问我为什么是唯一一个可以与狼人们打架的人……雅各布的解决方案使他们全都放松下来，经过漫长的几个星期的紧张不安之后几乎变成了一种欣快症。怀疑被自信所取代，派对在一种真正意义上的庆祝曲调中结束。

对我而言不是。

够糟糕的——简直可怕——卡伦家族要为了我而战斗。这已经大大超过了我能允许的程度，我感觉这已经超过了我能忍受的范围。

对雅各布也不好。还有他那些愚蠢而又急不可耐的兄弟——他们大多数人比我年纪还要小，他们只不过是个头过大、肌肉过于发达的孩子，而且他们对这种事情的向往就好像要去沙滩上野餐一样。我不能让他们也身处险境，我的神经感到害怕，就快爆炸了。我不知道我还能撑多久，不让自己大声叫出来。

我现在是在耳语了，这样才能控制住自己的语气：“今天晚上你要带我去。”

“贝拉，你累坏了。”

“你认为我能睡着吗？”

他皱着眉头：“这是个实验。我不确定对我们而言合作……是否可能。我不想你夹在中间。”

这似乎只会让我更加迫不及待地想去：“如果你不带我去，那么我就叫雅各布带我去。”

他的眼睛紧张起来。那是一个小小的打击，我知道，但是想把我扔下没门儿。

他没有回答，现在我们已经到查理家了。前门的灯还亮着。

“楼上见。”我低声说道。

我蹑手蹑脚地走过前门。查理在起居室里睡着了，瘫在狭小的沙发上，鼾声雷动，就算我用链锯也不会吵醒他。

我用力地摇摇他的肩膀：“爸爸！查理！”

他咕哝着，仍然闭着眼睛。

“我到家了——这么睡觉腰疼。来吧，该换个地方了。”

我又摇了好几次，不管怎样他都没睁开眼睛。我勉强把他弄下睡椅，搀扶着他躺在床上。他瘫倒在被褥上面，衣服也没脱，又开始打鼾了。

在短时间内他是不会来找我的。

爱德华在房间里等我洗脸，换上牛仔服，法兰绒衬衫。他坐在摇椅上，不高兴地看着我把爱丽丝送给我的全套行头挂在衣橱里。

“过来。”我说道，拉住他的手，把他拉到我床上。

我把他推倒在床上，接着蜷缩着趴在他的胸口。或许他是对的，我**真的**累得要睡觉了，我不打算让他不带上我就偷偷溜走。

他替我盖好被子，接着紧紧地抱着我：“请放松。”

“当然。”

“这样会起作用的，贝拉，我感觉得到。”

我的牙齿紧紧地扣在一起。

他仍然沉浸在欣慰之中。除了我没有人关心雅各布和他的朋友们受不受伤。就连雅各布和他的朋友们都不担心自己，特别是他们。

他明白我就要睡着了：“听我说，贝拉，这样会很**容易**的。新生的吸血鬼完全不会设防，他们不知道狼人的存在，比你知道的还要少。

我看见过他们是怎样集体行动的，按照贾斯帕记得的那种方式，我真的相信狼人们的狩猎技巧用来对付他们是完美无瑕的。他们被分散、被迷惑之后，我们其他人就没多少事了，有人说不定还得坐在这里呢。”他开玩笑地说道。

“小事一桩。”我毫无生气地对着他的胸口呢喃道。

“嘘，”他抚摸着我的脸颊，“你会明白的，现在别担心。”

他开始哼我的睡眠曲，但是这一次，却没能让我平静下来。

人们——好吧，其实是吸血鬼和狼人，但是仍然是我所爱的人，他们会受伤，会因为我受伤，又一次，我希望我的霉运能够来得更集中一点儿。我感觉我就像要对着空洞的天空大叫了：**你想要的人是我——就在这儿！只是我！**

我得想办法精确无误地做这件事情——迫使我的霉运集中到我自己身上，那样并不容易。我得等一等，等待我的时机……

我没有睡着。时间一分一秒过得很快，令我惊讶的是，爱德华拉着我坐起来的时候，我仍然很警觉又紧张。

“你确信不想待在这儿睡觉吗？”

我酸溜溜地看了他一眼。

他叹了口气，用胳膊一把抱起我，纵身跳下窗户。

他背着我飞快地穿过黑黢黢、静悄悄的森林，即使在他奔跑的时候我也能感觉到他兴高采烈的情绪。他跑的方式和我们俩独处时的一样，只是为了好玩，为了感受风吹过头发的感觉。是那种在我没那么焦虑的时候会令我开心不已的事情。

当我们来到一块宽广的空地时，他的家人都在那儿，他们随意地交谈着，感觉很放松，埃美特雷鸣般的大笑声时不时地在宽阔的空间里回荡。爱德华把我放下来，我们手牵着手朝他们走去。

过了足足有一分钟，月亮躲在乌云后面，天顿时暗了下来，周遭一片漆黑，但是我意识到我们到了那块棒球场一样的空地。同一个地方，一年以前，在这里我第一次和卡伦家的人一起度过了一个轻松愉快的夜晚，却被詹姆斯和他的党羽们打断了。故地重游让我感到有些奇怪——好像这次聚会在詹姆斯、劳伦特、维多利亚参与进来之前是不完整的，但是詹姆斯和劳伦特永远都不会回来了，这种形式再也不会重复，或许所有的形式都被打破了。

是的，有人打破了他们的形式。沃尔图里家族是这个方程式中的变量，有没有这种可能呢？

我怀疑。

维多利亚对我而言总像一股自然的力量——就像一阵飓风直线朝海岸移动——不可避免，不能驯服，但是却可以预测。或许用这样的方式解释她的行为是错误的，她一定有能力调整对策。

“你知道我在想什么吗？”我问爱德华。

他笑着说道：“不知道。”

我差不多也笑了起来。

“你在想什么？”

“我想**一切**都是紧密相连的，并不是这两件事情，而是所有的三件事情。”

“我不明白。”

“自从你回来后，三件倒霉的事情都发生了。”我掰着手指头数着，“西雅图的新生儿，我房间里的陌生人，而第一件就是——维多利亚回来找我。”

他眯着眼睛思考我的话：“为什么你这么认为呢？”

“因为我同意贾斯帕的话——沃尔图里家族喜欢他们的规矩，他们不管怎样都会做得更漂亮。”我在脑海里补充道：如果他们要我死的话，我就会死。“还记得你去年追踪维多利亚的时候吗？”

“是的，”他皱着眉头说，“我做得不太好。”

“爱丽丝看见你在得克萨斯，你跟踪她到那里去了吗？”

他的眉毛紧蹙在一起成了一条线：“是的，嗯……”

“看吧——她可能在那里产生了这个想法，但是她不知道自己在干什么，所以新生儿们全都失去了控制。”

他开始摇头：“只有阿罗确切地知道爱丽丝的预见力是怎么回事。”

“阿罗可能了解得**最清楚**，但是会不会坦尼娅、艾瑞娜，还有你们在德纳利的其他朋友知道的**够多**呢？劳伦特和他们一起生活了那么久，而且如果他跟维多利亚交情不错，帮她忙的话，为什么他不会告诉她自己所知道的一切呢？”

爱德华皱着眉头说：“维多利亚没有去你房间。”

“难道她不会结交新朋友？想一想，爱德华。如果**是**维多利亚在西雅图这么干的话，她已经**交到**许多新朋友了，她创造了他们。”

他思考着，眉头因为集中精力而蹙起。

“嗯，”他终于说道，“这是可能的。我仍然认为沃尔图里家族最可能……但是你的理论——也很有道理。维多利亚的个性，你的理论完全符合她的个性。她从一开始就表现出自保的天赋——或许这是她的天赋。不管如何，这个阴谋不会使她面临来自我们这边的任何危险，如果她安全地躲在后面，袖手旁观，让新生儿在这里作恶。也许，来自沃尔图里家族的危险也微乎其微。很可能她确信我们最终会赢，尽管我们会造成很大的伤亡。但是她的小军队中不会有幸存者来指证她。实际上，”他得出结论继续说道，“如果有幸存者的话，我打赌她会打算亲自摧毁他们……嗯，不过，她至少有一个稍微成熟一些的新朋友。没有哪个毫无经验的新生儿会让你的父亲活着……”

他皱着眉头盯着空地看了好久，接着突然对我微微一笑，从沉思中恢复过来。“很有可能。不管怎样，我们要做好一切准备，直到我们确切地知道为止。今天你非常有见地，”他补充道，“令人印象深刻。”

我感叹道：“或许我只是出于对这个地方的本能反应吧。这里让我觉得她好像就在附近一样……好像她现在正看着我一样。”

听到我这样说他下巴拉得很长。“她永远都别想碰你一下，贝拉。”他说道。

尽管他这么说，眼睛却小心翼翼地扫视着黑暗的树林，他在树影里搜索的时候脸上露出非常古怪的表情。他的嘴唇向后拉，露出牙齿，眼睛则冒着奇怪的光芒——一种充满狂野而又凶猛的希望的光芒。

“不过，我不会给她丝毫靠近你的机会，”他低声咕哝道，“维多利亚，以及想要伤害你的任何人。只要有机会，这一次我要亲手了结这一切。”

他的声音里充满凶残的渴望，这让我感到一阵心惊胆战，他的手指把我的握得更紧了，希望我能足够坚强，可以永远和他这样十指紧扣。

我们就要和他的家人们会合了，我才注意到爱丽丝并没有像其他人那样乐观。她站得稍远了一些，注视着贾斯帕舒展拳脚，就好像他在热身一样，她嘟着嘴巴。

“爱丽丝有什么不对劲儿吗？”我轻声问道。

爱德华自己则又轻声笑了起来：“狼人们上路了，所以她现在看不见会发生什么事情了，变得什么也看不见让她觉得不自在。”

爱丽丝尽管离我们最远，还是听见了他的声音。她抬起头冲他吐了吐舌头，他又大笑起来。

“嘿，爱德华。”埃美特跟他打了个招呼，“嘿，贝拉，他也打算让你操练操练吗？”

爱德华对他的兄弟抱怨道：“得了，埃美特，别让她有那样的想法。”

“我们的客人什么时候到？”卡莱尔问爱德华。

爱德华想了一会儿，接着叹气道：“一分半钟，但是我得做翻译了。他们对我们不够信任，没有用人形。”

卡莱尔点点头：“这对他们来说很不容易，他们能来我十分感激。”

我盯着爱德华，眼睛瞪得大大的：“他们是以狼形过来的？”

他点点头，对我的反应非常警惕。我咽了一下口水，记得我有两次看见过雅各布是狼形的样子——第一次是和劳伦特在草地上，第二次是在林荫小道上保罗生我的气……这些都是恐怖的记忆。

爱德华的眼睛里闪过一丝奇怪的光芒，好像刚刚想到什么，并不是完全令人不悦的事情。在我什么都没明白之前，他已经迅速地转身回到卡莱尔和其他人身边。

“准备好——他们对我们有所保留。”

“你是什么意思？”爱丽丝追问道。

“嘘。”他警告道，眼睛盯着爱丽丝那边黑黢黢的一片。

卡伦家族不经意排成的圆圈扩大成一条松散的直线，贾斯帕和埃美特站在两端。从爱德华倾身靠向我的姿势来看，我敢说他希望自己站在他们旁边。我抓紧了他的手。

我眯着眼睛望着森林，什么也没看见。

“**该死**，”埃美特低声说道，“你看见过像这样的事情吗？”

埃斯梅和罗莎莉睁大眼睛交换了一下眼神。

“是什么？”我尽可能轻地低声问道，“我看不见。”

“狼群的数量增加了。”爱德华在我耳边低声说道。

难道我没告诉他奎尔加入了狼人团体吗？我眯着眼睛搜寻黑暗里的六匹狼。最后，黑暗中有东西在闪闪发光——是他们的眼睛，比他们本来的高度还要高一些。我已经忘记了狼人们有多么高了。就像马一样，只不过肌肉更发达，皮毛更浓密，牙齿像刀子一样，绝对不容忽视。

我只能看见眼睛。当我四处扫视，眯着眼睛想看得更多的时候，我突然意识到面对我们的不止六对眼睛。**一、二、三**……我迅速地在脑子里数数。数了两遍。

一共有十对。

“真有意思。”爱德华几乎自言自语地说道。

卡莱尔从容不迫地慢慢向前迈了一步，这个动作非常小心翼翼，为的是让对方感到放心。

“欢迎。”他向看不见的狼打了个招呼。

“谢谢。”爱德华声调奇怪而平板地回答道，我立刻意识到这些话出自山姆之口。他们一字排开，我把目光移到中间那一双闪闪发光的眼睛上，他是他们所有人当中眼睛位置在最上面、个头最高的那个。大黑狼的体形与黑夜融合到一起，根本区别不开。

爱德华又用同样冷漠的口吻开口了，他说的是山姆的话：“我们会注意观看，注意听的，但是不会做别的，这是我们的自控力所允许的极限。”

“这样已经绰绰有余了，”卡莱尔回答道，“我的儿子贾斯帕，”他指着贾斯帕所站的地方，贾斯帕神情紧张，已经准备好了，“有这方面的经验。他会教我们如何格斗，如何才能打败他们，我确信你们能够将此运用到你们自己的狩猎方式之中去。”

“他们和你们不一样吗？”爱德华代表山姆问道。

卡莱尔点点头：“他们现在全部都是新手——变成这样只有几个月。在某种意义上来说，还是孩子。他们不会有什么技巧或者策略，只有蛮力。今天晚上，他们有二十个，十个由我们来对付，十个交给你们——应该不难。他们的人数可能会下降，新生儿们在互相残杀。”

一阵轰隆隆的声音在狼人们模糊的队列中传开，一声低沉的咆哮咕哝着什么，听得出其中的热情。

“我们愿意对付额外的敌人，如果有必要的话。”爱德华翻译道，他的语气现在变得不那么冷漠了。

卡莱尔微笑道：“我们要看看情况到底会怎样。”

“你知道他们什么时候，如何到达吗？”

“四天之后就会穿过山脉，在上午到。他们靠近的时候，爱丽丝会帮助我们截获他们的路线。”

“谢谢你的信息，我们会监视的。”

随着一声叹息，所有的眼睛都同时向地面靠近。

沉默了两下心跳的时间，接着贾斯帕朝吸血鬼和狼人之间的空地迈了一步。我不难看清他——他的皮肤在黑暗中像狼人的眼睛那样明亮。贾斯帕警惕地扫了一眼爱德华，爱德华点点头，随着贾斯帕背对着狼人。他叹了口气，很显然不是很舒服。

“卡莱尔是对的，”贾斯帕只是对我们说道，他似乎努力不去想他身后有人在观看，“他们打起仗来就像小孩子。你们需要记住最重要的两件事情：第一，别让他们的胳膊碰到你们；第二，避免明显的流血杀戮。他们只会这些，只要你们从侧面进攻，不停地移动，他们就会乱作一团，不能有效地反应，埃美特？”

埃美特出列，脸上挂着一个大大的笑容。

贾斯帕向横在结盟的敌人之间的空地北端后退，他挥手让埃美特向前。

“好吧，埃美特先来，他是新生儿攻击的最佳实例。”

埃美特眯着眼睛低声说道：“我会尽量不破坏任何东西的。”

贾斯帕露齿一笑：“我的意思是埃美特只依赖蛮力，他的进攻非常直接。新生儿也不会尝试巧妙的东西，只是进行简单的袭击，埃美特。”

贾斯帕再后退了几步，他的身体绷得很紧。

“好吧，埃美特——试着抓住我。”

我再也看不见贾斯帕了——埃美特一边露出笑容，咆哮着像熊一样向他冲去的时候，他变得模糊起来。埃美特的速度也飞快异常，但是没有贾斯帕那样快。看起来贾斯帕更像幽灵——埃美特的大手似乎随时都会抓住他的，可是当他的手指头紧紧地抓在一起时却什么也没握住。爱德华在我身旁聚精会神地倾身向前，他的眼睛紧紧地盯着这场搏斗。接着埃美特停了下来，一动不动。

贾斯帕从他后面向他袭击，牙齿离他的脖子只有一英寸。

埃美特乱骂一通。

接着，从观看的狼群中传来一阵低沉的表示赞赏的隆隆声。

“再来。”埃美特坚决地说道，脸上的微笑不见了。

“轮到我了。”爱德华反驳道，我的手指紧紧地抓住他的。

“等一会儿，”贾斯帕退后一步，笑着说道，“我想先让贝拉看看。”

我满眼担忧地看着他挥手叫爱丽丝向前。

“我知道你担心她，”她活泼地跳进场地里的时候他向我解释道，“我想示范给你看，为什么没有必要担心她。”

尽管我知道贾斯帕不会让爱丽丝受到任何损伤，他低下身子蹲伏着面对她的时候，我还是看不下去。爱丽丝站在那里一动不动，跟埃美特相比，她看起来小得就像个洋娃娃一样，她自顾自地微笑着。贾斯帕向前冲来，接着溜到她的左边。

爱丽丝闭上眼睛。

当贾斯帕偷偷向爱丽丝站着的地方靠近的时候，我的心脏起伏不定地怦怦直跳。

贾斯帕一跃而起，消失了。突然他出现在爱丽丝的另一边，而她好像没有动过。

贾斯帕跑起来，再次向她冲去，只不过和第一次一样蹲伏在她身后，爱丽丝始终都闭着眼睛微笑着。

我现在更仔细地注视着爱丽丝。

她在移动——我只不过被贾斯帕的偷袭分散了注意力，没看见而已。就在贾斯帕的身体向她所站的位置纵身飞来的那一刻，她向前跳了一小步。贾斯帕伸出手从她的腰先前所在的地方呼啸而过之时，她又动了一步。

贾斯帕包围住她，爱丽丝则开始移动得更快了。她在跳舞—— 一个人上跳下伏，不停地转圈，形成一阵旋涡。贾斯帕是她的伴侣，突然向前扑去，穿透她那优雅的姿态，却怎么也碰不到她，仿佛每个动作都是精心编排的一样。最后，爱丽丝大笑起来。

她不知道从哪个方向上一跃而起，蹲在贾斯帕的背上，她的嘴唇贴在他的脖子上。

“抓到你了。”她说道，吻了吻他的喉咙。

贾斯帕轻轻地笑着摇头说：“你真的是个可怕的小魔鬼。”

狼人们又低声咆哮起来，这一次是警惕的声音。

“让他们学学尊重是很好的事情。”爱德华开心地低声说道，接着他提高音量说道，“轮到我了。”

他紧紧地握了握我的手，然后松开了。

爱丽丝跑过来代替他站在我身边。“酷吧，嗯哼？”她自鸣得意地问我。

“非常酷。”我同意道，眼神没有从爱德华身上移开。他一声不响地移向贾斯帕，他的动作轻快而不失警惕，就像山猫一样。

“我会密切注意你的，贝拉。”她突然轻声说道，她的音调很低，我几乎听不见，尽管她的嘴唇就贴在我的耳朵旁边。

我的目光闪到她脸上，接着又看向爱德华。他渐渐靠近贾斯帕，两个人都摆出佯攻的姿势。

爱丽丝满脸责备。

“如果你的计划更加明确的话，我会警告他的，”她用同样低的声音威胁我道，“让你自己身处险境不会有任何帮助。你真的认为如果你死了的话，他们两个中的任何一个就会放弃吗？他们还是会打仗的，我们都会。你不能改变任何事情，所以只要乖乖听话，好吗？”

我做了个鬼脸，试着不去理会她。

“我在监视。”她重复道。

爱德华现在接近贾斯帕了，这场战斗比前两场更加势均力敌。贾斯帕有一个世纪的经验引导他，他试着尽可能地只靠本能行动，但是他的思想总是在他进攻之前的瞬间就出卖了他。爱德华要稍微快一些，但是贾斯帕的动作对他而言很陌生。他们一次又一次地靠近彼此，谁都占不到便宜，并且不停地发出本能的咆哮。很难看清，想不看则更难。他们移动的速度对我而言太快了，我真的不理解他们在干什么。狼人们敏锐的眼睛时不时地会引起我的注意，我有一种感觉，狼人们比我更摸不到头脑——或许他们比我想的还要迷惑不解。

最后，卡莱尔清了清嗓子。

贾斯帕大笑起来，退后一步。爱德华直起身子，对他笑了笑。

“回去吧，”贾斯帕同意道，“我们打平了。”

每个人都轮流上场了，先是卡莱尔，然后是罗莎莉、埃斯梅，接着又是埃美特。我眯着眼睛瞥见贾斯帕袭击埃斯梅，心中不由得一紧，这一幕是最难看下去的。接着他减慢速度，即使这样，对我而言要理解他的动作还是太难了，然后他讲授了更多要领。

“你们看见我是怎么做的了吧？”他时而问，“是的，就像那样，”时而鼓励道，“注意两侧，别忘了他们的目标在哪里。不停地移动。”

爱德华的注意力一直很集中，注视着，也倾听着其他人看不见的东西。

我的眼睛越来越沉重，更难看明白了。我最近的睡眠不是很好，不管怎样，离我上次睡觉的时间已经差不多二十四小时了。我靠在爱德华的身上，眼皮低垂下来。

“我们差不多要结束了。”他低声说道。

贾斯帕确认了这一点，他第一次转身面向狼人，表情又有些不安：“我们明天还要继续，欢迎你们再来观看。”

“好的，”爱德华用山姆冷冷的声音回答道，“我们一定到。”

接着爱德华叹了口气，拍拍我的胳膊，从我身边踱开几步，然后转向他的家人。

“狼群认为熟悉我们每个人的气味很重要——这样他们之后就不会弄错。如果我们可以一动不动，这样对他们会更容易一些。”

“当然，”卡莱尔对山姆说道，“不管你们需要什么。”

狼人们全部站起来的时候，发出一阵悲伤而又沙哑的隆隆声。

我的眼睛又睁得大大的了，完全忘记了疲劳。

夜晚的深黑色正好开始消退——太阳照亮了云彩，尽管还没升起来。他们靠近的时候，突然可以看清楚他们的体形……以及颜色。

当然，山姆是领头的，巨大得让人难以置信，夜一样黑，简直——就是直接从我的噩梦中走出来的；我第一次在草地上看见山姆和其他人之后，他们就不止一次地成为我梦魇的主角。

既然我能看清他们所有人了，将巨大无比的体形与他们的眼睛一一对应起来，看起来就不止十个了。狼群势力惊人。

我用眼角余光看见爱德华注视着我，仔细地揣摩着我的反应。

山姆走近卡莱尔，他站在最前面，巨大的狼群紧随其后。贾斯帕僵直地站在那里，而站在卡莱尔另一边的埃美特开始微笑，放松。

山姆闻了闻卡莱尔，这么做的时候似乎皱了皱鼻子。接着他走向贾斯帕。

我的眼睛一个个打量着高度警惕的狼人们，我确定我能指出哪几个是新加入的。有一头浅灰色的狼比其他的狼小得多，他后颈上的毛远远地就竖了起来。还有另外一头，沙砾色，在其他人旁边显得瘦长，不合群。当山姆继续独自往前走，留下身后这匹沙砾色的狼站在卡莱尔和贾斯帕中间时，他忍不住发出一阵低沉的哀鸣。

我站在山姆后面的那匹狼面前。他的皮毛是红棕色的，比其他狼的要长，相比之下更加凌乱。他几乎和山姆一样高，是这群狼里面体形第二大的。他的站姿很随意，其他人明显地认为是种煎熬，他却表现出一副若无其事的模样。

这匹巨大的红棕色狼似乎注意到我的眼神，他抬起头用熟悉的黑眼睛看着我。

我盯着他，想要相信我已经知道的事情，我能感觉到我脸上的惊讶与入迷。

狼张开嘴巴，露出牙齿。这种神情本来会令人感到害怕的，但他的舌头伸向一侧形成一个狼人的笑容。

我咯咯地笑了起来。

雅各布的笑容在他那锋利的牙齿上方绽放开来。他走出队伍，不理会跟在他身后的狼群的眼神。他小跑着从爱德华和爱丽丝身边穿过，站在离我不到两英尺的地方。他停在那里，眼神倏地飘向爱德华。

爱德华一动不动地站着，像雕像一样，眼睛仍然估摸着我的反应。

雅各布前腿趴在地上，低下头，这样他的脸就和我等高了，他盯着我，和爱德华一样掂量着我的反应。

“雅各布？”我吃力地说出来。

在他胸腔深处响起一阵回应的隆隆声，听起来就像是咯咯的笑声一样。

我伸出手，手指头有些颤抖，摸了摸他脸上红棕色的毛。

他闭上眼睛，巨大的脑袋贴近我的手，喉咙里发出嗡嗡的声音。

他的毛既柔软又粗糙，贴着我的皮肤很温暖。我好奇地用手摸来摸去，感受着它的质地，轻轻地摩挲着他的脖子，毛色在那里加深了。我没意识到我离他有多么近；在没有事先提醒的情况下，雅各布突然用舌头舔了舔我的脸，从下巴舔到发际。

“呃！真恶心，杰克！”我抱怨道，跳了回去，就像他人形时那么拍打着他。他躲开了，从他齿缝中传出来的断断续续的犬吠声显然表明他是在大笑。

我用衬衫的袖子擦了擦脸，情不自禁地和他一起笑了起来。

直到这一刻我才意识到大家都看着我们，卡伦家族，还有狼人——卡伦家的人流露出迷惑不解，还有些厌恶的表情。我很难读懂狼人的表情，我想山姆看起来不太高兴。

接着是爱德华，他很紧张，而且显然很失望。我意识到他希望我的反应会有所不同，比如害怕得尖叫跑开。

雅各布又发出大笑的声音来。

其他的狼人现在都已经撤退了，他们离开的时候眼神一直停留在卡伦家族的人身上。雅各布站在我身边，看着他们离去。不久，他们就消失在幽暗的森林里。只有两个站在树边，犹豫不决地注视着雅各布，他们的姿势流露出焦虑不安。

爱德华叹了口气，接着——对雅各布视而不见——走过来站在我的另一边，牵着我的手。

“准备走了吗？”他问我。

我还没来得及回答，他就盯着我另一侧的雅各布。

“我还没有完全弄清楚所有的细节。”他说道，回答着雅各布脑海中的问题。

狼人雅各布不高兴地低吼起来。

“这件事情比那要复杂一些，”爱德华说道，“别太在意，我会保证很安全的。”

“你们在讨论什么？”我追问道。

“只是在讨论策略问题。”爱德华说道。

雅各布看着我们的脸，来回转动着头。接着，他突然冲向了森林。他飞奔而去的时候，我第一次注意到他的后腿上紧紧地系着一个折叠起来的方形黑色布片。

“等等。”我叫道，不由自主地伸出一只手想要抓住他，但是他不一会儿就消失在树林里，另外两头狼跟着他。

“为什么他要走？”我问道，有些受伤。

“他回来了，”爱德华说道，他叹气道，“他想要自己说话！”

我注视着雅各布消失的那片森林的边际，又斜倚在爱德华身上。我已经快要撑不下去了，但是我仍然勉强支撑着。

雅各布慢跑着进入我们的视线，这一次是两条腿。他赤着宽阔的胸膛，头发凌乱地纠结在一起。他只穿了一条黑色的长运动裤，光脚站在冰冷的地面上。他现在只剩一个人了，不过我怀疑他的朋友还在树林里看不见的地方徘徊。

没过多久他就穿过空地，不过他停在离卡伦家的人较远的地方。他们围成一个松散的圆圈在轻轻地谈话。

“好吧，吸血鬼，”雅各布离我们只有几英尺远的时候说道，很显然他继续着我先前错过的谈话，“什么那么复杂？”

“我得考虑各种可能性，”爱德华沉着地说道，“要是有人从你那里蒙混过关了呢？”

雅各布对这个想法嗤之以鼻：“好吧，那么让她留在保留地，我们会让柯林和布莱迪看着她的，在那里她会很安全。”

我低声吼道：“你们在讨论我吗？”

“我只是想知道打仗的时候他会如何安排你。”雅各布解释道。

“**安排**我？”

“你不能待在福克斯，贝拉，”爱德华安慰道，“他们知道在哪里能找到你，要是有人从我们身边溜走了呢？”

我的胃一沉，觉得脸上顿时失去血色。“查理呢？”我喘着气问道。

“他会和比利待在一起，”雅各布迅速地宽慰我，“如果要我爸爸不惜谋杀才能把他弄到那里，他也会做的，很可能不需要那么大费周折。这个星期六，对吗？正好有场比赛。”

“这个星期六？”我问道，头一阵眩晕，我头昏眼花，无法控制住自己不去胡思乱想。我皱着眉头对爱德华说道：“好吧！你的毕业礼物成了废物。”

爱德华大笑着说道：“心意最重要。”他提醒我说，“你可以把票送给别人。”

灵感突现。“安吉拉和本，”我立刻做出决定，“至少他们可以不在镇上。”

他摸了摸我的脸颊。“你不可能疏散所有人，”他说话的时候语气很温柔，“把你藏起来只是以防万一。我告诉过你——我们现在不会有问题，他们没那么多人要我们。”

“不过把她藏在拉普西如何？”雅各布不耐烦地打断道。

“她会来回跑很多趟的，”爱德华说道，“到处都会留下她的气味，爱丽丝只能看见非常年轻的吸血鬼赶过来狩猎，但是，显然有人创造了他们。在他们背后肯定有更加有经验的。不管他，”爱德华停顿下来看着我，“或者她是谁，这只**可能**是为了分散我们的注意力。爱丽丝会监视他是否决定亲自动手，但是做出决定的时候我们会非常忙，或许他就指望那样呢。我不能把她留在她经常去的地方，**得**让她难以找到，只是以防万一。这会是一场非常漫长的战斗，我不会冒任何风险。”

我皱着眉头盯着爱德华解释这一切，他轻轻地拍拍我的胳膊。

“谨慎一些好。”他向我许诺。

雅各布指向我们东边森林的深处，指着宽广无垠的奥林匹克山脉。

“那么把她藏到那里，”他建议道，“有千万种可能——如果需要的话，我们任何人都能在几分钟内赶到。”

爱德华摇摇头：“她的气味太强烈了，而且和我的混合在一起，特别明显。即使我背着她，还是会留下蛛丝马迹。**我们的**踪迹遍布在山脉上，但是和贝拉的混合在一起的话，他们就会注意到。我们不确定他们要走的到底是哪条路线，因为**他们自己**也还不知道。如果他们在找到我们之前就遇到她的气味……”

他们两个人同时摆出一副苦瓜脸，眉毛紧蹙在一起。

“你明白难度所在了。”

“总归要想出解决的办法。”雅各布低声说道，他嘟起嘴巴生气地凝望着森林。

我则摇晃起来。爱德华搂住我的腰，把我搂得更近，支撑我的重量。

“我得把你送回家——你累坏了，而且查理很快就会醒过来了……”

“等一会儿，”雅各布说道，他转过身面向我们，眼睛炯炯有神，“我的气味让你讨厌，是不是？”

“嗯，并不坏，”爱德华朝前走了两步，“很可能。”他转身面对他的家人喊道，“贾斯帕？”

贾斯帕好奇地抬起头，走了过来。爱丽丝落后半步跟在他身后，她的脸色又显得很挫败。

“好吧，雅各布。”爱德华对他点点头。

雅各布望向我，脸上露出百感交集的神情。不管他的新计划到底是什么，他显然很兴奋，但是离他的敌人盟友那么近他还是感到不自在。他把胳膊朝我伸过来的时候，轮到我变得警惕起来了。

爱德华深深地吸了一口气。

“我们打算看一看是否能让气味混合在一起，掩藏起你的气味的踪迹。”雅各布解释道。

我怀疑地盯着他张开的双臂。

“你要让他抱着你，贝拉。”爱德华告诉我。他的声音很平静，但是我能听见他的声音里压抑的厌恶。

我皱了皱眉头。

雅各布不耐烦地转了转眼睛，向下伸出手，一把把我拉进他的怀抱里。

“别像个小孩子。”他低声说道。

不过他的眼睛像我一样也瞟到爱德华身上。爱德华的脸很平静，也很坦然。他对贾斯帕说道：

“贝拉的气味对我而言要浓烈得多——我以为要是别人想要试一试的话会是个更加公平的测试呢。”

雅各布从他们身边走开，迅速地朝森林跑去。我一言不发，看着黑暗把我们包围起来。我绷着脸，在雅各布的怀抱里感到非常不舒服。这对我而言太亲密了些——当然他没有必要把我抱得**这么**紧——我又禁不住好奇他有什么样的感觉。这使我想到上一次在拉普西的那个下午，我不愿想起那件事情。我抱着胳膊，手上的链子强化了我的记忆，让我感到烦躁不安。

我们没有走多远，他绕了个很大的弧形，然后从另一个方向回到这片空地，离我们原来的出发点差不多有半个足球场那么大。爱德华自己待在那里，雅各布朝他走过去。

“现在你可以放我下来了。”

“我不想冒险搞砸这次实验。”他放慢了脚步，胳膊抱得更紧了。

“你**太**烦人了。”我咕哝道。

“谢谢。”

贾斯帕和爱丽丝不知道从哪里冒了出来，站在爱德华身边。雅各布又走了一步，接着在离爱德华五六英尺远的地方把我放下来。我看也没看雅各布一眼，就走到爱德华身边，拉起他的手。

“好了吧？”我问道。

“只要你不碰任何东西，贝拉，我无法**想象**有人能把鼻子伸得那么远嗅出那些踪迹，跟踪你的气味，”贾斯帕扮着鬼脸说道，“差不多完全被隐蔽起来了。”

“十分成功。”爱丽丝同意道，皱了皱鼻子。

“而且这让我想到一个点子。”

“会有用的。”爱丽丝自信地补充道。

“聪明。”爱德华也同意道。

“你怎么**受得了**那样？”雅各布低声地问我。

爱德华没理会雅各布，解释的时候看着我：“我们——好吧，**你们**——要在这片空地上留下一条错误的踪迹，贝拉。新生的吸血鬼在狩猎，你的气味会让他们兴奋起来，他们注意不到这些，会完全按照我们设计好的路线行动的，爱丽丝已经看出来这行得通。当他们追踪到**我们**的气味，他们会分散，然后从两个方向袭击我们。一半会穿过森林，在那里她的预见力突然消失了……”

“对！”雅各布嘘道。

爱德华对他微微一笑，那是一抹真正的战友之间的笑容。

我感到有些难受。他们怎么能够对此这样热衷呢？我怎么能够忍受他们**两个人**都深陷险境呢？我不能。

我不愿意。

“绝不可能。”爱德华突然说道，他的声音中夹杂着厌恶。这吓了我一跳，很担心他是不是听见我的决心了，不过他的眼睛停留在贾斯帕身上。

“我知道，我知道，”贾斯帕迅速地说道，“我甚至没考虑过这样，真的没有。”

爱丽丝踩了他一脚。

“如果贝拉真的出现在空地上，”贾斯帕向她解释道，“这会使他们发疯的。除了她，他们什么也不会注意到，那样会使除掉他们变得易如反掌……”

爱德华怒目而视，贾斯帕立即改口。“当然这对她来说太危险了，这只是个错误的想法。”他迅速地说道，但是他瞥着我，眼睛里充满渴望。

“不行。”爱德华说道，他说话的语气表明这是他最后的决定。

“你是对的。”贾斯帕说道，他拉起爱丽丝的手，开始向其他人走去。“最好是三个中的两个？”他们走过去再次练习的时候我听见他对爱丽丝说道。

雅各布厌恶地盯着他的后背。

“贾斯帕只是从战略的角度看待事情，”爱德华平静地为他的兄弟辩护道，“他考虑了所有的选择——这是深思熟虑，而不是冷酷无情。”

雅各布嗤之以鼻。

他下意识地向我们移近了一些，沉浸在他的计划之中。现在他离爱德华只有三英尺远，我站在他们之间能感觉到空气中有形的紧张感，好像静电一样，有一种令人不适的刺激感。

爱德华言归正传：“星期五下午我会带她来这里留下错误的踪迹，之后你再和我们会合，把她带到一个我知道的地方。完全出乎意料，而且要容易防御，不能让他们发现。我会从另一条路线过去的。”

“接下来呢？给她留下一部手机？”雅各布指责地问道。

“你有更好的主意吗？”

雅各布突然沾沾自喜起来：“实际上，我有。”

“噢……又是狗，一点儿也不坏。”

雅各布迅速地转向我，好像下定决心在谈话中扮演好人一样：“我们试过说服塞思和另外两个年纪较小的留下来，他还太小了，但是他很顽固，很抵制，所以我给他想了个新任务——手机。”

我试着装出一副明白了的样子，但没有骗过任何人。

“只要塞思·克里尔沃特一直保持狼人模样，他就会和狼群保持联系。”爱德华说道。“距离不是问题吧？”他转向雅各布补充道。

“不会。”

“三百英里以外呢？”爱德华问道，“真是惊人啊。”

雅各布又扮起好人来。“那是我们试验过的最远距离，”他告诉我，

“听得就像铃声一样清楚。”

我心不在焉地点点头；想到小塞思·克里尔沃特也变成了狼人，我感到一阵眩晕，这使我很难集中精神。我在脑海中能看见他那灿烂的微笑，和年少一些的雅各布那么相像；要是那样的话，他肯定不到十五岁。他在长老会的篝火晚会上表现出来的热情突然传递出另一层含义……

“这是个好主意，”爱德华似乎很不情愿地承认道，“就算没法马上联系到，塞思在的话我感觉好多了。尽管已做了如此安排，我不知道我是否能够把贝拉一个人留下，相信狼人们吧！”

“和吸血鬼**一起**作战，而不是向他们开战！”雅各布模仿着爱德华厌恶的语气。

“好吧，你们还是要向他们当中的一些开战的。”爱德华说道。

雅各布微笑着说：“那是我们在这里的原因。”

自　私

爱德华把我抱回家，希望我不要硬撑着了，我肯定是在半路上就睡着了。

当我醒来时，我已经躺在床上，昏暗的光线从奇怪的角度斜着透过窗户，差不多像是下午了。

我打了个哈欠，伸了个懒腰，用手指搜寻他，结果什么也没摸到。

“爱德华？”我喃喃自语道。

我来回摸索的手指头遇到冰冷而光滑的东西，是他的手。

“这次你真的醒了吗？”他小声地问道。

“嗯，”我同意地叹了口气，“很多错误的警报？”

“你非常不安——一整天都在说梦话。”

“一整**天**？”我眨了眨眼睛，又看着窗户。

“你度过了漫长的一夜，”他安抚地说道，“结果获得一天躺在床上的时间。”

我坐起来，头晕，透过窗户的光**是**从西边射进来的：“哇噢。”

“饿吗？”他猜测道，“你想在床上吃早餐吗？”

“我去做，”我呻吟着说道，又伸了伸懒腰，“我需要起床，四处走动走动。”

去厨房的路上他一直牵着我的手，仔细地打量着我，好像我会摔倒一样，或许他认为我是在梦游。

我拣简单的做，往烤箱里扔了几块水果馅饼，在反光的铬合金面板上瞥了自己一眼。

“啊，我简直是一团糟。”

“很长的一夜，”他又说道，“你应该待在这里睡觉的。”

“好极了！然后错过**所有的**事情。你知道，你得开始接受我现在是你们家族一员的事实。”

他笑着说道：“我可能会习惯这个想法。”

我坐下来吃早饭，他则坐在我旁边。当我拿起水果馅饼准备咬第一口的时候，我注意到他盯着我的手。我低头一看，看见我仍然戴着雅各布在派对上送给我的礼物。

“我可以看一看吗？”他问道，伸手要那个小木狼。

我大声地咽了一下口水：“呃，当然。”

他把手挪到饰带下方，用雪白的手掌抚着这个小雕像。顷刻间，我感到害怕，哪怕他手指头最微小的动作也会把它弄得粉碎。

不过爱德华当然不会做这样的事情。我居然这么想让我感到很羞愧。他只是在手掌中打量了一会儿，然后让它滑落下来，它在我的手腕上轻轻地摆动。

我努力读懂他的表情。我只看见若有所思的表情；他掩饰了一切，如果真的**有**什么的话。

“雅各布·布莱克可以给你礼物。”

这不是个问题，或者指责，只是陈述事实，但是我知道他指的是去年我生日，我把他们送给我的礼物全扔掉了；我没有留下任何礼物，特别是爱德华给我的，这并不完全符合逻辑，而且，当然啦，大家不管怎样还是无视我的意见……

“你给过我礼物了，”我提醒他，“你知道我喜欢自制的风格。”

他嘟了一会儿嘴巴，说道：“别人用过的怎么样？那些东西是不是可以接受呢？”

“是什么意思？”

“这个手链，”他的手指在我的手腕上画了一个圈，“你会经常戴着它吗？”

我耸耸肩。

“因为你不愿意伤害他的感情。”他机敏地暗示道。

“当然，我估计是吧。”

“那么，你觉得这样公平吗？”他问道，说话的时候低头看着我的手，他把它掌心朝上翻过来，手指头顺着我手腕上的血管划过，“如果我也有个小雕像呢？”

“雕像？”

“一个饰品——某个能让你把**我**记在心里的东西。”

“你无时无刻不在我的心中。我不需要东西来提醒自己。”

“如果我给你什么，你会戴吗？”他加重语气说道。

“一个用过的东西？”我确认道。

“对，有个东西我已经拥有一段时间了。”他露出天使般的笑容。

如果这是他对雅各布的礼物的唯一反应，我会很乐于接受的：“不管是什么，只要让你高兴的话。”

“你注意到这种不平等了吗？”他问道，声音变成了责备，“因为我当然注意到了。”

“什么不平等？”

他眯着眼睛说道：“其他人都能送你礼物而免受责备，除了我。我本来也想送给你毕业礼物的，但是我没有。我知道如果我这么做的话，你会更难过。这完全不公平，你自己作何解释？”

“很容易，”我耸耸肩，“你比所有其他人更重要，你已经给了我你自己。这已经超过了我配拥有的一切，你再给我其他东西只会使我们两个人之间变得更加失衡。”

他思考了一会儿，接着转着眼珠说道：“你看我的方式很滑稽。”

我静静地咀嚼早餐，我知道如果我告诉他，他对这一点的理解很迟钝，他是不会听的。

爱德华的电话嗡嗡地响了起来。

在打开手机之前他看了看号码：“什么事，爱丽丝？”

他倾听着，而我则在等他的反应，突然感到紧张起来。但是不管她说的是什么都没有让他感到很惊讶，他叹了几次气。

“我猜到差不多会这样，”他告诉她，盯着我的眼睛，眉毛皱了起来，露出不赞同的表情，“她睡觉的时候也在说话。”

我脸红了，那么我说过什么了？

“我会处理的。”他保证道。

他合上手机的时候瞪了我一眼："有什么事想要和我谈一谈吗？"

我斟酌了一番。考虑到爱丽丝昨天晚上的警告，我可以猜到她为什么打电话。然后我想起我白天睡觉的时候做过的那个令人不安的梦——在梦中，我跟在贾斯帕后面，想要跟上他，在一片迷宫般的树林里寻找那片空地，我知道在那里可以找到爱德华……爱德华，还有那些想要杀死我的魔鬼，但是我才不在乎他们，因为我已经做出决定了——我也可以猜出我睡觉的时候爱德华听见的内容。

我嘟了一会儿嘴巴，不太敢直视他的眼神，他等着。

"我赞成贾斯帕的主意。"我终于开口说道。

他呻吟了一声。

"我想帮忙，我得做些**什么**。"我坚持说道。

"让你身处险境不会有什么帮助的。"

"贾斯帕认为会有帮助，这是**他的**专业领域。"

爱德华瞪着我。

"你不能把我藏起来，"我威胁道，"我不打算当你们所有人都在为我冒险时，自己则藏在树林里。"

突然，他挤出一个笑容："爱丽丝没看见你在空地上，贝拉，她看见你踉踉跄跄地迷失在树林里。你会找不到我们的，之后你只会让我花更多时间找到你。"

我努力和他一样保持镇定。"那是因为爱丽丝考虑到塞思·克里尔沃特，"我礼貌地说道，"当然，如果她这么做了，她就会什么也看不见，但是听起来好像塞思和我一样想到那里去。说服他给我带路应该不是很难。"

愤怒在他脸上一闪而过，接着他深深地吸了一口气，让自己镇定下来："那很可能会管用……如果你没告诉我的话。现在我只要让山姆给塞思下命令就可以了，不管他有多么想去，塞思都不会忽视命令。"

我保持着开心的微笑："但是为什么山姆要下这样的命令呢？如果我告诉他我在那里会起到什么样的作用的话，我打赌山姆宁愿帮我也不会帮你的。"

他又不得不令自己镇定下来："或许你是对的，但是我确定，雅各布只会更迫不及待地下同样的命令。"

我皱了皱眉头："雅各布？"

"雅各布是副指挥，他从来都没跟你说过吗？他的命令也必须遵守。"

他难倒我了，从他的微笑判断，他知道的，我的眉头皱在一起。雅各布会站在他这边——在这种情况下——我很确定，而且雅各布从来都没告诉过我这件事。

爱德华看我暂时被难倒了，继续用一种平静得可疑，同时又令人安慰的口吻说道："昨天晚上我看狼群的思想看入迷了，比肥皂剧还好看。我不知道在这么一大群人身上发挥作用的是何等复杂的动力机制，那种把每个人拉向集体心理的牵引力……绝对令人着迷。"

显然他是在分散我的注意力，我瞪他。

"雅各布藏着很多秘密。"他咧嘴笑道。

我没有回答，继续瞪着他，坚守着我的观点，伺机见缝插针。

"例如，你难道没有注意到昨天晚上那只体形稍小的灰狼吗？"

我呆呆地点点头。

他轻声笑道："他们把那些传说都很当真。事实表明，没有哪个传说使他们做好了充分的准备。"

我感叹道："好吧，我上钩了，你在说什么？"

"他们总是毫无疑问地接受只有原来那头狼的直系子孙才有变形能力的说法。"

"那么有人不是直系子孙却变形了吗？"

"不是，好吧，她是直系子孙。"

我眨了眨瞪大了的眼睛："她？"

他点点头："她认识你，她的名字是里尔·克里尔沃特。"

"里尔变成了狼人！"我尖叫道，"什么？多久了？为什么雅各布没告诉我？"

"有许多事情雅各布不能跟别人说——比如，他们的人数。正如我之前所说的，当山姆下达命令的时候，狼群绝不能视而不见。雅各布靠近我的时候非常小心翼翼，不去考虑其他的事情。当然，过了昨夜之后一切都明朗了。”

“我不敢相信。里尔·克里尔沃特！”突然，我记起雅各布说起过里尔和山姆，他说话的样子，感觉就像他说得太多了一样——他说过山姆**每天**看着里尔的眼睛，知道他曾经违背了所有的誓言……在悬崖上，当老奎尔说到奎鲁特**子孙**背负的重担与牺牲的时候，里尔脸上闪过一滴眼泪……还有比利，经常和苏在一起，因为她的孩子有些麻烦……那么真正的麻烦是他们两个现在都变成了狼人！

我没过多地去想里尔·克里尔沃特的事情，只是因为哈里去世了，我为她感到伤心，接着当雅各布告诉我她的故事，还有山姆和她的表妹艾米莉之间奇怪的烙印伤了她的心之后，我很同情她。

现在她成了山姆狼群的一员，听得见他的想法……而且不能隐藏她自己的。

我真的很恨这方面，雅各布曾说过，**你所感到羞愧的一切，都呈现在大家面前**。

“可怜的里尔。”我轻声说道。

爱德华嗤之以鼻：“她让其他人活得很累，我不确定她是否值得你同情。”

“你是什么意思？”

“对他们而言本来就已经够困难的了，不得不分享所有的想法。他们大多数人都努力合作，使情况更容易应付一点儿。哪怕只有一个成员故意心怀恶意，每个人都会很痛苦。”

“她有充分的理由。”我咕哝道，还是站在里尔这边。

“噢，我知道，”他说道，“烙印的冲动是我一生中所见过的最奇怪的事情，我已经见过一些稀奇古怪的事情了。”他摇摇头，露出不可思议的表情，“山姆眷恋着艾米莉的方式难以形容——或者我应该说她的山姆，山姆真的没有选择。这让我想起《仲夏夜之梦》，因为仙女们的爱情咒语造成的一片混乱……就像魔法一样。”他笑道，“这非常接近我对你的感觉。”

“可怜的里尔，”我又说道，“但是你说心怀恶意是什么意思？”

“她总是提起他们不愿意想起的事情，”他解释道，“比如，安布里。”

“安布里又怎么啦？”我惊讶地问道。

“十七年前，他母亲从马卡保留地搬过来，那时候她还怀着他。她不是奎鲁特人，大家都认为她抛弃他的父亲，离开了马卡，但是后来安布里加入了狼群。”

“所以呢？”

“所以他的父亲最有可能是老奎尔·阿提拉、乔舒亚·乌利或者比利·布莱克，当然他们三个那时候都已经结婚了。”

“不！”我惊叹道。爱德华是正确的——这的确就像一出肥皂剧。

“现在山姆、雅各布和奎尔都想知道他们当中哪一个有一个同父异母的兄弟。他们都认为是山姆，因为他的父亲从来都不像个父亲的样子，但是怀疑总是存在。雅各布一直无法问比利这件事。”

“哇噢，你怎么一个晚上知道这么多？”

“狼群的思想真令人着迷，所有人都一起思考，然后又同时分开。有那么多东西可以读！”

他的语气夹杂着些许遗憾，好像有人正在看一本好书看到高潮的时候不得不放下一样。我大笑。

“狼群是很令人着迷，”我同意道，“几乎和你试图分散我的注意力的时候一样令人着迷。”

他的表情又变得礼貌起来——摆出一张完美的扑克脸。

“我必须到那片空地去，爱德华。”

“不。”他的声音斩钉截铁。

就在那时另外某种途径出现在我的脑海里。

并非一定要我出现在空地上，我只是想要出现在爱德华所在的地方。

残忍，我指责自己，**自私，自私，自私！别这么做！**

我对自己更好的本能视而不见，不过，说话的时候不敢看着他，内疚令我的眼睛紧紧地盯着桌面。

“好吧，瞧，爱德华，”我轻声说道，“事情是这样……我曾经几乎发疯过一次。我知道我能承受的极限，**而且如果你再次离开我，我会受不了的**。”

我没有抬头看他的反应，害怕知道我给他造成了多大的痛苦。我确实听见他突然吸气的声音，紧接着是沉默。我盯着黑色的木桌面，希望能收回所说的话，但是我知道我很可能不会，如果这招管用的话我就不会。

突然，他紧紧地抱住我，用手抚摸着我的脸、我的胳膊，**他**在安慰**我**。内疚不断加剧，但是我生存的本能更加强烈，毫无疑问他是我生存的基本条件。

“你知道不是那样的，贝拉。”他呢喃道，“我不会走远的，而且很快就会结束的。”

“我受不了，”我坚持说道，仍然俯视着桌面，“不管事情结束得有多快，不知道你是否会回来，我怎么忍受得了？”

他叹气道：“会很容易的，贝拉。没有理由让你感到害怕。”

“完全没有？”

“完全没有。”

“而且大家都会没事？”

“大家都会。”他保证。

“这么说来，完全不需要我到空地上去啰？”

“当然不需要。爱丽丝刚刚告诉我他们的人数下降到十九个，我们会轻而易举地处理好的。”

“那很好——你说过事情会如此简单，有人可能会袖手旁观的，”我重复着他昨天晚上的话，“你真的是这个意思吗？”

“是的。”

感觉太容易了——他不得不弄明白到底是怎么回事了。

“这么容易，**你**就可以袖手旁观了？”

沉默了好久之后，我终于抬头看着他的表情。

扑克脸又回来了。

我深深地吸了一口气：“要么这样，要么那样。要么比你想让我了解的要危险，那样的话，正好应该让我去那里，做我力所能及的事情；要么……事情会那么容易，他们没有你也可以办妥。是哪一种情况呢？”

他没有说话。

我知道他在想什么——和我想的一样。卡莱尔、埃斯梅、埃美特、罗莎莉、贾斯帕，和……我强迫自己想起最后一个名字，和爱丽丝。

我想知道我是不是个魔鬼。不是他心里想的那种魔鬼，而是真正的魔鬼，会伤害别人的那种。那种为了得到他们想要的东西，就会变得贪得无厌的魔鬼。

我想要的是让他安全，安全地与我在一起。我对自己想要做的事情还有节制吗？为了这样我会牺牲什么？我不确定。

“你希望我让他们在没有我的情况下去打仗？”他语气平静地问道。

“对，”我很惊讶我能保持平缓的语气，我内心感到很卑鄙，“或者让我到那里去。只要我们在一起，两者任选其一。”

他深深地吸了一口气，然后又缓缓地呼出来。他伸出手捧住我的脸，强迫我看着他的眼睛。他凝视着我的双眼，看了好久好久。我不知道他在寻找什么，又找到了什么。我脸上的内疚会不会和我内心里的一样浓厚——令我感到不舒服呢？

他的眉头因为某种我无法读懂的感情紧锁着，他放下一只手，又把电话掏了出来。

“爱丽丝，”他叹气道，“你能过来照顾一下贝拉吗？”他挑起一边眉毛，让我不敢反对他的话，“我需要和贾斯帕谈一谈。”

她显然同意了。他收起电话，重新盯着我的脸。

“你打算跟贾斯帕说什么？”我轻声问道。

“我打算讨论……我袖手旁观的事情。”

从他的脸上一眼就看得出来，说出这些话对他而言有多么困难。

“我很抱歉。”

我**的确**很抱歉，我讨厌强迫他做这样的事情。不过，其程度没有深到让我装出微笑，告诉他不用带我去。绝对没那么深。

“别道歉，”他说道，只是略带微笑地说，“永远都别担心告诉我你是怎么想的，贝拉。如果这是你所需要的……”他耸耸肩，“你是我最优先考虑的对象。”

“我不是那个意思——好像你不得不在家人和我之间选择一样。”

“我知道，此外，那也不是你要求的。你给了我两个你能忍受的选择，我选择了那个**我**能忍受的。妥协就是这样产生作用的。”

我身体向前倾，额头顶在他的胸膛上。“谢谢你。”我轻声说道。

“任何时候，”他轻轻地吻着我的头发说道，“任何事情。”

我们很久都没有动。我把脸一直压在他的衬衣上，藏在那里，两个声音在心中挣扎。一个声音想要乖乖的，勇敢一些，另一个则让那个乖乖的声音闭嘴。

“谁是第三个妻子？”他突然问我。

“啊哈？”我一时语塞，我不记得我做过那个梦了。

“你昨天晚上咕哝着‘第三个妻子’之类的事情。其他的话还有些意义，但是到那里我就糊涂了。”

“噢，嗯，是的。那天晚上我在篝火晚会上听到一个故事。”我耸耸肩，“我想它深深地触动了我。”

爱德华后仰着身体离我远了一些，偏着头，很可能被我不安的语气弄糊涂了。

他还没来得及问，爱丽丝就面带愠色地出现在厨房门口。

“你会错过所有的乐趣的。”她抱怨道。

“你好，爱丽丝。”他跟她打了个招呼。他用一根手指托起我的下巴，和我吻别。

“我今晚稍晚的时候回来，”他答应我，“我会和其他人研究一下，重新安排一下事情。”

“好的。”

“没什么需要安排的，”爱丽丝说道，“我已经跟他们说过了，埃美特很高兴。”

爱德华感叹道：“他当然高兴。”

他走出大门，留下我和爱丽丝。

她生气地看着我。

“我很抱歉，”我又道歉，“你觉得这会使你的处境更加危险吗？”

她不屑地说道：“你担心得太多了，贝拉，你会早衰的。”

“那么，你为什么不高兴呢？”

“没有称心如意的话，爱德华就会不停地发牢骚，我只是预见到今后几个月里要忍受他的絮絮叨叨了。”她扮了个鬼脸，“我猜，如果这会使你神经正常，还是值得的，但是我希望你能控制住自己的悲观情绪，贝拉，这样完全没有必要。”

“你会让贾斯帕自己去吗？”我追问道。

爱丽丝做了个鬼脸：“那不一样。”

“当然一样。”

“去梳洗一下，”她命令我，“查理十五分钟后回来，如果你看起来这么憔悴的话，他再也不会让你出去了。”

哇哦，我真的失去了一整天。感觉真是极大的浪费，我很高兴我不必总是把时间浪费在睡觉上。

查理到家的时候我已经完全像模像样了——穿得整整齐齐，头发梳得很端正，在厨房里把他的晚餐放在桌子上。爱丽丝坐在爱德华经常坐的位置上，看起来很合查理的意。

“你好，爱丽丝！你好吗，亲爱的？”

“我很好，查理，谢谢。”

“我终于看见你起床了，贪睡鬼，”我在他旁边坐下的时候他对我说，然后再对爱丽丝说，“大家都在讨论你父母昨天晚上举办的派对，我打赌你一定有一大堆清扫的工作要做。”

爱丽丝耸耸肩。我知道她，那些已经做完了。

“这样很值得，”她说道，“派对棒极了。”

“爱德华呢？”查理有些不情愿地问道，“他帮忙打扫吗？”

爱丽丝叹了口气，她的脸色变得很悲惨。这很可能是装出来的，但是对我而言太完美了，无法肯定：“不，他这个周末与埃美特和卡莱尔计划出游。”

“又去徒步？”

爱丽丝点点头，她的脸色突然变得像是被遗弃了一样："是的，他们**都**去了，除了我。我们总是在学年结束时背包旅行，有点像庆祝一样，但是今年我决定去购物，不去徒步，他们当中没有一个愿意留下来陪我，我被抛弃了。"

她的脸皱在一起，表情伤悲得让查理下意识地靠近她，伸出一只手安慰她。我怀疑地瞪着她，她在做什么？

"爱丽丝，亲爱的，为什么你不过来和我们一起住呢？"查理提议道，"我一想到你一个人住在那个大房子里，就感到很不高兴。"

她叹了口气，有东西在桌子底下踩住了我的脚。

"哎哟！"我抗议道。

查理转向我："怎么啦？"

爱丽丝沮丧地看着我，我看得出来她认为我今晚反应很迟钝。

"碰到脚指头了。"我低声说道。

"噢，"他又看着爱丽丝，"那么，这样如何？"

她又踩了踩我的脚，这一次没那么大力气。

"呃，爸爸，你知道，我们这里真的没什么好的住宿环境。我打赌爱丽丝不想睡在我的地板上……"

查理嘟着嘴巴，爱丽丝又拉长一张悲伤的脸。

"或许贝拉可以过去和你一起住，"他建议道，"直到你的家人回来。"

"噢，你愿意吗，贝拉？"爱丽丝露出灿烂的笑容，对我说道，"你不介意和我一起逛街吧？"

"当然啦，"我同意道，"逛街，好吧。"

"他们什么时候走？"查理问道。

爱丽丝又扮了个鬼脸："明天。"

"你什么时候想要我去？"我问道。

"我想晚饭后，"她说道，然后把一根手指放在下巴上，露出若有所思的表情，"你星期六晚上没什么安排，是不是？我想到镇外去逛街，需要一整天呢。"

"不要去西雅图。"查理插话道，他的眉毛紧蹙在一起。

“当然不去，”爱丽丝立即认同道，尽管我们都知道西雅图星期六的时候会非常安全，“我在考虑奥林匹亚，或许……”

“你会喜欢的，贝拉，”查理如释重负，开心地说道，“去感受一下这座城市吧。”

“是的，爸爸，那样好极了。”

只是通过一次轻松的谈话，爱丽丝就把战争期间我的时间安排好了。

爱德华不久就回来了，他毫不惊讶地接受了查理祝他一路顺风的祝福。他说他们第二天一早就出发，比平时更早地道了晚安。爱丽丝和他一起走了。

他们离开不久我就找了个借口回屋。

“你不可能累吧？”查理反驳道。

“有一点点。”我撒谎道。

“难怪你那么不喜欢参加派对，”他低声嘟囔道，“你要好长的时间才能恢复。”

楼上，爱德华横躺在我的床上。

“我们几点钟去见狼人？”我跑过去和他会合。

“一个小时后。”

“好极了，杰克和他的朋友们需要睡眠。”

“他们不像你需要的那么多。”他指出。

我换到另一个话题，猜测他准备说服我待在家里：“爱丽丝跟你说过她又要绑架我了吗？”

他笑道：“实际上，她没有。”

我盯着他，一脸迷惑，他轻轻地嘲笑我的表情。

“我是唯一一个可以把你当人质的人，还记得吗？”他说道，“爱丽丝和其他人去狩猎了。”他感叹道，“我猜我现在不需要这么做了。”

“**你在**绑架我？”

他点点头。

我粗粗想了想。查理没在楼下偷听，他也不那么经常查房了。也没有一屋子听觉灵敏的机警吸血鬼……只有他和我——真的单独相处了。

“还好吗？”他问道，有些担心我的沉默。

“好吧……当然啦，除了一件事情。”

“什么事情？”他的眼睛充满焦虑。他有点犹豫，但是，不知为何，他似乎仍然不确定他对我的把握，或许我需要自己解释得更清楚一些。

“为什么爱丽丝没告诉查理你们**今晚**出发呢？”我问道。

他松了一口气，大笑起来。

我比昨天晚上更喜欢到那片空地上的路途。我仍然感到很内疚，很担心，但是我不再恐惧了，我能够正常地思考了。我能看透即将来临的是什么，差不多相信可能**会**没事的。爱德华显然对错过这场战斗一点儿都不可惜……这让我很难不相信他说的事情会很容易的话，如果他自己都不相信的话，他是不会离开他的家人的。或许爱丽丝是对的，我确实担心得有些过头了。

我们最晚来到空地上。

贾斯帕和埃美特已经在摔跤了——从他们的笑声判断他们只是在热身。爱丽丝和罗莎莉懒洋洋地在坚硬的地面上闲逛，注视着他们。埃斯梅和卡莱尔在几码开外的地方聊天，他们的头紧紧地挨在一起，十指交错，没有注意周遭的一切。

今晚更明亮一些，月光穿透稀薄的云层，我能轻松地看见三个狼人坐在训练场的边缘，他们隔得很远，这样就可以从不同的角度观看。

也很容易辨认出雅各布；即使他不抬起头，也没注视着我们走过时发出声音的方向，我也能马上认出他来。

“其他的狼人去哪里了？”我好奇地问道。

“他们没有必要全都来，各司其职，但是山姆不是那么信任我们，只是派来雅各布，尽管雅各布也心甘情愿。奎尔和安布里是他通常的……我猜你会称他们为边锋。”

“雅各布信任你。”

爱德华点点头：“他相信我们不会杀了他，不过仅此而已。”

“你今晚要练习吗？”我问道，有些犹豫。我知道这对他而言很难，其程度不亚于把我留下让我难受的程度，或许更难。

“我会在贾斯帕需要的时候帮助他。他想要试一试不平等的分组，教他们如何对付多个袭击者。”

他耸耸肩。

一股新的恐慌粉碎了我短暂的信心。

他们仍然在人数上要少一些，我只是让事情变得更糟糕了。

我凝视着空地，努力掩饰我的反应。

我不该看这个地方，心里一直在挣扎，我自欺欺人，想要让自己相信事情会像我想的那样进行得很顺利。因为当我强迫自己把视线从卡伦家族的人身上移开时——从他们模拟格斗的景象上移开，这一幕只要几天就会变成致命的现实了——雅各布遇上我的眼神，微笑起来。

这是和以前一样的狼人的笑容，他的眼睛眯在一起，和他是人形时的一样。

很难相信，不久之前，我觉得狼人很吓人——还因为他们经常做噩梦。

不用问我就知道另外两个哪一个是安布里，哪一个是奎尔。因为安布里很显然是那个稍瘦一些的灰狼，他背上有黑色的斑点，耐心地坐在那里观看，而奎尔——是深巧克力色，脸上的毛色要淡一些——不停地抖动着，好像他迫不及待地要加入模拟格斗之中一样。他们即使这样也都不是恶魔，他们是朋友。

这些朋友看起来可不像埃美特与贾斯帕一样坚不可摧。当月光掠过埃美特、贾斯帕花岗岩一般坚硬的皮肤时他们移动的速度比眼镜蛇还要快，而这些朋友似乎不了解其中的危险。不管怎样这些朋友都只是凡人，他们也会流血，也会死……

爱德华的信心让人感到宽慰，但是很显然，他真的不担心自己的家人。但是如果狼人身上发生了什么事会让他受到伤害吗？如果那种可能性不会令他感到不安，有没有让他焦虑的理由呢？爱德华的信心只适用于我恐惧的那部分。

我试着对雅各布笑了笑，喉咙中一阵哽咽，我似乎做得不好。

雅各布灵敏地站了起来，他敏捷的身手与硕大的身形一点儿也不协调，他向爱德华和我所站的训练场边缘小跑过来。

“雅各布。”爱德华礼貌地和他打了个招呼。

雅各布没理会他，他乌黑的眼睛看着我。他低下头与我齐平，就像他昨天做的那样偏向一侧，一阵低吼从他的皮毛下传了出来。

“我很好，”我回答道，爱德华正好准备为我做翻译，但我并不需要，“只是很担心，你知道。”

雅各布继续盯着我。

“他想要知道为什么。”爱德华低声说道。

雅各布咆哮起来——不是威胁的声音，而是心烦意乱的声音——爱德华的嘴唇抽搐了一下。

“怎么啦？”我问道。

“他认为我的翻译遗漏了他想要表达的意思，他真正的想法是：‘这样真的很愚蠢，有什么好担心的？’我编辑了一下，因为我想这很粗鲁。”

我勉强挤出一个微笑，过于焦虑不安，没觉得有什么好玩的地方。“有很多要担心的地方，”我告诉雅各布，“比如一群愚蠢的狼人让他们自己受伤。”

雅各布咯咯地大笑起来。

爱德华叹气道：“贾斯帕需要帮助，你没有翻译也没关系吧？”

“我可以。”

爱德华满心渴望地看了我一会儿，他的表情很难理解，接着他转过身，大步流星地朝贾斯帕等待的地方走去。

我就地坐了下来，地面很冰冷，也很不舒服。

雅各布朝前走了一步，接着回头看我，喉咙里响起一阵哀鸣。他又走了半步。

“你自己去吧，”我告诉他，“我不想看。”

雅各布又偏着头看了一会儿，接着轰隆隆地感叹着趴在我旁边的地上。

“真的，你去吧。”我让他放心。他没有反应，只是把头放在爪子上。

我仰望着明亮的银色云朵，不想看搏斗，我的想象力里有过多的刺激因素。一阵轻风在空地上拂过，我一阵颤抖。

雅各布迅速地朝我靠近，温暖的皮毛贴在我的左侧。

“呃，谢谢。”我低声说道。

过了几分钟，我靠在他宽阔的肩膀上，这样舒服多了。

云朵缓缓地划过天际，一片片浓密的云朵穿过月亮继续移动，天忽明忽暗。

我心不在焉地用手指摩挲着他脖子上的毛。他的喉咙里低吼出和昨天晚上一样奇怪的嗡嗡声，这是一种像家人一样熟稔的声音。很沙哑，比猫的呜呜声更狂野，但是却传递出同样的满足感。

“你知道，我从来没养过狗，”我打趣道，“我一直想要一只，但是蕾妮过敏。”

雅各布大笑起来，他的身体在我手下颤抖。

“难道你一点儿也不担心星期六吗？”我问道。

他巨大的头转向我，这样我就可以看见他的眼睛在转动。

“我希望我也能这么肯定。”

他把头靠在我的腿上，又开始嗡嗡地低吼起来，这让我感到稍微好受了一些。

“这么说我们明天要去徒步了，我猜。”

他低吼了几声，声音很热情。

“这可能是一次**漫长的**徒步，”我提醒他，“爱德华判断距离的方式与普通人不一样。”

雅各布又笑着叫了一声。

我更加紧紧地靠在他温暖的毛上面，头顶着他的脖子。

很奇怪，即使他的外形这么怪异，感觉却更像我和雅各布以前常常在一起的情景——那种犹如呼吸般自然的友谊，轻松、舒适、毫不费力——这比前几次他还是人形的时候还要像。奇怪的是我居然还能再次找到这样的感觉，我本来想正是有关狼的事情才使那种感觉消失不见了。

杀戮游戏还在空地上继续，我盯着朦胧的月亮。

妥　协

一切准备就绪。

我收拾好行李准备与“爱丽丝”一起出游两天，我的包已经放在卡车的副驾座上了。我把音乐会的票给了安吉拉、本和迈克。迈克打算带上杰西卡，这正如我所期望的一样。比利借来了老奎尔·阿提拉的船，在下午的进攻开始之前邀请查理到拉普西远海钓鱼。最年幼的狼人柯林和布莱迪留守拉普西——尽管他们还都是孩子，都才十三岁。不过查理还是会比留在福克斯的任何人都要安全一些。

我已经做好我能做的一切。我试着接受事实，把在我掌控之外的事情抛在脑后，至少今晚如此。无论如何，这会在四十八小时内结束，这个想法差不多让人感到欣慰。

爱德华要我放松，我打算尽力而为。

“为了这一夜，我们能不能试着忘记一切，除了你和我？”他恳求道，把他眼睛里的全部力量都释放在我身上，“似乎时间对我而言永远都不够一样，我需要和你在一起，只有你。”

这个要求不难答应，尽管我知道忘记恐惧说起来容易，做起来难。现在还有其他的事情在我心上，知道我们今晚会独处，或许会有帮助。

也有一些事情发生了改变。

例如，我已经准备好了。

我已经准备好加入他的家庭，他的世界。现在我所感受到的恐惧、内疚和极度苦恼教会了我很多。我有机会好好思考此事——当我凝视月亮穿过云朵，月光洒落在狼人身上的时候——我知道我不会再惊慌失措了。下回在我们身上发生什么事情的时候，我会准备好的。

这是一种财富，而不是债务。他永远都不必在他的家人和我之间做选择了，我们会成为伴侣，就像爱丽丝和贾斯帕一样。下回我会尽到自己的职责。

我会等头顶上的剑移走，这样爱德华就会满意。不过那倒没有必要，我准备好了。

只是有一块缺失。

一块，因为还有一些事情**没有**改变，包括那种我不顾一切爱他的方式。我有充裕的时间想通贾斯帕和埃美特打赌的结果——弄清楚我愿意接受伴随我人性的消失而失去的东西，以及那些我不愿意放弃的东西。我知道在我不再是人类之前，哪一种人类经验是我一定要经历的。

所以今夜我们要弄清楚一些事情。我经历了过去两年里发生的一切之后，我不再相信这个世界上有所谓**不可能**的事情。现在想要阻止我是比不可能还不可能。

好的，好吧，老实说，可能还要复杂得多，但是我打算试一试。

下定决心之后，我沿着一条长长的道路向他家开去，还是感到紧张，这没有让我感到惊讶——我不知道如何去做我努力想要做的事情，这促使我感到严重的精神过敏。他坐在乘客座上，对我缓慢的车速挤出一个微笑。我很惊讶他没有坚持由他来开车，但是今晚他似乎对我的车速很满意。

天黑之后我们才到家，尽管如此，草坪被从窗户里散发出来的灯光照得明亮。

我一熄火他就来到我的车门前为我开门，他用一只胳膊把我从驾驶室里抱了下来，用另一只胳膊把我的包从底座上钩出来，再甩到他肩膀上。我听见他用脚在我身后踢上车门，他的嘴唇紧紧地贴住我的。

他没有停止亲吻我，轻松地使我转了个身，依偎在他的臂弯里，被他抱进屋子里。

大门已经开了吗？我不知道。不过我们已经来到屋里，我一阵眩晕。我得提醒自己呼吸。

这个吻没有令我感到害怕。这一次不像以前，那时候我能感觉到从他的自制力中泄露出来的恐慌。他的嘴唇没有焦急不安，现在却是热情似火——他似乎和我一样对今晚只有我们两个人感到兴奋不已。他站在门口继续吻了我几分钟，似乎不像平时那样警戒，他的唇冰冷而急切。

我开始感到很乐观，虽然还是很谨慎，或许获得我想要的东西不会像我想象的那么难。

不，恰恰就是那么难。

他轻轻地一笑，放开我，离我有一臂之远。

“欢迎回家。”他说道，眼睛潮湿而温暖。

“听起来不错。”我喘息着说道。

他轻轻地让我站立起来，我用双臂环抱着他，拒绝让我们之间存在距离。

“我有东西给你。”他带着谈话的语气说道。

“哦？”

“别人用过的旧东西，还记得吗？你说可以。”

“哦，对，我猜我的确这么说过。”

他对我的不情愿轻声地笑了笑：“就在楼上我房间里，我可以去拿吗？”

他的卧室？“当然，”我同意道，我们的手指交错在一起，感觉那段距离很遥远，“我们走吧。”

他准是迫不及待地想要给我不是礼物的礼物，因为人类的速度对他来说根本不够快。他又一把抱起我，飞似的来到他的房间。他在门口把我放了下来，一个箭步跑到壁橱边。

我还没来得及迈出一步他就回来了，但是我没理会他，径直走到那张巨大的金色床边，扑通一声坐在床沿上，接着滑到床中央。我蜷缩成一团，胳膊抱住膝盖。

“好吧，”我嘟囔着说，既然我在我想去的地方，我可以承受一点点的不情愿，“让我看看吧。”

爱德华大笑起来。

他爬上床坐在我旁边，我的心怦怦狂跳起来，希望他能把这当成他给我礼物的反应吧。

“别人用过的旧东西。”他严肃地提醒我。他把我的左手腕从我的腿上拉开，碰了碰银手链，接着放回我的胳膊。

我小心翼翼地观察，在小狼的另一边现在挂着一枚闪闪发光的心形水晶。它经过成千上万次地切割，这样即使光线昏暗它仍然熠熠生辉。我深深地吸了一口气。

“这是我母亲的，”他恳切地耸耸肩，“我继承了不少像这样的小玩意儿，我送了一些给埃斯梅和爱丽丝。所以，很显然，不管怎么说，这不是什么大不了的事情。”

听到他宽慰的话，我对他可怜地笑了笑。

“但是我觉得这个寓意，”他继续说道，“坚硬而冰冷。”他大笑着说，“而且在阳光下还会出现彩虹。”

“你忘记了最重要的相似性，”我低声说道，“很美丽。”

“我的心同样静如止水，”他打趣道，“而且，它也是属于你的。”

我晃动一下手腕，这样心就能发光了：“谢谢，为这两个。”

“不，谢谢**你**。让你如此容易地接受礼物简直是种安慰，对你也是很好的训练。”他笑着说道，露出光洁的牙齿。

我靠在他胸口，把头藏在他的臂弯里，和他相拥在一起。这种感觉就像依偎在米开朗琪罗的**大卫**身边，但这尊完美大理石生物的胳膊把我抱得更紧。

似乎是开始的好机会。

“我们讨论一件事情，好吗？如果你以开放的心态**开始**，我会感激不尽的。”

他迟疑了片刻。“我会尽自己最大努力的。”他同意道，现在有些谨慎了。

“我不是要违背规则，”我保证，“严格来说这是关于你和我的，”我清了清嗓子，“那么……那天晚上我们之间能够那么好地达成妥协令我印象深刻。我在想，把同样的原则应用到不同的情况上。”我不知道为什么我开始得这么正式，肯定是因为紧张。

“你想讨论吗？”他问道，语气中带着笑意。

我挣扎着想要找到完全合适的话来开始。

“听，你的心在飞翔，”他呢喃道，“它扑通扑通地拍打着，就像蜂雀的翅膀一样，你还好吗？”

“我好极了。”

“那么请继续。”他鼓励道。

“好吧，首先，我想和你谈一谈那个滑稽的结婚条件。”

“只是对你而言很滑稽，这个条件怎么了？”

“我在想……**那**是否可以谈判呢？”

爱德华皱起眉头，现在变得严肃起来：“到目前为止，我已经做出了最大的让步——在违背我更理智的判断力的情况下，我同意夺去你的生命。那样应该使我有权利获得你那边的一些让步。”

“不，”我摇摇头，集中注意力让自己的脸保持平静，“那是已经谈妥的事情。我们此刻讨论的不是我的……变革，我想努力想出一些细节。”

他怀疑地看着我：“你确切指的是哪些细节？”

我犹豫了：“让我首先明确一些你的前提。”

“你知道我想要什么。”

“**结婚**。”我说这个词的时候，听起来像是在说脏话一样。

“是的，”他笑开了怀，“以此开始。”

震惊破坏了我小心翼翼保持的镇静：“其他？”

“好吧，”他说道，流露出精明的神情，“如果你是我的妻子，那么属于我的东西也就是你的……比如学费，那么上达特茅斯就不会有问题了。”

“还有其他的吗？尽管你现在已经很荒谬了。”

“我不介意等待一些**时间**。”

“不，没有时间了，那是违背协议的。”

他热切地感叹道：“只要一两年呢？”

我摇摇头，倔强地嘟起嘴巴：“直接说下一个吧。”

“就是这样，除非你想要讨论汽车……”

我扮了个苦脸，他则笑得更开心了，接着他拉起我的手，开始玩弄我的手指头。

“我没意识到除了把自己变成一个魔鬼之外你还想要其他的东西，我好奇至极。”他的声音低沉而温柔。要是我不是那么了解他的话，很难察觉他声音里的紧张。

我暂停了一会儿，盯着他放在我手上的手，我仍然不知道如何开始。我感到他的眼睛正注视着我，我害怕抬头看，我的脸火辣辣的。

他用冰冷的手指轻轻地抚摸我的脸，“你脸红了？”他惊讶地问道。我还是低着头。“拜托，贝拉，这种悬念让人很痛苦。”

我咬着嘴唇。

“贝拉。”他现在带着责备的语气了，提醒我不向他敞开心扉让他感到非常难过。

“好吧，我有点担心……在那之后。”我终于看着他坦白道。

我感到他的身体紧张起来，但是他的声音还是很温柔，像天鹅绒一样：“你担心什么？”

“你们所有人好像都**非常**确信在那之后我唯一感兴趣的事情，就是杀死镇上的所有人，”我坦言道，他则对我的措辞感到畏缩，“而且我担心我会那么专注于害人，不再是**我**自己了……那样我就不会……我就不会像我现在这样**爱**你了。”

“贝拉，那种时期不会永远持续下去的。”他安慰我道。

他没有理解我话里的意思。

“爱德华，”我盯着我手腕上的一个色斑，紧张地说道，“在我不再是人类之前有件事情我想做。”

他等待我继续说下去，但是我没有，我的脸滚烫滚烫的。

“无论你想要什么。”他鼓励道，神情焦急却又摸不着头脑。

“你保证？”我低声问，知道自己用他的话诱骗他是无济于事的，但是我还是无法抗拒。

“是的，”他说道，我抬起头看见他眼中的真诚和迷惑，“只要你告诉我你想要什么，你就会拥有它的。”

我感觉尴尬、愚蠢到无以复加。我太天真了——这当然是这次讨论的中心。我对如何引诱别人毫无概念，只是傻傻地待在那里羞红了脸。

“你……”我几乎结结巴巴地咕哝道。

“我是你的。”他笑道，还是不明白，当我看着别处的时候他努力看着我的眼神。

我深深地吸了一口气，往前移动了一些，这样我就能跪在床上了，接着我用双臂紧紧环抱着他的脖子，开始吻他。

他也回吻着我，既迷惑不解，又心甘情愿。他的嘴唇温柔地贴住我的唇，我看得出他心不在焉——想弄明白**我的**脑子里在想什么，我决定给他一些暗示。

我松开抱着他的脖子的胳膊时，手有些颤抖，手指顺着他的脖子滑到他的衣领上。颤抖无济于事，我试着在他阻止我之前赶紧解开纽扣。

他的嘴唇僵在那里，当他把我的话和我的行为结合在一起理解时，我几乎能够听见他的脑袋里发出的咔嗒声。

他立刻把我推开，一脸的不赞成。

“理智一点儿，贝拉。”

“你答应过的——不管我要什么。”我不抱丝毫希望提醒他道。

“我们没有讨论这样的事情。”他重新扣上我好不容易解开的两颗纽扣，瞪着我。

我咬紧牙关。

“我说我们是在讨论。”我低吼道，我把手移动到我的衬衣上，一把拉开最上面的纽扣。

他抓住我的手腕，紧紧地按住。

“我说我们没有。”他坚决地说道。

我们怒气冲冲地彼此相对。

“你想要知道的。”我指出。

“我以为是某种稍微现实一点儿的事情。”

“那你可以要求**你**想要的愚蠢而荒谬的事情——比如**结婚**——而**我**却不允许**讨论**我想要的……”

当我大喊大叫的时候，他把我的手拉在一起，锁在一只手中，用另一只手捂住我的嘴巴。

“不。”他板着脸说道。

我深呼吸让自己平静下来，而且随着愤怒逐渐消退，我察觉到别的东西。

过了好一会儿我才明白过来为什么我又低下头——羞红了脸，为什么肚子一阵难受，为什么眼里那么潮湿，为什么我突然想从房间里跑出去。

遭到拒绝的感觉涌遍我的全身，出于本能，非常强烈。

我知道这并不理智。在别的情况下，他曾明确地表示过我的安全是唯一的因素，然而我从来没让自己如此脆弱过。我阴沉地看着他金色眼睛里的那抹安慰，努力想要消除条件反射告诉我的自己没人要的想法。

爱德华叹了口气，放在我嘴巴上的手移到我的下巴下方，他托着我的脸直到我不得不看着他。

“现在又怎么啦？”

“没什么。”我嘟囔着。

他久久地打量着我的脸，而我则挣扎着想要避开他的眼神，却没成功。他的眉毛紧蹙在一起，露出害怕的表情。

“我伤害了你的感情吗？”他惊讶地问道。

“没有。”我撒谎。

一切发生得如此之快，我甚至不明白是怎么回事，我已经躺在他的臂弯里，脸则靠在他的肩膀和手臂之间，他的大拇指安慰似的轻轻抚摸着我的脸。

“你知道我必须说不，”他低声说道，“你知道我也要你。”

“是吗？”我轻声地问道，语气里充满怀疑。

“我当然要，你这个美丽的、过敏的傻姑娘。”他又大声笑了笑，接着语气变得很冷漠，“难道有人会不想要吗？我感觉身后有一条界线，千方百计地占有有利的位置，等待着我犯下一个大错……就你自身的价值而论，你很值得拥有。”

“现在谁犯傻了？”我怀疑“笨拙”“害羞”“可笑”在任何人的理解中是否都意味着“值得拥有”。

“我是不是要呈递请愿书，让你相信？我是不是要告诉你谁的名字排在榜首？你知道只有几个，但是有些可能会让你感到惊讶的。”

我顶着他的胸膛摇摇头，做了个鬼脸：“你只不过是在分散我的注意力，我们还是回到之前的主题吧。”

他叹了口气。

“如果我理解错了的话，请告诉我，”我努力装出冷漠的语气，“你的要求是结婚，”不做鬼脸这个字眼儿我可说不出口，“给我付学费，需要更多时间，你不介意我的汽车跑得更快一些。”我挑起眉毛问道，“我得到了一切吗？这张清单太沉重了。”

“只有第一条是要求，”板着脸对他而言似乎是难事一桩，“其他的只不过是请求罢了。”

“而我唯一的、单独的小要求……”

“要求？”他打断我，突然又变得严肃起来。

“对，要求。”

他眯起眼睛。

“结婚对我而言是很遥远的事情，除非我得到回报，否则，我是不会屈服的。”

他弯下腰在我耳边私语。“别，”他咕哝着，声音如丝般轻柔，“现在不可能。晚些时候，当你不那么脆弱的时候，耐心一点儿，贝拉。”

我努力使自己的语气坚定而有道理：“但是那就是问题所在，当我不那么脆弱的时候就不**一样**了。我就会不一样了！我不知道那时候我会是**谁**。”

“你仍然是贝拉。”他保证道。

我皱着眉头说：“如果我失去控制，甚至要杀死查理——如果有机会的话我要吸雅各布或安吉拉的血——我又怎么可能还是我自己呢？”

“这会过去的，而且我怀疑你不会喝那条狗的血。”他装出一副害怕听到这种想法的样子，“即使是新生儿，你的品位也会高些。”

我不理会他转移话题，坚持说道："但我会一直想要，对不对？"我挑战道，"血，血，更多的血！"

"你仍然活着的这一事实证明那不是真的。"他指出。

"是过了八十年以后，"我提醒他，"不过，我的意思是**身体**上的。理智上，我知道过一段时间之后……我会有能力做回自己，但是仅从纯粹身体上的角度而论——我会永远饥渴，强于一切欲望。"

他没有回答。

"那么我**会**不一样，"我不容反对地下结论道，"因为此刻，身体上，除了你，我什么都不想要，超过食物、水或者氧气。理智上，我优先考虑的对象还是有先后顺序的，但是身体上……"

我扭着头吻他的掌心。

他深深地吸了口气，我很惊讶他的声音听起来有些动摇。

"贝拉，我可能会杀了你。"他轻声说道。

"我认为你不会。"

爱德华的眼睛更紧张了，他从我脸下抬起手，迅速地伸向他身后我看不见的东西。突然响起一阵模糊不清的噼啪声，床在我们身下颤抖起来。

一个黑色的东西出现在他的手中，他举起来让我好奇地检查。那是一朵金属花，一朵装饰在床柱和床架帷幔上的玫瑰花。他在手里握了一会儿，手指轻轻地用力，接着摊开手心。

他一句话都没说，让我看看参差不齐的黑色金属碎片。那是他手中握着的铸件，就像捏小孩子拳头里的玩具面团一样。只过了半秒钟，这个形状在他的手掌中就挤压成黑色的粉末。

我生气地盯着他："我不是这个意思。我已经**知道**你有多大力气了，没必要弄坏家具。"

"那么你**是**什么意思呢？"他语气阴沉地问道，把手中的一把铁屑扔进屋角，像雨点般地撞在墙上，发出哗啦啦的声音。

他目不转睛地看着我的脸，我则绞尽脑汁地解释：

"很显然，并不是你无法在身体上伤害我，如果你想的话……更重要的是，你**不想**伤害我……你非常不想伤害我，所以我认为你永远都不会这么做。”

我还没说完他就开始摇头了。

“可能不是那么回事，贝拉。”

“**可能**，”我嘲笑道，“你不知道你在说什么，就和我差不多。”

“千真万确，你想我会在你身上冒那样的险吗？”

我久久地凝视着他的眼睛，那里没有妥协的迹象，没有犹豫不决的影子。

“求你了，”我最后低声说道，心中不抱任何希望，“这就是我想要的一切，求你了。”我挫败地闭上眼睛，等待着斩钉截铁的“不”字。

但是他并没有立即回答。我犹豫起来，呆呆地听见他的呼吸再次变得急促起来。

我睁开眼睛，看见他难过的脸。

“求你了！”我再次轻声祈求道，我的心跳越来越快，我急急忙忙趁他眼中露出犹豫不决的神情，结结巴巴地冒出几句话，“你不必对我做任何保证。如果这样做不行，好吧，那么就那样。我们只是**试一试**……只是试一试，而且我会给你你想要的，”我轻率地允诺道，“我会嫁给你，我会让你付达特茅斯的学费，而且我也不会抱怨通过贿赂让我去那里。你甚至可以给我买一辆快一点儿的汽车，如果那样让你高兴的话！只是……**求你了**。”

他冰冷的胳膊把我抱得更紧了，嘴唇贴在我的耳边；他呼出的凉爽空气让我一阵颤抖。“这简直难以忍受，那么多我一直想要给你的东西——**这**就是你决定要求的东西。你知不知道当你像这样恳求我的时候，想要拒绝你有多么痛苦吗？”

“那么就别拒绝。”我气喘吁吁地建议道。

他没有回答。

“求你了。”我又试了试。

“贝拉……”他慢慢地摇着头，但是感觉不像是拒绝了，他的脸，他的唇来回地在我的喉咙下方移动，感觉更像是投降。我的心早已经怦怦直跳，现在更加疯狂地扑腾起来。

我又利用了我能占的便宜，当他犹豫不决地慢慢把脸转向我的时候，我迅速地在他的怀里翻了个身，直到我的嘴唇碰到他的。他用手捧住我的脸，我以为他又要把我推开了。

我错了。

他的嘴巴并不温柔，他嘴唇移动的方式透出一种挣扎和绝望的急迫感。我紧紧地环抱住他的脖子，靠在我突然变得炙热的皮肤上，他的身体比以前更冰冷了。我颤抖起来，但是并不是因为寒战。

他没有停止吻我，我才是那个不得不暂停下来大口吸气的人。这时候他的嘴唇也没有从我的皮肤上移开，只是移到我的喉咙那里去了。胜利的颤动是一种奇怪的兴奋，这使我感到很强大、很勇敢。我的手现在也不稳了，这一次我轻而易举地就解开了他衬衣上的纽扣，我的手指在他线条优美的冰冷的胸膛上摸索，他太美丽了。刚才他用的是个什么词来着？难以忍受——对，就是这个词，他美丽到让人难以忍受……

我把他的嘴唇拉回到我的唇上，他似乎和我一样渴望。他的一只手仍然捧着我的脸，另一只胳膊则紧紧地搂着我的腰，紧紧地把我向他拉近。这让我很难把手伸向我的前襟，但也不是没有可能。

冰冷的铁镣紧紧地扣住了我的手腕，把手举到我的头顶上，我的头突然躺在了枕头上。

他的嘴唇又贴在我耳侧了。“贝拉，”他轻声说道，声音温暖，像天鹅绒一般温柔，“**求**你别再想脱衣服了好吗？”

“你想自己来吗？”我迷惑不解地问道。

“今晚不要。”他轻轻地回答道。他的嘴唇贴在我的脸颊、我的下巴上，这一次要慢一些，所有的紧迫都消失不见了。

“爱德华，别——”我开始争辩。

“我不是在说不，”他宽慰我，“我只是在说**今晚不要**。”

等我的呼吸慢慢平缓下来之后，我开始仔细思考他所说的话。

“给我个充分的理由，为什么今晚不行。”我还是气喘吁吁的，这使得我声音里的挫败不安不那么明显了。

“我又不是昨天才出生的，”他在我耳边轻声笑道，“在我们两个人之间，你认为哪一个更不愿意满足对方想要的？你刚刚答应过我在你做任何改变之前你会嫁给我，要是我今晚就屈服的话，我还有什么能保证你早上不跑到卡莱尔那里去呢？我——显而易见——没有你那么不情愿给你你想要的。所以……从你开始。”

我大声地喷出一口气。“我得先嫁给你？”我不相信地问道。

“就是交易——要么接受，要么放弃。妥协，还记得吗？”

他的胳膊环抱着我，开始以一种犯规的方式吻着我。太有诱惑力了——这是强迫，是威压。我想保持清醒的头脑……但很快就完全陷落了。

“我觉得那真是个坏主意。”他放开我让我呼吸的时候，我气喘吁吁地说道。

“你那么觉得我并不惊讶，”他得意地笑道，“你是一根筋。”

“这到底是怎么回事？”我愤愤不平地说道，“我以为今天晚上我坚持住了——只有这一次——而现在，突然间……”

“你订婚了。”他替我说完了。

“哟！**求**你别那么大声地说出来。”

“你要食言吗？”他追问道，然后离我远一些好读懂我脸上的表情。他一副饶有兴致的表情，觉得很有意思。

我瞪他，尽力忽略他的微笑在我心中激起的反应。

“是吗？”他追问道。

“啊！”我呻吟着说，“不，我不会，你现在开心了吧？”

他的笑容使我迷失：“超乎寻常。”

我又呻吟起来。

“难道你一点儿都不开心吗？”

他不等我回答又开始吻我，另一个过于诱惑的吻。

“有一点点，”能开口说话的时候我承认道，“但是不是因为要结婚。”

他又吻了我一次。“你有一切都逆转过来的感觉吗？”他在我耳边大声笑道，“按照传统，你不应该和我争辩，我不也不应该和你争辩吗？”

“你和我之间可没什么传统可言。”

“正确。”

他又吻了我，一直吻到我心跳加速，皮肤发烧。

“瞧，爱德华，”当他暂时停下来吻我的手心时，我低声说道，声音中有些哄骗的意味，“我说过我会嫁给你的，我真会，我保证，我发誓。如果你想的话，我会用我自己的血签约。”

“没意思。”他在我手腕内侧低声咕哝道。

“我在说的是——我不打算欺骗你，或诸如此类的事情。你了解我不会那么做，所以真的没有什么等待的理由。现在完全只有我们俩——这种事情多久才发生一次呢？而且你还准备了这么舒服的一张大床……”

“今晚不行。”他又说道。

“你不信任我？”

“我当然信任。”

我用那只他仍在亲吻的手把他的脸拉回到我能看清楚他的表情的位置。

“那有什么问题？你并不是不知道最后你还是会赢的，”我皱着眉头咕哝道，“你一直都是赢家。”

“只是为我的赌注保值。”他平静地说道。

“那是两回事。”我猜测，我的眼睛眯了起来，他的脸上有种防卫的表情，模模糊糊地暗示着在他漫不经心的举止背后想隐藏的某种不为人知的动机，“**你**打算食言吗？”

“不，”他严肃地允诺道，“我向你发誓，我们会**试一试**的，在你嫁给我以后。”

我摇摇头，闷闷不乐地大笑着说：“你使我看起来像情节剧中的恶棍——捻弄着胡须，想要偷走某个可怜姑娘的贞洁一样。”

他的眼睛从我脸上扫过，流露出谨慎的神情，接着他迅速地低下头，嘴唇紧紧地压在我的锁骨上。

“就是这样，是不是？”从我口里泄露出来的短促笑声与其说是好玩还不如说是震惊，“你在保护你的贞洁！”我用手捂住嘴巴，想要压低随之而来的咯咯的笑声，这些话真是……老派。

“不，傻姑娘！”他靠在我的肩膀上低声说道，“我在保护**你的**，而你却让这变得非常困难。”

“一切荒唐的——”

“让我问问你，”他迅速地打断我，“我们以前有过这样的讨论，不过，迁就我一下，这个房间里有多少人有灵魂？死后可以进天堂，或者不管会去什么地方？”

“两个。”我立即回答道，声音很坚定。

“好吧，或许这是真的。对于这一点，现在充满了争议，但是多数人似乎认为有些不得不遵守的规则。”

“吸血鬼的规则难道对你来说还不够吗？你还要担心人类的规则？”

“没什么损害，”他耸耸肩，“只是以防万一。”

我眯着眼睛瞪着他。

“现在，当然，可能对我来说已经太迟了，即使你关于我的灵魂的观点是对的。”

“不，还不迟。”我生气地辩驳道。

“‘不可杀人’**是**为大多数信仰所广泛接受的，而我杀死了许多人，贝拉。”

“只是坏人。”

他耸耸肩：“或许算，或许不算，但是你还没有杀过人——”

“**你**倒是很了解这一点。”我低声说道。

他微微一笑，但是没理会我的插话：“我打算尽最大努力使你不要走上受诱惑的道路。”

“好吧，但是我们不是在争论谋杀的事情。”我提醒他。

“同样的原则也适用——唯一的区别在于这是我和你一样白璧无瑕的地方，难道我就不能保留一条规则不被违背吗？”

“一条？”

“你知道我偷窃，我撒谎，我贪恋……我的美德是我抛弃的一切。”他狡黠地露齿一笑。

“我一直都在撒谎。”

“没错，但是你真是不会撒谎，根本不算数，没有人相信你撒的谎。”

“我真的希望在这一点上你是错误的——因为要不然的话查理就会荷枪实弹地冲进门来。”

“查理假装不懂你编造的故事，这样他会更高兴一些，他宁愿自欺欺人也不愿仔细观察。”他冲我笑道。

“但是你曾贪恋过什么？”我怀疑地问道，“你拥有一切。”

“我贪恋你，”他的微笑阴沉了一些，“我没有权利要你——但是，无论如何，我还是伸手去要你了。现在看看你变成什么样了！想要诱惑吸血鬼。”他佯装恐怖地摇摇头。

“你可以贪恋你已经拥有的东西，”我告诉他，“此外，我认为**我的**贞洁才是你所担心的。”

“确实是。如果对我而言太晚了……那么，我会遭到谴责的——没有双关的意思——如果我也让他们不受你的诱惑。”

“你不能让我去你不会去的地方，”我信誓旦旦地说，“那对我来说就是地狱。不管怎样，我有一个简单的办法解决所有问题：让我们永远都不会死，好吗？”

“听起来够容易的啦，为什么我没想到呢？”

他微笑着看着我，直到我**哼哼唧唧**地放弃了。“那么就这样吧，在我们**结婚**之前你不会跟我试一试。”

“说真的，我永远都无法和你**试一试**。”

我转了转眼珠子：“考虑得真充分，爱德华。”

“不过，除了没有那么具体，你理解得很正确。”

“我想你有个隐蔽的动机。”

他天真地睁大眼睛：“还有？”

“你知道这样会使事情进展加速的。”我责备道。

他忍着笑：“只有一件事情我想加速，其他的我可以一直等……但这点，没错，你急不可耐的人类激素实际上是我最强大的盟友。”

“我不敢相信我会接受这样，我一想到查理……和蕾妮！你能想象安吉拉会怎么想吗？还有杰西卡？啊，我现在都能听见流言飞语了。”

他挑起眉毛看着我，我知道为什么。我马上就要离开，再也不回来了，他们说我什么又有什么关系呢？我真的过于敏感了，不能忍受几个星期的侧目和旁敲侧击吗？

或许这不该令我如此苦恼，如果这个夏天是别人结婚的话，我不知道我是否会和其他人一样带着优越感跟别人闲聊。

嗨，这个夏天结婚！我不禁一颤。

其次，如果我不是在害怕结婚的念头下熏陶长大的话，或许这不会令我如此苦恼。

爱德华打断了我的烦躁不安："不必大操大办，我不需要任何铺张。你不必告诉任何人，或者做任何改变。我们会去维加斯——你可以穿上旧牛仔裤，我们会通过免下车窗口径直去小礼堂。我只是想正式点——你属于我，**而不是别人**。"

"不可能比既成事实更加正式的啦。"我不满地嘟囔道。不过他的描述也没有那么糟糕，只有爱丽丝会失望罢了。

"我们查询一下，"他沾沾自喜地笑道，"我猜你现在不想戴戒指吧？"

在我开口说话之前，我得吞下口水："你猜得很正确。"

他嘲笑我的表情："好吧，我不久之后就会戴在你手指上。"

我生气地看着他："说得就好像你已经有一个了似的。"

"我真有，"他毫不知耻地说道，"我已经准备好了，一看到你有松口的迹象就硬戴在你手上。"

"你简直让人难以置信。"

"想看一看吗？"他问道，明亮的琥珀色眼睛突然流露出兴奋的光芒。

"不！"我几乎是叫出来的，那是条件反射，我立刻感到后悔了。他的脸稍稍拉长了一些。"除非你真的很想给我看。"我补充道，我咬紧牙关不让莫名其妙的恐惧感表现出来。

"好吧，"他耸耸肩，"可以等。"

我叹气道："给我看看那该死的戒指，爱德华。"

他摇摇头："不。"

我端详着他的表情，看了很久。

“拜托，”我平静地说道，用我刚刚发现的武器做实验，我用手指尖轻轻地抚摸他的脸，“我能看一看吗？求你了。”

他的眼睛眯了起来。“你是我见过的最危险的家伙。”他低声说道，但是他站了起来，带着不自觉的优雅走过去，在小床头柜边上跪下来。不一会儿他就回到床上，一只胳膊搂着我的肩膀，和我肩并肩地坐在一起。另一只手上拿着一个小黑盒子，他平稳地放在我的左膝盖上。

“那么开始吧，看一看。”他生硬地说道。

拿起这个并不让人讨厌的小盒子实际上更困难，但是我不想再伤害他了，所以我尽力让自己的手不要颤抖。黑缎面的盒子很光滑，我用手指轻轻地摩挲着它，有些犹豫。

“你没有花**很多**钱，是不是？如果你花了很多钱的话，对我撒谎吧。”

“我没有花一个子儿，”他宽慰我说，“只是另一个别人用过的旧东西，这是我父亲给我母亲的戒指。”

“哦。”我的语气变成了惊讶。我用大拇指和食指捏住盖子，却没有打开。

“我想有些过时了，”他的语气里略带一些开玩笑似的歉意，“过时了，就像我一样。我可以给你买些更时髦的东西，蒂芙尼[①]的如何？”

“我喜欢过时的东西。”我低声说道，犹豫不决地拉开盖子。

偎依在黑色缎面里面的是一枚伊丽莎白·梅森[②]的戒指，在昏暗的灯光下熠熠生辉。正面是一个长长的椭圆形，周围镶嵌着几排斜着排列的闪闪发光的圆石头。戒指圈是金质的——精致而细巧，金丝在钻石周围绕成一个细碎的网，我从未见过这样的东西。

想都没想，我就轻轻地抚摸着闪闪发光的宝石。

“它好**漂亮**。”我惊叹地自言自语道。

“你喜欢它吗？”

“很美丽，”我耸耸肩，装出没兴趣的样子，“要是我不喜欢呢？”

他轻声笑道：“看看合不合适。”

---

① 蒂芙尼（Tiffany），美国著名的珠宝品牌。

② 伊丽莎白·梅森：爱德华的人类母亲。

我的左手紧紧地握成拳头。

“贝拉，”他叹气道，“我不打算把它焊在你的手指上，只不过试一试看要不要改尺寸，之后你就可以马上把它取下来。”

“好吧。”我嘟囔道。

我伸手去拿戒指，但是他的手指压住我。他把我的左手放在他的掌心，把戒指滑进去戴在中指上。他让我的手伸直，我们两个人都仔细地打量着在我皮肤上闪闪发光的椭圆形。戴着它，没有我害怕的那样糟糕。

“正好合适，”他漠不关心地说道，“真好——我不必跑珠宝店了。”

我能听见他漫不经心的语气背后某种强烈的感情正在燃烧，我抬起头凝视着他的脸。他的眼里也有，尽管他小心翼翼地装出冷漠的样子，但是还是清晰可见。

“你喜欢它，对不对？”我怀疑地问道，急躁不安地挥动手指头，想到我没有弄伤**左**手真是太糟糕了。

他耸耸肩，依旧漫不经心地说：“当然，你戴上很好看。”

我盯着他的眼睛，想要读懂被他压抑住的感情。他也凝视着我，漫不经心的伪装突然消失了。他脸上洋溢着幸福——他天使般的脸庞洋溢着欢喜和胜利。他那么容光焕发，不禁让我忘记了呼吸。

我还没来得及吸气，他就在吻我了，他的嘴唇带着狂喜。当他的嘴唇移到我耳边轻轻私语的时候，我感到一阵眩晕——不过，他的呼吸和我一样粗，一样乱。

“是的，我喜欢，你根本**不**知道我有多喜欢。”

我大笑起来，有些喘气：“我相信你。”

“你介意我做些什么吗？”他咕哝着，胳膊把我抱得更紧了。

“你想要什么都可以。”

但是他松开了我，滑到一边。

“除了那样，什么都可以。”我抱怨道。

他没理会我，拉起我的手，也把我拉下了床。他站在我面前，双手放在我的肩膀上，一脸认真。

“现在，我想正确地做这件事。拜托，**拜托**，记住你已经同意了的，为了我别毁了这一切。”

“噢，不要。”他单膝下跪的时候我大吃一惊。

“态度好一点儿。”他低声说道。

我深深地吸了一口气。

“伊莎贝拉·斯旺，”他透过长得令人不可思议的睫毛抬头看着我，他的金色眼眸很温柔，但是，不知何故，却很灼热，“我发誓永远爱你——每一天，永远，你愿意嫁给我吗？”

我有很多话想说，有一些一点儿也不中听，还有一些比他可能梦想我能做到的还要恶心，还要肉麻，还要浪漫。我没有说这两种令我尴尬难堪的话，相反我轻声说道：“我愿意。”

“谢谢你。”他率直地说道。他握住我的左手，一个个吻了我的指尖，然后吻了现在属于我的戒指。

踪 迹

我讨厌把夜晚的任何时间浪费在睡觉上，但是那是不可避免的。我醒来的时候玻璃墙外已经阳光灿烂了，一朵朵小小的云彩飞也似的从天际疾驰而过。风吹动着树梢，整片森林似乎都要被摇撼开来一样。

他留下我一个人换衣服，我感激他给我思考的机会。不管怎样，昨天晚上我的计划出了非常可怕的差错，我需要控制由此产生的后果。尽管我在不伤害他的感情的前提下已经尽可能快地归还了家传的戒指，但我的左手感觉更加沉重了，好像仍然戴着它一样，只不过是看不见的罢了。

这不应该令我心烦意乱，我说服自己。这不是什么了不起的事情——只不过是开车到维加斯。比起旧牛仔裤，我还是愿意穿得更好一些——我宁愿穿旧的运动衫。仪式肯定不会很久，最多不超过十五分钟，对吧？所以我应付得了。

接着，结束之后，他就不得不履行他讨价还价许下的诺言。我会把注意力集中在那上面，忘记其他的。

他说过我不一定要告诉其他人，我计划让他坚持这一点。当然，不考虑爱丽丝是非常愚蠢的。

卡伦家的人大约在中午的时候就回家了。他们身上围绕着一种崭新的气氛，办事效率很高，这把我拉回到就要来临的残酷现实中。

爱丽丝的情绪好像出奇的不好。我把这归因于她感觉到没劲时的挫败感，因为她对爱德华所说的第一句话就是抱怨和狼人们一起做事。

“我**想**，”她使用这个不确定的词语时做了个鬼脸，“你要考虑为寒冷的天气打点行囊，爱德华。我看不见你确切的位置，因为今天下午就要和那条**狗**一起出发了，但是即将来临的暴风雨在那一带似乎特别大。”

爱德华点点头。

“山上会下雪。”她向他预告。

“哟，雪。”我自言自语道。现在还只是六月，我才那么大声叫的。

“穿上夹克。”爱丽丝告诉我，她的声音不友善，这令我很惊讶。我想读懂她的脸色，但是她别开了。

我看着爱德华，他在微笑；不管是什么正在折磨着爱丽丝都让他感到很有趣。

爱德华有许多宿营的装备可供选择——扮演人类时的小道具，卡伦家是牛顿商店的忠实顾客。他一把拉下一个睡袋，一个小帐篷，几包脱水食品——当我对着这些东西做鬼脸的时候他露齿一笑，然后把它们塞进背包里。

我们来到车库的时候爱丽丝悠闲地走进来，一言不发地看着爱德华做准备，他没理会她。

爱德华打好包后递给我他的电话：“为什么不打电话给雅各布，告诉他我们大概一个小时就能准备好了？他知道在哪里和我们会合。”

雅各布不在家，但是比利答应等他找到可以带口信的狼人之后给我回电话。

“别担心查理，贝拉，”比利说道，“我会尽职尽责使一切都在掌控之中的。”

“是的，我知道查理会没事的。”我对他儿子的安全倒没那么有信心，但是我没有补充这些。

“我希望明天我能和其他人在一起，”比利遗憾地轻声笑道，“当老人是很艰辛的，贝拉。”

急切地想战斗肯定是 Y 染色体的定义特征，他们全都一样。

“祝和查理过得愉快。”

“祝你好运，贝拉，”他回答道，“也替我……转告，呃，卡伦一家。”

“我会的。”我答应道，对这个举动感到很惊讶。

当我把电话还给爱德华的时候，我看见他和爱丽丝正在进行某种沉默的讨论。她目不转睛地盯着他，眼里充满恳求。他则皱着眉头，不管她想要的是什么他都不是很高兴。

“比利让我跟你说‘祝你们好运’。”

“他很大方。”爱德华说道，眼神突然从她那里转移了回来。

“贝拉，我能和你单独谈谈吗？”爱丽丝即刻问道。

“爱丽丝，你就要使我的生活变得更加艰难了，”爱德华从牙缝中挤出这些警告的话语，“我真的宁愿你不要这么做。”

“这不是你的事，爱德华。”她还击道。

他大笑起来，她的反应有些东西在他看来很有趣。

“不是，”爱丽丝坚持认为，“这是女性的事情。”

他皱起眉头。

“让她跟我说。”我告诉他，感到很好奇。

“是你自己要求的。”爱德华低声说道。他又大笑起来——生气和有趣参半——然后大步流星地走出车库。

我转向爱丽丝，现在有些担心了，但是她没有看我，她糟糕的情绪还没有过去呢。

她走过去坐在她的保时捷的车盖上，脸上露出气馁的表情。我跟着她，斜靠在她旁边的保险杠上。

“贝拉？”她语气悲伤地问道，在我旁边爬上爬下。她的声音听起来很悲惨，我忍不住抱着她的肩膀安慰她。

“怎么啦，爱丽丝？”

“你不爱我吗？”她用同样悲伤的语气问道。

“我当然爱啊，你知道的。”

“可是我为什么看见你溜到维加斯结婚，还不邀请我？”

“哦，”我低声咕哝道，我的脸颊变得粉红，看得出我真的伤了她的感情，“你知道我很讨厌小题大做。不管怎样，这是爱德华的主意。”我赶紧为自己辩护。

“我不在乎这是谁的主意，**你**怎么可以这样对我？我想过**爱德华**

会那么对我，但我从没想过你也会这样对我，我爱你就像我自己的姐妹一样。”

“对我而言，爱丽丝，你**就是**我的姐妹。”

“只是说说而已！”她低声吼道。

“好吧，你能来，不过没什么好看的。”

她还是摆出一副苦瓜脸。

“怎么了？”我追问道。

“你有**多**爱我，贝拉？”

“为什么这么问？”

她带着恳求的眼神盯着我，长长的黑眉毛慢慢地向中间倾斜，然后紧蹙在一起，她的嘴角在颤抖，这是一副心碎的表情。

“求你了，求你了，求你了，”她轻轻地说道，“求你了，贝拉，求你了——如果你真的爱我……请你让我为你办婚礼。”

“啊，爱丽丝！”我痛苦地叫道，抽身站了起来，“不！别这样对我！”

“如果你真的，真心爱我，贝拉。”

我把胳膊环抱在胸前：“这样**太**不公平了，爱德华几乎也把这招用在我身上了。”

“我打赌如果你遵循传统来办，他会更喜欢的，尽管他从来都没跟你说过。而埃斯梅——想一想这对她意味着什么！”

我痛苦地叫道：“我宁愿一个人面对新生吸血鬼。”

“我会欠你十年情的。”

“你会欠我一个世纪的情！”

她双目圆瞪：“那是你答应了吗？”

“不！我不想**做**这样的事情！”

“你不必做任何事情，除了走几步路，重复牧师说的话。”

“啊！啊！啊！”

“求你了！”她开始在原地蹦来蹦去，“求你了，求你了，求你了，求你了，求你了。”

“我永远，永远，永远都不会原谅你这样做的，爱丽丝。”

“耶！”她尖叫着拍起了手。

“我没说**是**！”

“但是它会变成是的。”她满心欢喜地叫道。

“爱德华！”我大声嚷嚷道，踱出车库，“我知道你在听，过来。”爱丽丝就在我身后，还在拍巴掌。

“非常感谢你，爱丽丝！”爱德华挖苦道，从我身后钻了出来。我转过身让他评评理，但是他的表情又担忧，又难过，让我没法说出抱怨的话来。相反我伸出胳膊抱住他，把脸藏了起来，以防我眼里泛起的泪花会让我看起来像在哭泣一样。

“维加斯。”爱德华在我耳边保证道。

“想都别想，”爱丽丝责备道，“贝拉永远都不会那么对我的。你知道，爱德华，作为哥哥，你有时候真让人失望。”

“别那么小气，”我对她抱怨道，“他只是想让我开心，不像你。”

“我也在努力使你开心啊，贝拉，只是我更了解什么才会让你开心……从长远来看，你会为此感谢我的。或许不会是五十年，但是总有一天你肯定会的。”

“我从来没想过哪一天我会心甘情愿地跟你打赌，爱丽丝，不过这一天到了。”

她银铃般地大笑起来：“那么，你打算给我看一看戒指吗？”

当她抓住我的左手然后同样迅速地松开时，我恐怖地做了个鬼脸。

“啊哈，我看见他戴在你……我错过了什么吗？”她问道，她仔细思考了片刻，眉毛紧锁，然后自己回答了自己的问题，“不，婚礼还是会进行的。”

“贝拉不喜欢珠宝。”爱德华解释道。

“那另一颗钻石呢？好吧，我猜戒指上有许多钻石，但是我的意思是他已经把一个戴在——”

“够了，爱丽丝！”爱德华突然打断她，他瞪着她的样子……看起来又像个吸血鬼了，“我们很着急。”

“我不明白，钻石怎么啦？”我问道。

“我们稍后再谈，”爱丽丝说道，“爱德华是对的——你最好出发吧，在暴风雨来临之前布下陷阱，搭好帐篷。”她皱起眉头，表情又变得焦虑，差不多紧张起来，“别忘了你的外套，贝拉，天似乎……冷得不合时令。”

“我已经带好了。”爱德华安慰她道。

“祝你们晚上过得愉快。”她跟我道别。

那个地方离这里的距离比空地远一倍；爱德华迂回地走了很远，以确保我的气味不会靠近雅各布稍后把我藏起来的地方。他把我抱在怀里，鼓鼓囊囊的大背包放在老地方。

他在空地尽头停了下来，然后把我放下。

“好吧，只是往北走几步，接触尽可能多的东西。爱丽丝为我明确地描绘了他们的路线，我们用不了多久就会和他们遭遇。”

“往北？”

他微笑着指向正确的方向。

我在树林里漫无目的地走着，天出奇地晴朗，明亮的黄色光芒洒落在空地上。或许爱丽丝模糊的预见力对下雪的判断是错误的，我希望如此。天空几乎是清澈透明的，尽管狂风像鞭子一样猛烈地扫过空地。树林里要安静一些，但是对六月而言还是太冷了——即使穿着长袖衣服，上身还穿着厚毛衣，我的胳膊上还是起了鸡皮疙瘩。我慢慢地走着，在离我足够近的所有东西上留下踪迹：粗糙的树皮，潮湿的蕨类，被苔藓覆盖的岩石。

爱德华和我待在一起，在离我差不多二十码远的地方和我平行向前。

“我这样做对吗？”我喊道。

“非常好。”

我想到一个主意。“这样会有所帮助吗？”我一边说着一边用手指摸了摸头发，一把抓下几缕，洒在蕨类植物上面。

“是的，那的确会让气味更强烈一些，但是你也没有必要把头发拔下来，贝拉，没关系的。”

“我有多余不用的。”

树荫下很阴暗，我希望我能够离爱德华更近，握住他的手。

我把另一根头发插进横在我面前的一根断裂的树枝里。

“你不必处处让着爱丽丝，你知道。”爱德华说道。

“别担心，爱德华，不管怎样，我不打算把你一个人留在祭坛前。”我心里一沉，爱丽丝会得逞主要是因为她会为想要得到的东西完全不择手段，还因为我一觉得内疚就动摇了。

“我不担心这个，我想让你按照自己想要的方式行事。”

我克制住感叹的冲动。如果我告诉他真话会让他受伤害的——那其实真的没关系，因为只不过难受的程度不同罢了。

“好吧，即使她得逞了，我们也可以办个小型的，只有我们参加，埃美特可以从因特网上下一个牧师证书。”

我咯咯地笑道：“那听起来的确好多了。”如果由**埃美特**来宣读誓词，那会对我更有利，就不会感到很正式。不过要绷着脸还是很难过。

“明白吗？”他面带微笑地说道，“总是会有妥协的。”

我过了好一会儿才来到新生吸血鬼一定会经过我的足迹的地点，但是爱德华从未对我的速度表现出不耐烦。

在回去的路上他不得不多走几步路，让我按原路返回。周遭的一切在我看来完全一样。

我们差不多就要到达空地时我摔了一跤，我能看见前面空旷的空地，那很可能是为什么我变得迫不及待、忘记注意脚下。我在头撞到离我最近的树之前站稳了，但是一根小树枝戳在我的左手内侧，一直刮到手掌。

“啊哟！噢，好极了。”我咕哝着。

“你没事吧？”

“我很好，待在那里。我在流血，一会儿就会停了。”

他没理会我的话，没等我说完就来到我身边了。

“我带了急救箱，”他说着放下背包，“我有种预感，我们可能会用得着。”

“不是很严重，我可以自己处理的——你没有必要让自己不舒服。”

“我没有不舒服，”他平静地说道，“来吧——让我清理一下伤口。”

“等一等，我刚刚想到一个点子。”

我没看流血的手，喘着气以免反胃，我把手压在我够得着的岩石上。

“你在做什么？”

“贾斯帕会**喜欢**这个的，”我自言自语地说道，我又开始往空地走去，把手掌放在我经过的一切东西上，“我打赌这真的会让他们疯狂起来的。”

爱德华叹了口气。

“屏住呼吸。”我告诉他。

“我很好，我只是想你有点过头了。”

“我也就能做这些了，我想表现好一些。”

说着话的时候，我们俩不知不觉穿过最后一片树林，我让受伤的手轻轻地掠过蕨类植物。

“好吧，你做得很好，”爱德华安慰我道，“新生儿们会发狂的，贾斯帕会对你的奉献印象深刻的。现在让我来处理你的手——你弄脏伤口了。”

“让我来吧，求你了。”

他握住我的手，检查的时候脸上带着微笑：“这已经不再让我感到烦恼了。”

我专注地看着他清理划得很深的伤口，想要寻找一丝苦恼的痕迹。他继续平稳而均匀地呼吸，嘴巴上仍然挂着相同的微笑。

“为什么不了呢？”他抚平我手掌上的绷带时，我终于开口问道。

他耸耸肩：“我已经克服了。”

“你……**已经克服了**？什么时候？怎么做到的？”我努力回想上一次他在我身边屏住呼吸的情景，我所能想到的只是去年九月我度过的那个悲惨的生日。

爱德华嘟起嘴巴，似乎在寻找适合的词：“在我以为你死了的二十四个小时里，我挺了过来，贝拉，这改变了我看待许多事情的方式。”

“那也改变了我的气味对你的影响吗？”

“完全不是这样，但是……我以为失去了你，经历过这样的感觉……我的反应发生了改变，我整个人都会避开任何可能再次引起那种痛苦经历的事情。”

我不知道该说些什么。

他看着我的表情微笑着说：“我猜你会称之为一次非常有教育意义的经历。”

就在那时，一阵风横扫过空地，吹得我满脸都是头发，我一阵哆嗦。

“好吧，”他说道，又把手伸进背包，“你已经做了你该做的。”他抽出我那件厚厚的棉衣，撑起来，让我把胳膊伸进去，“现在已经不归我们管了，我们去扎营吧！”

听见他故作热情的口吻，我大笑起来。

他牵着我缠着绷带的手——另一只的情况更糟糕，还戴着矫形套——开始朝空地的另一边走去。

“我们要在哪里和雅各布会合？”我问道。

“就在这儿。”他指着我们前面的树林，此时雅各布警觉地从树影中跳了出来。

看见他的人形时本不应该吓到我的，不知道为什么我一直在寻找一头硕大的红棕色狼。

雅各布似乎又长大了一些——毫无疑问是我期待的产物；我肯定不自觉地希望看见我记忆中体形稍小的雅各布，那个性格随和，不会让事情变得这么棘手的朋友。他双臂交叉环抱在赤裸的胸口上，把夹克衫紧紧握在手中，他看着我们，面无表情。

爱德华的嘴唇拉到了嘴角：“本来有更好的办法来解决此事的。”

“现在太迟了。”我闷闷不乐地说道。

他叹了口气。

“嘿，杰克。”我们走近一些的时候我打了个招呼。

“嗨，贝拉。”

“你好，雅各布。”爱德华说。

雅各布无视礼仪，一副公事公办的模样："我把她带到哪里？"

爱德华从背包的侧袋里抽出一张地图递给他，雅各布把它打开。

"现在我们在这里。"爱德华说道，把手伸过去指在我们所在的位置上。雅各布机械地从他的手边缩了回去，接着让自己平静下来，爱德华假装没有注意到。

"你要带她朝北走，到这里，"爱德华继续说道，顺着地图的仰角线画出一个迂回的图，"大约有九英里。"

雅各布点了一下头。

"你大概走到一英里的时候，要穿过我走的路线。气味会带你走进去的，你需要地图吗？"

"不用了，谢谢。我对这片区域非常了解，我想我知道我要去哪里。"

雅各布似乎要付出比爱德华更大的努力才能保持礼貌的口吻。

"我会走一条更远的路线，"爱德华说道，"几个小时后再和你们会合。"

爱德华不悦地盯着我，他不喜欢计划中的这部分。

"回头见。"我低声说道。

爱德华朝相反的方向渐渐消失在树林里。

他一消失，雅各布就变得兴高采烈起来。

"怎么样，贝拉？"他问道，脸上挂着一个大大的笑容。

我转了转眼珠子："还是一样大，还是一样大。"

"是的，"他同意道，"一群吸血鬼要杀你，和平时一样。"

"和平时一样。"

"好吧，"他边说边抖动着肩膀穿上夹克，腾出胳膊，"我们出发吧。"

我做个鬼脸，向他迈近一小步。

他蹲了下来，用胳膊从我的膝盖后面揽住我，一把把我抱了起来。在我的头着地之前，他的另一只胳膊抓住了我。

"笨蛋。"我嘟囔道。

雅各布轻轻地笑了笑，已经在树林里奔驰了。他保持匀速，是那种健康人能够跟上的轻快的慢跑……横穿过一片平地……要是他们不是和他一样还抱着一个一百多磅的人的话。

“你没必要跑，会很累的。”

“跑不会累到我，”他说道，他的呼吸很均匀——就像马拉松运动员一样，有固定的节奏，“此外，不久天就会更冷了，我希望我们到之前他能搭好帐篷。”

我的手指轻轻地拍打着他塞得厚厚的皮外套：“我以为现在你不会冷呢。”

“我不会，我给你带的，以防你没准备。”他看着我的夹克，差不多和我一样失望，“我不喜欢这种天气给人的感觉，这让我感到烦躁不安。我们没看见什么动物，你注意到了吗？”

“呃，没太注意。”

“我猜你就不会，你的感官太迟钝了。”

我暂且没理会他：“爱丽丝也担心暴风雨呢。”

“能让森林这么寂静不容易，你挑选了一个糟糕透顶的夜晚出来露营。”

“并不完全是我的主意。”

他沿着那条没有路的路线向上攀，越来越陡了，不过这并没有让他慢下来。他轻松地从一块岩石上跳到另一块上，似乎根本不需要用手一样，他完美的平衡能力让我想到羚山羊[①]。

“你的手链上多了什么东西？”他问道。

我低头看了看，意识到水晶心贴在我的手腕上方。我内疚地耸了耸肩：“另一份毕业礼物。”

他不屑一顾地说道：“一块石头，象征物。”

一块石头？这突然让我想到爱丽丝在车库外面没说完的话。我

① 羚山羊（Mountain goat），也称之为石山羊（Rocky Mountain goat），仅仅分布在北美西北部，是一种大蹄的哺乳动物，长有短而弯的黑角和粗浓蓬松的黄白色毛发与胡子。尽管其名称中带“羊”字，但它们并不是真正的山羊，它们属于不同的种类，主要栖息在高坡上，擅长攀爬，经常停留在食肉动物无法到达的悬崖峭壁上。

盯着这块明亮的白色水晶，努力回想起之前爱丽丝所说的话……关于钻石的。她会不会想要说**他已经给你戴上了一颗**？果真如此的话，我正戴着爱德华送给我的钻石吗？不，那是不可能的，那颗心得有五克拉，或者更多！爱德华不会——

“这么说来你已经有些时候没去拉普西了。”雅各布说道，他打断了我的胡思乱想。

“我一直很忙，”我告诉他，“而且……不管怎样，我很可能也不会过去。”

他做了个鬼脸：“我以为你应该是个原谅别人的人，而我是那个耿耿于怀的人呢。”

我耸了耸肩。

“总是想起上回吧，是不是？”

“不是。”

他大笑起来：“你要么是在撒谎，要么就是活在世界上的最顽固的人。”

“我对第二个选项不了解，但是我没撒谎。”

我不喜欢在眼前这种情况下谈论这些——他的两只过于温暖的手臂紧紧地抱着我，而我根本无能为力。他的脸离我很近，超过了我的界限，我希望可以后退一步。

“聪明人会全面地考虑再做决定。”

“我考虑过了。”我反驳道。

“如果你根本没想过我们……呃，那你上一次过来的时候我们的谈话，就不是真的。”

“那次**谈话**和我的决定无关。”

“有些人喜欢自欺欺人，不惜走许多弯路。”

“我注意到狼人特别容易犯这种错误——你觉得这是不是跟基因有关呢？”

“那是否意味着他的吻技更好呢？”雅各布突然闷闷不乐地问道。

“我真的不知道说什么，杰克，爱德华是我唯一亲吻过的人。”

“还有我。”

“不过我不能把那算成吻，雅各布，我觉得那更像强暴。”

“哎哟！真冷酷！”

我耸了耸肩，不打算收回我所说的话。

“我道过歉了。”他提醒我。

“而且我原谅你了……差不多，这并不会改变我对此事的记忆。”

他咕哝了一些我听不明白的话。

接着沉默了一会儿；只有他有规律的呼吸声，以及风在刮过高高的树梢时发出的咆哮声。一座满是裸露的灰色岩石的悬崖在我们旁边拔地而起，从森林中攀升上去，直耸云霄。

“我仍然认为那样是不负责任的。”雅各布突然说道。

“无论你在说什么，都是错的。”

“想一想，贝拉，据你所言，你只吻过一个人——他并不是真正的人——在你整个的人生中，你就要放弃这些了？你怎么知道那就是你想要的？难道你不应该在场内多玩一会儿吗？”

我保持冷静的语气说道：“我千真万确地知道我想要什么。”

“那么再检查一下又不会让你受伤，或许你应该试着吻一吻别人——只是为了比较一下……既然前几天发生的不算数的话。比如，你可以**吻**我，如果你想拿我做实验的话，我并不介意。”

他把我抱得更紧了，这样我的脸离他就更近了。他笑了笑，像是玩笑，但是我不打算冒险。

“别糊弄我，杰克，我发誓我不会阻止他拧断你的脖子。”

我声音里的焦急让他笑得更开心了：“如果你**要**我吻你的话，他不会有任何理由不高兴，他说过那样没关系。”

“别屏住呼吸，杰克——不，等等，我改变主意了。继续吧，一直到我要你吻我时再呼吸。”

“今天你情绪不好啊。”

“我倒想知道为什么……”

“有时候我认为你更喜欢我是狼的样子。”

“有时候我的确是这么想的，很可能与你**不能说话**有关。”

他若有所思地嘟起了厚厚的嘴唇：“不，我可不那么想。我想当我不是人的时候，你更容易接近我，因为你不用装出一副不被我吸引的模样。”

我的嘴巴突然张开了，还发出轻微的砰的声音。我立即啪的一声闭起嘴巴，咬紧牙关。

他听见了，一抹胜利的微笑若隐若现地爬上他的嘴唇。

我慢慢地吸了一口气，开口说道：“不，我很确信是因为你不能说话。”

他感叹道：“你就不厌烦自欺欺人吗？你得知道你有多么了解我，我的意思是身体上。”

“有谁又怎能**不**了解你的体形呢，雅各布？”我追问道，“你是个拒绝尊重别人个人空间的大恶魔。”

“我让你感到紧张了，不过只是在我是人的时候。当我是狼的时候，你在我身边更加自在。”

“紧张和烦躁不是一回事。”

他盯着我看了一会儿，减慢速度开始走了，脸上逗乐的表情渐渐消失了。他的眼睛眯了起来，在眉毛的阴影下变成黑色。他的呼吸和他跑的时候一样均匀，现在逐渐变得急促起来。慢慢地，他把脸向我逼近。

我目不转睛地盯着他，想让他望而却步，我心里十分清楚他想要干什么。

“当心你的脸。”我提醒他。

他大声地笑了起来，又开始慢跑了：“我今晚并不想和你家吸血鬼打架——我的意思是，其他晚上，我当然会，但是我们明天都有事情要做，我可不想卡伦家少一个人。”

一阵突如其来、意想不到的羞愧感扭曲了我的表情。

“我知道，我知道，”他回答道，并不理解我在想什么，“你认为他可以打败我。”

我说不出话，我让他们少了一个人。要是因为我的弱小而让他们有人受伤了呢？但是要是我很勇敢而爱德华……我想都不敢想。

“你怎么啦，贝拉？”虚张声势的玩笑从他脸上消失了，现出藏在面具背后的我的雅各布，“如果我说了什么让你感到难过，你知道我只是开玩笑。我没其他意思——嘿，你没事吧？别哭，贝拉。”他恳求道。

我努力振作起来：“我没打算哭。”

“我说了什么？”

“跟你说的没关系。只是，好吧，是我，我做了件……很坏的事情。”

他盯着我，眼睛睁得很大，露出迷惑不解的神情。

“爱德华明天不会去打仗，”我轻声解释道，“我强迫他和我待在一起，我是个超级胆小鬼。”

他皱着眉头说道：“你认为这会有用吗？那样他们会在这里找到你？你知道一些我不知道的事情吗？”

“不，不，我不是担心那些。我只是……**不能**让他去。如果他不回来的话……”我不寒而栗，闭上眼睛不去想。

雅各布一言不发。

我闭着眼睛，继续轻声说道：“如果有人受伤，都会是我的错，即使没有人受伤……我也是个可怕的人。我不得不那样，说服他和我在一起。**他**不会违背我的意思，但是我一直了解我能做什么。”说出心里话，我感觉好受了一点点，即使我只能向雅各布坦白。

他哼了一声。我慢慢地睁开眼睛，悲伤地看见那副冷漠坚硬的面具又回来了。

“我简直不敢相信他让你说服**他**不去了，我可不会为了任何事情错过这场战斗的。”

我叹气道：“我知道。”

“不过，那并不意味着什么。”他突然话锋一转，“那并不意味着他比我更爱你。”

“但是**你**不会跟我待在一起，即使我求你。”

他嘟了一会儿嘴巴，我不知道他是不是要否认这一点。我们俩都知道事实。“那只是因为我更了解你，”他终于说道，“一切都会顺利地继续，不会有什么障碍，即使你恳求我，我没答应，你之后也不会生我的气。”

“如果说一切的确会很顺利的话，你可能是对的。我不会生气，但是整段你不在的时间，我都会担心得要命，杰克，我会疯的。”

“为什么？”他声音粗哑地问道，“你为什么要关心我身上是不是会发生什么事情？”

“别那样说，你知道你对我有多么重要。我很抱歉不是你想要的那种，但是事情就是这样。你是我最好的朋友，至少，你以前一直是，而且有时候仍然是……当你放下防备的时候。”

他露出我喜爱的那种微笑。“我一直是那样，”他保证，“即使当我没……没表现得那么好。私底下，我还是那个样子啊。”

“我知道，不然还能有什么原因要我忍受你的废话呢？”

他和我一起大笑起来，接着眼睛变得哀伤起来：“**什么时候**你才会意识到你也爱上我了呢？”

“随你怎么挑拨。”

“我不是说你不爱他，我不是傻瓜，但是同时爱上一个以上的人也是可能的，贝拉，我已经见过这样的事情了。”

“我不是某个奇怪的狼人，雅各布。”

他皱着鼻子，我正要为最后那句讽刺道歉，他却改变了话题。

“不远了，我可以闻见他了。”

我如释重负地叹了一口气。

他误解了我的意思：“我很乐意减慢速度，贝拉，不过，在那之前你会需要一个藏身之处的。”

我们都抬头看了看天空。

一团紫黑色的乌云如铜墙铁壁一般从西边奔涌过来，所到之处下方的森林顿时暗了下来。

“哇噢，”我低声说道，“你最好快一点儿，杰克，在暴风雨到这儿之前你得赶回家。”

“我不回家。”

我被他激怒了，恶狠狠地盯着他：“你不许和我们一起露营。”

“技术上，不会——比如，和你们共用帐篷什么的。我还是更喜欢暴风雨，而不喜欢他的气味，但是我确定你家吸血鬼想要为了协作的目的与狼群保持联系，所以我有礼貌地提供了这种服务。”

“我以为那是塞思的工作。”

“他明天会接手，打仗的时候。”

他的提醒让我沉默了片刻。我盯着他，担忧突然猛烈地迸发出来。

“尽管你已经到了这里，我并不认为还有什么办法可以让你留下来，是不是？”我建议道，“如果我**真的**求你的话？或者用一生为奴之类交换？”

“很有诱惑力，但是不。再说，祈求可能看起来挺有意思的。如果你喜欢的话，不妨试一试。”

“真的没有，**没有什么**我可以说的了吗？”

“不，除非你能答应我还有更好的战斗。不管怎样，山姆才是做决定的人，不是我。”

这倒是提醒了我。

“爱德华前天告诉我一些事情……关于你的。”

他怒道：“很可能是谎话。”

“哦，真的吗？那么你不是狼人的副指挥？”

他眨了眨眼睛，惊讶得一脸茫然：“噢，那件事啊。”

“你怎么从来没告诉过我？”

“为什么要说呢？这没什么了不起的。”

“我不知道。为什么不呢？很有意思，那么，那是怎么回事？怎么山姆最后变成了阿尔法（α），你成了……贝塔（β）①？”

雅各布听见我杜撰的名称轻轻地笑道：“山姆是第一个，也是最年长的，让他负责很有道理。”

我皱了皱眉头：“不过，杰莱德或保罗不应该是第二吗？他们接着就改变了。”

---

① Alpha 和 Beta，阿尔法是希腊字母的第一个字母，表示第一位的，首要的意思；贝塔是希腊字母中的第二个字母，表示第二位的意思。

“哦……很难解释。”雅各布逃避地说道。

“试一试。”

他感叹道：“这与血统的关系更大，你知道吗？有点过时，你祖父是谁这很重要，对吧？”

我记得很久以前雅各布告诉我的事情，在我们俩都还不知道狼人的事情的时候。

“你是不是说过伊弗列姆·布莱克是奎鲁特人的最后一位酋长？”

“是的，很正确，因为他是阿尔法。你知道吗？从技术层面上来说，山姆现在是整个部落的酋长了。”他大声笑道，“疯狂的传统。”

我思考了片刻，想要把所有的片段拼凑起来：“但是你也说过人们更愿意听命于你父亲，而不是长老会的其他人，因为他是伊弗列姆的孙子吗？”

“这有什么关系？”

“好吧，如果这跟血统有关的话……这样一来，难道不该由你当酋长吗？”

雅各布没有回答我。他凝视着逐渐暗下来的森林，仿佛突然要把精力集中到我们要去的地方一样。

“杰克？”

“不，那是山姆的事情。”他的眼睛一直停留在我们经过的这条没有路的路线上。

“为什么？他的曾祖父是利瓦伊·乌利，对吗？利瓦伊也是阿尔法吗？”

“只有一个阿尔法。”他不假思索地回答道。

“那么利瓦伊是什么呢？”

“某种贝塔吧，我猜，”他冲我发明的术语哼了一声，“就像我一样。”

“那没有道理。”

“没关系。”

“我只是想弄明白。”

雅各布终于正视着我迷惑的眼神，接着叹气道：“是的，我本应该是阿尔法的。”

我的眉毛紧蹙在一起：“山姆不想下台？”

“不是，我不想上台。”

“为什么？”

他皱着眉头，被我的问题问得不自在了。好吧，现在轮到他感到不自在了。

“我不想从中得到任何好处，贝拉，我不想任何事情发生改变，我不想当某个传说中的酋长。我不想成为狼人团体的一员，更别说他们的首领了，山姆提出来的时候我也不会接受。”

我久久地思考着这些，雅各布没有打断我，他又盯着森林。

“但是我以为你会更快乐一些，以为你觉得这样还不错。”我终于轻声说道。

雅各布低下头，笑着宽慰我：“是的，真的没那么糟糕。有时候很兴奋，比如明天要发生的事情，但是起初感觉有点像应征参加某场你并不知道的战争一样。没有选择，你知道吗？而且是那么无法改变的，”他耸了耸肩，“无论如何，我猜我现在很高兴。总得要做的，我还能信任谁来弄明白这一切呢？最好我亲自确定一下。”

我凝视着他，一阵对朋友的敬畏在我心中升起。他比我想的要成熟，就像那天在篝火晚会上，我从来不曾想过比利身上会展现出来那种威严。

“雅各布酋长。”我轻声说道，这些词一块儿出现让人忍俊不禁。

他转了转眼珠。

就在那时，一阵风把我周围的树摇得更猛烈些了，感觉风就像是从冰川上吹来似的，树木噼啪裂开的巨响在山上回荡。尽管恐怖的乌云遮盖了天空，光线逐渐消失了，我仍然能看见小小的白色斑点在我们身上轻轻拂过。

雅各布加快了步伐，眼睛盯着地面，竭尽全力地快速奔跑起来。我稍微情愿一些地蜷缩在他的胸口，躲避着讨厌的雪花。

几分钟之后他就冲到了乱石嶙峋的峭壁背风面，我们能看见靠着阴面扎下的小帐篷。越来越多的雪花飘落在我们身上，但是风太猛烈了，根本没办法积起来。

“贝拉！”爱德华大声喊道，声音里明显夹杂着放心的语气，我们在这片小小的露天空地来回奔跑时遇见了他。

他倏地冲到我身边，动作快到模糊。雅各布退缩了，接着把我放下。爱德华没理会他的反应，紧紧地抱住我。

“谢谢，”爱德华在我头顶上对他说道，他的语气很诚恳，这一点清楚明白，“比我预期的要快，我真的很感激。”

我扭着头想看看雅各布的反应。

雅各布只是耸了耸肩，所有的友善表情都从他脸上一扫而空：“把她带进去，天气变糟了——我的头发已经倒竖起来了，那个帐篷安全吗？”

“我把它紧紧地焊接在岩石上了。”

“很好。”

雅各布抬头仰望天空——现在暴风雪的到来使得天空一片漆黑，一簇簇飞舞的白雪飘洒而下。他的鼻孔突然张大了。

“我要变形了，”他说道，“我想知道家里发生了什么事。”

他把夹克挂在一根低矮的短树枝上，然后头也不回地走进黑黑的森林。

火 与 冰

风又摇撼帐篷了，我也一起颤抖起来。

温度骤然下降了，透过身下的睡袋和我的夹克都能感觉到这一点。我全副武装，徒步旅行靴的鞋带还系着，不过一点儿区别都没有。怎么会这么冷呢？怎么会**越来越**冷呢？总得有触底的时候吧，对不对？

“几，几，几，点……钟了？”我从牙缝中挤出这几个字，牙齿咯吱作响。

“两点。”爱德华回答道。

在这片狭窄的空间里，爱德华坐在离我尽可能远的地方，在我已经这么冷的时候，他唯恐吐出的气体飘在我身上。天太黑了，我看不见他的脸，但是他的声音充满愤怒，既担心，又犹豫，还很沮丧。

“或许……”

“不，我很，很，很……好，真，真，真……的。我不想，想出，出……去。”

他试过说服我出去跑几圈，但是我很害怕离开我的庇护所。如果这里面都这么冷的话，这里还挡着怒吼的狂风呢，我能想象如果我们在风里跑的话情况会有多么糟糕。

而且这会浪费我们今天下午的所有努力。暴风雪结束之后我们会有足够的时间重新留下踪迹，安排计划吗？要是它不结束呢？现在出去毫无意义，我只能战战兢兢地过一夜。

我很担心我留下的踪迹会消失，但是他保证对于正往这里赶过来的魔鬼们而言还是很明显的。

“我能做什么？”他几乎是在祈求。

我只是摇头。

就在外面飞舞的雪中，雅各布不高兴地哀鸣着。

“出，出，出……去。”我命令道，这是第二次了。

“他只是很担心你，”爱德华翻译道，“他很好，**他的**身体有专门应付这种天气的装备。”

“呵，呵，呵。”我想说他还是应该离开，但是我说不出口。我试着说的时候差点咬下舌头。至少雅各布**的确**有应付雪天的装备，甚至比狼人团体中其他人的装备更好，他那棕褐色的皮毛很凌乱，比他们的要长一些，也要浓密一些。我不知道这是为什么。

雅各布呜咽起来，这次音调很高，发出刺耳的抱怨声。

“你想要我做什么？”爱德华咆哮道，他太焦躁了，根本无心理会礼貌不礼貌的事情了，“抱着她穿过**那里**？你真没用，为什么你不去取个加热器之类的东西？”

“我很，很，很，**好**。”我反驳道。从爱德华的呻吟声和帐篷外面渐弱的咆哮声判断，我没有让任何人信服。风肆无忌惮地撼动着帐篷，我和它步调一致地一起颤抖。

突然一声怒吼撕破了狂风的咆哮，我捂住耳朵不去听这喧闹的噪声。爱德华低声吼起来。

“没必要，”他低声说道，“没听过更馊的主意了。”他提高音量大声叫道。

“比你想到的点子都要好一些，”雅各布回答道，他人类的声音吓了我一跳，“**去取加热器**，”他满腹牢骚地说道，“我可不是圣伯纳犬[①]。”

我听见帐篷门上的拉链嗞的一声飞快地拉了下来。

雅各布从他能钻进的最小的缝隙里溜了进来，周围的寒冷空气

---

① 圣伯纳犬（St. Bernard），圣伯纳犬因阿尔卑斯山（Alps）之圣伯纳修道院（the Monastery of St.Bernard）而得名。公元980年，圣伯纳犬因为守护那些穿越危险的阿尔卑斯山山道的旅客而闻名，可惜初期的纪事也无法考证。18世纪，修道院的教士们饲养此犬做危险山中的向导，寻找迷路失踪的人并使之苏醒。圣伯纳犬为短毛品种，为防止近亲繁殖，加入了苏格兰犬的品种，产生了现在毛茸茸的犬种。被称作“巴里”（Barry）的圣伯纳犬，曾经救了40个人的生命，立下了最伟大的功绩，于1814年去世。

也跟着他飘了进来，几片雪花飘落在帐篷内的地面上。我颤抖得很厉害，就像抽搐一样。

“我不喜欢这样，”杰克拉上帐篷门的拉链时，爱德华嘘声说道，“给她外套，然后出去。”

我的眼睛刚刚调整到能够看清楚形状——雅各布手里拿着他挂在帐篷旁边树上的皮大衣。

我想要问他们在讨论什么，但是从我嘴巴里冒出来的是：“什，什，什……”因为颤抖，我不由自主地结结巴巴起来。

“皮大衣明天穿——她太冷了，自己根本不能暖和起来，她冻坏了。”他把衣服扔在门边，“你说她需要加热器，现在我来了。”雅各布把胳膊舒展得和帐篷一样宽。和往常一样，当他要变成狼在四周跑动的时候，他只会穿上必要的衣物—— 一条运动裤，不穿衬衣，不穿鞋子。

“杰，杰，杰克，你会冻死的。”我想要埋怨。

“我不会，”他兴高采烈地说道，“这些天我暖烘烘的，体温都一百零八点九度[1]了，不出多少时间我就会让你开始出汗的。”

爱德华咆哮着，但是雅各布连看都没看他一眼。相反，他爬到我身边，开始拉开我睡袋的拉链。

爱德华的手突然牢牢地抓住他的肩膀，想要阻止他，爱德华的手在黝黑的皮肤映衬下像雪一样白。雅各布绷紧下巴，他的鼻尖气得冒烟了，身体因为冰冷的触碰弹了回去，胳膊上长长的肌肉自动地绷紧了。

“把你的手拿开。”他透过牙缝低声吼道。

“把你的手从她身上拿开。”爱德华郁闷地答道。

“不，不，不要打，打，打架。”我请求道。另一阵战栗涌遍我的全身，感觉我的牙齿就要粉碎了一样，猛烈地砰砰地撞在一起直打架。

“我确定她的脚指头变青后掉下来的时候，她会感谢你的。”雅各

① 108.9华氏度，约等于42.7摄氏度。

布厉声说道。

爱德华犹豫了一下，接着他的手落了下来，他又一个箭步回到他在角落里的位置。

他的声音直截了当，也令人感到害怕：“你给我小心点。”

雅各布轻轻地笑了笑。

“挪开一点儿，贝拉。”他说道，一边把睡袋的拉链拉得更开一些。

我愤怒地盯着他，难怪爱德华会有这样的反应。

“不……”我想要反对。

“别傻了，”他生气地说道，“难道你不**想**有十个脚指头吗？”

他挤进狭小的空间，把背后的拉链撑开了。

接着我就无法反对了——我再也不想反对了。他那么温暖，他的胳膊抱紧我，让我暖和而舒服地躺在他赤裸的胸膛旁边。这种热量是无法抗拒的，就像空气在水底下封闭的时间太久了想要释放出来一样。当我迫不及待地把冰冷的十指贴在他的皮肤上时，他退缩了一下。

“呀，你都冻僵了，贝拉。”他抱怨道。

“对，对，对不起。”我结巴道。

“试着放松，”另一阵颤抖猛烈地涌遍我的全身，他建议道，“你一会儿就会暖和起来了。当然了，如果你把衣服脱掉的话会暖和得更快的。”

爱德华尖声地咆哮起来。

“这只不过是个简单的事实，”雅各布自我辩护道，“生存101①。”

“别，别说了，杰克，”我生气地说道，尽管我的身体甚至拒绝从他身边移开，“没，没，没有人真的需，需，需要十个脚指，指，指头。”

“别担心吸血鬼，”雅各布建议道，满口自鸣得意的语气，“他只是嫉妒罢了。”

---

① 意为生存指南，指贝拉此时脱掉衣服才是生存的必要之道。

“我当然嫉妒，”爱德华的声音又变得柔和了，他控制着自己的语气，在黑暗中像音乐般的呢喃，“你根本想象不出我有多么希望自己能做到你现在为她做的事情，杂种狗。”

“真可惜。”他不屑一顾地说道，不过紧接着他的语气就变得酸溜溜的了，“至少你知道她希望是你。”

“那倒是。”爱德华同意道。

他们吵架的时候，我的颤抖慢了下来，变得可以容忍了。

“哎，”雅各布高兴地说道，“感觉好些了吗？”

我终于可以口齿清楚地说话了：“是的。”

“你的嘴唇还是青的，”他打趣道，“想让我帮你暖暖吗？你说一声就行了。”

爱德华深深地叹了叹气。

“规矩一点儿。”我低声说道，把脸靠在他的肩膀上。我冰冷的皮肤碰到他的时候，他又缩了回去，我带着些许报复的胜利感，笑了起来。

睡袋里面已经很暖和，很舒适了。雅各布身体的热量似乎从各个方向辐射开来——或许是因为他占了**那么大**的空间吧。我踢掉靴子，用脚指头推他的腿，他轻轻地跳了一下，接着低头把滚烫的脸颊强行贴在我麻木的耳朵上。

我注意到雅各布的皮肤有一种森林里的麝香味——很适合此刻我们在森林中央的情景，这很好。不知道卡伦家族和奎鲁特是不是只是因为偏见才让他们对彼此的气味心存厌恶，每个人的味道对我来说都很好。

暴风雪就像动物袭击帐篷一样呼啸着，但是现在这已经不让我担心了。雅各布已经不在冰天雪地之中了，我也不冷了。此外，我只是累得不能担心任何事情了——这么晚了还醒着，而且肌肉痉挛引发了疼痛。随着我的身体一片一片地解冻，我也开始慢慢放松了，然后变得柔软了。

“杰克，”我困倦地咕哝道，“我可以问你个问题吗？我不是想要当傻瓜之类的，我真的只是很好奇。”这和他在我厨房里所说的话一模一样……那是离现在多久以前的事情呢？

“当然。”他轻声地笑了笑，他也想起来了。

“为什么你比你的朋友们多那么多毛？如果我很不礼貌的话，你可以不回答。”什么样的礼仪规矩才适用于狼人文化，这我就不懂了。

“因为我的头发要长一些。”他说道，感到很有趣——至少，我的问题没冒犯他。他摇摇头，这样他蓬乱的头发——现在又长到下巴那么长了——扎着我的脸颊。

“噢，”我很惊讶，但是这也有道理，那就是他们一开始加入团体的时候都剃了平头的原因吧，“那么为什么你不剪短呢？你喜欢头发蓬乱的样子吗？”

这一次他没有马上回答，爱德华轻声地笑了起来。

“对不起，”我停顿下来，打了个哈欠，“我不是想窥探别人，你没必要告诉我。”

雅各布发出一声恼怒的声音：“噢，不管怎样他也会告诉你的，所以我还是说吧……我留长发是因为……好像你更喜欢它长一点儿。”

“哦。”我有点尴尬，“我，呃，长发短发都喜欢，杰克。你不用……长头发不方便。”

他耸了耸肩：“结果证明今天晚上非常方便，所以别担心。”

我没有别的可说了。随着沉默的时间越来越长，我的眼皮低垂下来，然后闭上了，我的呼吸渐渐地慢了下来，更加均匀了。

“那就对了，亲爱的，睡觉吧。”雅各布轻声说道。

我叹了口气，很满足，已经有些半梦半醒了。

“塞思来了。”爱德华对雅各布低声说道，我突然领会到咆哮的原因了。

“好极了，现在你可以警惕其他事情了，而我可以为你照顾你的女朋友了。”

爱德华没有回答，但是我却软弱无力地埋怨起来。“别这样。”我低声说道。

顿时鸦雀无声了，至少里面是如此。外面，狂风在树林中呼啸而过，摇晃不定的帐篷使人难以入睡。柱子会突然猛地拉一下，抖动起来，每次都会在就要睡着的时候把我从半梦半醒之间拉回来。我为狼人感到难过，那个困在暴风雪中的小男孩。

我思绪万千，等待睡神来找我。这个温暖的小地方让我想起以前和雅各布在一起的日子，我还记得他代替别人充当我的太阳时的情景，那种温暖使我空虚的生活变得值得过下去了。离我上次这么想他已经有很长一段时间了，不过此刻他在这里再次温暖了我。

“拜托！”爱德华嘘声道，“你**留心**一点儿！”

“什么？”雅各布轻声还嘴，他的语气很惊讶。

“你认为你能**尝试**控制自己的思想吗？”爱德华的轻声细语非常暴躁。

“没人非要你听，”雅各布低声说道，他的语气充满挑衅，不过还是很难为情，“从我脑袋里滚出来。”

“我希望我**能**。你不知道你那些小小的幻想有多吵，就好像你对着我喊一样。”

“我会试着让它们小声一点儿的。”雅各布挖苦地低声说道。

然后是片刻的沉默。

“是的，”爱德华回答了一个没说出来的想法，他的声音很轻，我几乎没听清楚，“我也很嫉妒那一点。”

“我猜就是，”雅各布沾沾自喜地小声说道，“有点像打了个平局一样，是不是？”

爱德华轻声笑道：“你做梦。”

“你知道，她还是可能改变主意的，”雅各布奚落他道，“想想**所有**我能做而你做不到的事情。至少，我不会杀了她，就是这样。”

“睡觉，雅各布，”爱德华低声咕哝道，“你开始让我不安了。”

“我想我会的，我真的非常舒服。”

爱德华没有回答。

我已经恍惚到没办法叫他们别当我不在一样谈论我了。他们的谈话对我而言有点像做梦，我不确定我是不是真是醒着的。

“或许我会。”过了一会儿，爱德华回答了一个我没听见的问题。

“不过你会说实话吗？”

“你可以一直问，一直看啊。”爱德华的语气让我觉得好像又错过了某个笑话。

“好吧，你看得见我脑子里在想什么——今晚让我看看你的，只是为了公平。”雅各布说道。

“你满脑子都是问题，你想要我回答哪一个？”

“嫉妒……它**肯定在**蚕食你，你一定不像你表现出来的那么确定，除非你一点儿感情都没有。”

“那当然了，”爱德华认同道，不再觉得有趣了，“现在很难，我几乎无法控制自己的语气。当然当她离开我，和你一起的时候会更糟，我看不到她。”

“你一直都在考虑这些吗？”雅各布轻声问道，“她不在的时候是不是很难集中精神？”

“是，又不是，”爱德华说道，他似乎决定老实地回答，“我的思维方式和你的不一样，我一次可以想许多事情。当然，那就意味着我**总**能够想到你，总想知道她安静下来若有所思的时候，会想什么。”

他们两个有一会儿什么都没说。

“是的，我会猜测她经常想起你，”爱德华回应着雅各布的思想，低声说道，“比我愿意看到的还要频繁，她担心你不高兴。你并不是不知道这一点，而且你也并不是没**利用**这一点。”

“我不得不利用我能利用的一切，”雅各布低声说道，“我不打算跟你的优势竞争——比如她知道她爱你的优势。”

“那倒很有用。”爱德华语气温和地同意道。

雅各布挑战道：“她也爱我，你知道的。”

爱德华没有回答。

雅各布叹气道：“但是她**不**知道这一点。”

“我不知道你是不是正确。”

“那会让你心烦意乱吗？你也希望能看透她在想什么吗？”

“是……又不是。她更喜欢这样，尽管有时候会让我发疯，但我希望她开心。”

风猛烈地吹打着帐篷，像地震一样摇晃不定。雅各布的胳膊把我抱得更紧了，保护着我。

“谢谢你，”爱德华轻声说道，“这可能听起来很奇怪，我猜我很高兴你在这里，雅各布。”

“你的意思是：‘和我想杀了你一样，我很高兴她暖和过来了。’对不对？”

“这样停战令人不舒服，不是吗？”

雅各布的低语突然变得自鸣得意起来：“我知道你只不过和我一样嫉妒罢了。”

“我可不会和你一样，像个傻瓜似的什么都写在脸上。你知道，这帮不了你。”

“你比我更有耐心。”

“我应该有。我用了一百年的时间才有这份修为，等了一百年才等到**她**。”

“那么……什么时候你决定扮演耐心的好人这个角色的呢？”

“当我看见她受了那么多伤才做出选择的时候。克制并不总是那么难，大多数时候，我可以比较容易地忍住……我可能对你怀有不太文明的感情。有时候我想她看透了我的想法，但是我无法肯定。”

“我认为你只是担心如果你真的逼她选择的话，她选择的可能不是你。”

爱德华没有立即回答。“那只是部分原因，”他最后承认道，“不过只是一小部分。我们都有怀疑的时候，大多数时候我担心她偷偷溜出去见你会伤害到她自己。在我接受她跟你在一起多少是安全的之后——和贝拉一直所处的那种安全状态一样——似乎最好不要逼她走极端。”

雅各布感叹道：“我要告诉她所有的一切，但是她绝不会相信我。”

“我知道。”听起来爱德华好像在微笑。

“你认为你知道一切。”雅各布低声说道。

“我不知道未来。”爱德华说道，他的语气突然变得不确定了。

接着是很长的停顿。

“她要是改主意了，你会怎么做？”雅各布问。

“我也不知道。”

雅各布轻轻地笑道：“你会要杀我吗？”语气又变得挖苦起来，好像怀疑爱德华这么做的能力。

“不会。”

“为什么不？”雅各布的语气还是很揶揄。

“你真的认为我会用这种方式伤害她吗？”

雅各布迟疑了片刻，接着叹气道：“是的，你是对的。我知道那样是对的，但是有时候……”

“有时候这是个很吸引人的想法。”

雅各布把脸塞进睡袋里压低他大笑的声音。“的确如此。”他最终同意道。

这是个多么奇怪的梦啊。我不知道是不是无情的风使我想象出他们之间的低声细语，只是风的呼啸声一点儿也不轻柔……

“感觉如何？失去她？”安静了一会儿之后雅各布问道，在他突然变得沙哑起来的声音里听不出幽默的语气，“当你认为你会永远失去她的时候，你是怎么……处理的？”

“非常难以启齿。”

雅各布等待着。

“有两个截然不同的时候我想过这一点。”爱德华一字一句地说道，语速比正常的速度要慢一些，“第一次，我以为我可以离开她的时候……那……似乎还能忍。因为我以为她会忘记我，会像我从来没有进入她的生活一样。在六个多月的时间里，我能够远离她，遵守诺言不再打扰她。然后变得越来越困难——我在挣扎，但是我知道我不会赢；我会回来的……只是看看她好不好。不管怎样，我会对自己这么说。如果我发现她比较开心……我就会认为我能够再次离开了。”

“但是她不开心，而我会留下来。当然啦，她就是那样说服我明天留下来的。你以前对此很好奇，什么可能促使我……她真的完全不必为此感到内疚。她提醒了我我以前离开的时候给她带来过什么——我现在如果离开还是会给她带来同样的感觉。重提此事让她感到非常难过，但是她是对的。我永远都无法弥补此事，但是无论如何我都不会停止努力。”

雅各布有一会儿没有反应，他倾听着暴风雪，或者是咀嚼着他听到的话，我不知道是哪一种。

“而另一次——是当你以为她死了的时候吗？”雅各布粗暴地轻声问道。

“对，”爱德华回答了另一个问题，“很可能和你的感觉差不多，对不对？你看待我们的方式，会让你可能无法把她再当作贝拉了，但是那就是她将会成为的样子。”

“答非所问。”

爱德华的声音又变得快速而生硬：“我说不出到底是种什么样的感觉，无法言喻。”

雅各布的胳膊在我身边缩了一下。

“但是你离开是因为你不想让她成为吸血鬼，你**想**让她继续当人类。”

爱德华娓娓道来：“雅各布，从我意识到我爱她的那一瞬间开始，我就知道只有四种可能。第一种选择，对贝拉最好的选择就是如果她没有像我一样感觉那么强烈——如果她可以忘记我，继续生活，我会接受的，尽管这永远不会改变我对她的感情。你认为我是个……活着的石头——既硬又冷，这是事实。我们生来就是如此，对我们而言经历真正的改变是非常罕见的。一旦发生，就像贝拉走进我的生活一样，就是永远的改变，没有回头路……

“第二种选择，是我原先选择的，就是陪伴她度过整个人生。对她而言不是个好选择，让她把生命浪费在不能和她一起过上真正的人类生活的人身上，但是这是我最容易面对的选择。我一直都知道，她死后我也会找到死去的方式。六十年，七十年——对我好像是一段非常短的时光……但是事实证明，她离我的世界那么近，对她而言太危险了，好像一切会出现的问题的确都发生了。或者悬在我们头上……等着出错。我很害怕当她还是人类的时候，如果我一直靠近她，就可能没有机会陪她六十年了。

“所以我选择第三种可能，结果证明这是我漫长的一生中犯下的最严重的错误，正如你所知道的。我选择让我自己走出她的生命，希望强迫她选第一种。但不起作用，而且差点儿就杀了我们俩。

“除了第四个选择我还有什么呢？那是她想要的——至少，她认为她想要的。我一直努力让她推迟，给她时间找到改变主意的理由，但是她非常……固执，你知道**这一点**。我很幸运地拖延了几个月，她很害怕变老，她的生日在九月……”

“我喜欢第一个选择。”雅各布低声说道。

爱德华没有回答。

“你**十分**了解我有多么讨厌接受这个现实，”雅各布慢慢地低语道，“但是我看得出你的确很爱她……用你的方式，我无法反驳。”

“即便如此，我还是认为你不应该放弃第一个选择，还不到时候。我认为经过一段时间，她好起来的机会很大。你知道，如果她三月没有从悬崖上跳下去的话……如果你再等半年才回来察看她的情况的话……噢，你可能会发现她会比较开心的，我有个计划。”

爱德华轻声笑道：“或许会奏效，那是个考虑周全的计划。”

“是啊，”雅各布感叹道，“但是……”他突然加快语速，说得非常快、非常轻，所有的词语都连在一起了，“给我一年的时间，吸……爱德华，我真的认为我能够让她快乐。她很固执，没有人比我更了解这一点，但是她能够愈合，她以前本来可以恢复的。她可以继续当人类，和查理、蕾妮一起，她会长大，生孩子……继续做贝拉。”

“你那么爱她，你该分析一下另一个计划的优点。她认为你非常的无私……你真的如此吗？我可能比你更适合她，你会考虑这一点吗？”

“我**已经**考虑过了，”爱德华平静地回答道，“在某些方面，你比任何人都更适合她。贝拉需要人照顾，而你足够强壮，能够保护她不让她受伤害，不让不利的一切伤害她。你已经**做**过这些了，我为此欠你人情，只要我活着——永远——不管哪一个先来……”

“我甚至问过爱丽丝，看她是否能够预见——贝拉和你在一起会不会更好，她当然看不见。她看不见你，而贝拉目前对她的道路还很不确定。

“但是我不会愚蠢到再犯以前犯过的错误，雅各布。我不会再逼她回到第一个选择，只要她需要我，我就会在她身边。”

“如果她将来决定选择我呢？”雅各布挑战道，“好吧，那要很长的时间，我向你保证。”

“我会放手的。”

“就那样？”

“这样做对我而言有多困难，我永远都不会在她面前表现出来，是的，但是我会一直注视着一切。你知道，雅各布，或许某一天你也会离开**她**，就像山姆和艾米莉一样，你会没有选择。我会永远在一旁等待，希望那样的事情会发生。”

雅各布轻轻地哼道：“好吧，你比我有权期望的要诚实得多……爱德华，谢谢你让我进入你的头脑。”

“我说过，我今晚对你出现在她的生命中心存感激，这或许很奇怪，我能做的就只剩这些了……你知道，雅各布，如果我们不是天敌，而你同时也妄图偷走我存在的意义，要不是因为这些的话，实际上我或许会喜欢你的。”

“或许……如果你不是个令人讨厌的吸血鬼，还计划着要吸走我所爱的女孩的生命……好吧，不，即使那样也不会。”

爱德华咯咯地笑了起来。

“我能问你件事情吗？”过了一会儿，爱德华问道。

“为什么你要这么问呢？”

“我只能听见你想到的。只是那天贝拉似乎不愿意告诉我的一个故事，某个关于第三个妻子的……”

“那又怎样？”

爱德华没有回答，倾听着雅各布脑海中的故事，我听见他在黑暗里发出的嗞嗞声。

“什么？”雅各布又追问道。

“当然啦，”爱德华大发雷霆，“当然！我真希望只有你们的长老知道**那个**秘密，雅各布。”

“你不喜欢吸血鬼被描述成坏人吗？”雅各布挖苦道，“你知道，他们本来就**是**。以前如此，**而且**现在也一样。”

“我真的不太关心这一点，难道你猜不出来哪个角色贝拉会感同身受吗？”

雅各布过了一会儿才领会到：“哦。啊，第三个妻子。好吧，我明白你的意思了。”

“她想要到空地那里去，做一点点她力所能及的事情，如她所言，”他感叹道，“那是我明天留下来陪她的次要原因。她想要什么东西的时候会很拐弯抹角。”

“你知道，你的军官兄弟让她产生这样的想法，和这个故事让她想到的不相上下。”

“双方都不是有意的。”爱德华轻声说道，现在在当和事佬了。

“那么什么时候**这次**小停战结束？”雅各布问道，“破晓？或者等到我们打完仗？”

俩人思考着，又陷入了沉默。

“破晓。”他们同时低声说，又都轻轻笑起来。

“好好睡觉，雅各布，”爱德华低声说道，“享受此刻吧。”

周遭又安静下来了，帐篷一动不动地过了几分钟。风似乎总算决定不把我们打倒了，正在撤退。

爱德华轻柔地叹息道：“我这么说并不全是字面上的意思。”

“对不起，”雅各布轻声说道，“你可以离开，你知道——给我们一点儿私人空间。”

“你想让我帮你睡着吗，雅各布？”爱德华提议道。

“你可以试一试，”雅各布毫不在乎地说道，“看看谁走开会很有意思，是不是？”

“别太惹我，狼，我的耐心可没你想的**那么**好。”

雅各布轻声地大笑道：“我现在宁愿不要动，如果你不介意的话。”

爱德华开始自言自语起来，声音比平时要大一些——想要淹没雅各布的思想，我猜测。但是他哼的是我的摇篮曲，尽管我对这场轻声细语的梦逐渐感到不安，我的意识却越来越不清醒……进入到更有意义的梦乡之中去了。

魔　鬼

早上醒来的时候，天气非常晴朗——即便躺在帐篷里面，阳光仍然刺痛了我的眼睛，而且正如雅各布所预计的，我还在出汗。雅各布在我耳旁轻轻地打着呼噜，他的胳膊仍然紧紧地抱着我。

我从他犹如发烧一样温暖的胸膛上移开了头，感到寒冷的清晨刺疼了我湿冷的脸庞。雅各布在睡梦中叹息，他的胳膊下意识地把我抱得更紧了。

我扭动了一下，无法挣脱他的控制，我挣扎着把头抬高去看……

爱德华平静地直视我的眼神，他的表情很平静，但是他眼中的痛苦表露无遗。

“外面有没有暖和一些？”我问道。

“有，我认为今天不会需要加热器了。”

我试着去够拉链，但是我没办法挪动我的胳膊，我绷紧抵抗雅各布无意识的力气。雅各布低声咕哝着还在睡，他的胳膊又收紧了。

“帮帮我？”我轻轻地问道。

爱德华微笑道：“你想要我把他的胳膊都卸掉吗？”

“不，谢谢。只是让我出来，我要中暑了。”

爱德华敏捷而生硬地拉开睡袋的拉链。雅各布掉了出来，他赤裸的后背撞在帐篷冰冷的地面上。

“嘿！”他抱怨道，眼睛倏地睁开了。出于本能，他躲避开冰冷的地方朝我滚过来。他的体重压得我直喘粗气。

接着他的体重消失了，雅各布飞到一根帐篷柱子上，帐篷不停地抖动起来，我感觉到他巨大的冲击力。

咆哮的声音从四面八方传了过来。爱德华蹲在我面前，我看不见他的脸，但是一阵阵怒吼从他胸膛中传了出来。雅各布也半蹲着，他整个身体都在颤抖，咆哮声轰隆隆地从他紧闭的牙齿缝中传出来。帐篷外面，塞思·克里尔沃特不怀好意的怒吼在岩石上回荡起伏。

“停下来，停下来！”我大声叫道，慌乱地爬到他们之间。空间太小，我根本不需要伸长胳膊就把手搭在他们俩的胸口上。爱德华用他的手抓住我的手腕，准备把我拉到一旁。

“停下来，马上。”我警告他。

在我的触碰下，雅各布开始让自己平静下来。他颤抖的速度慢了下来，但是牙齿还是裸露在外，眼神凶恶地盯着爱德华。塞思还在咆哮，那是一声没有间断的长鸣，帐篷里陡然安静下来，他的声音成为非常强的背景音。

“雅各布？”我问道，直到他终于不再瞪眼，而是低下头看着我，“你受伤了吗？”

“当然没有！”他嘘声说道。

我转向爱德华。他看着我，表情冷漠而生气。我说：“那可不友好，你应该道歉。”

他的眼睛厌恶地睁得很大：“你肯定是在开玩笑——他差点压扁你。”

“因为你把他扔在地上了！他不是故意这么做的，他没伤害我。”

爱德华呻吟，表示反感。慢慢地，他抬起头瞪着雅各布，双眼充满敌视：“我道歉，狗。”

“没造成什么损害。”雅各布说道，声音里夹杂着嘲弄的语气。

天还是很冷，尽管没有之前那么冷了，我用胳膊护着胸口。

“接着。”爱德华说道，他又恢复了平静。他拾起地上的皮大衣，裹在我的外套上。

“那是雅各布的。”我反对道。

“雅各布有皮袄。”爱德华暗示道。

“我准备再用一下睡袋，如果你不介意的话，”雅各布没理会他，从我们身边绕着爬过去，钻进了睡袋，“我还没怎么睡醒，没以前睡得好。”

“那是你的想法。”爱德华毫无感情地说道。

雅各布蜷缩起来，眼睛已经闭上了，他打了个哈欠：“我又没有说这不是我度过的最美好的一夜，只是我还没有睡够。我以为贝拉永远都不会闭嘴。”

我退缩了，想知道我睡觉的时候嘴巴里又冒出些什么话来。种种可能性都很吓人。

“我很高兴你自得其乐。”爱德华咕哝道。

雅各布的黑眼睛猛地睁开了。“那么，难道你晚上过得不好？”他沾沾自喜地问道。

“还不是我的人生中最糟的一夜。”

“进得了前十吗？”雅各布问道，他莫名地高兴。

“可能。”

雅各布微笑着闭上眼睛。

“但是，”爱德华继续说道，“如果我昨天晚上能够代替你的话，那不会是我一生中**最美好**的十个夜晚之一。你就做梦吧。”

雅各布生气地瞪大眼睛，他僵硬地坐了起来，肩膀很紧张。

“你知道吗？我觉得这里太拥挤了。”

“我非常同意。”

我用胳膊肘戳了戳爱德华的肋骨——很可能撞伤了自己。

“那么，我想待会儿再睡，”雅各布扮了个鬼脸，“我需要和山姆谈谈。”

他骨碌一下站了起来，抓住帐篷门的拉链。

当我陡然意识到这可能是我最后一次看见他，痛苦猛地划过我的脊椎，停留在我的胃里。他回去见山姆，和一群嗜血的新生吸血鬼作战去了。

“杰克，等等——”我伸手去抓他，我的手从他的胳膊上滑落下来。

我的手指还没抓紧他的胳膊就被他挣脱了。

“求你了，杰克，你不留下吗？”

“不。”

他的话既斩钉截铁，又冷漠无情。我知道我的脸泄露了我的痛苦，因为他吸了口气，半个微笑软化了他的表情：

“别担心我，贝儿。我会没事的，毫发无伤，”他勉强地大笑起来，“此外，你认为我会让塞思代替我——玩得很开心，偷走所有的光荣吗？对。”他哼了一声。

“小心——”

我还没说完他就用力推开帐篷门走了出去。

“别抱怨了，贝拉。”我听见他重新拉上拉链的时候低声咕哝道。

我听着他返回的脚步声，但是只有一片寂静，风停了。我能听见远处山上的鸟鸣，除此之外，什么也没有。雅各布现在静悄悄地行动起来了。

我缩在外套里，靠在爱德华的肩膀上，我们很久都没有说话。

“还要多久？”我问道。

“爱丽丝告诉山姆应该还要一小时左右。”爱德华说道，语气轻柔但凄凉。

“无论发生什么事，我们都会待在一起。”

“无论发生什么。”他同意道，眼睛很紧张。

“我知道，”我说，“我也为他们担心。”

“他们知道如何保护自己，”爱德华安慰我，故意让自己的语气显得很轻松，“只不过我讨厌错过其中的乐趣。”

又是**乐趣**，我的鼻子气得冒烟。

他用胳膊揽着我的肩膀。“别担心。”他恳求我，接着吻了吻我的额头。

仿佛有什么方法可以避免那样：“当然，当然。”

“你想要我分散你的注意力吗？”他轻轻地喘息，一边用冰冷的指头划过我的颧骨。

我不自觉地颤抖了一下，早晨还是很寒冷。

“或许不是现在。”他自问自答道，把手移开了。

“还有其他的方法可以转移我的注意力。”

“你想要怎么做？”

“你可以告诉我你最美好的十个夜晚，”我提议道，“我很好奇。”

他大笑道：“试着猜一猜。”

我摇摇头：“有太多我不知道的夜晚了，一个世纪呢。”

“我把它们限定在你身上。自从我遇见你，我所有最美好的夜晚才出现。”

“真的吗？”

“是啊，真的——还有广阔的回旋余地呢。”

我想了一会儿。“我只能想到我的。”我承认道。

“或许是一样的。”他鼓励道。

“好吧，第一个夜晚，你留下来的那个夜晚。”

“是的，那也是我最美好的夜晚之一。当然啦，你不清楚我最喜欢的那部分。”

“对啊，”我记起来了，“那天晚上我也说梦话了。”

“是的。”他同意道。

我的脸火辣辣的，因为我又想知道在雅各布的臂弯里我可能说过些什么。我记不得自己做过什么梦了，或者我是不是做过梦，所以那无济于事。

“我昨天晚上说了什么？”我轻声问道，比之前要平静一些。

他耸了耸肩，没有作答。我感到一惊：“那么糟糕？”

“没什么太可怕的。”他叹气道。

“请告诉我。”

“大多数时候你提到我的名字，和平时一样。”

“那倒不坏。”我小心地同意道。

“不过，在最后，你开始咕哝一些废话：‘雅各布，我的雅各布。’”即使轻声细语，我仍可以听见他的痛苦，“你的雅各布非常享受**那一段**。”

我伸长脖子，扭着头想要让我的嘴唇碰到他的下巴，我看不见他的眼神，他一直仰头盯着帐篷顶。

“对不起，”我低声说道，“那只是我区别的方式。”

“区别？”

“杰柯尔医生和海德先生[①] 之间的区别，在我喜欢的雅各布和让我烦得要死的雅各布之间。”我解释道。

“那很有道理，”他听起来稍微缓和了一些，“再告诉我一个你最美好的夜晚。”

“从意大利飞回家。”

他皱了皱眉头。

“不是你的？”我惊讶地问。

“不，实际上，**是**我最美好的夜晚之一，但是我很惊讶也在你的排行榜上。你是不是滑稽地认为我只是良心上感到内疚才那么做的，飞机舱门一开我就会逃跑？”

“是的，”我微笑道，“但是，你还是留在我身边了啊。”

他亲吻我的头发：“你爱我的程度超过了我配拥有的。”

听见这个无稽之谈，我大笑起来。“下一个就是意大利回来之后的那个夜晚。”我继续说道。

“对，那也榜上有名，你很好玩。”

“好玩？”我反驳道。

“我不知道你的梦境这么栩栩如生，我一辈子都无法让你承认你是醒着的。”

“我还是不确定，”我低声道，“你似乎一直比现实更喜欢梦。现在告诉我你的另一个，我猜到你排名第一的了吗？”

---

① 杰柯尔医生和海德先生（Dr. Jekyll and Mr. Hyde），出自英国作家斯蒂文森（Robert Louis Stevenson，1850—1894）的著名小说《化身博士》（*The Strange Case of Dr.Jekyll and Mr. Hyde*，1886），是一部脍炙人口的经典小说。书中的主角是善良的杰柯尔医生，他为探求人心之善恶，发明变身药并自己试验，结果创造出一个化身海德先生，而杰柯尔把身上所有的恶给了海德，自己则保有善。这部著作曾经被拍成电影、编成音乐剧，流传十分广泛，使得杰柯尔和海德成为“双重人格”“人格分裂”的代称。斯蒂文森生于苏格兰爱丁堡（Edinburgh，Scotland），毕业于爱丁堡大学。1875 年当过律师，后转向写作。传奇式冒险小说《金银岛》（*Treasure Island*，1883）使他一举成名，从此走上浪漫小说的写作道路。他的作品还有《绑架》（*Kidnapped*，1886）、《巴伦特雷的少爷》（*The Master of Ballantral*，1889）和未完成的《赫米斯顿的韦尔》（*Weir of Hermiston*，1896），后者被认为是他的杰作。

“没——那是在两天之前的晚上，当你终于答应嫁给我。”

我做了个鬼脸。

“没上你的榜单？”

我想到他吻我的样子，我赢得的让步，改变主意说道：“是的……也上了我的，但是有所保留。我不理解为什么那对你如此重要，你已经永远拥有我了。”

“从现在开始一百年，当你获得足够的洞察力，能够真正地理解答案时，我再解释给你听。”

“我会提醒你解释—— 一百年以后。”

“你还暖和吗？”他突然问道。

“我很好，”我让他放心，“怎么了？”

他还没来得及回答，帐篷外的寂静被一声震耳欲聋的哀号撕裂了。声音从山脉的岩石坡面上飞弹下来，从四面八方弥漫在空气中。

这声哀号就像龙卷风一样撕裂了我的心，既陌生又熟悉。陌生是因为我以前从未听见过如此备受折磨的嗥叫；熟悉是因为我立即认出了这个声音——我认出来这个声音，而且非常了解其中的含义，就像是我自己发出来的一样。当他叫喊出来的时候雅各布是不是人根本没什么区别，我不需要翻译。

雅各布就在附近，雅各布听见了我们所说的每个字，雅各布现在很痛苦。

哀号被抑制住了，然后演变成一长串独特的啜泣声，接着又安静下来了。

我没有听见他默默的逃跑声，但是我能感觉到——我能感觉到以前我错误地臆测到他不在场，他离开后留下的空洞的空间。

“因为你的加热器到了极限，”爱德华平静地回答道，“休战结束了。”他补充道，他说得非常轻，我无法确定他到底是什么意思。

“雅各布在听。”我低声地说道，这不是问题。

“对。”

“你知道。”

“对。”

我一片茫然，什么也看不见。

“我从来没承诺过要公平竞争，”他平静地提醒我，“他该知道。”

我双手抱着头。

“你生我的气吗？”他问道。

“不是你，”我轻声说道，“我觉得**自己**很可怕。”

“别折磨自己。”他恳求道。

“是啊，”我悲痛地说道，“我应该节省精力多折磨一下雅各布，我要让他体无完肤！”

“他知道自己在干什么。”

“你认为那重要吗？”我眨着眼睛忍住泪水，但很容易就能听出我声音中的哭腔，“你认为我在乎是否公平，或者他是否得到充分的提醒吗？我**在伤害**他，每一次我转身的时候，就又伤害了他。”我的声音变得更大了，更加歇斯底里了，“我是个可怕的人。”

他紧紧地抱住我：“不，你不是。”

“我是！我这是怎么了？”我在他的怀抱中挣扎，他放下胳膊，“我得去找他。”

“贝拉，他已经跑到几英里开外了，而且外面很冷。”

“我不在乎，我不能只是**坐**在这里。”我抖落雅各布的皮大衣，把脚套进靴子里，笨拙地朝帐篷门爬去，我感到腿很麻木，“我得……我得……”我不知道如何说完这句话，不知道要在那儿干什么，但是我还是拉开了帐篷门，爬进清朗而寒冷的早晨。

昨天晚上下了一夜鹅毛大雪，暴风雪过后外面的积雪比我想象的要少一些。可能是被风吹走了，而不是被现在从东南方缓缓升起的太阳融化了，太阳照耀着残留的雪，刺痛着我尚未适应的眼睛。风还有一点儿，但是基本已经平静了，随着太阳徐徐升起变得更加适合节令了。

塞思·克里尔沃特蜷缩在一棵茂密云杉下的干松针堆上，头趴在爪子上。他沙砾色的毛映衬着枯死的松针几乎看不见，但是我看得见明亮的白雪从他睁大的眼睛里反射出来，他带着我想象中的责备眼神盯着我。

我踉踉跄跄地朝树林走去，知道爱德华跟着我。我听不见他的声音，但是太阳在他身上反射出闪闪发光的彩虹洒在我身上。他没有伸手拦住我，直到我几步跑进森林的树荫里。

他的手拉住我的手腕，没理会我的挣扎。

“你不能在他后面追，今天不行。时间差不多到了。无论如何，让你自己迷路对任何人都不会有帮助。”

我扭动着手腕，无济于事地拉扯着。

“对不起，贝拉，”他轻声说道，“我很抱歉那么做。”

“你没做错任何事，是我的错。我做了，我做了所有的错事。我本来可以……当他……我不应该……我……我……”我开始啜泣起来。

“贝拉，贝拉。”

他的胳膊紧紧地抱着我，我的泪水浸透了他的衬衫。

“我本应该……告诉他……我本应该……说……”什么？怎样才能做对呢？“他本不应该……这样了解到的。”

“要不要我去看看能不能把他带回来？这样你就能跟他谈一谈了。还有一点儿时间。”爱德华低声说道，声音里充满被他掩饰起来的痛苦。

我靠在他的胸口上点点头，不敢看他的脸。

“待在帐篷附近，我很快就回来。”

他的胳膊消失了。他离开得好快，过了一会儿我抬起头时，他已经不见踪影了，只剩下我一个人。

一阵新的啜泣在我心口迸发开来，我今天伤害了所有人。还有什么东西没有被我糟蹋的吗？

我不知道为什么现在这让我受到如此大的打击。一直知道事情会变成这样的啊，但是雅各布从来都没有如此强烈的反应——丢掉了他莽撞的过度自信，流露出他强烈的痛苦。他痛苦的声音仍然痛击着我心中的某个地方，就在它旁边的是另一种痛苦，因为为雅各布感到痛苦而痛苦，为也伤害了爱德华而痛苦，为不能镇静自若地看着雅各布离去而痛苦，我知道那样做才是正确的，唯一正确的方法。

我很自私，给别人带来伤害，我折磨着我所爱的人。

我就像《呼啸山庄》里的凯西[1]一样，只不过我的选择比她的要好得多，两个都不邪恶，两个都不弱。现在我坐在这里，为此痛哭流涕，却没有做任何有效的努力校正这一切，就像凯西一样。

我不能允许伤害**我**的事情再影响我的决定了。一切都太无力了，太晚了，但是我现在不得不做正确的事情，或许已经有人为我做了。或许爱德华不能把他带回来。那么我就要接受现实，然后继续我的人生。爱德华再也不会看见我为雅各布·布莱克流下一滴泪了，不会再有眼泪。此刻我用冰冷的手指抹去残留的最后一滴眼泪。

要是爱德华真的把他带回来，就这么办吧。我得告诉他离开我，永远不要再回来。

为什么比跟我的其他朋友，像安吉拉和迈克，说再见要难得多？为什么那么伤人？这不对。那不应该让我受伤，我已经得到了我想要的。我不能两样都要，因为雅各布不可能只当我的朋友。是放弃这种希望的时候了，一个人怎能贪婪到这种荒唐的地步啊？

我得克服这种雅各布属于我的生活的不理智的想法。当我已经属于别人的时候，他不可能属于我，不会成为**我的**雅各布。

我慢慢地走回那片小小的空地，我的脚费力地移动着。当我踏进

---

① 凯西（Cathy）是凯瑟琳·恩肖或凯瑟琳·林顿（Catherine Earnshaw 或 Catherine Linton）的小名，艾米莉·勃朗特（Emily Brontë）《呼啸山庄》中的女主角，凯西出生在呼啸山庄，是希斯克里夫（Heathcliff）养父母的女儿。凯西与希斯克里夫之间的爱情纠葛是贯穿《呼啸山庄》的主线。在小说中，她的灵魂备受折磨与挣扎：一方面是坦诚地面对自己的心灵，与希斯克里夫在一起；另一方面则是嫁给家境富裕，社会地位高的埃德加·林顿（Edgar Linton）。她遗传了家族的黑棕色眼睛，养尊处优、任性妄为，是被宠坏了的富家小姐。凯西满腔热情地回报了希斯克里夫的爱，但是又不愿意嫁给社会地位卑微的希斯克里夫。她选择了埃德加·林顿，她希望通过婚姻能够帮助希斯克里夫找回他本该得到的社会地位。希斯克里夫听说凯西嫁给他会降低她的身份之后愤怒地离开了呼啸山庄。三年后希斯克里夫腰缠万贯地回来了，凯西则想与他和好如初，这使埃德加非常不悦。凯西总是处在肉体与精神的疯狂边缘，最终发了疯，并在生完孩子之后郁郁而终。在书中她如是说："嫁给希斯克里夫就会降低我的身份，所以他永远也不会知道我多么爱他。……不论我的灵魂是什么做成的，他的和我一模一样；而林顿的灵魂就如月光和闪电，或者霜和火，完全不同。"

这片露天空地时，一股刺目的光迫使我眨了眨眼睛，我飞快地瞟了塞思一眼——他没有从松针铺上移动过——接着又逃避他的目光，看着别处。

我能感觉到我的头发很凌乱，像美杜莎[①]的蛇发一样一簇簇地拧在一起。我用手指费力地拉扯头发，不过很快就放弃了。话说回来，谁又在意我看起来如何呢？

我抓起挂在帐篷门边的水壶，摇了摇。里面有液体摇动的声音，所以我拧开盖子，喝下一大口冰水漱口。附近什么地方有吃的，但是我不饿，没去找。我开始在这片明亮的小空间里踱来踱去，感到塞思的眼睛一直盯着我。因为我不愿意看他，在我头脑里他又变成了一个小男孩，而不是一头巨大的狼，很像年纪稍小时的雅各布。

我想要塞思如果雅各布回来就叫一叫，或者给些信号，但是我没让自己这么做。雅各布回来与否并不重要，如果他不回来可能会更容易些，我希望我有办法呼唤爱德华。

就在那时塞思哀鸣着站了起来。

“怎么啦？”我愚蠢地问他。

他没理会我，飞快地跑到树林边缘，鼻子指向西边，他开始哀号了。

“有其他人吗，塞思？”我追问道，“在空地上？”

他看着我，轻柔地叫了一声，接着警觉地把鼻子转回到西边。他

---

① 美杜莎（Medusa），又译梅杜莎，是希腊神话中的一个女妖，高哥（Gorgon）三女妖之一，她的头发都是蛇，任何直视美杜莎双眼的人都会变成石像。据说她原是一位美丽的少女，后来变成蛇发女妖，其原因大致有以下几种说法。第一种说法是因为美杜莎和智慧女神雅典娜（Athena）比美，雅典娜一怒之下将美杜莎的头发变成毒蛇，把她变成面目丑陋的怪物；第二种说法是因为美杜莎和海神波塞冬（Poseidon）为了逃避海神之后安菲屈蒂（Amphitrite）的嫉妒，而躲在雅典娜的神殿中交合，雅典娜盛怒下将她变成蛇发魔女。美杜莎最后被珀耳修斯（Perseus）取下首级，献给雅典娜，雅典娜将美杜莎的头嵌在神盾埃癸斯（Aegis）的中央。后来美杜莎一词有“具有致命吸引力的女子”之含意。传说美杜莎与波塞冬有两名子女，而这两名子女在美杜莎被杀后，从她的身体走出来，即飞马珀伽索斯（the winged horse Pegasus）及巨人克律萨俄耳（the giant Chrysaor）。

的耳朵向后缩了回来，然后又开始哀鸣了。

为什么我这么笨？让爱德华去了，我在想什么？我怎么知道发生了什么事？我不会说狼人的语言。

一阵冰冷的恐惧如涓涓细流般慢慢地沿着我的脊椎向下渗透。要是时间耗尽了怎么办？要是雅各布和爱德华离那里太近怎么办？要是爱德华决定加入战斗怎么办？

冰冷的恐惧在我的胃里翻江倒海。要是塞思的忧伤与空地上发生的事情毫无关系，他的叫喊只不过是表示不赞成呢？要是雅各布和爱德华他们俩在森林里遥远的地方打斗起来呢？他们不会那么做的，对不对？

我突然产生一种毛骨悚然的感觉，意识到他们会——如果说错话的话。我想到今天早上帐篷里紧张的对峙，不知道我是不是低估了形势，这差一点儿就演变成一场搏斗对峙了。

如果我不知道为什么就失去他们俩的话，这只不过是我罪有应得。

冰封住了我的心脏。

在我因恐惧而崩溃前，塞思开始在他的胸腔里微微地低吼起来，接着从他观察的方向转身慢慢地走回到他栖息的地方。这让我镇定下来，但是也让我感到不安，难道他不能从泥土上或其他东西上抓出点信息？

我一层一层裹得严严实实的，踱来踱去开始让我出汗了。我把夹克扔进帐篷里，接着回去在一条小路上耗时间，那条小径横穿过树林里小空地的中央。

塞思突然又跳起身来，他后颈项上的毛僵直地竖起来。我看了看周围，但什么也没看见。如果塞思跑开的话，我会朝他扔松果的。

他低吼出一声低沉的警告，鬼鬼祟祟地往树林边缘的西侧撤退，我重新梳理了一下烦乱的心绪。

“是我们，塞思。”雅各布从远处喊道。

我想要给我自己解释为什么我一听见他的声音，心就怦怦地跳到了四挡。只是因为害怕我现在不得不做的事情，就是那样。我不能让自己因为他回来而感到欣慰。那会适得其反。

爱德华首先走进我的视线，他不露声色，一脸平静。当他从树荫中走出来的时候，阳光在他的皮肤上闪烁着微光，就像照射在雪上一样。塞思跑过去迎接他，热切地看着他的眼睛。爱德华慢慢地点点头，担忧写满额头。

“是的，那就是我们需要的一切，”他自言自语地说道，然后对这头大狼说道，“我想我们不应该感到惊讶，但是时间会非常紧张，让山姆叫爱丽丝尽力计划得更加周详一些。”

塞思立刻低下头，我希望我能够咆哮。当然，他现在能够点头。我烦躁地转动头部，意识到雅各布在那里。

他背对着我，面对着他来时的路，我谨慎地等待着他转过身来。

“贝拉。”爱德华对我小声说道，突然出现在我右手边。他低头凝视着我，眼睛里满是关心的神色。他的慷慨大度永无止境，我现在比以前更不配得到他。

“事情有点复杂，”他告诉我，语气谨慎而担忧，“我打算带塞思到远点的地方去，想办法把话说清楚。我不会走很远，但是我也不会听。我知道你不想有听众，不管你打算选择哪一条路。”

只是说到最后才流露出痛苦的语气。

我再也不要伤害他了，那会是我一生的使命，我再也不会让这种表情重新回到他的眼中。

我很难过，甚至没有问他出了什么新问题，我现在不需要其他的事情。

“赶紧回来。”我轻声说道。

他轻轻地吻了我的嘴唇，接着塞思来到他的身旁，和他一起消失在树林里。

雅各布还是在树荫里，我看不清他的表情。

“我赶时间，贝拉，”他无精打采地说道，“为什么你不把这一切都忘了呢？”

我吞咽了一下，我的喉咙突然变得很干，不确定是不是能说得出话。

“只不过是说说话，然后就结束了。”

我深深地吸了一口气。

“我很抱歉我是这么坏的一个人，”我轻声说道，“我很抱歉我一直那么自私。我希望我从未遇见过你，这样我就不会像现在这样伤害你。我不会再这么做了，我保证。我会离你远远的，我会搬出这个州，你永远都不必再看我一眼。”

“那可不是什么道歉。”他讥讽地说道。

我发不出声音来。“告诉我怎样做才算对。”

“要是我不想你离开呢？要是我宁愿你留下来，不管自私还是不自私呢？如果你想弥补我，难道还不让我说？”

“那没用，杰克。我们想法不同，还和你在一起是错误的，事情不会好转的，我只会一直伤害你。我不想再伤害你了，我讨厌这样。”我的声音带着哭腔。

他叹气道：“别这样。你没必要说其他的了，我理解。”

我想告诉他我会多想他，但是我咬住舌头，再说什么也于事无补。

他眼睛盯着地面，静静地站了一会儿，我内心挣扎着，抑制着走过去，抱住他，去安慰他的冲动。

接着他猛地仰起头。

“好吧，你并不是唯一有能力自我牺牲的人，”他说道，语气更强烈了，“你会耍的花招，别人也会耍。”

“什么？”

“我自己表现得糟糕透顶，我没有必要让你更为难。我一开始本来可以欣然地放弃的，但是我也伤害了你。”

“这是我的错。”

“我不会让你承担一切过失的，贝拉，也不会独占一切荣耀。我知道如何补偿自己。”

“你在说什么？”我追问道，他眼里突然出现的疯狂光芒让我害怕。

他抬头瞟了一眼太阳，接着微笑着对我说：“山下一场严峻的战斗正在酝酿之中，我认为走出这种情形并不太难。”

他的话渐渐地，一字一句地渗入我的脑海，我无法呼吸。尽管让雅各布完全从我生命中消失的一切想法还在，但直到利刃就要准确无误地扎进我心窝的那一刻，我才意识到它扎得有多么深。

“噢，不，杰克！不，不，不，不，”我惊恐万状地哽咽起来，“不，杰克，不要。求你了，不。”我的膝盖开始颤抖。

“有什么区别，贝拉？这只会让大家更方便，你甚至不必搬家。”

“不！”我的声音叫得更大了，“不要，雅各布！我不会让你去的！”

“你怎么阻止我？”他冷冷地嘲讽道，笑中带刺。

“雅各布，我求你，和我在一起。”如果我能动的话，我会跪倒在地。

“我错过一场精彩的打斗就为了这十五分钟？你认为我一安全就会立刻从我身边跑开？你肯定是在开玩笑。”

“我不会跑开的，我改变主意了。我们会想出办法的，雅各布。总是有妥协办法的，不要走！”

“你在撒谎。”

“我没有，你知道我撒谎撒得多么糟糕。看着我的眼睛，如果你这么做的话，我就会留下来。”

他的脸更硬了：“在婚礼上当**你们的**伴郎？”

有一会儿我说不出话来，我能给他的唯一答案还是：“求你了。”

“我就是这么想的。”他说道，脸色就要变得平静下来了，可是他眼里闪烁着狂暴的光芒。

“我爱你，贝拉。”他低声说道。

“我爱你，雅各布。”我断断续续地说道。

他微笑道：“在这一点上，我比你自己更了解。”

他转过身走开了。

“任何东西，”我在他身后声嘶力竭地喊道，“不论你想要什么，雅各布，别这么做！”

他停了下来，慢慢地转过身。

“我觉得你不是真这么想的。”

“留下来。”我祈求道。

他摇摇头：“不，我走了。”他停顿下来，仿佛在决定什么，“不过我会把它交给命运。”

“你是什么意思？”我哽咽着说出来。

“我不想深思熟虑地做任何事情——我只能为我的团队竭尽所能，让会发生的一切发生吧。”他耸耸肩，“如果你能说服我你真的想让我回来——比你想要做的那件无私的事情更强烈的话。”

“怎么做？”我问道。

“你可以问我。”他建议道。

“回来。”我轻声说道，他怎么能怀疑我的想法？

他摇摇头，又笑了笑：“我不是说这个。”

我过了一会儿才领会到他在说什么，他一直面带高傲的表情看着我——非常确定我的反应。不过，一旦心领神会，我就不假思索地说出那些话，根本不想后果。

“你愿意吻我吗，雅各布？”

他惊讶地瞪大眼睛，接着怀疑地眯起来说道：“你骗我。”

“吻我，雅各布。吻我，然后回来。”

他在树荫中犹豫了一会儿，自己也在挣扎，然后半转身面向西边，他的身躯扭动着离我远一些，双脚却仍然站在原处一动未动。他仍然看着别处，不确定地朝我迈了一步，接着又是一步。他转过脸看着我，眼里满是怀疑。

我也盯着他，不知道脸上是什么表情。

雅各布摇晃一下脚后跟，接着突然向前一跃而起，三大步就跑到我身边。

我知道他会把握时机的，我预料到了。我一动不动——闭上眼睛，我的手握成拳头放在身侧——他的手捧住我的脸，他的嘴唇找到我的，那种急切不亚于暴力。

当他的嘴唇发现我消极抵抗之后，我能感觉到他的愤怒。他一只手移到我的后颈，在我的发根下握成拳头，另一只手粗暴地抓住我的肩膀，摇晃着我，接着把我拖到他身边。他的手顺着我的胳膊往下滑，找到我的手腕，拉着我的胳膊圈住他的脖子。我把手放在那里，仍然紧紧地握着拳头，不知道为了使他活下去我能绝望到什么程度。他的嘴唇，让我不安的是竟然又软又暖，一直试着迫使我对他有所回应。

他确定我不会放下胳膊，就松开了我的手腕，他的手一直移到我的腰上。他灼热的手放在我纤细的后背上，把我拉向前，让我弓起身体依偎着他。

他的唇放弃了一会儿，但是我知道还远远没结束。他的嘴巴顺着我下巴上的线条吻下来，接着吻我的脖子。他松开我的头发，伸手拉住我另一只胳膊，把它圈在他的脖子上，就像先前那样。

接着他用双臂紧紧地搂住我的腰，嘴唇吻到我的耳边。

“贝拉，你可以做得更好的，”他沙哑地低语道，“你仔细想一想。”

他的牙齿摩擦到我的耳朵，让我一阵颤抖。

“那就对了，”他咕哝道，“就一次，顺着自己的感觉。”

我机械地摇摇头，直到他的一只手绕过我的头发制止了我。

他的声音变得酸溜溜的：“你确定想让我回来吗？或者你真的想让我死？”

气愤涌遍我的全身，就像鞭子狠狠地抽过一样，那太过分了——他没有公平竞争。

我的胳膊已经圈住他的脖子，所以我抓住两把他的头发——没理会右手上的刺痛——反击回去，挣扎着把我的脸从他那里移开。

而雅各布误解了。

他太强悍了，意识不到我的手是想要把他的头发连根拔起，是想要让他疼一下。他想到的不是生气，而是激情，他以为我终于开始对他有回应了。

他大大地吸了一口气，他重新吻住我的唇，手指疯狂地抓住我的腰。

愤怒狠狠地击打着我，使我自己脆弱的自控失去平衡；他突然欣喜若狂的回应把它完全颠覆了。如果只是胜利感的话，我可能会抗拒，但是他突然间完全不设防的喜悦击溃了我的决心，使之不再起作用。我的大脑与我的身体脱离，我开始回吻着他。违背所有的理性，我的嘴唇在他唇上游移，那是一种陌生、令人迷惑的感觉，我以前从来没有经历过——因为我不必对雅各布小心翼翼，他当然也不会对我谨小慎微。

我的手指在他的头发里握得更紧了，但是现在我把他拉得更靠近我了。

他无所不在，刺眼的阳光让我的眼皮变成红色，这种颜色很合适，与这里的热度很匹配，热度无所不在。我看不见，听不见，也感觉不到雅各布之外的任何事情。

我大脑里残留的些许理智向我尖叫着提出质疑。

为什么我不制止？更糟糕的是，为什么我发现自己甚至找不到**想要**制止的欲望？我不想让**他**停下来，这意味着什么？我的双手紧紧地缠住他的肩膀，喜欢它们宽阔而强壮？他的手紧紧地拉着我靠近他，然而这对我而言还不够紧？

这些问题很愚蠢，因为我知道答案，我一直在自欺欺人。

雅各布是对的，他一直都是正确的。他不仅仅是朋友，对他说再见是那么不可能，就是因为这一点——我也爱上了他。我爱他，超过了我应该保持的界限，尽管如此，这还远远不够。我爱他，但是这不足以改变任何事情；这只会带给我们更多伤害，比我之前伤害他更深。

我在乎的——不过是他的痛苦。无论这会带给我什么样的伤害，我都是罪有应得。我希望是很严重的那种，我希望我真的会遭罪。

就在这一刻，我们就像是同一个人一样。他的痛苦一直是，而且永远都是我的痛苦——现在他的快乐就是我的快乐。我也感到欣喜，然而他的幸福不知为何也是痛苦。几乎触手可及——就像酸液一样在我的皮肤上燃烧，是一种慢慢地折磨。

在短暂而又永无止尽的一秒钟里，一条完全不同的道路在我热泪满盈的眼眶里扩展开来。好像我看透了雅各布思想的滤网，能够清清楚楚地看见我要放弃的东西，这层新的自我认识无法拯救我失去的一切。我能看见查理、蕾妮与比利、山姆和拉普西奇怪地融合在一起。我能看见许多年过去了，时间的流逝意味着什么，也改变了我。我能看见我爱的红棕色大狼，总是在我需要的时候以保护者的身份站在我身边。就在那一刻最微小的片段里，我看见两个小小的黑头发小孩，他们轻轻地晃动着脑袋，从我身边跑开，跑进熟悉的森林里，他们消失的时候把其他幻象也一起带走了。

就在那时，我十分明显地感到我的整颗心沿着上面的裂痕慢慢地撕裂成碎片。

雅各布的嘴唇还挨在我的唇上，我睁开眼睛，他惊讶而高兴地盯着我。

“我得走了。”他轻声说道。

“不要。”

他微笑着，很高兴看到我的反应。“不会很久的，”他答应我，“但是首先有一件事情……”

他弯下腰又吻了吻我，我没有理由抗拒，有什么意义呢？

这一次不一样。他的手在我脸上很温柔，他温暖的唇很轻柔，意外地犹豫着。这个吻短暂，却非常非常甜蜜。

他的胳膊环抱着我，紧紧地拥着我，在我耳边轻轻地说道：

“**那**应该是我们的初吻，晚来总比不来好。”

靠在他的胸前，在他看不见的地方，我泪如泉涌，簌簌地流淌下来。

武断的决定

我脸朝下横躺在睡袋上，等待着审判。或许雪崩会把我埋葬在这里，我希望它会，我再也不想在镜子里看见我自己。

没有声音提醒我。爱德华不知道从哪里出现在我身边，用冰冷的手轻轻地抚摸着我纠缠在一起的头发，他的抚摸让我内疚地颤抖起来。

“你还好吗？”他轻声问道，语气中充满担忧。

“不好，我想死。”

“永远都不会发生，我不许。”

我痛苦地呻吟着，接着轻声说道：“你可能会改主意。”

“雅各布去哪里了？”

“他去打仗了。”我对着地面咕哝道。

雅各布兴高采烈地离开了宿营地——带着“我会回来的”喜悦之情——全速赶往那片空地，准备变成另一个他自己的时候已经开始颤抖了。到现在为止，整个狼群都知道了一切。塞思·克里尔沃特在帐篷外走来走去，是我的耻辱的鲜活的见证人。

爱德华沉默了许久，“哦。”他终于说道。

他的语气让我担心我的雪崩不会很快到来。我抬头偷偷地看着他，足够确信他在听一些我宁愿死也不愿意让他听见的东西，他的眼睛没有集中在特定的事情上。我把脸埋起来。

爱德华不情愿地轻声笑了笑，让我大吃一惊。

“我还以为**我**竞争得不光彩呢，”他耿耿于怀，却又不无欣赏地说道，“他让我看起来像卫道士一样。”他的手轻轻地抚摸着我没有埋起来的那部分脸颊，“我不生你的气，宝贝。雅各布比我想的还要狡猾，尽管我的确希望你没有要他那么做。”

“爱德华，”我对着粗糙的尼龙轻声说道，“我……我……我——”

“嘘，”他让我别说话，手指轻轻地抚摸我的脸，“我不是那个意思。只是不管怎样他都会吻你的——即使你没有上当——现在我没有借口打碎他的脸了，我本来也会很享受那样的。”

“上当？”我不太明白地咕哝道。

“贝拉，你真的相信他那么高尚？他会带着胜利的荣耀全力以赴地为我让道？”

我慢慢地抬起头，正视他耐心的凝视。他的表情很温柔，眼睛里充满理解，而不是我活该看见的厌恶。

“是的，我的确相信了。”我小声说道，接着看向别处去了，但是我并没有因为雅各布欺骗我而生他的气。除了对我自己的憎恶之外，我的身体里面没有足够的空间容纳其他东西。

爱德华又轻轻地笑道：“你那么不会撒谎，伎俩最蹩脚的人你都会相信。”

“为什么你不生我的气？”我轻声问道，“为什么你不恨我？是不是你还没有听完整件事情？”

“我想我相当全面地看了看，”他轻描淡写，从容地说道，“雅各布脑子里的情景非常生动。我几乎为他的狼群感到难过，就像我为我自己一样。可怜的塞思感到很恶心，但是山姆现在让雅各布集中精力了。”

我闭上眼睛，痛苦地摇头，帐篷底部坚硬的尼龙纤维摩擦着我的皮肤。

“你是个人。”他轻轻地说道，再次抚摸我的头发。

“这是我听过的最可怜的辩护。”

“但是你是人，贝拉，就算我可能想得相反，他也一样……你的生命中有些我无法填补的洞，我理解这一点。”

“但是那不是**真的**，那让我变得很可怕。根本就没有洞。”

“你爱他。”他轻轻地低语道。

我身体里的每个细胞都痛苦地否认这一点。

“我更爱你！”我说道，我能做的就只有这些了。

“是的，我也知道，但是……当我离开你，贝拉，我让你受伤了。雅各布是那个帮你缝合起来的人，那一定会留下记号——在你们两个人身上。我不确定缝线是不是会自己溶解，我不能因为由我造成的后果来责备你们两个中的任何一个。我可能会获得宽恕，但是那并不能让我逃脱后果。”

“我本应该知道你已经找到一些自我责备的途径，求你别这样，我无法忍受。”

“你想要我说什么呢？”

“我想让你用能想到的一切坏话骂我，用你所知道的任何语言。我想让你告诉我你讨厌我，你要离开我，这样我就会乞求你，卑躬屈膝地跪在地上求你留下来。”

“对不起，”他叹息道，“我不会做那样的事情。”

“至少别让我良心好受，让我痛苦吧，我活该。”

“不。”他低声说道。

我慢慢地点点头：“你是对的，一直都善解人意，那可能会更糟糕。”

他沉默了片刻，我感觉到气氛的沉重，一种新的急迫感。

“快到了。”我说道。

“是的，现在只有几分钟了，剩下的时间只够再说一件事情……”

我等待着。他终于再次开口说话了，这一次是耳语：“我可以很高尚，贝拉。我不打算让你在我们之间选择。只要你高兴，你想要我身上的任何部分都可以，或者什么也不要，如果那样更好的话。不要觉得欠我什么，让这种想法影响你的决定。”

我手撑着地面，跪起身。

“该死，别这样！”我对他叫道。

他惊讶得睁大眼睛：“不——你不了解。我不是想让你感到好受一些，贝拉，我是认真的。”

“我**知道**你是认真的，”我呻吟道，“为什么不反击？现在别以高尚的自我牺牲开始！反击！”

“怎样做？”他问道，他的眼睛因为悲伤而显得那么苍老。

我爬到他的腿上，用胳膊搂住他。

“我不在乎这里很冷，我不在乎我现在闻起来像狗的味道。让我忘记自己有多么可怕，让我忘记他，让我忘记自己的名字。反击！”

我没等他做决定——也没让他有机会告诉我，他对像我这样残忍不忠的魔鬼没有兴趣，我靠近他，用我的嘴巴压在他雪一样冰冷的嘴唇上。

“小心，宝贝。”他在我急切的亲吻中低语道。

“不。”我低声吼道。

他轻轻地把我的脸推开几英尺：“你不必向我证明什么。”

“我没想证明什么，你说过我想要你身上的任何地方都可以。我想要这里，我想要**每个**地方。”我用胳膊环抱住他的脖子，绷直身体去吻他的嘴唇。他低下头回吻着我，但是随着我的烦躁不安越来越明显，他凉爽的嘴唇变得犹豫不决起来。我的身体使我的意图清晰明了，出卖了我。不可避免地，他的手转而制止了我。

“或许现在不是这样做的最佳时机。”他建议道，他太冷静了，不是我喜欢的那样。

“为什么不？”我抱怨道。如果他打算理智处理的话竞争就没有意义了，我放下胳膊。

“首先，因为**很冷**。”他伸出手，把睡袋从地面上拉了起来，像被子一样裹在我身上。

“错，”我说道，“首先，作为吸血鬼，你的品行出奇的端正。”

他轻声笑道：“好吧，权且当你是对的。冷是第二点。第三点……好吧，你实际上的确很难闻，宝贝。”

他皱着鼻子。

我叹气了。

“第四，”他的声音很轻，低下头在我耳边低语道，“我们会努力的，贝拉。我会实现我的诺言，但是我倒宁愿这不是因为雅各布·布莱克而产生的反应。”

我退却了，把脸埋在他的肩膀上。

“第五……”

“这个清单太长了。”我嘀咕道。

他大声笑道：“是的，但是你想不想听一听战斗的情况？”

他说的时候塞思在帐篷外刺耳地咆哮起来。

听见这个声音我的身体僵直。我没有意识到自己的左手紧紧握成了拳头，指甲掐进了缠满绷带的手掌里，爱德华拉住它，把它轻轻地掰开。

“会没事的，贝拉，”他保证道，“我们有技巧、训练，还有出其不意，很快就会结束了。如果我不是真的相信这一点，我现在早已经在山下了——而你则会待在这里，绑在一棵树上，或其他某个东西上。”

“爱丽丝那么娇小。”我呻吟道。

他轻声笑道：“那可能是个问题……如果有人能抓到她的话。”

塞思开始哀鸣了。

“怎么啦？”我追问道。

“他只是很生气自己被卡在我们这里，他知道狼群不让他去战斗是为了保护他。他想要和他们一起战斗，想得都要垂涎欲滴了。”

我愁容满面地朝塞思所在的大致方位看了看。

“新生儿已经到达踪迹的尽头了——这起作用了，就像魔法一样，贾斯帕是个天才——他们已经闻到草地那里的气味了，所以，他们现在要分成两队，正如爱丽丝所言。”爱德华低声说着，他的眼睛注视着远处的某个东西，“山姆带着我们在四周绕一圈，准备拦截伏击队。”他非常专心地倾听他听见的事情，不知不觉使用了狼群的集合复数形式“我们”。

突然他低头看着我：“呼吸，贝拉。”

我挣扎着按照他说的做了。我能听见塞思就在帐篷外面喘着粗气，我努力让自己的肺保持匀速，这样我就不会呼吸过度了。

“第一队到空地了，我们听得见他们打斗的声音。”

我紧咬牙关。

他大笑了一声：“我们能听见埃美特的声音——他很享受呢。”

我让自己和塞思一起又吸了一口气。

“第二队已经准备好了——他们没有注意，他们还没有听见我们的动静。”

爱德华低吼了一声。

“怎么啦？”我大吃一惊。

“他们在谈论你，”他紧咬牙齿，“他们想确保不让你逃跑……干得漂亮，里尔！嗯，她非常快，”他小声地赞许道，“一个新生儿闻到我们的气味，里尔在他还没来得及跑之前就把他扑倒了，山姆正帮她结果他呢。保罗和雅各布遇到另一个，但是其他的现在全在防御了，他们不知道我们是怎么构成的。双方都在佯攻……不，让山姆带队，别挡道，”他低声说道，“分散他们——别让他们保护彼此的后方。”

塞思呜呜地叫了起来。

“那样好多了，把他们赶到空地上。”爱德华赞许道。他密切注视的时候身体不自觉地移动着，因为他的下个动作紧绷起来。他的手仍然握着我的，我用手指紧紧地扣住他的，至少他不会下山去。

声音突然不见了，这显然是个警告。

塞思短促而低沉的呼吸声戛然而止，而且因为我和他的呼吸步调一致，我注意到了。

我也屏住呼吸——意识到爱德华在我身边僵硬得就像一根冰柱，我大惊失色，甚至不敢让我的肺活动起来了。

哦，不，不，不。

损失了什么？他们的还是我们的？我的，都是我的，我损失了什么？

一切发生得那么快，我并不十分确定是怎么发生的，我已经站了起来，帐篷被撕成碎片，在我身边坍塌下来。是爱德华撕裂开了让我们出去的吗？为什么？

我对着耀眼的阳光眨了眨眼睛，惊恐万状。塞思是我唯一能看见的，就在我们身旁，他的脸离爱德华的只有六英寸。他们注意力绝对集中地互相盯着对方，像没有尽头一样看了片刻。阳光洒在爱德华的皮肤上，从他身上散发出的光芒在塞思的毛上闪闪发光。

接着爱德华紧急地轻声说道：“去吧，塞思！”

大狼旋即转身消失在树荫里。

过去两秒了吗？感觉就像几个小时一样。知道空地上出了可怕的事情，我吓坏了。我张开嘴巴命令爱德华带我到那里去，现在就去。他们需要他，他们也需要**我**。如果我必须流血来挽救他们的话，我会这么做的。我愿意以死相救，就像第三个妻子一样。我手中没有银匕首，但是我会想到办法的——

我还没喊出第一个音节，感觉自己就像被抛到空中了一样，但是爱德华的手没有放开我——我只是被移动了，动作那么快，那种感觉就像从山坡上摔下来一样。

我发现自己背对着陡峭的崖壁。爱德华站在我前面，摆出我立即就知道的姿势。

如释重负涤荡了我的心，与此同时我的胃也回到原位。

我理解错了。

如释重负——空地上没发生不测。

恐惧——危机就在**眼前**。

爱德华摆出防御的姿势——半蹲着，手臂稍稍伸展出去——我一下子就认了出来，心中的确定让我难受不已。我背后的岩石可能就是意大利小巷里那些古老的砖墙，在那里爱德华就站在我和身穿黑色披风的沃尔图里武士之间。

“有人冲我们来了。”

“谁？”我轻声问道。

他怒斥着从牙缝中挤出这些话，声音很大，超过我的预期。太响了，那意味着躲起来为时已晚。我们被困住了，谁听见他的回答已经不重要了。

“维多利亚，”他吐出这个词，就像诅咒一样，“她不是一个人。她闻到我的气味，跟着新生儿来察看——她从来就没有和他们一起战斗的意思。她不假思索地决定找到我，猜想无论我在哪里你就会在哪里。她是对的，你也是对的，一直就是维多利亚。”

她离我们足够近，这样他就能听见她的想法。

又一阵如释重负。若是沃尔图里家族，我们都会死，但是是维多利亚，我们不必**都**死。爱德华能够经受住。他是个好战士，和贾斯帕一样。如果她带来的人太多，他可以拼出一条路，回到他的家人身边。爱德华比谁都快，他可以做到。

我很高兴他送走了塞思。当然了，塞思没有人可以求助。维多利亚做决定的时间安排得天衣无缝，但是至少塞思是安全的；我想到他的名字时脑海中就看不见那头巨大的沙砾色狼了——只是一个身材瘦长的十五岁男孩。

爱德华的身体动了——动作幅度非常小，却足以告诉我该往哪里看。我盯着森林的黑色阴影。

就好像让我的噩梦朝前走过来迎接我们一样。

两个吸血鬼从我们宿营地的小空地那边慢慢走过来，他们目光专注，不放过任何东西。他们在太阳下闪闪发光，像钻石一样。

我几乎无法正视那个金发男孩——是的，他只是个男孩，尽管他肌肉发达，身材高大，或许当他改变的时候跟我一样大。他的眼睛——是我见过的最红的——让我无法长久地注视。尽管他离爱德华最近，是最近的危险，我还是不能注视他。

因为，在另一边，在他身后只有几步之隔的地方，维多利亚瞪着我。

她橘红色的头发比我记忆中的更加鲜艳了，就像火焰一样。这里没有风，但是她脸四周的火焰似乎微微发亮，仿佛点燃了一样。

她的眼睛因为饥渴而变得黑黑的。她没有笑，和她一直在我噩梦中的表情一样——嘴唇紧紧抿成一条线。她蛇形的身躯有一种鲜明的猫的特征，就像一只伺机纵身跃起的母狮子一样。她烦躁狂野的眼神在我和爱德华之间移来移去，但是在爱德华身上停留的时间不超过半秒钟。她无法把眼睛从我脸上移开，就像我无法把视线从她身上移开一样。

紧张从她身上滚滚而来，在空气中几乎看得见。我能感觉到她的欲望，那种吞噬一切的热情牢牢地攫住了她。几乎就连我也能听见她的思想，我知道她在想什么。

她这么靠近自己一直想得到的东西—— 一年多来她处心积虑想要做的事情现在**就在眼前**。

我的死亡。

她的计划和其实际可操作性一样昭然若揭，那个金发大男孩会攻击爱德华。一旦爱德华的注意力被充分分散了，维多利亚就会结果我。

一切会很快——她在这里没时间要花样——但是会非常彻底。有些东西不可能恢复，有些东西甚至连吸血鬼的毒液也无法修复。

她会让我的心脏停止跳动，或许一只手会击穿我的胸口，诸如此类。

我的心狂乱地跳动着，声音很大，似乎使她的目标更明显了。

在无边的远处，在黑森林远远的那一头，一头狼的咆哮在停滞的空气中回荡。塞思走了，没有办法解读这个声音。

金发男孩从眼角看着维多利亚，等待她的命令。

他很年轻，从他闪闪发光的深红色瞳孔判断，他当吸血鬼的时间不会很长，不超过一岁。他很强壮，不过也很笨拙。爱德华知道如何跟他打斗，他会应付得了。

维多利亚朝爱德华伸了伸下巴，一言不发地命令男孩向前。

“赖利。”爱德华语气轻柔，诚恳地说道。

男孩惊呆了，红色的眼睛瞪得大大的。

“她在对你撒谎，赖利，”爱德华告诉他，“听我说。她在对你撒谎，就像她对那些现在在空地上就快死的其他人一样。你知道她对他们撒了谎，她让你对他们撒谎，这样你们两个就不会去帮他们，相信她也对你撒谎会这么困难吗？”

困惑不解的表情扫过赖利的脸庞。

爱德华往旁边移动了几英寸，赖利也不自觉地让自己调整到相应的位置上。

“她不爱你，赖利，”爱德华轻柔的声音很有吸引力，几乎有催眠效果，“她从来都不爱。她爱过一个叫詹姆斯的人，你只不过是她的工具。”

当他说到詹姆斯的名字时，维多利亚的嘴唇咧开，脸部扭曲，露出牙齿。她的眼睛仍然紧紧地锁定在我身上。

赖利朝她的方向狂暴地看了一眼。

“赖利？”爱德华说道。

赖利不由自主地重新看着爱德华。

“她知道我会杀死你，赖利。她**想要**你死，这样她就不需要再伪装了。对——你明白了，是不是？你读懂了她眼中的不情愿，怀疑过她承诺中虚假的语气。你是对的，她从来都不想要你。每个吻，每个爱抚都是谎言。”

爱德华又移动了，朝这个男孩靠近了几英寸，离我则远了几英寸。

维多利亚的眼神全部集中在我和她之间的距离上，她一秒都用不了就能杀了我——她只等一个微小的机会。

这次赖利动作慢了下来，他重新调整了动作。

“你不用送死，”爱德华保证，他的眼睛和男孩对视，“除了她告诉你的，还有其他的生活方式，不会充满谎言和血腥，赖利。你现在就可以走开，没必要为她的谎言而死。”

爱德华向前迈了一步，稍微偏了一点儿。现在我们两个人之间有一步之隔。赖利在太远的地方转圈儿，这一次反应过度了。维多利亚脚跟抬起，纵身向前。

“最后一次机会，赖利。”爱德华轻声说道。

赖利满脸绝望地望着维多利亚寻求答案。

“他才是骗子，赖利，”维多利亚说道，她的声音把我吓得目瞪口呆，“我告诉过你他们脑子里的把戏的，你知道我爱的只有你。”

她的声音不是我想的那种与她的脸庞、身姿相匹配的声音——响亮、狂野，像猫的咆哮声一样。相反，她的声音轻柔而尖细——像女高音稚气而清脆。那种声音总是和金黄的鬈发、粉红色的泡泡糖紧密相连的，根本没有道理从她那裸露在外，闪闪发光的牙齿缝中发出来。

赖利绷紧下巴，挺直肩膀，他的眼睛很空洞——不再迷惑，不再怀疑，一点儿思想都没有。他绷紧身体准备攻击。

维多利亚的身体似乎在颤抖，她弦绷得太紧了。她的手指变成了爪子，随时等待爱德华从我身边再移开一英寸。

咆哮声却不是他们发出来的。

一团猛犸般的棕褐色飞过空地的中央，将赖利扑倒在地。

“不！”维多利亚大叫一声，婴儿般的声音中夹杂着难以置信的颤抖。

在我面前一码半的地方，一头巨大的狼撕扯着他身下的金发吸血鬼。某种白而坚硬的东西拍打在我脚下的石头上，我后退一步躲了过去。

维多利亚看都没看那个刚才她还口口声声说爱他的男孩。她的眼睛仍然盯着我，充满了强烈的失望，她看起来已经疯狂了。

赖利又站了起来，看起来奇形怪状，形容枯槁，但是他还是能够纵身一跃撞向塞思的肩膀，我听见骨头断裂的嘎吱声。塞思后退一步，开始一瘸一拐地绕圈。赖利伸出胳膊，准备就绪，尽管他似乎丢失了手的一部分……

在离这场战斗几码远的地方，爱德华和维多利亚跳起舞来。

并不是像在绕圈，因为爱德华不许她再靠近我。她快步向后滑，从一边滑到另一边，想找到他防线中的漏洞。他敏捷地随着她的步伐，十分专注地悄悄向她靠近。他开始移动得比她快一点点，读懂她思想里的意图。

塞思从侧翼冲向赖利，响起一声骇人的刺耳尖叫，什么东西被撕裂了，另一片沉重的白色大块砰的一声飞进树林里。赖利愤怒地咆哮着，用一只断裂的胳膊狠狠地向塞思击打过去，塞思则向后一跃——他那么大的身体能跳得那么灵活，简直不可思议。

维多利亚现在迂回地绕过小空地最远处的树干。她焦躁不安，脚把她拖向安全的地方，而她的眼睛不舍地看着我，仿佛我是一块磁铁，能把她吸进来一样。我看得出那种熊熊燃烧的杀戮欲正在和她生存的本能相较量。

爱德华也看出来了。

“别走，维多利亚，”他又用先前那种催眠的语气说道，“你再也不会有像这样的机会了。”

她露出牙齿，对他发出咝咝的声音，但是她似乎不能离我更远了。

“你稍后总能逃跑，”爱德华咕噜道，“你有充足的时间。这就是你要做的事情，是不是？那就是詹姆斯让你待在他身边的原因。有利用价值，如果你想要玩致命游戏的话，一个有神秘逃生本能的搭档。他本不应该离开你的——我们在凤凰城追上他的时候，他本来可以利用你的技巧的。”

一阵咆哮从她的齿缝中猛烈地涌了出来。

“不过，你对他的全部意义仅此而已。把那么多的精力浪费在一个对你的爱不超过猎人对猎物的追求的人身上真的很傻，你对他而言不过是方便之需罢了，我就知道。”

爱德华的嘴角咧向一边，轻轻地敲打自己的太阳穴。

维多利亚发出一声压抑的尖叫，又飞奔出树林，在另一侧佯攻。爱德华立即应对，舞蹈又开始了。

就在那时，赖利的拳头击中了塞思的右侧，一声低沉的叫声从塞思的喉咙里溢出。塞思向后移，他的肩膀抽动着，仿佛他想抖落疼痛的感觉一样。

求你，我想恳请赖利，但是我找不到使我张开嘴巴的肌肉，让空气流进我的肺部。**求你了，他只是个孩子！**

为什么塞思刚才没跑开呢？为什么他现在不跑呢？

赖利再次缩小了他们之间的距离，迫使塞思朝我旁边的崖壁移动。维多利亚突然对她的同伴的命运感兴趣起来了，我看见她从眼角判断我和赖利之间的距离。塞思猛地咬住赖利，迫使他又后退回去，维多利亚发出嗞嗞的声音。

塞思不再一瘸一拐的了，他转着圈儿，使他离爱德华只有几英寸了；他的尾巴拂过爱德华的后背，维多利亚的眼睛鼓了出来。

“不，他不会攻击我的，”爱德华回答了维多利亚头脑中的问题，并利用她分散注意力的片刻偷偷地向她靠近，“你使我们有了共同的敌人，你让我们结成了同盟。”

她咬牙切齿，试图把注意力只集中在爱德华身上。

“再看仔细些，维多利亚，”他低声说道，用力把她的千头万绪拉向一个方向，“他真的那么像詹姆斯曾经穿越西伯利亚跟踪的那个魔鬼吗？”

她的眼睛霍地睁大了，接着开始疯狂地从爱德华扫向塞思，然后再扫向我，这样来来回回许多次。“不一样？”她用小女孩般的高音咆哮道，“不可能！”

“凡事皆有可能，”爱德华用天鹅绒般的声音一边低语，一边又向她靠近了一英寸，“不管你想要什么，永远都别想碰她一下。”

她飞快地猛摇头，想集中精力，试图从他旁边弯腰溜过去，但是她一想到这个计划爱德华就挡在她面前了。她的脸挫败得扭曲了，接着她压低身体，蹲了下来，又像一头母狮子，故意大摇大摆地前进。

维多利亚不是毫无经验、受本能驱使的新生儿，她具有毁灭性。连我都能说出她和赖利之间的区别，我知道塞思若是和这个吸血鬼单打独斗的话，支撑不了多久。

爱德华也移动了一下，他们彼此靠近，变成公狮和母狮的对峙了。

舞蹈的节奏加快了。

就像爱丽丝和贾斯帕在草地上一样，形成让人目眩的螺旋运动，只不过这种舞蹈的动作设计不是那么完美。刺耳的嘎巴声和噼啪声在崖壁下回荡，只要有人在搏斗中摔倒了，就会传来这样的撞击声，但是他们移动得太快了，我看不清谁出错了……

赖利的注意力被激烈的芭蕾舞分散了，眼中流露出对同伴的担忧。塞思猛地袭来，又撕下吸血鬼的一小片。赖利怒吼着防守反击，重重的一拳打在塞思宽阔的胸膛上。塞思硕大的身体飞出十英尺，撞在我头顶上的石壁上，力量大得似乎可以使整个山峰摇晃起来。我听见从他肺里传出来的喘息声，他从石头上反弹起来，摔在我面前几英尺远的地面上，我弯着腰躲开了。

一声低沉的哀鸣从塞思的牙齿里传出来。

锋利的灰色石块在我头顶上像雨点般洒落下来，擦过我暴露在外的皮肤。一块参差不齐的长石块从我的右手臂上滚落下来，我条件反射地把它接住了。我的手指紧紧地握住这块长长的碎片，我自己求生的本能开始起作用了；既然没有逃走的机会，我的身体——不在乎这个举动有多么无效——已经准备好战斗了。

肾上腺素涌进我的血管。我知道矫形器割进了我的手掌，我知道关节上的裂缝正在抗议，我知道，但是我感觉不到疼痛。

在赖利身后，我只能看见如扭曲的火焰般的维多利亚的头发和一团炫目的白色。频率越来越快的金属撞击、划伤、喘气以及震惊的嗞嗞声，这表明舞蹈对某个人而言会是致命的。

不过是**哪**一个呢？

赖利突然东倒西歪地向我走来，他的眼睛闪烁着愤怒的光芒。他气势汹汹地看着我们之间如山峰一般高的柔软的沙砾色毛团，他的手——撕裂的断手——蜷成爪子。他的嘴巴张得很大，牙齿闪耀着狰狞的光芒，准备撕开塞思的喉咙。

肾上腺素再一次击中我，就像遭到电击一般，一切突然都非常明朗了。

两场战斗都势均力敌，塞思就要输了，我不知道爱德华会赢还是会输。他们都需要帮助，分散注意力，某种能够给他们创造机会的东西。

我的手紧紧地抓住石头，紧到矫形器上的支架突然断裂了。

我够强壮吗？我够勇敢吗？我能用多大的力气把这块粗糙的石头推进我的身体？这会给塞思赢得足够的时间重新站起来吗？他能恢复得快到我的牺牲给他带来一些优势吗？

我把石头的尖端举到我的胳膊上方，把厚厚的毛衣往上拉露出皮肤，接着把尖头挤压进我手肘有伤痕的地方，去年过生日的时候那里已经有一条长长的伤疤。那一夜，我流的血足以吸引每个吸血鬼的注意力，让他们顷刻间惊呆在那里，一动不动。我祈求这一次也会有用，我狠下心，深深地吸了一口气。

维多利亚被我喘气的声音分散了注意力。她的眼睛仍然停留了一小会儿，遇到了我的目光，狂怒和好奇奇怪地掺杂在她的表情里。

周遭有那么多嘈杂声在石壁上回荡，在我的脑海里撞击，我不确定是怎么听见那个低沉的声音的。我自己的心跳本应该盖过它的，但是，就在我盯着维多利亚眼睛的那一瞬间，我觉得我听见一声熟悉而愤怒的叹息。

就在那同一个瞬间，舞蹈猛地中断了。一切在我看清楚之前就已经结束了，我努力在脑海中跟上他们的节奏。

维多利亚眼花缭乱地飞了出去，撞在一棵高大的云杉的树腰上。她掉落到地面上，已经又蹲起来准备跃起了。

就在同一时间，爱德华——速度快得几乎看不见——绕到背后，一把抓住毫无戒备的赖利的胳膊。看起来好像是爱德华狠狠地往赖利背上踢了一脚，然后举起——

这块小小的露营地上充满了赖利痛苦万分、刺耳的尖叫声。

同时，塞思一跃而起，几乎完全挡住了我的视线。

但是我还是能看见维多利亚，而且，尽管她看起来奇怪地变形了——仿佛她不能完全直立起来一样——我看得见一抹我曾梦见过的微笑在她狂野的脸上一闪而过。

她蜷曲起来一跃而起。

她只飞到一半，某个小小的白色物体呼啸着在空中飞过和她撞在一起。撞击声就像爆炸一样响，把她甩到另一棵树上——这棵树被撞断成两截。她又站立起来，蹲伏下来准备进攻了，但是爱德华已经就位。我看见他笔直地站在那里，完好无损，一股欣慰之情在我心中升腾起来。

维多利亚赤脚轻轻地踢开某个东西——那块破坏她进攻的导弹。它向我滚过来，我认出这是什么了。

我的胃一阵翻腾。

手指还在抽搐，赖利的胳膊紧紧地抓住草叶，开始无意识地拖过地面。

塞思又开始和赖利绕圈了，现在赖利在撤退。他向后退，而狼则向前进，他的脸痛苦得扭曲在一起，他自卫性地举起仅有的一只胳膊。

塞思冲向赖利，吸血鬼明显失去了平衡。我看见塞思的牙齿咬进赖利的肩膀，用力一撕，又跳了回去。

一声震耳欲聋的尖叫声传来，赖利又失去一只胳膊。

断断续续的咝咝声从塞思的齿缝中发出来，听起来像窃笑一样。

赖利喊出一声痛苦的请求：“维多利亚！”

维多利亚听见自己的名字也没退缩一下，眼睛都没有瞥同伴一眼。

塞思向前一跃而起，力量大得像破碎机一样。冲击力把塞思和赖利推进了树林，刺耳的尖叫声配合着赖利痛苦的叫声。尖叫戛然而止，石头碎裂的声音此起彼伏。

尽管维多利亚没有匀出时间跟赖利道别，但她似乎意识到她现在只是孤身一人了。她开始撤离，疯狂的失望在她的眼中熊熊燃烧。她匆忙地朝我看了一眼，痛苦而渴望，接着她开始撤退得更快了。

“别这样，”爱德华轻柔地哼道，声音有些引诱的意味，“再多待一会儿。”

她一转身，像弩箭离弦一样往森林的庇护所飞奔而去。

但是爱德华更快——像脱离弹道的子弹一样。

他在树林边缘抓住了她毫无保护的后背，随着最后一个简单的舞步，舞蹈结束了。

爱德华的嘴巴扫过她的脖子，就像爱抚一样。塞思用力发出的又尖又长的胜利号叫盖过了所有其他的嘈杂声，所以没有明显的声音使之看起来是一幅充满暴力的场景，他可能在吻她。

接着一切都结束了。

镜　　子

我惊吓得目瞪口呆。

爱德华又动了起来。他动作敏捷，神情冷静。

我不能走到他身边——我无法让我的脚做出反应，它们都牢牢地拴在了石头上，但是我审视着他的每个动作，寻找他受到伤害的痕迹。我什么也没发现，心跳才慢了下来，达到健康的节奏。他和以前一样敏捷、优雅，我甚至没在他衣服上看见破洞。

他没有看我——我呆呆地站在崖壁下，惊恐万状——他则把白色的东西堆起来，然后用干枯的松针掩埋起来。他一个箭步跑到森林里找塞思的时候，还是没有正视我惊慌失措的眼神。

我还没有时间恢复过来，他们俩就都回来了。他们把带回来的东西堆在那堆上面，爱德华从口袋里掏出一个银色的长方形。他弹开液体打火机，把火焰靠近干枯易燃的松针。火一下子就点燃了，长长的橘红色火舌迅速地吞噬了这堆火葬燃料。

“把每一片都找来。”爱德华轻声地对塞思说。

吸血鬼和狼人一起搜索了整个宿营地，偶尔把一小片白色的石头扔进火堆里，塞思用牙齿咬住碎片。我的大脑运转得不够好，想不明白为什么他不变回有手的外形。

爱德华的眼睛一直注视着他的工作。

接着他们都做完了，熊熊燃烧的火焰飘到空中，形成一根紫色烟柱。浓烟滚滚，慢慢往上爬，看起来坚固得超过了本该有的程度。闻起来就像燃烧的香一样，气味让人觉得不舒服。烟很浓，太呛了。

塞思又在他的胸腔里窃笑了一声。

一个微笑飘过爱德华紧绷的脸庞。

爱德华伸出胳膊，手握成了拳头。塞思笑了笑，露出一长排像匕首一样的利齿，用鼻子撞击爱德华的手。

“合作得很漂亮。”爱德华低声说道。

塞思咳出一声大笑。

接着爱德华深深地吸了一口气，慢慢地转过身面对我。

我不懂他的表情。他的眼睛很警觉，就好像我是另外一个敌人——那不仅仅是警觉，而是害怕。他面对维多利亚和赖利的时候都没表现出丝毫的恐惧……我的思想堵住了，和我的身体一样毫无用处，我迷惑不解地凝视着他。

“贝拉，宝贝。”他用最温柔的声音说道，朝我走过来的时候速度慢得有些夸张，他举起手臂，手掌向前。我茫然不解，这让我古怪地想起一个嫌疑犯正慢慢地靠近警察，证明他没有武器……

“贝拉，你能扔掉那块石头吗？求你了！小心一点儿，不要伤到你自己。”

我已经完全忘记我粗糙的武器了，尽管我现在意识到我正抓住它，握得那么紧，使我的关节一直在尖叫着抗议。它会不会又骨折了？卡莱尔这一次肯定会给我上夹板了。

爱德华在离我几英尺的地方犹豫着，他的手还举在空中，眼里仍充满恐惧。

我过了好一会儿才想起来怎样移动我的手指头。接着石头吧嗒一声落在地上，我的手僵硬地停留在原处。

我手中空无一物之后爱德华稍稍放松了一些，但是他还是没向我靠近。

“不必害怕，贝拉，”爱德华低声说道，“你很安全。我不会伤害你。”

这个莫名其妙的允诺让我更加迷惑不解了，我像个弱智似的盯着他，试图理解他的意思。

“会没事的，贝拉。我知道你现在很害怕，但是已经结束了。没有人会伤害你了，我不会碰你的，我不会伤害你的。”他又说道。

我飞快地眨了眨眼睛，终于找回我的声音：“为什么你一直那么说？”

我朝他踉踉跄跄地走了一步，他躲开正在往前走的我。

“怎么啦？”我轻声问道，“你是什么意思？”

“你……”他金色的眼睛突然和我一样迷惑起来，“难道你不怕我吗？”

“害怕你？**为什么**？”

我摇摇晃晃地又向前走了一步，接着被什么东西绊倒了——很可能是我自己的脚。爱德华扶住我，我把脸埋在他的胸口哭起来。

“贝拉，贝拉，我非常抱歉，结束了，结束了。”

“我很好，”我喘着气说道，“我很好，我只是，吓坏了。给我，一分钟。”

他的胳膊紧紧地抱住我。“我非常抱歉。”他一次又一次地低声说道。

我倚靠在他身上，直到我能呼吸，接着我开始吻**他**——他的胸口，他的肩膀，他的脖子——每个我能够到的地方。慢慢地，我的大脑又开始运转了。

“你好吗？”我在吻他的间隙问道，“她有没有伤到你？”

“我绝对好极了。”他保证，把脸埋在我的头发里。

“塞思呢？”

爱德华咯咯地笑道：“不仅仅是好极了。实际上，他对自己非常满意。”

“其他人呢？爱丽丝，埃斯梅？狼人？”

“都很好，那边也结束了。事情很顺利，就和我向你保证过的那样，这里的情况是最糟糕的。”

我让自己慢慢领会他的意思，让它渗透进去，停留在我的脑海里。

我的家人和朋友都很安全。维多利亚再也不会来追杀我了，都结束了。

我们全都会平安无事的。

但是我仍然迷惑不解，无法完全理解这个好消息。

“告诉我为什么，”我坚持问道，“为什么你认为我会害怕你呢？”

“我很抱歉，”他说着的时候又道起歉来——为了什么呢？我不知道，“非常抱歉，我不想让你看见那样的事情，看见我那样，我知道我肯定吓到你了。”

我不得不再思考片刻，他向我靠近时犹豫不决，他的手举在空中，就像如果他走得太快的话我就会跑掉似的。

“此话当真？”我终于问道，“你……什么？认为你会把我吓跑？”我气得喷出来，喷鼻子好极了；喷鼻子的时候声音不可能颤抖或断断续续，听起来就像令人印象深刻的即席表演一样。

他用手托起我的下巴，让我仰起头以便读懂我的表情。

“贝拉，我刚刚……”他吞吞吐吐，接着挤出几句话，“我刚刚在离你不到二十码的地方结束了一个有感觉的生物的生命，那没让你**感到不安**吗？”

他眉头紧蹙地看着我。

我耸了耸肩，耸肩也很好，非常厌烦这样的享乐：“那倒没有。我只是担心你和塞思会受伤，我想帮忙，但是我能做的只有那么一点点……”

他的脸突然变黑，这让我的声音渐渐消失了。

“是啊，”他用清晰明确的口吻说道，“你手里拿着石头的小绝活儿。你知道你差点儿就让我心脏病发作了，那可不容易。”

他的怒视让我难以回答。

“我想要帮忙……塞思受伤了……”

“塞思只是假装受伤了，贝拉，那是个骗局。接着你就……”他摇摇头，没说完，“塞思看不见你在做什么，所以我不得不插手。塞思有些耿耿于怀，他现在不能说是单独打败敌人了。”

“塞思是在……假装？”

爱德华严厉地点点头。

“哦。”

我们俩都看着塞思，他装作没注意我们，专心地看着火焰，他身上的每根毛发都散发出自鸣得意。

“好吧，我不知道这些，”我为自己辩护道，“作为这里唯一一个最无助的人并不容易。你只要等到我成为吸血鬼！下次我不打算袖手旁观了。”

各种各样的表情掠过他的脸庞，然后他才决定要摆出愉快的脸色：“下一次？你这么快就预计要有下一次了？”

“像我这样的运气，谁知道呢？”

他转了转眼珠子，但是我看见他心情飞扬……如释重负使我们俩都显得很傻，都结束了。

或者……是不是？

“等一等，你之前是不是说了些……”我畏惧了，回想之前**确切的**情况是什么样的——我要跟雅各布说些什么呢？我支离破碎的心脏悸动着，既痛又悲。很难相信，几乎不可能，但是今天最艰难的一幕对我来说还**没有**过去——我迎着困难继续问道：“事情复杂，爱丽丝需要为山姆核查计划。你说过会很接近，什么会很接近？”

爱德华的眼睛扑闪着回到塞思身上，他们沉重地瞟了对方一眼。

“什么？”我问道。

“没什么，真的，”爱德华飞快地说，“但是我们确实需要上路了……”

他开始把我往他背上拉，但是我绷紧身体后退了。

“说清楚什么是没什么。”

爱德华用手掌捧着我的脸：“我们只有一会儿的时间，所以别惊慌失措，好吗？我告诉过你没有理由害怕。信任我这一点，求你了！”

我点点头，试图掩饰住突如其来的恐惧——在我崩溃之前我还能应付多少事情呢？“没有理由害怕，知道了。”

他嘟了一会儿嘴巴，斟酌着该说些什么。接着他突然扫了塞思一眼，仿佛狼在叫喊他一样。

“她在做什么？”爱德华问道。

塞思哀鸣起来，他的声音焦急不安，这使我后颈上的汗毛竖了起来。

在无尽的一秒钟里一切都死一般寂静。

接着爱德华喘着粗气道：“不！”他的一只手飞快地伸了出去，好像要抓住我看不见的什么东西一样，“不要——”

一阵痉挛使塞思的身体摇晃起来，从他的肺部传出一声咆哮，声音凄苦万分，哀痛欲绝。

爱德华就在同一时间跪在地上，双手紧紧地抱住头的两侧，脸痛苦得皱了起来。

我迷惑不解，惊恐万状，大叫一声，然后跪倒在他身旁。我愚蠢地想要把他的手从脸上拿开，我手掌上的汗水，从他大理石般的皮肤上滑落下来。

“爱德华！爱德华！”

他的眼睛凝视着我，他明显地挣扎着分开紧闭的牙齿。

“没事，我们会没事的，这是——”他突然停了下来，又退缩了。

“发生什么事了？”塞思也在痛苦不已地嗥叫着，我大声地喊道。

“我们没事，我们会没事的，”爱德华大口地喘着气，“山姆——帮帮他——”

就在那一刻当他说到山姆的名字时，我意识到他不是在说自己和塞思。一股看不见的力量正在袭击他们，这一次，危急的情况不在这里。

他使用的是狼群的复数形式。

我的肾上腺素灼热地涌遍我的全身。我的身体里空无一物。我跌落下去，在我撞在岩石上之前爱德华一把接住了我。他一跃而起，我已经在他的怀抱里了。

“塞思！”爱德华大声叫道。

塞思蹲了起来，身体仍然因为痛苦紧缩在一起，看起来他想要冲进树林里。

“不！”爱德华命令道，“你**直接回家**，以你最快的速度！”

塞思呜咽了一声，不停地左右摇晃着他的大头。

“塞思，相信我。”

巨狼久久地凝视着爱德华痛苦的眼神，然后站立起来，蹿进树林，像幽灵一样消失不见了。

爱德华紧紧地把我护在胸口，接着我们走了一条与狼人不同的道路，从树影斑驳的森林里呼啸而过。

“爱德华，”我自己挤出几句话来，“发生了什么事，爱德华？山姆怎么啦？我们要去哪里？发生了什么事？”

“我们得回到空地，”他小声地告诉我，“我们早就知道可能发生这种事情。今天一早，爱丽丝看见了，并把消息传递给山姆，然后由山姆传给塞思了。沃尔图里家族确定该是调解的时候了。”

沃尔图里家族。

太多了。我的头脑拒绝弄明白这些话的含义，假装不能理解。

树林摇晃着从我们身边掠过。他往山下跑得太快，感觉我们就像在垂直下落一样，完全失去了控制。

“别紧张，他们不是冲我们来的。这只是一支护卫分遣队，他们通常都会清理这种糟糕的局面。没什么大不了，他们只是在例行公事。当然啦，他们似乎周密地计划了到达的时间。这让我相信，要是这些新生儿使卡伦家族的人数**减少**的话，意大利没有人会悲伤。”这些话从他的牙缝中挤出来，严厉而阴冷，“我一定要知道他们到达空地的时候在想些什么。”

“这就是我们要回去的原因吗？”我轻声问道。我能面对这一切吗？迎风飘舞的黑色长袍的形象偷偷地潜伏进我不甘愿的头脑，一想到它们我就不寒而栗，我已经到达崩溃的边缘了。

“这是部分原因，主要是因为此时组成联合战线对我们而言会更安全。他们没有理由围攻我们……但是简和他们在一起。如果她认为我们孤立无援，没跟其他人在一起的话，很可能会促使她行动。就像维多利亚一样，简很可能会猜到我和你在一起。当然，德米特里也和她在一起。他可能会找到我，如果简要他这么做的话。”

我不想去想那个名字。我不想在我的脑海中看见那个令人目眩的精致的娃娃脸，一个奇怪的声音从我的喉咙里传了出来。

“嘘，贝拉，嘘。会没事的，爱丽丝能看见这一点。”

爱丽丝能看见吗？但是……那么狼人们在哪里？狼群在哪里？

“狼群呢？”

“他们得很快离开，沃尔图里家族并不遵守和狼人之间的停战协议。”

我听得见我的呼吸变得急促起来，但是我控制不住，我开始大口地喘气。

“我发誓他们会没事的，”爱德华向我保证道，“沃尔图里家族认不出他们的气味——他们不会意识到狼人在这里；这是他们不熟悉的物种，狼群会没事的。”

我无法思考他的解释，我的注意力被恐惧撕得四分五裂。**我们会没事的**，他以前这样说过……但塞思，痛苦的咆哮……爱德华回避我的问题，用沃尔图里家族来分散我的注意力……

我已经濒临崩溃的边缘了——只有手指尖还抓得紧紧的。

树林在他身边飞驰而过，像碧绿的波浪一般模糊不清。

“发生了什么事？”我又轻声地问道，“之前，塞思在咆哮的时候？你痛心的时候？”

爱德华犹豫了。

“爱德华！告诉我！”

“已经结束了，”他轻声说道，他的速度产生的风声让我几乎听不见他的声音，“狼人没有计算他们对付的那一半有多少人……他们以为已经把敌人全都消灭了。当然啦，爱丽丝看不见……”

“发生了什么事？！”

“一个新生儿躲了起来……里尔发现了他——她很愚蠢，过于自信，想要证明什么，她独自一人跟他作战……”

“里尔，”我重复道，我太虚弱了，无法为涌遍我全身的欣慰感到羞愧，“她会没事吗？”

“里尔没有受伤。”爱德华低声说道。

我久久地盯着他。

山姆——帮帮他——爱德华曾惊呼道。他，而不是她。

“我们就快到了。”爱德华说道，他凝视着天空中的某一点。

不自觉地，我的眼睛也跟随着他。一片黑紫色的云朵低低地笼罩在树上。一片云？但是天气晴朗得不正常……不，不是云——我意识到是浓烟滚滚的烟柱，和宿营地上一样。

“爱德华，”我说道，声音几乎听不见，“爱德华，有人受伤了。”

我听见了塞思的痛苦，在爱德华的脸上看见了剧痛。

“是的。”他轻声答道。

“谁？”我问道，虽然我已经知道了答案。

我当然知道，当然。

我们到达终点的时候树林在我们身边慢了下来。

他过了很久才回答我。

“雅各布。”他说道。

我还能点一次头。

“当然。”我轻声说道。

接着我从我头脑中紧紧抓住的边缘上滑落下去。

一切都变作漆黑一团。

我首先意识到的是触摸我的冰冷的手，不止一双手。胳膊抱着我，手掌弯起捧着我的脸，手指轻轻地抚摸我的额头，更多的手指轻轻地压着我的手腕。

接着我意识到有声音。它们起初都是嗡嗡声，接着声音越来越大，越来越清晰，像有人开大收音机的音量一样。

“卡莱尔——已经五分钟了。”爱德华的声音很焦急。

“她准备好之后会醒过来的，爱德华，”这是卡莱尔的声音，总是镇定自若，肯定无疑，“她今天应付的事情太多了，让她的大脑自我保护一下吧。”

但是我的大脑还没有受到保护，它困在尚未离我而去的意识里，即使在毫无知觉的状态下——在四周一片漆黑中，我也能感受到痛苦。

我感到完全与自己的身体分离了，仿佛我被困在我头脑中的某个小小的角落里一样，不再受支配，但是我无能为力。我无法思考，痛苦太强烈了，无处遁逃。

雅各布。

雅各布。

不，不，不，不，不……

“爱丽丝，我们还有多久？”爱德华追问道，他的声音依然很紧张，卡莱尔安慰的话不起作用。

从更远的地方传来爱丽丝的声音，那是个生气勃勃、清脆悦耳的声音：“还有五分钟。贝拉会在三十七秒后睁开眼睛，我肯定她现在可以听见我们说话了。”

“贝拉，亲爱的？”这是埃斯梅温柔、令人欣慰的声音，“你能听见我说话吗？现在你很安全了，亲爱的。”

是的，**我**很安全，那真的很重要吗？

接着冰冷的嘴唇在我耳边诉说，痛苦使我被困在自己的大脑中，爱德华说出的话使得我从折磨中逃离出来。

“他会活下来的，贝拉。雅各布·布莱克在我说的时候就在康复了，他会好起来的。”

随着痛苦和恐惧逐渐减轻，我找到回到自己身体的路了，我的眼皮闪动着睁开了。

“噢，贝拉。”爱德华如释重负地舒了一口气，他的嘴唇触碰到我的唇。

“爱德华。”我轻声说道。

“是的，我在这里。”

我张开眼睛，凝视着温暖的金色眼眸。

“雅各布没事？”我问道。

“对。”他保证道。

我注视着他的眼睛，仔细地寻找他在抚慰我的蛛丝马迹，但是它们清澈透明，完美至极。

“我亲自为他做的检查，”就在那时卡莱尔说道。我转过头找到他的脸，离我只有几英尺，卡莱尔的表情很严肃，同时又很令人欣慰，怀疑他是不可能的。“他的生命没有任何危险。他恢复的速度快得难以置信，不过他的伤势严重到他还需要几天才能恢复正常。我们一结束这里的事情，我就会尽我一切可能去帮助他的。山姆正努力让他变回到人形，那会使治疗容易一些。”卡莱尔微微一笑，“我从未上过兽医学校。”

“他出了什么事？”我轻声问道，“他的伤势有多严重？”

卡莱尔的脸色又凝重起来：“另一头狼遇到麻烦——”

“里尔。”我喘息着说道。

“是的，他把她踢了出去，但是自己却没有时间自卫，新生儿扯住他的胳膊。他身体右侧的骨骼大多数都破碎了。”

我不寒而栗。

“山姆和保罗及时赶到，他们把他背回拉普西的时候他已经好一些了。”

“他会复原吗？”我问道。

“是的，贝拉，他不会有永久性的损伤。”

我深深地吸了一口气。

“三分钟。”爱丽丝平静地说道。

我耸了耸肩，想要坐起来。爱德华意识到我在做什么，搀扶着我站了起来。

我盯着眼前的景象。

卡伦家族的人围着火堆站成半个圆圈。几乎没有明显的火焰了，只有浓厚的黑紫色的烟，就像疾病一样笼罩在鲜亮的草地上。贾斯帕站在离烟雾最近的地方，站在烟雾的影子里，他的皮肤没有像其他人那样在太阳下闪闪发光。他背对着我，肩膀绷得很紧，胳膊稍稍展开。那里有什么东西，在他的影子那里。某个他小心谨慎地蹲踞着应对的东西……

我太麻木了，当我意识到那是什么的时候，感觉到的不过是一阵轻微的惊讶。

空地上有八个吸血鬼。

火焰旁边有个蜷成一团的女孩，她用胳膊抱着腿。她年纪很小，比我还小——看起来大概十五岁，有一头黑发，身材瘦小。她的眼睛紧紧地盯着我，瞳孔是令人畏惧的鲜红色。比赖利的还要鲜红，几乎散发出炽热的光芒了。它们疯狂地转动着，完全失去控制了。

爱德华看见我迷惑的表情。

“她投降了，”他平静地告诉我，“我从来没见过这种情况。只有卡莱尔才会想到这样的提议，贾斯帕不同意。”

我无法移开自己的眼神，凝视着火焰旁的情景，贾斯帕心不在焉地擦了擦左前臂。

“贾斯帕还好吗？”我轻声问道。

“他很好，毒液有些刺痛。”

“他被咬了？”我问道，心里一阵害怕。

“他想要同时无处不在，想让爱丽丝无事可做，实际上，”爱德华摇摇头，“爱丽丝不需要别人的帮助。”

爱丽丝对着她的真爱做了个鬼脸：“保护过度的傻瓜。”

年轻的女吸血鬼突然像野兽一样把头转了回来，刺耳地哀号起来。

贾斯帕冲她吼了一声，她畏缩地后退了，但是她的手指像爪子一样刨进地里，头痛苦地来回摆动。贾斯帕朝她靠近一步，蹲得更低了一些。爱德华过分漫不经心地移动着，让我们转过身来，这样他就挡在我和女孩之间了。我绕过他的胳膊，偷偷地注视着浑身抽搐的女孩和贾斯帕。

卡莱尔倏地出现在贾斯帕旁边，他把一只手放在他最后一个领养的儿子的胳膊上，制止他。

“你改变主意了吗，年轻人？”卡莱尔问道，声音一如既往地平静，“我们不想毁掉你，但是如果你不能控制自己的话，我们就会这么做。”

“你们怎么可以忍受这样的事情？”女孩呻吟着，音调高而清晰，“我**想要**她。”她清澈的深红色瞳孔注视着爱德华，透过他看着我，她的指甲又把坚硬的土壤刨开了。

“你必须忍受，”卡莱尔神色严厉地告诉她，“你必须训练控制力，这是可能的，这是此刻唯一能救你的事情。”

女孩用沾满灰尘的手抱住自己的头，轻轻地咆哮起来。

“我们是不是应该离她远一点儿？”我轻声问道，拖着爱德华的胳膊。那个女孩听见我的声音时嘴唇向后露出牙齿，表情十分痛苦。

“我们得待在这里，”爱德华咕哝道，“**他们**现在正从空地北头赶往这里。”

我扫视空地的时候心脏骤然剧烈地跳动起来，但是除了滚滚浓烟，我看不见其他东西。

徒劳无功地搜索了一会儿之后，我的眼神偷偷地回到这个年轻的女吸血鬼身上。她仍然注视着我，眼睛差不多都疯狂了。

我正视着女孩瞪着我的目光，看了好久。长及下巴的黑发勾勒出她面部的轮廓，脸庞像石膏一样苍白。愤怒与饥渴让她的外表扭曲了，很难说清楚她是否美丽。野性的红眼睛很有力——让人难以把视线移开。她不怀好意地盯着我，每隔几分钟就痉挛一下。

我盯着她，像被催眠了一样，不知道是不是透过这面镜子看见了自己的未来。

接着卡莱尔和贾斯帕开始回到我们中间。埃美特、罗莎莉和埃斯梅都急忙在爱德华、爱丽丝和我站立的地方聚集起来。正如爱德华所言，一道联合防线，以我为中心，站在最安全的位置。

我不情愿地让自己的目光从那个狂野的女孩身上移开，寻找即将到来的恶魔。

还是什么都看不见。我瞟了一眼爱德华，他的眼睛直勾勾地盯着前方。我努力跟随他的目光，但是还是只看见浓烟——浓厚得像油渍一样的烟雾在地面上盘旋，慵懒地慢慢升起，在草地上像波浪般起伏。

烟雾翻腾着向前进，在中间变得更浓黑了。

“嗯。”突然从薄雾中传来一个冷漠的声音，我立刻认出这种冷漠。

“欢迎，简。”爱德华的声音从容不迫，彬彬有礼。

黑影越走越近，从薄雾中分离出来，越来越具体。我知道前面的会是简——颜色最深的披风，几乎是黑的，两英尺多高，身材最娇小的那个，我只能勉强在蒙头斗篷的阴影中看出简天使般的容貌。

赫然出现在她身后的四个穿着灰色披风的人也有些熟悉。我确定我认出了块头最大的那个，当我目不转睛地想要确定我心中的疑虑时，费利克斯则抬起头看着我。他让兜帽稍稍往后滑落一点儿，这样我就可以看见他对我微笑着眨眼睛了。爱德华站在我身边一动不动，紧紧地克制着自己。

简的眼神徐徐地从卡伦家族的人发光的脸庞上一一扫过，然后停留在火焰旁边的新生吸血鬼女孩身上，新生儿又用手紧紧地抱着头了。

“我不明白。”简干巴巴地说道，但是不像之前那么没有兴趣了。

“她已经投降了。”爱德华解释道，回答了她心中的疑问。

简乌黑的眼睛唰地一下扫到他脸上：“投降了？”

费利克斯和另一个影子飞快地交换了一下眼神。

爱德华耸耸肩：“卡莱尔给了她选择。”

“对那些破坏规矩的人来说没有选择可言。”简坚决地说道。

卡莱尔接着开口说话了，他的语气很平和：“那是在你掌控之中的。只要她愿意停止攻击我们，我看不出有毁灭她的必要，她从来未受过教化。”

“那不相干。”简坚持说道。

“随你所愿。”

简惊愕地盯着卡莱尔，她不着痕迹地摇了摇头，接着让自己的表情镇定下来。

“阿罗本来希望我们会在西边更远的地方见到你，卡莱尔，他向你问好。”

卡莱尔点点头：“如果你能代我向他问好，我会非常感激的。”

“当然啦，”简微笑着说道，她的脸充满生机的时候几乎是非常可爱的，她回头看了看烟雾，“似乎今天你们做了我们该做的工作……大部分。”她的目光飘到人质身上，“只不过出于职业的好奇，有多少人？他们在西雅图留下不少破坏的痕迹。”

“十八个，包括这个。”卡莱尔回答道。

简瞪大眼睛，她又看了看火焰，似乎在重新评估有多少人。费利克斯和另外一个影子交换了一下眼神，这一次时间要长一些。

“十八个？”她重复道，她的声音第一次听起来不确定。

“都是全新的，”卡莱尔语气威严地说道，“他们没有任何技巧。”

“全部？”她的声音变得尖锐起来，“那么谁是他们的创造者？”

“她的名字曾经是维多利亚。”爱德华回答道，声音里毫无感情。

“曾经是？”简问道。

爱德华把头偏向东面的森林。简的眼睛倏地抬起来，立即盯着远处。另一根烟柱？我没转头去核实。

简久久地凝望着东边，接着再次检视近处的火堆。

“这个维多利亚——她是这里十八个之外的？”

“是的，只有一个跟她在一起。他不像这里的这个这么年轻，但是不超过一岁。”

“二十个，”简吃力地说道，“谁对付的创造者？”

“我。”爱德华告诉她。

简眯起眼睛，转向火堆旁边的女孩。

“就是你，”她说道，语气比先前更加冷酷，“你的名字？”

新生儿邪恶地盯着简，嘴唇闭得紧紧的。

简冲她露出一个天使般的笑容。

新生吸血鬼女孩回应的尖叫声非常刺耳，她的身体僵硬地扭曲成不自然的形状。我把脸别过去，抵抗着想要捂住耳朵的冲动。我咬紧牙关，希望能够控制自己的胃。尖叫声更加强烈了，我想把注意力集中在爱德华光滑、没有表情的脸上，但是那使我想起他以前被简的眼神折磨的情景，我感到更加不舒服了。我又看着爱丽丝和她身旁的埃斯梅，她们的脸都和他的一样空洞。

最后，一切终于安静下来。

“你的名字。”简又说道，她的声音毫无起伏。

“布里。”女孩大口喘着气说道。

简笑了笑，女孩又尖叫起来，我捂住耳朵直到她痛苦的声音停了下来。

“她会告诉你你想知道的任何事情的，”爱德华的话从牙缝中挤出来，“你没必要那么做。”

简仰着头，一直毫无生气的眼睛里突然闪过一丝幽默。“噢，我知道。”她对爱德华说道，对他露齿一笑，然后再转过头看着年轻的吸血鬼布里。

“布里，”简说道，她的声音又变得冷酷起来，“他说的都是真的吗？你们有二十个吗？”

女孩躺在地上气喘吁吁的，她的一侧脸庞抵着地面。她飞快地说道：“十九到二十个，或许更多，我不知道！”她畏惧起来，害怕她的一无所知可能会带来另一轮折磨，“莎拉和另一个我不知道名字的人在来的路上打了起来……”

“这个维多利亚——是她创造你的吗？”

“我不知道，”她说道，又畏惧起来，“赖利从来没有说过她的名字。那天晚上我没看见……天那么黑，那么痛……”布里颤抖起来，“他不许我们想起她，他说我们的思想不安全……”

简的眼神闪烁到爱德华身上，接着又回到女孩身上。

维多利亚把这一切计划得非常周详。要是她不跟踪爱德华的话，就不可能确切地知道她与此有关了……

“告诉我赖利的事情，”简说道，“为什么他把你们带到这里？”

“赖利告诉我们，我们得摧毁这个奇怪的黄眼睛，”布里噼里啪啦地说道，语速很快，而且心甘情愿，“他说这会很容易，他说城市是他们的，他们会赶来除掉我们。他说一旦他们消失了，所有的血就都是我们的了。他给了我们她的气味，”布里抬起一只手，指向我，“他说我们会知道我们要找的团体，因为她会跟他们在一起。他说谁第一个找到她，谁就能得到她。”

我听见爱德华的下巴在我身旁收缩了一下。

“看起来赖利在很容易这点上是错误的。”简评论道。

布里点点头，谈话不必那么痛苦地进行，这似乎让她觉得很欣慰。她小心翼翼地坐了起来：“我不知道发生了什么事。我们分头行动，但是其他人都没有来。赖利离开我们，他没有像他保证的那样过来帮助我们。接着，事情乱作一团，每个人都成了碎片。”她又战栗起来，“我很害怕，我想跑开，那个……”她看着卡莱尔，“说如果我不打了，他们就不会伤害我。”

“啊，但那可不是礼物，年轻人，”简咕哝道，她的声音现在柔和得有些奇怪，“破坏规矩就要承担后果。”

布里盯着她，不知道她是什么意思。

简看着卡莱尔：“你确定把他们全都除掉了吗？分散的另一半呢？”

卡莱尔的脸非常平静，他说道：“我们也分散了。”

简似笑非笑地说道：“我无法否认，这令我印象深刻。”她身后的大影子低声表示同意，“我从来没见过一个团体躲过如此强大的攻击而毫发无损，你们知道背后有什么吗？考虑到你们在此的生活方式，这似乎是极端的行为。为什么这个女孩这么重要？”她的眼睛不情愿地停留在我身上，看了我一会儿。

我一阵颤抖。

“维多利亚和贝拉有过节。”爱德华告诉她，他的声音毫无感情。

简大笑起来——声音洪亮，像开心的小孩幸福地笑开了怀一样，“这个人似乎给我们的族类带来了奇怪的强烈反应。”她评论道，直勾勾地对着我微笑，表情很愉快。

爱德华绷紧身体，我刚好看见他别开脸，目光回到简身上。

“你可不可以不要那么做呢？”他严厉地问道。

简又轻松地大笑起来：“只是检查一下，很显然，没造成什么伤害。”

我颤抖了，深深地感激我身体机制中奇怪的小故障——上一次我们相遇的时候它保护我免受简的伤害——现在仍然有效。爱德华的胳膊紧紧地抱着我。

“好吧，似乎没剩下什么需要我们来做的了，真奇怪，”简说道，冷漠又回到她的声音里，“我们不习惯被认为不需要，错过战斗实在是太糟糕了，听起来在一旁观战会很有意思。”

“是的，”爱德华迅速地回答道，声音很尖锐，“你们离我们那么近，很可惜，没能提前半小时赶到。要不是那样的话，你们或许就能完成你们此行的使命了。”

简的眼睛毫不动摇地迎接爱德华的怒视：“是的，事情变成这样十分遗憾，是不是？”

爱德华对自己点点头，他的怀疑得到确认了。

简把目光又转向新生儿布里，脸上露出百无聊赖的神情。“费利克斯？”她拉长语调慢慢地说道。

“等一等。”爱德华突然插话道。

简挑起眉毛，但是爱德华盯着卡莱尔，语气急切地说道：“我们会给这个年轻人解释规则的，她似乎不是不愿意学习，她不知道自己在做什么。”

“当然，”卡莱尔回答道，“我们一定会对布里负责的。”

简的表情在有趣和不相信之间来回摇摆。

“我们没有例外，”她说道，“而且我们不给第二次机会，这对我们的名声不利。这使我想起来……”突然，她的眼睛又盯着我了，天真无邪的脸上露出酒窝，“凯厄斯会很有兴趣知道你还是人类的，贝拉，或许他会决定过来看看的。”

“日期已经定好了，”爱丽丝告诉简，她第一次开口说话，“或许几个月之后我们会去拜访你们的。”

简脸上的笑容顿时消失了，她漠不关心地耸耸肩，看也没看爱丽丝一眼。她转过脸看着卡莱尔：“很高兴见到你，卡莱尔——我本以为阿罗是在夸大其词呢，好吧，等我们下次相见……”

卡莱尔点点头，露出痛苦的表情。

“处理好，费利克斯，”简说道，朝布里点点头，她的声音又变得死气沉沉的，“我想回家了。”

“别看。”爱德华在我耳边轻声说道。

我正求之不得，听从了他的指示。一天里我看得够多了——对一生来说都还嫌多。我紧紧地闭上眼睛，把脸埋在爱德华的胸口。

但是我还是能听见。

四周响起一阵轰隆隆低沉的咆哮声，接着传来一声尖锐的惨叫，熟悉而令人惊骇万分。那个声音很快就停了下来，接着唯一的声音就是令人作呕的嘎吱声和噼啪声。

爱德华的手不安地抚摸着我的肩膀。

“走吧。”简说道，我抬头的时候，刚好看见高高的灰披风的背影朝着袅袅的烟雾慢慢走远了。熏香的味道又强烈起来——是新的。

灰色的披风消失在浓浓的烟雾中。

伦　　理

爱丽丝盥洗室的梳妆台上堆满了成千上万种不同的东西，所有的都宣称能美化人的脸。由于这个家里的每个人既完美无缺，又不能渗透，我只能猜她买这些东西的时候心里想到的是我。我麻木地读着标签，浪费让我感到惊讶不已。

我小心翼翼地，不去看长方形落地镜。

爱丽丝慢慢地，有节奏地给我梳头发。

“够了，爱丽丝，”我语气沉闷地说道，“我想回拉普西。”

我等待查理终于离开比利家，这样就能见到雅各布了，我已经等了多少个小时了？每一分钟，都不知道雅各布是不是还在呼吸，就像活了十辈子那么久。然后，当我最终可以去亲眼看见雅各布还活着的时候，时间又过得如此之快。我觉得自己几乎还没喘过气，爱丽丝就给爱德华打电话，坚持说我摆出一副在别人家过夜的样子了。这似乎毫无意义……

“雅各布还在昏迷之中，”爱丽丝回答道，“等他醒了，卡莱尔或爱德华会打电话的。不管怎样，你需要见查理。他还在比利家，他看见卡莱尔和爱德华旅行回来了，你到家的时候他肯定会怀疑的。”

我已经把我的故事背下来，并且再三确认了：“我不在乎，雅各布醒过来的时候我想在那儿。”

“你现在需要想一想查理，今天你经历了漫长的一天——对不起，我知道那还不足以表达这层意思——但是那并不意味着你就能逃避责任。”她的声音很严肃，几乎是责备，“现在让查理安全地被蒙在鼓里最重要。首先尽到你的责任，贝拉，然后你就可以做任何你想做的事了。当卡伦家的一分子就必须行为谨慎负责。”

她当然是对的。如果不是出于相同的原因—— 一个比我的恐惧、痛苦和内疚更强有力的原因——卡莱尔永远都无法说服我离开雅各布的身边，不管他是不是昏迷。

“回家吧，”爱丽丝命令道，“和查理谈谈，把你不在场的证据说得绘声绘色。保证他安全，不知情。”

我站了起来，血冲到我的脚下，像千万根针刺一样疼痛，我一动不动地站了很久。

“那条裙子穿在你身上很可爱。”爱丽丝咕叽道。

“啊哈？哦，呃——再次感谢你为我买的衣服。”我出于礼貌而不是真心的感激低声说道。

“你需要证据，”爱丽丝说道，眼睛睁得大大的，露出一副天真无邪的样子，“没有新行头，怎么能算得上购物之旅呢？这把你衬得更美了，如果真要我说的话。”

我眨了眨眼睛，记不起她给我穿的是什么。每隔几秒钟我的思绪就情不自禁地飘走了，就像昆虫躲开光线一样……

“雅各布没事，贝拉，”爱丽丝说道，非常容易地就看透了我当下最担心的事情，“不必着急，如果你意识到卡莱尔额外给他注射了多少吗啡——他的体温很快就把药水蒸发掉了——你就会知道用不了多久他就会好起来了。”

至少他不痛苦，目前还没有。

“离开之前你还有什么想要说的吗？”爱丽丝同情地问道，“你肯定伤得不轻。”

我知道她好奇的是什么，但是我还有其他的问题。

“我会像那样吗？”我声若蚊蚋地问她，“就像草地上那个叫布里的女孩一样？”

还有许多事情需要我思考，但是我似乎无法把她赶出我的脑海，那个新生儿，她的另一种生命现在——突然——结束了。她的脸因为渴望我的血而扭曲了，还在我的眼前久久徘徊，不肯离去。

爱丽丝轻轻地拍了拍我的胳膊：“每个人都不一样，但是有些事情像那样，是的。”

我还是一动不动，努力地想象那幅情景。

“会过去的。”她保证道。

“多久？”

她耸耸肩：“几年，或许更短，对你而言可能会不同。我从来没见过谁事先就已经做出选择，再经历这一切的。看看会如何影响你，应该会很有意思。”

“有意思。”我重复道。

“我们不会让你有麻烦的。”

“我知道这一点，我相信你。”我的声音很沉闷，无精打采的。

爱丽丝的额头皱了起来：“如果你担心卡莱尔和爱德华，我肯定他们很好。我相信，至少，山姆开始信任我们了……好吧，信任卡莱尔了。这也是一件好事情。我想象，卡莱尔不得不重新折断骨头的时候，气氛会变得有几分紧张的……”

“求你别说了，爱丽丝。”

“对不起。”

我深深地吸了一口气让自己站稳。雅各布一开始恢复得太快了，他的一些骨头错位了，这个过程让他很冷静，不过这种情形是很难想象的。

“爱丽丝，我能问你个问题吗？关于未来？”

她突然警觉起来：“你知道我并不能预见一切。”

“不是那样的，确切地说，但是你**的确**看见我的未来了，有时候。你认为为什么其他的东西在我身上都不起作用呢？简、爱德华或者阿罗都做不到的……”我的声音随着感兴趣程度的变化逐渐消失了。我对此事只有一闪念的好奇，还有更压抑的情感沉沉地笼罩着我。

然而，爱丽丝却发现这个问题很有趣：“贾斯帕也是如此，贝拉——他的天赋用在你身上的效果和在别人身上是一样的。那就是区别，你明白吗？贾斯帕的能力带来身体的影响。他真的可以使你的系统平静下来，或者兴奋起来。那不是幻觉，而我能预见有结果的事情的后果，并不是这些决定背后的原因或思想创造了它们。这是大脑之外的东西，也不是幻觉；是事实，或者至少是事实的一种情况。但是简、爱德华和阿罗以及德米特里——他们都是在大脑**内部**起作用的。简只是创造了痛苦的幻觉。她没有真正地伤害你的身体，你只是觉得你感觉到了。明白吗，贝拉？你在自己的大脑内部很安全。没有人能到达你头脑中的那个地方，难怪阿罗对你未来的能力会那么好奇。”

她注视着我的脸想看看我是不是跟上了她的逻辑。事实上，她所有的话一股脑儿地说出来时，每个音节、每个发音都失去了意义。我无法专心去听。不过，我还是点了点头，想装出一副明白了的样子。

她没被骗到。她轻轻地抚摸我的脸颊，低声说道：“他会好起来的，贝拉，我不需要预见就知道这一点。你准备走了吗？”

“还有一件事，我能问你关于未来的另一个问题吗？我不需要细节，只是大致的情况。”

“我尽力而为。”她说道，又开始怀疑。

“你还能看见我变成吸血鬼吗？”

“噢，那很容易，当然，我看见了。”

我慢慢地点点头。

她端详着我的脸，眼睛露出深不可测的神情：“难道你不知道自己的心思吗，贝拉？”

“我知道，我只是想确定一下。”

“我只能和你一样确定，贝拉，你知道这一点。如果你打算改变主意，我所看见的也会改变……或者消失，就你的情况而言。”

我叹气道：“不过，那是不会发生的。”

她抱着我：“我很抱歉，我无法真的**移情**。我的第一个记忆就是看见我的未来里有贾斯帕的脸；我一直知道他就在我生命的前方，但是我能**同情**。我感到很抱歉你不得不在两件很好的东西之间做选择。”

我挣脱她的胳膊：“别为我感到抱歉。”有人值得同情，而我不是，而且无须选择——现在只有一颗受伤的善良的心，等我照顾，“我去处理查理的事情。”

我把我的卡车开回家，正如爱丽丝所料，查理充满狐疑地在等我。

“嘿，贝拉，你的购物之旅怎么样？”我走进厨房的时候他跟我打了招呼。他胳膊交叉放在胸口，眼睛盯着我的脸。

“很漫长，”我无精打采地说道，“我们刚刚回来。”

查理估摸着我的情绪说道：“那我猜你已经听说了杰克的事情？”

“是的，卡伦家的其他人比我们先到家。埃斯梅告诉我们卡莱尔和爱德华去哪里了。”

“你还好吧？”

“很担心杰克，一做好晚饭，我就打算赶到拉普西去。”

“我告诉过你那些摩托车很危险，我希望能让你意识到我可不是在开玩笑。”

我开始把东西从冰箱里拿出来的时候点了点头。查理坐在餐桌旁的椅子上，他的情绪似乎使他比平时更愿意说话。

“我认为你不必过于为杰克担心，任何人有他那种该死的精力一定会康复的。”

“您看见杰克的时候他已经醒了吗？”我问他，头晕眼花地看着他。

“噢，是的，他醒了。你真应该听听他都在说些什么——实际上，你没听到更好。我认为拉普西那里没有人听不见他在说什么。我不知道他在哪里学来的那些词，但是我希望他跟你在一起的时候可别说那样的话。”

“他今天有很好的借口啊，他看起来怎么样？”

“一团糟，他的朋友们把他抬了回来。他们人高马大倒是好事情，因为那个孩子要几个人才抬得动。卡莱尔说他的右腿断了，还有右胳膊。当他从那辆该死的摩托车上摔下来的时候，整个右侧的身体几乎都粉碎了。”查理摇着头说，“要是我再听说你骑摩托车的话，贝拉——”

“这个没问题，爸爸，您听不到的。您真的认为杰克没事了吗？”

“当然，贝拉，别担心。他正常得很，还有精力跟我开玩笑呢。”

“跟您开玩笑？”我惊诧地附和道。

“是的——偶尔还骂某人的娘，亵渎上天，他说：‘我敢打赌你今天很高兴她爱卡伦而不是我，啊哈，查理？’”

我转过身背对着冰箱，这样他就看不见我的表情。

“我无法辩驳。说到你的安全，爱德华比雅各布更加成熟，我的确是这么认为的。”

“雅各布也很成熟，”我低声地维护他道，“我肯定这不是他的错。”

“今天很古怪，”过了一会儿，查理若有所思地说，“你知道，我不怎么相信那些迷信的家伙，但是真的很奇怪……好像比利知道会有不好的事情发生在杰克身上一样。他整个早上就像感恩节的火鸡一样紧张兮兮的，我想他根本没听进去我跟他说的话。”

“接着，还有比那更奇怪的事——还记得早在二三月份的时候我们经历过跟狼有关的麻烦事吗？”

我弯下腰从碗柜里拿出一个煎锅，掩饰了一两秒钟。

“是的。”我低声咕哝道。

“我希望我们不会再遇到那样的问题。今天早上，我们划船出去，比利没注意我，也没注意鱼，突然间，你能听见树林里狼的嗥叫声。不止一个，好家伙，那声音可够大的，听起来它们好像就在村子里一样。更古怪的是比利调回船头径直朝港湾划了回去，好像它们是在呼唤他一样，根本没听见我问他在做什么。

“我们把船上好锚之后，嘈杂的声音就没了，但是突然比利以最快的速度赶回家以免错过那场比赛，尽管我们还有好几个小时。他叽叽咕咕地胡乱说了一些关于更早的一场比赛的事……一场现场直播？我告诉你，贝拉，这事很蹊跷。

“好吧，他找到某个他想看的比赛，但他根本就没注意看。他一直守在电话旁，给苏、艾米莉、你的朋友奎尔的祖父打电话。真的搞不懂他在等什么——他只是和他们随意地聊着天。

“接着吼声又响了起来，就在屋外。我从未听见过那样的声音——胳膊上的鸡皮疙瘩都起来了。我问比利——得大声喊才能盖过这种噪声——他是不是在院子里布了陷阱，听起来这个动物痛得非常厉害。”

我瑟缩了，但是查理完全沉浸在故事里，没有注意到。

“当然，直到那一刻我才想起来那些事情，因为就在那时杰克终于回家了。前一分钟是狼在咆哮，接着你就再也听不见它的声音了——杰克的谩骂声完全盖过狼的咆哮声了。他的肺活量真大啊，真的。”

查理停顿了一会儿，脸上若有所思：“有趣的是，倒是有些因祸得福。我本认为他们永远都不会克服对卡伦家那种愚蠢的偏见，但是有人给卡莱尔打了电话，他出现的时候，比利真的很感激。我以为我们得把杰克送到医院去的，但是比利想把他留在家里，而且卡莱尔同意了。我猜卡莱尔知道哪样才是最好的，他真的很慷慨，愿意大老远地跑到家里来看诊。”

“而且……”他停顿了，仿佛不愿意说某件事情一样，他叹了口气，接着继续说道，“而且爱德华真的很……友善。他似乎和你一样担心雅各布——就像是他的兄弟躺在那里一样。他眼中的神情……”查理摇摇头，“他是个大方正派的人，贝拉，我会努力记住这一点的。不过，不做保证。”他冲我露齿一笑。

“我不会强迫你的。”我咕哝道。

查理伸伸腿感叹道：“回家真好，你不会相信比利的小地方有多挤的。杰克的七个朋友全都挤进了那个小小的客厅——我几乎无法呼吸。你有没有注意到那些奎鲁特小孩长得有多高大？”

“有，我注意到了。”

查理盯着我，眼睛突然更加专注了：“真的，贝拉，卡莱尔说杰克要不了多久就会活蹦乱跳的了。他说只是看起来比较糟糕，他会没事的。”

我只是点了点头。

查理一离开我就要赶过去看雅各布，他看起来那么……脆弱，和他一点儿都不相称。他全身都是矫形器——卡莱尔说他恢复得那么快，没必要用石膏。他的脸很苍白，很憔悴，尽管那个时候他完全没有意识，十分脆弱。像他那么人高马大的，看起来却那么脆弱。或许那只是我的想象，外加上我不得不伤害他的认识。

要是我能被闪电击中，劈成两半就好了，最好痛苦万分。第一次感觉，放弃人类的生命像是一种真正的牺牲，就好像这可能会失去非常多的东西。

我把查理的晚饭放在他胳膊肘旁边的餐桌上，径直向门口走去。

“呃，贝拉？你能等一会儿吗？”

“我忘了什么事情吗？”我看着他的盘子问道。

“没有，没有。我只是……想请你帮个忙。”查理皱着眉头看着地板说道，“坐下来——不会很久的。”

我在他对面坐了下来，有些迷惑不解，我努力集中注意力：“您想谈什么，爸爸？”

“我要说的是，贝拉，”查理的脸红了，“或许我只是感到……迷信了。和比利一起玩，而他一整天都那么奇怪，但是我有这种……预感。我感觉就像……我很快就会失去你了。”

“别傻了，爸爸，”我内疚地低声说道，“您还是想让我去上学的，是不是？”

“只是答应我一件事情。”

我犹豫了，准备好取消：“好吧……”

“在你做什么重大的事情之前你会告诉我吗？在你和他私奔或者诸如此类的事情之前？”

“爸爸……”我呻吟道。

“我是认真的，我不会大吵大闹。只是事先通知我，让我有机会跟你拥抱道别。”

我心里一紧，伸出手说道：“这样很傻，但是，如果这让您感到高兴……我答应你。”

“谢谢，贝拉，”他说道，“我爱你，孩子。”

“我也爱你，爸爸。”我拍了拍他的肩膀，接着手撑着餐桌站起来，“如果您需要什么东西的话，我会在比利家。”

我跑出门的时候没回头看。这真是完美至极，正是我现在所需要的，我在赶往拉普西的路上一直嘟嘟囔囔的。

卡莱尔的黑色梅塞德斯没停在比利家门口，既好又不好。显而易见，我需要单独和雅各布谈一谈。然而，不知为何，雅各布昏迷不醒的时候，我仍然希望我能够握住爱德华的手，就像以前那样。这不可能，但是我想念爱德华——和爱丽丝在一起的整个下午感觉好漫长。我想那使我的答案非常明显，我已经知道没有爱德华我无法生活，这也不会减少任何痛苦。

我轻轻地敲了敲客厅的门。

“进来，贝拉。”比利说道。我的卡车的咆哮声非常容易辨认。

我走进屋。

“嗨，比利，他醒了吗？”我问道。

“他大约半小时之前醒了过来，就在医生走之前。进来吧，我想他在等你。”

我心里一阵害怕，接着深深吸了一口气说道：“谢谢。”

我在雅各布的房门口犹豫了片刻，不知道是不是该敲门。我决定先从门缝里看一看，希望——我真是胆小鬼——或许他又睡着了，我感觉自己只有几分钟的时间可以用了。

我推开一条门缝，门嘎吱嘎吱地响了起来，然后犹豫不决地把脸挤了进来。

雅各布在等我，他的脸平静而安详。那种形容枯槁、面容憔悴的脸色消失不见了，取而代之的是一抹空洞茫然，他黑色的眼眸里没有生气。

知道我爱他之后，很难看着他的脸。这造成的不同比我会想到的要多一些，我不知道一直以来他是不是都感到这么为难。

谢天谢地，有人在他身上盖了一条被子，不必看见他伤得有多严重简直是种安慰。

我走进屋，轻轻地把门关了起来。

“嘿，杰克。”我小声叫道。

他起初没回答，久久地看着我的脸。接着，颇费了一些劲儿，他重新调整脸上的表情，变成稍稍有些开玩笑的微笑。

“是的，我大约想到了。”他感叹道，“今天一定把事情弄得更糟了。首先我选择了错误的地方，错过了最好的战斗，接着塞思获得了所有的荣耀。接着里尔非得像个傻瓜一样想要证明她和我们其他人一样强大，我不得不成为那个救她的傻瓜，而现在就这样了。”他朝我挥挥左手，我还在门边犹豫。

“你感觉怎么样？”我低声问道，多么愚蠢的问题啊。

“有点像喝多了，毒牙医生[①]不确定我需要多少止痛药，所以他打算反复试验。我想他用多了。”

“不过你现在不疼了。”

“不疼，至少，我感觉不到自己的伤势。”他说道，又开玩笑地笑了笑。

我咬紧嘴唇。我永远都无法释怀，当我**想**死的时候为什么没有人试图杀死我？

别扭的幽默感从他脸上消失了，他的眼睛又激动起来。他皱着眉头，好像很担心一样。

“你怎么样？”他问道，听起来真的很关切，“你还好吗？”

“**我**？”我盯着他，或许他**吃**的药太多了，“**为什么**？”

“好吧，我的意思是，我非常确定他不会真的**伤害**你，但是我不确定事情会糟糕到何种程度。我醒来之后就一直疯狂地担心着你，我不知道你是不是能来看我，那种悬念真可怕。事情怎么样？他对你很小气吗？如果很糟糕的话，我很抱歉。我没打算让你一个人熬过，我想我会在你身边……”

过了好一会儿我才明白过来。他含混不清地说着，看起来越来越笨拙，直到我明白他在说什么。接着我赶紧宽慰他道：

“不，不，杰克！我很好，太好了，真的。当然了，他不小气，我倒希望！”

他瞪大眼睛，看起来似乎是恐惧一样：“**什么**？”

“他甚至没生我的气——他甚至也没生你的气！他大方到让我觉得更糟。我希望他会冲我大吼大叫之类的，我这像是罪有应得……哦，受到比被人家大吼大叫还要糟糕的对待。但是他不在乎，他只是想要我**快乐**。”

“他不生气？”雅各布问道，满脸的不相信。

---

① 毒牙医生（Dr.Fang）：指卡莱尔，用他的牙齿来指代他。

“不，他……太好了。”

雅各布又盯着我看了一会儿，接着突然皱着眉头说道：“好吧，**该死！**”他低吼。

“怎么啦，杰克？很疼吗？”我环顾着他的药膏，手无助地挥舞着。

“不，”他用不屑的语气咕哝道，“我不敢相信！他没给你最后通牒之类的？”

“根本没有这样的事情——你怎么啦？”

他满脸怒容摇着头说：“我还有点指望他有所反应呢，该死的，他比我想的要好一些。”

他说话的样子，尽管要生气一些，倒让我想起爱德华今天早上在帐篷里说雅各布狡猾。那就是说雅各布还在希望，还在争斗，那深深地刺进我的心口，让我一阵畏缩。

“他没有要什么把戏，杰克。”我平静地说道。

“你当然这么说。他和我一样努力，只是他知道他在干什么，而我不知道。别责备我，他操纵的技巧比我好——我和他相处的时间不长，无法学到他所有的伎俩。”

“他没操纵我！”

“有，他在操纵！你什么时候才会清醒过来，明白他没你想的那么完美？”

“至少他没以死相逼让我吻他。”我厉声说道，话一说出口，我就懊恼地脸红了，“等等，就当我说漏嘴了，我对自己发过誓什么也不会说的。”

他深深地吸了一口气，说话的时候镇静了一些：“为什么？”

“因为我不是为了责备你才来这里的。”

“不过，这倒是真的，”他平静地说道，“我的确那么做了。”

“我不在乎，杰克，我没生气。”

他微笑道：“我也不在乎。我知道你会原谅我的，我很高兴我这么做了，我会再那么做的。至少我已经拥有那么多了，至少我使你明白你**的确**是爱我的，那就很值了。”

“是吗？真的比我还蒙在鼓里要好吗？”

“难道你不认为应该知道自己的感觉吗——这样一来，你就不必等到某一天为时已晚，而且你已经是个结了婚的吸血鬼的时候，才突然意识到这一点了。”

我摇摇头：“不——我并不是说对我会更好，我的意思是对**你**会更好。让我知道我爱你，会使事情对你而言更好还是更糟糕？当这样并不会有任何改变的时候，如果我从来都不知道，会不会更好，对你来说更容易接受呢？”

他如我所愿，严肃认真地思考着我的问题，仔细想了想之后才回答：“是的，让你知道会更好一些，”他最终下决心说道，“如果你没有弄清楚……我一直会想如果你清楚的话，你的决定是不是会一样。现在我知道了，我已经做了我能做的一切。”他颤抖着用力吸进一口气，然后闭上眼睛。

这一次我没有——我不能——抗拒安慰他的冲动。我穿过小房间，在他的头旁边跪了下来，我很害怕坐在床边，唯恐碰到他，弄疼他。我用我的额头轻轻地触碰他的脸颊。

雅各布叹了口气，把手放在我的头发上，就这样摸着我。

“我很抱歉，杰克。”

“一直以来我都知道机会很渺茫，不是你的错，贝拉。”

“也不是你的，”我呜咽道：“求你。”

他抽开身体看着我说道：“什么？”

“**是**我的错。别人一再告诉我这不是我的错，这样让我太难过了。”

他露齿一笑，但是笑容没出现在他的眼睛里：“你想让我严厉批评你吗？”

“实际上……我想我的确这么想。”

他嘟着嘴巴，斟酌着我这样说有几分是真的。微笑掠过他的脸庞，接着他的表情扭曲成可怕的怒容。

“好像不可宽恕般的回吻我，”他对我吐出这样的话，“要是你知道你会收回去的话，或许你就不应该那么确信。”

我畏缩着点头道："我很抱歉。"

"抱歉并不会使事情变好，贝拉，你那时候在想什么？"

"我没想。"我轻声说道。

"你本应该告诉我让我去死的，那才是你想要的。"

"不是的，雅各布，"我呜咽着说，挣扎着不要让在眼眶中打转的泪花掉下来，"不！从来都不是。"

"你不是在哭吧？"他追问道，声音突然变回到正常的语气，他急不可耐地在床上猛地一动。

"是的。"我低语道，虚弱地嘲笑起自己来，刚才的泪眼蒙眬突然变成抽泣了。

他扭动了一下身体，把没受伤的腿挪下床，好像打算站起来。

"你在做什么？"我泪如泉涌，责问道，"躺下，你这个傻瓜，你会伤到自己的！"我跳了起来，用两只手把他没受伤的肩膀推下去。

他屈服了，疼得大口喘着气，躺回到床上，但是他一把拉住我的手腕，让我靠在床边，靠在他没受伤的腿那边。我蜷缩在那里，想要靠在他炙热的皮肤上抑制住愚蠢的抽泣。

"我不敢相信你在哭，"他含糊地说道，"你知道我说那些话只是因为你想让我那么做，我不是故意的。"他用手轻轻地抚摸我的肩膀。

"我知道。"我深深地吸了一口气，发出刺耳的吸气声，想要克制自己的情绪，我怎么反而成了那个在哭泣，需要他来安慰的人呢？"不过，你所说的一切都是真的，谢谢你大声地说出口。"

"让你哭会不会给我加分？"

"当然啦，杰克，"我挤出一个笑容，"你想要多少都行。"

"别担心，贝拉，亲爱的，会有解决办法的。"

"我不知道该怎么办。"我低语道。

他拍了拍我的头："我打算放弃，乖乖的。"

"还要玩把戏？"我吃惊地问道，一边抬起下巴，让自己看见他的脸。

"或许吧，"他颇费力气地大笑道，然后退缩了，"但是我打算试一试。”

我皱起眉头。

“别那么悲观，”他抱怨道，“对我多一些信心。”

“你说‘乖乖的’是什么意思？”

“我会当你的朋友，贝拉，”他平静地说道，“我对你不会再有更多的要求。”

“我想一切都太迟了，杰克，当我们像这样彼此相爱时又如何能做朋友呢？”

他看着天花板，眼神很专注，好像他想读懂写在上面的某种东西一样：“或许……这将不得不是一种疏远的友谊。”

我紧紧地咬住牙齿，很高兴他没看我的脸，挣扎着抑制住要再次令我屈服的啜泣。我需要坚强一些，我现在不知道怎么……

“你知道《圣经》里的那个故事吗？”雅各布突然问道，他仍然读着空荡荡的天花板，“讲国王和两个争夺婴儿的妇女的故事？”

“当然知道，所罗门王[①]。”

“对，所罗门王，”他重复道，“他说过，把孩子一分两半……不过那只是个测试，要看一看谁愿意为了保护他而放弃自己的一半。”

“是的，我记得。”

他回头看着我的脸：“我不打算再让你分成两半了，贝拉。”

我理解他所说的话，他在告诉我他最爱我，他的投降证明了这一点。我想为爱德华辩护，告诉雅各布如果我想的话，如果我愿意让他这么做的话，爱德华也会做同样的事情。我才是那个不愿意放弃我想要的东西的人。不过开始一场只会让他更伤心的争论没有意义。

---

① 所罗门王（King Solomon），根据《圣经·旧约》（*The Old Testament of the Holy Bible*）的记载，所罗门王是人类当中最聪明的。有一个关于他的故事流传下来，说两个女人争夺一个小婴孩，均宣称自己是孩子的母亲。双方争执不下，很难处断。于是所罗门王郑重其事地下令将婴儿劈成两半，一人一半，以息纷争。其中一个女人同意，另一个女人却为小婴儿求情，请国王息怒收回成命，她愿意放弃小孩并接受处罚。很明显，宁愿自己接受处罚以保全婴儿性命的女人，才是孩子真正的母亲，说谎的恶妇人于是受到严厉的惩处。

我闭上眼睛，决意让自己控制住疼痛，我不能将此强加在他身上。

我们安静了一会儿。他似乎在等我开口说话；我努力思考着该说些什么。

“我能告诉你最糟糕的是什么吗？”我什么都没说的时候他迟疑地问道，“你介意吗？我**是**打算要乖乖的。”

“这有帮助吗？”我轻声说道。

“可能吧，不太会受伤。”

“那么，最糟糕的是什么呢？”

“最糟糕的**是**知道那样会怎样。”

“那样**可能**会怎样。”我感叹道。

“不，”雅各布摇头说，“我完全适合你，贝拉。我们俩会不用任何努力——舒服，和呼吸一样自在。我本会是你自然的生命轨迹……”他盯着空中看了一会儿，我则等待着，“如果世界是本来的样子，如果没有魔鬼和魔法……”

我能明白他所看见的，我知道他是对的。如果世界本是充满理智的地方，雅各布和我会在一起，我们会很快乐。在那个世界里他是我的精神伴侣——他会一直是我的精神伴侣，直到他要求的权利没有被某种更加强大的东西超越的话，那种强烈到不可能存在于理智的世界里的东西。

对雅各布而言，这种东西也存在吗？那种会胜过精神伴侣的事物？我不得不相信是这样。

两种未来，两个精神伴侣……对任何一个人而言都太多了。这么不公平，我不是唯一一个为此付出代价的人。让雅各布承受痛苦的代价似乎太大了，一想到这种代价就让我不禁一颤。我不知道我是不是会动摇，如果我不是曾失去过爱德华一次，如果我不知道没有他的生活会是什么样的话。我不确定。那层认知深深地根植在我的心里，我无法想象没有他会是什么样的感觉。

“他对你就像毒药，贝拉，”他的声音仍然温柔，一点儿也没有批评之意，“我现在明白你不能没有他。太迟了，但是我对你而言会更健康，不是毒药；我会是空气、阳光。”

我的嘴角挤出一抹苦闷的微笑："我以前也一直是这么想你的，你知道。就像太阳一样，我个人的太阳，你好心地为我驱散乌云。"

他叹气道："乌云我能应付，但是我无法跟月食作战。"

我抚摸着他的脸，把手放在他的脸上。他在我的手下吸着气，闭上了眼睛，四周非常安静。有一会儿我能听见他的心跳，缓慢而均匀。

"告诉我对你而言最糟糕的地方。"他轻声说道。

"我想那可能是个坏主意。"

"求你了。"

"我想这会很伤人的。"

"求你了。"

此刻我又怎能拒绝他呢？

"最糟糕的地方……"我犹豫了，接着话语一股脑儿全都涌出来了，"最糟糕的地方是我看见一切——我们完整的人生，而且我很想要，杰克，我都想要。我想要待在这里，永远都不搬离。我想爱你，让你开心，而我不能，这会杀死我的。就像山姆和艾米莉，杰克——我没的选择。我一直都知道不会有任何改变，或许那就是我强烈抗拒你的原因。"

他的精神似乎集中在平缓的呼吸上。

"我知道我不该告诉你这些的。"

他慢慢地摇摇头："不。我很高兴你告诉我了。谢谢你。"他亲吻我的头顶，接着感叹道，"我现在会很乖的。"

我抬起头看着他，他在微笑。

"那么你会结婚，嗯？"

"我们不必谈论这些的。"

"我想要知道一些细节，我不知道什么时候会再见到你。"

我等了一会儿才能说话。当我非常确定我的声音不会哽咽的时候，我回答了他的问题："这并不是我的主意……但是，是的，对他而言很重要。我猜，为什么不呢？"

杰克点点头："是这样。相比之下——这并不是多了不起的事。"

他的声音非常平静，非常务实。我盯着他，很好奇他是如何做到的，那毁灭了他的努力。他凝视着我的眼神一会儿，接着把头扭开了。我一直等到他控制住呼吸之后才说话。

“是的，相比之下。”我同意道。

“你还有多少时间？”

“那取决于爱丽丝要花多久才能筹办好婚礼。”我压制住一声呻吟，想象着爱丽丝会做的事情。

“之前还是之后？”他平静地问道。

我知道他的意思：“之后。”

他点点头，这对他而言是种解脱，不知道想到我毕业让他度过了多少个无眠之夜。

“你害怕吗？”他轻声问道。

“是的。”我轻声答道。

“你害怕什么？”我现在几乎听不见他的声音了，他低头凝视着我的手。

“许多事情。”我努力让自己的声音轻松一些，但还是没用，“我从来都不是个受虐狂，所以我不会自找苦吃。我希望有某种方法让**他**不在我身边——我不想让他和我一起痛苦，不过我认为没有什么办法做到。还要应付查理、蕾妮……而在那之后，我希望我能**很快**控制住自己。或许我会成为巨大的威胁，那么狼群就不得不把我除掉。”

他不以为然地抬头看着我：“如果我的兄弟当中有谁想要这么做的话，我会扯断他的腿。”

“谢谢。”

他心不在焉地微笑起来，然后又皱起眉头：“但是不会更危险吗？在所有的故事里，他们说非常难……他们失去控制……人会死……”他有些哽噎。

“不，我不害怕。傻瓜雅各布——难道你不是更加了解吸血鬼的故事吗？”

他很显然并不欣赏我故作幽默的努力。

“好吧，无论如何，有很多要担心的，但是最终都很值得。”

他不情愿地点点头，我知道他不可能同意我的看法。

我伸长脖子在他耳边呢喃，让我的脸靠在他温暖的皮肤上：“你知道我爱你。”

“我知道，”他低语道，胳膊自动地抱紧了我的腰，“你知道我多么希望这就足够了。”

“是的。”

“我会一直在一旁等待的，贝拉。”他保证道，语气轻松起来，松开胳膊。我抽开身，感到一种毫无生气的、吃力的失落，觉得我把身体的一部分留在身后，留在他身旁的床上，我感到一种支离破碎的剥离感。“如果你想要的话，你永远都会得到属于你的那部分。”

我努力挤出一个笑容：“直到我的心脏停止跳动。”

他回我一个笑容：“你知道，我想或许我仍然会接受你——或许，我猜那取决于你的味道有多么难闻。”

“我可以回来看你吗？或者你希望我不要？”

“我会想明白的，然后去找你，”他说道，“我可能需要有人陪伴，防止我发疯。非凡的吸血鬼医生说直到他认为可以之前我不可以变身——那样可能会影响骨头的愈合。”雅各布做了个鬼脸。

“乖乖的，照卡莱尔所说的做，你会好得更快的。”

“当然，当然。”

“我不知道什么时候会发生，”我说道，“当合适的女孩出现吸引你的眼睛的时候。”

“别指望这样的事情，贝拉，”雅各布的声音突然变得有些酸楚，“尽管我确定这对你而言会是种解脱。”

“或许是，或许不是。我可能会认为她配不上你，我想知道到时候我会多么妒忌她。”

“那会很有趣的。”他承认道。

“如果你想要我回来，让我知道，我就会出现在你身边。”我保证道。

他叹了一口气，把脸转向我。

我倾身靠过去，轻轻地吻了吻他的脸：“爱你，雅各布。”

他轻松地大笑道：“更爱你。”

他注视着我走出他的房间，黝黑的眼睛里流露出深不可测的神情。

需　要

没走多远我就无法开车了。

当我再也看不见的时候，我让轮胎沿着崎岖不平的山路慢慢地滚动着停下来。我委靡不振地坐在椅子上，在雅各布房间里挣扎着想要摆脱的虚弱感再次向我袭来，我任由它将我击垮，这比我先前想过的还要糟糕——这种力量让我措手不及。是的，我在雅各布面前掩饰是对的，不该有人看见这一幕。

但是我一个人没过多久——时间长得刚好能让爱丽丝看见我在这里，接着，过了几分钟他就到了。门嘎吱一声打开了，他把我揽入他的怀抱。

起初这更糟糕，因为我身体的一小部分——虽然更小，但是每分钟都在变得越来越强烈，越来越生气，对着我剩余的部分尖叫——对着我张牙舞爪。接着涌起一股崭新的内疚感来平息我的痛苦。

他什么也没说，只是让我啜泣，直到最后我痛哭流涕地说出查理的名字。

“你真的准备好回家了吗？”他怀疑地问道。

经过几次努力之后，我勉强表达出这样的信息，短时间内我是不会好转的。在天色晚到查理忍不住要给比利打电话之前，我需要先经过他这一关。

所以他开车送我回家——第一次他开车的速度甚至都没超过我卡车的内置限速，而且一只胳膊还紧紧地抱着我。一路上，我都挣扎着让自己振作一点儿。起初似乎这是注定要失败的努力，但是我没放弃。只要几秒钟，我告诉自己。间隔的时间只要够我为自己找几个借口，或撒个谎就行，接着我就可以崩溃了，我必须要做到。我在脑海中搜索着，绝望地搜寻着仅存的力量。

时间只够让我从啜泣中平静下来——抑制住而不是结束。眼泪没有慢下来，我似乎找不到任何机会来应付那些。

“在楼上等我。”我们来到屋前时，我含混不清地说道。

他把我抱得更紧了，然后就消失不见了。

一进门，我就径直朝楼梯走去。

“贝拉？”我经过的时候查理在我身后喊道，他坐在沙发上的老地方。

我转过身看着他，没有说话。他的眼睛鼓得大大的，东倒西歪地站了起来。

“发生了什么事？雅各布……”他追问道。

我猛烈地摇着头，努力找回自己的声音。“他很好，他很好。”我保证道，声音低沉而沙哑。雅各布是很好，肉体上的，这才是查理目前最担心的。

“但是发生了什么事？”他抓住我的肩膀，眼睛还是充满焦急，睁得大大的，“你发生了什么事？”

我肯定比自己想象的还要糟糕。

“没什么，爸爸，我……只是不得不跟雅各布谈……一些很难说的事情，我很好。”

焦急平静下来，取而代之的是不赞同。

“现在真的是最好的时机吗？”他问道。

“很可能不是，爸爸，但是我没有别的法子——只是事情发展到了我需要做出选择的地步……有时候，并没有妥协的方法。”

他慢慢地摇着头：“他有什么反应？”

我没有回答。

他盯着我的脸看了一会儿，接着点点头，那肯定足以回答他的问题了。

“我希望你没把他康复的事情搞砸了。”

“他愈合得很快。”我咕哝道。

查理叹了口气。

我能感觉到克制力慢慢减弱。

“我会待在房间里。”我告诉他，扭动肩膀从他手掌下挣脱出去。

“好吧。”查理同意道。他可能看出我的眼泪就要迸发出来了，没什么比眼泪更让查理害怕的。

我径直走进我的房间，眼前一黑，脚下踉踉跄跄的。

一进房，我就用力地扯手链的搭钩，努力用颤抖的手指把它解开。

“不要，贝拉，”爱德华轻声说道，一把抓住我的手，“它是你的一部分。”

啜泣再次开始之时他一把把我揽入怀中，摇着我。

最漫长的一天似乎一直在延续，无休无止。

但是，尽管夜晚无情地降临，这并不是我生命中最难过的一夜。这让我感到安慰，我不是一个人，这也很令人安慰。

查理对感情爆发感到恐惧，所以他不会来查房，尽管我并不安静——他很可能睡的时间不会比我多。

今晚我的事后聪明也似乎清晰得让人无法忍受。我能看见我所犯的每个错误，我所造成的每一处伤害，以及大大小小的事情。我带给雅各布的每个痛苦，我给爱德华带来的每个伤痕，全部都整整齐齐地堆砌起来，让我不能忽视，也不能否认。

而我意识到一直以来对于冰箱贴的事情，我的理解都是错误的。我想强迫它们粘在一起，但它们不是爱德华和雅各布，而是我自己的两部分，一边是爱德华的贝拉，另一边是雅各布的贝拉，但是它们不可能同时存在，我一开始就不该这么尝试。

我造成了那么多的伤害。

在夜晚的某个时刻，我想到今天早上早些时候我对自己立下的誓言——我决不会让爱德华再看见我为雅各布·布莱克流一滴泪。这种想法引起新一轮的歇斯底里，这比哭泣让爱德华更害怕。不过，当这些都过去之后，一切都会烟消云散。

爱德华什么都没说；他只是把我抱到床上，让我毁掉他的衬衫，用咸咸的泪水弄脏它。

过了很久，比我想的还要久，我身体中那个小小的破碎的部分才发泄出来。不过，一切就这样发生了，我筋疲力尽，最后终于睡着了。不省人事并没有让我从痛苦中彻底解脱出来，只是有种麻木迟钝的舒缓感，就像药物一样。痛苦变得可以忍受了，但是它还是在那里；即使在睡梦中，我也知道，这促使我做出必要的调整。

早晨带来的，若不是更加光明的景象，至少也是有所克制的，某种程度上的接受。出于本能，我知道我会流下新的泪水，心口还会再痛。现在那只会成为我的一部分，时间会治愈一切——大家一直这么说，但是我并不在乎时间是否能治愈我，只要雅各布能够好起来，能够再次快乐起来。

我醒来的时候，并没有迷失方向的感觉。我睁开眼睛——眼泪终于哭干了——正视他焦急不安的眼神。

“嗨。”我说道，我的声音很沙哑，我清了清喉咙。

他没有回答，只是凝望着我，等我开口。

“不，我很好，”我保证道，“不会再这样了。”

听见我的话，他的眼睛紧张起来。

“我很抱歉你不得不看见那一幕，”我说道，“那对你不公平。”

他用手捧住我的脸。

“贝拉……你**确定**吗？你做出了正确的选择吗？我从未见你如此痛苦过——”他的声音在最后一个字眼儿上停了下来。

但是我知道更难受的痛苦。

我摸了摸他的嘴唇：“是的。”

“我不知道……”他的眉毛皱在一起，“如果这让你如此受伤，那对你而言又怎么可能是正确的事情呢？”

“爱德华，我知道我不能没有谁。”

“但是……”

我摇摇头：“你不了解。你可能足够勇敢或坚强，可以没有我而生活，如果那样是最好的话，但是我永远都不可能像你那样自我牺牲的。我必须和你在一起，这是我唯一能活下去的方式。”

他看起来还是很怀疑，我昨天晚上不该让他陪我的，但是我太需要他……

“把那本书递给我，好吗？”我问道，我指着他肩膀那头的一本书。

他的眉毛紧蹙在一起，露出迷惑不解的表情，但是他迅速地把书递给了我。

“又是这本？”他问道。

“我只是想找到我记得的那部分……看一看她是怎么说的……”我快速地翻着书，轻而易举地找到了我想要找的那一页，书的一角因为我多次停留在那里而折了起来。“凯西是个魔鬼，但是有几件事情她是正确的，”我轻声地念道，我静静地读着一行行的文字，差不多是自言自语，“‘如果一切都毁灭了，而他依然存在，我仍然会继续如此；如果一切依然存在，而他被消灭了，宇宙就会变成一个令人畏惧的陌生人。’”我点点头，又是自顾自的，“我知道她确切的意思，而且我知道我不能没有谁。”

爱德华从我手中接过书，朝房间那头一扔——书砰的一声轻轻地落在我的书桌上，他用胳膊抱住我的腰。

一抹若隐若现的笑容使他完美的脸庞容光焕发，尽管他仍然担心得紧蹙着额头。“希斯克里夫也有感慨的时候，”他说道，他不必看书就可以一字不差地说出来，他把我抱得更紧了，在我耳边呢喃道，“离开我的生命我就**无法**生存！离开我的灵魂我就**无法**生存！”

“对，”我静静地说道，“那就是我所说的意思。”

“贝拉，我无法忍受你那么伤悲，或许……”

“不，爱德华。我真的把事情弄得一团糟，而我必须承受这一切，但是我知道我想要的是什么，我需要的是什么……我现在要干什么。”

“**我们**现在要干什么？”

听见他纠正我，我不禁莞尔一笑，接着感叹道：“我们要去见爱丽丝。”

爱丽丝站在门廊最底下的一级台阶上，她太亢奋了，根本无法待在屋里等我们。她四处观看，突然开始手舞足蹈地庆祝起来，她知道我要在那里宣布的消息，这使她感到如此兴奋。

“谢谢你，贝拉！”我们从卡车里下来的时候她唱歌似的叫道。

“等一等，爱丽丝，”我警告她，抬起一只手让她停下来，“我对你有几个限制条件。”

“我知道，我知道，我知道。我最迟得在八月十三日之前办好，你对宴请的宾客名单有最后的否决权，如果我在任何地方走极端了，你再也不会跟我讲话。”

“噢，好吧，好吧，是的，那么你知道规则了。”

“别担心，贝拉，会十全十美的，你想看一看你的礼服吗？”

我不得不深呼吸几次，**只要让她高兴什么都可以**，我对自己说道。

“当然啦。”

爱丽丝沾沾自喜地笑着。

“嗯，爱丽丝，”我说道，让自己保持漫不经心、随意的语气，“你什么时候给我买的礼服？”

可能没什么好炫耀的，爱德华捏了捏我的手。

爱丽丝领我进来，朝楼梯走去。“这些事情是要花时间的，贝拉，”爱丽丝解释道，她的语气似乎……在逃避，“我的意思是，我不**确定**事情会发展成现在的样子，但是有明显的可能性……”

“什么时候？”我又问道。

“佩莱恩·布鲁耶尔是要排队的，你知道，”她说道，现在有些为自己辩护了，“织品杰作不是一夜之间就能完成的。要是我不提前就想到的话，你就要穿现成的衣服啦！”

看起来我是不会得到直截了当的回答的：“佩——谁？”

“他不是名设计师，贝拉，所以没有必要大惊小怪。不过他很有潜力，而且在我所需要的方面很专业。”

“我没有大惊小怪。”

“是，你没有。”她怀疑地盯着我的脸，接着，我们走进她房间时，她转向爱德华：

“你——出去。”

“为什么？”我追问道。

"贝拉，"她哼着说，"你知道规矩的，直到那一天他是不应该看见礼服的。"

我又深吸了一口气："我无所谓，你知道他已经在你头脑中看见了。要是你想要这么办的话，就这么办吧……"

她把爱德华推出门外。他甚至看都没看她一眼——他的眼睛盯着我，很警觉，很担心把我一个人留下来。

我点点头，希望我的表情平静到足以让他感到放心。

爱丽丝当着他的面关上了门。

"好啦！"她嘟囔道，"来吧。"

她一把拉住我的手腕，把我往她的衣橱边拉——它比我的卧室还要大——接着把我拖到后面的角落里，一个长长的白色礼服袋铺满了整个架子。

她哧地一下拉开袋子的拉链，接着小心翼翼地取下衣架，后退一步，伸出手拿住礼服，就像她是个游戏秀的女主持人一样。

"好啦？"她屏息凝神地问道。

我打量了好久，有意捉弄了她一小会儿，她的表情变得担心起来。

"啊，"我说道，接着笑了起来，让她放松，"我明白了。"

"你觉得如何？"她追问道。

这又是我的《绿山墙的安妮》版本。

"当然，完美至极。完全合适，你是个天才。"

她露齿一笑："我知道。"

"一九一八年？"我猜测道。

"差不多，"她说着点点头，"有一些是**我的**设计，拖尾、面纱……"她边说边抚摸白色的绸缎，"蕾丝是老式的，你喜欢吗？"

"很美，正好适合他。"

"但是，是不是也适合你呢？"她紧追不舍地问道。

"是，我想是，爱丽丝，我想这正是我所需要的。我知道你在这方面会做得非常棒……如果你可以控制住自己的话。"

她眉开眼笑。

“我能看看你的礼服吗？”我问道。

她眨了眨眼睛，一脸茫然。

“难道没有同时订你的伴娘礼服吗？我可不想我的伴娘穿着现成的衣服啊。”我假装感到害怕，惊讶道。

她一把抱住我的腰：“谢谢你，贝拉！”

“你怎么没看见事情会是这样的呢？”我捉弄她，亲了亲她像长钉似的头发，“你是个通灵的人！”

爱丽丝手舞足蹈地跳了回去，她的脸因为新鲜的热情而容光焕发起来：“我有那么多事情要做！去和爱德华玩，我得工作了。”

她飞也似的跑出房间，叫喊着“埃斯梅！”消失不见了。

我跟随自己的步伐，爱德华在大厅里等我，斜靠在镶嵌着木板的墙壁上。

“你非常非常好。”他告诉我。

“她似乎很开心。”我同意道。

他抚摸着我的脸，他的眼睛——太黝黑了，他离开我已经那么久了——细致入微地打量着我的表情。

“我们出去吧，”他突然建议道，“到我们的草地上去。”

听起来非常吸引人：“我猜我不必再躲起来了，是不是？”

“是的，危险已经离我们而去了。”

他奔跑的时候非常安静，也很体贴。风轻轻地吹拂着我的脸庞，暴风雪真的已经过去了，现在暖和点了。云笼罩着天空，它们一贯如此。

今天的草地是个宁静幸福的地方，一簇簇白色和黄色的夏日雏菊星星点点地点缀着草地。我躺在地上，不去理会稍微有些潮湿的地面，看着天空中云的形状。它们太均匀，太平坦了。没有图案，只是一片柔和的灰色毯子。

爱德华在我身边躺了下来，握住我的手。

“八月十三号？”这样舒适而默默无语地过了几分钟，他漫不经心地问道。

“离我的生日还有一个月的时间，我不想两件事情挨得太近。”

他感叹道："埃斯梅比卡莱尔大三岁——从技术层面上而言，你知道吗？"

我摇摇头。

"这对他们没什么不同。"

我的声音很恬静，和他的焦急形成鲜明的对比："我的年龄真的并不是那么重要。爱德华，我已经准备好了。我已经选择了自己要过的生活——现在我就想开始这样过了。"

他轻轻地抚摩着我的头发："宾客名单否决权？"

"我真的并不在意，但是我……"我犹豫了，不想解释这一点，最好还是说吧，"我不确定爱丽丝会不会觉得需要邀请……几个狼人。我不知道……杰克会不会觉得……他**应该**来参加。好像那样做才是对的，如果他不来的话我的感情会受到伤害，他不应该非要经历那样的事情。"

爱德华沉默了片刻。我盯着树梢，在淡灰色的天空下它们几乎是黑的。

突然，爱德华一把揽住我的腰，把我拉到他的胸膛上。

"告诉我为什么你要做这些，贝拉，为什么现在你决定全权交给爱丽丝？"

我为他重复了昨天晚上去看雅各布之前我和查理之间的对话。

"让查理一无所知是不公平的，"我总结道，"而且那样对蕾妮和菲尔也不公平，我也不妨让爱丽丝玩得开心。或许跟查理以合适的方式告别对他而言整件事情会更容易一些，即使他认为这太早了些，我也不想欺骗他，让他没有机会陪我踏上红地毯。"说到这个词我做了个鬼脸，接着又深吸了一口气道，"至少我妈妈、爸爸和我的朋友们都会知道我的选择里最好的一面，我能告诉他们的就只有这么多了。他们会知道我选择了你，他们会知道我们在一起。他们会知道我很快乐，不管我在哪里。我想我能为他们做到的就只有这些了。"

爱德华捧着我的脸，端详了一会儿。

"交易结束了。"他突然说道。

"**什么**？"我大吃一惊道，"你要退出？不！"

“我不是要退出，贝拉，我仍然维持我这边的契约，但是你脱离了。无论你想要怎样，都不会有事制约着你了。”

“为什么？”

“贝拉，我明白你在做什么。你想让大家都开心，而我不关心其他人的感受。我只要你开心，别担心把这个坏消息告诉爱丽丝。我会处理的，我保证她不会让你感到内疚的。”

“但是我……”

“不，我们要按照你的方式来做，因为我的方式不奏效。我说你固执，但是看看**我做**了什么。我一直愚蠢地固执己见，坚持我心中对你而言什么才是最好的想法，结果只是使你受伤害，一次又一次伤你那么深。我都不相信自己了。你可以拥有你自己的幸福方式。我的方式总是错误的，所以，”他在我身下动了动，挺直肩膀，“我们按照**你的方式**来做，贝拉。今天晚上，今天，越快越好，我会跟卡莱尔说的。我在想或许如果我们给你足够量的吗啡，就不会那么糟糕了，值得一试。”他咬紧牙关。

“爱德华，不——”

他把手指放在我的嘴唇上：“别担心，贝拉，宝贝，我还没有忘记你的其他要求。”

他的手穿过我的头发，嘴唇轻轻地移动，不过非常认真。我还没意识到他在说什么——他在做什么，他的嘴唇就吻住了我的唇。

我来不及反应。如果我等待太久的话，就会想不起为什么要制止他了，我已经无法正常地呼吸了。我的手紧紧地抓住他的胳膊，把自己向他拉近，我的嘴唇紧紧地贴在他的唇上，回应着每一个他无须开口说明的问题。

我试图让自己保持清醒，想要找到说话的办法。

他轻轻地翻身，把我压在身下凉爽的草地上。

哦，没关系！我不太庄重的另一面欢欣鼓舞地叫道，我的头脑里洋溢着他甜美的呼吸。

不，不，不，我跟自己争辩道。我摇摇头，他的嘴唇滑到我的脖子上，让我有机会呼吸。

“停下，爱德华，等等。”我的声音和我的意愿一样虚弱。

“为什么？”他在我锁骨之间凹进去的地方说道。

我费力地让自己的语气中多了一些坚决：“我现在不想做这个。”

“你不想吗？”他问道，语气中夹着微笑。他把唇重新移回到我的唇上，让我说不出话。热量流遍我的血管，在我的皮肤碰触到他的地方熊熊燃烧。

我强迫自己集中精神，费尽九牛二虎之力才迫使自己的手从他的头发里抽出来，放在他的胸口上，不过我做到了。接着我推着他，想要把他推开。我自己是不会成功的，但是他回应了我的反应，我知道他会这么做的。

他退后了几英尺看着我，他的眼睛并不有利于我坚定决心。它们像两团黑色的火焰，浓烟滚滚地燃烧着。

“为什么？”他又问道，声音低沉而沙哑，“我爱你，我想和你试试，就现在。”

我胃里一阵难受涌上喉咙，他利用了我的哑口无言。

“等等，等等。”我在他的唇边努力说道。

“我不能等。”他不同意地咕哝道。

“**求你了！**”我大口喘着气说。

他呻吟着把自己从我身上移开，又翻身躺在地面上。

我们俩在那里躺了一会儿，努力使彼此的呼吸慢下来。

“告诉我为什么不，贝拉，”他逼问道，“这最好不是因为我。”

我世界里的一切都是关于他的，有这样的想法是多么傻啊。

“爱德华，这对我非常重要，我**打算**恰当地做这件事。”

“谁的关于‘恰当’的定义？”

“我的。”

他翻身用胳膊肘支撑着自己，凝视着我，满脸的不赞成。

“你打算**如何**恰当地做此事？”

我深呼吸道：“负责任地，一切都按照适当的顺序。不给查理和蕾妮最佳的解决方案，我是不会离开他们的。如果无论如何我都要举行婚礼的话，我都不会拒绝让爱丽丝享受其中的乐趣，而且我会让自己和你用一切人类的方式结合在一起，在我要你把我变成不死之身之前。我正遵循着所有的规则，爱德华。你的灵魂对我来说太，太重要了，我不能拿它冒险，你别打算让我在这一点上改变立场。”

“我打赌我**能**。”他低声说道，眼睛又燃烧起来。

“但是你不会，”我说道，使自己保持平和的语气，“如果你不确定这是不是真的是我需要的话。”

“你耍赖，不公平。”他责备道。

我对他嫣然一笑：“从没说过我要公平。”

他也对我微微一笑，愁眉苦脸地说道：“如果你改变主意了……”

“你会是第一个知道的。”我答应他。

就在那时雨开始从云端滴落下来，洒落在草地上，发出似有似无的砰砰声。

我愤怒地盯着天空。

“我送你回家。”他轻轻地拂掉我脸上的水珠。

“不是问题，”我满腹牢骚地说道，“这只是意味着，我们该去做那件不愉快的事情了，也许还非常危险呢。”

他的眼睛警惕地睁大了。

“幸亏你刀枪不入。”我叹息道，“我需要戒指，该告诉查理了。”

他看着我的表情大笑起来。“高度危险，”他同意道，他又大笑起来，接着把手伸进牛仔裤的口袋里，“不过至少没有必要顺便旅游了。”

他再次把戒指套在我左手的中指上。

可以想象得到，在剩下的永恒时光里——它会一直停留在那里。

尾　声

雅各布·布莱克。

“雅各布，你觉得这样会不会太久了一点儿？”里尔逼问道。她很不耐烦，嘀嘀咕咕个不停。

我的牙齿紧紧地咬在一起。

和狼人团体里的其他人一样，里尔知道一切。她知道为什么我会来这里——地球、天空和海洋的交界处。一个人待着，她知道这就是我想要的，只想一个人待着。

但是，不管怎样，里尔还是打算强迫我让她陪伴。

除了被烦得快疯掉了，我的确有那么一会儿很自鸣得意，因为我甚至不必去想控制自己的脾气。现在很容易了，我只是自然而然地做一些事情。红色的薄雾没有遮蔽我的眼睛，热气也没有让我的脊梁颤抖，我回答的时候语气很平静！

“跳下悬崖，里尔。”我指着脚下的悬崖说道。

“真的，孩子，”她没理会我，趴在我旁边，“你不知道这对我而言有多么困难。”

“对**你**？”过了一会儿我才相信她是认真的，“你一定是这个世界上最自私的人，里尔。我讨厌粉碎你活着的那个梦幻世界——在那个世界里太阳围绕着你的位置转动——所以我不会告诉你我有多么不关心你有什么问题。**走——开**。”

“只是从我的角度看一看这件事情，好吗？”她就当我什么也没说一样继续说道。

如果她想要扰乱我的心情，这倒是奏效了。我开始大笑起来，声音不知怎的听起来很受伤。

“别打呼了，注意。”她厉声说道。

“如果我假装在听，你会离开吗？”我问道，瞟了一眼她脸上永远挥之不去的怒容，我不确定她是不是还有其他的表情。

回想从前我还认为里尔很漂亮，算得上美丽。那是很久以前了，现在没有人这么认为了，除了山姆。他永远都不会原谅自己，好像她变成哈耳皮埃[①] 的样子都是他的错一样。

她的怒容越来越强烈，仿佛她猜到我在想什么一样，很可能是的。

“这让我很不舒服，雅各布。你能想象这对**我**而言会是什么样的感觉吗？我甚至不**喜欢**贝拉·斯旺，而你却让我为这个爱上吸血鬼的人痛苦难过，就像我也爱上了她一样。你能明白那可能会匪夷所思吗？昨天晚上我梦见自己吻了她！我到底该怎么应付**那样的事情**？”

“我在乎吗？”

“我无法忍受再在你的脑子里了！我已经忘掉她了！她要**嫁给**那个东西了，他就试图要把她变成他们中的一员！是该继续往前走的时候了，孩子。”

“闭**上**你的嘴。”我吼道。

反击是错误的，我明白这一点，强迫自己保持沉默。不过，她要是不走开的话会后悔的。现在。

“他很可能会直接把她给杀了，”里尔继续不屑地说道，“所有的传说都说那种事情常常发生。或许跟婚礼相比，葬礼反而会是更好的

---

① 哈耳皮埃（Harpy），泼妇，出自希腊神话中的鹰身女妖，长着妇人的头和身体、长长的头发、鸟的翅膀和青铜的鸟爪。传说哈耳皮埃是堤丰（Typhon）和厄喀德那（Echinda）的四位女儿的总称，她们分别是 Aello（暴雨）、Celaeno（黑风暴）、Okypete（疾飞）、Podarge（疾行），原来是风之精灵冥王哈德斯（Hades）的传令者，负责把死者灵魂送往冥界。在后来的传说中，她们演变成生性贪婪的鹰身女妖，总是显得饥饿且疲惫不堪，她们所接触过的一切东西都会变得污浊不堪，散发臭味。据说这些女妖只害怕一件事物——铜器的声音。

一种结束的方式呢。哈。”

这一次我不得不做点什么了。我闭上眼睛，勉强咽下喉咙里火烧火燎的味道。我推攘着把心中的怒火压下去，挣扎着保持身体镇定，而它却想要颤抖着四分五裂。

我再次控制住自己，愤怒地盯着她。颤抖逐渐慢下来的时候，她注视着我的手，微笑起来。

玩笑而已。

“如果你对性别上的迷惑感到很难受的话，里尔……”我说道，慢慢地强调每个字眼儿，“你认为我们其他人有多喜欢透过你的眼睛看山姆？艾米莉不得不应付你的不正常的依恋已经够糟糕的了，她不需要我们这些男孩子也跟着渴望他。”

即便像我这样恼火，看见一阵痛苦至极的表情涌上她的脸庞，我仍然感到很内疚。

她挣扎着站了起来——中间停了一会儿，为的只是朝我吐口水——然后，像音叉一样振动着就朝森林跑去。

我阴险地大笑起来：“你错过了。”

山姆会为此跟我较劲儿的，不过值得。里尔不会再来烦我了，有机会的话我还会这么做的。

因为她的话还在那里，它们胡乱地挤进我的脑海，由此产生的痛苦太强了，几乎让我无法呼吸。

贝拉选择了别人并不是那么重要，那种痛苦根本算不了什么。在我的愚蠢的、过于漫长的、延长了的余生中，我能忍受那种痛苦。

但是她打算放弃一切——让自己的心脏停止跳动，皮肤冰冷，思想扭曲成某个具体的捕猎者的头脑，一个魔鬼，一个陌生人——这些的确很重要。

我本会想到没什么比这更糟糕的，在这个世界上不会有什么比这更痛苦的。

但是，如果他**杀了**她……

再次，我不得不克制我的怒火。或许，要不是里尔的话，让热量把我变成能够更好地应付此类事情的生物倒是很不错的主意。一种本能比人的情感要强烈得多的生物，一种不会这样感到痛苦的动物。一种别样的痛苦，至少，有点变化，但是里尔现在在奔跑，我不想分担她的想法，我也小声地责骂她夺走了逃路。

尽管我尽力克制，我的手还是在颤抖。什么让它们颤抖的？生气？痛苦？我不确定现在我在克制什么。

我必须相信贝拉会活下去的，但是那要求信任——那种信任是我不想感受到的，信任那个吸血鬼有能力让她活着。

她会不一样的，我不知道那会如何影响我。看见她像一块石头一样站在那里，会不会和她死了一样呢？像一块冰？当她的气味在我的鼻尖下燃烧，激起扯开撕裂的本能……那会是怎样的呢？我会想要杀死**她**吗？我不会想杀死**他们**当中的一个吗？

我注视着海浪朝沙滩上滚滚涌来，它们消失在悬崖的边缘上，消失在我的视线中，但是我能听见它们撞击沙砾的声音。我注视着，直到黄昏过后许久，天色已经很晚。

回家很可能是个坏主意，但是我很饿，我想不出其他的方案。

我做了个鬼脸，抓着拐杖，把挂在吊带上的胳膊慢慢抽回来。要是查理那天没看见我，到处宣传我的“摩托车事故”就好了。愚蠢的拐杖，我讨厌它们。

当我走进房子，看了一眼我爸的脸的时候，我立刻意识到挨饿倒是更好的选择了。他脑子里在想什么，很容易看出来——他总是做得过头了，太漫不经心了。

他的话也太多了。我还没到餐桌上，他就闲谈起他一天都做过什么了。除非有什么他不想说的事情，他才会这样含混不清地说话。我尽最大可能不去理会他，集中精神吃饭。我能越快咽下……

“……苏今天过来，”和平常一样，我爸爸的声音很响亮，很难忽视，“令人惊叹的女人，她那个人比灰熊还坚强。不过，我不知道她如何应对自己的女儿。现在，她本来会受不了狼人的，里尔远非是头母狼。”说到自己的笑话，他轻声笑了起来。

他等了一会儿我的反应，似乎对我烦得要死的空洞表情视而不见。大多数时候，这都会令他烦躁不安。我希望他别谈里尔，我试着不去想她。

“塞思要好多了。当然了，你比你的姐妹们也要好一些，直到……好吧，你要比他们面对更多的问题。”

我叹了一口气，又长又深，盯着窗外。

比利许久没说一句话。“今天我们收到一封信。”

我能猜到这就是他一直避免谈起的话题。

“一封信？”

“一封……婚礼邀请信。”

我身体上的每一块肌肉都僵在原处。一片热度似乎轻轻地拂过我的后背，我抓住桌子让手保持平稳。

比利像没注意到一样，继续说道：“里面有一封留言是给你的，我没有读。”

他从夹在腿和轮椅一侧的缝隙中抽出一封厚厚的象牙色信封，把它放在我们之间的桌面上。

“你可能不需要看，说的是什么真的很重要吗？”

愚蠢的反抗心理，我一把拉下桌上的信封。

这是一种厚重的硬纸，非常昂贵，对福克斯而言太华丽了。里面的卡片是一样的，太合乎礼俗，太正式了，贝拉与此毫无关系。从透明的印花纸张来看，没有她个人的品位的迹象，我打赌她一点儿都不喜欢。我没有看里头的话，甚至没看日期，我不在乎。

里面有一页厚厚的象牙色纸对折起来，背面上用黑色的墨水写着我的名字。我没认出这是谁的笔迹，但是这和其他的一样华丽。过了半秒钟，我不知道那个吸血鬼是不是太心满意足，沾沾自喜了。

我翻开纸。

雅各布：

我违规把这个送给你。她很担心伤害你，而且她不想你觉得有义务这么做。但是我知道，如果事情反过来，我也想要有选择的。

我保证会好好照顾她，谢谢你——为她——为所有的一切。

爱德华

“杰克，我们只有这么一张桌子。”比利说道，他盯着我的左手。

我的手指狠狠地击打在木头上，力气很大，真的让它有危险了。我挨个儿地放开手指，把注意力只放在行动上，接着把手握了起来，这样我就不会打破任何东西了。

“是的，无论如何都无所谓。”比利低声说道。

我从餐桌旁站了起来，抖动肩膀把T恤衫脱了下来，但愿里尔现在已经回家了。

“还不太晚。”我冲向门口的时候，比利咕哝着。

在我撞到树之前我就开始奔跑了，我的衣服凌乱地散落在我身后，就像面包屑留下的踪迹一样——仿佛我想要找到来路似的。现在变身很容易了。我压根儿不用想。在我还没问之前，我的身体已经知道我要去哪里了，它带领着我来到我想要去的地方。

我现在有四条腿了，我在飞翔。

树木变得模糊起来，像黑色的海洋一样从我身边飞过。我的肌肉轻松自如地一张一弛，我可以接连许多天不知疲倦地像这样奔跑。或许，这一次，我不会停下来。

但是我不是一个人。

真的很抱歉。安布里在我的脑海中轻声说道。

我可以透过他的眼睛。他在很遥远的地方，在北边，但是他已经转向，正朝我这边奔跑过来，我咆哮着让自己跑得更快。

等等我们。奎尔抱怨道。他离我更近，从村子里出发了。

让我一个人静一静。我怒吼道。

在我的头脑中我能感受到他们的担心，我尽可能地让风和树的呼啸声把它淹没。这是我最讨厌的——通过他们的眼睛看见我自己，更糟的是现在他们的眼里充满同情。他们看见了厌恶，但是他们还是在我身后紧追不舍。

一个新的声音在我脑海中响起。

让他去吧。山姆的思想很轻柔，但是仍然是命令。安布里和奎尔减慢速度，开始走起来。

要是我听不见，看不见他们所看见的就好了。我的头脑里面太拥挤了，但是再次一个人清净一下的唯一办法就是变成人形，而我无法忍受这种痛苦。

变回来，山姆命令他们，**你先来，安布里**。

一个，然后另一个意识逐渐消退成寂静了，只有山姆留了下来。

谢谢你。我设法想到。

能应付的时候就回家吧。这些话语很微弱，他离开之后慢慢地变成空洞，现在我是一个人了。

这样好多了。现在我能听见我脚趾下像垫子样的树叶发出的沙沙声，猫头鹰的翅膀在我头上飞过时的呼啸声，还有海洋——在西边，很远，很远——撞击沙滩时发出的呻吟声。我除了听见这些，再也听不见其他的声音了。除了速度什么也感觉不到，肌肉、肌腱、骨头一起和谐地运动拉伸，不一会儿已经跑了好几英里，除此之外，我什么也感觉不到。

如果我脑海中的沉默持续下去，我永远都不会回来。我不会是选择这种形式的第一个人。或许，如果我跑得足够远，远离这里，我就再也听不见了……

我让自己的腿跑得更快，让雅各布·布莱克消失在我身后。

目录

Contents

关东地方（Kantou-Chihou）

中部地方（Chuubu-Chihou）

近畿地方（Kinki-Chihou）

中国地方（Chuugoku-Chihou）

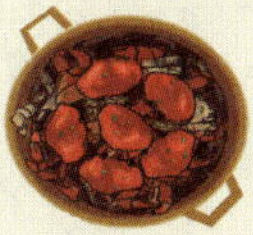

四　国（Shikoku）

九州・冲绳（Kyuushuu・Okinawa）

前　言

乡土料理是具有浓厚地方色彩的传统料理，采用当地食材，顺应当地的风土人情、历史文化，以当地的独特调理方式做出，并在最适宜的季节或特殊节日上桌。由于乡土料理是代代相传的家庭口味，在往昔交通工具不发达的时代，离乡背井的人在外地很难吃得到故乡的料理。而如今流通渠道五花八门，日本近年来又很流行产地直销方式，缩短了生产者与消费者之间的距离，因此素来只有当地人知晓的乡土料理便逐渐受到瞩目。

日本农林水产省于2007年12月，根据各都、道、府、县厅的推荐目录与全民网络投票结果，从将近1700道候选料理中，选定99道各县具有代表性的乡土料理，命名为“农山渔村乡土料理百选”。

名为“百选”，实际上只有99道料理，目的是想让每个国民补上自己心目中最怀念的第100道家乡菜。此外，除了真正的乡土料理，还让当地居民选出23道“想推荐给外地人的本地人气料理”。大抵说来，本地人气料理都是闻名全日本的佳肴或小吃，而乡土料理目录中则有不少外地人从未听闻或吃过的珍馐，非常有趣。

本书除了介绍上述料理之外，也漫然聊些有关料理的妙闻韵事。以料理来比喻，这些小故事等同主菜前的冷盘或饭后的咖啡、甜点，希望能博得各位读者的小小掌声。偶尔也描述日本某些县的县民性，并根据日本总务省、农林水产省、厚生劳动省、内阁府、警察厅等中央省厅所统计的数字结果，摘录一些有趣的杂学知识，让大家能进一步了解日本大和民族的国民性。所谓“县民性”，并非单指该县人的笼统思想观念和气质，还包括饮食、消费倾向以及存款金额等科学性的具体统计数字。当地的地形、气候、历史、人口、产业、教育方式……均是形成县民性的因素之一，但县民性亦不能代表该县每个人均具有此特质，而是在统计数字上占大多数而已。

此外，县民性的地域范围也并非纯指户籍上登记的出生地，例如，我的籍贯是日本埼玉县，但我实际出生成长于中国台湾省高雄市，就县民性来说，我应该具有台湾南部人的气质。再比如有些人出生在东京，却在上幼儿园之前便全家搬到京都，他们小学、中学都在京都度过，如此一来，即便他们的籍贯是东京，他们的县民性也应列入“京都人”项目中。总之，在沿海城市成长的人与在内陆深山成长的人，思想观念和个性会有差异是可想而知的事实。

在日本，有关县民性的最初著述是《人国记》，作者与成书年代均不详，但估计在公元 1500 年之前便有了。此书是 16 世纪日本战国大名武田信玄爱读的书之一。毕竟，了解邻国风土、人情、国民气质与个性，是身为一国之主应尽的职责。江户时代地志学者关祖衡（Seki-Sokou）又附上地图、解说，改编为《新人国记》。这类书籍在现代日本通常成为企业商品营销的参考资料。例如摩托车，倘若送到一年中有将近半年都是雪天的北海道，会很难卖出去，所以北海道的摩托车普及率只占 8%；

但在铁路网不发达的四国则可以成为抢手货，四国气候温暖，县民个性开朗，比较喜欢开放式的摩托车，也因此摩托车普及率居日本首位，约占 40%。

北海道

（Hokkaidou）

北海道（ほっかいどう / Hokkaidou）

人口约 525 万人[①]

北海道面积占日本国土总面积的 20% 以上，西临日本海，东南濒太平洋，东北滨鄂霍次克海。除了三面环海，道内另有石狩（Ishikari）平原、十胜（Tokachi）平原等平原，以及 13 个一级水系、48 个湖沼，农渔牧发达，粮食自给率达 200% 以上，可以说是日本的粮食宝库。渔获量占全日本的 1/4，马铃薯产量占全日本八成，小麦产量占六成，是日本粮食的一大支柱。

“道”是行政单位，日本有一都、一道、二府、四十三县，北海道道厅（Douchou）所在地是札幌市（Sapporoshi），与中国辽宁省沈阳市是友好城市。北海道有许多地名发音均音译自原住民阿伊努（Ainu）人的方言，例如，札幌的“幌”，意思是“广大”，“札幌”是“干燥大地”之意；“稚内”（Wakkanai）的“内”代表河川、山谷、沼泽；“登别”（Noboribetsu）、“纹别”（Monbetsu）的“别”均意谓河川。在北海道土生土长的人被称

乡土料理：

成吉思汗烤肉（ジンギスカン / Jingisukan）、石狩锅（石狩鍋 / Ishikarinabe）、铁板鲑鱼（ちゃんちゃん焼き / Chanchan-Yaki）。

① 书中各县人口数据为日本总务省统计局 2019 年底推定数。——编者注

为“道产子”（Dosanko），北海道所产的马也被称为“道产子”。

本地人气料理：

海胆鲑鱼卵盖饭（ウニ&イクラ丼 / Uni & Ikura-Don）、汤咖喱（スープカレー / Su-Pukare-）。

“Jingisukan”写成汉字是“成吉思汗”，但这道料理的发源地是北海道，与蒙古民族毫无关系。制作方式是在一种状如帽子的特制铁锅上，放置蘸了调味酱汁的羊肉片和各种蔬菜边烤边吃。“石狩鍋”（石狩锅）是石狩川渔夫在捕获鲑鱼时，为打发等待捞网的无聊时间而发明出来的火锅料理。做法是将整条鲑鱼切成大块，与当地产的蔬菜、马铃薯、豆腐等一起用昆布高汤炖煮，用味噌调味。

➢ 成吉思汗烤肉（**ジンギスカン** / Jingisukan）

▶ 石狩锅（石狩鍋 / Ishikarinabe）

“Chanchan-Yaki”也是鲑鱼料理，但不是火锅，而是用铁板干蒸。做法是先在铁板上涂上奶油，中央搁撒了盐、胡椒的半条鲑鱼，四周放各种各样的蔬菜，最后浇上以酒调好的白味噌，再盖上铝箔纸蒸熟。吃时用筷子把鲑鱼肉和蔬菜搅和在一起，直接从铁板上夹菜。这也是著名的渔夫料理之一。

作为本地人气料理的“Uni&Ikura-Don”则是盖饭。米饭上半边是口感黏糊的海胆，另外半边是类似西米珍珠的晶莹腌渍鲑鱼子，鲑鱼子颜色鲜艳，在观光客之间非常吃香。“Su-Pukare-”是汤咖喱，一般日式咖喱均很浓稠，类似羹，通常直接拌饭吃。但北海道的汤咖喱则是单独的一道汤菜，米饭另外盛在碗内；其特色是搭配多种食材，食材均切得很大，而且肉类都炖得很软。

➤ 铁板鲑鱼（ちゃんちゃん焼き／Chanchan-Yaki）

* * *

日本有两个城市自称日式咖喱的发祥地，一个是北海道札幌市，另一个是神奈川县横须贺市，这两个城市的各个商店街自治会均积极地向日本全国宣扬本地咖喱。大部分日本人都知道英式咖喱是由日本海军广传至全国各地，明治二十一年（1888 年），海军“五等厨夫教育规则”中便有“咖喱饭制法”这条项目。神奈川县的咖喱饭正是传承了往昔的制法。札幌市

➤ 海胆鲑鱼卵盖饭（**ウニ＆イクラ丼**／Uni & Ikura-Don）

➤ 汤咖喱（**スープカレー**／Su-Pukare-）

则主张札幌农业学校（北海道大学）的首任副校长克拉克博士（William Smith Clark，1826—1886），于明治九年（1876年）草拟的校规中已有一条“学生不准食用米饭，只可进食面包，但咖喱饭例外”规则。不过，真相如何则不得而知，毕竟克拉克博士只在札幌待了8个月而已。

而根据史料，以岩仓具视（Iwakura-Tomomi，1825—1883）公卿为团长的欧洲使节团，于明治四年（1871年）进行环游欧美诸国时，归途曾在锡兰（今斯里兰卡）吃过咖喱饭，同行者之一留下“用手搅拌吃食”的手记。第二年，日本便出版了两种西洋料理指南书，其中有一道料理正是咖喱饭。无论日式咖喱的发祥地是札幌还是横须贺，总之，咖喱在明治时代末期已成为日本大众食堂的常见料理，到了大正时代，加入洋葱、马铃薯、胡萝卜的日式咖喱才逐渐登上上流阶层家庭的餐桌。

夏目漱石（Natsume-Souseki，1867—1916）于明治三十三年（1900年）搭船前往英国伦敦留学时，途中也在锡兰吃了咖喱饭。八年后，夏目漱石在朝日新闻连载长篇小说《三四郎》时，特地在小说中让三四郎吃了咖喱饭。不过真正让咖喱成为日本大众料理的人物应该是阪急电铁、阪急百货店、宝冢歌剧团等阪急阪神控股集团创业者小林一三（Kobayashi-Ichizou，1873—1957）。他在昭和四年（1929年），阪急百货店于大阪北区开张时，店内大食堂的招牌菜正是咖喱饭，当时的价格是十钱，其他零点菜单均为三十钱。消费者为了吃这道廉价的招牌菜而大排长龙。

「东北地方」

(Touhoku-Chihou)

青森县（あおもりけん / Aomoriken）

人口约 125 万人

青森县位于日本本州岛最北部，三面环海，南侧紧邻岩手县、秋田县，当地使用的方言至少有三种以上，县厅（Kenchou）所在地青森市（Aomorishi）与中国辽宁省大连市是友好城市。县内盛产苹果，产量约占日本全国苹果总产量的半数，居日本第一；全县总面积中有 70% 是森林，为日本三大美林之一。跨越青森县西南部及秋田县西北部的原生林“白神山地”（Shirakami-Sanchi），则为世界自然遗产之一，但此地并非观光区，由于未经人为砍伐破坏，核心区域没有任何山路，也未铺设道路。青森县最有名的祭典是 8 月初的“ねぶた祭り”（Nebutamatsuri），参与祭典的壮汉口中齐声吆喝，拉着各式各样的模型大拉车在街上游行，场面非常壮观。此外，青森、岩手、宫城、福岛四县，古名合称“陆奥”（Mutsu），简称“奥州”（Oushuu）。

乡土料理：

海胆鲍鱼清汤（いちご煮 / Ichigoni）、煎饼汁（せんべい汁 / Senbeijiru）。

“Ichigoni”中文可译为“莓煮”，这并非用草莓煮成的食物，而是用海胆、鲍鱼片煮成的清汤，调味料是盐和些许酱油。煮

➢ 海胆鲍鱼清汤（いちご煮／Ichigoni）

成的清汤带乳白色，汤内的红色海胆看似映在朝霭中的野草莓，因此取名“莓煮”。通常盛在带盖子的漆器小碗里，吃时打开盖子会有一股海潮味扑鼻而来，味道鲜美。“煎饼汁”是一种火锅，在鸡汤内放入牛蒡、菇类、葱等，再放火锅专用的“南部煎饼”（Nanbu-Senbei），煮成后，渗入汤汁的煎饼嚼头十足，类似用面粉和水煮成的面团。南部煎饼以“八户（Hachinohe）煎饼”最有名。

***

日本有个传说，谓“煎饼”（Senbei ／米果，别名仙贝）的

▶ 煎饼汁（せんべい汁／Senbeijiru）

▶ 八户煎饼（八戸せんべい／Hachinohe-Senbeii）

制法是由空海（Kuukai，774—835）自唐朝带回日本，再传授给一位名为和三郎的人，让他将煎饼流传至日本。此说法完全是胡说八道。“和三郎”这种名字在平安时代初期根本不可能出现，这是江户时代常见的名字。又有另一种说法，谓战国时代茶人千利休（Sen-Rikyuu，1522—1591）有位弟子名幸兵卫，他用面粉加砂糖制成米果，再取千利休名字中的“千”字，取名为“千幸兵卫”，因此“千兵卫”（Senbei）发音才成为现今日语煎饼的发音。但这也是一派胡言，不知是谁先信口开河。

中国古书《荆楚岁时记》中《正月》一文记载：“正月七日为人日……北人此日食煎饼，于庭中作之……”《荆楚岁时记》是南北朝时期的书，记载荆楚之间自元旦到除夕的节令风俗。而南朝是6世纪，这可能是有关“煎饼”的最早记录。日本的最早记录则为“但马国正税账”，但马国位于兵库县北部，“正税账”并非税金出纳记录，而是记载官厅年间收支以及当时的仪式内容与物品、物价等，算是一种公文。

目前奈良东大寺大佛殿正仓院（Shousouin）保存着24份公文，其中之一的“但马国正税账”是737年的记录，里面首次出现“煎饼”一词。而空海生于774年，这表示日本在空海诞生之前便有煎饼这种吃食了。此外，天正十九年（1591年）著作的《利休百会记》中，记载丰臣秀吉出席的茶会中，点心正是煎饼。既然茶会点心是煎饼，也表示不可能是幸兵卫发明的。

江户时代元禄三年（1690年）出版的《人伦训蒙图汇》中，提及京都六条有位煎饼名人，他做的煎饼是六条名产，并附上用筷子夹煎饼直接在火上烤的制法图。这大概是日本现存最古老的煎饼图。而天明七年（1778 年）出版的《江户町中食物重宝记》，则介绍了 30 余家煎饼铺和各式各样的煎饼。可见煎饼在那个时期已成为庶民的普遍点心。现代日本这种用米制成的“米果”，其实是在明治时代以后才广为流传，幕府末期之前都用面粉，那才是名副其实的“煎饼”。

岩手县（いわてけん / Iwateken）

人口约 123 万人

岩手县总面积居日本第二位，在地图上位于青森县下方右侧，东临太平洋，盛产贝类、海藻，鲍鱼和裙带菜的产量居日本第一，其他如龙胆、短角牛、木炭、生漆等产量均居日本首位，县厅所在地为盛冈市（Moriokashi）。日本民俗学之父柳田国男（Yanagita-Kunio）所著的民间妖怪传说名作《远野物语》（Toono-Monogatari），背景正是岩手县远野市；而诗人、童话作家宫泽贤治（Miyazawa-Kenji）的故乡是岩手县花卷市（Hanamakishi）；现代小说家高桥克彦（Takahashi-Katsuhiko）也是岩手县人，目前住在盛冈市。

乡土料理：

碗口荞麦面（わんこそば / Wanko-Soba）、米果汁（ひっつみ / Hittsumi）。

本地人气料理：

盛冈冷面（盛岡冷麺 / Morioka-Reimen）、盛冈炸酱面（盛岡じゃじゃ麺 / Morioka-Jajamen）。

“Wanko-Soba”是一碗只盛一小口荞麦面的传统乡土料理，吃法极为独特。食客身边会站着一位服务员，每当食客吃完一

➤ 碗口荞麦面（わんこそば / Wanko-Soba）

碗，服务员会马上向碗内倒入另一碗面。由于倒面速度非常快，食客通常直接把面吞下去，据说成人男子平均可以吃 60 碗。每年 2 月、3 月分别在花卷市、盛冈市举行竞赛大会，而每年 11 月则在盛冈市举行全国大赛。至今为止，限定时间 15 分钟的全国大赛最高纪录是 451 碗（男子）、340 碗（女子）。

“Hittsumi”是方言，说穿了就是用面粉和水后撕成块状煮成的“水团”（Suiton），食材是鸡肉，调味料是酱油。本地人气料理的盛冈冷面和炸酱面均为闻名全日本的面类。冷面面条与意大利面类似，很有嚼头，其特色是上面加西瓜、苹果之类的水果；炸酱面的面条则为扁条乌冬面。

▶ 米果汁（ひっつみ／Hittsumi）

➤ 盛冈冷面（盛岡冷麺 / Morioka-Reimen）

➤ 盛冈炸酱面（盛岡じゃじゃ麺 / Morioka-Jajamen）

* * *

高桥克彦于1995年设立的“盛冈文士剧”（Morioka-Bunshigeki）非常有名，每年12月初召集作家、文艺界名人，分为两班，在盛冈市盛冈剧场演出现代剧、时代剧各一场。通常10月初开始售票，只是很快就会被抢购一空，一般外地人很难买到票。由于演员均为非专业演员，据说这些文艺界大作家往往会忘了台词，甚至在台上即兴穿插台词，而且因台词尽可能用岩手县方言，常惹得满堂爆笑。

宫泽贤治过世后始被人发现的诗，亦是他的代表诗作《不畏风雨》:

不怕雨
不怕风
不怕大雪不怕夏日
身子结实骨子硬
没有欲望
绝不生气
脸上总是恬静笑着

一天四合糙米淡饭
几匙豆酱少许粗菜
事事不动心不动容
事事要耳闻要目睹
然后刻印在我心中

在那原野松林深处
盖栋我栖身小茅屋

村东若有病痛小儿
让我细心去照顾
村西若有疲累大妈
我去帮她背稻谷
村南若有临终老辈
赶去叫他不要怕
村北若有争执口角
我去劝说无聊啊

大旱时节我泪眼汪汪
冷夏之季我焦虑不安

大家骂我是大傻瓜
虽然没人夸奖赞扬
但也没人会伤脑筋
我
正是想当这种人

宫泽贤治生于 1896 年，卒于 1933 年，终身未娶，享年 37 岁。他虽然留下许多口碑载道的童话作品，但生前只得过刊载于《爱国妇人》杂志的一篇童话《渡雪》五日元稿费而已，他的作品均为他过世后才结集成书的。世人对他的印象是“晴耕雨读素食诗人童话作家”，不过，或许因为出生于富裕家庭，年轻时的他亦曾追求时髦，走在时代前端，不但制作了被命名为“电气葡萄酒”的怪酒（其实就是在烧酒中混入黑豆汁、酒石酸、柠檬酸、砂糖、蜂蜜、葡萄酯等化合物制成的鸡尾酒），也曾学过世界语（Esperanto）、大提琴，更策划过人造宝石事业。

他任职于花卷农业高校时，时常带学生到市内吃天麸罗荞麦面，喝在当时被视为高级饮料的汽水。他也爱吃西式全餐，晚年才实践清贫素食主义。据说某天宫泽贤治的好友去找他时，他特地做了一道“山珍海味”给好友吃，让好友赞叹不已。这道菜非常简单，只是把甘蓝跟咸鲑鱼加水一起煮熟而已。最后宫泽贤治还将鱼骨丢到院子里，说那是款待老鼠的美食。当时的宫泽贤治已辞去教师职位，免费教导农民如何施肥并推广农民艺术理论，不但没有固定收入，也拒绝所有农民或老家的经济援助，家中一贫如洗。没钱买茶叶时，就在盛井水的玻璃杯中放入几根松叶当松叶茶喝。我曾试过宫泽贤治发明的那道“甘蓝咸鲑鱼”，甘蓝本身的甜味配上咸鲑鱼的咸味，味道确实清淡又好吃。

此外，宫泽贤治生前很喜欢吃番茄。他的童话作品中有篇《黄色番茄》，叙述了一对孤儿兄妹在果园中种了十株番茄，其中五株长出了鲜红的大番茄，另五株长出了樱桃般大小的迷你番茄。这五株迷你番茄中有一株长出了金光闪闪的黄番茄。恰好那时镇上来了个马戏团，进帐篷观看必须交碎银或碎金，小兄妹俩没有碎银碎金，便用果园的四个黄番茄当门票，结果惨遭一顿唾骂并被赶走。据说这篇童话中的番茄是宫泽贤治实际栽培的品种，而童话是于 1923 年前后写成的，当时食用番茄在日本还未普及，一般都将其当作观赏植物，第二次世界大战后才逐渐登上日本人的餐桌。也就是说，在食用番茄普及日本社会的 20 多年前，宫泽贤治便在作品中写出迷你黄番茄品种，令人不得不佩服他的先见。况且当时的日本人吃番茄时习惯蘸糖，宫泽贤治则坚持番茄必须蘸盐才好吃，如今日本人吃番茄时都撒盐或蘸美乃滋、沙拉酱，倘若宫泽贤治地下有知，不知他会作何感想？

宫城县（みやぎけん / Miyagiken）

人口约 231 万人

宫城县在地图中位于岩手县下方，东临太平洋，西接奥羽山脉（Ouu-Sanmyaku），县内有山、海、河、平原、丘陵、盆地、半岛、孤岛，自然资源丰富，亦有日本著名三景之一的松岛（Matsushima）。松岛包括松岛湾内的海湾及 260 多个小岛，蓝天、碧海、白浪、青松，风景秀丽，别有洞天。县厅所在地仙台市（Sendaishi）是中国文豪鲁迅留学之地，与中国吉林省长春市是友好城市。日本小说家伊坂幸太郎（Isaka-Koutarou）虽是千叶县人，但目前住在仙台市，他有部小说名为《家鸭与野鸭的投币式寄物柜》，其故事背景正是仙台市。由于原著的时空跳来跳去，我本来以为不可能拍成电影，岂知中村义洋（Nakamura-Yoshihiro）导演在电影中将此问题处理得非常好，令人拍案叫绝。

乡土料理：

毛豆裹年糕（ずんだ餅 / Zundamochi）、鲑鱼子饭（はらこ飯 / Harakomeshi）。

本地人气料理：

牛舌烧（牛タン焼き / Gyutanyaki）。

毛豆裹年糕（Zundamochi）是用捣碎的毛豆裹到年糕上的甜

点，颜色碧绿，可以令人还未入口便先开胃。“Harakomeshi”是先用酱油、味淋、砂糖把切成生鱼片大小的鲑鱼煮熟，再用煮出的汤汁氽烫鲑鱼子，之后稀释汤汁跟白米一起煮成熟饭，最后在米饭上盛放鲑鱼片和鲑鱼子，这是盛冈车站最有名的铁路便当。

至于本地人气料理牛舌烧（Gyutanyaki），则有各式各样的调味方法，如盐烤、红烧、熏制、腌渍、炖煮，等等，冬季还有牛舌涮涮锅。

▶ 毛豆裹年糕（ずんだ餅／Zundamochi）

▶ 鲑鱼子饭（はらこ飯／Harakomeshi）

▶ 牛舌烧（牛タン焼き／Gyutanyaki）

＊＊＊

提到仙台，我首先想到的日本历史名人——战国时代大名伊达政宗（Date-Masamune，1567—1636），他因幼时罹患天花而右眼失明，通称“独眼龙政宗”。在日本战国历史迷的眼中，伊达政宗是位生不逢时的人物，倘若他早出生 30 年，或许可以成就织田信长（Oda-Nobunaga，1534—1582）般统一日本的霸业。

伊达政宗亦是著名的美食家。他的兴趣是亲自下厨招待客人。据说宫城县的乡土料理毛豆裹年糕也是他发明的甜点。他留下一句形容佳肴的名言：“所谓佳肴，即主人亲自下厨，若无其事地端出时鲜菜款待客人之意。”又主张：“请客人到家里吃饭时，应当实行一道豪华料理主义，并且要自信满满地向客人说明，这道料理是今日我所做的料理中，最美味的一道。如果不向客人说明，默默地让客人不知所以然地进食，反倒会令主客双方都扫兴万分。”我觉得他这句话很有道理，倘若我是客人，下厨的主人在饭桌前滔滔不绝地向我说明哪道菜是他今日的拿手菜，那我在吃那道菜时，一定会比吃其他料理时更用心，并顺便请教做法或秘方，如此，饭桌上的场面或话题肯定会更热闹，主客谈笑间也忘了时光的流逝。

仙台最有名的观光土产食品是竹叶状的“笹蒲鉾”（Sasa-kamaboko），即竹叶鱼板，此鱼板的形状、名称均取自伊达家家纹之一的竹雀家纹。伊达家的竹雀家纹图形是中央有两只麻雀，四周用竹叶围成圆形。外县人通常直接将其当下酒菜吃，但宫城县人习惯用姜、酱油、味淋、酒、砂糖等将其红烧成“时雨煮”（Shigureni）；或混入甘蓝丝，再用番茄酱、酱油、沙拉酱等调味料凉拌；最奢侈的做法是先把海胆和蛋黄搅拌在一起，再涂在鱼板上，最后放到铁丝网上烤。

关于鲑鱼子饭，当地还有个民间故事。往昔有个男人救了一条鲑鱼，那条鲑鱼于日后化身为女子出现在村落。她用自己的鲑鱼子做出许多美食，令村民赞不绝口。但某天那名女子被识破真面目，女子只得离开村落。她向村民说：“明年十月二十日，我将再度归来。”之后，每年十月二十日，当地总会出现一条巨大鲑鱼率领大群鲑鱼自海洋返回东北地区最大河川、日本排行第四的北上川（Kitakamigawa）产卵。

福岛县（ふくしまけん / Fukushimaken）

人口约 185 万人

福岛县在地图中位于山形县、宫崎县下方，东临太平洋，西接新潟县，总面积位居日本全国第三。中央有排行日本第四位的淡水湖猪苗代湖（Inawashiroko），湖水透明，湖面映照着磐梯山（Bandaisan），因此别名“天镜湖”（Tenkyouko）。县厅所在地是福岛市（Fukushimashi）。我对福岛县印象最深的是幕府末期由会津藩组成的“白虎队”（Byakkotai）哀史。会津藩是德川将军一族，明治维新动乱时与官军对战，激战长达一个月，最终城池陷落于官军掌中。当时会津藩所有武士家 15—17 岁的少年主动组成“白虎队”，总计 343 名，全体手持武士刀或长矛与官军的近代大炮对抗。城池陷落后，幸存的 20 位小武士在战火中逃出城门，据守饭盛山（Iimoriyama）中，最后全体切腹自杀身亡。只有一位被救回来，“白虎队”的存在因此才广为人知。此外还有由年龄 50 岁以上的武家男子组成的玄武队、18—35 岁的朱雀队、36—49 岁的青龙队。

乡土料理：

こづゆ（Koduyu）、山椒腌鲱鱼（にしんの山椒漬け / Nishin-no-Sanshouduke）。

“Koduyu”是一种以干贝为汤头，加入胡萝卜、芋头、蒟蒻、木耳、银杏、豆腐等食材的汤汁料理，调味料是酱油、酒，味道清淡，吃时盛在会津传统工艺品之一的会津漆碗内。往昔是会津藩的武家料理及庶民的喜庆大餐，现在是当地人于元旦、冠婚丧祭时不可或缺的传统乡土料理。“Nishin-no-Sanshouduke”是山椒腌鲱鱼。由于鲱鱼不耐存，北国或山国地区都将去掉头尾的鲱鱼劈开晒干以便流通市场，福岛县人正是把这种鲱鱼干与山椒叶交互重叠，再以酱油、酒、味淋、醋、砂糖腌渍成可以长期保鲜的储存食品。

▸ こづゆ / Koduyu

➤ 山椒腌鲱鱼（にしんの山椒漬け／Nishin-no-Sanshouduke）

***

无论哪个国家或民族，只要是正常的社会成员，或多或少都必须与人交往，而与人交往就经常需要花钱。应酬越多，每个月的交际费也就越多，日本最喜欢交际的人正是福岛县人。根据统计，全国各家庭的每月平均交际费大致是 16000 日元，但福岛县家庭每月的交际费却是全国平均数字的 1.4 倍，约为 22000 日元，居日本全国首位。但这并不代表福岛县人对外县人很亲切，相反，外县人因工作关系被调到福岛县时，首先会因为福岛县人的封闭性、保守性、排外性以及当地严酷的气候风土而吃尽苦头；之后会因逐渐领会当地人的深厚人情而动容；

最后要离开福岛县时，又会因依依不舍而落泪，这就是所谓的“会津三泣”谚语的由来。交际费居日本全国第一，足以证明会津人很有人情味，喜欢照顾他人。

司马辽太郎曾说过，如果问福岛县人:“你是福岛县人吗？”对方会回你：“不，我是会津人。”可见福岛县人仍保留着各种江户时代传承下来的固有习俗，因此外县人起初很难融入他们的社会。然而一旦被他们接受，他们会视你为亲人，万事关怀备至。外县人对福岛县人的印象是顽固、沉默寡言、不善应酬。这种不善应酬的人，交际费竟然居全国首位，可见他们都把钱花在“自己人”（包括被接受的外县人）身上。另一个统计数据很有趣，福岛县人的储蓄存款中，股票的占有率非常低，居日本全国第 44 位，或许会津人认为炒股是一种投机行为，不屑玩股票吧！此外，福岛县违反交通规则的人数比率也居全国第 44 位，违反交通规则算是轻罪，可见大部分的福岛县人都很老实。

秋田县（あきたけん / Akitaken）

人口约 97 万人

秋田县西临日本海，在地图上位于青森县下方左侧，县内有九成地区被指定为特别“豪雪”（Gousetsu）地带。冬季的日照时间位居日本最低位。或许是因为日照时间少，水质优良，秋田县女子的肤色格外白皙细腻。这里是日本全民公认的美女产地。县内盛产柳杉，特产是日本清酒，县厅所在地为秋田市，与中国甘肃省兰州市是友好城市。根据日本国土交通省的定义，2 月平均积雪深度超过 50 厘米以上的地区为“雪国”（Yukiguni）。若按此定义来看，日本约有 53% 的国土均是雪国，且大部分集中在北海道和日本海沿岸地区。“豪雪”地带的平均积雪深度是 50 厘米以上，特别“豪雪”地带则为 150 厘米以上。

乡土料理：

米棒锅（きりたんぽ鍋 / Kiritanpo-Nabe）、稲庭乌冬面（稲庭うどん / Inaniwa-Udon）。

本地人气料理：

横手炒面（横手焼きそば / Yokote-Yakisoba）。

“Kiritanpo”写成汉字是“切蒲英”。做法是先将米饭捣成年糕状裹在柳杉做的细签上，再用火炭烤熟，最后切成块状放入锅中煮。汤头是鸡汤，食材是土鸡、牛蒡、舞茸（灰树花）、葱、水芹，调味料是酱油或味噌，这是秋田县学校营养午餐的菜谱之一。“Inaniwa-Udon”是稻庭乌冬面。这是一种韧性强、耐咀嚼的扁条面，滑润爽口，夏天可做成凉面，冬天则煮成热面，一年四季都吃得到。本地人气料理是“Yokote-Yakisoba”，即横手炒面，其特色是在炒面上放一个单面煎至半熟的太阳蛋。

➤ 米棒锅（きりたんぽ鍋／Kiritanpo-Nabe）

＊＊＊

日本 9 世纪平安时代初期的著名女歌人小野小町（Ono-no-Komachi），不但是当时六歌仙中唯一的女子，在日本更是与中

➢ 稻庭乌冬面（稲庭うどん／Inaniwa-Udon）

➢ 横手炒面（横手焼きそば／Yokote-Yakisoba）

国的杨贵妃、埃及艳后并称世界三大美女。虽然现代人无法想象当时的美人条件标准为何，不过从她留下的和歌，可以得知她确实是位具有才藻的女子。生卒年代不详，后人甚至不知道她的身世，只能从各种和歌或传说中推测她应该是宫中女官，出生于秋田县南部汤泽市（Yuzawashi）。

俗话说“自古红颜多薄命”，日本各地有不少描述小野小町后半生因花容尽失，沦为流落街头的老妇的传说。而她确实也留下一首感叹无情岁月的和歌：“绵绵春雨樱花褪，容颜不在忧思中。”然而，事实上在日本根本找不到任何能推测她生前真实形象的史料，大部分有关她的传说均根据一本成书于平安时代中期或末期的《玉造小町子壮衰书》古籍。这是一本以汉诗形式写成的长篇叙事诗作品，类似白居易的《长恨歌》，主要描述平安时代女人的一生。文中没有说明主角是小野小町，但后世日本人均将之视为“小野小町物语”。

原文开头是：“予，行路之次，步道之间，径边途傍，有一女人，容貌憔悴，身体疲瘦，头如霜蓬，肤似冻梨，骨竦筋抗，面黄齿黑，裸形无衣，徒跣无履，声振而不能言，足蹇而不能步……”女人向“予”述说自己的身世，“壮时骄谩最甚，衰日愁叹犹深，龄未及二八之员，名殆兼三千之列”，意思是她在16岁时即三千宠爱在一身。不但“被宠华帐之里，不步外户，被爱珠帘之内，无行傍门”，而且美貌得“不奈杨贵妃之花眼，不屑李夫人（汉武帝宠妃）之莲睫”，睡的是“床铺珊瑚，台镂玛瑙”，吃的是“鹅嗉，熊掌兔脾……鹿髓龙脑，煮鲍煎蚌……”还列出许多连我都看不懂的古代中国的珍馐名称，这段有关饮食的诗文很有趣。

由于诗中出现“熊掌”这道料理，后人在饮食书籍中时常提及小野小町也吃过熊掌这事，但真相如何，我们无法考证。总之，整首诗都在描述平安时代某位美女于年轻时享尽荣华富贵，老来却“肩破衣悬胸，颈坏蓑缠腰，匍匐衢眼，徘徊路头”的惨状。

山形县（やまがたけん / Yamagataken）

人口约 108 万人

山形县除了西北部临日本海，其他三面全环坐高山，县内有三盆地、一平原、四种方言，因此即便同为山形县人，彼此说起各地方言时，简直像鸡同鸭讲，无法沟通。或许正因为语言不通，山形县人的县民意识很低，地域观念则很重，仍存在着地区歧视问题。当地特产是樱桃，尤以中部东根市（Higashineshi）的高级品种“佐藤锦”（Satounishiki）樱桃闻名全日本。东南部的米泽牛则与松阪牛、神户牛并称日本三大和牛。山田洋次（Yamada-Youji）导演的时代剧剑士电影《黄昏清兵卫》《隐剑鬼爪》《武士的一分》，以及泷田洋二郎（Takita-Youjirou）导演的感人电影《入殓师》，拍摄背景均为山形县。县厅所在地山形市（Yamagatashi）与中国吉林省吉林市是友好城市。秋田、山形两县古名合称“出羽”（Dewa），简称“羽州”（Ushuu）。

乡土料理：

芋煮（Imoni）、鱼杂火锅（どんがら汁 / Dongarajiru）。

“芋煮”是将芋头、蒟蒻、葱、牛肉煮成“寿喜烧”（Sukiyaki）风味的火锅。每年 9 月的第一个星期天，山形市会在马见崎川（Mamigasakigawa）举行“日本第一芋煮会节”，左

▶ 芋煮 / Imoni

岸广场用直径 6 米的大锅煮 3 万人份的芋煮，右岸则是 5000 人份的猪肉芋煮，观光客或当地居民只要买一碗 300 日元的赞助券，即能在当天去凑热闹现兑现吃。另外，当地自卫队主管的防灾区也会提供免费什锦饭，让游客饱餐一顿。

“Dongarajiru”也是一种火锅，材料是鳕鱼、葱、豆腐，做法是将鳕鱼的鱼头、鱼鳍、肝脏、鱼卵全放进锅内，用味噌调味，有些家庭会加白萝卜和酒糟，这是山形县人于寒冬最爱吃的火锅料理。“Dongara”是方言，指的是鱼肉以外的鱼头、内脏之类。

* * *

日本儿童在幼儿园、小学、中学学校里吃的营养午餐，日文称为“给食”（Kyuushoku），即供餐，某些高中也会提供“给食”。日本最初实施“给食”制度的地方行政区是山形县鹤冈市（Tsuruokashi）。准确来说，应该是当地的各派佛教团体

➤ 鱼杂火锅（どんがら汁／Dongarajiru）

于明治二十二年（1889 年）协同组成忠爱协会组织，在大督寺（Daitokuji，藩主酒井家历代坟所寺院）境内设立的私立忠爱小学，免费提供午餐给无法带便当来学校的贫困儿童。最初的免费“给食”菜肴是两个饭团、一片烤鱼、些许咸菜，现今鹤冈市的学校于每年 12 月的“给食纪念日”，仍会提供与 120 余年前同样的午餐给学生吃。

之后，由政府补助资金，日本全国大都市的学校也开始实施“给食”制度。第二次世界大战时此制度曾一度中断，战后第二年（1946 年）再度于东京、神奈川、千叶三地试验性地推行“给食”制度。由于广受家长好评，政府于 1954 年终于正式施行《学校给食法》，规定所有公立学校均必须提供营养午餐给学生吃。这时的“给食”主食是面包、脱脂奶，20 世纪 50 年代后期才改为鲜牛奶。70 年代开始又换成以米饭为主的“给食”，面包成为一周仅提供一次的副食品。平成时代，“给食”食谱菜单比以往丰富，不但有饭后甜点和水果，而且更具国际性，连外国料理也上桌了。唯一不变的是套餐托盘上一定会有一瓶或一罐各式各样品牌的鲜牛奶。

不知是不是受“给食”制度的影响，日本人的平均身高在近 50 年增高了 10 厘米。又根据日本文部科学省于 2007 年的调查结果，得知日本 20—24 岁的青年平均身高是 172.26 厘米。不过，倘若跟外国比较，亚洲人仍比西方人矮了一截，经济合作发展组织（Organisation for Economic Co-operation and Development, OECD）于 2009 年公布的“社会指标”（Society At A Glance 2009）资料指出，在北欧、英语圈国家和拉丁美洲等 24 个国家（不包括中国）中，荷兰男子的平均身高最高，是 181.7 厘米，英国男子排第 18 名，美国男子排第 20 名，日本男子排第 23 名，比韩国、葡萄牙、墨西哥男子的身高高。

关东地方

(Kantou-Chihou)

栃木县（とちぎけん / Tochigiken）

人口约 193 万人

栃木县位于关东东北部，古名“下野”（Shimotsuke），简称“野州”（Yashuu）。其东、北、西三面环山，南侧连接关东平原，是关东地区面积最大的内陆县。栃木县旅游资源丰富，西北部的日光国立公园，不但有那须火山带、华严瀑布，还有祭祀德川家康的世界文化遗产日光东照宫，以及中禅寺湖、鬼怒川温泉、日光江户村等。由于交通便利，有东北新干线和东北高速公路，通达四面八方，这里是关东人的避暑胜地。栃木县的中国友好省份是浙江省，县厅所在地宇都宫市（Utsunomiyashi）的友好城市是黑龙江省齐齐哈尔市。

乡土料理：

杂烩（しもつかれ / Shimotsukare）、乳茸荞麦面（ちたけそば / Chitake-Soba）。

本地人气料理：

宇都宫饺子（宇都宮餃子 / Utsumiya-Gyouza）。

“Shimotsukare”是栃木县乡土料理的代表之一，由于这是代代相传的家庭料理，每家味道都不同，即便同乡人也不见得能接受别人家的口味。食材是咸鲑鱼鱼头、炒熟的黄豆、萝卜泥、胡萝卜，调味是酒糟。由于看上去不太美观，而且具有独特气味及味道，喜欢它的人很喜欢，无法接纳它的人可能连一口也吃不下。"Chitake"是乳茸，吃起来干巴巴的，撕裂蕈伞会渗出白色乳液，正是此乳液可以做出美味汤头，在日本乳茸

➤ 杂烩（**しもつかれ**／Shimotsukare）

➤ 乳茸（**ちたけ**／Chitake）

➤ 乳茸乌冬面（**ちたけうどん**／Chitake-Udon）

与松茸并列为食用蕈中的极品。把乳茸和茄子一起炒熟，加入日式汤头和酱油、味淋做成面汤，便成为“Chitake-Soba”，译成中文是“乳茸荞麦面”。

至于本地人气料理的宇都宫饺子则闻名全日本，宇都宫市内有 200 多家大大小小的饺子店，有水饺、煎饺、炸饺、汤饺……无所不有，一盘顶多 200 日元，囊空如洗的穷学生们也吃得起。

➤ 宇都宫饺子（宇都宫餃子／Utsumiya-Gyouza）

* * *

日本的饺子传自中国，在中国，饺子主要是北方的民间主食和地方小吃，亦是年节主食。清代诗人袁枚著的《随园食单》便描述："颠不棱，即肉饺也。糊面摊开，裹肉为馅蒸之。其讨好处，全在作馅得法，不过肉嫩、去筋、作料而已。余到广东，吃官镇台颠不棱，甚佳。中用肉皮煨膏为馅，故觉软美。"唐朝段成式《酉阳杂俎》书中也有"笼上牢丸""汤中牢丸"之词，"笼上牢丸"是蒸饺，"汤中牢丸"为水饺。总之，据说饺子在中国已有 1800 余年的历史。

那么，饺子到底于何时传至日本？据说最初出现于江户时代 1778 年出版的中国饮食书籍《卓子调烹法》中，其后，1784 年出版的《卓子式》中国料理书也介绍了"扁食"一词。然而，饺子在当时无法普及民间，直至明治时代，仍只是东京神田附近有几家饺子馆而已。第二次世界大战后，因食粮不足，一些人开始在路边卖起于中国学会的饺子，一时间，廉价又富含营养的饺子便在民间广泛流传。当时由于猪肉价格昂贵，饺子馅多用羊肉，而为了消除羊肉膻味，人们逐渐习惯在馅内加入韭菜、大蒜。此外，饺子在中国是主食，大多皮厚馅少；日本的主食是米饭，因此做出皮薄馅多的煎饺，以便当菜肴配饭吃。

宇都宫饺子会成为日本最有名的饺子，据说起初是宇都宫出生的军人，"二战"后回老家后，在车站前开了饺子路边摊。1990 年，宇都宫市政府的公务员发现日本总务省家计调查统计项目中，宇都宫市的家庭年间饺子消费额居全国第一，于是开始制作市内饺子店指南地图，并设立宇都宫饺子公会，向全国进行宣传。在此之前，栃木县的人气观光地区都集中在日光、那须，宇都宫只是路过点而已，最后由市政府主导的宣传手法奏效，如今日本人只要提到“饺子”，都会联想到宇都宫。附带一提，年间饺子消费额居日本全国第二位的是静冈市，第三位是京都市。

茨城县（いばらきけん / Ibarakiken）

人口约 286 万人

茨城县在地图中位于栃木县右下方，古名“常陆”（Hitachi），简称“常州”（Joushuu）。东临太平洋，坐落于关东平原东北部，南部有水乡筑波（Tsukuba）国立公园，公园内有仅次于琵琶湖的日本第二大湖霞浦湖（霞ヶ浦 / Kasumigaura）和标高 877 米的筑波山（Tsukubasan），亦有历史悠久的神社、寺院。筑波研究学园都市是基于国策而建设的科学工业园区，聚集了约 300 家研究机关与企业，研究员多达 13000 余人，其中拥有博士学位者 5000 多人。我去过筑波研究学园，印象深刻，记得巴士一驶进大门，仿佛闯入欧洲某个城市般，景观与日本其他城市截然不同，既工整又绿意盎然，马路很宽，行人很少，是典型的田园都市。县厅所在地水户市（Mitoshi）有以梅花而著名的日本庭园“偕乐园”（Kairakuen），其与冈山市的“后乐园”（Kourakuen）、金泽市的“兼六园”（Kenrokuen）并称日本三名园。水户市的中国友好城市是重庆市。

乡土料理：

鮟鱇料理（あんこう料理 / Ankou-Ryouri）、水户纳豆（そぼろ納豆 / Soboro-Nattou）。

“Ankou”是鮟鱇鱼，中文别称琵琶鱼、老人鱼等。日本有句习用语：“东鮟鱇，西河豚。”表示关东人特别爱吃鮟鱇料理，关西人则以河豚料理为重。鮟鱇鱼肉紧实，纤维弹性十足，富有胶原蛋白，鮟鱇鱼肝更是天然珍品，有“海底鹅肝”之称。鮟鱇鱼的做法多种多样，但普遍以火锅为主，吃完火锅后，剩下的汤汁再放入米饭中熬成粥，最后淋上打碎的鸡蛋做成蛋花粥，撒上葱花或香菜，非常好吃。

“Soboro-Nattou”是用切碎的纳豆和干萝卜丝搅和在一起，再用酱油调味，可以当下酒菜也可以拌饭吃。纳豆是日本传统黄豆发酵食品，历史已逾千年，黏性很强，营养丰富，在日式早餐中很常见。

➢ 鮟鱇料理（あんこう料理／Ankou-Ryouri）

▶ 水户纳豆（そぼろ納豆 / Soboro-Nattou）

* * *

日本的传统早餐是米饭、纳豆、咸菜、海苔（紫菜）、味噌汤，其中纳豆又以茨城县水户市生产的水户纳豆最有名。关东地区以北的日本人，一提到纳豆，必定会想起黏稠牵丝、可以拌饭的纳豆；但关西人比较不习惯吃这种牵丝纳豆，他们习惯吃另一种干燥的咸纳豆，即中国的豆豉。有关豆豉，中国古籍《汉书》《史记》《齐民要术》《本草纲目》等都有记载，制法大约在日本奈良时代（中国唐代）传入日本。平安时代中期 11 世纪初成书的风俗饮食书籍《新猿乐记》（Shinsarugouki）中便出现了“纳豆”一词，此处记载的纳豆很可能是豆豉。

那么黏稠牵丝纳豆到底于何时、由何人发明的？根据秋田县横手市金泽公园内的“纳豆发祥地”石碑说明，在平安时代后期 1083—1087 年的“后三年之役”（Gosannen-no-Eki）时，农民献出装在稻草包内的煮熟黄豆，搁了几天后，黄豆竟然发酵牵丝，而且散发香味，士兵们试吃后，惊讶其美味，转告农民，当地农民才开始制作牵丝纳豆。简单说来，牵丝纳豆完全是偶然的产物。而 15 世纪成书的《精进鱼类物语》（Shoujin-Gyorui-Monogatari）中，明确出现了用稻草包裹的黏稠牵丝纳豆之描述，如此看来，日本人食用牵丝纳豆的历史已将近千年了。

水户纳豆会成为名牌的原因，在于当地的风土气候。那一带时常遭水灾，农民无法种稻，只能在贫瘠的田地、沙地、山地种植耐水的小粒大豆品种，而且水户的农民辛辛苦苦种植出的小粒大豆，不但无法制作豆腐、味噌，也无法加工成酱油，只能做成牵丝纳豆。由此也可以想象，纳豆本为贫穷农村或山村的重要食品。明治三十八年（1905 年），东京农科大学（东京大学农学部）教授泽村真（Sawamura-Makoto）博士发现了纳豆菌（杆菌），之后大正九年（1919 年），北海道大学的半泽洵（Hanzawa-Jun）博士又开发出改良式纳豆制造法后，纳豆才登上日本人的日常餐桌。

尽管茨城县的纳豆产量位居日本全国第一，纳豆的消费量占全国首位的却是福岛县福岛市，其次才是茨城县水户市，接着依次是青森县青森市、岩手县盛冈市、群马县前桥市；最低位是和歌山县和歌山市，其次是大阪市、高知县高知市、兵库县神户市、冈山县冈山市。看来关西人果然比较不喜欢吃纳豆。

群马县（ぐんまけん / Gunmaken）

人口约 194 万人

群马县位于栃木县左邻，古名“上野”（Kouzuke），简称“上州”（Joushuu）。县内 2/3 的面积为山地，甚至有海拔超过 2000 米的山脉，总人口中有七成左右都集中在紧邻埼玉县的南部，是日本这个海洋国家中少数的 8 个内陆县之一。日本最有名的温泉乡正是位于群马县的草津温泉（Kusatsu-Onsen）和伊香保温泉（Ikaho-Onsen）。群马县虽然属于首都圈，但其县民的政治意识极为保守，别称“保守王国”，是自由民主党的势力中枢，“二战”后产生 4 位首相，仅次于产生 5 位首相的山口县。轰动全日本的电影《永远的三丁目的夕阳》（ALWAYS 三丁目の夕日）拍摄地点就是在群马县馆林市（Tatebayashishi）建设的外景布景中。县厅所在地是前桥市（Maebashishi）。

乡土料理：

煮乌冬面（おっきりこみ / Okkirikomi）、生芋蒟蒻料理（生芋こんにゃく料理 / Namaimo-KonNyaku-Ryouri）。

本地人气料理：

烤馒头（焼きまんじゅう / Yakimanjuu）。

“Okkirikomi”是将烩面与根菜类、芋头煮成浓稠汤头的家庭小吃，调味是味噌或酱油，与山梨县的“**Houtou**”类似。不过“**Houtou**”的主要配料是南瓜，“**Okkirikomi**”则是芋头。

➢ 煮乌冬面（**おっきりこみ**／Okkirikomi）

➢ 生芋蒟蒻料理（**生芋こんにゃく**料理／Namaimo-Konnyaku-Ryouri）

“KonNyaku”是蒟蒻，群马县的蒟蒻产量占全日本的九成，自古以来便有各式各样的做法，但一般蒟蒻均用蒟蒻粉制成，群马县的蒟蒻料理是直接用地下球茎制成，弹性、风味、嚼劲均与一般蒟蒻不同。

本地人气料理“Yakimanjuu”是烤馒头。此馒头非一般馒头，而是在面粉内混入浊酒，利用浊酒酒曲使其发酵，再揉成丸子状，串在竹签上，最后蘸用黑糖或饴糖拌味噌的甜作料以火炭烤熟。

➢ 烤馒头（焼きまんじゅう／Yakimanjuu）

＊＊＊

大部分的日本女性都知道蒟蒻是最佳减肥、通便食品之一，而日本的蒟蒻料理方式也五花八门，应有尽有，连蒟蒻果冻都有。蒟蒻的原料是蒟蒻芋，日本在绳文时代（Joumon-Jidai）中期（相当于世界史的中石器时代）便有土生土长的蒟蒻芋，只是当时的人们不知该如何利用蒟蒻芋，直至6世纪左右，朝鲜半岛三国时代的百济国人将蒟蒻芋带进日本，日本人才知道蒟蒻芋可以当药材。之后一直自中国进口蒟蒻芋药材，后来才发现日本国内本来就有土生土长的蒟蒻芋。

于江户时代1695年刊行的本草书《本朝食鉴》（Honchou-Shokkan）中记载，京都丸山寺的蒟蒻料理最美味，并详细说明了该如何制作蒟蒻，但也记载了蒟蒻并非美食，而是当作治疗糖尿病、肿疮的药材，且呼吁患羊痫风的病患不能吃蒟蒻。《本朝食鉴》原文是中文，有关蒟蒻的记载如下："春生苗，至五月移之。长一二尺，与天南星苗相似。但多斑点，秋开紫花结子。宿根亦生苗，经二年者根大如椀及芋魁。外黑、内白、有理。味韯人咽，亦麻舌。秋后采根，浸水以绳子擦去外黑皮，而洗净细捣碎作饼。以酽灰汁煮十余沸，以水淘洗，换水煮五六遍，成冻子。用时复煮汤四五沸，去恶汁而食。或与早稻草同煮数沸，则作水样，而味佳。京师丸山寺僧造之最称美味。江都以总州锅山之产为佳。又有左仓之产、色黑而略粗。谓初以灰汁煮时入石灰少许，则然。其味亦殊而不足为佳也。气味甘、冷，有小毒。主治消渴、痈肿，然不可多食。若患痫症者可忌之。"

由于当时日本禅寺的和尚经常研究蒟蒻料理的做法，因此日本的蒟蒻料理应该说是由禅寺和尚发展出来的。至于发明出蒟蒻粉的人则为江户时代水户藩（茨城县）农民中岛藤右卫门（Nakajima-Touemon，1745—1825），他在 1776 年发现干燥的蒟蒻芋不会腐烂，于是把蒟蒻芋切成圆片再晒干磨成粉，自此，蒟蒻便成为日本全国性食品之一。由于功绩非常大，藩主才赐予他“中岛”姓氏，并允许他佩刀。当时腰上可以佩刀的庶民，其社会地位同武士阶级的藩士差不多。

我也很喜欢吃关东煮的蒟蒻或蘸甜味噌的蒟蒻，不过，倘若有哆啦 A 梦的道具“翻译蒟蒻”（Honyaku-KonNyaku），食用后可以与不同语言者对话，不知该有多好，那我便可以每天跟我家 5 个猫少爷叽叽咕咕聊个不停了。

埼玉县（さいたまけん / Saitamaken）

人口约 735 万人

埼玉县也是内陆县之一，夹在群马县与东京都之间，往昔与东京、神奈川县东部并称“武藏”（Musashi），简称“武州”（Bushuu），总人口与县内总产值均居日本第五位，人口密度居第四位。由于北部多农地，西部多山，县内河川数居日本第一，因此人口都聚集在紧邻东京的南部。埼玉县四季分明，冬季干燥频吹西北风，夏季多雨闷热如蒸笼，天然的杂树林和溪谷美景很多。宫崎骏（Miyazaki-Hayao）导演的动画电影《龙猫》（Totoro）背景正是我所居住的所泽市（Tokorozawashi），宫崎骏本人也住在所泽市，市内也有日本职棒西武狮队的主球场西武巨蛋。西南部川越市（Kawagoeshi）有“小江户”之称，由于没遭受战祸，市内保留了众多江户时代的建筑物和寺院，年观光客约有 600 万人。

西部秩父（Chichibu）地区有国家指定名胜长瀞（Nagatoro）溪谷、岩叠（Iwadatami）、赤壁，另有与京都祇园祭（Gion-Matsuri）、岐阜县飞驒（Hida）高山祭（Takayama-Matsuri）并称为日本三大美祭的“秩父夜祭”（Chichibu-Yomatsuri）。此外，由于秩父是盆地，日照时间少，皮肤白皙的女子多，向来与“秋田美人”一样通称“秩父美人”。县厅所在地埼玉市（Saitamashi）与中国河南省郑州市是友好城市，我正是由于这层关系，于 1986 年带着两个儿子一起前往郑州大学当了两年特殊留学生。

乡土料理：

凉乌冬面（冷汁うどん / Hiyashiru-Udon）、赤豆馒头（いが饅頭 / Iga-Manjuu）。

本地人气料理：

烤猪头肉串（焼き鳥 / Yakitori）。

“Hiyashiru-Udon”是凉乌冬面，其特色是吃面时蘸的汤汁。一般凉面蘸的是柴鱼酱油，但埼玉县的凉面蘸的是先将芝麻、味噌、少量砂糖用擂钵磨碎，再加入日式汤头，最后放入紫苏丝、黄瓜丝、蘘荷丝等的汤汁，这是埼玉县农家自古以来的传统夏季午餐。“Iga-Manjuu”是一种外层裹赤饭（Sekihan / 红豆饭）的豆沙包甜点。日文的“馒头”通常指豆沙包，而非中国常见的那种白馒头。

➤ 凉乌冬面
（冷汁うどん / Hiyashiru-Udon）

➤ 赤豆馒头
（いが饅頭／Iga-manjuu）

本地人气料理“Yakitori”并非一般的烤鸡肉串，而是烤猪头肉串，蘸的味噌作料中含有10余种香辛料，味道独特，我个人也很喜欢吃这种烤猪头肉串。

＊＊＊

日本最普遍也最具庶民性的面条是“きつねうどん／Kitsune-Udon”（狐乌冬面）和“たぬきそば／Tanuki-Soba”（狸荞麦面）。前者取名“狐”据说是因狐爱吃油炸豆腐皮，而狐乌冬面的配料正是油炸豆腐皮。然而，狸荞麦面的配料是小小的圆圆的天麸罗油渣，这跟狸有何关系？

问题一旦萌生，我就无法安眠，照例向日本谷歌求助。查询结果得知，原来是形容没有料的天麸罗油渣一词“たねぬき／Tanenuki”（无种之意），缩短发音变成“たぬき／Tanuki”，就成为现在的“狸荞麦面”。这完全是发音问题，跟真正的狸毫无关系。有趣的是大阪人的说法，他们认为乌冬面变成灰色的

▶ 烤猪头肉串（焼き鳥／Yakitori）

荞麦面，而狸很会骗人，所以才叫“狸面”。

大阪人之所以如此说，有大阪人的根据。关西人本来就习惯吃乌冬面，而关东人一提到“面”，就必定是荞麦面。因此大阪人口中的“狸面”是油炸豆腐皮的荞麦面，不是关东人爱吃的油渣荞麦面。而同样是关西地域的京都，提起“狸面”，竟然是油炸豆腐皮的勾芡乌冬面。不仅如此，继续查下去，我发现日本各地的“狐面”和“狸面”不但配料不同，连面也不同，真是百花齐放，阿狐阿狸都有。可无论狐面或狸面，我都比较喜欢吃东洋水产公司的名牌“マルちゃん／Maruchan”的“红狐乌冬面”（包装是红色的）。虽是泡面，而我平常又罕少吃泡面，只有“红狐乌冬面”百吃不厌。因为“红狐乌冬面”的面条是扁面条，我向来都比较喜欢吃类似中国烩面的面条。

只是，据说关东地区和关西地区的“红狐乌冬面”，两者味道也不同。关东地区是味道比较浓的酱油味，关西地区则类似清汤。外形包装一样，只是容器侧面的说明有“E”（East）与“W”（West）之分。看来在口味上，德川家康与丰臣家的“关原合战”还没结束。因为这种口味分界点正是“关原”（Sekigahara）。在太平洋这方，三重县以东是“关东味”；在日本海那侧，则是富山县以西为“关西味”。

不过，即便日本各地的“狐面”与“狸面”形形色色，我想，对昔日的日本人来说，狐与狸这两种动物，一定跟现代日本人家中的宠物猫狗一样，不分彼此。实际上，我家附近的杂树林中仍栖息着狸，有几家邻居都亲眼看到过狸出现在他们家院子里，令我羡慕得很。可惜直至今日，狸仍未出现在我家院子。

千叶县（ちばけん / Chibaken）

人口约 626 万人

千叶县的大部分是凸出于太平洋的房总半岛（Bousou-Hantou），三面环海，总人口居日本第六位，但面积比东京都和神奈川县加起来还要大，日本人通称千叶县为“房总”（Bousou）。往昔分为三国，古名各为“上总”（Kazusa）、“下总”（Shimofusa）和“安房”（Awa），前两者简称“总州”（Soushuu），后者简称“房州”（Boushuu）。县内不但有全世界最赚钱的东京迪士尼乐园，另有千年古迹成田山新胜寺（Naritasan-Shinshouji），成田国际机场也在此。幕张（Makuhari）国际展览中心的规模仅次于东京国际展示场，1997 年开通了接合长 9.9 千米的海底隧道和 4.4 千米的高架桥的东京湾横断路（Aqua-Line）后，已可以与神奈川县川崎市（Kawasakishi）直通。县厅所在地千叶市（Chibashi）与中国天津市、江苏省吴江市（今吴江区）是友好城市。

乡土料理：

太卷寿司（太巻き寿司 / Futomakizushi）、盐腌沙丁鱼（イワシのごま漬け / Iwashi-no-Gomaduke）。

千叶县的太卷寿司很特别，用各种配料卷成花草、动物、文字、鸟类等模样，看上去极为华丽，本来只限众多人共聚

▶ 太巻寿司（太巻き寿司／Futomakizushi）

一堂的冠婚丧祭时才送上餐桌，现在已成为县内小学、中学烹饪课必修内容之一。“Iwashi-no-Gomaduke”则是九十九里（Kujuukuri）地区的传统家庭料理，食材是 10—20 厘米长的沙丁鱼。先将沙丁鱼盐腌后，再放入大量黑芝麻、姜、香橙、辣椒，浸于食醋中，两三天后即可上桌。这道小菜在其他县市的超市也很常见，适合当下酒菜。

* * *

房总有三大著名食品：酱油、米果、落花生。酱油的起源到底是中国还是日本，长久以来，两国的学者似乎各有见

➤ 盐腌沙丁鱼（イワシのごま漬け / Iwashi-no-Gomaduke）

解，意见不一，有人认为酱油制法是随鉴真（688—763）东渡传入日本的，有人则坚持酱油起源于日本，后随遣唐使传入中国。① 根据我个人的考察结果，目前只知道中国历史上最早使用“酱油”一词的是南宋（1127—1279）食谱《山家清供》，而日本有关“酱”的最早记录则为8世纪初制定的《大宝律令》（Taihou-Ritsuryou），其中记载了酱院制度，并说明酱是高级官吏的俸禄之一。8世纪的奈良时代，光是在出土的木简中便记载了14种酱制法，而且有“市酱”这个词，在平城京内似乎很普及。不过，当时的“酱”到底是酱油还是其他酱，则不得而

① 酱油起源于中国汉朝，起初称“清酱”。公元753年鉴真东渡，将制酱技术传至日本。——编者注

知。总之，成书于 6 世纪中叶的中国古农书《齐民要术》中已记载了类似现代酱油的制法，而日本是在 10 世纪初的《延喜式》（Engishiki）中有用大豆制作酱油的记载，至于日本最早出现“酱油”这个名称的古籍则为 16 世纪初刊行的国语辞典《节用集》（Setsuyoushuu）。

千叶县会成为酱油名产地，在于德川家康成立江户幕府不久的 1616 年，千叶县铫子市（Choushishi）富农田中玄蕃（Tanaka-Genba）开创了酱油酿造厂，接着同市的滨口仪兵卫（Hamaguchi-Gihee）也于 1645 年开办酱油酿造厂，之后，前者改名为现代的名牌酱油“Higeta”，后者则为“Yamasa”。目前这两家酱油厂商的继承者均为滨口家子孙。另一家设立于 1917 年的日本名牌酱油厂商“Kikkoman”，总社在千叶县野田市（Nodashi），虽是后起之秀，但其日本市场占有率达 30%，全世界市场占有率更高达 50%，尤其在美国非常有名，全美市场占有率达 55%，大部分美国人都将“Kikkoman”视为“Japanese Soy Sauce”的代名词。

房总米果会成为名牌的原因在于千叶县有创建于 940 年的真言密教大本山成田山新胜寺，简称“成田山”，参拜者都会买当地的米果回家当土产。又根据日本总务省的统计，千叶县人的年间米果消费量居日本全国第一，其次是茨城县、栃木县、岩手县。落花生产地则以北部的八街市（Yachimatashi）最有名，产量居全日本第一。

东京都（とうきょうと / Toukyouto）

人口约 1392 万人

东京都总面积不大，仅有 2187 平方千米，居日本倒数第三位，都内有二十三区、二十六市、五町、八村，人口密度居日本第一。狭义上的日本首都“东京”指的是东部二十三区，俗称“都内”（Tonai），面积约 621 平方千米，实际居民约 900 万人，若把来自千叶、埼玉、神奈川三县的周边城市上班族也算进去，白天人口会增至 1100 多万人，是全球最富有的国际大都市之一，亦是亚洲金融、贸易中心，与中国北京市是友好城市。东京也是日本的教育文化中心，有 190 所以上的大学，100 多座博物馆。西部多摩（Tama）地区则为自然宝库，有茂密的森林和山峰溪谷，景色优美，另有众多岛屿。

乡土料理：

深川丼（Fukagawadon）、鱼干（くさや / Kusaya）。

本地人气料理：

文字烧（もんじゃ焼き / Monjayaki）。

“深川丼”是用蛤仔、文蛤等贝类，加入油豆腐、葱、胡萝卜等煮成味噌汤后，直接浇在白米饭上的盖饭。本来是江户时代深川地区渔夫发明的现煮现吃的速成料理，深受当时的庶民

▷ 深川丼（Fukagawadon）

▷ 鱼干（くさや/Kusaya）

➤ 文字烧
（もんじゃ焼き／Monjayaki）

喜爱。另一种是以同样食材和白米一起入锅煮熟的“深川饭”，但两者在现代已无区别，通称“深川丼”。

“Kusaya”是鱼干，已有 400 多年历史，是东京都新岛村（Niijimamura）的特产。新岛村位于东京南部 160 千米远的太平洋海面，由 2 座有人岛和 3 座无人岛组成，目前人口仅有 3000 人左右。由于江户时代的岛民缴纳给幕府的贡赋是盐，对岛民来说，盐是珍贵的调味料，于是岛民只得反复使用腌渍鲜鱼后的残余盐水，如此鱼肉成分便会累积在木桶的盐水中，加上微生物的作用，最后发酵为类似鱼露的酱液。烤鱼干时，会发出独特的强烈臭味，这跟中国的臭豆腐或东南亚的榴梿一样，有人很喜欢，有人却受不了那种味道。

本地人气料理则为文字烧（Monjayaki），这是江户人发明出的小吃，以前只是把和水的面粉搁在铁板上边画圈圈边烤边吃，现在通常会加入碎甘蓝、葱花和其他调味料，特色是水分很多。

* * *

东京是日本天皇皇居所在地，皇居位于千代田区，皇太子居所东宫御所（Touguu-Gosho）则位于港区元赤坂二丁目。元赤坂二丁目是皇室专用占地，称为“赤坂御用地”，除了东宫御所，另有皇太子的弟弟秋筱宫（Akishino-no-Miya）邸、大正天皇第四皇子三笠宫（Mikasa-no-Miya）邸、三笠宫崇仁亲王长男宽仁（Tomohito）亲王邸，以及三笠宫三男高円宫（Takamado-no-Miya）邸。无论皇居或赤坂御用地，均为国有资产，基本上禁止一般人随意进出。（2019 年 5 月 1 日起，日本年号改为“令和”，时任天皇明仁退位，皇太子德仁亲王继位天皇。）

由于是禁地，庶民身份的我只能从媒体中得知有关天皇家或皇太子家的部分私生活报道，因此不免会心生好奇：天皇家和皇太子家的餐桌上到底都有些什么山珍海味？用的是什么碗盘筷子？是不是跟往昔的德川将军家或各地藩主家一样，也有专门试毒的工作人员？

后来才知道，天皇家和皇太子家的三餐其实简朴得会令某些贪恋鲜衣美食的人汗颜。例如，天皇夫妻，上午八点半吃的早餐通常是西式的，主要是燕麦片和面包；正午的午餐和下午六点的晚餐则分别为西餐、和食，总之，三餐中必定有一顿是日本料理的和食。和食也非一般庶民可以在高级旅馆所吃的那种有十几盘菜的精致怀石料理套餐，就内容来说，简直跟退休后靠养老金过活的清贫老夫妻吃的晚餐没两样。

在此具体列举两份菜单给大家看看，一餐是什锦汤（香菇、鹌鹑蛋、豆荚、嫩鸡肉、竹笋）、麦饭、盐烤秋刀鱼、碎肉煎蛋、凉拌蔬菜、奈良渍胡瓜，另一餐是青花鱼块汤、麦饭、油炸石鲽、炒猪肝（猪肝、青椒、竹笋、香菇）、红烧昆布白豆、奈良渍瓜。这种食谱跟一般家庭差不多，甚至更清淡简陋。而且炒猪肝、油炸石鲽算是中国菜，换句话说，和食中也包括了中国菜，但负责皇室三餐的国家公务员“大膳课（Daizenka）厨司（Chuushi）”中没有专门负责烹调中国菜的“技官”（Gikan，意指掌管土木、建筑、机械、医疗、烹调等技术系的国家公务员），因此中国菜亦由和食技官负责。

与一般庶民家庭相异之处是每餐都要做 5—6 人份，天皇和皇后占去 2 份，检查营养成分的御医占 1 份，剩下的是以防万一的备份，和天皇或皇后想再添一碗或一盘时的添份。站在大膳技官的立场来看，他们必须在固定的伙食费中费尽心思地做出让陛下夫妻吃得可口开心的三餐（况且陛下夫妻不能随意要求想吃什么菜），这跟每个月拿固定薪资的上班族家庭的专业主妇无异，专业主妇也是要在固定的伙食费中绞尽脑汁地做出能让一家人吃得开开心心的三餐。难怪每个进入宫内厅大膳课的厨师最初都会倍感失望，因为他们原以为只要进宫便可以学到各种豪华料理的做法，但是，他们最后都会领悟出一个道理——粗茶淡饭才是真正考验厨师技艺的料理。

此外，天皇和皇后用的筷子也非金银象牙筷，而是一般庶民在元旦时用的“柳箸”（请参见《字解日本：十二岁时》），也就是卫生筷。不过，筷子并非用过一次就丢弃，至少要用两三次，直至筷尖染上颜色才转让给厨师当烹饪时的公筷，这算是环保运动之一的废弃物再利用。餐具也是一般市面上卖的碗盘，跟普通家庭一样，当然也没有历史电影或电视剧中常见的试毒人员。至于在迎宾馆招待国宾时的晚宴，或每年春秋两季在赤坂御苑举行的“园游会”（Enyuukai），则另当别论。

神奈川县（かながわけん / Kanagawaken）

人口约 920 万人

神奈川县位于东京南部，古名“相模”（Sagami），简称“相州”（Soushuu）。位于东京湾西岸的县厅所在地横滨市（Yokohamashi）是日本第二大城市，亦是日本规模最大的国际港口，与中国上海市是友好城市，与上海港、大连港则为友好港。位于三浦半岛（Miura-Hantou）西部的镰仓市（Kamakurashi）是仅次于京都、奈良的古都，有众多神社寺院。相模湾（Sagamiwan）沿岸通称湘南（Shounan），是日本年轻人憧憬的海上活动据点。箱根（Hakone）那一带更是全球著名的温泉旅游胜地，而箱根的入口小田原（Odawara）也是座古城小镇。

乡土料理：

红豆泥团子（へらへら団子 / Herahera-Dango）、铁板圆饼（かんこ焼き / Kankoyaki）。

“Herahera-Dango”是一种将面粉和糯米粉混合做成扁丸子，再蘸上红豆泥制作而成的甜点，原为横须贺市（Yokosukashi）佐岛（Sajima）于每年 7 月举行船祭时供神的传统料理，但在某些地区则为农家传统茶点。“Kankoyaki”是用面粉皮裹山菜、菇类、栗子煎成的圆饼。

▶ 红豆泥团子
（へらへら団子／Herahera-Dango）

▶ 铁板圆饼
（かんこ焼き／Kankoyaki）

* * *

庶民派历史、时代小说家山本周五郎（Yamamoto-Shuugorou, 1903—1967）生于山梨县，4 岁时，因故乡遇水灾灭村而迁居东京，7 岁时再度搬到横滨。小学毕业后即前往位于东京银座的当铺“山本周五郎商店”当住宿学徒，20 岁时，当铺因关东大地震而倒塌，之后他在关西当过报社记者、杂志编辑等，23 岁时于《文艺春秋》发表处女作，登上日本文坛。30 岁之前，为了养家，他曾用多个笔名写过无数娱乐小说，40 岁时虽获得直木赏，却推辞不接受奖赏。他是直木赏史上唯一谢绝领奖的作家，据说原因在于他跟文艺春秋社社长兼直木赏创办人的菊池宽（Kikuchi-Kan）交情不好。山本周五郎 40 岁过后才成为流行作家，但他却说：“50 岁之前的作家，写不出杰作。”他说得没错，他的代表作《残留的枞树》正是自 51 岁写到 55 岁的大作，而另一部看似虚构的小说，实则是其亲身经历，背景是迪士尼乐园还未建成之前的浦安市某渔村的故事——《青舢板物语》，则为他 57 岁时的作品。

山本周五郎生前不喜交际应酬，个性孤僻，你说东，他会故意说西，这跟他笔下的市井小民悲欢离合故事的主角完全两样。他不但推辞了各种文学奖，连天皇举办的园游会也拒绝参加。可能是小时候生活贫苦，吃得不好，因此他对饮食极为执着，经常吃上等牛肉，喝高级红酒，倘若菜做得不合口味，他宁愿饿肚子也会丢弃全部菜肴，致使山本夫人于丈夫过世后曾说："我不想再跟男人共同生活了。世上可能有不少凡事都很挑剔的男人，但绝对比不上我丈夫。"

现实世界中的山本周五郎过着暴饮暴食的生活，却以哀愁静谧的文笔写出许多社会底层贫苦小人物的故事。由于他生前很挑食，是以经常亲自下厨，创出一些古怪料理，甚至还断言"无法做出几道独创料理的人，没资格当作家"。只是，他的独创料理跟他的个性类似，会令人望而却步，例如在清汤内混入咖啡，或在味噌汤内加入咖喱粉。只有一道料理令我觉得还不错，就是把小黄瓜去掉头尾切半，中间挖空，再塞入事先用盐、胡椒、酒、面粉、肉末和成的猪肉馅，最后用高汤煮熟。这跟我小时候在台湾很爱吃的苦瓜封肉清汤类似，但还是不及尘封在我的味蕾记忆网中的味道。

「中部地方」

（Chuubu-Chihou）

新潟县（にいがたけん / Niigataken）

人口约 222 万人

新潟县古名“越佐”（Essa），包括越后（Echigo）和佐渡（Sado），西侧是长蛇般的海岸线，东边邻接五县，县内有众多河川和肥沃平原，并有佐渡岛、粟岛两座孤岛。四季寒暑变化剧烈，冬天积雪量高达 3 米以上，是名副其实的雪国。这些积雪融化后渗入大地，再化为泉水滋润稻米蔬菜，或流入大海哺育鱼鲜，透过大自然的良性环流令新潟县农渔兼丰。此外，金属加工品产量也相当可观，光是食器产量便占日本国内生产总额的九成，其他如剪刀、菜刀之类的金属工具产量则仅次于大阪，位居全日本第二位。摩托车仪表的国内市场占有率约九成，全球市场占有率则为三成左右。编织品产量居日本全国第一，神社数量也居日本首位。

乡土料理：

能平汁（のっぺい汁 / Noppeijiru）、笹寿司（Sasazushi）。

“Noppeijiru”写成汉字是“能平汁”“浓平汁”或“浓饼汁”，是新潟县人于节日、冠婚丧祭时必定上桌的浓汤。其主要食材是芋头、胡萝卜、牛蒡、莲藕、香菇、银杏、蒟蒻，再加鸡肉或海鲜，芋头煮烂后会令汤头变得浓稠；喜事时放红色鲑鱼或鲑鱼子，葬仪法事时则放油豆腐。冬天吃热汤，夏天吃凉汤，

➢ 能平汁（のっぺい汁／Noppeijiru）

➢ 笹寿司（Sasazushi）

是一道四季通用的家乡菜。“笹寿司”是用竹叶裹成的寿司，寿司饭上的材料大多是蕨、笋、薇等时节性山菜，或是金黄色的蛋饼丝、花花绿绿的泡菜，偶尔也有淡水鱼鱼松。

＊＊＊

一般日本人通称寿司醋饭为“寿司饭”（Sushi-Meshi），但寿司店里有各种寿司专用词，例如茶称为“Agari”，算账称为“Oaiso”，胡瓜（黄瓜）称为“河童”（Kappa），甜醋姜称为“Gari”，蛋卷称为“玉”（Gyoku），在紫菜卷寿司上盛食材的称为“军舰”（Gunkan），寿司上的食材称为“Neta”，酱油称为“紫”（Murasaki）……总之，凡是日本成人大都知道这些专用词，在寿司店通常也用这些词。

那么，寿司店的米饭专用词是什么呢？是“Shari”，写成汉字便是“舍利”。这个词不仅是寿司店的专用词，亦是一般日常生活中的习用语，“银舍利”（Ginshari）正是白米饭的别称。佛教用词“舍利”是指释迦牟尼圆寂火化后留下的遗骨和珠状颗粒，后来泛指高僧遗体焚化后所结成的珠状或块状颗粒；骨为白舍利，发为黑舍利，肉为赤舍利。

成书于 720 年的日本现存最古老的正史《日本书纪》中，有一段《苏我马子崇佛》，文中提及舍利的超能力现象。苏我马子（Soga-no-Umako，550?—626）是飞鸟时代（Asuka-Jidai）的贵族政治家。他不但拥立日本第一位女帝推古天皇（Suiko-Tennou）即位，而且立圣德太子（Shoutoku-Taishi）为皇太子，并与圣德太子共同摄政。据说，584 年秋九月，百济使者带来弥勒石像一座、佛像一座。苏我马子建造了佛殿，安置弥勒石像，此时有人送了佛舍利给苏我，结果，“马子宿祢试以舍利，置铁质中，振铁鎚打。其质与鎚，悉被摧坏，而舍利不可摧毁。又投舍利于水，舍利随心所愿，浮沉于水”。文中的舍利，指的是真正的高僧遗骨火化后之珠状物。

成书于平安时代的空海著作佛书《秘藏记》中则记载：“天竺呼米粒为舍利。佛舍利亦似米粒。是故曰舍利。”然而，日本人是在近世以后才形容白米、米饭为“舍利”的，直至终战之前，日本人仍惯称麦饭为“麦舍利”，白米饭为“银舍利”，不过，现代用词的“麦舍利”指的是监狱牢饭。如此看来，可能是因为往昔的日本人认为白米很珍贵，珍贵得如同释迦牟尼的舍利，而且形状和颜色均类似佛舍利，因此才将白米、米饭比喻为“舍利”。毕竟日本人是从 17 世纪中叶开始才吃白米饭的，而且当时仅限将军家、大名、富商才吃得起白米饭，武士阶级都吃七成白米、三成小麦的麦饭。直至第二次世界大战后，白米饭才登上大部分日本人家庭的餐桌。

长野县（ながのけん / Naganoken）

人口约 205 万人

长野县古名“信浓”（Shinano），简称“信州”（Shinshuu）。面积居日本全国第四位，大约相当于东京、神奈川、千叶、埼玉四县的总面积，但县内有许多标高 3000 米以上的连绵高山，可居住地面积只占全县总面积的 1/4，与面积居日本第 27 位的爱知县、第 28 位的千叶县相差不大，是日本著名的内陆高原避暑胜地，别称“日本屋脊”。东南部轻井泽（Karuizawa）山明水秀，不但聚集了众多上流阶级的豪华别墅，也有不少适合年轻人住宿的民宿，老少咸宜。除了优美的溪谷景色，另有历史悠久的古迹，长野市善光寺（Zenkouji）、松本市松本城（Matsumotojou）、上田市安乐寺（Anrakuji）等均为日本国宝。县厅所在地长野市（Naganoshi）与中国河北省石家庄市是友好城市。

乡土料理：

信州荞麦面（信州そば / Shinshuu-Soba）、御烧（おやき / Oyaki）。

“Shinshuu-Soba”是信州荞麦面，闻名全日本，由于长野县是高冷地，无法种稻，只适合栽培荞麦，因此长野县的荞麦面产量自古以来便居日本首位。“Oyaki”写成汉字是“御烧”，

➢ 信州荞麦面（信州そば / Shinshuu-Soba）

➢ 御烧（おやき / Oyaki）

与中国台湾省的高丽菜水煎包类似，只是形状是圆形的，直径 8—10 厘米，主馅是山菜，调料是味噌或酱油。我去过长野县无数次，每次买当地“御烧”吃时，总会想起往昔在台湾省高雄市路边摊吃的高丽菜水煎包。对我个人来说，高丽菜水煎包比

“御焼”好吃多了，如今是有钱也买不到高丽菜水煎包了，非常遗憾。

＊＊＊

全球各地有很多奇食珍味，某些当地的奇食，在外国人眼中看来，不但会令人作呕甚至大做文章批评当地人不人道。然而，就我看来，既然人类都必须仰赖其他生命才能生存，我们便没有资格去批评其他民族的饮食文化。况且，即便是同一民族，也有因当地风土习俗而令外县人目瞪口呆的饮食习惯。总之，全球各地的所有美食均源自奇食。举个最简单的例子，我到现在仍很佩服最初把咖啡豆磨成粉创出咖啡饮料的人，据说最初咖啡亦是一种宗教性秘药。更惭愧的是，我最近才得知中国有俗称“中国咖啡”的豆科种子决明子，原本是我儿子从苏州带了一包回日本给我尝尝鲜，我按说明用水煮沸，再加入冰糖，把它当作夏季饮料喝，结果发现确实有咖啡味，冷热皆宜，美味可口。再到网络上查询，又发现决明子具有预防和治疗疾病的保健功能，对我来说，这真是一项惊喜的新发现。

日本各地当然也有令外县人张口结舌的奇食，最有名的大概是长野县人吃昆虫的饮食习惯。准确说来，他们吃的是昆虫蛹。由于长野县是内陆县，往昔的当地人很难取得蛋白质食品，只得利用飞蝼蛄、蛇蜻蛉、石蝇、蜜蜂、蝗虫、蚂蚁、蝉等幼虫，以油炸或咸煮方式做成料理，从中摄取蛋白质。只是到了现代因人类开发过度导致自然环境恶化，再者蛋白质食品也很容易入手，所以这些昆虫料理如今在当地都成为高级珍品，而且须持有国家发给的许可证，才能于 12 月至次年 2 月的解禁期间捕捉。

美国文化人类学家马文·哈里斯（Marvin Harris）在其著作《好吃：食物与文化之谜》（*Good to Eat: Riddles of Food and Culture*）中，便说明“我们（欧美人）不吃昆虫之因，并非它们肮脏或令人作呕，而是我们不吃昆虫，才会认为它们肮脏且令人作呕”。这道理跟一些民族有食物禁忌，以及亚洲人的胃肠比较难消化牛奶一样。我本身的体质就无法接受牛奶，每次喝牛奶都会拉肚子，只好以豆浆代替。至于猪肉和牛肉，在明治时代之前，日本人也认为它们是“肮脏且令人作呕”的食物。连现代日本人餐桌上最常见的鲔鱼沙西米与最昂贵的鲔鱼肚，在江户时代都被视为“连猫也不愿意吃的下等食品”而全部丢弃呢。

山梨县（やまなしけん / Yamanashiken）

人口约 81 万人

山梨县古名“甲斐”（Kai），简称“甲州”（Koushuu），也是内陆县，县内有八成是高山，象征日本的富士山就在此，虽然森林资源丰富，但可居住地面积位居日本全国倒数第三，人口也就不足百万人。由于气候凉爽，盛产葡萄、水蜜桃、樱桃，矿泉水产量占日本全国总产量的四成，县厅所在地甲府市（Koufushi）的甲府葡萄酒闻名遐迩。甲府亦是战国大名武田信玄（Takeda-Shingen）的居所地，其宝石加工工艺驰名全日本，与中国四川省成都市是友好城市。山梨市的清白寺（Seihakuji）和甲州市的大善寺（Daizennji）均为日本国宝。富士山西北侧的原始森林青木原（Aokigahara）俗称“树海”（Jukai），历史仅有 1200 多年，却是日本的“自杀名所”，倘若享受森林浴的游客不按步道前进，误闯入森林，即便距离只有二三百米，也没法回归原路，只能在森林内等死。电影《虫师》的拍摄外景正是青木原树海。

乡土料理：

馎面（ほうとう / Houtou）、吉田乌冬面（吉田うどん / Yoshida-Udon）。

“Houtou”是馎面，一种很粗很厚的乌冬面，比名古屋名产之一的“Kishimen”（扁条面）还要粗厚。其做法是在日式汤头里放入白萝卜、胡萝卜、葱、牛蒡、大白菜、番薯、菇类、南瓜，等等，亦可加猪肉、鸡肉，最后放入面条煮，调味是红味噌或白味噌，据说这是战国大名武田信玄发明出的野战食物。吉田乌冬面则比一般日式乌冬面更具嚼头，既厚又韧，冷热食用均可。

➤ 烩面（ほうとう/Houtou）

▶ 吉田乌冬面（吉田うどん／Yoshida-Udon）

＊＊＊

一般外县人对山梨县人的大致印象是现实主义、经济观念很强（说好听点是节俭，说难听点是小气）、商人气质浓重。然而，根据统计，山梨县人和滋贺县人的义工实行率位居日本全国第一，15 岁以上的县民有 40% 曾参与社会公益活动，此数字比日本全国平均数字高出 10 个百分点以上。可能由于山梨县四面环山，一旦遭遇天灾战祸，很容易陷入孤立的陆地离岛状态，因此自古以来便养成不向外县人求救以及县内人彼此互助的精神，或许这也正是他们经济头脑发达的原因。

山梨县最有名的是白葡萄酒，35% 以上的日本国产葡萄酒均出自山梨县，而且山梨县人的葡萄酒消费量也高居日本全国第一（其次是东京、大阪、京都），可以说是葡萄酒王国。除了啤酒以外，日本人向来都爱喝日本酒（清酒），山梨县人本来也是“既要喝酒，非日本酒不可”的圈内人，但在明治初期得知甲州葡萄极为适合酿造白葡萄酒后，开始试制葡萄酒。当然试制过程几经周折，待酿造成功后，山梨县人便主动团结一致互相立誓，往后将不再喝清酒，只喝甲州葡萄酒，由此也可看出他们的团结力非常强。只是不知是否常喝葡萄酒之因，造成山梨县的交通事故相当多，均为酒后开车的后果，车祸死伤人数居日本全国第八位。

静冈县（しずおかけん / Shizuokaken）

人口约 364 万人

静冈县北部依山，南部傍海，往昔分为三国，各为“伊豆”（Izu）、“骏河”（Suruga）和“远江”（Tootoumi）。东侧伊豆半岛与西侧静冈市隔着海洋彼此对望，即便同为静冈县人，东西居民的风土人情差异也很大。县内盛产茶叶、橘子，日本两大高级名茶正是宇治茶（Ujicha）和静冈茶（Shizuokacha），静冈县的茶园面积和茶叶产量均居日本全国首位。由于富士山跨山梨、静冈两县，静冈县北部富士山那一带理所当然是旅游名胜；东部热海（Atami）、伊豆则为著名温泉区；县厅所在地静冈市（Shizuokashi）聚集了众多塑料模型工厂，市场占有率是全日本的90%；西部滨松市（Hamamatsushi）是著名的工业城市，除了铃木汽车、本田汽车工厂，雅马哈（Yamaha）乐器、河合（Kawai）乐器和乐兰（Roland）乐器总部均在此，故又别称“日本乐都”。

乡土料理：

樱虾天麸罗（桜えびのかき揚げ / Sakuraebi-no-Kakiage）、鳗鱼蒲烧（うなぎの蒲焼き / Unagi-no-Kabayaki）。

本地人气料理：

富士宫炒面（富士宮やきそば / Fujinomiya-Yakisoba）。

“Sakuraebi”的和名汉字是“樱海老”，中文是“樱虾”，形状小巧可爱，浮游在水面时，色泽透明粉红如樱花，全世界只有日本静冈和中国台湾省东港能捕获，在台湾又俗称“花壳仔”。“Kakiage”是天麸罗的一种，东京的“Kakiage”指的是芝虾（Shibaebi）天麸罗。天麸罗在台湾音译为“甜不辣”，我曾在台北夜市吃过“甜不辣”，发现无论炸法或味道，二者完全两样，“甜不辣”应该归类为台湾特有的小吃。静冈县的樱虾天麸罗用的是生鲜樱虾，外层裹的面浆很薄，口感很脆，而且樱虾本身有甜味，非常好吃。至于“Unagi-no-Kabayaki”则为鳗鱼蒲烧，这道料理在日本全国各地很常见，只是滨名湖（Hamanako）的鳗鱼养殖历史已有130余年，滨松市内甚至有创立130年的鳗鱼料理店，因此静冈产鳗鱼在日本是顶尖名牌。

➤ 樱虾天麸罗（桜えびのかき揚げ / Sakuraebi-no-Kakiage）

➢ 鳗鱼蒲烧（うなぎの蒲焼き／Unagi-no-Kabayaki）

本地人气料理“富士宫炒面”跟一般日式炒面不一样，面条是当地独特的面条，很有嚼劲。2006 年在青森县八户市（Hachinoheshi）举行第一回全日本 B 级美食大会时，“富士宫炒面”夺下冠军宝座，由于荣获冠军，翌年该大会便在静冈县富士宫市举行，而第二回冠军宝座依旧被“富士宫炒面”夺走。此大会经电视和其他各种媒体报道，“富士宫炒面”便一举成名，闻名全日本。

***

日本政府于 2004 年将 5000 日元纸币肖像人物新渡户稻造（Nitobe-Inazou，1862—1933，农学者、教育者、《武士道》作者）

▶ 富士宫炒面（富士宮やきそば／Fujinomiya-Yakisoba）

换成樋口一叶（Higuchi-Ichiyou，1872—1892），1000日元纸币肖像人物夏目漱石换成野口英世（Noguchi-Hideyo，1876—1928，细菌学者）。樋口一叶是明治时代妇女社会角色变化的先驱者，亦是日本纸币史上第二位女性肖像人物，生于1872年，上有二兄一姐，下有一妹。父亲本为山梨县农民，为了摆脱阶级制度的桎梏，弃乡上京打拼，经历千辛万苦，终于在明治新政府成立之前花钱买了同心（江户时代的下级公务人员）阶级特权，成为士族（武士）阶级。

一叶从小便很喜欢读书，9岁入私立小学，却遭母亲反对，11岁退学，她的最终学历止于小学，换句话说，她只接受过两年正式教育。退学后，一叶在家依然时常捧着祖父与父亲的书籍自修，她父亲看不下去，送她进和歌私塾学和歌、书法、古典文学。一叶的父亲或许担忧两个女儿的将来，求好心切地扩展事业，却节节失利，最后留下一笔负债，两年后撒手尘寰，当时 17 岁的一叶遂成为一贫如洗的户长。一叶立志当个歌人，无奈同一时代出现了小她 6 岁的天才歌人与谢野晶子（Yosano-Akiko，1878—1942），致使一叶虽留下将近 4000 首和歌，但这些作品却始终如同冰冻冷宫，无法见天日。后来一叶改行写小说，却在写作上也陷于瓶颈。小说写不出来，家中柴米油盐样样要钱，难道身为女人，就无法凭自己的力量闯天下吗？

一叶 21 岁时，怀着满肚子的苦恼，决定放弃文学，带着母亲和妹妹搬到贫民窟开了家杂货店。没有面包，焉得墨水？9 个月的贫民窟生活经验，是一叶创作的转折点。在这之前，一叶的小说始终摆脱不了当时女作家特有的脂粉气，徒有丽藻，缺乏骨架。但在贫民窟看多了长大后便必须卖身进吉原游廓当妓女的女子命运后，一叶的日记文体开始有强烈变化，浓妆艳抹的冗词赘句消失了，只剩下简洁有力的肺腑之言。22 岁时，一叶再次搬家，她为了糊口似乎豁出一切矜持，假意周旋在可以借到钱的男人之间，使得一些学姐学妹无不鄙视唾弃她，直至她以市井作家身份再度登上文坛。

1894 年 12 月至 1896 年 1 月，是一叶创作生涯的最高峰，也正是后人所说的“奇迹的十四个月”。这期间，一叶连续发表了《大年夜》（Ootsugomori）、《浊江》（Nigorie）、《十三夜》（Juusanya）、《分道》（Wakaremichi）、《比肩》（Takekurabe）等历久弥新的杰作。小说主角均是社会底层的女佣、私娼、贫民窟少男少女，尤其描写贫民窟少男少女的《比肩》，令当时不少文人赞不绝口。森鸥外甚至公开坦言：“即便世人嘲笑我盲目崇拜一叶，我也在所不惜地想赠予她‘真正的诗人’称号。”当代文豪的赞赏巩固了一叶的作家地位。就在前途似锦，看似即将可以脱离家徒四壁的日子时，肺结核病魔缠上了一叶。在病榻上缠绵了 10 个月的一叶，终究甩不开死神的纠缠，于 1896 年 11 月 23 日永眠，年仅 24 岁。这位生前作品仅有 20 多篇短篇小说的女作家，宛如昙花一现，却留下令人萦怀难释的芳香。倘若一叶地下有知，望着 5000 日元纸币上自己的肖像，不知会不会叹喟："100 多年前的我，最需要的正是这个哪！"

一叶生前非常喜欢吃鳗鱼，她在《一叶日记》中时常让鳗鱼登场，也常让男性掏腰包请她吃各种高级料理，在小说中更经常利用料理衬托人物。日本文坛有句名言："写得出食物和女人的人，才够格自称专业作家。"看来这句名言并非凭空杜撰。

爱知县（あいちけん / Aichiken）

人口约 755 万人

爱知县往昔分为“尾张”（Owari）和“三河”（Mikawa）两国，位于静冈县西邻，东、北部靠山，西、南部临海，面积居日本全国第 27 位，人口却仅次于东京、神奈川、大阪，排行第四，县内总产值亦仅次于东京、大阪，居日本全国第三位。县内盛产木材，木材出货量占全日本最高位。县厅所在地名古屋市（Nagoyashi）于战国时代出现过两位英雄——织田信长和丰臣秀吉，战国名将加藤清正和前田利家也是名古屋人，名古屋市与中国南京市是友好城市。全世界规模最大亦是全日本最大企业的丰田（TOYOTA）汽车厂商，总部就在爱知县丰田市，名古屋也有丰田汽车分部，因此名古屋是汽车城市，马路很宽，光是单侧便有 3—5 条行车道，这是名古屋人引以为自豪的事项之一。

乡土料理：

烤鳗鱼饭（ひつまぶし / Hitsumabushi）、味噌乌冬面（味噌煮込みうどん / Miso-Nikomi-Udon）。

“Hitsumabushi”是将鳗鱼蒲烧切碎盛在白米饭上，容器是小饭桶，有三种吃法，可以原样吃、拌饭吃，或加日式汤头、热茶当作茶泡饭吃。“Miso-Nikomi-Udon”即味噌煮乌冬面，这是砂锅料理的一种，调料是赤味噌，味道浓厚，面条也很硬。

➤ 烤鳗鱼饭（ひつまぶし／Hitsumabushi）

➤ 味噌乌冬面（味噌煮込みうどん／Miso-Nikomi-Udon）

日本全国各地都有当地的味噌乌冬面砂锅，但调料通常是白味噌，只有名古屋用的是赤味噌，非常独特。

＊＊＊

日本历史上名垂不朽的三位战国时代的英雄伟人，均为爱知县人，其中两位分别是尾张国的织田信长（Oda-Nobunaga，1534—1582）、丰臣秀吉（Toyotomi-Hideyoshi，1537—1598），另一位是创立江户幕府的三河国人德川家康（TokugawaIeyasu，1537—1616）。

织田信长于战国时代建设了庞大的药草园，3000 多种药草

（包括蔬菜类）全来自中国或西域，这些药草中有一样现代日本小朋友很讨厌吃的蔬菜——胡萝卜。胡萝卜原产于阿富汗，中国约在 13 世纪时自伊朗引入，当时织田信长进口的正是这类经由中国改良的亚洲生态型胡萝卜。在织田信长引进胡萝卜之前，日语的“人参”（Ninjin）指的是朝鲜人参，大众认为其是促进阳气、滋补体力的特效药，由于很难栽培，因此在当时是珍贵药材。

织田信长引进的胡萝卜当然不是朝鲜人参，不过因其形状类似，令当时的日本人以为胡萝卜也具有朝鲜人参的药效。再者因胡萝卜容易栽培，于是急速普及。不过，现代日本人吃的胡萝卜大部分是荷兰、法国改良的短小型西洋品种，一年四季都能买得到。胡萝卜的营养价值当然不亚于朝鲜人参，而且对男性来说，似乎比昂贵的朝鲜人参更有价值。

日本著名的天皇大厨秋山德藏（Akiyama-Tokuzou，1888—1974）曾在著作中提到，他有位来自鹿儿岛县的男性朋友，因父亲年纪大了，便把父亲接到东京来住。比起南国鹿儿岛，第二次世界大战前东京的冬季气温太低，令这位老父受不了。邻居看不下去，建议年过 65 岁的老父每天早上喝一杯用胡萝卜加苹果碾碎制成的果汁，如此便可以暖身。材料是约 3 寸长的生胡萝卜，然后将苹果连皮一起磨碎，再用纱布过滤成果汁。老父喝了 10 天，果然不再怕冷，每天带孙子玩。然而这果汁有令人意想不到的副作用，据说老父除了不再怕冷外，本来已奄奄一息的性欲也生龙活虎起来，这令老父极为难堪。由此秋山德藏所得出的结论是，强精秘密可能在于并用生胡萝卜与苹果。奉劝各位男性看官，掏腰包花钱买“威而刚”之前，不妨先用此偏方试试。

富山县（とやまけん / Toyamaken）

人口约 104 万人

富山县古名“越中”（Ecchuu），简称“越州”（Esshuu）。北临日本海（富山湾），东接新潟、长野两县，南侧紧邻岐阜县，西侧是石川县。由于水力资源丰富，县内有百余座水力发电所，更是日本国内著名的名水产地。山区大部分是国立公园。立山（Tateyama）山脉是日本三名山、三灵山之一，主峰“雄山”（Oyama）高 3003 米；黑部峡谷（Kurobe-Kyoukoku）更是日本秘境百选之一；位于西南端的“五箇山”（Gokayama，五个山谷之意）合掌造村落则为世界遗产。富山县的方言大致有三种，其中之一的富山话据说是日本最古老的语言。富山药商也很有名，亦即家庭常备药急救箱寄放买卖方式，推销员定期来检查急救箱内的药品，再计算用过的药费，并增添新药品。

乡土料理：

鳟寿司（鱒寿司 / Masuzushi）、萝卜炖鰤鱼（ぶり大根 / Buri-Daikon）。

鳟寿司已有 300 余年历史，是在圆形木制容器里铺上一层笹（Sasa，日本原产矮竹）叶，盛入醋饭，上层铺盐腌后再调味的鳟鱼，最后裹上笹叶，用石头或压板压扁，算是押寿司（Oshizushi）的一种。“Buri-Daikon”是日本全国家庭餐桌常见

➢ 鳟寿司（鱒寿司／Masuzushi）

的冬季家常菜，食材是冬鰤鱼头、鱼骨和萝卜，用酱油、味淋等红烧而成。

＊＊＊

提到富山县，一般日本人会想到“置き薬”（おきぐすり／Okigusuri），也就是先用药、后收费的寄放药箱贩卖方式。“富山置药”的原点是奈良县寺院的施舍药，寺院拥有药圃，原为免费施舍给一般香客，后来随着人口逐渐增多，加之寺院本身也需要药草栽培费用，于是开始按实价销售。卖药人正是“香具师”（Yashi），这些别称“香具师”的人，日后逐渐演变为江湖艺人。

奈良县有“西国三十三所”灵地，香客络绎不绝。“香具师”起初在香客巡礼的街上路旁贩卖药草，但香客返乡后，通常会再度来信求药，寺院只好遣使者递送药草，时日一久，便形成一种行商组织。到了江户时代，越中富山藩（今富山县）

▶ 萝卜炖鰤鱼（ぶり大根／Buri-Daikon）

因冬天积雪深，农民无法种田，第二代藩主前田正甫（Maeda-Masatoshi，1649—1706）便允许农民于农闲期集体到外地行商，卖的正是富山藩有名的“反魂丹”（Hangontan）。这些农民到外地各个农村留下各种富山藩特制药丸，一年后，再度前来收费并送来新药丸，算是一种百分之百的信用买卖制度。明治维新后，“富山置药”不但没有衰落，反而逐年兴盛。我家曾是“富山置药”客户之一，所以对此制度非常熟悉。家中有幼儿的日本家庭，因小孩经常会发高烧、拉肚子，通常家里都有富山药商救急箱。救急箱内有许多家庭急用药品，推销员每个月都会在固定日子来检查救急箱内的药品，计算用过的药费，并填补新药品。

此外，推销员本身也是医疗咨询者，每月一次的访问，相当于是定期来与客户商讨医疗问题。由于是百分之百的信用商法，“富山药商”推销员的戒律非常严格，例如，即便与客户已是老相识，也绝不能随便碰触客户家中的任何物品；在道德方面，更不准在自己所负责的地区内与客户发生男女关系。

现代日本则不仅富山制药公司如此做，其他制药公司也都有“置药”制度，甚至将范围自家庭扩展至一般企业公司。蒙古国、泰国等国家，因许多地区离医院太远，病人无法随时或定期到医院看病，纷纷学日本这种置药方式，各国政府积极与日本财团合作，实施寄放药箱制度。

岐阜县（ぎふけん / Gifuken）

人口约 199 万人

岐阜县位于长野县左邻，往昔分为两国——“飞驒”（Hida）、“美浓”（Mino），是位于日本正中心的内陆县，面积居全国第 7 位，但县内可居住地面积仅占全县 20%。北部有海拔 3000 多米的飞驒山脉，西南部则为水乡地带，甚至有低于海拔的地区，地形极为复杂，自古以来便有“飞山浓水”之形容。战国时代英雄织田信长平定了美浓国并接收稻叶山城后，才将地名改为“岐阜”。岐阜的“岐”是根据中国周文王起于岐山而取，“阜”则取自孔子出生地的曲阜。奠定江户时代德川幕府之基的“关之原合战”舞台也在此。美浓烧（Minoyaki）陶器是日本传统工艺品之一，县内陶瓷器产量居全国首位。县厅所在地岐阜市（Gifushi）位于紧邻爱知县的南部，与中国杭州市是友好城市。

乡土料理：

栗金饨（栗きんとん / Kuri-Kinton）、朴叶味噌（朴葉味噌 / Hooba-Miso）。

“Kuri-Kinton”写成汉字是“栗金饨”，与日本元旦料理之一的甜腻“粟金团”不一样，它是岐阜县特产的高级和果子，形状类似小笼包，不太甜也不黏糊，味道纯朴。朴叶味噌是飞驒地区的乡土料理，料理方法是在干燥的木兰科日本厚朴叶上盛味噌，再加入葱、香菇或其他山菜，用炭火烤，最后拌饭吃。飞驒地区有许多原生厚朴，芳香叶子具有杀菌作用，因为那地区多硬水，不适合做味噌汤，所以才会形成当地特有的朴叶寿司、朴叶麻薯、朴叶味噌、朴叶烤豆腐等饮食文化。

➢ 栗金饨（栗きんとん／Kuri-Kinton）

➢ 朴叶味噌（朴葉味噌／Hooba-Miso）

* * *

向来有“日本的肚脐”之称的岐阜县，除了陶器工艺品，还有一项能在全世界引以为豪的手工艺，那就是刀刃锻造技术。就刃具产品来说，岐阜县中部关市（Sekishi）生产的高级刀剑，可以与德国的索林根（Solingen）并驾齐驱，在刀剑收藏者或军警业界、武装部队中，有所谓“东洋关市，西洋索林根”之说，若再加上英国的谢菲尔德（Sheffield，别称“钢城”），便是闻名全世界的“刃具3S”。

外县人对岐阜县人的印象是自我本位意识浓重，但很爱学习，是实干家。高龄者的学习热情度居日本全国第一，根据日本总务省统计局2001年的统计数据，100万人口中，日本高龄者学习讲座的平均数字是357.5，而岐阜县的数据高达2707.7，约全国平均数字的7.6倍，真是不负织田信长当初取孔子出生地曲阜，将地名改为岐阜之初衷。附带一提，高龄者学习讲座课程居全国第二位的是岛根县，其次为富山县，而倒数第一名的是神奈川县（30.7），然后是大阪府（34.1），最后是东京都（52.9）。[①] 由统计数字看来，住在大都市的人反倒对学习没兴趣，或许大都市另有许多其他刺激活动吧。

另有一项统计很有趣，也是根据日本总务省的调查结果，

① 这里的数字指“讲座课程数”，高龄者学习讲座是日本各种文化中心或市政府、当地大学开办的老人学习班、老人大学，社区中心开办的老人学习活动班等。此外，这里的数据是2001年的统计数字，现状有所变化。最新统计是2017年，讲座平均数字为270.4，居首位的是富山县1172.3，最后一位是东京都13.1。高龄者指65岁以上的人。——作者注

据说岐阜县工薪家庭的储蓄金额居日本全国首位。储蓄内容包括购买人寿保险、股票等。日本全国的家庭储蓄平均数字是1200万日元左右，岐阜县人的储蓄金额则为1600万日元，其次依次是福井县1500万日元、石川县与富山县1400万日元、冈山县1300万日元。倒数第一的则为冲绳县，仅有500万日元，二者之间的差距高达1100万日元以上。[①]此外，岐阜县每1000人口中，仅有3人是政府的供养对象[②]，此数字虽不及第一位的富山县与第二位的岛根县，但应该可以证明岐阜县人确实是认真工作的实干家。第一位的富山县，无论房地产（85%以上都拥有自己的地皮与房子）还是家庭所得均居日本全国第一，因此需要政府保障的贫困人口较少。

---

① 此为1999年的统计数据。根据2020年的最新统计，日本工薪家庭的储蓄额居首位的是东京都2254万日元，最后一位是冲绳县546万日元，全国工薪家庭平均储蓄金额为1378万日元，中位数是826万日元。——作者注

② 这里是2006年的统计数据。日本的《生活保护法》是一项全民最低生活保障制度的法律名称，简称“生保”，相当于中国的“低保”制度。政府以每月发放现金的形式对穷人和各种弱势人口提供社会福利。——作者注

石川县（いしかわけん / Ishikawaken）

人口约 114 万人

石川县由古时的“加贺”（Kaga）和“能登”（Noto）两国合并而成，南部有肥沃的加贺平原，北部有三面环海并延伸至日本海的能登半岛，地形是南北走向，呈约 200 千米的狭长条状，拥有约 580 千米长的复杂海岸线。县厅所在地金泽市更是完美保存了历史古迹及传统文化的稀有古都，县内传统民间工艺品多达 40 余种，其中以“轮岛涂”（Wajimanuri）漆器、“九谷烧”（Kutaniyaki）陶瓷器、“加贺友禅”（Kagayuuzen）和服染布等手工艺品驰名全日本。就我个人的旅游经历来说，京都和金泽虽同为日本古都，但我比较偏爱纯朴又具有独特风格的金泽。

乡土料理：

鱼饭寿司（カブラ寿司 / Kaburazushi）、治部煮（Jibuni）。

“Kaburazushi”跟一般寿司不同，是把盐腌芜菁做成割包形状，再夹入咸冬鲕鱼片，最后放进加入胡萝卜丝、昆布丝、米曲的容器内腌渍。由于北陆冬季气候严寒，米曲发酵过程较慢，如此徐徐腌渍出的“Kaburazushi”，不但味道醇浓，又有乳酸香味，在日本是极为吃香的下酒菜之一，不过当地人通常将之列为元旦料理。

▶ 鱼饭寿司（カブラ寿司 / Kaburazushi）

“治部煮”的材料是鸡肉、香菇、面筋、青菜、笋、莲藕，用日式高汤加酱油、砂糖、酒、味淋煮成汤汁。鸡肉于事前先裹上面粉，如此不但可以封住鸡肉旨味，煮成后也不用加太白粉勾芡便能成为浓稠汤汁。往昔用野鸭肉，现在都用鸡肉，这道菜是当地人的婚礼喜宴必备料理之一。

➤ 治部煮（Jibuni）

* * *

日本幻想文学先驱者泉镜花（Izumi-Kyouka，1873—1939）是石川县金泽市人，生前留下不少至今仍被视为杰作的作品，但他本人在现实生活中则是位著名的洁癖怪人。他在 30 岁时感染痢疾，也患过脚气病，而且生来肠胃不好，极度恐惧细菌。霍乱流行期间，他曾每天只吃汤豆腐（Yudoufu）和煮豆度过百余日。而且他吃汤豆腐的方式与一般人的不同，非得让豆腐在锅内滚沸得“类似虾夷雪花蒙上昆布在舞蹈”的程度不可。他甚至将豆腐的“腐”字也列为拒绝用字，坚持用“府”字，跟同业文人一起吃火锅时也要划清界线，不准对方的筷子侵犯到自己的火锅领土。（真不知这个界线是怎么划分的。）

每次出门与人聚会时，倘若餐馆不是他常去的那几家，他一定会在家先用餐，绝不吃外面的任何食物。喝日本酒时，也得让酒壶在沸水中热得直冒泡才肯喝；喝茶时也必定先煮沸，再于茶杯内加盐灭菌；每回抽烟后，一定在烟管盖上夫人手制的彩色印花纸制盖子。或许因为过于洁癖，泉镜花生前不喜欢旅游，后来有位女作家送了一套固体酒精炉子给他，以便他在火车内也可以煮茶水喝，他才安心出门旅游。有一次，火车乘客看到泉镜花的座席冒出青色火焰，误以为发生火灾，跑去通知乘务员，乘务员慌慌张张赶来，泉镜花却慢条斯理地背诵火炉说明书给乘务员听，令乘务员听得如丈二和尚摸不着头脑，愣头愣脑地离开了。

泉镜花的住所是一楼、二楼合计约 35 坪[①]的纯日式房子，一楼的玄关约两叠大，另有四叠半、六叠、八叠房间；二楼是四叠、八叠房间。泉镜花的写作房是二楼八叠房，小矮桌面向四扇纸窗，纸窗下方都有可以开闭的竖长方形小纸窗，外面是木制阳台，另一个四叠房壁橱内则当作藏书库。令人深感兴趣的是一楼看不到任何楼梯，因为楼梯设在一楼四叠半房的壁橱一旁，客人看不到楼梯，家人想上楼时，必须打开壁橱一旁的纸门才能上楼。登上二楼后，也必须打开纸门才能进入设有藏书库壁橱的那个四叠半房。洁癖到如此程度，倘若是现代女子，恐怕没人愿意当他的妻子，不过据说他跟原为艺伎的夫人之间感情非常好，彼此终身都戴着刻有对方名字的手镯。

① 坪，日本的面积单位名。1 坪约为 3.3 平方米。——编者注

福井县（ふくいけん / Fukuiken）

人口约 77 万人

福井县西临日本海，由“越前”（Echizen）和“若狭”（Wakasa）两国合并而成，总面积的 3/4 是森林，若狭湾（Wakasawan）那一带是国定公园，有许多著名景观，素有“越山若水”之美誉。敦贺港（Tsurugakou）是三面环山的天然良港，亦是日本海沿岸著名的国际贸易港口。1940 年，日本的犹太人救星杉原千亩（Sugihara-Chiune）曾在立陶宛独断发放 6000 份签证给犹太人，这些犹太人正是在敦贺港上岸，而且在那前后敦贺港都收容过很多难民，因此敦贺港又别称“人道港”。县厅所在地福井市（Fukuishi）是纺织工业中心，与中国杭州市是友好城市。

乡土料理：

越前萝卜泥荞麦面（越前おろしそば / Echizen-Oroshi-soba）、腌渍鲭鱼（さばのへしこ / Saba-no-Heshiko）。

“越前”是福井县北部的旧国名，“Oroshisoba”是在荞麦面上添加萝卜泥、柴鱼片、葱，再浇上调味汁的凉面，已有 400 余年历史。“Saba-no-Heshiko”是将去掉头尾、内脏的盐腌鲭鱼再度以米糠腌渍而制成的一道料理，“Heshiko”是若狭地区方言，腌渍之意。其他另有沙丁鱼米糠渍、河豚米糠渍，这类米糠腌

➢ 越前萝卜泥荞麦面（越前おろしそば／Echizen-Oroshisoba）

➢ 腌渍鲭鱼（さばのへしこ／Saba-no-Heshiko）

渍鱼类在以京都为中心的关西地区很常见，而在关东地区则比较罕见。

* * *

平安时代的贵族，似乎没有在烹调过程中直接加调味料的习惯，吃饭时，按自己口味各自蘸盐、味噌等调味料。只有酸味例外，因为当时没有食醋，只能让材料自然发酵而得酸味。又因严谨的身份制度，有不少食物被上流阶级人士视为下品，例如贵族就视沙丁鱼为敝屣。可能由于鲜度问题，当时的贵族只吃香鱼、鲤鱼或鲫鱼之类的淡水鱼，对海水鱼不屑一顾。但有位贵族，且是女子，经常瞒着丈夫偷吃沙丁鱼，这位女子正是写下世界文学史上第一部长篇小说的平安时代女作家紫式部（Murasakishikibu）。

江户时代的国学者谷川士清（Tanikawa-Kotosuga，1709—1776），于生前所编撰的国语辞典《和训刊》（Wakun-no-Shiori）第 93 卷中，描述紫式部非常爱吃沙丁鱼，时常趁丈夫不在家时，在家里偷吃烤沙丁鱼。某天，丈夫看到紫式部正在吃沙丁鱼，眉头一皱，责备她怎么吃这种下品鱼。紫式部回了丈夫一首和歌，意思是：凡是日本人，没有人不去参拜石清水八幡宫，也没有人不吃沙丁鱼的。

20 世纪 70 年代，一些专家发表了关于沙丁鱼饱含 DHA、EPA 之研究论文，而 DHA 有益于成人脑细胞，不但可抑制攻击性，也可令人精神安定，增强集中力。或许紫式部正是因为时常偷吃沙丁鱼，所以才能写下杰作《源氏物语》呢！

当时，朝廷女官称沙丁鱼为“御紫”或“紫”，可见众女官也时常瞒着男人偷吃沙丁鱼。女人通常感性（嘴巴）胜过理性（大脑），只要好吃，谁会去计较身份制度呢？先吃再说。紫式部又曾伴随父亲到越前赴任，而越前若狭湾的特产正是沙丁鱼，或许紫式部在那段时期也饱尝过沙丁鱼呢！

「近畿地方」

(Kinki-Chihou)

滋贺县（しがけん / Shigaken）

人口约 141 万人

滋贺县古名“近江”（Oumi），简称“江州”（Goushuu），该县中部是占县内总面积 1/6 的琵琶湖（Biwako），该湖南北长约 64 千米，是日本最大的淡水湖。琵琶湖有 400 万—600 万年历史，四周有 40 余个大小内湖，湖中多岛屿，水产丰富，不但是日本淡水鱼宝库，而且四季各异的景色亦极为秀丽，是日本旅游胜地之一。琵琶湖八景是晓雾（高岛市海津大崎的岩礁）、凉风（大津市雄松崎的白汀）、烟雨（大津市比睿的树林）、夕阳（大津市濑田石川的清流）、新雪（木之本町贱岳的大观）、深绿（长浜市竹生岛的倒影）、明月（彦根市彦根古城）、春色（近江八幡市、安土町的水乡）。县厅所在地大津市（Ootsushi）与中国黑龙江省牡丹江市是友好城市。

乡土料理：

鲋寿司（鮒寿司 / Funazushi）、野鸭火锅（鴨鍋 / Kamonabe）。

鲋寿司的食材是琵琶湖固有的大型鲫鱼，尤以带鱼子的雌鱼为高级品，先除掉鲫鱼卵巢以外的内脏后，盐腌数月至一年。做寿司时，把盐腌鲫鱼浸在水中除去咸味，之后塞入加了盐的白米饭，最后于木桶内交互放入白米饭、鲫鱼，再度腌渍数月。白

➢ 鲋寿司（鮒寿司／Funazushi）

➢ 野鸭火锅（鴨鍋／Kamonabe）

米饭发酵后有乳酸酸味和独特的臭味，一般都只吃发酵后的鱼肉，也有人连鱼带饭做成茶泡饭。“鸭锅”是野鸭火锅，由于只限冬季狩猎，这道火锅料理也只能在每年的 11 月至次年 3 月才吃得到。

＊＊＊

滋贺县古名是近江，提到近江，大部分日本人都会联想到“近江商人”。日本战国时代丰臣秀吉政权五奉行之一的石田三成（Ishida-Mitsunari，1560—1600）正是近江人，他的数字能力非常强，善于处理财务。其实不仅石田三成，近江人自镰仓时代（12 世纪末—14 世纪初）起便很会做生意，直至江户、明治、大正、昭和战前时代，始终是日本商业界的统帅。或许正因为如此，近江人的县民性是重人情，讲仁义，数字能力强，做事有计划性，视节约为美德，但必要时也会慷慨解囊。

近江有不少名门商家，例如日本规模最大的寝具厂商西川（Nishikawa）产业，已有 400 年以上的历史，日本人一提到寝具，首先必定会想到“西川棉被”，西川牌寝具在日本算是高级品。另一家是伊藤忠（Itouchuu）商社，创业者起初只是个麻布行商小贩，百年后发展成为伊藤忠财阀，第二次世界大战后由于财阀解体措施，分裂为伊藤忠和丸红（Marubeni）两个组织，但两者均是同根企业。

往昔我曾到东京港区伊藤忠总社去应征口语翻译工作，对这家大企业印象很深，我记得当时整栋大厦无声无息，连走廊都铺着地毯，走起路来不会发出高跟鞋的咔嗒咔嗒声。遗憾的是，当时我刚离婚不久，而且两个儿子都还在读小学，面试人劝我最好找可以在家工作的文笔翻译，因为工作时间不规律，不适合必须只身养育小学生的单亲妈妈。后来我才到 NTT 系列公司做起了朝九晚五的电话簿编辑工作。

而以农业机械器具、小型船舶为主的制造公司 Yanmar，其创办者亦为近江人。其他还有西武铁道集团创办者堤康次郎（Tsutsumi-Yasujirou，1889—1964）、高岛屋（Takashimaya）百货公司的创办者、日本规模最大的人寿保险公司日本生命（简称 NISSAY）创立者，等等，由此可见，“近江商人”确实很厉害。

三重县（みえけん / Mieken）

人口约 178 万人

三重县位于太平洋沿岸的纪伊半岛（Kii-Hantou）东部，由“伊势”（Ise）、“志摩”（Shima）和“伊贺”（Iga）三国合并而成。南北长约 180 千米，东西宽只有 10—80 千米，盛产绿茶，产量居日本全国第三位。松阪市近郊生产的松阪牛（Matsusaka-Ushi）是日本黑毛和种高级母牛（只限未分娩母牛），其牛肉被称为“Matsuzaka-Gyu”，闻名全世界。北部铃鹿市（Suzukashi）是日本赛车圣地，有铃鹿国际赛道。西北部伊贺市（Igashi）因地形独特，是伊贺忍者发祥地，也是俳人松尾芭蕉（Matsuo-Bashou）的出生地。旅游胜地有世界遗产之一的熊野古道（Kumano-Kodou）。县厅所在地津市（Tsushi）位于中部，与中国江苏省镇江市是友好城市。

乡土料理：

伊势乌冬面（伊勢うどん / Ise-Udon）、海鲜散寿司（手こね寿司 / Tekonezushi）。

“Ise-Udon”是伊势乌冬面，面条很粗，须花一个钟头才能把面条煮得很软，再浇上浓厚的黑调料，是一种凉面。据说是为了随时可以自大锅内捞起熟面再调料给客人吃，才发明出这种无论煮多久都无所谓的面条。“Tekonezushi”类似全国各地可见的海鲜散寿司或海鲜盖饭，做法是先将鲣鱼、鲔鱼等红色鱼肉类浸渍于调味料中，再与醋饭搅拌。这道料理原本是渔夫、海女（Ama，采珠女）为节省时间而随手拌成的快餐，“Tekone”正是手拌之意，如今已成为当地著名的乡土料理。

* * *

三重县的县鱼是伊势龙虾，我很爱吃虾、蟹、贝之类的海鲜，可惜伊势龙虾在日本是高级食材，像我这种靠写字维生的人，甚少有机会大饱口福。不过，三重县的伊势龙虾产量并非日本全国第一，伊势龙虾产量的龙头老大是千叶县，三重县是第二把手，前往日本迪士尼乐园玩的人，最好趁机也尝尝千叶县的伊势龙虾。

➤ 伊势乌冬面（伊勢うどん／Ise-Udon）

➤ 海鲜散寿司
（手こね寿司／Tekonezushi）

不知是不是自古以来都有外县人主动来散银子，当地人不用辛苦赚钱，所以三重县人个性多半安详温和，和蔼可亲，善于交际。只是，根据统计，三重县人是日本全国酒量最小的族群。DNA 中有一种名为ＮＮ型遗传基因，具有这种遗传基因的人拥有众多可以分解酒精的酵素，调查统计得知三重县人只有 40% 的人具有这种遗传基因，居日本全国最低位，或许这正是三重县人个性温和的原因。

而酒量最大的则是秋田县人，其次是岩手县、鹿儿岛县、福冈县。据说 99% 的白人、黑人具有ＮＮ型遗传基因，而亚洲人则只占 55%。秋田县盛产美女的原因，除了日照时间短外，东京大学某研究集团还研究出青森县至秋田县沿海地区的人，具有欧美白人才有的碱基序列；而且据秋田县某医生统计，日本人的平均皮肤白色度是 22%，但秋田县人竟高达 30%，这非常接近白色度是 40% 的西欧白人。简单说来，往昔曾有白人集团漂流至秋田县沿岸，因此秋田县人祖先是白人和当地人的混血儿。

另一项位居日本全国第一的产业是龟山（KAMEYAMA）蜡烛，其市场占有率居全日本五成。龟山蜡烛公司目前将总部设在大阪，不过其创办者是三重县的木匠，据说此人退休后开始制作蜡烛，龟山蜡烛距今已有 80 余年历史，是日本国内规模最大的蜡烛公司。附带一提，福井、滋贺、岐阜、三重，四县合称“日本中央共和国”，此名称当然毫无任何政治性，只是为了便于四县联手共同向国外展开观光促销活动以及地域性的文化、产业、福祉、医疗等交流活动。

京都府（きょうとふ / Kyoutofu）

人口约 258 万人

京都府由“山城”（Yamashiro）、“丹波”（Tanba）和“丹后”（Tango）三国合并而成，北濒日本海，其他三面紧邻六县，地形南北纵长，中央是丹波山地，气候二分为日本海型和内陆型。府内南部的千年古都京都市（Kyoutoshi）四面环山，是个夹在大阪府、滋贺县之间的盆地，与中国西安市是友好城市。京都最有名的食品是明治时代之前便在京都府内栽培的传统蔬菜“京野菜”（Kyoyasai），包括已灭绝的 2 种，总计 38

➢ 京野菜（Kyoyasai），即京都蔬菜

种，例如贺茂茄子（Kamo-Nasu）、九条葱（Kujou-Negi）、水菜（Mizuna）等。宇治市（Ujishi）的宇治茶（Ujicha）是日本茶的高级名牌，自战国时代起便巩固了其高级茶地位。

乡土料理：

京渍物（京漬物／Kyo-Tsukemono）、贺茂茄子田乐（賀茂なすの田楽／Kamonasu-no-Dengaku）。

京渍物是京都传统泡菜，大部分是盐腌泡菜，由于注重蔬菜本身具有的香气和色泽，味道都很淡。最有名的是将芜菁切成薄片，再用昆布、辣椒、食醋腌渍成的“千枚渍”（Senmaiduke），其他另有用紫苏腌茄子的“紫叶渍”（Shibaduke），以及用仅限上贺茂生产的酸茎菜（Sugikina）盐腌成的“酸茎渍”（Sugikiduke），此三种泡菜号称京都三大泡菜。“賀茂なすの田楽”即贺茂茄子田乐，则是将既圆又厚的贺茂茄子横切为两半，用文火慢慢煎熟，再盛上甜味噌，适合初

➤ 京渍物（京漬物／Kyo-Tsukemono）

➤ 贺茂茄子田乐（賀茂なすの田楽／Kamonasu-no-Dengaku）

夏、盛夏食欲不振时期食用。

＊＊＊

日本有句俗语“东男京女”（Azumaotoko-Kyouonna），意思是男子数关东，女子数京都。江户时代的东京及关东地区，男多女少，而且是武士社会，因此关东男子帅气、个性比较直爽、做事干净利落、淡泊名利；而京都女子温柔优雅、袅娜纤巧。不过，这其实是京都吴服商界为了抬高京都形象兼促销和服而创出的文宣标语。

京都女子确实很在乎周围人的眼光及闲言闲语，做事很贴心，但也由于太过考虑对方的立场和担忧自己做得不好，有些风俗习惯反倒令外县人觉得摸不着门儿。最有名的例子是到京都人家里做客时，不能全部吃掉对方送上的料理，否则对方会深感不安，以为送上的料理不够让客人吃饱（这点跟中国人有点类似，宁愿点了满桌吃不完的菜，也生怕对方吃不饱）。此外，由于细心，会考虑对方的感受，所以京都女子很难直接说NO。当外县男子想跟京都女子约会时，京都女子即便内心不愿意，也不会直接拒绝，这导致男子以为追求成功，结果在约会地点呆呆等得如同生根的大树，而对方却迟迟不现身。不过，要是她们真陷入恋爱陷阱中，那就完全表里不一，热情得如同火山爆发。

既然是东男京女，那么，东京男和京都女谈恋爱的成功率有多大呢？据说成功率相当低。主要原因在于二者成长环境差异太大，再者与历史背景也有关。我在《字解日本：食、衣、住、游》中曾提到过，大部分京都人都认为自己活在地球的中心，他们对自己出生成长在千年古都引以为傲，而东京虽是日本首都，但毕竟历史仅有400多年，而且还不时改头换面，站在京都人的立场来看，东京宛如一个玩兴未减的毛头小子。

举例来说，某个男女相亲综艺电视节目做了个实验，实验主角是东京男子，相亲女子则分别来自北海道、新潟、京都、冲绳。结果，相亲对象中的两位京都女都穿和服，极为出众，但东京男与京都女之间完全无话可谈，其中一位的言谈更令人哑口无言。由于东京男相当有耐性（不愧是武士阶级的后裔），绞尽脑汁聊些自己到京都旅游的感想，不料对方竟以会令人骨头都酥掉的京都腔回说“浅草和札幌都是模仿京都的城市”，言下之意就是东京和其他大都市根本没什么了不起，只会模仿京都。相亲后果当然可想而知，逐渐演变为东京男与京都女之间的自尊心唇枪舌剑。最后相亲成功的是新潟女。

现代年轻人或许对“门当户对”这个词很反感，但我认为古人说得不无道理。此处的“门当户对”并非指双方家庭经济或社会地位等条件相同，而是指当事人的成长过程以及彼此的父母家庭生活方式、门风等要相当。国际婚姻中有众多成功例子的原因，我认为这是因为男女双方于婚前便具有在往后的婚姻生活中，将会发生许多因文化观念不同而起冲突的心理准备，所以彼此比较能容忍对方。

大阪府（おおさかふ / Oosakafu）

人口约 881 万人

大阪府古名“难波”、“浪花”（Naniwa），由“摄津”（Settsu）、“河内”（Kawachi）及“和泉”（Izumi）三国合并而成。紧邻京都府、奈良县等，面积居日本全国倒数第二位，但可居住地面积占总面积约七成，居日本首位，因此人口仅次于东京都，是西日本的经济文化中枢。大阪湾东北岸的府厅所在地大阪市（Oosakashi）亦为日本第二大城，与中国上海市是友好城市。建设在人工岛屿上的关西国际机场通称“关空”（Kankuu），根据英国 Skytrax 航空调查顾问公司每年举办的年度全球最佳机场奖资料，关西国际机场于 2008 年、2009 年均居全球第六位，夺冠最多次的则为香港国际机场，其次是新加坡樟宜机场。以大阪为创作背景的著名小说也不少，例如山崎丰子（Yamasaki-Toyoko）的《白色巨塔》，松本清张（Matsumoto-Seichou）的《砂之器》，谷崎润一郎（Tanizaki-Junichirou）的《细雪》《春琴抄》等。

乡土料理：

箱寿司（Hakozushi）、白味噌汤（白みそ雑煮 / Shiro-miso-Zouni）。

本地人气料理：

御好烧（お好み焼き / Okonomiyaki）、章鱼烧（たこ焼き / Takoyaki）。

“箱寿司”与“押寿司”类似，都是用木框装上醋饭，上层盛鲜鱼、星鳗、鲷鱼、虾等，压成四角长方形，如此即便不当场吃而带回家吃，生鱼片和醋饭的味道均不变。“寿司”的另一个汉字是“鮨”（Sushi），古代中国第一部按义类编排的综合性辞典《尔雅》中说明“肉谓之羹，鱼谓之鮨”，意指肉酱是羹，搅碎的鱼肉为“鮨”；《说文解字》则为“鮨，鱼脂酱也。出蜀中”。从说明文字看来，古代中国的“鮨”和日本的“鮨”是不同种类的食物。“Shiromiso-Zouni”是一种白味噌汤，大阪、京都那一带的白味噌，颜色真的是乳白色，味道比关东地区的白味噌甜。

本地人气料理御好烧和章鱼烧在日本全国各地很常见，而且种类非常多。就我个人口味来说，比起日本的御好烧或意大利的比萨饼，我最喜欢吃华人摊贩卖的葱油饼，所幸现在冷冻

➤ 箱寿司（Hakozushi）

➤ 白味噌汤（白みそ雑煮 / Shiromiso-Zouni）

➤ 御好焼（お好み焼き / Okonomiyaki）

➤ 章鱼烧（たこ焼き / Takoyaki）

技术进步，我在日本也可以通过网络购得进口自中国厂商的冷冻葱油饼。

＊＊＊

口本著名历史小说家司马辽太郎（Shiba-Ryoutarou）于1923年8月生于大阪府大阪市，他的小学、中学、大学都在大阪度过，除了第二次世界大战时曾被分配到外县，他几乎终身都住在大阪。36岁时荣获直木赏，自此跨入专业作家生活，最后成为国民作家。笔名“司马辽太郎”是“远不及中国史学家司马迁”之意。他于1996年2月骤逝，享寿72岁。由于他写的历史小说具有独特且强烈的主观诠释，在日本文坛通称“司马史观”，虽然他在作品中融入史实或大量参考资料，但他写的作品是百分之百的虚构故事，而非史实；他自己也经常说，所有作品均为虚构故事，千万别当作史实看。《宫本武藏》（Miyamoto-Musashi）的作者吉川英治（Yoshikawa-Eiji，1892—1962）亦为国民作家，生前也时常强调自己写的作品是虚构故事而非史实，由此可见这两位国民历史小说家的厉害，即便写的是虚构历史故事，也能让某些日本读者误以为是史实。

现实生活中的司马辽太郎，有空时会出门旅游采访，其他时间均关在房间里赶稿。他在过世前一个月，仍为了第 43 集纪行系列随笔，前往名古屋桶狭间古战场进行采访，内容是有关日本战国时代织田信长、德川家康等人的历史随笔，回来后不久即骤逝，因此这部书没写完，成为他的最终遗作。司马辽太郎生前将日常生活繁杂琐事全交给司马夫人包办，自己则窝在古今中外的历史洞窟内，一心一意地描绘他的历史“曼荼五彩图”，但偶尔也会离开洞窟到凡尘厨房做饭，这就很有趣了。

据说，司马辽太郎的拿手菜是炒饭和鸡蛋盖饭。炒饭和一般炒饭不一样，是用牛肉、马铃薯、青椒、甘蓝、生姜炒成，调味料是盐、胡椒、酱油、旨味粉。鸡蛋盖饭的做法则很简单，只是把鸡蛋打碎，再加入酱油、砂糖、酒，用小锅煮到半熟程度，最后盖在热饭上即可。吃过这道司马鸡蛋盖饭的出版社编辑都说，美味令人难忘。

兵库县（ひょうごけん / Hyougoken）

人口约 547 万人

兵库县北部古名“但马”（Tajima），是日本本州唯一南北均滨海的县，北临日本海，南接太平洋。县厅所在地神户市（Koubeshi）是港口城市，具有独特的国际色彩，与中国天津市是友好城市，曾在 2007 年入选美国《福布斯》（*Forbes*）杂志的“全球最干净城市排行二十五”名单内，当时居首位的是加拿大卡城（Calgary），亚洲方面只有三个日本城市入选，福井县胜山市（Katsuyamashi）排行第九名，神户市则与福冈县大牟田市（Oomutashi）同为第二十五名。神户市南京町（Nankin-Machi）和横滨中华街是日本两大唐人街。西南部姬路市（Himejishi）姬路城（Himejijou）为日本国宝，亦是世界文化遗产之一。东南部宝冢市（Takaradukashi）有仅限未婚女子加入的宝冢歌剧团，许多日本著名女演员都出自宝冢歌剧团。

乡土料理：

山猪肉火锅（牡丹鍋 / Botannabe）、玉筋鱼钉煮（いかなごのくぎ煮 / Ikanago-no-Kugini）。

本地人气料理：

明石玉子烧（明石焼き / Akashiyaki）、神户牛排（神戸牛ステーキ / Koubegyu-Sute-Ki）。

“牡丹锅”是山猪肉火锅，山猪肉切成薄片盛在大盘子，看上去很像牡丹花，故取名为“牡丹锅”。“Ikanago-no-Kugini”的食材是濑户内海捕获的玉筋鱼（Ikanago）鱼苗，捕获时期自2月末起，仅限1个月，将三四厘米长的鱼苗用酱油、味淋、砂糖、姜等红烧后，因其形状类似生锈的弯铁钉，所以取名为“钉煮”（Kugini），可长期保存。

本地人气料理的“明石烧”正是“章鱼烧”的鼻祖，但当地人不称其为“明石烧”，而通称“玉子烧”（Tamagoyaki）。神户牛（Koube-Gyuu）的正式名称是但马牛（Tajima-Ushi），与滋贺县近江牛（Oumi-Gyu）和三重县松阪牛（Matsusaka-Ushi）并称日本三大高级和牛。神户牛排闻名全世界，其等级审查条

➤ 山猪肉火锅（牡丹鍋／Botannabe）中的山猪肉片

件极为严格，四五级以上的神户牛肉纹理类似精致的大理石，日语称为“霜降”（Shimofuri），吃起来鲜嫩得可以入口即化，香而不腻，只是价格恐怕也是全世界最昂贵的。

➢ 玉筋鱼钉煮（いかなごのくぎ煮/Ikanago-no-Kugini）

➢ 明石玉子烧（明石焼き/Akashiyaki）

➢ 神户牛排（神戸牛ステーキ/Koubegyu-Sute-Ki）

＊＊＊

在关东人看来，京都、大阪、神户这三大城市是“关西共和国”，但不知为何，这三大城市之间的交情不好。尤以京都人为甚，他们很讨厌外县人视他们为关西人。从我们关东人的地理位置看去，京都不但处于关西，而且三大城市各有特色，是关东人爱去的观光地区，那么既然是同一个“共和国”，京都人为什么老是敌视大阪和神户呢？我去过几次京都，当地人讲的日语明明是关西话，跟关东地区的标准语（相当于中国的普通话）完全不同，何必自命清高呢？不过，借用京都人的话来说明，原因在于大阪时常改街名、町名，是个轻视历史文化的城市；而神户则是个只会虚饰外表、追求时髦的城市。反之，大阪人和神户人则认为京都是个光会死啃先人历史遗产、不事生产的城市。好笑的是，大阪人视神户为“过于时髦舶来的城市”，神户人则认为大阪是个“土里土气的城市”。

回头来看东京，东京有竞争对手吗？关东地区的东京都、神奈川县、埼玉县、千叶县算是东京帝国首都圈，大部分县民于白天都前往东京上班，应该没有所谓的对抗情结吧？答案是NO。东京帝国首都圈中，唯一可以和东京对抗的是横滨。横滨的城市历史虽浅，但在幕府末期或明治时代，许多先进观念均由横滨传入日本，因此横滨人的自尊心比东京人强，日本企业在进行商品促销活动时，也绝不会把横滨看成东京的延长线。举例来说，一个其家族三代都在东京土生土长的人可以自称为“江户子”（Edokko，老东京），但横滨也有“滨子”（Hamakko，老横滨）之称，埼玉县、千叶县则没有类似称呼。

其他地区也有地域性对抗情结，例如九州鹿儿岛过去曾和中央政府打了四次仗，对同样属于“九州共和国”的福冈人心存戒备，认为福冈是中央政府的“狗腿子”。不知是不是历史背景之因，福冈人比较倾向东京，鹿儿岛人则比较倾向大阪。东北地区的山形县和秋田县，自古以来便因海运而和关西地区渊源甚深，有“东北的关西”之称，但山形县与大阪之间关系较亲昵，而秋田县则与京都是老交情，因此这两县的对抗意识也相当重。

奈良县（ならけん / Naraken）

人口约 133 万人

奈良县古名“大和”（Yamato），简称“和州”（Washuu），是位于纪伊半岛中央的内陆县，在日本所有内陆县中，其面积最小，县内可居住面积只占总面积百分之二三，排行全国末位。气候与京都同为盆地气候，冬寒夏热。由于紧邻大阪、京都，有三成左右的居民在白天到大阪、京都上学或上班，这些人通称“奈良府民”（Narafumin），意思是虽为奈良县民，但他们的日常活动范围都在大阪府、京都府，这与埼玉县、千叶县、神奈川县的“都民”（Tomin）同义，所以县内白天和夜间的人口差距很大。县厅所在地奈良市（Narashi）是著名的国际观光城市，每年观光客多达 1300 万人，与中国陕西省西安市是友好城市。奈良公园东西长 4000 米，南北宽 2000 米，大部分是国有土地，不但是日本规模最大的都市公园，园内亦有许多日本国宝和世界文化遗产，全天开放，免费入园。奈良公园最有名的动物是鹿，园内自由放养着 1200 头鹿。

乡土料理：

柿叶寿司（柿の葉寿司 / Kakinohazushi）、三轮素面（三輪素麺 / Miwa-Soumen）。

➢ 柿叶寿司（柿の葉寿司／Kakinohazushi）

➢ 三轮素面
（三輪素麵／Miwa-Soumen）

柿叶寿司是用具有防腐效果的柿叶包裹咸青花鱼或鲑鱼的寿司，吃时通常须剥开叶子，只吃里面的寿司，县内主要车站或特快车内均可买得到。三轮素面是三轮地区的特产挂面，已有 1200 余年历史，夏天可煮成凉面，冬天亦可做成热面。

* * *

根据世界报业协会（World Association of Newspapers，WAN）2008 年调查统计，成人人口中每千人的报纸发行份数居全球第一的是冰岛（883 份），接下来依次为丹麦（467 份）、日本（630 份）、瑞典（601 份）、挪威（580 份）、瑞士（576 份）、中国香港（570 份）、芬兰（549 份）、新加坡（510 份）、中国澳门（491 份）。此外，美国 226 份、法国 205 份、德国 292 份、英国 358 份、韩国 409 份、朝鲜 252 份、中国 108 份、印度 135 份、中国台湾 230 份。由上述数字看来，亚洲地区拥有最多订报人口的国家和地区是日本、中国香港、新加坡、中国澳门；其他排行前十名的大部分为北欧国家。（以上数字均采用四舍五入法）

看了这份统计，我才明白中国香港为何有那么多报纸专栏作家，原来阅报人数多，想必稿费也可以多领一些吧。那么，日本国内呢？根据日本新闻协会 2008 年调查统计，日本全国发行的报纸种类中早、晚报成套的有 43 家，早报 63 家，晚报 15 家，总计 121 家；总发行份数是 5231 万份。

再来看看各县的家庭订报比率，也就是每家平均到底订了几份报纸。结果是奈良县人居首位（1.35 份），其次为群马县（1.20 份）、富山县（1.18 份）、福井县（1.15 份）、山形县（1.14 份）。简单说来，奈良县人每家平均订报份数是 1 份以上，意思是同时订 2 家或 3 家报纸的家庭甚多。这让我想起往昔为了给中国台湾省台北市进出口商业同业公会发行的《贸易杂志》写周刊专栏，我的最高纪录是订了 4 份报纸，所幸日本有用废报纸换卫生纸的制度，否则一天 4 份报纸，积存下来真会令人发疯。

外县人对奈良县人的整体印象是“悠闲自在，有些消极，但具有适应性”。依我过去的经验，订 1 份以上报纸的人，目的是分析每家报纸对同一事件的看法与解说。由于每家报纸的立场不同，有时对同一事件的报道会给人完全不一样的印象，始终固执于一家报纸，会掉入眼光短浅的陷阱。说起来，奈良县的历史文化比京都悠久，但实际前往奈良、京都旅游时，我发现二者的城镇氛围真的不一样，奈良确实会让人觉得悠闲自在。

和歌山县（わかやまけん / Wakayamaken）

人口约 93 万人

和歌山县与三重县南部古名“纪伊”（Kii），简称“纪州”（Kishuu），位于本州最南部，全县面积有 3/4 为丛林，自古以来素有“树国”的雅称，滨海的西侧则为曲折蜿蜒的海岸线。县内盛产水果，橘子、梅子、八朔（Hassaku，学名：Citrus Hassaku）产量均居日本全国首位，另一种柑橘类水果“Jabara”（学名：Citrus Jabara）产量则占全球第一位，全世界只有和歌山县北山村（Kitayamamura）生产此柑橘。县内的熊野三山（Kumano-Sanzan）和佛教圣地高野山（Kouyasan）均为世界遗产之一。南部的县厅所在地和歌山市（Wakayamashi）与中国山东省济南市是友好城市，而位于熊野川河口的新宫市（Shinguushi）则有徐福公园（Jofuku-Kouen），规模虽小，却有徐福墓、徐福石雕像、中国式牌坊……中国色彩极为浓厚，可免费入场，引来不少游客。

乡土料理：

炸鲸鱼肉（鯨の竜田揚げ / Kujira-no-Tatsutaage）、目张寿司（めはり寿司 / Meharizushi）。

“竜田扬げ”是一种油炸方法，是指先将食材浸入由酱油、味淋和料酒混合的调料中调味，然后裹上淀粉油炸。日本目前只有和歌山县一个名叫太地町（Taijichou）的小渔村仍传承着日本古式捕鲸法。此渔村人口只有3000多人，据说往昔是日本商业捕鲸的发祥地，现在只允许利用通过科学调查捕获的鲸鱼的鲸鱼肉。“Meharizushi”写成汉字是“目张寿司”，是一种用腌制的大芥菜包裹白米饭的饭团，本来是农民带到山上或菜田当午饭吃的乡土食品，由于饭团很大，吃时必须把嘴巴张到需瞪大眼睛的程度，而且好吃得令人目瞪口呆，故取名为“目张”。

➢ 炸鲸鱼肉（鯨の竜田揚げ／Kujira-no-Tatsutaage）

➢ 目张寿司（めはり寿司／Meharizushi）

＊＊＊

大部分现代人都知道脚气病是由于缺乏维生素 B1 而引起的一种全身性疾病，通常发生在以精白米为主食的地区，若不及时治疗，有时甚至会导致死亡。日本江户时代直至明治时代，由于不知病因以及治疗方式，人们一直视脚气病为传染病之一，江户幕府三代将军、十三代将军、十四代将军均因脚气性心脏病而骤逝。

明治时代 1894 年 7 月的甲午战争持续了 9 个月，根据当时陆军省医务局编撰的《明治二十七八年役陆军卫生事绩》资料，据说出征人数约 18 万人，战死者 1400 多人，脚气病死者 4000 多人，患者数 4 万多人。而 1904 年 2 月至 1905 年 9 月的日俄战争，日本陆军出征人数约百万人，阵亡者 5 万多人（可能也包括脚气病死者），脚气病死者将近 28000 人，患者数高达 25 万人。

现代有不少专家指称造成此结果的“罪犯”是两次战争均任职陆军军医部长的森林太郎（Mori-Rintarou）。他于甲午战争翌年曾任职总督府军政部军医部长，日俄战争翌年更升任为陆军军医总监，最后爬至军医最高地位的陆军省医务局长职位。夺去众多士兵性命的“罪犯”到底是何方神圣呢？正是与夏目漱石并驾齐驱的明治文豪森鸥外（Mori-Ougai，1862—1922），换句话说，森鸥外的正职是军医，副业是作家。

森鸥外曾到德国留学了 4 年，由于他学的是德国医学，坚持脚气病是细菌感染，并让日本陆军一直吃白米饭、酱菜和汤。然而留学英国 5 年的日本海军军医副总监高木兼宽（Takaki-Kanehiro，1849—1920），基于实证结果，主张脚气病的原因是只吃白米饭而引起的营养不良，从而开始实施面包、白米饭混麦饭的营养餐，结果海军士兵中死于脚气病的人数果然不断减少。海军省医务局编撰的《日清战役海军卫生史》记载，脚气病患者 34 人，病死者 1 人；而《日露战役海军卫生史》则记载脚气病发病者 87 人，病死者 3 人。虽然当时日本陆军中也有人发现麦饭可以预防脚气病，而且专门研究脚气病的中医也提出“原因在白米饭”的报告，可顽固的森鸥外始终拒绝外地兵将提出的提供麦饭的要求，至死一直提倡白米饭至上论，并彻底且严厉地批驳高木。

总之，倘若森鸥外在日本文学史上没留下任何功绩，肯定早被批得一无是处了。他至死都不承认麦饭功效的原因，可能跟当时的日本陆军（专研德国研究医学）与日本海军（专研英国临床医学）之间的内讧问题有关。此外，高木是萨摩派（出生于宫崎县），森鸥外是长州派（出生于岛根县），正是这两派打倒德川幕府并取得革命成功，因此明治新政府的领导也大多是这两派人，政治背景因素相当复杂。不过，尽管当时森鸥外在日本国内毫不留情地攻击高木，日本医学界也冷遇高木，但高木发表的脚气病论文在欧美诸国却大受青睐，他亦是日本第一家私立医科大学创办者。坦白说，就医学方面来讲，后人对高木的评价远超过森鸥外。

「中国地方」

(Chuugoku-Chihou)

鸟取县（とっとりけん / Tottoriken）

人口约 56 万人

鸟取县由“因幡”（Inaba）和“伯耆”（Houki）两国合并而成，东西狭长，面临日本海，面积居日本全国第 41 位，而且九成是山地，人口是全国最少的一县。冬季气候属豪雪地带，夏季日照时间少，县内盛产“二十世纪梨”（Nijisseiki-Nashi）和“深海雪蟹”（Zuwaigani，Snow Crab）。县厅所在地鸟取市（Tottorishi）古时多湖泊、沼泽，有许多天鹅，公元前第十一代天皇在此设置了以打鸟为生的鸟取部，地名沿用至今。鸟取市人口不及 20 万人，市内却有全世界规模最大的液晶工厂，另有闻名全日本的旅游胜地鸟取沙丘（Tottori-Sakyu）和日本神话中的白兔海岸（Hakuto-Kaigan），因此虽为工业都市，但自然环境资源丰富，与中国河北省沙河市、江苏省太仓市是友好城市。西部的境港市（Sakaiminatoshi）是漫画《鬼太郎》作者水木茂（Mizuki-Shigeru）的故乡，车站前有一条长约 800 米的“水木茂大道”，马路上随处摆放着 120 尊妖怪青铜像，两侧都是卖妖怪商品的土产店，非常有趣。

乡土料理：

深海雪蟹味噌汤（かに汁 / Kanijiru）、飞鱼竹轮（あごのやき / Ago-no-Yaki）。

“Kanijiru”是深海雪蟹味噌汤，想吃新鲜的深海雪蟹得在11 月至次年 1 月上旬的捕获期才能吃得到，其他季节均利用冷冻雪蟹，这道料理在县内各种祭典活动中很常见，是当地的家庭料理，亦是当地人引以为自豪的乡土料理。“Ago”是方言，指鸟取县县鱼，即“飞鱼”（Tobiuo），“Ago-no-Yaki”是用新鲜飞鱼制成的“竹轮”（Chikuwa）。飞鱼的捕获期是 5 月至 7 月，而“竹轮”是日本传统食品之一，形状为空心圆柱。

* * *

我有时会突发奇想，人口六七十万人也能称一个县吗？那干脆把鸟取县和岛根县合并成一县，人口不就超过百万人了

➢ 蟹（かに／Kani）

➢ 飞鱼竹轮（あごのやき／Ago-no-Yaki）

吗？反正“鸟”和“岛”这两个汉字乍看之下非常类似，而且两县毗邻。待我日后实际前往这两县旅游时，才发现我的想法太天真，倘若这两县真的合并成一县，基于两县均为东西狭长的地形，住在东边的人想到西边的话，可能比关东人出国飞往韩国等地更困难，因为路途实在太遥远，而唯一的优点是不像关东地区那般，无论开车到哪儿都会堵车。在这两县的沿海车道开车兜风，是一种享受。

鸟取县的男性做事谨慎，待人客气，有耐性，但消极保守，尤以因幡地区的男性最保守，或许正因为如此，女性为了协助男性，大多刻苦耐劳，西部地区的女性更是开朗大方，行动力很强。明治时代有许多鸟取县人移民到北海道钏路市

（Kushiro）拓荒，所以北海道钏路市有不少冠“鸟取”的地名。此外，鸟取县人的成人教育讲座[①]比率居日本全国第二位（2017年统计）。成人教育与学历无关，而是社会人士主动到各种文化中心接受外语、绘画、书法、插花、茶道、社交舞蹈、摄影、历史等文化讲座的终身学习。鸟取县人的比率是每100万人中有15397个学习班，比日本全国中位数高出将近3倍。

为何鸟取县人如此努力地汲取知识？这跟当地的历史渊源有关。明治四年（1871年），日本新政府为了实施中央集权，废除了地方自治的藩国制。当时日本全国约有300个藩国，废藩置县法令等于一口气解雇几百万武士阶级的藩士，让他们失去世世代代继承的俸禄。此举可说是明治维新中最具魄力的改革政策。鸟取藩是个拥有因幡、伯耆两国的大藩，谷物年产量约325000石（1石为10斗、100公升），藩内另有2个支藩。这些藩士失去祖产、职业后，由于藩内没有多余农地让他们转行成为农民，他们只得靠知识为生（武士阶级在当时是知识分子），此风土习惯似乎仍保留在现代鸟取县人身上。

---

① 成人教育讲座是指20岁以上，65岁以下的县民报名参加的学习班。——作者注

岛根县（しまねけん / Shimaneken）

人口约 67 万人

岛根县由“出云”（Izumo）、“石见”（Iwami）和“隐岐”（Oki）三国组成，北临日本海，历史悠久，风景秀丽，东部出云地区是古代日本最发达之地，亦是日本神话舞台，具有浓厚的神秘色彩。日本最古老的神社之一“出云大社”（Izumo-Taisha）是著名的姻缘神社，每年 10 月的“神无月”（Kannaduki），日本全国 800 万神灵都会聚集在此地当月下老人。战国时代后期至江户时代初期，日本国内规模最大的银矿山“石见银山”（Iwami-Ginzan）是世界文化遗产之一。县厅所在地松江市（Matsueshi）是水乡，夹在日本第七大湖宍道湖（Shinjiko）与第五大湖中海（Nakaumi）之间，市内有古城松江城（Matsuejou）和小泉八云（Koizumi-Yakumo）旧居，亦有《枕草子》描述的日本三名泉之一的玉造温泉（Tamatsukuri-Onsen），与中国浙江省杭州市、吉林省吉林市、宁夏回族自治区银川市是友好城市。

乡土料理：

出云荞麦面（出雲そば / Izumo-Soba）、蚬贝汤（しじみ汁 / Shijimijiru）。

“Izumo-Soba”是出云荞麦面，闻名全日本，面条色泽比

➢ 出云荞麦面（出雲そば／Izumo-Soba）

➢ 蚬贝汤（しじみ汁／Shijimijiru）

一般荞麦面黑，香味亦浓，嚼头十足。“Shijimijiru”是蚬贝汤，宍道湖特产的“大和蚬”（Yamatoshijimi）既黑又大，是宍道湖七珍之一，可煮成清汤，亦可做成味噌汤。

* * *

岛根县县花是牡丹，东部中海的大根岛（Daikonjima）更是闻名全日本的牡丹花产地。大根岛很小，东西 3.3 千米，南北 2.2 千米，全岛周长仅有 12 千米。由于地质是火山灰弱酸性土壤，很适合栽培牡丹，其栽培历史已有 300 余年。由于牡丹品种改良技术发达，目前大约有 250 个品种，牡丹苗产量居全世界第一，年产量约 180 万株，其中 30% 均出口至中国、美国、荷兰等国家。除了牡丹，当地亦是日本三大人参产地之一，其他两地是长野县丸子町和福岛县会津若松市。我记得以前几度到会津若松市旅游时，看过许多卖人参的小贩，当时小贩对我说，韩国卖的人参有不少是自日本进口再冠上“高丽人参”品牌的。我不知道小贩说的到底是真是假，总之，会津若松市确实是日本国内著名的人参产地之一。

岛根县人一般都很勤奋，尤其岛根县女性算是日本仅存的“大和抚子”（Yamato-Nadeshiko）。“大和”当然是指大和民族，“抚子”是石竹花，表示外柔内刚的女性，亦为日本男性憧憬的女性形象。往昔曾流行过一句俗话：“住美国洋房，吃中国菜，娶日本妻子。”这句俗话中的“日本妻子”指的正是“大和抚子”。不过，这算是百年前的落伍观念了，“大和抚子”在现代日本早已成为“稀有生物”，但岛根县出云那一带的女性大部分都有资格冠上“大和抚子”之称。这也跟当地的历史渊源有关。

大和民族于 4 世纪末征服出云那一带之前，出云已自成一个小国家，具有独立的文化。之后，一直隐没在大和朝廷历史舞台幕后，明治维新以后，也因其地理位置而与外界交流甚少，因此保存了许多古代风俗，女性受外界影响较少，从小就接受三从四德的家庭教育，婚后大都能忍耐丈夫的恶行，所以离婚率亦居日本全国倒数第二位（离婚率最低的是新潟县）。她们对异性的条件要求不高，通常比较喜欢跟同县男性结婚，也就是她们从小接触习惯了的爸爸形象的男人——做事认真、行动稳重、具有知性。

冈山县（おかやまけん / Okayamaken）

人口约 189 万人

冈山县古名“吉备”（Kibi），分为“美作”（Mimasaka）、“备前”（Bizen）和“备中”（Bicchuu）三国，南部面临濑户内海（Setonaikai），县内有 90 多个大小岛屿，名胜古迹很多，是日本民间故事桃太郎的发源地。县厅所在地冈山市（Okayamashi）有日本三名园之一的后乐园和古城冈山城（Okayamajou），与中国河南省洛阳市是友好城市。毗邻的仓敷市（Kurashikikishi）保存众多日本传统建筑物，连接日本本州、四国的濑户大桥（Seto-Oohashi）也在此。横沟正史（Yokomizo-Seishi，1902—1981）的《金田一耕助》（Kindaichi-Kousuke）系列作品，故事背景多为冈山县。

乡土料理：

冈山寿司（岡山ばら寿司 / Okayamabarazushi）、沙丁鱼握寿司（ままかり寿司 / Mamakarizushi）。

“Okayamabarazushi”是在醋饭上盛上许多海鲜时蔬，类似散寿司，别称“冈山寿司”，是当地人逢喜事时不可或缺的乡土料理。“Mamakari”是“好吃得必须到邻家借饭”之意的方言，是一种用寿南小沙丁鱼（Japanese Shad）做成的握寿司，最美味的时期是在沙丁鱼产卵前的 6 月。

➢ 冈山寿司（岡山ばら寿司／Okayamabarazushi）

➢ 沙丁鱼握寿司（ままかり寿司／Mamakarizushi）

* * *

内田百闲（Uchida-Hyakken，1889—1971）是冈山市大财主酿酒铺的独生子，小时候深受祖母和母亲溺爱，过惯饭来张口、茶来伸手的日子，或许是这种娇生惯养的环境造成他日后任性豪侈的个性。高中时因父亲过世，家道中落，明明家中经济不好，却改不掉今朝有钱今朝花的习性，导致他终身被穷神附体，是日本文坛著名的告贷狂。有趣的是，他从来不向有钱人借钱，而是专找比他更穷的人借钱。

画伯津田青枫（Tsuda-Seifuu，1880—1978）曾在随笔《百鬼园的啤酒费》中抱怨内田百闲。内田百闲在横须贺海军机关学校任职德语教师时，有一天下班后他搭电车到江户川终点站，在车站前又坐人力车回家。内田到家后，因口渴而问妻子有没有啤酒可喝，妻子说没有，他就在名片上写了借条叫妻子前往住在同一町内的津田家借钱。内田要借一圆二十钱，而当时津田家只有二圆九十钱，如果借出一圆二十钱，津田家便只剩一圆七十钱，结果津田夫人借给内田夫人一圆。津田愤慨地说："跟内田相比，我只是个穷画家，他算是大名（诸侯）身份，哪有身为大名身份的人竟为了啤酒费而向后辈穷画家借钱的？"但津田骂归骂，仍把辛辛苦苦存下的生活费借给内田买啤酒喝，可见内田百闲的"借钱癖"虽让周遭人头痛，却没人打心底嫌弃他。用现代的词语来比喻的话，内田应该是那种令人哭笑不得的天然呆性格，这大概跟他的成长环境有关。大凡在优渥家境成长的人，心思都比较单纯，说话做事没心眼儿，胸无城府，反而不会惹人嫌。

内田百闲于21岁时成为夏目漱石的门生之一，但他或许自知永远无法超越夏目漱石与同为夏目漱石弟子的后辈秀才芥川龙之介，因此年轻时虽也写过小说，不过其著名作品大部分是与吃食、烟酒、旅游、哭穷、爱猫有关的随笔集。他在44岁时才出版了印刷10余次的畅销作《百鬼园随笔》，之后辞掉教职，专职写作。“百鬼园”（Hyakkien）是他自己取的别号。

这位文笔幽默的老先生，虽然写了不少与吃食有关的随笔，却并非真正的美食家，只是贪嘴好吃而已。或许正因为并非美食家，他的饮食随笔中从来不提食物的历史、来源、知识，也不提必须花大钞才吃得到的山珍海味，而是随想随写。既然是写饮食随笔的文士，他当然也会下厨，亦有自己发明的创新料理。其中他最拿手也最喜欢的下酒菜是“马铃薯炸丸子”，做法是先将马铃薯煮熟后碾碎，加盐、胡椒调味，揉成大拇指大小的丸子，再依次蘸面粉、蛋汁、面包粉，最后油炸。用现代常见的食品来类比，就是介于可乐饼和薯条之间。我个人不喜欢吃可乐饼，更讨厌吃薯条，总之，基本上不吃马铃薯之类的料理，但用这种制法现炸现吃的话，确实可以连续吃一二十个都没问题，可以作为夏天喝生啤酒时的最佳下酒菜。小朋友可以蘸番茄酱当零食吃。

广岛县（ひろしまけん / Hiroshimaken）

人口约 280 万人

广岛县西部古名“安芸”（Aki），东部古名“备后”（Bingo），位于冈山县左邻，同样面临濑户内海，县内有 140 多个岛屿，西部有两处世界文化遗产严岛神社（Itsukushima-Jinja）和原爆圆顶（Gennbaku-Do-Mu，原爆ドーム），国际知名度非常高。县厅所在地广岛市（Hiroshimashi）是日本国内反核与和平活动的中心地，与中国重庆市是友好城市。东部福山市（Fukuyamashi）有座东西长 10 千米、南北宽 10 千米的沼隈半岛（Numakuma-Hantou），半岛南端有个小海湾，名为“鞆の浦”（Tomo-no-Ura），那一带的国立公园是日本国家指定名胜，风景非常优美。据说宫崎骏极爱此地景色，于 2005 年春季在此租了一栋房子，过了两个月的自炊日子，三年后再以此为背景，制作了票房超过 1200 万人次的动画《崖上的波妞》。

乡土料理：

牡蛎土手锅（牡蠣の土手鍋 / Kaki-no-Dotenabe）、星康吉鳗盖饭（あなご飯 / Anago-Meshi）。

本地人气料理：

广岛风御好烧（廣島風お好み焼き / Hiroshimafu-Okonomiyaki）。

广岛盛产牡蛎，产量居日本全国首位。广岛的著名乡土料理“牡蛎土手锅”跟一般火锅不一样，是先在砂锅内侧涂上一层类似“土手”（Dote，河堤）的味噌，锅内放牡蛎、豆腐、蔬菜，煮熟后准备吃时再将味噌搅拌至锅内来调味。“Anago”是星康吉鳗（学名：Conger Myriaster），“Anago-Meshi”跟鳗鱼盖饭类似，不过脂肪比鳗鱼少。

本地人气料理的“广岛风御好烧”和关西地区的御好烧不同，特色是煎成两片薄皮，中间再夹炒面或炒乌冬面，分量大，蘸酱甜浓。

➢ 牡蛎土手锅（牡蠣の土手鍋 / Kaki-no-Dotenabe）

➢ 星康吉鳗盖饭（あなご飯／Anago-Meshi）

➢ 广岛风御好烧（廣島風お好み焼き／Hiroshimafu-Okonomiyaki）

＊＊＊

提到广岛，我首先联想到的并非世界遗产之一的原爆圆顶，而是与日常生活息息相关的百元商店。百元商店的龙头老大是大创（Daiso）产业，总公司在东广岛市。除了日本国内，在韩国、新加坡等国家和中国香港、中国台湾等地区均有分店，国内连锁店总计约 3300 多家，海外 27 个国家与地区约有 2000 多家分店（2020 年统计）。位于千叶县船桥车站旁的店铺占地 2000 坪、门市地上六楼地下一楼，已经超越百元商店的规模，足以与百货公司媲美。大创的商品大致有 7 万种，据说都是自家独创商品，而且每个月有 800—1000 种新商品上市，所以消费者即便看中某个商品，但下次到商店去买时可就不一定能买得到了，因为很可能已经作废并换成其他新商品了。我是大创的老顾客，经常去买文具、园艺、厨房用品等，尤其是剪刀、裁纸刀或不锈钢刀叉盘子类的商品，每每我都暗地赞叹他们怎么能把质量不输于国际名牌的商品价格压到如此之低。

除了日用品，大创也参与出版，其最畅销的出版物是地图。虽然是阅读物，但大创依然不改出手大方的惯例，第一版便是 600 万册。保存这些商品的库存仓库散见于全国各地，库存量相当于 16 个东京巨蛋。那么地图以外的读物呢？例如推理小说系列，第一版便是 10 万册。推理小说中不但有已经绝版的小说，也有著名作家以其他笔名写的小说。一般说来，即便拥有多数固定读者的推理作家，非系列书籍的单行本（Tankoubon）初版（通常是精装本）大多只印刷数千册而已，倘若卖得好，之后再制成可以随身携带的廉价迷你文库本（Bunkobon），若销量不好，几年后便会落入绝版的命运。可想而知，作者拿已经绝版的作品到大创自荐，或著名作家用其他笔名赚外快的例子也就不足为奇了。另一种畅销品是迷你辞典、旅游导览、料理指南、运势占卜之类的书籍，这类书籍不但内容丰富，还有很多彩照。

我平日都尽量克制自己不要去逛百元商店，因为那地方会上瘾，明明只是想去买些无关痛痒的小玩意儿，预算也顶多不到 1000 日元，结果挽着篮子到收银台结账时，总会发现原来我买了二三十件东西。有些的确是家中刚好缺用的，但大部分都是“或许哪天用得着”的小玩意儿。而这些“或许哪天用得着”的小玩意儿又往往是“永远用不着”的小玩意儿。虽然我时常警告自己少逛为妙，然而，悲哀的是，我始终无法抵挡百元商店的诱惑，如今仍是大创的老顾客之一。

山口县（やまぐちけん / Yamaguchiken）

人口约 136 万人

山口县东部古名“周防”（Suou），西北部古名“长门”（Nagato），位于本州岛最西端，三面环海，北临日本海，南滨濑户内海，紧邻九州的西侧是“响滩”（Hibikinada），自古即为水产大国。气候温暖，台风、洪水、地震等灾害较少，海岸线长达 1500 千米，三面海岸景色均各有千秋，沿海、近海分布近 240 个岛屿。总面积约七成是森林，县名“山口”的意思是“山地、森林入口”。古名“长州藩”（Choushuuhan），与鹿儿岛县“萨摩藩”（Satsumahan）同为明治维新的主导国，山口县政治家、首相辈出，光是首相就出现过 8 人。明治维新之前是农业县，现在则为工业县。下关市（Shimonosekishi）是著名观光地区，年观光客超过 600 万人；县厅所在地山口市（Yamaguchishi）则为温泉乡，与中国山东省济南市、滨州市邹平县是友好城市。

乡土料理：

河豚料理（Fugu-Ryouri）、岩国寿司（Iwakunizushi）。

下关市盛产河豚，已有 3000 多年历史，产量占日本全国的八成。河豚的料理方式多种多样，最有名的是“薄作り”（Usudukuri），将河豚肉切成透明的薄薄小片，菊花般地摆放在青花纹大圆盘上，非常漂亮；价格最昂贵的则是河豚精巢“白

➤ 河豚料理（Fugu-Ryouri）

➢ 河豚锅（Fugunabe）

子”（Shirako）。“岩国寿司”是日本所有押寿司中最豪放也最华丽的一种，盛寿司的木框约 60 厘米见方，高 50 厘米，最多一次可做 150 人份，通常是 3 层或 5 层。据说岩国寿司起初是藩主为了让藩士可以带进山城当午饭便当，命藩御厨发明出来的，因此别称“殿様寿司”（Tonosamazushi），殿下大人寿司之意。

* * *

日本人一提到河豚，必定会联想到下关市。前面提过下关市河豚产量占日本全国的八成，此处的“产量”并非等于渔获量，而是指聚集加工量。真正的天然河豚捕获量居日本全国第一位的是长崎县，其次是福冈县、爱媛县、熊本县，第五位才

➢ 白子（Shirako）

➢ 岩国寿司（Iwakunizushi）

是山口县；养殖河豚渔获量居全国首位的也是长崎县，其次是熊本县、爱媛县、香川县、鹿儿岛县……山口县居第八位。那为何其他县的河豚都聚集在下关市呢？因为河豚有毒，须由具有特殊加工技术与拥有专门知识经验的人来处理，而此技术又非一年半载便能习得。基于日本的河豚历史渊源（请参考《江户日本》中《河豚与偷情》一文），这些技术人员都在下关市，因此尽管其他县的河豚捕获量比山口县多，也只能把河豚送到下关市加工处理后再出货上市。

下关市另有一项闻名全日本的食品——瓶装酒渍海胆酱。下关市并非海胆盛产地，海胆产量居日本全国首位的是北海道，山口县居第五位，而且两者之间的产量差距是 16 倍。那为何下关市的加工海胆产量居日本全国首位呢？理由跟河豚一样，均因为加工技术。下关市西北边海上有个离陆地 5 千米左右的小岛，名为六连岛（Mutsurejima），面积仅有 0.69 平方千米，岛上有竣工于 1872 年的日本第一座灯塔，这座灯塔亦是下关市指定文化财[①]，而此小岛正是海胆加工的发祥地。

话说六连岛灯塔竣工后，许多外国船只频繁出入下关市。某天，有几位外国人前往六连岛的寺院，与寺院住持吃饭聊天，其中一位外国人在倒酒时，不小心把酒洒入住持的小盘子，小盘子内盛的正是新鲜海胆。住持默不作声照旧与客人谈笑，后来吃了那盘被客人误洒入酒的海胆，住持才发现浸了酒精的海胆非常美味。这就是六连岛海胆酱的起源。由于是加工产品，所以日本全国各地超市都能买得到以独特秘方制成的七角形瓶装六连岛海胆酱。

① 文化财，指日本的文化遗产。——编者注

「四国」

（Shikoku）

德岛县（とくしまけん / Tokushimaken）

人口约 73 万人

德岛县位于四国东部，古时盛产粟子（小米），因此古名称为“粟 / 阿波”（Awa），日本传统艺能之一的“阿波踊”正是出自德岛。发音与“阿波踊”一样的德岛土鸡“阿波尾鸡”（Awaodori），其上市量、市场占有率均超过日本三大名土鸡（名古屋土鸡、秋田县比内鸡、九州萨摩土鸡），居全国首位。县厅所在地德岛市（Tokushimashi）有水都美誉，市内有 138 条河川，为四国地区规模最大的都市，与中国辽宁省丹东市是友好城市。县内最著名的旅游景点是鸣门海峡（Naruto-Kaikyou），由于太平洋和濑户内海水位相差 1 米以上，海峡宽度又很窄，会发生时速 13—15 千米的潮流以及最大直径约 20 米的漩涡。自游览船或海峡上的吊桥大鸣门桥（Oonarutokyou）可以看到漩涡。

乡土料理：

荞麦粒稀饭（蕎麥米雜炊 / Sobagome-Zousui）、刺鲳鱼寿司（ぼうぜの姿寿司 / Bouze-no-Sugatazushi）。

“荞麦米”是将荞麦种子煮熟晒干再脱壳的荞麦粒，“杂炊”是稀饭、泡饭。德岛县不适合种稻，往昔通常以荞麦代替稻米，但直接用荞麦粒煮成稀饭则是德岛县独特的吃法。据说起源是

➢ 荞麦粒稀饭（蕎麥米雜炊／Sobagome-Zousui）

平安时代末期源平合战时，败给源氏（源赖朝，Minamoto No Yoritomo）的一部分平氏（平清盛，Taira No Kiyomori）武士集团潜逃至德岛县三好市，因思念京城遂用荞麦粒做成元旦料理。如今荞麦粒已成为全国性健康食品，“荞麦米杂炊”则成为传承千余年的德岛县乡土料理。“Bouze”是方言，亦即关东话的“エボダイ／Ebodai”，中义是刺鲳；“姿寿司”（Sugatazushi）是留下整条鱼形的押寿司，这种寿司在德岛县车站前或超市里很常见，是德岛县人的家庭料理之一。

＊＊＊

日本有三条每年都会因洪水而泛滥的河川。第一条位于关东平原，全长 322 千米，流域包括长野县、群马县、枥木县、

➤ 刺鲳鱼寿司（ぼうぜの姿寿司／Bouze-no-Sugatazushi）

茨城县、埼玉县、千叶县和东京都的利根川（Tonegawa）；第二条是九州地方规模最大，全长 143 千米，流域包括熊本县、大分县、福冈县和佐贺县的筑后川（Chikugogawa）；第三条则为四国的吉野川（Yoshinogawa），全长 194 千米，流域包括德岛县和高知县。有趣的是，此三条河川各有别称，利根川通称“坂东太郎”（Banndoutarou），筑后川通称“筑紫次郎（二郎）”（Chikushijirou），吉野川通称“四国三郎”（Shikokusaburou）。由太郎、次郎、三郎之昵称也可以猜得出日本人将此三河川比喻为三兄弟，而且是狂暴得没人能驯服的三兄弟。据说这三个通称在江户时代便有了，“坂东”指的是关东地区，太郎是长男；“筑紫”是筑紫平原，次郎是老二；四国的吉野川则是老幺。但这三个通称并非表示它们的河川长度、流域面积分别居日本全国第一位、第二位、第三位，而是指它们的狂暴性。

三兄弟中排行老幺的吉野川，水质优良，是淡水鱼女王香鱼的养殖名产地。由于用的是成分与天然香鱼吃的藻类很相近的高级饲料，所以即便是养殖香鱼，味道与天然香鱼无异，算是半天然香鱼。

德岛县人很勤奋，善于存款，不喜负债，但在健康方面则出手豪阔。根据日本总务省统计，德岛县人的保健医疗费居日本全国首位，讽刺的是，死于糖尿病的人口比率也居全国首位，高血压死亡人数居全国第三位，癌症死亡人数居全国第十三位。德岛县人是现实主义者，而且根据 NHK 调查统计，县民彼此间的竞争意识非常强烈，不知是否因此，德岛县的女性社长人口比率居日本第一。可能是因为县民彼此间竞争意识过于强烈，所以疾病死亡率也较高吧，唯一能发泄平日积压的精神压力的活动正是闻名全日本的“阿波踊”祭典。而日本最长寿的地区冲绳县，所花的保健医疗费反倒居全国倒数第一位。

香川县（かがわけん / Kagawaken）

人口约 96 万人

香川县北部滨濑户内海，地形呈半月形，海岸线长，有众多小岛，其中以盛产橄榄的小豆岛（Shoudoshima）最有名，是日本国内面积最小的县。濑户内海有 3000 座岛屿，小豆岛是第二大岛，岛上有海拔 817 米的星城山（Hoshigajousan），在山顶上可以瞭望濑户大桥、大鸣门桥、明石海峡大桥。香川县最著名的旅游景点正是濑户大桥，由 2 座斜张桥、3 座吊桥和 3 座桁架桥组成，大桥在海中连接 5 座小岛，非常壮观，其中最长的吊桥长达 1100 米。县厅所在地高松市（Takamatsushi）与中国江西省南昌市是友好城市。

乡土料理：

赞岐乌冬面（讃岐うどん / Sanuki-Udon）、甜豆沙麻薯汤汁（あんもち雑煮 / Anmochi-Zouni）。

香川县古名“赞岐”（Sanuki），县民特别爱吃乌冬面，每人一年的平均消费量约 230 碗，居日本第一，乌冬面的产量也居日本全国首位。“赞岐乌冬面”在日本是名牌乌冬面，很有嚼劲，有各式各样的吃法。“Anmochi”是甜豆沙麻薯，“杂煮”是日本家庭的元旦料理汤汁，但香川县的甜豆沙麻薯元旦汤汁很特殊。据说江户时代香川县的特产是“三白”：砂糖、盐、棉

➤ 赞岐乌冬面（讃岐うどん／Sanuki-Udon）

花，其中砂糖是幕府的进献品，一般庶民很难买得到，因此便在元旦料理汤汁中放入甜豆沙麻薯以解馋。调料是白味噌，配料是胡萝卜、白萝卜，中央放个甜豆沙麻薯，就一般日本人看来，这确实是一道很罕见的元旦料理汤汁。听说香川县人跟其他县人结婚后，夫妻俩通常会在第一年的元旦因“杂煮”味道不同而吵架。

＊＊＊

香川县可以说是现代日本的缩影，虽然其面积是日本全国最小的一县，人口密度却很高，县民做事不会出大差错，万事

➤ 甜豆沙麻薯汤汁（あんもち雑煮／Anmochi-Zouni）

都能抓住要领，待人接物态度亲切，领会能力强，具有合作精神，有进取心……简直是现代整体日本人气质的代表。有不少外国人以为东京人代表整体日本人，但东京其实是个混血城市，三代都住在东京，并且从未到外县工作的人，只占东京总人口的10%左右。说起来，东京跟其他国家的大都市一样，大部分的新东京人均为冷静的合理主义者，不喜干涉他人的私生活，更不喜他人干涉自己的私生活，虽然外表看来善于社交，却鲜少吐露自己的内心世界。又因为东京是最新信息与知识的聚集地，新东京人总是怀有一种必须时常吸收新知识的强迫观念，正因为这种孤独感，才会萌生闻名全世界的“Otaku”[①]文化。

香川县人也很会存款，县民间竞争性亦很强，不过他们不像德岛县人那样彼此彻底隐藏真心话，再暗中扯后腿或放暗箭。香川县人喜欢从事单独一人便能成大业的技术性职业，例如工艺品之类的。此外，可能基于地狭人多，他们对教育非常热心，

① Otaku，一般指御宅族。广义的御宅族指热衷于各种亚文化，并对该文化有极度深入的了解的人，如“音乐宅”“摄影宅”，等等。狭义的御宅族指沉溺、热衷或博精于动漫和电子游戏的人。——编者注

尤其是女性，即便学历再高，在县内也缺乏可以发挥能力的职场，只能早婚，把心力全花在教育儿女上，因此香川县的学生学习力居日本全国第一。在香川县的风俗习惯中，唯一跟日本格格不入的正是他们的甜豆沙麻薯元旦汤汁，一般日本人听到这种元旦杂煮，通常都会皱起眉头感觉很不可思议。

不过若想跟香川县人交朋友，方法很简单，只要向对方请教有关乌冬面的问题即可。因为一提起乌冬面的话题，每个香川县人会当场化身为乌冬面评论家，解说兼批评，谈得头头是道。当然此时绝不能提起关东地区的酱油味乌冬面，对他们来说，关东人吃的柴鱼酱油汤汁乌冬面根本不值一文。

爱媛县（えひめけん / Ehimeken）

人口约 134 万人

爱媛县北滨濑户内海，西临宇和海（Uwakai），四周有 200 多座岛屿，海岸线复杂绵长，变化多端，风景秀丽，尤以宇和海那侧因铁路、公路交通网不发达，观光开发迟缓，留下许多未经人工破坏的自然景观。县内盛产奇异果和伊予柑（Iyokan），二者产量均居日本全国第一。“伊予”（Iyo）是爱媛县古名，虽然在日本算是南国，但因其南部有陡峭的四国山地（Shikokusanchi），所以冬季也会下雪，而且中部内陆地区的久万高原（Kumakougen）因海拔高，降雪量大，还有滑雪场。县厅所在地松山市（Matsuyamashi）不但有建在海拔 132 米高山顶上的国定重要文化财产松山城（Matsuyamajou），而且有具有 3000 年历史的道后温泉（Dougo-Onsen）。夏目漱石的《少爷》和司马辽太郎的《坂上之云》均在道后温泉构思撰写。

乡土料理：

宇和岛鲷鱼饭（宇和島鯛めし / Uwajima-Taimeshi）、杂鱼天麸罗（じゃこ天 / Jakoten）。

宇和岛市（Uwajimashi）位于爱媛县南部，是日本著名的斗牛城市，但日本的斗牛与作为西班牙国技的斗牛不同，是牛与牛互斗，通常利用牛角彼此推挤角力再定输赢。“Taimeshi”

是鲷鱼饭，用从宇和海捕获的新鲜鲷鱼做成生鱼片，再掺和特制作料、生鸡蛋、海藻、碎紫菜、芝麻、葱花，最后盛在热饭上。另有一种把整条鲷鱼放入白米饭中一起煮熟的鲷鱼饭。“Jakoten”写成汉字是“杂鱼天”，亦即杂鱼天麸罗，但关西地区的天麸罗指的是油炸鱼板，而爱媛县的“杂鱼天”食材是非常高级的“萤杂鱼”（Hotarujako），学名是 Acropoma Japonicum，中文是“日本发光鲷”。“杂鱼天”是将“萤杂鱼”去掉鱼头和内脏后，再连皮带骨磨碎制成鱼浆，最后油炸而成。

➤ 宇和岛鲷（宇和島鯛／Uwajima-Tai）

➤ 宇和岛鲷鱼饭（宇和島鯛めし／Uwajima-Taimeshi）

➤ 杂鱼天麸罗（じゃこ天／Jakoten）

＊＊＊

从外县人的角度来看，四国四兄弟的老大是爱媛县，老二是香川县，但这句话绝不能在香川县人面前说出，因为香川县人认为四国最大的城市是高松市，而非爱媛县的松山市。至于当事者的爱媛县人则不会跟香川县人争论，他们的文化意识非常高，是日本数一数二的俳句王国，松山市更是文人墨客聚集的城市，而且自然环境占优势，温泉、美食、历史文化、明媚风光都聚集在爱媛县。

事实上爱媛县作家、歌人、俳人、艺术家辈出，诺贝尔文学奖获得者大江健三郎（Ooe-Kenzaburou）、大正时代浪漫插画家高畠华宵（Takabatake-Kashou，1888—1966）、闻名全世界的建筑家丹下健三（Tange-Kenzou，1913—2005）、日本国内小说销量最高的《在世界的中心呼唤爱》的作者片山恭一（Katayama-Kyouichi）、推理小说作家天童荒太（Tendou-Arata）、大江健三郎的妹婿电影导演伊丹十三（Itami-Juuzou，1933—1997）等人均为爱媛县人。县内气候温暖，县民气质是典型的南国人，比冲绳县人更南国。整体竞争意识不强，视爱好、娱乐为重，闲暇时间都花在文艺、俳句、娱乐、户外活动上。

附带一提，往昔艺伎游戏中最有名的“野球拳”（Yakyuuken），亦即现今的脱衣猜拳游戏，发明者正是爱媛县民。不过，爱媛县的正宗“野球拳”玩法并非脱衣猜拳游戏，而是类似德岛县“阿波踊”那种团体祭典舞蹈。总的说来，爱媛县可以说是洗练高雅的成熟的文化县。

高知县（こうちけん / Kouchiken）

人口约 70 万人

高知县古名“土佐”（Tosa），南临太平洋，其山地面积占全县总面积百分之八九，天灾多发，实为山国。西部有日本最后一条清溪“四万十川”（Shimantogawa），全长 196 千米，是四国地区第二大河。县内年日照时间超过 2000 个小时，与宫崎县分列日本第一、第二，在日本全国 47 个县中，仅有这两县年日照时间超过 2000 个小时，比南国冲绳县还要多，而且高知县年降水量亦居日本首位。县内总产值居日本倒数第二，县民平均收入居日本倒数第三，是个经济规模很小的自治县，县财政指数居日本末位。农业发达，茄子、短小绿辣椒、姜、蘘荷、香橙、柚子等产量均居日本首位，百合产量则居日本第二位。县内志士辈出，如明治维新的倒幕英雄坂本龙马（Sakamoto-Ryouma）正是土佐人。当地的土狗四国犬（Shikokuken）也很有名，是国家指定的天然纪念物[①]。县厅所在地高知市（Kouchishi）与中国安徽省芜湖市是友好城市。

---

① 天然纪念物是指本身拥有突出独特的价值，又因其固有之稀少而具备代表性的自然特质或文化意义的地理事物，包括动物植物、地形地貌、遗址遗迹，等等。——编者注

乡土料理：

半烤鲣鱼（かつおのたたき / Katsuo-no-Tataki）、皿钵料理（Sawachi-Ryouri）。

“Katsuo”是鲣鱼，亦是高知县的县鱼。“Tataki”是将带皮的厚鱼块用火烤熟表皮，再放进冰水里泡，让肉质紧绷，最后切成生鱼片，撒上大量葱花、蒜泥、紫苏、山椒叶、蘘荷等香辛料，蘸着橙醋吃，这算是一种半生鱼片料理。但高知县的“Tataki”为了保持食材旨味，通常不放进冰水里泡，而是放入微温的水里，别称“土佐造”（Tosadukuri）。由于鲣鱼腐败速度快，先用火烤一次表皮，不但能保鲜，亦能将鱼皮烤软，这种做法起源于渔夫料理。“皿钵料理”是用直径 40 厘米以上的大盘子，盛入生鱼片、红烧料理、寿司、水果、甜点，让客人自己夹取到小盘子内，类似饭店的自助餐。

➤ 半烤鲣鱼（かつおのたたき / Katsuo-no-Tataki）

▶ 皿钵料理（Sawachi-Ryouri）

＊＊＊

坂本龙马于 1864 年在京都与阿龙认识后，两人坠入情网，并介绍阿龙到寺田屋（Teradaya）旅馆工作。该年正月，龙马在寺田屋遭捕吏袭击，当时阿龙正在洗澡，身上只穿了一件浴衣，半裸地跑到二楼向龙马告急。龙马身边虽有个护卫，无奈寡不敌众，遭捕吏砍伤双手手指，伤势不轻，之后同阿龙逃到萨摩藩邸。侥幸躲过一难的龙马和阿龙结婚后，两人前往鹿儿岛旅游兼养伤，据说此行亦为日本最早的蜜月旅行。

抵达鹿儿岛后，有人劝他们到温泉疗养，夫妻俩就在两处温泉逗留了一阵子，接着移至雾岛（Kirishima）温泉探望萨摩藩总领小松带刀（Komatsu-Tatewaki，1835—1870）。这时阿龙心血来潮说想爬雾岛山，由于不能带米饭登山，小松便让龙马夫妻带着长崎蛋糕，到山上时可用来充饥。当时是幕府末期，长崎蛋糕已流通于市面上，是常见的西式甜点之一。

翌年十一月，坂本龙马在京都酱油商近江屋（Oumiya）仓房二楼遭刺客暗杀身亡，享年 32 岁。据说当晚坂本龙马打算吃斗鸡火锅，待用人买了鸡肉回来时，房内只留下暗杀后的惨状现场，龙马则躺在血泊中，昏迷不醒，不久即断气了。

龙马当晚打算吃的斗鸡火锅是土佐特有的铁锅料理，做法是先在铁锅内铺上一层蒟蒻，再放入洋葱、葱、冬菇等蔬菜，用酱油、砂糖调味，最后放入鸡肉煮熟，之后倒酒煮成汤汁，吃时蘸生鲜蛋汁，跟现代的日本牛肉寿喜烧火锅类似。明治 20 年代普及的亲子丼（Oyakodon，鸡肉鸡蛋盖饭），其创意正是来自土佐斗鸡火锅。当时东京日本桥某家餐厅的老板娘，看到有客人把生鲜蛋汁直接浇在留有鸡肉的斗鸡火锅内，再把半生不熟的蛋汁与鸡肉一起盛在热饭上，这才创出亲子丼这道盖饭。倘若坂本龙马多活 20 多年，应该也能吃到亲子丼。

「九州·冲绳」

（Kyuushuu · Okinawa）

福冈县（ふくおかけん / Fukuokaken）

人口约 510 万人

福冈县由“筑前”（Chikuzen）、“筑后”（Chikugo）和“丰前”（Buzen）三国组成，位于九州北部，三面环海，北临日本海，东滨濑户内海，西接九州规模最大的海湾有明海（Ariakekai）。福冈县是日本最接近朝鲜半岛、中国和东南亚地区的县，离东京有 1100 千米，但与韩国釜山之间的直线距离仅有 200 千米，搭高速船仅 3 个小时便可抵达；与上海之间的距离约 850 千米，比到东京还近。最北端的九州市与对面的山口县下关市之间隔着关门海峡（Kanmon-Kaikyou），这里有世界最早的海底隧道关门海峡隧道，全长约 3600 米，其中海底隧道占 1140 米。位于西部的县厅所在地福冈市（Fukuokashi）是九州地区经济、文化、交通中心，亦为九州地区规模最大的都市，自古以来便与东亚各国频繁进行文化交流或商业贸易。禅宗、茶叶、乌冬面、荞麦面和豆沙包等，发源地均是福冈市，连日本女学生的水手制服也源自福冈市。福冈市与中国广东省广州市是友好城市，与山东省青岛市则为经济交流城市。

乡土料理：

水炊鸡肉锅（水炊き / Mizutaki）、筑前煮（がめ煮 / Gameni）。

本地人气料理：

辛子明太子（Karashi-Mentaiko）。

“Mizutaki”是日本家庭冬季餐桌上最常见的火锅料理之一，做法很简单，主要食材是连皮带骨的鸡肉，蔬菜是大白菜、甘蓝、葱、菇类、春菊叶、蒟蒻丝等，基本上不加任何调味料，吃时蘸橙醋。福冈人多用当地的博多土鸡，其味道浓厚，肉质紧实，嚼头强劲。“Gameni”是方言，由于福冈县西部古名是“筑前”，所以九州地区以外的人通称这道料理为“筑前煮”（Chikuzenni）。“Gameni”的主要食材也是连皮带骨的鸡肉，以及芋头、香菇、牛蒡、莲藕、胡萝卜等根茎类，然后用酱油、

➢ 水炊鸡肉锅（水炊き／Mizutaki）

➢ 筑前煮（がめ煮／Gameni）

酒、味淋、砂糖红烧而成；但九州地区以外的“筑前煮”普遍都用不带骨头的鸡肉。

至于本地人气料理的“辛子明太子”在日本全国的超市很常见，它是将黄线狭鳕鱼卵用辣椒等调味料腌渍而成的。另有一种不辣的咸鱼卵，名为“鳕子”（Tarako）。这两种鱼卵都是日式饭团和茶泡饭中不可欠缺的食材，既可当下酒菜，也可以和意大利面条一起做成日式意大利面，面包店中也常见明太子法式长棍面包。

* * *

九州北部和中部气候温暖，是日本最早引进大陆国家文化的先进区。自古以来这里便有众多朝鲜半岛的移民，在江户时

▶ 辛子明太子（Karashi-Mentaiko）

代德川幕府施行锁国政策之前，九州地区私下贸易活动（现代用词是“走私”）极为兴盛。因此这一带人大多是思想开放的乐天派，人情味重，不过，个性也比较粗枝大叶。一般说来，日本在明治维新之前是地方自治式的藩国政策，每个藩都是半独立国，藩民（老百姓）受藩主政策影响很深，有时明明是同一县人，却因往昔的藩国或藩主政策不同而导致县民之间的气质差异很大，这种差异尤以九州地区为甚。

福冈县往昔是黑田（Kuroda）家统治的福冈藩，佐贺县是锅岛（Nabeshima）家支配的佐贺藩，熊本县是细川（Hosokawa）家管辖的熊本藩。此三藩藩主都是个性强烈的世家门第，也因此受其统治的老百姓气质亦截然不同。大分县和长崎县虽由许多小藩组成，但也因往昔各藩主施行的政策不同，老百姓气质亦明显有差异。我时常在网络上向读者传达，要理解日本这个大和民族的气质，必须先研究其历史背景，遗憾的是现代中文圈的年轻人似乎对现代日本的流行文化较感兴趣，对日本的历史背景知识则漠不关心。但在日本国内，出身于哪一国（藩国）是很重要的会话话题，可以借由此话题而打开话匣子，令生意洽谈或人际应酬进行的更顺利。

如前所述，三代都在东京土生土长的人可以自称“江户子”，横滨亦有“滨子”之称，北海道是“道产子”，九州地区则以福冈市的“博多子”（Hakatakko）最有名。虽然“博多”（Hakata）这一地名早已纳入福冈市的一部，变成博多区，但福冈市民乃至外县人仍习惯用“博多”通称福冈。“博多子”这一称呼在九州地区甚至日本国内亦是名牌出身地之一，即便不是生于福冈市的人，在县外也常自称为“博多子”，可见他们对自己的故乡极为引以为傲。大概因自尊心太强，他们很喜欢向外人夸耀自己的故乡，而且爱喝酒、爱出风头、爱热闹。尤其博多男大多是硬派男，他们对女性求爱时不会说“我爱你”或“我喜欢你”，而是用“让我上一次”这种直肠直肚（或说低俗）的方式求爱。其实博多男十分纯情，但他们就是嘴巴坏，可能正因为如此，才形成“大姐头”气质的博多女吧。

佐贺县（さがけん / Sagaken）

人口约 82 万人

佐贺县与长崎县古名合称“肥前”（Hizen），佐贺县夹在福冈县与长崎县之间，北临日本海，南滨有明海，县内森林面积占总面积 49%，耕地占 39%，主要产业是林业。佐贺自古以来便盛产陶瓷器，著名的是唐津烧（Karatsu-Yaki）、有田烧（Arita-Yaki）和伊万里烧（Imari-Yaki）。有田烧和伊万里烧类似，只是前者是限定在有田町制作的瓷器，后者范围比较广，指的是在肥前制作的所有瓷器。县内虽没有火山，但各地温泉很多；虽地震灾害较少，但台风、洪水之类的天灾较多。县厅所在地佐贺市（Sagashi）有许多公元 3 世纪至 7 世纪的古坟遗址，亦有不少关于徐福的传说，与中国江苏省连云港市是友好城市。

乡土料理：

呼子乌贼活造（呼子イカの活きづくり / Yobuko-Ika-no-Ikidukuri）、须古寿司（須古寿し / Sukozushi）。

呼子港（Yobukokou）位于佐贺县西北部最北端，是天然海湾良港。此地的渔夫用廉价的剑尖枪乌贼，在一分钟内做成生乌贼丝的料理“Yobuko-Ika-no-Ikidukuri”，即呼子乌贼活造。由于是现抓现做，不但保留了乌贼丝的透明感，更保留了乌贼

➤ 呼子乌贼活造（呼子イカの活きづくり／Yobuko-Ika-no-Ikidukuri）

本身的天然甜味，所以才称为“活造”（Ikidukuri）。须古寿司源自位于佐贺县中南部面临有明海的白石町（Shiroishichou）。这是传承了500年以上的乡土传统押寿司，其特色是在10厘米见方的寿司饭上放上事前已调味好的五颜六色的鱼肉、蔬菜碎末、鸡蛋丝等，这是白石町须古地区于祭典和喜宴时必定上桌的寿司料理。

* * *

曾三度入围诺贝尔文学奖的三岛由纪夫（Mishima-Yukio，1925—1970）跟佐贺县关系不浅。为什么？因为他深受《叶隐》（Hagakure）一书的影响，最后戏剧性地以日本传统的切腹自杀方式结束了他的一生。而《叶隐》的口述者山本常朝（Yamamoto-Jouchou，1659—1719）正是佐贺县锅岛藩藩士，《叶隐》则为武士道精神的原典，是一部武士修养书，亦为武士美学的哲学书，算是日本的“武士论语”。即便现代日本人，只要

➤ 须古寿司（須古寿し／Sukozushi）

一提到武士道，也会联想到这本难度超高的经典。

但佐贺后代到底怎么看这本书呢？他们可能会异口同声地说，“那是老古董思想”，“现在要是有人按书中说法去做，一定会被看成变态”。可怜的山本常朝，竟然被后代人视为变态。不过，无论佐贺县人如何否定，就外县人的视点来看，他们身上确实留有武士道美学的 DNA。佐贺县人生活质朴，存款额在九州地区居最高位，日本有句笑话：“只要佐贺县人走过的路，那条路连杂草都长不出来。”其意思是他们非常节俭，不相信的人可以看一看《佐贺的超级阿嬷》这本书。还好《佐贺的超级阿嬷》洗刷了 NHK 播放的电视剧《阿信》中的佐贺超级恶毒婆婆的形象。据说《阿信》播出时，由于佐贺婆婆的形象过于狠毒，引起许多佐贺武士后代向 NHK 的强烈抗议。

佐贺县虽和福冈县毗邻，但两县男女的个性差异很大。佐贺男瞧不起博多男，说他们言行轻浮不庄重；博多男则嫌佐贺男过于死脑筋。而佐贺女不管是真心或做排场，在外人面前绝对会力行男尊女卑的角色模式，这在“大姐头”气质的博多女眼中看来，等于是“扯女人后腿”的惺惺作态。其实佐贺男并非真是男尊女卑主义者，而是佐贺女生来就在“无论发生任何事，都必须给男人留面子”的家庭环境中成长，习惯成自然而已。

长崎县（ながさきけん / Nagasakiken）

人口约 133 万人

长崎县由“肥前”（Hizen）、“对马”（Tsushima）和“壹岐”（Iki）三国组成，位于九州西北部，除了东部紧邻佐贺县，三面都是大海，拥有 971 座岛屿，海岸线长 4137 千米，居日本第一。县内有 83 处港湾，奈良、平安时代的遣隋使、遣唐使均由壹岐、对马、五岛（Gotou）出发，自古以来便与朝鲜半岛、西欧、中国交流频繁，国际性很强。县厅长崎市（Nagasakishi）在日本锁国时期的江户时代，是唯一准许外国船舶进入日本的国际贸易港口城市，异国风情浓厚，有众多富有欧洲情调的建筑物。但由于市内坡道很多，马路狭窄，市民的主要交通工具是摩托车。与中国福州市是友好城市。

乡土料理：

卓袱料理（Shippoku-Ryouri）、具杂煮（具雑煮 / Guzouni）。

本地人气料理：

皿乌冬面（皿うどん / Sara-Udon）、杂烩面（ちゃんぽん / Chanpon）、佐世保汉堡（佐世保バーガー / Sasebo-Ba-Ga-）。

卓袱料理跟中国料理类似，在圆桌上摆上众多大盘菜，客人可以直接用筷子夹菜。但桌上的料理有中国菜、西洋菜、日本菜，因此别称“和华兰料理”（Wakaran-Ryouri，Wakaran 有“莫名其妙”之意），现在只能在料亭或婚宴上才享受得到，算是高级料理之一。“桌袱”语源不详，只知道“桌”是圆桌，“袱”是桌布，其发音“Shippoku”则为越南方言。“具杂煮”是岛原

➢ 卓袱料理（Shippoku-Ryouri）

▶ 具杂煮（具雑煮 / Guzouni）

半岛（Shimabara-Hantou）的乡土料理，元旦、喜宴时经常上桌，里面除了麻薯，还有许多鱼肉和蔬菜。

本地人气料理的“皿乌冬面”和“Chanpon”（杂烩面）闻名全日本，“皿乌冬面”的名称虽是乌冬面，但其实是勾芡炒面；“Chanpon”则为什锦汤面。二者均为长崎市中国料理餐厅四海

▶ 皿乌冬面（皿うどん / Sara-Udon）

▶ 杂烩面（ちゃんぽん / Chanpon）

➤ 佐世保汉堡（佐世保バーガー／Sasebo-Ba-Ga-）

楼（Shikairou）的老板于明治时代中期特别做给中国留学生吃的创新料理。“佐世保汉堡”是佐世保市（Saseboshi）的手制汉堡包总称，现做现吃，与连锁快餐店麦当劳的汉堡包不同，每家味道都不一样。

* * *

长崎炒面和杂烩面虽然闻名全日本，但长崎另有一项历史悠久的甜点在日本更吃香，那就是长崎蛋糕。不过，长崎蛋糕是中国台湾地区对这种甜点的通称，倘若在日本说要买长崎蛋糕，绝对没人听得懂，而应该说成“Kasutera”。“Kasutera”原为西班牙北部一个古王国 Reino de Castilla 的名称，16 世纪末，葡萄牙传教士将这种甜点带进日本时，用葡萄牙发音称其为“Pao de Castele”（意为 Castilla 国的面包），日本人便学葡萄牙人的发音将其称为“Kasutera”，并沿用至今。

据说最初是一位长崎船匠自葡萄牙人那儿学会了制法，由于材料只须鸡蛋、面粉和砂糖，且制法简单，这位船匠便改行经营起长崎蛋糕店。创立于 1624 年，长崎最有名的 Kasutera

老店“福砂屋”（Fukusaya）正是这位船匠的子孙开设的铺子。“福砂屋”的商标和招牌均是象征幸福的蝙蝠，很好认。之后经过多次改良，才成为现今口感绵密、味道独特的长崎蛋糕。

“福砂屋”是长崎老店，可能仅限当地人或去过长崎的人才知道，而闻名全日本的长崎蛋糕铺子则是“文明堂”（Bunmeidou）。“文明堂”创立于1900年，东京于1914年举办大正博览会时，“文明堂”第一代老板曾亲自穿着日式礼服，头上戴着一顶写着Kasutera文宣的大型土耳其帽，在街头进行宣传，自此之后东京人才知道长崎蛋糕的存在。

长崎蛋糕在日本有众多种类，即便是“文明堂”的长崎蛋糕，味道也会因公司不同而有异。反正是甜点，各人口味不同，所以不一定非得买老铺子的长崎蛋糕才好吃。我通常买超市卖的那种廉价长崎蛋糕碎片，就是为了把长崎蛋糕切成整齐的长方形时留下的碎片，日文通称这类碎片为“耳”（Mimi）。虽然包装很简陋，常用塑料袋包成一大袋廉价售出，不过味道可一点儿也不比包装精美的长崎蛋糕逊色，反而因为是靠边的蛋糕，烤时令砂糖结晶化，吃起来更润口甜腻。

附带一提，长崎县民在九州地区算是思想最开化、最前卫的族群，他们不像一般日本人那般重视上下关系，因为自小就在男女平等的家庭环境中长大，所以毫无男尊女卑的观念，跟横滨非常类似。台球、保龄球、柏油路、赛艇、地方新闻等均从长崎引入日本。

大分县（おおいたけん / Ooitaken）

人口约 114 万人

大分县位于九州东部，县南部古名“丰后”（Bungo），温泉源泉数和涌出量均居日本第一，尤以面向别府湾（Beppuwan）的别府温泉，以及海拔 1584 米的活火山“由布岳”（Yufudake）一旁的由布院温泉（Yufuin-Onsen）最有名。总面积虽居日本全国第 22 位，但大半都是山地，而且瀑布、溪谷非常多，县内可居住地面积只占全县总面积 28%。中津市（Nakatsushi）的耶马溪（Yabakei）是国家指定名胜。县厅所在地大分市（Ooitashi）在战国时代是日本基督教的传教中心，与中国湖北省武汉市是友好城市，与广东省广州市则为交流促进城市。别府市（Beppushi）是国际观光文化都市，温泉源泉数多达 2800 余个，占日本总温泉源泉数的 10% 左右，每年有千万人以上的观光客，别称“泉都”（Sento）。

乡土料理：

鰤鱼温饭（ブリのあつめし / Buri-no-Atsumeshi）、芝麻乌冬面（ごまだしうどん / Gomadashi-Udon）、手延面汤（手延べだんご汁 / Tenobe-Dangojiru）。

“Buri-no-Atsumeshi”是佐伯市（Saikishi）渔夫料理鰤鱼温饭。其做法是先将鰤鱼生鱼片浸渍于事前用酱油、酒、砂糖、

➤ 鰤鱼温饭（ブリのあつめし／Buri-no-Atsumeshi）

醋等调好的调味料中，两三个小时后再将鰤鱼生鱼片盛于热饭上，最后撒些葱花、海苔丝、芝麻、姜丝、紫苏等，可拌饭吃，也可浇上热茶或汤汁当茶泡饭。“Gomadashi”是先将烤熟的狗母鱼磨碎，然后加酱油和芝麻做成调味料，之后将其盛在乌冬面上，最后浇上热汤。因芝麻调味料在夏季可保存一个星期，冬季可保存一个月，算是一种速成面。

“Dangojiru”在九州地区是著名的乡土料理，尤以大分县最有名，是一种用手撕成棒状再擀成面条的扁条面，所以称为“手延”（Tenobe）；汤头是味噌，有些地区用米粉，县内有各式各样的“Dangojiru”。

▶ 芝麻乌冬面（ごまだしうどん／Gomadashi-Udon）

▶ 手延面汤（手延べだんご汁／Tenobe-Dangojiru）

***

大分县人时常被外县人形容为“赤猫气质”，意思是狡猾、偏狭、小气、利己、不合群，简直跟不懂报恩的猫一样，而且是刺眼的红猫。当然这世上没有真正的红猫，故意说成红猫，是想强调猫那种令人捉摸不定的特性而已。但凡事都有两面，狡猾、偏狭、小气、利己、不合群，也可以解释为合理性、个人主义、直性子。总之，令人捉摸不定倒是事实。最鲜明的例子是战国时代统治大分县的战国大名大友宗麟（Ootomo-Sourin，1530—1587），原本是死忠的禅道信奉者，后来变成狂热的基督教徒。江户时代，大分县又分为八个小藩，各藩藩主政策都不同，彼此竞争得很激烈，明治维新后八藩合并成一个县，由此才会形成目前这种令人无法揣度的县民性。

不知是不是往昔分裂为八藩之因，大分县男女通常很内向、怕生，对恋爱也很消极。外县人想跟大分县人交流时，常会被他们待人冷淡、排外的第一关卡挡住，不过，我想，只要用对待猫的方式去应对，应该可以闯入他们的内心世界，让他们变成“黏人猫”。没养过猫或讨厌猫的人，最好不要把大分县人跟“热情的九州人”联系到一起，否则会发生无谓的误会，并于事后抱怨他们不近人情。

大分县往昔曾陷于人口外流、活力下降的苦恼，但 1980 年县知事提倡“一村一品”运动后，大分县人便发挥江户时代八藩彼此竞争的习性，创出许多闻名全日本的名牌特产，其中以香菇最有名，产量占日本全国的 34%。而且“一村一品”运动更发展至中国、韩国、菲律宾、马来西亚、印度尼西亚、蒙古国以及美国得克萨斯州和路易斯安那州等地，该运动的创始者——前任县知事平松守彦（Hiramatsu-Morihiko）不但获得有“亚洲诺贝尔奖”之称的“拉蒙·麦格赛赛奖”（Ramon Magsaysay Award），更荣获中国“改革开放三十年中国最有影响的海外专家”奖。平松守彦任职县知事共 6 期 24 年，为大分县做了很多事，是位难得的政治家。

熊本县（くまもとけん / Kumamotoken）

人口约 175 万人

熊本县古名“肥后”（Higo），位于九州中央，总面积居日本全国第 15 位，县内约六成是森林，离东京 1072 千米，搭飞机需 1 个小时 35 分钟，但离韩国首都首尔只有 631 千米，搭飞机需 1 个小时 25 分钟。东部有全世界最大的破火山口阿苏山（Asosan），西部面临有明海、八代海（Yatsushirokai），外海接东海，云仙天草（Unzenamakusa）国立公园则有 120 座岛屿。由于土地肥沃，熊本县是日本少数的农业县之一，番茄、西瓜、甘夏橙（Amanatsumikan）产量均居日本全国首位，用在榻榻米表面的灯芯草也几乎只限熊本县生产。县厅所在地熊本市（Kumamotoshi）有日本三名城之一的熊本城，夏目漱石、小泉八云、森鸥外均曾在熊本市住过。熊本市与中国广西壮族自治区桂林市是友好城市。

乡土料理：

生马肉片（馬刺し / Basashi）、甘薯甜点（いきなりだご / Ikinaridago）、辛子莲根（辛子蓮根 / Karashi-Renkon）。

本地人气料理：

太平燕（Taipien）。

提到熊本县的美食，一般日本人首先会联想到“Basashi”（生马肉片）。据说直至20世纪60年代为止，熊本县人吃的是煮熟的废弃军马马肉，自70年代起正式养育食用马，生马肉片饮食文化方始扎根。但现代日本的马肉几乎全是进口货，60%来自澳大利亚，其他国家分别为阿根廷、巴西、加拿大、美国。“Ikinaridago”是熊本方言，简单说来是一种甘薯甜点，将切成圆片的甘薯裹上面粉皮再蒸熟即可食用，现在通常在甘薯圆片上再加一层豆沙。本为“二战”后因粮食不足而成为熊本

➢ 生马肉片（馬刺し／Basashi）

➢ 甘薯甜点（いきなりだご／Ikinaridago）

县人的主食，之后演变为家庭传统点心，继而被选为乡土料理代表之一，漫画及动画《Keroro 军曹》中那个搞怪蓝星青蛙人 Keroro 正是很喜欢吃这个甘薯糕。

熊本县的“辛子莲根”也很有名，是具有 300 多年历史的传统食品。“莲根”（Renkon）即莲藕，“辛子”（Karashi）是芥末，做法是将芥末味噌塞进莲藕的空洞里，再裹上用面粉和姜黄粉混成的黄色面衣油炸而成。据说江户时代初期熊本藩初代藩主细川忠利（Hosokawa-Tadatoshi）虚弱多病，而熊本县盛产莲藕，于是禅僧玄宅（Gentaku）和尚推荐藩主多吃莲藕，但藩主吃不下水煮莲藕，玄宅和尚便创出外表看不出是莲藕的“辛子莲根”，而且莲藕的九个空洞与细川家家纹九曜纹类似，因此明治时代之前始终是细川家的秘传料理，明治时代以后，其制法才流传民间，成为熊本县名产之一。

▸ 辛子莲根（Karashi-Renkon）

本地人气料理的“太平燕”原为中国福建省福州的地方风味小吃燕皮馄饨，明治时代初期，前来熊本县定居的华侨因怀念故乡小吃而做。但熊本县的“太平燕”用的不是燕皮馄饨，而是粉丝，算是一种什锦粉丝汤面。这道小吃在外地很罕见，必须到熊本县才吃得到，亦是当地小学、中学营养午餐的常见食谱之一。

***

熊本县和鹿儿岛县均为火山国，一般日本人口中说的“九州男儿”（**Kyuushuu-Danji**）指的正是这两县人，他们给人的印象是直性子、热情勇猛、很能喝酒、朴质刚毅。熊本男和鹿儿岛男都很讨厌歪门邪道，亦不擅长耍手段，但熊本男要是跟鹿儿岛男吵起架来的话，先举白旗的必定是熊本男。因为熊本男比较急性

▶ 太平燕（Taipien）

子，没耐性花时间去说服别人，所以会爽快地举白旗认输。两县人的共通点是人情味浓厚、待人亲切、不轻易背叛亲朋好友，只是熊本男比较笨口拙舌，这一点确实输给既倔强又不肯认输的萨摩藩武士鹿儿岛男，也因此没加入明治维新革命活动。

在日本，鹿儿岛县是男尊女卑观念的总部，而且非常重视上下关系，只是鹿儿岛女很会操纵丈夫，就算表面看上去似乎被男人压得很委屈，其实手中掌握着家中实权。虽然熊本男也是男尊女卑观念的实践者，但近年来出现了经济、精神双方都独立自主的“新熊本女”，令熊本男有点手足无措。

熊本县没有地铁，上水道普及率也居日本全国末位，这是因为熊本县有许多名水，当地人喝的几乎全是天然地下水，大概因不想破坏这些美味的地下水，所以县内主要交通工具不是巴士便是有轨路面电车。此外，熊本县的灯芯草产量居日本全国首位，灯芯草栽培历史已有 500 余年，榻榻米市场占有率高达 78%，简单说来，日本住居的榻榻米几乎全来自熊本县。

县内虽有不少著名观光名所，但我想介绍另一处非常特殊的健身名所，那就是中部美里町（Misatomachi）的天台宗古刹释迦院（Shakain），正式名称是金海山（Kinkaizan）大恩教寺（Daionkyouji），有 1200 余年历史。但要抵达释迦院，必须爬一段全长约 2 千米，共 3333 级的石阶。这些石阶用的不仅是日本各地的名石，也用了许多来自中国、韩国、印度、俄罗斯、巴西、美国、南非等国家的花岗岩。出发点至顶上之间的标高差约 600 米，以成人男性的步伐计算的话，全程至少须花 90 分钟。特地来此寺院的游客，目的都是想挑战这段石阶，自认为有体力的人不妨试试。

宫崎县（みやざきけん / Miyazakiken）

人口约 107 万人

宫崎县古名“日向”（Hyuuga），位于熊本县右邻，南接鹿儿岛县，东临太平洋。县内将近八成是山地森林，从古名也可以看出当地日照时间长且雨量丰富。日本职棒、职足球队于每年春季都会前往宫崎县或冲绳县进行集训。此外，由于冲绳县和鹿儿岛县的海面均不适合冲浪，宫崎县就成为日本著名的冲浪水上运动胜地。县厅所在地宫崎市（Miyazakishi）与中国辽宁省葫芦岛市是友好城市，市中央有 107 千米长的一级河川大淀川（Ooyodogawa），著名旅游景点则为东南部海岸的青岛（Aoshima）。青岛周长 860 米，面积 4.4 公顷，海拔 6 米，那一带总称日南（Nichinan）海岸国定公园，有许多奇峰怪石、国家指定天然纪念物的野生马和五颜六色的珊瑚礁。

乡土料理：

炭火烤鸡（地鶏の炭火焼き / Jidori-no-Sumibiyaki）、冷汁（冷や汁 / Hiyajiru）。

本地人气料理：

鸡肉南蛮（チキン南蛮 / Chikin-Nanban）。

宫崎县的土鸡名为“宫崎地头鸡”（Miyazaki-Jitokko），母鸡由县厅管理，只提供雏鸡给指定的生产者，因此年产量不多。“Jidori-no-Sumibiyaki”的特色是用火炭把鸡肉烤至焦黑，吃时口中有火炭味，风味十足。“Hiyajiru”则为宫崎平原自古以来的家庭料理，汤头是将小干鱼或烤鱼磨碎，混入芝麻和味噌再度磨碎，之后均匀贴在擂钵内用火烤得有点焦，最后注入汤头，再放入切成圆片的黄瓜、紫苏丝，冷却后浇在热腾腾的白米饭或麦饭上。据说这道料理于14世纪中叶镰仓时代，曾经由僧侣广传日本各地，之后却只在宫崎扎根并流传至现代，很适合食欲不振的炎夏。

至于本地人气料理的“南蛮鸡”用的是嫩鸡肉，先裹上面粉、鸡蛋等面衣油炸，再将其浸于糖醋调味料内，现在通常浇上塔塔酱。这道料理的历史不久，20世纪60年代由延冈市（Nobeokashi）某家餐厅发明后，另一家餐厅又于70年代创出

➢ 炭火烤鸡（地鶏の炭火焼き／Jidori-no-Sumibiyaki）

➢ 冷汁（冷や汁／Hiyajiru）

➢ 鸡肉南蛮（**チキン**南蛮／Chikin-Nanban）

浇上塔塔酱的吃法，目前这道料理则在日本全国各地便利商店均可买到。

＊＊＊

宫崎县男性大多开朗大方，逍遥自在，温柔体贴，比起“九州男儿”代表的熊本男与鹿儿岛男，他们看似缺乏男子气概，老是被鹿儿岛男讥笑是“日向痴呆”，意思是被阳光晒得软绵绵，不像个挺直刚毅的九州男儿。不过，宫崎男只是不虚张声势而已，并非真的没骨气，碰到危机时，会发挥外柔内刚的本性。女性亦很爽朗，行动积极，懂得如何拉着老实又嘴笨的“日向痴呆”丈夫往前走，因此宫崎县没有男尊女卑观念，反倒是女性比较泼辣。同样是九州男儿，个性为何有如此差异呢？这全是地理环境造成的。

鹿儿岛县土地贫瘠，长久以来只能种植杂粮，县民习惯了贫穷饥饿的生活，才会形成质朴刚毅的性情；而宫崎县土地肥沃，阳光雨水充足，只要躺着晒太阳就有饭吃，何况在过去的历史中，几乎从未与其他藩国打过仗，所以男性的个性纯朴温和，犹如软绵绵的棉花。在宫崎县人面前，最好直话直说，切忌拐弯抹角，也不用说些没用的客套话，我觉得跟这样的人交往比较轻松自在。根据我过去的经验，九州男儿确实很难应付，无论在酒席或请客人来家里吃饭，九州男儿通常坚持沉默是金的道理，至少我到今日为止从未碰到过一开口便嬉皮笑脸、滔滔不绝的九州男儿。

宫崎县的肉鸡产量，水果类的柑橘“日向夏”和金柑产量，都居日本全国第一，蔬菜类则是黄瓜、加工用芋头的出货量居全国第一，其他另有鲜花类的香豌豆花（Sweet pea）和日本烧酒的出货量也居第一。另一项著名产品是宫崎牛，在日本每隔五年举行一次的“和牛奥运会”竞赛中，宫崎牛连续三次获得肉牛最高奖项，并连续三年出现在美国奥斯卡金像奖颁奖典礼后的官方庆功宴的餐桌上。

鹿儿岛县（かごしまけん / Kagoshimaken）

人口约 160 万人

鹿儿岛县由“大隅”（Oosumi）和“萨摩”（Satsuma）两国合并而成，位于九州岛南端，拥有 600 多个岛屿，南北距离 600 千米，海岸线长达 2722 千米。岛屿包括著名的火枪传入地种子岛（Tanegashima）、世界自然遗产之一的屋久岛（Yakushima）、奄美（Amami）诸岛，以及活火山樱岛（Sakurajima）。县内温泉泉源数有 2700 多个，仅次于大分县，县内的公共澡堂几乎都是温泉。县厅所在地是鹿儿岛市（Kagoshimashi），在西岸市区可以遥望对面的樱岛，景观类似从意大利那不勒斯市远望维苏威火山时的景象，故有“东洋的那不勒斯”美誉，且两者为姊妹城市，那不勒斯市内有“鹿儿岛路”街道名，鹿儿岛市内亦有“那不勒斯路”街道名；与中国湖南省长沙市为友好城市。

乡土料理：

鸡饭（鶏飯 / Keihan）、银带鲱料理（きびなご料理 / Kibinago-Ryouri）、萨摩扬（つけあげ / Tsukeage）。

本地人气料理：

黑豚涮涮锅（黑豚のしゃぶしゃぶ / Kurobuta-no-Shabushabu）。

“鸡饭”是奄美大岛与冲绳县的乡土料理，类似茶泡饭，由于每个家庭自制的鸡汤味道均不一样，因此游客在当地可以尝到各式各样的鸡饭，亦为县内各小、中学常见的营养午餐之一。

➢ 鸡饭（鶏飯／Keihan）

➢ 银带鲱料理（きびなご料理／Kibinago-Ryouri）

➢ 萨摩扬（つけあげ／Tsukeage）

“Kibinago”是日本银带鲱，成鱼仅有 10 厘米左右，具有银白色纵带，寿命约半年至一年，据说在初春到初夏的产卵期，鱼群大批涌至沿岸时捕获的成鱼最好吃。制法多样，最有名的是排成菊花状的生鱼片“菊花造”。“Tsukeage”则是方言，就是一般日语中的“萨摩扬”（Satsumaage），这在日本是一种很常见的鱼浆油炸食品。

本地人气料理是“黑豚涮涮锅”，比起一般猪肉，鹿儿岛黑豚历史悠久，在 17 世纪初的战国时代便自琉球引进，当时被称为“会走路的蔬菜”。鹿儿岛黑豚筋纤维比一般猪肉细，而且肉质软，并含有丰富的氨基酸，吃起来有甜味，脂肪亦不腻，最适合涮涮锅。

➢ 黑豚涮涮锅（黑豚のしゃぶしゃぶ／Kurobuta-no-Shabushabu）

＊＊＊

幕府末期的新选组（Shinsengumi）本为江户幕府第十四代将军德川家茂（Tokugawa-Iemochi，1846—1866）于1863年前往京都时，临时招募组成的护卫队。200多名队员均为失去主君流落乡野的流浪武士，抵达京都后，住在壬生，因此最初名为“壬生浪士”（Miburoushi）组，后来才重整为新选组。初代局长是芹泽鸭（Serizawa-Kamo，1827—1863），因内部斗争被暗杀后，由近藤勇（Kondou-Isami，1834—1868）继任局长。

根据1865年编成的队员名册，当时由近藤勇局长率领的新选组成员总计134名，驻扎地自壬生迁移至西本愿寺。100多名年轻力壮的队员杂居一处，无论饭菜还是居住环境均极为脏乱，传染病蔓延，队员中有1/3是病人。近藤勇请了当时任职幕府西洋医学所总管的松本良顺（Matsumoto-Ryoujun，1832—1907）前来指导健康卫生管理知识。

松本良顺把病人集中到一处让医师治疗看护，并提议利用厨余饲养食用猪给队员吃以增强体力，另外又建议养鸡，让队员们多吃鸡蛋。以现代人眼光来看，此建议极为合理，但当时的日本仍深受实施千年以上的肉食禁令影响，虽然市面上已有暗地贩卖兽肉的小贩，不过老百姓仍维持着偷吃兽肉时必须用纸、布遮住神龛的习惯。

近藤勇当然接受了建议，不但命队员们养猪、养鸡，更时常让队员们吃猪肉火锅或猪肉味噌汤。新选组队员发明的鸡蛋料理中有一道名为“软绵绵鸡蛋”料理，简单说来，就是现代的蒸鸡蛋羹或煎蛋卷。至于近藤勇本人，因是“江户子”，据说至死都吃不惯京都菜。东京菜和京都菜调味差异很大，例如味噌汤，京都味噌对关东人来说，甜得难以入口。连最基本的饭团形状也不一样，关东人习惯吃圆形或三角形饭团，大阪、京都的饭团则为椭圆形。不过，近藤勇很喜欢吃京都甜点和泡菜，似乎只有这两样合他的口味。

冲绳县（おきなわけん / Okinawaken）

人口约 145 万人

冲绳县古名“琉球”（Ryuukyuu），由 49 个有人岛和无数个无人岛组成，东临太平洋，西濒东海，第二次世界大战后被美国占领，至 1972 年归还日本。县内大部分地区是亚热带气候，南部几个岛屿则为热带气候。此外，县内世界文化遗产并非只限琉球王国的首里城（Shurijou），还包括其他四处古城城址和遗迹，总计 9 个据点，散见于冲绳岛南、中、北部。每年有 50 多万名观光客，观光客中有 75% 来自中国台湾省。县厅所在地那霸市（Nahashi）为东亚、东南亚与日本之间的连接点，其 1000 千米圈内有台北、福冈、上海、福州，1500 千米圈内更包括了大阪、首尔、马尼拉、中国香港；与中国福建省福州市为友好城市。

乡土料理：

冲绳汤面（沖縄そば / Okinawa-Soba）、苦瓜炒豆腐（ゴーヤーチャンプルー / Go-Ya-Chanpuru-）、乌贼墨汁汤（いかすみ汁 / Ikasumijiru）。

“Okinawa-Soba”是冲绳汤面，原料是面粉，面条煮熟后再用油搅拌以增强保鲜性，口感跟台湾的牛肉面面条类似，不过比牛肉面面条更具嚼头，汤头也跟牛肉面完全不同，是以柴鱼、昆布为主的和风汤头；另一种是猪骨汤头，配料通常是

➢ 冲绳汤面（沖縄そば／Okinawa-Soba）

➢ 苦瓜炒豆腐（ゴーヤーチャンプル－／Go-Ya-Chanpuru-）

红烧排骨。“Go-Ya-”和“Chanpuru-”均是方言，前者指绿苦瓜，后者是什锦炒之意；简单说来便是苦瓜炒豆腐，是冲绳县传统家庭料理。“Ikasumijiru”是乌贼墨汁汤，主要材料是软丝、拟乌贼（学名：Sepioteuthis Lessoniana），日语称“白乌贼”（Shiroika），是一种栖息在沿海海域的大型乌贼；做法是用柴鱼汤把拟乌贼和猪肉煮成乌黑汤汁，据说往昔用来当药材，对上火、肩膀酸痛、产后均有效，尤其对女性产后的健康极为有益。

＊＊＊

众所皆知，日本是世界长寿国，女性平均寿命更是连续 24 年高居全球第一（2009 年调查报告）。就日本人与中国人来比

➢ 冲绳苦瓜（沖縄ゴーヤー／Okinawa-Go-Ya-）

➢ 乌贼墨汁汤（いかすみ汁／Ikasumijiru）

➢ 乌贼墨汁汤（いかすみ汁 / Ikasumijiru）

较的话，日本人的平均寿命比中国人多 10 岁左右。WHO 曾做过世界各国饮食与健康调查统计，得出平日习惯吃乳制品、喝牛奶的地区的人，平均寿命较长的结果。目前全世界平均寿命最长的国家是日本，但日本国内最长寿的地区是冲绳县（截至 2005 年为止），他们习惯吃乳制品或每天喝牛奶吗？根据统计，在日本 47 个都道府县中，乳制品消费最多的地区是栃木县，可栃木县人的男女平均寿命排行竟是倒数。作为长寿县的冲绳人，乳制品和牛奶消费额排行均为日本全国倒数第二位，可见乳制品和牛奶并非长寿的决定性因素。除了冲绳县（女性），日本另一个长寿地区是长野县（男性），但在日本所有关于饮食习惯的调查统计中，却找不出这两县消费排行全国第一的食品。换句话说，长野县人和冲绳县人每天吃的可能都是营养均衡的家乡菜。

每 10 万人口中，冲绳县百岁以上的人口比率占 67.44%，连续 37 年均为日本国内长寿县第一名，百岁以上的长寿者总计 928 人，其中女性居多，有 821 人，最高龄是 114 岁，男性仅有 107 人（以上数字均为 2009 年 9 月统计）。冲绳县男性的平均寿命在日本并不高，排行第 20 多位。我本来以为这些长寿者可能都住在离岛或远离都市区的地方，不料这 900 多人中竟有 169 人住在那霸市，住在离岛地区的人反而较少。

冲绳县是南国，一般人对南国人的印象是乐天派，个性开朗，有话直说，不矫揉造作，但冲绳县与其他南国地区不一样。冲绳县人基于过往经常受外族人侵略统治的历史背景，对外族人戒心很强，同族意识极为浓厚。不过，只要融入他们的族群，他们就会视你为自己人，现出南国人的本性。失业率居日本全国第一，但改行跳槽率竟居末位，简单说来，冲绳县人即便失业，也不会离开故乡前往外县找工作。另一点很有趣，冲绳县人的离婚率是日本全国第一，连续十余年均居首位，其次是大阪、北海道，这似乎跟女性县民性有关。北海道女性具有开拓精神，男女平等意识非常强；大阪女性也多为行动派，经济观念发达；而冲绳县女性于婚后也不会怀着嫁鸡随鸡、嫁狗随狗的观念，她们跟娘家的关系非常密切（同族意识）。换句话说，此三县的女性均很乐观，而且具有独立精神与经济能力，因此当她们于婚后若发现嫁错了人，便会来个快刀斩乱麻，把丈夫给休掉。

百选乡土料理中日文对照表

北海道		
ジンギスカン	Jingisukan	成吉思汗烤肉，即羊肉烧
石狩鍋／いしかりなべ	Ishikarinabe	鲑鱼料理
ちゃんちゃん焼き／ちゃんちゃんやき	Chanchanyaki	铁板鲑鱼料理

东北地方		
青森县		
いちご煮／いちごに	Ichigoni	海胆鲍鱼清汤
せんべい汁／せんべいじる	Senbeijiru	煎饼汁，火锅的一种
岩手县		
わんこそば	Wanko-Soba	一口荞麦面
ひっつみ	Hittsumi	米果汁，面粉和水撕成块状煮成的“水团”
宫城县		
ずんだ餅／ずんだ	Zundamochi	毛豆裹年糕的甜点
はらこ飯／はらこめし	Harakomeshi	鲑鱼的亲子丼
福岛县		
こづゆ	Koduyu	以干贝为汤头，加入胡萝卜、芋头、蒟蒻、木耳、银杏、豆腐等食材的汤汁料理
にしんの山椒漬け／にしんのさんしょうづけ	Nishin-no-Sanshouduke	山椒腌鲱鱼
秋田县		
きりたんぽ鍋／きりたんぽなべ	Kiritanpo-Nabe	米棒锅，烤饭团火锅
稲庭うどん／いなにわうどん	Inaniwa-Udon	稻庭乌冬面
山形县		
芋煮／いもい	Imoni	芋头、蒟蒻、葱、牛肉煮成“寿喜烧”（Sukiyaki）风味的火锅

どんがら汁／どんがらじる	Dongarajiru	味噌口味的鱼火锅

关东地方

栃木县		
しもつかれ	Shimotsukare	杂烩：咸鲑鱼鱼头、炒熟的黄豆、萝卜泥、胡萝卜，用酒糟调味的混合料理
ちたけそば	Chitake-Soba	乳茸荞麦面
茨城县		
あんこう料理／あんこうりょうり	Ankou-Ryouri	鮟鱇料理
そぼろ納豆／そぼろなっとう	Soboro-Nattou	切碎的纳豆和干萝卜丝搅拌在一起，再用酱油调味
群马县		
おっきりこみ	Okkirikomi	将烩面与根菜类、芋头煮成浓稠汤头
生芋こんにゃく料理／なまいもこんやくりょうり	Namaimo-KonNyaku-Ryouri	直接用地下球茎制成的蒟蒻料理
埼玉县		
冷汁うどん／ひやしるうどん	Hiyashiru-Udon	凉乌冬面
いが饅頭／いがまんじゅう	Iga-Manjuu	外层裹红豆饭的豆沙包甜点
千叶县		
太巻き寿司／ふとまきずし	Futomakizushi	用各种配料卷成花草、动物、文字、鸟类等模样的寿司
イワシのごま漬け／いわしのごまづけ	Iwashi-no-Gomaduke	盐腌沙丁鱼
东京都		
深川丼／ふかがわどん	Fukagawadon	用蛤仔、文蛤等贝类，加入油豆腐、葱、胡萝卜等蔬菜煮成味噌汤后，直接浇在白米饭上的盖饭
くさや	Kusaya	鱼干

神奈川县		
へらへら団子 / へらへらだんご	Herahera-Dango	将面粉和糯米粉混合做成扁丸子，再蘸上红豆泥的甜点
かんこ焼き / かんこやき	Kankoyaki	用面粉皮裹山菜、菇类、栗子煎成的圆饼

中部地方

新潟县		
のっぺい汁 / のっぺいじる	Noppeijiru	芋头、胡萝卜、牛蒡、莲藕、香菇、银杏、蒟蒻，再加鸡肉或海鲜煮成的浓汤
笹寿司 / ささずし	Sasazushi	用竹叶裹成的寿司
长野县		
信州そば / しんしゅうそば	Shinshuu-Soba	信州荞麦面
おやき / おやき	Oyaki	与高丽菜水煎包相似的圆形煎包
山梨县		
ほうとう	Houtou	烩乌冬面
吉田うどん / よしだうどん	Yoshida Udon	吉田乌冬面
静冈县		
桜えびのかき揚げ / さくらえびのかきあげ	Sakuraebi-no-Kakiage	樱虾天麸罗
うなぎの蒲焼き / うなぎのかばやき	Unagi-no-Kabayaki	鳗鱼蒲烧
爱知县		
ひつまぶし	Hitsumabushi	鳗鱼蒲烧切碎盛在白米饭上
味噌煮込みうどん / みそにこみうどん	Miso-Nikomi-Udon	味噌乌冬面
富山县		
鱒寿司 / ますずし	Masuzushi	鳟鱼做的押寿司
ぶり大根 / ぶりだいこん	Buri-Daikon	冬鰤鱼头、鱼骨和萝卜，用酱油、味淋等红烧而成
岐阜县		
栗きんとん / くりきんとん	Kuri-Kinton	和果子的一种

朴葉味噌／ほおばみそ	Hooba-Miso	在干燥的木兰科日本厚朴叶上盛味噌，加入葱、香菇或其他山菜，用炭火烤后拌饭吃
石川县		
カブラ寿司／かぶらずし	Kaburazushi	把盐腌芜菁做成割包形状，再夹入咸冬鲕鱼片，并放进加入胡萝卜丝、昆布丝、米曲的容器内腌渍
治部煮／じぶに	Jibuni	鸡肉、香菇、面筋、青菜、笋、莲藕，用日式高汤加酱油、砂糖、酒、味淋煮成汤汁
福井县		
越前おろしそば／えちぜんおろしそば	Echizen-Oroshisoba	在荞麦面上添加萝卜泥、柴鱼片、葱，再浇上调味汁的凉面
さばのへしこ	Saba-no-Heshiko	将去掉头尾、内脏的盐腌鲭鱼再度以米糠腌渍

近畿地方		
滋贺县		
鮒寿司／ふんずし	Funazushi	腌鲫鱼做的寿司
鴨鍋／かもなべ	Kamonabe	野鸭火锅
三重县		
伊勢うどん／いせうどん	Ise-Udon	伊势乌冬面
手こね寿司／てこねずし	Tekonezushi	海鲜散寿司或海鲜盖饭
京都府		
京漬物／きょつけもの	Kyo-Tsukemono	京都传统泡菜
賀茂なすの田楽／かもなすのでんがく	Kamonasu-no-Dengaku	将既圆又厚的贺茂茄子横切为半，用文火慢慢煎熟，再盛上甜味噌
大阪府		
箱寿司／はこずし	Hakozushi	用木框装醋饭，上层盛鲜鱼、星鳗、鲷鱼、虾等，压成四角长方形
白みそ雑煮／しろみそぞうに	Shiromiso-Zouni	白味噌汤

兵库县		
牡丹鍋／ぼたんなべ	Botannabe	山猪肉火锅
いかなごのくぎ煮／いかなごのくぎに	Ikanago-no-Kugini	将三四厘米长的鱼苗用酱油、味淋、砂糖、姜等红烧
奈良县		
柿の葉寿司／かきのはずし	Kakinohazushi	柿叶包裹咸青花鱼或鲑鱼的寿司
三輪素麺／みわそうめん	Miwa-Soumen	冷热皆宜的素面
和歌山县		
鯨の竜田揚げ／くじらのたつたあげ	Kujira-no-Tatsutaage	炸鲸鱼肉
めはり寿司／めはりずし	Meharizushi	咸大芥菜包裹白米饭的饭团

中国地方

鸟取县		
かに汁／かにじる	Kanijiru	深海雪蟹味噌汤
あごのやき	Ago-no-Yaki	飞鱼竹轮
岛根县		
出雲そば／いずもそば	Izumo-Soba	出云荞麦面
しじみ汁／しじみじる	Shijimijiru	蚬贝汤
冈山县		
岡山ばら寿司／おかやまばらずし	Okayamaba-razushi	在醋饭盛上许多海鲜时蔬，类似散寿司
ままかり寿司／ままかりずし	Mamakarizushi	用寿南小沙丁鱼做成的握寿司
广岛县		
牡蠣の土手鍋／かきのどてなべ	Kaki-no-Dotenabe	先在砂锅内侧涂上一层味噌，锅内放牡蛎、豆腐、蔬菜，煮熟后准备吃时再搅拌锅内的味噌调味
あなご飯／あなごめし	Anago-Meshi	星康吉鳗盖饭
山口县		
河豚料理／ふぐりょうり	Fugu-Ryouri	用河豚做的各式料理
岩国寿司／いわくにずし	Iwakunizushi	押寿司中最华丽的一种

四国		
德岛县		
蕎麥米雑炊／そばごめぞうしゅい	Sobagome-Zousui	荞麦粒稀饭
ぼうぜの姿寿司／ぼうぜのすがたずし	Bouze-no-Sugatazushi	刺鲳鱼寿司
香川县		
讃岐うどん／さぬきうどん	Sanuki-Udon	赞岐乌冬面
あんもち雑煮／あんもちぞうに	Anmochi-Zouni	调料是白味噌，配料是胡萝卜、白萝卜，中央放个甜豆沙麻薯的元旦汤汁
爱媛县		
宇和島鯛めし／うわじまたいめし	Uwajima-Taimeshi	鲷鱼饭
じゃこ天／じゃこてん	Jakoten	杂鱼天麸罗
高知县		
かつおのたたき	Katsuo-no-Tataki	半生鱼片料理
皿鉢料理／さわちりょうり	Sawachi-Ryouri	用直径 40 厘米以上的大盘子，各自盛生鱼片、红烧料理、寿司、水果、甜点，让客人自己夹取到小盘子内

九州・冲绳		
福冈县		
水炊き／みずたき	Mizutaki	连皮带骨的鸡肉与蔬菜熬煮成的鸡肉火锅
がめ煮／がめに	Gameni	连皮带骨的鸡肉，和根茎类蔬菜一起红烧
佐贺县		
呼子イカの活きづくり／よぶこいかのいきづくり	Yobuko-Ika-no-Ikidukuri	生乌贼丝的料理
須古寿し／すこずし	Sukozushi	传统押寿司

长崎县		
卓袱料理／しっぽくりょうり	Shippoku-Ryouri	在圆桌上摆上很多大盘菜，客人可以直接用筷子夹菜
具雑煮／ぐぞうに	Guzouni	有麻薯的火锅料理
大分县		
ブリのあつめし	Buri-no-Atsumeshi	鲕鱼温饭
ごまだしうどん	Gomadashi-Udon	将烤熟的狗母鱼磨碎，加酱油和芝麻做成调味料，之后盛在乌冬面上并浇上热汤
手延べだんご汁／てのべだんごじる	Tenobe-Dangojiru	用手撕成棒状再擀成面条的扁条面，汤头是味噌口味
熊本县		
馬刺し／ばさし	Basashi	生马肉片
いきなりだご	Ikinaridago	甘薯甜点
辛子蓮根／からしれんこん	Karashi-Renkon	将芥末味噌塞进莲藕空洞中，再裹上用面粉和姜黄粉混合而成的黄色面衣油炸而成
宫崎县		
地鶏の炭火焼き／じどりのすみびやき	Jidori-no-Sumibiyaki	烤土鸡肉
冷や汁／ひやじる	Hiyajiru	小鱼干与味噌熬煮的汤头冷却后浇入白米饭或麦饭
鹿儿岛县		
鶏飯／けいはん	Keihan	以鸡汤为底的茶泡饭
きびなご料理／きびなごりょうり	Kibinago-Ryouri	日本银带鲱料理
つけあげ	Tsukeage	鱼浆油炸食品
冲绳县		
沖縄そば／おきなわそば	Okinawa-Soba	冲绳汤面
ゴーヤーチャンプルー	Go-Ya-Chanpuru-	苦瓜炒豆腐
いかすみ汁／いかすみじる	Ikasumijiru	用柴鱼汤把拟乌贼和猪肉煮成的乌黑汤汁